O ENIGMISTA

A marca FSC é a garantia de que a madeira utilizada na fabricação do papel deste livro provém de florestas de origem controlada e que foram gerenciadas de maneira ambientalmente correta, socialmente justa e economicamente viável.

IAN RANKIN

O ENIGMISTA

TRADUÇÃO
Claudio Carina

1ª reimpressão

COMPANHIA DAS LETRAS

Copyright © 2000 by Ian Rankin

Proibida a venda em Portugal.

*Grafia atualizada segundo o Acordo Ortográfico da Língua Portuguesa
de 1990, que entrou em vigor no Brasil em 2009.*

Título original:
The Falls

Projeto gráfico de capa:
Elisa v. Randow

Foto de capa:
© *Pet/Getty Images*

Preparação:
Leny Cordeiro

Revisão:
*Carmen S. da Costa
Angela das Neves*

Dados Internacionais de Catalogação na Publicação (CIP)
(Câmara Brasileira do Livro, SP, Brasil)

Rankin, Ian
    O enigmista / Ian Rankin ; tradução Claudio Carina.
— São Paulo : Companhia das Letras, 2010.

    Título original: The Falls.
    ISBN 978-85-359-1591-4

    1. Ficção policial e de mistério (Literatura inglesa)
I. Título.

09-12393   CDD-823.0872

Índice para catálogo sistemático:
1. Ficção policial e de mistério : Literatura inglesa
823.0872

2010

Todos os direitos desta edição reservados à
EDITORA SCHWARCZ LTDA.
Rua Bandeira Paulista, 702, cj. 32
04532-002 — São Paulo — SP
Telefone: (11) 3707 3500
Fax: (11) 3707 3501
www.companhiadasletras.com.br

Para Allan e Euan,
que rolaram a bola pela primeira vez.

Não era a questão do meu sotaque — teria sido mais fácil perder o sotaque do que limpar o sapato quando fui morar na Inglaterra —, era o meu temperamento, o protótipo da parte escocesa da minha personalidade, que era vulgar, agressiva, mesquinha, mórbida e, apesar de todos os meus esforços, persistentemente deísta. Eu era, como sempre fui, um torpe refugiado do museu de história não natural.

Philip Kerr, "The unnatural history museum"

1

"Você acha que eu a matei, não?"

Ele estava sentado na beira do sofá, a cabeça caída no peito. Seu cabelo era liso, com uma franja comprida. Os dois joelhos trabalhavam como pistões, os calcanhares de seus imundos tênis de corrida nunca tocando o chão.

"Você está sob efeito de alguma coisa, David?", perguntou Rebus.

O jovem olhou para cima. Os olhos estavam vermelhos e com olheiras. Um rosto fino e anguloso, pelos espetados no queixo. Seu nome era David Costello. Não Dave, nem Davy: David, ele tinha deixado bem claro. Nomes, rótulos, classificações, tudo muito importante. A mídia tinha apresentado várias descrições do rapaz. Era "o namorado", "o trágico namorado", "o namorado da estudante desaparecida". Era "David Costello, 22", ou o "colega de faculdade David Costello, com pouco mais de vinte anos". "Dividia um apartamento com a namorada" ou era um "hóspede constante" do "misterioso apartamento onde havia ocorrido o desaparecimento".

Nem o apartamento era um simples apartamento. Era "um apartamento na luxuosa Cidade Nova de Edimburgo", "um apartamento de duzentas e cinquenta mil libras pertencente aos pais da jovem desaparecida". John e Jacqueline Balfour compunham "a família abalada", "o banqueiro chocado e sua esposa". A filha deles era "Philippa, 20, estudante de história da arte na Universidade de Edimburgo". Era "bonita", "jovial", "alegre", "cheia de vida".

E agora estava desaparecida.

O detetive-inspetor John Rebus mudou de posição,

afastando-se um pouco para ficar ao lado da lareira de mármore. Os olhos de David Costello acompanharam seu movimento.

"O médico me deu umas pílulas", falou, respondendo afinal à pergunta.

"E você tomou?", perguntou Rebus.

O jovem aquiesceu lentamente, os olhos ainda em Rebus.

"Fez bem", observou Rebus, enfiando as mãos nos bolsos. "Deixam a gente entorpecido por algumas horas, mas não mudam nada."

Fazia dois dias que Philippa — conhecida entre os amigos e a família como "Flip" — estava desaparecida. Dois dias não eram muito tempo, mas havia algo de anormal em seu desaparecimento. Amigos tinham telefonado para o apartamento perto das sete da noite para confirmar se Flip iria se encontrar com eles dentro de uma hora num bar no South Side. Era um desses lugares da moda recentemente abertos perto da universidade, atendendo ao crescimento econômico e à necessidade de luz difusa e vodca aromatizada a preços altos. Rebus sabia disso porque passava por lá às vezes indo ou voltando do trabalho. Havia um antigo *pub* praticamente ao lado, com coquetéis de vodca que custavam uma libra e meia. Porém não dispunha de cadeiras da moda, e os atendentes sabiam se virar bem numa briga, mas não tinham um bom repertório de coquetéis.

Flip tinha saído do apartamento provavelmente entre sete e sete e quinze. Tina, Trist, Camille e Albie já estavam na segunda rodada de drinques. Rebus havia consultado os arquivos para confirmar esses nomes. Trist era abreviatura de Tristram, e Albie era Albert. Trist estava com Tina; Albie, com Camille. Flip deveria estar com David, mas David, ela explicou ao telefone, não iria.

"Mais uma briga", dissera, sem parecer muito preocupada.

Flip tinha ligado o alarme do apartamento antes de sair.

Isso era novidade para Rebus — estudantes que se preocupavam com alarmes. E a fechadura era Yale, o que tornava o apartamento seguro. Depois de descer o único lance de escadas, ela saíra para o ar quente da noite. Uma ladeira a separava da Princes Street. Outra ladeira a levaria até a Cidade Velha, no South Side. Flip não iria a pé de jeito nenhum. Mas os registros do telefone do apartamento e do celular não indicavam chamadas para nenhuma empresa de táxi da cidade. Então, se houvesse tomado um táxi, teria sido na rua.

Se tivesse chegado a pegar um táxi.

"Eu não fiz isso, sabe?", disse David Costello.

"Não fez o quê?"

"Eu não matei Flip."

"Ninguém está dizendo que você matou."

"Não?" Ele olhou para cima novamente, direto nos olhos de Rebus.

"Não", assegurou Rebus, pois afinal aquele era o seu trabalho.

"O mandado de busca...", começou Costello.

"É normal nesses casos", explicou Rebus. E era mesmo: em desaparecimentos suspeitos, verificam-se todos os lugares em que a pessoa poderia estar. Age-se de acordo com o manual: com todos os papéis assinados e a autorização emitida, o apartamento do namorado é revistado. Rebus poderia ter acrescentado: *fazemos isso porque nove em cada dez vezes é alguém que a vítima conhece*. Não um estranho procurando uma presa na noite. Eram os entes queridos que o matavam: cônjuge, amante, filho ou filha. Era um tio, seu melhor amigo, a única pessoa em quem confiava. Eles estavam enganando a pessoa, ou a pessoa os estava enganando. A pessoa sabia alguma coisa, possuía alguma coisa. Eles sentiam ciúmes, sentiam-se rejeitados, precisavam de dinheiro.

Se Flip Balfour estivesse morta, seu corpo logo apareceria; se estivesse viva e não quisesse ser encontrada, o trabalho seria mais difícil. Os pais dela tinham aparecido na TV pedindo que entrasse em contato. A polícia fazia plantão na casa da família, interceptando ligações caso surgisse um pedido de resgate. A polícia estava revistando o apartamento de David Costello em Canongate, esperando encontrar alguma coisa. E a polícia estava aqui — no apartamento de Flip Balfour. Dando uma de "babá" de David Costello — impedindo a mídia de chegar perto demais. Era o que havia sido dito ao rapaz, e em parte era verdade.

O apartamento de Flip fora revistado no dia anterior. Costello tinha as chaves, inclusive do sistema de alarme. O telefonema para o apartamento de Costello fora feito às dez da noite: Trist, perguntando se ele sabia de Flip, que estava a caminho do Shapiro mas não tinha aparecido.

"Ela não está aí com você, está?"

"Eu seria a última pessoa que ela procuraria", queixara-se Costello.

"Eu soube que vocês discutiram. O que foi dessa vez?" A voz de Trist era sussurrante, sempre ligeiramente divertida. Costello não respondeu. A polícia tinha ouvido a gravação e se concentrado nas nuances, tentando ler alguma falsidade em cada frase ou palavra. Trist telefonou para Costello outra vez à meia-noite. O grupo tinha ido ao apartamento de Flip: ninguém em casa. Ligaram para vários amigos, mas nenhum deles sabia de nada. Esperaram que Costello chegasse ao apartamento para destrancar a porta. Nenhum sinal de Flip lá dentro.

Eles já a consideravam uma pessoa desaparecida, o que a polícia chamava de "PeDes", mas esperaram até a manhã seguinte para telefonar para a mãe de Flip na casa da família em East Lothian. A sra. Balfour não perdeu tempo e ligou imediatamente para 999. Depois de ter ouvido o que considerou uma curta resposta da telefonista da polícia, ela telefonou ao marido em seu escritório em Londres. John Balfour era sócio majoritário de um banco privado, e se o próprio chefe da Polícia de Lothian and Borders não fosse cliente, alguém certamente o era, pois em uma hora os detetives já estavam no caso — ordens da Central de Polícia, o que significava o QG da força policial na Fettes Avenue.

David Costello abrira o apartamento para os dois homens do Departamento de Investigações Criminais. Não encontraram sinais de tumulto, tampouco pista da localização, destino ou estado de espírito de Philippa Balfour. Era um apartamento bem decorado: tacos aparentes, paredes recém-pintadas. (O decorador também estava sendo interrogado.) A sala de estar era grande, com duas janelas gêmeas começando ao nível do chão. Dois quartos, um transformado em estúdio. A cozinha, feita sob medida, era menor que o banheiro revestido de pinho. Havia muitas coisas de David Costello no quarto. Alguém tinha empilhado suas roupas sobre uma cadeira e colocado alguns livros e CDs por cima, coroando a estrutura com um saco de roupa suja.

Quando indagado, Costello só conseguiu imaginar que fosse coisa da Flip. Suas palavras: "Nós tivemos uma briga. Provavelmente foi a forma como ela reagiu". Sim, eles tinham discutido outras vezes, mas não, ela nunca havia empilhado as coisas dele antes, não que se lembrasse.

John Balfour tinha vindo à Escócia em um jato particular — emprestado por um cliente solidário — e chegara ao apartamento da Cidade Nova pouco antes da polícia.

"Então?", foi sua primeira pergunta. O próprio Costello ofereceu uma resposta: "Desculpe".

Os policiais do Departamento de Investigação Criminal, DIC, interpretaram aquelas palavras de inúmeras formas quando discutiram o caso em particular. A discussão com a namorada fica feia; logo depois se sabe que ela morreu, e o corpo é escondido. Mas, confrontada pelo pai, a formação familiar toma conta e a pessoa deixa escapar uma quase confissão.

Desculpe.

Tantas maneiras de interpretar essa palavra. Desculpe por termos discutido; desculpe por estar incomodando;

desculpe pelo que aconteceu; desculpe por não ter cuidado dela; desculpe pelo que fiz...

E agora os pais de David Costello também estavam na cidade. Tinham alugado dois quartos em um dos melhores hotéis. Eles moravam nos arredores de Dublin. O pai, Thomas, podia ser descrito como alguém "que vive de rendas", enquanto a mãe, Theresa, trabalhava como designer de interiores.

Dois quartos: houve alguns comentários em St. Leonard's quanto à razão para o casal precisar de dois quartos. No entanto, com David como filho único, por que precisavam morar numa casa de oito cômodos?

Houve também comentários sobre a razão por que St. Leonard's estava envolvida no caso da Cidade Nova. A delegacia mais próxima do apartamento era a de Gayfield Square, mas foram convocados policiais de Leith, St. Leonard's e Torpichen.

"Alguém está mexendo os pauzinhos", era a opinião corrente. "Larguem tudo, a filha de um ricaço sumiu."

Em particular, Rebus não discordava.

"Quer tomar alguma coisa?", perguntou a David. "Chá? Café?"

Costello fez que não com a cabeça.

"Se importa se eu...?"

Costello olhou para ele, parecendo não entender. Depois entendeu. "Tudo bem", falou. "A cozinha é..." Começou a fazer um gesto.

"Eu sei onde é, obrigado", disse Rebus. Fechou a porta atrás de si e ficou um momento no corredor, feliz por ter saído da abafada sala de estar. Suas têmporas latejavam e os nervos por trás dos olhos estavam tensos. Ouviu sons vindo do estúdio. Rebus olhou pela porta.

"Vou pôr uma chaleira no fogo."

"Boa ideia." A sargento-detetive Siobhan Clarke não tirou os olhos da tela do computador.

"Alguma coisa?"

"Chá, por favor."

"Eu quis dizer..."

"Nada ainda. Cartas para amigos, alguns ensaios. Tem uns mil e-mails para examinar. Seria bom ter a senha dela."

"Costello disse que nunca soube essa senha."

Clarke pigarreou.

"O que você quis dizer com isso?", perguntou Rebus.

"Quis dizer que minha garganta está irritada", respondeu Clarke. "O meu só com leite, por favor, obrigada."

Rebus entrou na cozinha, encheu a chaleira e procurou canecas e saquinhos de chá.

"Quando eu posso ir para casa?"

Rebus se virou e viu Costello em pé no corredor.

"Seria melhor se você não fosse", respondeu. "Repórteres, câmeras... eles vão ficar no seu pé, telefonando dia e noite."

"Eu posso tirar o fone do gancho."

"Vai ser como estar preso." Rebus observou o rapaz dar de ombros. Depois disse algo que Rebus não entendeu.

"Como?"

"Eu não posso ficar aqui", repetiu Costello.

"Por que não?"

"Não sei... é que..." Ele deu de ombros mais uma vez, passando as mãos na testa para afastar a franja. "É a Flip quem devia estar aqui. É demais para a minha cabeça. Fico lembrando da briga que tivemos na última vez que nos vimos."

"Qual foi o motivo?"

Costello deu uma risada inexpressiva. "Eu nem me lembro mais."

"Isso foi no dia em que ela desapareceu?"

"Foi na mesma tarde, sim. Eu fui embora furioso."

"Vocês discutiam muito?" Rebus tentou fazer a pergunta parecer casual.

Costello permaneceu imóvel, olhando para o espaço, mexendo levemente a cabeça. Rebus lhe deu as costas, separou dois saquinhos de chá Darjeeling e os colocou nas canecas. Será que Costello estava cedendo? Será que Siobhan Clarke estava ouvindo atrás da porta do estúdio? Eles estavam, sim, dando uma de babá com Costello, parte da equipe trabalhando em três turnos de oito horas, mas eles o haviam trazido ali também por outra razão. Oficialmente, ele estava ali para esclarecer alguns nomes que surgiam na correspondência de Philippa Balfour. Mas Rebus o queria ali porque aquele poderia ser o local do crime. E talvez David Costello tivesse algo a esconder. As apostas em St. Leonard's corriam soltas: dois para um em Torpichen, mas em Gayfield ele era o favorito.

"Seus pais disseram que você pode ficar com eles no hotel", disse Rebus. Virou-se para estudar sua reação. "Eles alugaram dois quartos, então está sobrando um."

Costello não mordeu a isca. Observou o detetive por mais alguns segundos, depois virou a cabeça para olhar pela porta do estúdio.

"Já encontrou o que está procurando?", perguntou.

"Pode levar algum tempo, David", respondeu Siobhan. "É melhor deixar a gente continuar procurando."

"Você não vai encontrar nenhuma resposta aí." Ele se referia à tela do computador. Como ela não respondeu, Costello se esticou e inclinou a cabeça. "Você é uma especialista, não é?"

"Alguém tem que fazer isso." A resposta foi em voz baixa, como se ela não quisesse deixá-la escapar da sala.

Por um momento pareceu que ele ia acrescentar algo, mas depois pensou melhor e preferiu voltar para a sala de estar. Rebus levou o chá para Clarke.

"Que chique", ela disse, examinando o saquinho de chá boiando na caneca.

"Não sabia se você queria forte ou não", explicou Rebus. "O que está achando?"

Ela pensou um instante. "Parece tudo certo."

"Talvez você simplesmente não resista a um rosto bonito."

Ela fungou, pescou o saquinho de chá e jogou-o no cesto de lixo. "Talvez", respondeu. "E o que *você* está achando?"

"Entrevista coletiva amanhã", observou Rebus. "Será que podemos convencer Costello a fazer uma aparição pública?"

Dois detetives de Gayfield Square estavam no turno da noite. Rebus foi para casa e começou a encher a banheira. Sentia vontade de ficar algum tempo de molho e espremeu um sabonete líquido sob a torneira quente, lembrando-se de que aquilo era algo que os pais faziam para ele quando era garoto. Voltava enlameado do campo de futebol e ganhava um banho com sabonete líquido. Não que a família não pudesse comprar um banho de espuma: "Banho de espuma é apenas sabonete líquido de gente rica", dizia sua mãe.

O banheiro de Philippa Balfour tinha mais de uma dúzia de "bálsamos", "loções de banho" e "óleos espumantes". Rebus também tinha produtos de banheiro: barbeador, creme de barbear, dentifrício e só uma escova de dentes, além de um sabonete. No armarinho: esparadrapo, paracetamol e um pacote de preservativos. Examinou o pacote... só restava um. A data de vencimento era no verão passado. Fechou o armarinho e encarou o próprio reflexo. Rosto cinzento, cabelos ficando cinzentos também. E uma papada, mesmo quando esticava o pescoço. Tentou sorrir, viu dentes que não haviam comparecido às duas últimas consultas. O dentista estava ameaçando retirá-lo da sua lista de clientes.

"Você precisa se cuidar, companheiro", murmurou Rebus, afastando-se do espelho antes de se despir.

A festa da aposentadoria do inspetor-chefe "Farmer" Watson tinha começado às seis. Na verdade, era a terceira ou quarta festa do gênero, mas seria a última — e a única oficial. O Clube da Polícia de Leith Walk fora decorado com flâmulas, balões e uma grande faixa que dizia: DESCAN-

SO MERECIDO PARA UM POLICIAL AGUERRIDO. Alguém tinha espalhado um fardo de feno na pista de dança, completando o cenário bucólico com um porco e um carneiro infláveis. O bar estava barulhento quando Rebus chegou. Passou por uma troica de alta patente da Central de Polícia que estava de saída e olhou para o relógio: seis e quarenta. Eles tinham concedido quarenta minutos de seu precioso tempo ao inspetor-chefe que se aposentava.

A despedida tinha acontecido mais cedo em St. Leonard's, mas Rebus não compareceu: estava fazendo papel de babá naquele período. Soube do discurso feito por Colin Carswell, subchefe da Polícia. Diversos policiais que trabalharam com Farmer — alguns já aposentados — também compareceram para dizer algumas palavras e ficaram por lá para as festividades da noite. Todos pareciam ter bebido a tarde inteira: gravatas retiradas ou afrouxadas no colarinho, rostos brilhando de calor etílico. Um deles cantava, a voz se contrapondo à música que saía dos alto-falantes do teto.

"O que vai tomar, John?", perguntou Farmer, saindo de sua mesa para encontrar Rebus no bar.

"Talvez um uisquinho, senhor."

"Meia garrafa de uísque aqui quando você tiver um tempinho!", trovejou Farmer para o barman, ocupado em encher canecas de cerveja. Os olhos dele se apertaram quando focalizaram Rebus. "Você viu aqueles caras da Central de Polícia?"

"Passei por eles quando entrava."

"Só tomaram suco de laranja o tempo todo, depois me deram um rápido aperto de mão e foram para casa." Farmer se esforçava para não arrastar a voz, mas o resultado parecia forçado. "Nunca entendi muito bem a expressão 'cheio de si', mas era o que eles pareciam: homens 'cheios de si'!"

Rebus sorriu e pediu um Ardbeg ao barman.

"Um duplo?", ordenou Farmer.

"Está bebendo já há algum tempo, senhor?", perguntou Rebus.

Farmer estufou as bochechas. "Alguns velhos amigos vieram se despedir." Fez um gesto de cabeça em direção à mesa. Rebus também olhou. Viu um bando de bêbados. Perto deles havia uma mesa de bufê: sanduíches, salsichas, salgadinhos e amendoins. Viu rostos que conhecia de todos os QGs de Lothian and Borders. Macari, Allder, Shug Davidson, Roy Frazer. Bill Pryde conversava com Bobby Hogan. Grant Hood estava ao lado de dois policiais do Esquadrão Anticrime chamados Claverhouse e Ormiston, tentando esconder sua admiração. George "Hi-Ho" Silvers começava a perceber que as detetives Phyllida Hawes e Ellen Wylie não estavam a fim de entrar no papo dele. Jane Barbour, da Central de Polícia, fofocava com Siobhan Clarke, que já tinha trabalhado na Delegacia de Costumes de Barbour.

"Os bandidos fariam a festa se soubessem que estão todos aqui", comentou Rebus. "Quem ficou tomando conta do forte?"

Farmer deu risada. "Só um punhado de gente em St. Barber's, é verdade."

"Belo bota-fora. Fico me perguntando se vai ter tanta gente assim no meu."

"Mais gente ainda, aposto." Farmer chegou mais perto. "Para começar, todos os maiorais vão estar lá para verificar se não estão sonhando."

Foi a vez de Rebus sorrir. Ergueu o copo e fez um brinde ao chefe. Os dois saborearam a bebida, Farmer estalou os lábios.

"Quanto tempo mais, você acha?", perguntou.

Rebus deu de ombros. "Ainda não completei os trinta."

"Mas não vai demorar muito, vai?"

"Eu não estou contando." Mas era mentira: quase toda semana ele pensava nisso. "Trinta" significava trinta anos de serviço. Quando a pensão chegava ao máximo. Era para isso que muitos policiais viviam: aposentadoria depois dos cinquenta e uma casa na praia.

"Vou contar uma história que não costumo contar", disse Farmer. "Na minha primeira semana na força, eles me puseram para trabalhar no atendimento, turno da madrugada. Aí entra um garoto — nem adolescente ainda —, anda direto até a minha mesa e diz: 'Eu quebrei a minha irmãzinha'." Os olhos de Farmer fitavam um ponto no espaço. "Vejo a imagem dele até hoje, o jeito como se vestia, lembro as palavras exatas... 'Eu quebrei a minha irmãzinha'. Eu não fazia ideia do que ele estava dizendo. Acabou que ele tinha empurrado a irmã escada abaixo e matado a menina." Fez uma pausa, tomou outro gole de uísque. "Minha primeira semana na força. Sabe o que o meu sargento falou? 'Depois disso, o que vier é lucro'." Farmer forçou um sorriso. "Nunca soube ao certo se ele tinha razão..." De repente ele abriu os braços no ar e seu sorriso aumentou. "Olha quem chegou! Olha quem chegou! Eu já estava achando que ia tomar um cano."

O abraço dele quase esmagou a inspetora-chefe Gill Templer. Em seguida estalou um beijo na bochecha dela. "Você não é a dançarina do show, por acaso?", perguntou. Depois fingiu dar um tapa na própria testa. "Linguagem sexista... você vai me denunciar?"

"Vou deixar passar dessa vez", respondeu Gill, "se você me oferecer uma bebida."

"É por minha conta", intercedeu Rebus. "O que vai querer?"

"Uma vodca-tônica."

Bobby Hogan estava aos gritos, chamando Farmer para esclarecer uma discussão.

"O dever me chama", explicou Farmer, dando uma desculpa antes de sair andando meio vacilante.

"Chegou a hora do show dele?", arriscou Gill.

Rebus deu de ombros. A especialidade de Farmer era enumerar todos os livros da Bíblia. Seu tempo recorde era de menos de um minuto, mas esse recorde não seria quebrado essa noite de jeito nenhum.

"Uma vodca-tônica", pediu Rebus ao barman. Depois ergueu o copo de uísque. "E mais dois deste." Ao perceber o olhar de Gill, foi logo explicando: "Um é para o Farmer".

"Claro." Ela sorriu, mas o sorriso não chegou até os seus olhos.

"Já marcou a data da sua festa?", perguntou Rebus.

"Que festa seria essa?"

"A primeira inspetora-chefe da Escócia... achei que valeria uma comemoração, não?"

"Eu tomei uma taça de sidra quando recebi a notícia." Observou o barman pingando angostura em seu drinque. "Como anda o caso Balfour?"

Rebus olhou para ela. "É a minha nova chefe que está perguntando?"

"John..."

Engraçado como aquela única palavra podia dizer tanto. Rebus não sabia ao certo se compreendia todas as nuances, mas entendia o suficiente.

John, não force a barra.

John, eu sei que nós temos uma história, mas isso acabou faz tempo.

Gill Templer tinha dado duro para chegar aonde estava, mas agora se encontrava sob o microscópio — muita gente gostaria que fracassasse, inclusive alguns que considerava amigos.

Rebus fez um gesto vago e pagou as bebidas, despejando as duas doses no mesmo copo.

"Estou fazendo um favor para ele", explicou apontando em direção a Farmer, que já tinha chegado ao Novo Testamento.

"Sempre pronto para o sacrifício", comentou Gill.

Houve vivas quando a declamação de Farmer terminou. Alguém disse que se tratava de um novo recorde, mas Rebus sabia que não era verdade. Era apenas mais uma homenagem, outra versão do relógio de ouro ou de mesa. O uísque tinha gosto de turfa e alga marinha, mas Rebus sabia que, daquele dia em diante, sempre que tomasse um Ardbeg ele pensaria em um garotinho entrando pela porta de uma delegacia de polícia...

Siobhan Clarke estava atravessando o salão.

"Parabéns", falou.

As duas mulheres trocaram um aperto de mão.

"Obrigada, Siobhan", disse Gill. "Talvez um dia desses chegue a sua vez."

"Por que não?", concordou Siobhan. "O meu teto não é de vidro, então podem atirar pedras." E golpeou o ar com o punho.

"Quer uma bebida, Siobhan?", perguntou Rebus.

As duas mulheres trocaram um olhar. "Não é para isso que eles servem?", comentou Siobhan com uma piscada. Rebus deixou as duas dando risada.

O caraoquê começou às nove. Rebus foi ao toalete e sentiu o suor refrescando as costas. A gravata já tinha sido retirada e guardada no bolso. O paletó estava pendurado em uma das cadeiras perto do bar. A frequência da festa mudava à medida que alguns iam embora, fosse para se preparar para o turno da noite ou porque seus celulares e *pagers* haviam comunicado notícias. Mas outros continuavam chegando, depois de terem passado em casa para trocar as roupas de trabalho. Uma policial da sala de comunicação de St. Leonard's usava uma saia curta, era a primeira vez que Rebus via suas pernas. Quatro bagunceiros de um dos postos de Farmer em West Lothian chegaram trazendo fotos de Farmer tiradas havia um quarto de século. Algumas cópias da coleção tinham sido alteradas, mostrando a cabeça de Farmer em corpos de halterofilistas, alguns deles em posições mais que comprometedoras.

Rebus lavou as mãos, passando água no rosto e na nuca. Depois, é claro, só encontrou um secador de mão elétrico, por isso teve de usar o lenço como toalha. Nesse momento Bobby Hogan entrou no banheiro.

"Estou vendo que você também está entornando legal", disse Hogan, dirigindo-se para os mictórios.

"Você já me ouviu cantar, Bobby?"

"A gente devia fazer um dueto: 'Há um buraco no meu balde'."

"Acho que seríamos os únicos a conhecer essa música."

Hogan riu. "Lembra quando éramos os jovens novatos?"

"Faz tempo", respondeu Rebus, meio que para si mesmo. Hogan achou que tinha entendido mal, mas Rebus apenas balançou a cabeça.

"Então, quem vai ser o próximo a se despedir em grande estilo?", perguntou Hogan, pronto para voltar ao bar.

"Eu é que não vou", afirmou Rebus.

"Não?"

Rebus estava enxugando o pescoço outra vez. "Eu não posso me aposentar, Bobby. Isso me mataria."

Hogan fungou. "Eu também não. Mas esse trabalho também está me matando." Os dois homens se examinaram, então Hogan piscou e abriu a porta. Os dois voltaram ao calor e ao barulho, Hogan abrindo os braços para cumprimentar um velho amigo. Um dos amigos de Farmer empurrou um copo na direção de Rebus.

"Ardbeg, certo?"

Rebus aceitou, lambeu o local onde a bebida havia respingado nas costas da mão e em seguida, imaginando um garotinho com um comunicado a fazer, ergueu o copo e bebeu de um só gole.

Rebus tirou o chaveiro do bolso e destrancou a porta principal do edifício. As chaves eram novas e brilhantes, feitas naquele dia. Seu ombro roçou a parede no caminho até a escada, e ele segurou firme no corrimão para subir. A segunda e a terceira chaves brilhantes abriram a porta do apartamento de Philippa Balfour.

Não havia ninguém em casa, e o alarme não estava ligado. Rebus acendeu a luz. O capacho solto no chão quis se enrolar nos seus pés e ele teve de lutar para se libertar, apoiando-se na parede. O lugar estava exatamente como o deixara, só que agora o computador não se encontrava mais sobre a escrivaninha, havia sido transferido para a delegacia: Siobhan apostava que o provedor de serviços de internet de Balfour poderia ajudar a driblar a senha de Philippa.

No quarto de dormir alguém havia removido a organizada pilha de roupas de David Costello da cadeira. Rebus presumiu que o culpado fosse o próprio Costello. Mas não teria feito aquilo sem permissão — nada saía do apartamento sem autorização dos chefes. A perícia teria examinado as roupas primeiro, talvez colhido amostras. Já havia rumores sobre a necessidade de apertar o cinto. Em um caso como aquele, os custos podiam subir tão rápido como um balão de gás.

Na cozinha, Rebus se serviu de um grande copo de água e foi sentar na sala de estar, mais ou menos onde Costello estivera. Um pouco de água escorreu por seu queixo. As pinturas nas paredes — quadros abstratos emoldurados — faziam piruetas, movendo-se à medida que seus olhos se mexiam. Inclinou-se para colocar o copo vazio no chão e acabou caindo de quatro. Algum safado tinha batizado a bebida, era a única explicação. Rebus mudou de posição e sentou, fechando os olhos por um instante. Pessoas desaparecidas: às vezes a gente se preocupa em vão; elas reaparecem, ou não querem ser encontradas. Eram tantas... fotos e descrições sempre passavam pela delegacia, os rostos ligeiramente fora de foco, como se estivessem prestes a se tornar fantasmas. Rebus piscou para ajustar a visão e olhou para o teto, com sua cornija ornamental. Era um daqueles apartamentos grandes da Cidade Nova, mas Rebus preferia o lugar onde morava: mais lojas, sem tanta poluição...

Alguém devia ter batizado aquele Ardbeg. Dificilmente ele beberia aquilo de novo. Estaria sempre acompanhado de seu fantasma particular. Ficou imaginando o que tinha acontecido com o garoto: teria sido acidente ou intencional? Hoje em dia o garoto já seria pai, talvez até avô. Será que ainda sonhava com a irmã que tinha matado? Será que se lembrava do guarda jovem e nervoso na mesa da recepção? Rebus esfregou as mãos no piso. Era de madeira, resinada e encerada. A perícia ainda não tinha retirado as tábuas, ainda não. Tateou um vão entre duas tábuas e enfiou as unhas, mas não encontrou nada. Por alguma razão derrubou o copo, que começou a rolar, o ruído enchendo a sala. Rebus ficou olhando até o copo parar de rolar perto da porta, seu trajeto bloqueado por dois pés.

"Que diabo está acontecendo aqui?"

Rebus levantou-se. O homem à sua frente tinha mais de quarenta anos, as mãos nos bolsos de um sobretudo preto de lã até o joelho. Abriu um pouco as pernas, ocupando a passagem.

"Quem é você?", perguntou Rebus.

O homem retirou a mão do bolso e levou ao ouvido. Segurava um telefone celular. "Eu vou chamar a polícia", explicou.

"Eu sou da polícia." Rebus levou a mão ao bolso, retirou um cartão de visita. "Inspetor Rebus."

O homem leu o cartão e devolveu-o. "Eu sou John Balfour", falou, a voz perdendo um pouco da acidez. Rebus anuiu; já tinha imaginado de quem se tratava.

"Desculpe se eu..." Rebus não terminou a frase. Quando guardou o cartão, seu joelho esquerdo cedeu por um segundo.

"Você andou bebendo", comentou Balfour.

"Sim, lamento. Uma festa de aposentadoria. Mas eu não estava de serviço, se é o que está querendo dizer."

"Então posso perguntar o que está fazendo no apartamento da minha filha?"

"Pode", concordou Rebus. Depois olhou ao redor. "Eu só queria... bem, acho que..." Mas não conseguiu encontrar as palavras.

"O senhor quer se retirar, por favor?"

Rebus inclinou um pouco a cabeça. "Claro." Balfour afas-

25

tou-se para que o outro pudesse passar sem nenhum contato. Rebus parou na soleira, meio virado, pronto para se desculpar outra vez, mas o pai de Philippa já estava na janela da sala de estar, olhando para a noite lá fora, as mãos segurando as duas folhas da veneziana.

Rebus desceu a escada em silêncio, agora já meio sóbrio, e fechou a porta do edifício sem olhar para trás, sem olhar para a janela do primeiro andar. As ruas estavam desertas, o pavimento cintilava com a umidade da chuva que caíra mais cedo, os postes de iluminação refletidos no chão. Seus próprios passos eram o único som que Rebus ouvia quando começou a voltar subindo a ladeira: Queen Street, George Street, Princes Street, depois a North Bridge. As pessoas saíam dos *pubs* para retornar às suas casas, procurando táxis e amigos perdidos. Rebus pegou à esquerda na igreja de Tron em direção a Canongate. Um carro de patrulha estava estacionado no meio-fio, dois homens dentro: um acordado, o outro dormindo. Eram detetives de Gayfield. Os dois tinham perdido no sorteio ou não se davam bem com o chefe: nada mais poderia explicar essa inútil vigília noturna. Para o que estava acordado, Rebus era apenas mais um passante. Tinha um jornal aberto à sua frente, posicionado para receber a única luz existente. Quando Rebus bateu no teto do carro, o jornal voou, caindo sobre o rosto do que estava dormindo, que acordou num sobressalto e começou a lutar com as páginas que o sufocavam.

Quando o vidro da janela do passageiro desceu, Rebus se abaixou. "O despertador da uma da manhã, senhores."

"Eu quase caguei nas calças", disse o passageiro, tentando organizar o jornal. Seu nome era Pat Conolly e ele tinha passado seus primeiros anos no Departamento de Investigações Criminais fazendo campanha contra o apelido de "Pato". O colega era Tommy Daniels, que parecia à vontade — assim como em todas as outras situações — com o apelido de "Distante". De Tommy para Tom-Tom,

26

daí para Tambores Distantes e depois para Distante: essa era a lógica por trás do apelido, mas também dizia muito sobre a personalidade do rapaz. Depois de ter sido rudemente despertado de seu sono, de ver e reconhecer Rebus, sua única atitude foi um suspiro profundo.

"Você podia ter trazido um café para a gente", queixou-se Connolly.

"Poderia", corrigiu Rebus. "Ou quem sabe um dicionário." Deu uma olhada no jornal, para as palavras cruzadas. Menos de um quarto do quadro havia sido preenchido, enquanto o quebra-cabeça estava assinalado com rabiscos nos anagramas não resolvidos. "Noite tranquila?"

"Só alguns estrangeiros pedindo informações", respondeu Connolly. Rebus sorriu e olhou para os dois lados da rua. Aquele era o coração turístico de Edimburgo. Um hotel perto do semáforo, uma loja de artigos de lã do outro lado da rua. Presentes sofisticados, guloseimas e garrafas de cristal para uísque. Um fabricante de *kilts* a cinquenta metros de distância. A casa de John Knox, espremida entre as vizinhas, em parte escondida por sombras carrancudas. Houve tempo em que Edimburgo se resumia à Cidade Velha: uma rua estreita indo do Castelo a Holyrood, com alamedas íngremes ramificadas como costelas retorcidas. Mais tarde, quando o local se tornou ainda mais populoso e insalubre, foi construída a Cidade Nova, com sua elegância georgiana esnobando intencionalmente a Cidade Velha e todos os que não tinham condições de se mudar. Rebus achava interessante que Philippa tivesse escolhido a Cidade Nova, enquanto David Costello preferia morar na Cidade Velha.

"Ele está em casa?", perguntou aos dois policiais.

"Você acha que estaríamos aqui se ele não estivesse?" Connolly observava o parceiro, que despejava sopa de tomate de uma garrafa térmica. Distante cheirou o líquido com hesitação, deu um gole rápido. "Na verdade, você ainda pode ser útil para a gente."

Rebus olhou para ele. "Ah, é?"

27

"Para resolver uma discussão. Deacon Blue, *Wages Day*... primeiro ou segundo álbum?"

Rebus sorriu. "A noite *estava* tranquila." Em seguida, depois de um momento de reflexão: "Segundo".

"Você me deve dez pratas", disse Connolly para Distante.

"Posso fazer uma pergunta também?" Rebus tinha se agachado, sentindo os joelhos estalarem com o esforço.

"Manda ver", respondeu Connolly.

"O que vocês fazem quando precisam fazer xixi?"

Connolly sorriu. "Quando o Distante está dormindo eu uso a garrafa térmica dele."

O gole de sopa quase explodiu pelas narinas de Distante. Rebus ergueu-se, sentindo o sangue pulsar nos ouvidos: alerta vermelho, ressaca de grau dez a caminho.

"Você vai entrar?", perguntou Connolly. Rebus olhou para o edifício outra vez.

"Estou pensando a respeito."

"Nós vamos ter que relatar isso."

Rebus assentiu. "Eu sei."

"Está vindo da despedida do Farmer?"

Rebus virou-se para o carro. "Sim, qual é o problema?"

"Bem, você bebeu, não? Pode não ser o melhor momento para uma visita desse tipo... senhor."

"Pelo jeito você tem razão... Pato", disse Rebus, andando até a porta.

"Lembra-se do que você me perguntou?"

Rebus tinha aceitado um café puro de David Costello. Pegou dois comprimidos de paracetamol do tubo de alumínio e tomou. Madrugada, mas Costello não tinha dormido. Camiseta preta, jeans preto, pés descalços. Em algum momento havia saído para ir até alguma loja de bebidas: a sacola estava no assoalho, a meia garrafa de Bell's quase ao lado, já aberta, mas só com umas duas doses a menos. O garoto não era de beber muito, deduziu Rebus. Era o comportamento típico de alguém que não bebia diante de uma crise — precisou de um uísque, mas antes teve de sair para comprar, e não fazia sentido entornar a garrafa inteira. Umas duas doses já resolviam o problema.

A sala era pequena, o apartamento todo acabava em uma escadaria em forma de torre com degraus de pedra côncavos e desgastados. Janelas minúsculas. O prédio fora projetado num século em que o aquecimento era um luxo. Quanto menores as janelas, menos calor se perdia.

A sala era separada da cozinha apenas por um degrau e um painel de tabique. Uma porta aberta, de duas folhas. Sinais de que Costello gostava de cozinhar: panelas e caldeirões pendurados em ganchos de açougue. O espaço da sala era tomado por livros e CDS. Rebus já tinha examinado os CDS: John Martyn, Nick Drake, Joni Mitchell. Relaxante porém cerebral. Os livros pareciam ser parte do curso de literatura inglesa de Costello.

Costello estava sentado num *futon* vermelho; Rebus escolheu uma de duas cadeiras de madeira de encosto reto. Parecia uma das coisas que via nas calçadas de Causewayside com o rótulo de "antiguidade", abrangendo carteiras escolares dos anos 60 e arquivos verdes resgatados de escritórios reformados.

Costello passou a mão nos cabelos, não disse nada.

"Você me perguntou se eu achava que tinha sido você", falou Rebus, lembrando a pergunta.

"Como assim?"

"Se eu achava que você tinha matado a Flip. Acho que foi assim que se expressou: 'Você acha que eu a matei, não?'."

Costello concordou. "É óbvio, não é? Nós tínhamos discutido. É normal que você me considere um suspeito."

"David, no momento você é o *único* suspeito."

"Acha mesmo que aconteceu alguma coisa com ela?"

"O que você acha?"

Costello balançou a cabeça. "Não tenho feito nada a não ser queimar neurônios desde que tudo isso começou."

Os dois ficaram em silêncio alguns instantes.

"O que está fazendo aqui?", perguntou de repente Costello.

"Como já disse, é o meu caminho de casa. Você gosta da Cidade Velha?"

"Gosto."

"Bem diferente da Nova. Nunca pensou em se mudar para perto da Flip?"

"O que está tentando dizer?"

Rebus deu de ombros. "Talvez isso esclareça algo sobre vocês dois, as partes da cidade que preferem."

Costello deu um riso seco. "Vocês, escoceses, às vezes são tão simplistas."

"Como é?"

"Cidade Velha *versus* Cidade Nova, católico/protestante, Costa Leste/Costa... As coisas podem ser bem mais complicadas que isso."

"Atração entre opostos, era aonde eu queria chegar." Houve outro silêncio entre os dois. Rebus correu os olhos pela sala.

"Eles não bagunçaram a casa toda?"

"Quem?"

"A equipe de busca."

"Poderia ter sido pior."

Rebus tomou um gole de café, fingindo saboreá-lo. "Mas você não teria deixado o cadáver aqui, não é? Quero dizer, só psicopatas fazem esse tipo de coisa." Costello olhou para ele. "Desculpe, estou sendo... quer dizer, é só uma teoria. Não estou querendo insinuar nada. Mas o pessoal da perícia está procurando um corpo. Eles lidam com coisas que eu e você nem conseguimos enxergar. Nódoas de sangue, fibras, um fio de cabelo." Rebus balançou lentamente a cabeça. "Os jurados acreditam nessas coisas. O bom e velho trabalho policial está escorrendo pelo ralo." Pôs de lado a caneca preta esmaltada e procurou o maço de cigarros no bolso. "Você se importa se eu...?"

Costello hesitou. "Na verdade eu aceito um, se não se importar."

"Fique à vontade." Rebus tirou um cigarro, acendeu e jogou o maço e o isqueiro para o homem mais jovem. "Pode enrolar um baseado, se quiser", acrescentou. "Quer dizer, se essa é a sua."

"Não, não é."

"A vida de estudante parece estar diferente nos dias de hoje."

Costello suspirou, observando o cigarro como se fosse algo estranho. "Suponho que sim", concordou.

Rebus sorriu. Apenas dois adultos fumando e batendo papo. Em plena madrugada. Hora da honestidade, o mundo lá fora dormindo, ninguém bisbilhotando. Levantou-se e foi até a estante de livros. "Como você e a Flip se conheceram?", perguntou, pegando um livro ao acaso e folheando suas páginas.

"Num jantar. A gente se ligou na mesma hora. Na manhã seguinte, depois do café, demos uma volta no Cemitério Warriston. Foi quando eu percebi que a amava... quero dizer, que não ia ser uma transa de uma só noite."

"Você gosta de cinema?", perguntou Rebus. Tinha notado que uma das prateleiras parecia ser toda de livros sobre cinema.

Costello olhou em sua direção. "Eu gostaria de tentar escrever um roteiro algum dia."

"Que bom." Rebus abriu outro livro. Parecia uma série de poemas sobre Alfred Hitchcock. "Você não foi ao hotel?", perguntou depois de uma pausa.

"Não."

"Mas falou com seus pais?"

"Falei." Costello deu outra tragada, sugando o cigarro com intensidade. Percebeu que não havia cinzeiros e procurou alguma coisa que servisse como substituto: castiçais, um para Rebus e outro para si próprio. Afastando-se da estante, o pé de Rebus roçou em algo: um soldadinho de metal com uns três centímetros de altura. Inclinou-se para pegar o brinquedo. O mosquete havia sido arrancado, a cabeça torcida para um lado. Achou que não tinha sido res-

31

ponsável por aquilo. Rebus o colocou em silêncio sobre uma prateleira antes de se sentar novamente.

"Então eles cancelaram o outro quarto?", perguntou.

"Eles dormem em quartos separados, inspetor." Costello ergueu os olhos da borda do cinzeiro improvisado em que estava batendo o cigarro. "Não é crime, é?"

"Quem sou eu para julgar isso? Minha mulher me deixou há tanto tempo que nem consigo mais lembrar quando foi."

"Aposto que você *lembra.*"

Rebus sorriu outra vez. "Culpado."

Costello descansou a cabeça no encosto do sofá, reprimindo um bocejo.

"Eu preciso ir embora."

"Pelo menos termine o café."

Rebus já tinha terminado, mas concordou assim mesmo, sem querer sair a não ser que fosse expulso. "Talvez ela apareça. Às vezes as pessoas fazem essas coisas, não é? De repente pode ter sentido vontade de ir até as montanhas."

"Flip não é exatamente o tipo de pessoa que vai às montanhas."

"Mas ela pode ter tido vontade de ir a algum outro lugar."

Costello balançou a cabeça. "Flip sabia que estavam esperando por ela no bar. Não teria se esquecido disso."

"Não? Ela pode ter conhecido alguém... sabe como é, uma coisa de impulso, como naquela propaganda."

"Conhecido alguém?"

"É possível, não é?"

Os olhos de Costello ficaram sombrios. "Não sei. Foi uma das coisas em que pensei... se ela tinha conhecido alguém."

"E você descartou?"

"Sim."

"Por quê?"

"Porque, se fosse alguma coisa assim, ela teria me contado. É o jeito dela de ser: não faz diferença se é um vestido de alta-costura, um voo no Concorde de presente dos pais, ela não consegue deixar de contar."

"Gosta de atenção?"

"Todo mundo não gosta, de vez em quando?"

"Ela não teria feito isso para forçar todo mundo a sair procurando por ela, teria?"

"Simulado o próprio desaparecimento?" Costello abanou a cabeça, reprimindo outro bocejo. "Acho que eu devia dormir um pouco."

"A que horas é a coletiva de imprensa?"

"No começo da tarde. Parece que é para ser divulgada nos noticiários da noite."

Rebus aquiesceu. "Não fique nervoso nesse momento, seja você mesmo."

Costello apagou o cigarro. "E quem mais eu poderia ser?" Fez menção de devolver o maço e o isqueiro para Rebus.

"Pode ficar. A gente nunca sabe quando vai sentir vontade." Levantou-se e sentiu a cabeça latejando, apesar do paracetamol. *É o jeito dela de ser.* Costello tinha falado no presente — uma observação casual ou algo mais calculado? Costello também se levantou, agora sorrindo, embora sem muito humor.

"Você não chegou a responder àquela pergunta, não foi?", comentou.

"Estou mantendo a mente aberta, senhor Costello."

"Está mesmo?" Costello enfiou as mãos nos bolsos. "Você vai estar na entrevista coletiva?"

"Pode ser."

"E vai estar atento a atos falhos? Como seus amigos da perícia?" Seus olhos se estreitaram. "Eu posso ser o único suspeito, mas não sou bobo."

"Então vai gostar de estarmos do mesmo lado... talvez você não pense assim."

"Por que você veio aqui hoje à noite? Você não está de serviço, está?"

Rebus deu um passo em sua direção. "Sabe o que os antigos pensavam, senhor Costello? Pensavam que vítimas de assassinatos retinham a imagem do assassino no globo ocular... a última coisa que tinham visto. Alguns assassinos arrancavam os olhos das vítimas depois da morte."

"Mas hoje em dia não somos mais tão ingênuos, não é, inspetor? Ninguém acha que pode conhecer e avaliar uma pessoa a partir de um contato visual." Costello inclinou-se para Rebus, os olhos se alargando levemente. "Dê uma boa olhada, porque a exposição está para acabar."

Rebus encarou o olhar. Costello foi o primeiro a piscar, quebrando o encanto. Depois se virou e pediu que Rebus saísse. Enquanto Rebus andava até a porta, Costello o chamou. Estava limpando o maço de cigarros com um lenço. Em seguida fez o mesmo com o isqueiro e lançou os dois itens em direção de Rebus. Eles caíram a seus pés.

"Acho que você sente mais vontade que eu."

Rebus abaixou-se para pegar. "Por que o lenço?"

"É sempre bom ter cuidado", respondeu Costello. "Provas podem surgir dos lugares mais estranhos."

Rebus endireitou-se, preferiu não dizer nada. Na porta, Costello disse boa-noite. Rebus já estava no meio da escada quando retornou o cumprimento. Pensou na forma como Costello havia limpado o isqueiro e o maço de cigarros. Em todos os seus anos na polícia, nunca havia visto um suspeito fazer algo assim. Significava que Costello esperava alguma armação.

Ou talvez fosse o que queria aparentar. Mas aquilo havia mostrado a Rebus um lado frio e calculista do rapaz. Mostrara alguém capaz de agir de forma premeditada...

2

Era um daqueles dias frios e crepusculares que poderiam acontecer em qualquer uma das três estações da Escócia, com um céu encoberto de ardósia e um vento que o pai de Rebus teria chamado de "cortante". O pai dele certa vez contara uma história — na verdade, muitas vezes — sobre o dia em que entrou numa mercearia em Lonchgelly numa gelada manhã de inverno. O proprietário estava ao lado de um aquecedor elétrico. O pai de Rebus apontou para o refrigerador e perguntou: "Este é o seu toucinho de Ayrshire?", ao que o merceeiro respondeu: "Não, são minhas mãos aquecendo". Ele jurava que era uma história real, e Rebus acreditara na época — talvez com sete ou oito anos de idade. Mas agora parecia uma piada velha, algo que tinha ouvido em algum outro lugar e distorcido para seu próprio uso.

"Não é sempre que vejo o senhor sorrindo", disse a *barista* ao preparar um *latte* duplo para ele. Eram palavras que ela usava: *barista, latte*. A primeira vez que dissera o que fazia, Rebus entendeu "batista", o que o fez perguntar se era uma espécie de pregadora. Trabalhava em uma cabine telefônica modificada na esquina da Meadows, e Rebus parava ali quase todas as manhãs a caminho do trabalho. "Café com leite" era seu pedido, que ela sempre corrigia para "*latte*". Depois ele acrescentava "duplo". Mas nem era preciso — ela conhecia o pedido dele de cor —, mas ele gostava do som das palavras.

"Sorrir não é nenhum crime, não é?", perguntou enquanto ela colocava espuma no café.

"O senhor deve saber melhor do que eu."

"E o seu patrão saberia melhor do que nós dois." Rebus pagou, depositou o troco numa embalagem de margarina para gorjetas e seguiu para St. Leonard's. Na sua opinião, ela não sabia que ele era da polícia: *o senhor deve saber melhor do que eu...* era uma observação casual, sem nenhum significado senão continuar a conversa. Por outro lado, ele tinha feito a observação sobre o patrão dela porque o proprietário daquela cadeia de quiosques também era advogado. Mas parece que ela não tinha entendido.

Ao chegar a St. Leonard's, Rebus ficou no carro, desfrutando um último cigarro com o café. Duas caminhonetes estavam estacionadas na porta dos fundos da delegacia, esperando para levar alguém ao tribunal. Rebus tinha testemunhado em um caso havia poucos dias. Gostaria de saber qual fora o resultado. Quando a porta da delegacia se abriu, ele esperava ver uma escolta, mas era Siobhan Clarke. Ela viu o carro dele e sorriu, balançando a cabeça diante da inevitabilidade da cena. Quando se aproximou, Rebus baixou o vidro.

"O condenado tomou um café da manhã reforçado", comentou.

"Bom dia para você também."

"Você está sendo chamado pela chefia."

"Então ele mandou o sabujo certo."

Siobhan não disse nada, apenas sorriu consigo mesma enquanto Rebus saía do carro. Os dois estavam a meio caminho do estacionamento quando ele ouviu as palavras: "Não é mais 'ele', é 'ela'". Rebus parou subitamente.

"Eu tinha esquecido", admitiu.

"A propósito, como está a ressaca? Conseguiu se esquecer de mais alguma coisa?"

Quando abriu a porta para ele, Siobhan se viu subitamente como um guarda-caça abrindo uma armadilha.

As fotos e a cafeteira de Farmer não se encontravam mais lá e havia alguns cartões de boas-vindas em cima do arquivo, mas fora isso a sala estava exatamente como antes, com a mesma papelada na bandeja de entrada e o solitário cacto em seu vaso sobre o parapeito da janela. Gill Templer parecia pouco à vontade na cadeira, pois o corpanzil de Farmer moldara o assento de forma a jamais poder acomodar as proporções mais esguias da substituta.

"Sente-se, John." Em seguida, quando ele já estava quase sentado: "E me diga o que aconteceu ontem à noite". Cotovelos na mesa, Gill juntou as pontas dos dedos. Era algo que Farmer costumava fazer quando queria esconder irritação ou impaciência. Gill havia assimilado isso dele, ou então era um efeito de sua recente autoridade.

"Ontem à noite?"

"No apartamento de Philippa Balfour. O pai dela encontrou você lá." Ergueu os olhos. "E parece que você tinha bebido."

"E todo mundo não bebeu?"

"Não tanto quanto uns e outros." Os olhos dela agora desceram para a folha de papel sobre a mesa. "O senhor Balfour está querendo saber o que você queria. E, francamente, eu também me sinto um pouco curiosa."

"Eu estava a caminho de casa..."

"Na Leith Walk indo para Marchmont? Pela Cidade Nova? Dá a impressão de que você errou o caminho."

Rebus percebeu que ainda segurava o copo de café. Colocou-o no chão, tentando ganhar tempo. "É uma coisa que costumo fazer", comentou afinal. "Gosto de voltar ao local quando as coisas estão mais sossegadas."

"Por quê?"

"Para o caso de algo não ter sido notado."

Ela pareceu ponderar a resposta. "Tenho a impressão de que a história não é bem essa."

Rebus deu de ombros, não disse nada. Os olhos dela estavam no papel outra vez.

"E depois resolveu fazer uma visita ao namorado da garota Balfour. Acha que foi uma decisão inteligente?"

"Isso foi realmente a caminho de casa. Parei para conversar com Connolly e Daniels. A luz do apartamento estava acesa, achei melhor verificar se estava tudo bem com ele."

"O zeloso policial." Fez uma pausa. "Talvez tenha sido essa a razão de Costello achar necessário mencionar a visita que fez ao advogado?"

"Não sei por que ele fez isso." Rebus se agitou um pouco na cadeira desconfortável, fingindo que ia alcançar o café.

"O advogado dele está definindo o episódio como 'assédio'. Talvez tenhamos que suspender a vigilância." Os olhos dela estavam fixos em Rebus.

"Olha, Gill", ele começou, "nós nos conhecemos há muito tempo. A forma como eu trabalho não é segredo. Aposto que o inspetor-chefe Watson citava as sagradas escrituras a respeito do assunto."

"Isso é passado, John."

"Como assim?"

"Quanto você bebeu ontem à noite?"

"Mais do que devia, mas não foi culpa minha." Notou que Gill ergueu uma sobrancelha. "Tenho certeza de que alguém batizou o meu uísque."

"Eu gostaria que você fosse a um médico."

"Pelo amor de Deus..."

"Suas bebidas, sua dieta, seu estado de saúde geral... Quero que faça um exame médico, e que siga as recomendações do doutor."

"Alfafa com suco de cenoura?"

"Procure um médico, John." Era uma ordem. Rebus apenas fungou e esvaziou o café, depois mostrou o copo.

"Leite semidesnatado."

Ela quase sorriu. "É um bom começo, acho."

"Olha, Gill..." Rebus se levantou e jogou o copo vazio na cesta de lixo, até então imaculada. "A bebida não é problema para mim. Não interfere no meu trabalho."

"Interferiu ontem à noite."

Ele balançou a cabeça, mas a expressão de Gill havia

endurecido. Finalmente ela respirou fundo. "Pouco antes de sair do clube... você lembra?"

"Claro." Ele não tinha voltado a sentar, estava de pé em frente à escrivaninha, mãos caídas ao lado do corpo.

"Lembra o que você me disse?" A expressão de Rebus disse tudo o que ela queria saber. "Você me convidou a ir para a sua casa com você."

"Desculpe." Ele estava tentando lembrar, mas nada lhe vinha à cabeça. Nem se lembrava de ter saído do clube...

"Pode sair, John. Vou marcar uma consulta para você."

Ele se virou, abriu a porta. Já estava saindo quando ela o chamou de volta.

"Eu menti", falou com um sorriso. "Você não disse nada. Não vai me desejar boa sorte no novo trabalho?"

Rebus tentou fazer uma expressão zangada, mas não conseguiu. Gill manteve o sorriso até a porta fechar, mas quando ele saiu o sorriso desapareceu outra vez. Watson tinha ensinado direitinho o caminho das pedras, mas aquilo não era novidade para ela: *Talvez ele beba um pouco demais, mas é um bom policial, Gill. O problema é que às vezes ele finge que consegue se virar sem a nossa equipe...* Talvez fosse verdade, até certo ponto, mas talvez também estivesse chegando o momento de John Rebus entender que a *equipe* podia se virar sem *ele*.

Era fácil identificar os policiais que estiveram na despedida: as farmácias locais provavelmente tinham vendido todas as aspirinas, vitaminas C e demais remédios patenteados para ressaca. Desidratação parecia ser o fator essencial. Raras vezes Rebus tinha visto tantas garrafas de soda e energéticos em tantas mãos empalidecidas. A turma dos sóbrios — os que não tinham ido à festa ou tomado apenas refrigerantes — se mostrava exultante, assobiando alto e batendo portas e gavetas de armários sempre que possível. A principal sala de investigações do inquérito do caso Philippa Balfour era em Gayfield Square — muito mais perto do apartamento dela —, mas com tantos policiais envolvidos o espaço tinha se tornado um problema, por isso um canto do DIC de St. Leonard's havia sido ocupado. Siobhan estava lá agora, trabalhando em seu terminal. Havia um disco rígido de reserva no chão, e Rebus percebeu que ela usava o computador de Philippa. Segurava um telefone entre a bochecha e o ombro e digitava enquanto falava.

"Aqui também não tivemos sorte", ele a ouviu dizer.

Rebus estava dividindo sua mesa com três outros policiais, e isso era visível. Empurrou os restos de um saco de salgadinhos para o chão e depositou duas latas vazias de Fanta no cesto mais próximo. Quando o telefone tocou ele atendeu, mas era apenas um jornal vespertino local tentando cavar um furo.

"Fale com o porta-voz", recomendou Rebus ao jornalista.

"Ah, dá um tempo."

Rebus ficou pensativo. Relacionamento com a imprensa fora uma dos funções de Gill Templer. Olhou em direção a Siobhan Clarke. "Quem é o nosso porta-voz agora?"

"A detetive Ellen Wylie", respondeu o jornalista.

Rebus agradeceu e interrompeu a ligação. A função de porta-voz poderia funcionar como trampolim para Siobhan, principalmente em um caso de destaque como o atual. Ellen Wylie era uma boa policial, lotada em Torphichen. Com seus conhecimentos em assessoria de imprensa, Gill Templer teria sido solicitada a dar sugestões, talvez até tomado ela mesma a decisão. E tinha escolhido Ellen Wylie. Rebus ficou imaginando se não havia alguma coisa estranha naquilo.

Levantou-se da mesa e examinou a papelada afixada na parede atrás da cadeira. Escalação de plantões, faxes, listas de telefones e endereços de contato. Duas fotos da moça desaparecida. Uma delas fora distribuída para a imprensa e reproduzida em dezenas de reportagens, todas recortadas e ali expostas. Logo mais, se ela não fosse encontrada sã e salva, começaria a faltar espaço na parede e aquelas reportagens seriam descartadas. Eram repetitivas, imprecisas, sensacionalistas. Rebus parou numa frase: *o trágico namorado*. Consultou o relógio: cinco horas até a entrevista coletiva.

Com a promoção de Gill Templer, agora eles tinham um DIC em St. Leonard's. O inspetor-detetive Bill Pryde queria esse trabalho, e estava tentando mostrar sua autoridade no caso Balfour. Recém-chegado à sala de investigações de Gayfield Square, Rebus só conseguia ver tudo com surpresa. De repente Pryde estava elegante — o terno parecia novo em folha, a camisa tinha saído da lavanderia, a gravata era cara. Os sapatos estavam imaculadamente engraxados e, salvo engano de Rebus, Pryde tinha ido ao barbeiro também. Não que houvesse muito que cortar, mas ele se esforçava. Havia sido nomeado para cuidar da distribuição de tarefas, o que significava mandar equipes para a rua em enfadonhos trabalhos cotidianos e interrogatórios em portas de residências. Vizinhos estavam sendo interrogados — às vezes pela segunda ou terceira vez —, assim como amigos, alunos e funcionários da universidade. Voos e viagens de barco estavam sendo verificados, a fotografia original fora enviada por fax para os operadores de trens, companhias de ônibus e departamentos de polícia nas áreas de Lothian and Borders. Alguém tinha a função de colher informações sobre corpos recém-descobertos em toda a Escócia, enquanto outra equipe se concentrava em internações hospitalares. E havia ainda as empresas de táxi e de aluguel de carros da cidade... Tudo tomava tempo e exigia trabalho. Fazia parte do aspecto público da investigação, mas nos bastidores outras perguntas seriam feitas ao círculo de amigos e familiares da garota desaparecida. Rebus duvidava que essa investigação de antecedentes levassem a alguma coisa, pelo menos dessa vez.

Finalmente Pryde terminou de dar instruções ao grupo de policiais à sua volta. Quando todos se afastaram, ele avistou Rebus e abriu um enorme sorriso, esfregando a mão na testa enquanto se aproximava.

"É preciso tomar cuidado", disse Rebus. "O poder corrompe, sabe como é."

"Desculpe", retrucou Pryde, baixando a voz, "mas estou todo enrolado."

"Isso porque você é competente, Bill. Só que levou vinte anos para a Central de Polícia reconhecer esse fato."

Pryde aquiesceu. "Dizem os boatos que você se recusou a trabalhar no DIC algum tempo atrás."

Rebus fungou. "Boatos, Bill. É como o álbum do Fleetwood Mac, melhor nem tocar."

A sala era uma coreografia de movimentos, cada participante trabalhando agora em sua tarefa específica. Alguns vestiam os casacos, recolhiam chaves e blocos de anotações. Outros arregaçavam as mangas e se punham à vontade em seus computadores ou telefones. Novas cadeiras tinham surgido de algum canto escuro do orçamento. Cadeiras azul-claras sobre rodinhas: os que conseguiam uma delas se mantinham na defensiva, deslizando pelo piso em vez de andar, para que ninguém arrebatasse seu bem mais precioso em sua ausência.

"Suspendemos o trabalho de babá com o namorado", comentou Pryde. "Ordens da nova chefe."

"Ouvi falar."

"Pressões da família", acrescentou Pryde.

"E não vai prejudicar o orçamento da operação", observou Rebus, endireitando-se. "Então, tem algum trabalho para mim hoje, Bill?"

Pryde remexeu na papelada da sua prancheta. "Trinta e sete ligações telefônicas da população", disse.

Rebus ergueu as mãos. "Não olhe para mim. Doidos e desesperados são para os novatos, certo?"

Pryde sorriu. "Isso já foi encaminhado", admitiu, apontando para dois detetives recentemente promovidos que examinavam desanimados uma pilha de tarefas. Telefonemas não solicitados constituíam o trabalho menos gratificante. Qualquer caso de destaque provocava sua dose de falsas pistas e pretensas confissões. Algumas pessoas queriam atenção, mesmo se isso significasse se tornar suspeitas em uma investigação policial. Rebus conhecia diversos tipos assim em Edimburgo.

"Craw Shand?", arriscou.

Pryde apontou a folha de papel. "Três vezes até agora, pronto para confessar ter cometido o crime."

"Manda prender", aconselhou Rebus. "É a única forma de se livrar dele."

Pryde levou a mão livre até o nó da gravata, como se verificasse se havia algum defeito. "Vizinhos?", sugeriu.

Rebus concordou. "O.k., lá vou eu falar com os vizinhos."

Rebus reuniu as anotações dos interrogatórios iniciais. Outros policiais foram designados para locais mais distantes na mesma rua, deixando Rebus e outros três — trabalhando em duplas — cobrindo os prédios contíguos ao de Philippa Balfour. Trinta e cinco apartamentos no total, três deles vazios, o que reduzia o número para trinta e dois. Dezesseis endereços por dupla, talvez quinze minutos para cada um... um total de quatro horas.

A parceira de Rebus naquele dia, detetive Phyllida Hawes, tinha feito as contas enquanto os dois subiam a escada da primeira moradia. Na verdade, Rebus não sabia bem se poderia chamar aquilo de "moradia", não na Cidade Nova, com sua elegante arquitetura georgiana, suas galerias de arte e lojas de antiguidades. Ele pediu uma sugestão a Hawes.

"Blocos de apartamentos?", ela sugeriu, ensaiando um sorriso. Havia um ou dois apartamentos por andar, alguns decorados com placas de identificação de latão ou de cerâmica. Outros mais decadentes chegavam a mostrar apenas pedaços de papel ou cartolina presos com fita crepe.

"Tenho minhas dúvidas se a Associação de Moradores aprovaria isso", observou Hawes.

Em um dos pedaços de cartolina havia três ou quatro nomes listados: estudantes, deduziu Rebus, de origem menos abastada que a de Philippa Balfour.

Os andares eram limpos e bem iluminados, com canteiros e vasos de flores bem posicionados. Havia cestos pendurados sobre os corrimãos. As paredes pareciam recém-pintadas, os degraus tinham sido varridos. O primeiro andar era bem regular: dois apartamentos sem ninguém em casa, cartas jogadas pela caixa de correio. Cada um dos outros apartamentos tomou quinze minutos — "só mais algumas perguntas... quem sabe o senhor se lembrou de mais alguma coisa...". Os moradores meneavam a cabeça, confessando-se ainda chocados. Uma ruazinha tão sossegada...

Um dos apartamentos era no térreo, bem mais vistoso, com um corredor de entrada de mármore xadrez em preto e branco, colunas dóricas dos dois lados. O morador tinha um contrato de longo prazo, trabalhava no "setor financeiro". Rebus viu surgir um padrão: designer gráfico, consultor em treinamento, organizador de eventos... e agora setor financeiro.

"Ninguém mais tem empregos de verdade?", perguntou a Hawes.

"Eles têm empregos de verdade", ela respondeu. Os dois estavam novamente na calçada, Rebus fumando um cigarro. Quando percebeu que Hawes o observava, perguntou: "Quer um?".

Ela negou com a cabeça. "Parei de fumar há três anos."

"Que bom para você." Rebus olhou para os dois lados da rua. "Se essas janelas tivessem cortinas, elas estariam esvoaçando."

"Se tivessem cortinas, você não poderia espiar e ver o que está perdendo."

Rebus reteve a fumaça do cigarro, soltando-a pelas narinas. "Sabe, quando eu era mais jovem, a Cidade Nova sempre remetia a algum tipo de libertinagem. Longas túnicas, marijuana, festinhas e gente desocupada."

"Não sobrou muito espaço para isso agora", comentou Hawes. "Onde você mora?"

"Marchmont", respondeu Rebus. "E você?"

"Livingston. Na época era só o que eu podia pagar."

"Eu comprei o meu apartamento há nove anos, com dois salários de entrada..."

Ela olhou para Rebus. "Não precisa se justificar."

"Só estou dizendo que os preços não eram tão loucos na época." Rebus tentou não parecer na defensiva. Tudo por causa daquele encontro com Gill: a piadinha que ela havia feito, só para deixá-lo intrigado. E o fato de sua visita a Costello ter interrompido a vigilância... Talvez fosse hora de conversar com alguém sobre a bebida... Jogou a ponta do cigarro na rua. A superfície era feita de pedras brilhantes e retangulares, chamadas macadames. Logo depois de se mudar para a cidade ele cometeu o engano de chamá-las de paralelepípedos; um morador local o corrigira.

"Se na próxima visita nos oferecerem chá, nós vamos aceitar", disse Rebus.

Hawes concordou. Ela parecia ter mais ou menos quarenta anos, cabelos castanhos à altura dos ombros. O rosto era sardento e redondo, como se nunca tivesse perdido totalmente as dobrinhas de quando era bebê. Terninho cinzento de calças compridas e uma blusa cor de esmeralda presa ao pescoço com um broche celta de prata. Rebus podia imaginá-la em alguma festa tradicional dançando quadrilha, o rosto mostrando a mesma concentração que trazia ao trabalho.

Abaixo do apartamento principal, depois de uma escadaria externa em curva, havia o "jardim do apartamento", assim chamado porque o jardim na parte de trás do edifício pertencia à habitação. As lajotas da frente eram adornadas por mais jardineiras de flores. Havia duas janelas, com duas mais ao nível do chão — o lugar tinha um porão. Duas portas de madeira se destacavam na parede em frente à entrada. Deveriam levar a celeiros abaixo do nível da rua. Embora já tivessem sido checadas, Rebus tentou abrir as portas, mas estavam trancadas. Hawes consultou suas anotações.

"Grant Hood e George Silvers entraram aí antes de você", informou.

"Mas as portas estavam trancadas ou abertas?"

"Eu abri as portas", disse uma voz. Os dois se viraram e avistaram uma senhora em pé na porta da frente do apartamento. "Vocês querem as chaves?"

"Sim, senhora, por favor", respondeu Phyllida Hawes. Quando a mulher entrou no apartamento, ela se virou para Rebus e fez um "C" com o polegar e o indicador. Rebus respondeu erguendo os dois polegares.

O apartamento da sra. Jardine era um museu de estampados, uma verdadeira exposição de refugos de porcelana. A manta que cobria o encosto do sofá devia ter levado semanas para ser tricotada. Ela se desculpou pela montanha de latas e panelas de metal que cobriam quase inteiramente o chão de sua estufa — "Não consigo arranjar tempo pra consertar o telhado". Rebus sugeriu que tomassem o chá ali mesmo, pois tinha medo de derrubar algum enfeite a cada vez que se mexia na sala de estar. Quando a chuva começou, porém, a conversa passou a ser pontuada por gotas e pingos, e os respingos da panela mais perto de Rebus ameaçavam encharcá-lo quase tanto como se estivesse do lado de fora.

"Eu não conhecia a garota", disse a sra. Jardine com tristeza. "Se eu saísse mais, talvez tivesse me encontrado com ela."

Hawes estava olhando pela janela. "A senhora cuida bem do seu jardim", observou. Era um eufemismo: o grande jardim, com gramados e canteiros de flores nos dois lados de um caminho sinuoso, era uma obra de arte.

"É o meu jardineiro", disse a sra. Jardine.

Hawes examinou as anotações do interrogatório prévio, em seguida meneou a cabeça de forma quase imperceptível: Silvers e Hood não tinham mencionado um jardineiro.

"Será que pode nos informar o nome dele, senhora Jardine?", perguntou Rebus, a voz delicada e descontraída. Mesmo assim a senhora olhou para ele com ar preocupado. Rebus abriu um sorriso e ofereceu um dos bolinhos servidos. "É que eu posso estar precisando de um jardineiro", mentiu.

A última coisa que fizeram foi verificar os celeiros. Um antigo tanque de água quente em um deles, nada além de bolor no outro. Despediram-se da sra. Jardine com um aceno e agradeceram a hospitalidade.

"Vocês tiveram sorte", disse Grant Hood, que estava esperando na calçada, a gola erguida para se proteger da chuva. "Até agora não conseguimos nem quem nos informasse a hora certa." O parceiro dele era Daniel Distante. Rebus o cumprimentou com um gesto de cabeça.

"O que está havendo, Tommy? Fazendo jornada dupla?"

Daniels deu de ombros. "Troquei de turno." Tentou suprimir um bocejo. Hawes tamborilava em suas folhas de anotações.

"Você não fez seu trabalho direito", disse a Hood.

"Hein?"

"A senhora Jardine tem um jardineiro", explicou Rebus.

"Na próxima vez vamos falar com o lixeiro também", respondeu Hood.

"Nós já fizemos isso", observou Hawes. "E também já revistamos as latas de lixo."

Os dois estavam se bicando. Rebus pensou entrar naquela briga — afinal ele era de St. Leonard's, assim como Hood, e por isso deveria defender o colega —, mas preferiu acender outro cigarro. As bochechas de Hood estavam rosadas. Ele também era detetive, com a mesma patente de Hawes, mas ela contava mais anos de serviço. Às vezes não se pode contestar quem tem mais experiência, mas isso não estava impedindo Hood de tentar.

"Isso não está ajudando Philippa Balfour", interferiu afinal Daniels, interrompendo a discussão de imediato.

"Bem observado, filho", acrescentou Rebus. Era verdade: às vezes uma grande investigação pode nos deixar cegos para as pequenas verdades essenciais. A gente se torna uma roldana numa máquina, e a partir disso passa a fazer exigências para se certificar de sua importância. A ocupação das cadeiras era uma questão simples, por ser uma disputa fácil, algo que podia ser resolvido rapidamente, de uma forma ou de outra. Diferente do caso em si, o caso que agora crescia quase exponencialmente fazia os envolvidos parecerem cada vez menores, a ponto de perder de vista uma pequena verdade essencial — o que Lawson Geddes, o mentor de Rebus, chamava de "o ESTABELECIDO" —, que se resumia ao fato de que uma ou mais pessoas estavam precisando de ajuda. Um crime tinha de ser solucionado, e o culpado, entregue à Justiça: era bom ser lembrado disso às vezes.

No final os dois se afastaram sem animosidade, Hood anotando os dados do jardineiro e prometendo falar com ele. Depois não havia nada a fazer a não ser começar a subir escadas outra vez. Eles tinham passado quase meia hora com a sra. Jardine; e os cálculos de Hawes já estavam se provando corretos, o que mostrava um outro truísmo: essas investigações tomavam tempo, como se os dias passassem em ritmo acelerado e a gente não conseguisse mostrar como as horas tinham sido gastas ou até mesmo explicar o cansaço, restando apenas a frustração por alguma coisa deixada incompleta.

Depois de mais dois casos de ninguém-em-casa, uma porta se abriu no primeiro andar e revelou um rosto que Rebus conhecia, mas não conseguiu localizar.

"É sobre o desaparecimento de Philippa Balfour", Hawes começou a explicar. "Acredito que dois de meus colegas falaram com o senhor mais cedo. Isso é só um acompanhamento."

"Sim, claro." A porta esmaltada de preto se abriu um pouco mais. O homem olhou para Rebus e sorriu. "Você não está me reconhecendo, mas eu me lembro de você." O sorriso alargou. "A gente nunca esquece os virgens, sabe?"

Enquanto entravam pelo corredor, o homem se apresentou como Donald Devlin, e Rebus realmente o conhecia. Devlin fora o legista da primeira autópsia que Rebus tinha presenciado como policial do DIC. Na época era professor de medicina legal na universidade e patologista-chefe da cidade. Sandy Gates era seu assistente. Agora Gates era professor de medicina legal, tendo o dr. Curt como seu "auxiliar de ensino". Nas paredes do corredor havia fotos emolduradas de Devlin recebendo diversos prêmios e homenagens.

"Não estou me recordando do nome", disse Devlin, gesticulando para que os dois policiais o precedessem em uma congestionada sala de estar.

"Inspetor-detetive Rebus."

"Devia ser apenas detetive na época?", Rebus confirmou.

"Está de mudança, senhor?", perguntou Hawes, observando uma profusão de caixas e sacos de plástico pretos. Rebus passou os olhos pelo lugar. Altas pilhas de papelada, gavetas retiradas das cômodas que agora ameaçavam despejar anotações e lembretes pelo carpete. Devlin deu risada. Era um homem baixo e corpulento, provavelmente com mais de setenta anos. Seu cardigã cinzento já tinha perdido quase toda a forma e metade dos botões, e suas calças grafite eram presas por suspensórios. O rosto era balofo e venoso, os olhos pareciam pequenos pontos azuis atrás de um par de óculos com armação de metal.

"Pode-se dizer que sim, eu acho", respondeu, ajeitando alguns fios de cabelo para aparentar alguma ordem no escalpo em forma de domo. "Digamos apenas que se a Senhora do Ancinho é a *ne plus ultra* dos que se mudam, então estou agindo como um assistente não pago."

Rebus recordou-se de que Devlin sempre falava daquele jeito, nunca usando seis palavras onde caberia uma dúzia, e sempre remetendo ao dicionário. Era um pesadelo tomar notas quando Devlin trabalhava numa autópsia.

"Está se mudando para uma casa de saúde?", arriscou Hawes. O velho riu mais uma vez.

"Ainda não estou exatamente pronto para a aposentadoria, não. Só estou descartando alguns itens que não quero mais, facilitando a vida dos membros da família interessados na carcaça da minha casa quando eu tiver partido."

"Poupando o trabalho de jogarem tudo fora?"

Devlin olhou para Rebus. "Um resumo conciso e correto da situação", comentou com aprovação.

Hawes tinha pegado um livro com capa de couro em uma caixa. "Está jogando tudo isso fora?"

"De jeito nenhum", negou Devlin. "Esse volume na sua mão, por exemplo, é uma das primeiras edições dos esboços anatômicos de Donaldson, e pretendo doar para a faculdade de medicina."

"Você ainda tem contato com o professor Gates?", perguntou Rebus.

"Ah, Sandy e eu ainda apreciamos tomar uns drinques de vez em quando. Ele vai se aposentar em breve, não tenho dúvida, a fim de abrir caminho para os mais jovens. A gente tenta se enganar dizendo que isso é o ciclo da vida, mas claro que não é nada disso, a não ser para os praticantes do budismo." Sorriu do que havia dito como se fosse uma piadinha.

"Mas o fato de ser budista não significa que a gente vá mesmo voltar, não é?", comentou Rebus, deixando o velho ainda mais deliciado. Rebus estava observando uma notícia de jornal emoldurada na parede ao lado direito da lareira: uma condenação por assassinato datada de 1957. "Seu primeiro caso?", perguntou.

"Na verdade, foi. Uma jovem noiva morta a pancadas pelo marido. Os dois estavam na cidade em lua de mel."

"Deve alegrar bem a sala", comentou Hawes.

"Minha esposa também achava macabro", admitiu Devlin. "Quando ela morreu, eu pendurei outra vez."

"Bem", disse Hawes, deixando o livro novamente na caixa e procurando em vão um lugar onde se sentar, "quanto antes terminarmos, mais cedo o senhor pode voltar para a sua arrumação."

"Uma pessoa pragmática: é bom ver isso." Devlin parecia contente em estar com os dois ali em pé, no centro de um grande e surrado tapete persa, com medo de se mover por temer o efeito dominó que poderia se seguir.

"Existe alguma ordem, senhor?", perguntou Rebus. "Ou podemos mover algumas caixas pelo chão?"

"Melhor levarmos nosso *tête-à-tête* para a sala de jantar, acho."

Rebus assentiu e começou a segui-lo, passando o olhar por um convite impresso sobre um aparador com tampo de mármore. Era do Real Colégio de Cirurgiões, a respeito de um jantar no Surgeons' Hall. "Traje a rigor e condecorações", dizia embaixo. As únicas condecorações de Rebus estavam numa caixa no armário do vestíbulo. Eram limpas todo Natal, quando ele se dava o trabalho.

A sala de jantar era tomada por uma longa mesa de seis cadeiras de madeira sem estofado e de espaldar reto. Havia uma passagem para a cozinha — que Rebus e sua família teriam chamado de "toca da comida" — e um guarda-louça de madeira manchada cheia de jogos de copos e prataria empoeirados. As poucas imagens emolduradas pareciam dos primórdios da fotografia: fotos posadas em gôndolas venezianas de estúdio, talvez cenas de Shakespeare. A janela alta e envidraçada dava para os jardins no fundo do prédio. Lá embaixo, Rebus pôde observar que o jardineiro da sra. Jardine havia recortado o gramado — por acaso ou de propósito — de forma que, visto de cima, parecia um ponto de interrogação.

Sobre a mesa repousava um quebra-cabeça inconcluso: o centro de Edimburgo fotografado do alto. "Qualquer ajuda será apreciada e muito bem-vinda", disse Devlin, apontando o quebra-cabeça com um gesto largo.

"Parece ser um daqueles cheios de peças", comentou Rebus.

"É daqueles de duas mil peças."

Hawes, que finalmente havia se apresentado a Devlin, estava com problemas para se acomodar na cadeira. Perguntou quanto tempo fazia que Devlin tinha se aposentado.

"Doze... não, catorze anos. Catorze anos..." Meneou a cabeça, admirado com a capacidade de aceleração do tempo em relação à diminuição das batidas do coração.

Hawes consultou suas anotações. "No primeiro interrogatório o senhor disse que estava em casa naquela noite."

"Isso mesmo."

"Mas não viu Philippa Balfour?"

"Até agora suas informações estão corretas."

Desistindo de se sentar, Rebus inclinou-se para trás, apoiando o peso no parapeito da janela e cruzando os braços.

"Mas o senhor conhecia a menina Balfour?", perguntou.

"Nós trocávamos cumprimentos, sim."

"Ela foi sua vizinha durante quase um ano", continuou Rebus.

"Você deve ter em mente que estamos em Edimburgo, inspetor Rebus. Eu moro neste apartamento há quase três décadas... me mudei para cá quando minha esposa faleceu. Leva tempo para se conhecer um vizinho. Geralmente, creio, eles se mudam de casa antes que se tenha a oportunidade." Deu de ombros. "Depois de um certo tempo, a gente desiste de tentar."

"É uma tristeza", observou Hawes.

"E você, onde mora...?"

"Será que a gente podia retomar o assunto em questão?", interrompeu Rebus, que havia se afastado da janela e agora apoiava as mãos sobre o tampo da mesa. Seu olhar estava nas peças soltas do quebra-cabeça.

"É claro", concordou Devlin.

"O senhor esteve em casa a noite toda e não ouviu nada fora do comum?"

Devlin olhou para cima, talvez avaliando as últimas palavras de Rebus. "Nada", respondeu depois de uma pausa.

"Nem viu nada?"

"Nada."

Agora Hawes não parecia apenas pouco à vontade; estava nitidamente irritada com aquelas respostas. Rebus sentou-se à sua frente, tentando estabelecer contato visual, mas ela já estava com uma pergunta pronta.

"O senhor já teve alguma discussão com Philippa Balfour?"

"O que haveria para discutir?"

"Nada, não", respondeu Hawes com frieza.

Devlin olhou-a de relance e virou-se para Rebus. "Vejo que está interessado na mesa, inspetor."

Rebus percebeu que estava passando os dedos pelas ranhuras da madeira.

"É do século xix", prosseguiu Devlin, "construída por um colega anatomista." Olhou em direção a Hawes, depois voltou para Rebus. "Há *uma* coisa de que me lembro... provavelmente nada importante."

"Sim, senhor?"

"Um homem em pé lá fora."

Rebus percebeu que Hawes estava prestes a dizer alguma coisa, por isso se antecipou. "Quando foi isso?"

"Uns dias antes de ela desaparecer, e um dia antes também." Devlin deu de ombros, consciente do efeito daquelas palavras. O rosto de Hawes ficou vermelho; estava morrendo de vontade de gritar algo como *e quando o senhor ia nos contar isso?* Rebus manteve o tom de voz.

"Na calçada aí fora?"

"Isso mesmo."

"E conseguiu dar uma boa olhada nele?"

Mais um gesto vago. "Uns vinte anos, baixo, cabelo escuro... não muito curto."

"Não é um vizinho?"

"É sempre possível. Estou apenas dizendo o que vi. Ele parecia estar esperando alguém ou alguma coisa. Lembro que olhava para o relógio."

"O namorado dela, talvez?"

"Não, não, eu conheço David."

"Conhece?", perguntou Rebus, ainda examinando casualmente o quebra-cabeça.

"Nós tivemos umas breves conversas, sim. Nos encontramos algumas vezes na escada. Rapaz simpático..."

"Como ele estava vestido?", indagou Hawes.

"Quem? David?"

"O homem que o senhor viu."

Devlin pareceu quase saborear o olhar que acompanhou as palavras dela. "Calça e jaqueta", falou, baixando os olhos para seu cardigã. "Não saberia ser mais específico, nunca consegui acompanhar a moda."

O que era verdade: havia catorze anos ele usava o mesmo tipo de cardigã sob o jaleco verde de cirurgião, assim como gravatas-borboleta que estavam sempre desalinhadas. A primeira autópsia a gente nunca esquece: as imagens, os cheiros e os sons que depois se tornariam tão familiares. O som áspero do metal no osso, o sussurro do bisturi cortando a pele. Alguns patologistas tinham um senso de humor cruel e faziam apresentações gráficas especiais para os "virgens". Mas não Devlin: ele sempre se concentrava no cadáver, como se os dois estivessem sozinhos na sala, o ato final e íntimo de fatiar sendo conduzido com um decoro que beirava o ritual.

"O senhor acha", começou Rebus, "que se pensar bem a respeito, talvez se deixar sua mente voltar atrás, poderia nos dar uma descrição mais completa?"

"Duvido muito, mas se você acha importante..."

"São os primeiros dias, senhor. Sabe como é, não podemos eliminar nada."

"É claro, é claro."

Rebus tratava Devlin como um colega de profissão... e aquilo estava funcionando.

"Podemos até tentar fazer um retrato falado", continuou Rebus. "Assim, se for algum vizinho ou alguém conhecido, podemos eliminar o suspeito de imediato."

"Parece razoável", concordou Devlin.

Rebus ligou para Gayfield pelo celular e marcou uma sessão para a manhã seguinte. Em seguida perguntou se Devlin precisava que um carro viesse buscá-lo.

"Acho que consigo chegar lá sozinho. Ainda não estou completamente decrépito, sabe?" Mas ele se pôs de pé devagar, as juntas parecendo rígidas ao acompanhar os detetives até a porta.

"Muito obrigado novamente, senhor", disse Rebus, apertando sua mão.

Devlin se limitou a acenar com a cabeça, evitando contato visual com Hawes, que estava prestes a também fazer seus agradecimentos. Enquanto os dois subiam até o andar seguinte, ela murmurou algo que Rebus não entendeu.

"Como?"

"Eu disse: homem é fogo." Fez uma pausa. "Com exceção do companheiro aqui." Rebus não falou nada, para deixar que ela desabafasse. "Você acha que ele teria dito alguma coisa se fossem duas policiais?", continuou.

"Acho que isso depende de como elas interagissem com ele."

Hawes olhou para ele, procurando uma leviandade que não encontrou.

"Parte do nosso trabalho", prosseguiu Rebus, "é fingir que gostamos de todo mundo, fingir que estamos interessados em tudo que eles têm a dizer."

"Mas ele..."

"Deixou você nervosa? A mim também. Um tanto pomposo, mas é o jeito dele; é melhor não dar importância para isso. Mas você tem razão: não sei se ele queria nos contar alguma coisa. Provavelmente considera tudo irrelevante. Mas depois ele se abriu, só para pôr *você* no seu devido lugar." Rebus sorriu. "Bom trabalho. Não é sempre que eu faço o papel do 'policial bonzinho' por aqui."

"Não foi só por essa razão que ele me deixou nervosa", declarou Hawes.

"O que mais?"

"Ele me dá calafrios."

Rebus olhou para ela. "E não é a mesma coisa?"

Hawes negou com a cabeça. "O papel de velho colega que fez com você me irritou um pouco, porque eu me senti excluída. Mas o recorte de jornal..."

"Aquele na parede?"

Ela aquiesceu. "*Aquilo* me deu calafrios."

"Ele é patologista", explicou Rebus. "A pele dele é mais grossa que a nossa."

Ela pensou sobre aquilo, depois se permitiu um leve sorriso.

"O que foi?", perguntou Rebus.

"Ah, nada", ela respondeu. "É que eu vi um pedaço do quebra-cabeça no chão embaixo da mesa quando estava saindo..."

"E deixou lá mesmo?", adivinhou Rebus, agora sorrindo também. "Com esse olho para detalhes, você ainda vai ser uma ótima detetive..."

Rebus apertou a campainha seguinte e os dois voltaram ao trabalho.

A coletiva de imprensa teve lugar na Central de Polícia, com transmissão direta para a sala de investigação em Gayfield Square. Alguém estava tentando limpar impressões digitais e nódoas da tela da TV com um lenço, enquanto outros fechavam as venezianas para tapar uma súbita luminosidade do sol da tarde. Com as cadeiras todas ocupadas, havia dois ou três policiais sentados sobre cada mesa. Alguns faziam um lanche tardio: sanduíches e bananas. Havia canecas de chá e café, latas de suco. A conversa era em surdina. O operador de câmera na Central de Polícia, quem quer que fosse, estava tendo dificuldades.

"Parece meu filho de oito anos com a videocâmera dele..."

"O cara gostou demais de *A bruxa de Blair*..."

Era verdade: a câmera parecia oscilar sem direção, enquadrando corpos da cintura para baixo, pés enfileirados e encostos de cadeiras.

"O espetáculo ainda não começou", observou alguém mais sensato. Era verdade: as outras câmeras, as da TV, ainda estavam sendo montadas, os convidados do público — jornalistas com telefones celulares ao ouvido — ainda faziam os últimos preparativos. Difícil entender o que conversavam. Rebus estava no fundo da sala. Um pouco longe da TV, mas não tinha vontade de se mexer. Bill Pryde estava ao seu lado, nitidamente exausto e também nitidamente tentando não demonstrar isso. Sua prancheta de anotações se tornara uma espécie de console, apoiada perto do peito, e de vez em quando ele a consultava como se novas instruções pudessem ter surgido como que por magia. Com as venezianas fechadas, finos raios de luz perfuravam a sala, iluminando partículas de pó que de outra forma seriam invisíveis. Rebus se recordou de sessões de cinema na infância, da expectativa que sentia quando o projetor era ligado para dar início ao espetáculo.

Na TV, a multidão estava se posicionando. Rebus conhecia o salão — um espaço despersonalizado usado para seminários e ocasiões como essa. Uma longa mesa se situava no fundo, uma tela improvisada atrás dela mostrava a insígnia de Lothian and Borders. A videocâmera da polícia executou uma panorâmica quando uma porta se abriu e uma fila de corpos se atropelou para dentro da sala, silenciando o rebuliço. De repente Rebus ouviu o zumbido do motor da câmera. Holofotes de iluminação. Primeiro Ellen Wylie, depois Gill Templer, seguida por David Costello e John Balfour.

"Culpado!", bradou alguém à frente de Rebus quando a câmera fechou no rosto de Costello.

O grupo sentou-se em frente a um repentino conjunto de microfones. A câmera permaneceu em Costello, recuando um pouco para mostrar seu tronco, mas foi a voz de Wylie que saiu do alto-falante, precedida por um pigarro nervoso para limpar a garganta.

"Boa tarde, senhoras e senhores, e obrigada por terem comparecido. Vou apenas dar uma repassada na estrutura e em algumas das regras antes de começarmos..."

Siobhan estava à esquerda de Rebus, sentada numa escrivaninha ao lado de Grant Hood, que olhava para o chão. Talvez estivesse concentrado na voz de Wylie: Rebus lembrava que os dois tinham trabalhado juntos no caso Grieve alguns meses antes. Siobhan observava a tela, mas seu olhar se mantinha vagando por outros lugares. Segurava uma garrafa de água, os dedos ocupados tentando retirar o rótulo.

Ela gostaria de estar naquela função, pensou Rebus consigo mesmo. E por isso estava sofrendo. Queria que ela olhasse em sua direção, para que pudesse oferecer algum apoio — um sorriso ou um aceno, ou apenas um gesto de compreensão. Mas os olhos dela retornaram à tela. Wylie havia terminado sua introdução, e chegara a vez de Gill Templer. Ela estava resumindo e atualizando os detalhes do caso. Parecia confiante, uma veterana em entrevistas coletivas. Rebus ouviu Wylie pigarrear de novo ao fundo. Parecia estar querendo interromper Gill.

A câmera, porém, não mostrava interesse pelos dois policiais do DIC. Estava lá para focalizar David Costello e — em segundo plano — o pai de Philippa Balfour. Os dois estavam sentados lado a lado, e a câmera se movia lentamente entre eles. Tomadas rápidas de Balfour, para em seguida retornar a Costello. O foco automático estava ótimo, até o operador começar a abrir e fechar o zoom. Aí a imagem demorou alguns segundos para estabilizar.

"Culpado!", repetiu a mesma voz.

"Quer apostar?", alguém perguntou.

"Vamos fazer um pouco de silêncio", vociferou Bill Pryde. A sala ficou em silêncio. Rebus fez mímica como se o aplaudisse, mas Pryde estava de novo consultando sua prancheta, e logo depois voltou a olhar para a tela, onde David Costello começava a falar. Não havia se barbeado, e parecia estar com as mesmas roupas da noite anterior. Desdobrou uma folha de papel e estendeu-a no tampo da mesa. Mas quando falou, não olhou para baixo para ler o que tinha escrito. Seus olhos fitavam as câmeras, sem nunca saber para qual delas deveria olhar. A voz dele tinha um tom seco e pouco audível.

"Nós não sabemos o que aconteceu com a Flip, e esta-

mos loucos para saber. Todos nós, os amigos, a família..."
Olhou em direção a John Balfour. "Todos os que a conhecem e a amam, nós precisamos saber. Flip, se estiver nos assistindo, por favor entre em contato com um de nós. Só para sabermos que você... que nada aconteceu com você. Estamos muito preocupados." Os olhos dele brilhavam como se estivessem em lágrimas. Parou por um segundo, abaixou a cabeça, depois se endireitou outra vez. Pegou a folha de papel, mas não conseguiu ver nada que já não tivesse dito. Olhou timidamente ao redor, procurando orientação com os outros. John Balfour pôs a mão no ombro do rapaz e apertou, depois ele mesmo começou a falar e sua voz soou alta, como se os microfones estivessem com defeito.

"Se alguém estiver com minha filha, por favor entre em contato. Flip tem o número do meu celular particular. Podem me ligar a qualquer hora, dia ou noite. Gostaria de falar com você, seja quem for, seja qual for a razão de ter feito o que fez. E se alguém souber do paradeiro da Flip, haverá um número na tela no final desta transmissão. Só preciso saber que Flip está viva e passando bem. Para as pessoas que nos estão assistindo em casa, por favor passem alguns segundos observando a fotografia dela." Mais câmeras fotográficas dispararam quando ele mostrou a foto. Balfour se virou lentamente para que todas as câmeras pudessem captar a imagem. "O nome dela é Philippa Balfour e ela só tem vinte anos. Ela é minha filha. Se você a tiver visto, ou se achar que pode ter visto, por favor entre em contato. Muito obrigado."

Os repórteres estavam com as perguntas prontas, mas David Costello já estava em pé, dirigindo-se para a saída.

A voz de Wylie soou outra vez: "Não é o momento adequado... gostaria de agradecer pelo apoio...". Mas as perguntas abafaram sua voz. E a videocâmera estava de volta a John Balfour. Ele parecia bem-composto, mãos entrelaçadas sobre a mesa à sua frente, sem piscar diante dos flashes que projetavam sua sombra na parede.

"Não, eu realmente não..."

"Senhor Costello!", os jornalistas estavam gritando. "Podemos só perguntar se..."

"Detetive Wylie", bradou outra voz, "pode nos falar sobre os possíveis motivos do sequestro?"

"Ainda não sabemos de nenhum motivo." Ela parecia nervosa.

"Mas vocês admitem que *houve* um sequestro?"

"Eu... não, não foi isso que eu quis dizer."

A tela mostrou John Balfour tentando responder a pergunta de outra pessoa. A fila de repórteres havia se transformado numa disputa.

"Então *o que* quis dizer, sargento-detetive Wylie?"

"Eu... não falei nada sobre..."

Nesse momento a voz de Ellen Wylie foi substituída pela de Gill Templer. A voz da autoridade. Os repórteres a conheciam de longa data, da mesma forma como ela os conhecia.

"Steve", falou, "você sabe muito bem que não podemos especular a respeito desses detalhes. Se quiser inventar mentiras para vender um pouco mais de jornais, é problema seu, mas é uma falta de respeito com a família e com os amigos de Philippa Balfour."

As demais perguntas foram administradas por Gill, depois de insistir que todos mantivessem a calma. Embora não conseguisse enxergar, Rebus imaginou que Ellen Wylie estivesse encolhendo visivelmente. Siobhan mexia os pés para cima e para baixo, como se acometida por uma súbita descarga de adrenalina. Balfour interrompeu Gill para dizer que gostaria de responder algumas das questões levantadas. Fez isso com calma e eficiência, e pouco depois a entrevista começou a se dispersar.

"Um tipo calmo", comentou Pryde antes de se levantar para reunir suas tropas. Era hora de voltar ao trabalho de verdade.

Grant Hood se aproximou. "Refresque a minha memória", falou. "Qual delegacia estava mesmo pagando melhor pelas apostas no namorado?"

"Torphichen", informou Rebus.

"Então é onde vou apostar o meu dinheiro." Olhou para Rebus em busca de alguma reação, mas não obteve nenhuma. "Ora, senhor", continuou, "estava escrito na cara dele!"

Rebus rememorou seu encontro noturno com Costello... a história do olho no olho e como Costello tinha se aproximado. *Dê uma boa olhada...*

Hood estava meneando a cabeça quando passou por Rebus. As janelas tinham sido abertas, o breve período de sol terminava, agora que densas nuvens cinzentas marchavam sobre a cidade. A fita da exibição de Costello iria para os psicólogos. Eles procurariam algum lampejo ou coisa parecida, algo capaz de revelar a verdade. Rebus não saberia dizer se encontrariam alguma coisa. Siobhan estava em pé à sua frente.

"Interessante, não?", falou.

"Acho que Wylie não tem perfil para ser porta-voz", comentou Rebus.

"Ela nem deveria estar lá. Um caso como esse no primeiro trabalho... é como se tivesse sido jogada aos leões."

"Você não gostou?", ele perguntou com malícia.

Siobhan olhou para ele. "Eu não gosto de esportes violentos." Fez menção de se afastar, mas hesitou. "O que você achou, de verdade?"

"Acho que você tem razão ao dizer que foi interessante. Particularmente interessante."

Ela sorriu. "Você também percebeu?"

Rebus anuiu. "Costello falou sempre 'nós', enquanto o pai dela usou 'eu'."

"Como se a mãe de Flip não contasse."

Rebus estava pensativo. "Pode não passar de um sentimento de autoimportância de Balfour." Fez uma pausa. "Isso se aplica bem a um banqueiro. Como vão indo as coisas do computador?"

Siobhan sorriu — "coisas do computador" resumiam bem o conhecimento de Rebus sobre discos rígidos e questões do gênero. "Consegui driblar a senha."

"E o que significa isso...?"

"Significa que posso acessar os e-mails mais recentes dela... assim que voltar pra minha mesa."

"Não existe um jeito de acessar os mais antigos?"

"Já fiz isso. Claro que não tem como saber o que já foi deletado." Ficou pensativa. "Ao menos até onde eu sei."

"Eles não ficam armazenados no... computador central?"

Ela riu. "Você está pensando em filmes de espionagem dos anos 60, com computadores ocupando salões inteiros."

"Desculpe."

"Não se preocupe. Até que você está se dando bem para alguém que acha que CPU quer dizer Casa Para Universitários."

Os dois saíram da sala e entraram no corredor. "Estou indo para St. Leonard's. Quer uma carona?"

Ela fez que não com a cabeça. "Eu estou de carro."

"Tudo bem."

"Parece que eles vão passar isso pelo HOLMES."

Aquela era uma nova tecnologia que Rebus conhecia: o Home Office Large Major Enquiry System. Era um sistema de aplicativos que colhia informações e acelerava todo o processo de análise e separação. Sua aplicação significava que o desaparecimento de Philippa Balfour se tornara o caso prioritário da cidade.

"Não seria engraçado se ela aparecesse, depois de um surto de consumismo imprevisto?", brincou Rebus.

"Seria um alívio", disse Siobhan de forma solene. "Mas não acho que isso vai acontecer, você acha?"

"Não", respondeu Rebus sem entusiasmo. Depois partiu em busca de algo para comer durante o caminho de volta à base.

Quando retornou à sua mesa, deu mais uma repassada em suas anotações, concentrando-se nos dados familiares. John Balfour era a terceira geração de uma família de banqueiros. O negócio tinha começado na Charlotte Square da Edimburgo do início da década de 1900. O bisavô de Philippa entregara o banco em funcionamento para seu avô na década de 1940, que continuou no comando até os anos 80, quando John Balfour tomou posse. Uma das primeiras coisas que o pai de Philippa fez foi abrir um escritório em Londres, concentrando seus esforços naquela cidade. Philippa estudara em uma escola particular em Chelsea. A família se mudou para o norte no fim dos anos 80, depois da morte do pai de John, e Philippa se matriculou numa escola em Edimburgo. A casa onde moravam, Junipers, era uma mansão aristocrática construída em dezesseis acres de terra entre Gullane e Haddington. Rebus imaginou como estaria se sentindo Jacqueline, a esposa de Balfour. Onze cômodos, cinco quartos de hóspedes... e o marido em Londres no mínimo quatro dias por semana. O escritório de Edimburgo, ainda em sua sede original em Charlotte Square, era administrado por um velho amigo de John Balfour chamado Ranald Marr. Os dois haviam se conhecido na Universidade de Edimburgo e viajaram juntos para os Estados Unidos para um curso de MBA. Rebus achara que Balfour era um banqueiro de varejo, mas o estabelecimento dele parecia mais um pequeno banco privado dedicado às necessidades de sua carteira de clientes, uma elite endinheirada que requeria assessoria para seus investimentos, administração de portfólio e a glória de portar um talão de cheques encadernado em couro do Balfour's Bank.

Durante o interrogatório, Balfour enfatizou possibilidade de um rapto por dinheiro. O telefone da família estava sendo monitorado, bem como os dos escritórios de Edimburgo e de Londres. A correspondência vinha sendo interceptada para o caso da chegada de um pedido de resgate: quanto menor o número de impressões digitais que tivessem de analisar, melhor. Mas até agora só haviam conseguido algumas cartas anônimas. Outra possibilidade era a de que algum negócio tivesse dado errado: e nesse caso o motivo seria vingança. Mas Balfour havia assegurado que não tinha inimigos. Mesmo assim, não permitira o acesso da equipe à base de clientes de seu banco.

"Essas pessoas confiam em mim. Sem essa confiança o banco está acabado."

"Senhor, com todo o respeito, o bem-estar da sua filha pode depender de..."

"Estou perfeitamente ciente desse fato."

Depois disso o interrogatório ganhou um certo viés antagônico.

Em resumo: uma estimativa conservadora calculava o valor do Balfour's em cerca de cento e trinta milhões, com os bens pessoais de John Balfour consistindo em algo como cinco por cento do total. Seis milhões e meio de razões para um sequestro profissional. Mas será que um profissional não teria feito contato até agora? Rebus não tinha essa resposta.

Jacqueline Balfour tinha nascido Jacqueline Gil-Martin, de pai diplomata e proprietário de terras, dona de um naco de Pertshire que abrangia quase novecentos acres. O pai já havia morrido, e a mãe se mudara para um chalé dentro da propriedade. A terra era administrada pelo Balfour's Bank, e a casa principal, Laverock Lodge, era usada para conferências e grandes reuniões. Dizia-se que um filme de TV tinha sido rodado ali, embora o título não significasse nada para Rebus. Jacqueline não se preocupou em cursar uma universidade, ocupando-se em vez disso com vários empregos, principalmente como secretária particular de homens de negócios. Cuidava da propriedade do pai quando conheceu John Balfour numa viagem até o banco do pai em Edimburgo. Os dois se casaram um ano depois, e Philippa nasceu dois anos mais tarde.

Filha única. O próprio John Balfour também era filho único, mas Jacqueline tinha duas irmãs e um irmão, nenhum deles morando atualmente na Escócia. O irmão havia seguido os passos do pai e trabalhava na sucursal do Foreign Office em Washington. Ocorreu a Rebus que a dinastia dos Balfour poderia estar em perigo. Não conseguia imaginar Philippa assumindo os negócios no banco do papai, e perguntou-se por que o casal não tinha tentado ter um filho.

Provavelmente nada daquilo era relevante para a investigação. De todo modo, era disso que Rebus gostava em seu trabalho: construir uma teia de relacionamentos, espiar a vida dos outros, refletindo e questionando...

Em seguida passou às anotações sobre David Costello. Nascido e criado em Dublin, a família tinha se mudado nos anos 90 para Dalkey, no sul da cidade. Tudo levava a crer que o pai, Thomas Costello, nunca tinha trabalhado um único dia na vida, tendo suas necessidades supridas por um fundo de investimento feito pelo pai, um incorporador de terras. O avô de David havia comprado várias áreas nobres no centro de Dublin, e os rendimentos proporcionavam uma boa situação financeira. Possuía também meia dúzia de cavalos de corrida, e atualmente passava todo seu tempo concentrado nesse lado das coisas.

A mãe de David, Theresa, era um caso bem diferente. Sua origem poderia ser definida como classe média baixa: mãe enfermeira, pai professor. Theresa cursou uma escola de arte, mas desistiu para arranjar um emprego, sustentando a família quando a mãe ficou com câncer e o pai desmoronou. Trabalhou como balconista numa loja de departamentos, depois passou a figurinista de viúvas, em seguida a designer de interiores — inicialmente para lojas, depois para indivíduos ricos. E foi assim que conheceu Thomas Costello. Quando se casaram, os pais dela já haviam morrido. Theresa provavelmente não precisava trabalhar, mas trabalhava assim mesmo, tinha sua própria empresa e administrava um negócio de alguns milhões de faturamento e uma força de trabalho de cinco pessoas, sem contar a proprietária. A empresa já tinha clientes no exterior, e o portfólio continuava crescendo. Estava agora com cinquenta e um anos, sem mostrar sinais de desânimo, enquanto o marido, um ano mais novo, continuava sendo uma celebridade na cidade. Recortes de jornais irlandeses o mostravam em eventos de corridas, festas em jardins e coisas do gênero. Em nenhuma das fotos ele aparecia com Theresa. Quartos separados no hotel de Edimburgo... Mas, como o filho havia dito, aquilo não era crime.

David demorou a chegar à universidade, pois só o fez depois de um ano de folga viajando pelo mundo. Estava agora no terceiro ano do curso de língua e literatura inglesa. Rebus se lembrou dos livros na sua sala de estar: Milton, Wordsworth, Hardy...

"Apreciando a paisagem, John?"

Rebus abriu os olhos. "Imerso em pensamentos, George."

"Então não estava cochilando?"

Rebus lhe lançou um olhar. "Longe disso."

Quando Hi-Ho Silver se afastou, Siobhan chegou e apoiou-se na mesa de Rebus.

"Então, no que estava pensando?"

"Estava pensando se o poeta Robert Burns seria capaz de assassinar uma de suas namoradas." Siobhan olhou para ele. "Ou se alguém que lê poesia pode fazer isso."

"Não vejo por que não. Lembra o comandante de campo de concentração que ouvia Mozart à noite?"

"Esse sim é um pensamento animador."

"Estou sempre à disposição para tornar o seu dia um pouco melhor. E agora que tal me fazer um favor?"

"Como eu poderia recusar?"

Siobhan lhe entregou uma folha de papel. "Me diga o que acha que isso significa."

Assunto: Hellbank
Data: 5/9
De: Enigmista@PaganOmerta.com
Para: Flipside1223@HXRmail.com

Conseguiu sobreviver ao Hellbank? O tempo está passando. Constrição está à sua espera.
EnigM

Rebus olhou para ela. "Vai me dar alguma pista?"

Siobhan pegou a folha de papel de volta. "É um e--mail impresso. Philippa tinha dezenas de mensagens esperando por ela desde o dia em que desapareceu. Todas foram endereçadas ao outro nome dela, menos esta."

"Outro nome?"

"Os provedores..." Ela fez uma pausa. "As empresas que fornecem serviços de internet geralmente dão opção para outros nomes de *logon*, até cinco ou seis."

"Por quê?"

"Para que a gente possa ser... mais de uma pessoa, suponho. Flipside1223 é uma espécie de apelido. Todos os outros e-mails foram enviados para Flip-ponto-Balfour."

"E o que significa?"

Siobhan deu um suspiro. "É isso que está me fazendo pensar. Talvez signifique que ela tem um lado que não conhecemos. Não há nenhuma mensagem dela ou para ela salva em nome de Flipside1223. Então, ou ela está apagando assim que chegam, ou essa chegou até ela por engano."

"Mas não parece coincidência, parece?", perguntou Rebus. "O apelido dela é Flip."

Siobhan concordou. "Hellbank, Constrição, PaganOmerta..."

"Omertà é o código de silêncio da máfia", observou Rebus.

"E Enigmista", continuou Siobhan. "Um pequeno toque de humor juvenil."

Rebus leu o trecho outra vez. "Sei lá, Siobhan. O que você quer fazer?"

"Gostaria de localizar quem enviou isso, mas não vai ser fácil. A única forma que consigo pensar é mandando uma resposta."

"E revelar que Philippa está desaparecida?"

"Eu estava pensando mesmo em responder com o nome *dela*."

Rebus ficou pensativo. "Será que poderia funcionar? O que você diria?"

"Ainda não decidi." Pela forma como cruzou os braços, Rebus percebeu que ela faria aquilo de qualquer forma.

"Mostre isso para a inspetora-chefe Templer quando ela chegar", aconselhou Rebus. Siobhan assentiu e afastou-se, mas ele a chamou de volta. "Você fez faculdade. Me diga uma coisa: já andou com gente como Philippa Balfour?"

Siobhan suspirou. "É um outro mundo. Elas não frequentavam aulas nem palestras. Algumas eu nunca vi na sala de provas. E sabe o que mais?"

"O quê?"

"As merdinhas sempre passavam..."

Naquela noite, Gill Templer foi anfitriã de uma reunião comemorativa no pátio do Balmoral Hotel. Um pianista de smoking tocava no outro lado do recinto. Uma garrafa de champanhe descansava em um balde de gelo. Recipientes com salgadinhos haviam sido postos à mesa.

"Lembrem-se de deixar espaço para o jantar", recomendou Gill às convidadas. Havia uma mesa reservada no Hadrian's para as oito e meia. Já eram sete e meia, e a última a chegar acabava de entrar pela porta.

Tirando o casaco, Siobhan se desculpou. Um garçom apareceu para pegar o casaco. Outro garçom já estava despejando champanhe em sua taça.

"Saúde", ela disse, sentando-se e erguendo a taça. "E parabéns."

Gill Templer ergueu a taça e se permitiu um sorriso. "Acho que eu mereço", falou, ao que todas concordaram com entusiasmo.

Siobhan já conhecia duas das convidadas. Ambas eram promotoras e Siobhan havia trabalhado com elas em diversos processos. Harriet Brough tinha quase cinquenta anos, cabelos com permanente (e talvez tingidos também), a silhueta escondida embaixo de camadas de *tweed* e algodão encorpado. Diana Metcalf tinha pouco mais de quarenta, cabelo curto cinzento e olhos fundos que, em vez de disfarçar, ela exagerava com uma sombra escura. Sempre usava roupas de cores brilhantes, que ajudavam a destacar ainda mais sua aparência de animal abandonado e desnutrido.

"E esta é Siobhan Clarke", Gill disse à última participante da mesa. "Uma detetive da minha delegacia." O jeito como falou "minha delegacia" deu a impressão de que ela tinha tomado posse do lugar, o que não estava longe da verdade, raciocinou Siobhan. "Siobhan, esta é Jean Burchill. Jean trabalha no museu."

"Ah, é? Qual?"

"Museu da Escócia", respondeu Burchill. "Já esteve lá?"

"Uma vez jantei no The Tower", disse Siobhan.

"Não é bem a mesma coisa." A voz de Burchill se esvaiu.

"Não, o que eu quis dizer foi..." Siobhan tentava encontrar uma forma diplomática para se expressar. "Eu jantei lá logo depois da inauguração. O sujeito com quem eu estava... bom, foi uma experiência ruim. Tirou minha vontade de voltar ao local."

"Entendi", observou Harriet Brough, como se qualquer infortúnio na vida pudesse ser explicado com uma referência ao sexo oposto.

"Bem", interveio Gill, "a noite de hoje é só para mulheres, portanto podemos todas relaxar."

"A não ser que a gente resolva ir a uma boate mais tarde", disse Diane Metcalf, os olhos brilhando.

Gill encontrou o olhar de Siobhan. "Você enviou aquele e-mail?", perguntou.

Jean Burchill protestou. "Não vamos falar de trabalho, por favor."

As promotoras concordaram ruidosamente, mas Siobhan aquiesceu, confirmando a Gill que a mensagem fora enviada. Se conseguiria enganar alguém era outra história. Essa foi a razão de ter chegado atrasada. Tinha passado muito tempo examinando os e-mails de Philippa, todos os que havia enviado aos amigos, tentando captar o tom mais convincente, que palavras empregar e como ordená-las. Havia escrito mais de doze rascunhos até decidir manter a simplicidade. Mas alguns e-mails de Philippa pareciam longas cartas: e se suas mensagens anteriores para o Enigmista tivessem sido semelhantes? Como ele ou ela iria reagir a essa resposta curta e não característica? *Problema. Preciso falar com você. Flipside.* Depois, um número telefônico, do celular de Siobhan.

"Eu vi a entrevista coletiva na TV agora à noite", disse Diana Metcalf.

Jean Burchill gemeu. "O que eu acabei de dizer?"

Metcalf virou-se para ela com aqueles olhos grandes, escuros e cansados. "Nós não estamos a trabalho, Jean. Todo mundo está falando sobre isso." Em seguida se voltou para Gill. "Eu acho que não foi o namorado, você acha?"

Gill apenas deu de ombros.

"Estão vendo?", observou Burchill. "Gill não quer falar a respeito."

"Mais provável que tenha sido o pai", comentou Harriet Brough. "Meu irmão estudou com ele. Um cara muito frio." Ela falava com uma confiança e uma autoridade que revelavam sua criação. Provavelmente já queria ser advogada no jardim de infância, imaginou Siobhan. "Onde estava a mãe?" Brough agora perguntava a Gill.

"Não segurou a barra", respondeu Gill. "Mas foi convidada."

"Ela não poderia ter feito trabalho pior com aqueles dois", afirmou Brough, pegando uma castanha de caju na cuia ao seu lado.

Gill pareceu subitamente cansada. Siobhan resolveu mudar de assunto e perguntou a Jean Burchill o que ela fazia no museu.

"Sou curadora sênior", explicou Burchill. "Minha principal especialidade são os séculos XVIII e XIX."

"A principal especialidade dela é a morte", interveio Harriet Brough.

Burchill sorriu. "Na verdade eu organizo as exposições sobre fé e..."

"Mais verdadeiro ainda", interrompeu Brough, os olhos em Siobhan, "é que ela recolhe velhos caixões e fotos de bebês mortos da era vitoriana. Me dá arrepios cada vez que preciso passar pelo andar onde estão."

"Quarto andar", informou Burchill em voz baixa. Ela era muito bonita, observou Siobhan. Pequena e esbelta, com o cabelo castanho liso moldado em um corte de pajem. O queixo tinha uma covinha, as bochechas eram rosadas e bem definidas, mesmo sob a luz discreta do ambiente. Até onde Siobhan podia ver, não usava maquiagem nenhuma, nem precisava. Estava toda em surdina, em tons claros: calça e jaqueta que provavelmente eram definidas como "cinza-amarronzadas" pela loja; suéter de caxemira por baixo da jaqueta e um xale de lã avermelhado preso ao ombro por um broche Rennie Mackintosh. Também dos anos 40. Siobhan percebeu que era a pessoa mais jovem ali, uns quinze anos mais nova.

"Jean e eu estudamos juntas", explicou Gill. "Depois perdemos contato e nos reencontramos há uns quatro ou cinco anos."

Burchill sorriu com a lembrança.

"Eu não gostaria de encontrar ninguém que tivesse estudado comigo", disse Harriet Brough com a boca cheia de nozes. "Bando de babacas, todos eles."

"Mais champanhe, senhoras?", perguntou o garçom, retirando a garrafa do balde de gelo.

"Já estava demorando", repreendeu Brough.

Entre a sobremesa e o café, Siobhan foi ao toalete. Ao voltar ao salão do restaurante, encontrou Gill no corredor.

"Elas são muito inteligentes", disse Gill com um sorriso.

"O jantar estava ótimo, Gill. Você não quer mesmo que eu...?"

Gill segurou o braço dela. "Eu convidei. Não é todo dia que tenho algo a comemorar." O sorriso derreteu em seus lábios. "Você acha que esse seu e-mail vai funcionar?"

Siobhan deu de ombros. Gill fez um gesto de cabeça, aceitando a avaliação. "O que você achou da entrevista coletiva?"

"A selva de sempre."

"Às vezes funciona", refletiu Gill. Ela havia tomado três taças de vinho depois do champanhe, mas o único sinal de que não estava totalmente sóbria era uma leve inclinação da cabeça e certo peso nas pálpebras.

"Posso dizer uma coisa?", perguntou Siobhan.

"Nós não estamos no trabalho, Siobhan. Pode dizer o que quiser."

"Você não devia ter escalado Ellen Wylie."

Gill a olhou fixamente. "Deveria ter sido você?"

"Não foi o que eu quis dizer. Mas designar alguém para um caso desses no primeiro trabalho..."

"Você teria se saído melhor?"

"Eu *não* estou dizendo isso."

"Então o que está dizendo?"

"Estou dizendo que era uma selva e você jogou Ellen lá sem um mapa."

"Cuidado, Siobhan." A voz de Gill tinha perdido toda a ternura. Refletiu por um momento, depois respirou fundo. Quando falou, seus olhos inspecionavam o salão. "Ellen Wylie está enchendo meus ouvidos há meses. Ela queria ser porta-voz, e eu a designei para esse trabalho assim que pude. Queria ver se era tão boa quanto acha que é." Agora seus olhos encontraram os de Siobhan. O rosto estava próximo o suficiente para Siobhan sentir o cheiro do vinho. "E ela me decepcionou."

"E como você se sente a respeito?"

Gill ergueu um dedo. "Não force a barra, Siobhan. Já estou com a cabeça cheia demais." Deu a impressão de que ia dizer algo mais, mas simplesmente abanou o dedo e forçou um sorriso. "Depois a gente conversa", falou, passando por Siobhan e abrindo a porta para os toaletes. Depois fez uma pausa. "Ellen não é mais a porta-voz. Eu *estava* pensando em convidar você..." A porta se fechou atrás dela.

"Não me faça favores", disse Siobhan, mas a porta já estava fechada. Era como se Gill tivesse endurecido da noite para o dia, fazendo da humilhação de Ellen Wylie sua primeira demonstração de força. O negócio era que... Siobhan queria o cargo de porta-voz, mas ao mesmo tempo se sentia mal consigo mesma pelo prazer que sentira ao assistir à entrevista coletiva. Ela tinha gostado de ver o fracasso de Wylie.

Quando Gill saiu dos toaletes, Siobhan estava sentada em uma cadeira no corredor. Gill parou ao seu lado, olhando para baixo.

"O fantasma da festa", comentou, e afastou-se.

3

"Eu estava esperando algum artista de rua", disse Donald Devlin. Aos olhos de Rebus, ele usava exatamente as mesmas roupas de quando se encontraram pela última vez. O patologista aposentado estava sentado a uma mesa ao lado de um computador e do único detetive em Gayfield Square que parecia saber usar o programa Facemaker. O Facemaker era um banco de dados de olhos, orelhas, narizes e lábios, consolidado por efeitos especiais que podiam modelar os detalhes. Rebus percebia agora como os antigos colegas de Farmer tinham conseguido misturar seu rosto com troncos de halterofilistas.

"As coisas evoluíram um pouco", foi tudo o que Rebus falou em resposta ao comentário de Devlin. Estava tomando um café comprado ali perto; não à altura de seus padrões *baristas*, mas melhor que a gororoba das máquinas automáticas da delegacia. A noite de Rebus havia sido agitada, tendo acordado suando e tremendo na poltrona da sala. Sonhos ruins e suores noturnos. A despeito do que os médicos dissessem, ele sabia que seu coração estava bem — ele o sentia bater, fazer seu trabalho.

No momento, o café mal conseguia impedi-lo de bocejar. O detetive ao computador tinha terminado o esboço e o estava imprimindo.

"Tem alguma coisa... alguma coisa que não está certa", disse Devlin, não pela primeira vez. Rebus deu uma olhada. Era um rosto anônimo, fácil de esquecer. "Quase poderia ser uma mulher", continuou Devlin. "E tenho certeza de que *ele* não era *ela*."

"Então que tal isso?", perguntou o detetive, clicando

o mouse. Na tela, o rosto desenvolveu uma barba densa e espessa.

"Ah, mas isso é um absurdo", queixou-se Devlin.

"Esse é o senso de humor do detetive Tibbet, professor", desculpou-se Rebus.

"Eu estou fazendo o melhor *possível*, sabe?"

"E nós somos muito gratos, professor. Tire essa barba, Tibbet."

Tibbet removeu a barba.

"Tem certeza de que não poderia ser David Costello?", perguntou Rebus.

"Eu *conheço* David. Não era ele."

"Você o conhece bem?"

Devlin piscou. "Nós conversamos diversas vezes. Um dia nos encontramos na escada e perguntei sobre os livros que tinha nas mãos. Milton, *O paraíso perdido*. E começamos uma conversa."

"Fascinante."

"Foi mesmo, pode acreditar. O garoto tem uma cabeça ótima."

Rebus ficou pensativo. "Acha que ele poderia matar alguém, professor?"

"Matar alguém? O *David*?" Devlin deu risada. "Duvido que ele considerasse isso como algo cerebral, inspetor." Fez uma pausa. "Ele ainda é suspeito?"

"Você sabe como é o trabalho de investigação, professor. O mundo inteiro é culpado até prova em contrário."

"Pensei que fosse o contrário: inocente até se provar culpado."

"Acho que está nos confundindo com advogados, professor. O senhor disse que na verdade não conhecia Philippa."

"Repetindo, nós nos cruzamos na escada. A diferença entre ela e David é que ela nunca fez menção de parar."

"Um pouco arrogante?"

"Não sei se eu diria isso. Mas deve ter sido criada num ambiente um tanto refinado, não acha?" Ficou pensativo. "Aliás, eu tenho conta no Balfour's."

"Então conhece o pai dela?"

Devlin piscou os olhos. "Meu Deus, não. Eu não estou entre os clientes importantes do banco."

"Aliás, eu queria perguntar", começou Rebus, "como vai indo o seu quebra-cabeça?"

"Devagar. Mas esse é o prazer inerente da coisa, não é?"

"Eu nunca fui ligado em quebra-cabeças."

"Mas você gosta dos seus enigmas. Conversei com Sandy Gates ontem à noite, ele me falou sobre você."

"Essa conversa deve ter aumentado os lucros da companhia telefônica."

Os dois sorriram e voltaram ao trabalho.

Depois de uma hora, Devlin decidiu que uma encarnação anterior estava mais próxima da realidade. Felizmente Tibbet tinha salvado todas as versões.

"Sim", disse Devlin. "Está longe da perfeição, mas acho que é satisfatório..." Fez menção de se levantar da cadeira.

"Já que está aqui, professor..." Rebus abriu uma gaveta e tirou um volumoso dossiê de fotografias. "Gostaria que examinasse algumas fotos."

"Fotos?"

"Fotos dos vizinhos da garota Balfour, amigos da universidade."

Devlin aquiesceu lentamente, mas sem mostrar entusiasmo. "O processo de eliminação?"

"Se acha que é capaz, professor."

Devlin suspirou. "Talvez um chá fraco para ajudar a concentração?"

"Acho que posso providenciar um chá fraco." Rebus olhou para Tibbet, ocupado com o mouse. Quando chegou mais perto, Rebus viu um rosto na tela. Era bem parecido com o de Devlin, salvo pelos chifres acrescentados. "O detetive Tibbet vai buscar o seu chá", falou.

Tibbet fez questão de salvar a imagem antes de levantar da cadeira...

Quando retornou à St. Leonard's, Rebus teve notícias sobre outra busca levemente dissimulada, dessa vez no estacionamento na Calton Road, onde David Costello guardava seu MG esportivo. Os técnicos periciais de Howdenhall estiveram lá, mas não encontraram nada importante. Eles já sabiam que as impressões digitais de Flip Balfour estariam no carro todo. Também nenhuma surpresa que alguns de seus pertences — um batom, óculos escuros — estivessem no porta-luva. A garagem estava limpa.

"Nenhum freezer com um cadeado na porta?", arriscou Rebus. "Nenhum alçapão levando a uma câmara de torturas?"

Daniels Distante meneou a cabeça. Ele estava brincando de garoto de entregas, transportando papelada entre Gayfield e St. Leonard's. "Um estudante com um MG", comentou, meneando outra vez a cabeça.

"Esquece o carro", falou Rebus. "Aquela garagem provavelmente custou mais que o seu apartamento."

"É, talvez você tenha razão." Os dois trocaram um sorriso amargo. Todos estavam ocupados: trechos da entrevista coletiva do dia anterior — com o desempenho de Wylie cortado — tinham sido transmitidos pelos noticiários da noite. Agora, relatos de pessoas afirmando ter visto a estudante desaparecida estavam sendo rastreados, o que significava muitos telefonemas...

"Inspetor Rebus?" Rebus se virou em direção à voz. "No meu escritório."

Era sem dúvida o escritório *dela*. Gill já tinha tomado posse. As flores sobre o arquivo refrescavam o ar, ou ela havia usado algum spray. A cadeira de Farmer fora removida também, substituída por um modelo mais utilitário. Onde Farmer costumava se afundar, Gill sentava com as costas eretas, como que pronta para se erguer. Estendeu um pedaço de papel, de forma que Rebus teve de se levantar da cadeira para alcançá-lo.

"Um lugar chamado Falls", disse. "Você conhece?" Rebus negou com a cabeça, devagar. "Nem eu", disse ela.

Rebus estava ocupado lendo a nota. Era a cópia de uma mensagem telefônica. Uma boneca encontrada em Falls.

"Uma boneca?", perguntou.

Gill confirmou. "Gostaria que desse uma olhada."

Rebus deu uma gargalhada. "Você está me gozando." Mas quando ergueu os olhos, o rosto dela estava impassível. "Esse é o meu castigo?"

"Pelo quê?"

"Não sei. Talvez por aparecer bêbado na presença de John Balfour."

"Eu não sou tão mesquinha."

"Não sei, não."

Gill olhou para ele. "Vá em frente, estou ouvindo."

"Ellen Wylie."

"O que tem?"

"Ela não merecia aquilo."

"Então você é fã dela?"

"Ela não merecia aquilo."

Gill colocou a mão em concha no ouvido. "Tem algum eco aqui dentro?"

A sala ficou em silêncio enquanto os dois se encaravam. Quando o telefone tocou, Gill pareceu inclinada a não atender. Finalmente estendeu a mão, os olhos ainda fixos em Rebus.

"Alô?" Ouviu por um momento. "Sim, senhor. Vou estar lá." Rompeu o contato visual para colocar o fone no gancho e deu um longo suspiro. "Preciso sair", disse. "Tenho uma reunião na Câmara Municipal. Vá até Falls, está bem?"

"Eu jamais contrariaria a sua vontade."

"A boneca estava num caixão, John." Subitamente ela pareceu cansada.

"Brincadeira de criança", retornou Rebus.

"Pode ser."

Examinou a nota outra vez. "Aqui diz que Falls é em East Lothian. Passe isso para Haddington ou alguém mais por lá."

"Eu quero que *você* cuide disso."

"Você não está falando sério, está? É uma piada, certo? Como aquela história de me dizer que tentei te passar uma cantada? Como me mandar procurar um médico?"

Ela negou com a cabeça. "Falls não é simplesmente em East Lothian, John. É o lugar onde moram os Balfour." Deu um tempo para a informação ser assimilada. "E você pode conseguir esse encontro comigo um dia desses..."

Rebus saiu de Edimburgo de carro pela A1. O tráfego estava leve, o sol baixo e brilhante. Para ele, East Lothian era sinônimo de campos de golfe e praias rochosas, terras planas de plantio e cidades-dormitórios que protegiam ferozmente a própria identidade. A área tinha sua parcela de segredos — acampamentos onde criminosos de Glasgow vinham se esconder —, mas era em essência um lugar tranquilo, um destino para viajantes, ou um local por onde se poderia passar a caminho da Inglaterra. Para Rebus, cidades como Haddington, Gullane e North Berwick sempre pareceram enclaves prósperos e reservados, com suas lojinhas mantidas pelas comunidades locais, que viam com desconfiança a cultura consumista da capital ali perto. Porém Edimburgo estava exalando sua influência: os preços de habitações na cidade estavam forçando cada vez mais pessoas a se mudar, enquanto o cinturão verde era erodido por empreendimentos comerciais e residenciais. A própria delegacia de polícia de Rebus era uma das principais artérias de chegada à cidade de quem vinha do sul e do leste, e ele tinha percebido o aumento do trânsito no horário de pico durante os últimos dez anos ou pouco mais, o lento e impiedoso comboio de motoristas.

Não foi fácil encontrar Falls. Confiando mais em seus instintos que nos mapas, Rebus conseguiu perder uma entrada e acabou em Drem. Já que estava lá, parou para comprar dois sacos de salgadinhos e um refrigerante em lata e fez uma espécie de piquenique no carro com a janela aberta. Ainda achava que estava lá por causa de alguma desfeita — no caso, para ser posto em seu devido lugar. E, na visão de sua nova chefe, o lugar em questão era um distante posto avançado chamado Falls. Lanchinho terminado, Rebus surpreendeu-se ao assobiar uma melodia de que só se lembrava parcialmente. Uma canção que falava sobre viver ao lado de uma queda-d'água. Tinha a impressão de que era algo que Siobhan havia gravado para ele, parte de sua formação musical pós-anos 70. Drem nada mais era que uma única rua principal, que estava tranquila. Às vezes passavam um automóvel ou um caminhão, mas ninguém na calçada. A vendedora tinha tentado puxar conversa, mas Rebus não teve nada a acrescentar aos seus comentários sobre o clima, e também não quis pedir informações sobre o caminho para Falls. Não queria parecer um maldito turista.

Em vez disso, abriu o guia rodoviário. Falls era apenas um pontinho no mapa. Perguntou-se de onde vinha o nome do lugar. Sabendo como as coisas eram, não ficaria surpreso ao descobrir que as pessoas se referiam à cidade com alguma obscura pronúncia local: Fails ou Fallis, algo assim. Levou apenas outros dez minutos percorrendo estradas sinuosas, subindo e descendo uma suave montanha-russa, para encontrar o lugar. Teria levado menos de dez minutos, se uma combinação de subidas sem visibilidade com um vagaroso trator não tivesse reduzido seu avanço à segunda marcha.

Falls não era exatamente o que ele esperava. No centro da cidade havia uma pequena rua principal com residências dos dois lados. Casas bonitas, com jardins bem cuidados, e uma fileira de chalés dando de frente para as calçadas estreitas. Um dos chalés mostrava uma tabuleta de madeira no lado de fora com a palavra Cerâmica pintada com capricho. Mais próximo ao fim da cidade — na verdade uma aldeia — havia o que parecia, de forma suspeita, uma prefeitura dos anos 30, reboques cinzentos com cercas quebradas, triciclos parados no meio da estrada e dois garotos chutando uma bola com pouco entusiasmo.

Quando passou de carro, todos se viraram para observá--lo, como se Rebus fosse um espécime raro.

Logo depois, tão rapidamente quanto havia entrado na aldeia, já estava em campo aberto outra vez. Rebus parou na divisa. Mais à frente, à distância, podia ver o que parecia ser um posto de gasolina. Não dava para saber se ainda estava em atividade. O trator que tinha ultrapassado passou por ele, depois reduziu para fazer uma curva em direção a um terreno parcialmente arado. O motorista não tomou conhecimento de Rebus. Fez uma resfolegante parada e desceu da cabine. Rebus ouviu um rádio estridente lá dentro.

Abriu a porta do carro, saiu e fechou-a. O tratorista ainda não lhe dera nenhuma atenção. Rebus descansou as mãos sobre um muro de pedra que chegava até a cintura.

"Bom dia", falou.

"Bom dia." O homem examinava o motor na traseira do trator.

"Eu sou da polícia. Sabe onde posso encontrar Beverly Dodds?"

"Provavelmente em casa."

"E onde é essa casa?"

"Está vendo o chalé com a tabuleta dizendo cerâmica?"

"Estou."

"É ali." A voz do homem era neutra. Até agora mal tinha olhado na direção de Rebus, concentrando-se nas lâminas de seu arado. Era atarracado, cabelos pretos encaracolados e uma barba negra emoldurando um rosto cheio de curvas e rugas. Por um segundo Rebus se lembrou das histórias em quadrinhos de revistas da sua infância, com rostos estranhos que podiam ser vistos também de cabeça para baixo e continuar fazendo sentido. "Tem a ver com aquela maldita boneca, não é?"

"Sim."

"Falta de bom-senso, procurar vocês por uma coisa dessas."

"Não acha que tem a ver com o desaparecimento da garota Balfour?"

"Claro que não. Isso é coisa dos moleques de Meadowside, só pode ser."

"Você deve ter razão. Meadowside é aquele conjunto de casas, certo?" Rebus apontou em direção à aldeia. Não conseguia ver os garotos — que estavam, assim como Falls, escondidos atrás de uma curva —, mas pensou que podia ouvir o som distante de uma bola de futebol sendo chutada.

O tratorista concordou com um gesto de cabeça. "Como eu disse, perda de tempo. Mas o tempo é seu, imagino... e meus impostos estão pagando por isso."

"Você conhece a família?"

"Qual delas?"

"Os Balfour."

O tratorista concordou novamente. "Eles são donos desta terra... parte dela, até a estrada."

Rebus olhou ao redor, percebendo pela primeira vez que não havia uma única construção ou residência à vista a não ser o posto de gasolina. "Pensei que eles só tinham a casa e o terreno."

O agricultor negou com a cabeça.

"E afinal, onde é essa casa?"

Pela primeira vez o homem fez contato visual com Rebus. Satisfeito com suas verificações mecânicas, estava limpando as mãos e esfregando-as no jeans desbotado. "Na estrada do outro lado da cidade", falou. "Mais ou menos um quilômetro e meio naquela direção, portões grandes, não tem erro. A queda-d'água fica no meio do caminho e também faz parte da propriedade."

"Queda-d'água?"

"A cachoeira. Você vai querer ver, não vai?"

Atrás do tratorista o terreno subia suavemente. Difícil imaginar qualquer ponto ali perto alto o suficiente para formar uma cachoeira.

"Você não vai querer desperdiçar o dinheiro dos seus

impostos num passeio turístico", comentou Rebus com um sorriso.

"Mas não é um local turístico, é?"

"O que é então?"

"É o maldito local do crime." A voz do homem mostrava sinais de exasperação. "Eles não contam nada para vocês em Edimburgo?"

Uma alameda estreita serpeava colina acima para fora da aldeia. Qualquer um que passasse por lá imaginaria, como Rebus, que o caminho levaria a um beco sem saída, talvez se transformando na entrada de carro de alguém. Mas a estrada se alargou um pouco, e naquele ponto Rebus estacionou o Saab no acostamento. Havia uma escada, como o homem tinha explicado. Rebus trancou o carro — instinto urbano, difícil de controlar — e subiu, chegando a um campo onde vacas pastavam. Elas mostraram tanto interesse por ele quanto o tratorista. Podia sentir o cheiro das vacas, ouvir seus fungados e mastigações. Fez o possível para evitar as trilhas dos animais e caminhou em direção a uma fileira de árvores próxima. As árvores indicavam o caminho até um riacho. Era ali que a cachoeira podia ser encontrada. Fora também ali que, na manhã do dia anterior, Beverly Dodds tinha achado um pequeno caixão com uma boneca dentro. Quando encontrou a cachoeira da qual Falls havia derivado seu nome, Rebus riu em voz alta. A queda-d'água tinha pouco mais de um metro.

"Não é o que se pode chamar de uma Niágara, hein?" Agachou-se ao pé da cachoeira. Não sabia exatamente onde a boneca tinha sido encontrada, mas examinou o local assim mesmo. A vista era panorâmica, na certa frequentada por moradores. Algumas latas de cerveja e embalagens de chocolate tinham chegado até lá. Levantou-se e inspecionou o terreno. Panorâmico e isolado: nenhuma habitação à vista. Duvidou de que alguém pudesse ter visto uma outra pessoa colocando a boneca ali, sempre supondo que não tivesse chegado rolando por cima. Não que *houvesse* muita coisa acima. O riacho podia ser visto em sua rota sinuosa colina abaixo. Rebus não acreditava que houvesse algo mais que um matagal lá em cima. O riacho nem constava em seu mapa, e não havia casas lá no alto, apenas colinas por onde se podia andar durante dias sem ver vivalma. Ficou imaginando onde seria a casa dos Balfour, e de repente estava meneando a cabeça. Que diferença faria? Ele não estava lá em busca de bonecas, com ou sem caixão... estava perseguindo uma ilusão.

Agachou-se novamente, encostou uma mão na água, com a palma para cima. Era clara e gelada. Colheu um pouco com a mão em concha, observou a água escoar entre os dedos.

"Eu não beberia essa água", advertiu uma voz. Rebus olhou em direção à luz e viu uma mulher surgir da linha das árvores. Usava um vestido longo de musselina que cobria seu corpo magro. Com o sol atrás dela, o contorno de seu corpo era visível sob o tecido. Enquanto se aproximava, passou a mão por trás da cabeça para prender os cabelos longos e loiros, tirando-os dos olhos. "Os fazendeiros", ela explicou. "Todos os produtos químicos que eles usam correm pela terra até os riachos. Organofosfatos e sabe-se lá o que mais." Pareceu estremecer com o pensamento.

"Eu sou abstêmio", disse Rebus, secando a mão na manga enquanto se levantava. "Seu nome é Dodds?"

"Todo mundo me chama de Bev." Estendeu a mão esquelética, que por sua vez estava na ponta de um braço fino. Como ossos de galinha, pensou Rebus, tomando cuidado para não apertar demais.

"Inspetor Rebus", falou. "Como sabia que eu estava aqui?"

"Eu vi o seu carro. Estava olhando pela janela. Quando o senhor passou pela alameda, eu soube instintivamente." Oscilou sobre os dois pés, contente por demonstrar que estava certa. Sua figura poderia ser de uma adolescente, mas Rebus logo notou que seu rosto contava uma história bem diferente: marcas de sorriso em torno dos olhos; a pele caída dos malares. Devia ter pouco mais de cinquenta anos, embora com a vitalidade de alguém bem mais jovem.

"A senhora veio andando?"

"Ah, sim", respondeu, olhando para as sandálias de dedo. "Fiquei surpresa por não ter vindo falar comigo antes."

"Eu queria dar uma olhada ao redor. Onde exatamente essa boneca foi encontrada?"

Ela apontou para a queda-d'água. "Bem ali, jogada na margem. Estava completamente seca."

"Por que está dizendo isso?"

"Porque sei que ficou ponderando que ela poderia ter vindo com a correnteza."

Rebus não quis admitir que tinha pensado exatamente isso, mas ela pareceu saber que ele tinha imaginado aquilo e balançou sobre os pés outra vez.

"E estava ao ar livre", continuou. "Não acho que tenha sido deixada aí por acidente. Alguém teria notado e voltado para pegar."

"Já pensou em fazer carreira na polícia, senhora Dodds?"

Ela estalou a língua. "Por favor, me chame de Bev." A pergunta ficou sem resposta, mas Rebus percebeu que ela tinha gostado de ouvir aquilo.

"Imagino que não tenha trazido a boneca com você?"

A mulher abanou a cabeça, fazendo esvoaçar seu cabelo, o qual ela voltou a puxar para trás. "Está no meu chalé."

Rebus aquiesceu. "Faz tempo que você mora aqui, Bev?"

Ela sorriu. "Ainda não peguei bem o sotaque, não é?"

"Ainda está longe disso", concordou Rebus.

"Eu nasci em Bristol e passei tantos anos em Londres que nem consigo mais me lembrar. O divórcio me fez sair correndo, e só perdi o fôlego aqui."

"Há quanto tempo foi isso?"

"Cinco ou seis anos. Eles ainda chamam minha casa de 'o chalé dos Swanston'."

"A família que morava lá antes de você?"

Ela concordou. "Falls é um lugar desse tipo, inspetor. Por que está sorrindo?"

"Eu não sabia bem qual seria a pronúncia."

Ela pareceu compreender. "Engraçado, não é? Quer dizer, é só uma pequena queda-d'água, então por que 'Falls'? Parece que ninguém sabe." Fez uma pausa. "Era uma aldeia de extração de minério."

Rebus franziu o cenho. "Minas de carvão? Aqui?"

Ela estendeu o braço em direção ao norte. "Pouco mais de um quilômetro naquela direção. Mas a produção durou pouco. Isso foi nos anos 30."

"Foi quando eles construíram Meadowside?"

Ela aquiesceu.

"Mas agora não existem mais minas?"

"Há mais de quarenta anos. Acho que a maioria da população de Meadowside está desempregada. Esse terreno com vegetação rasteira não é o prado original, sabe? Quando as primeiras casas foram construídas, havia um pasto aqui, mas eles precisaram de mais casas... e construíram em cima da área de pastagem." Estremeceu novamente, e mudou de assunto. "Acha que pode manobrar seu carro?"

Rebus fez que sim.

"Bem, não tenha pressa", ela falou, começando a se afastar. "Vou voltar e preparar um chá. A gente se vê no Chalé da Roda, inspetor."

A Roda em que ela trabalhava sua cerâmica, ela explicou enquanto despejava água na chaleira.

"Começou como uma terapia", continuou. "Depois da separação." Fez uma pausa por um instante. "Mas descobri que eu era bem boa em cerâmica. Acho que isso deixou meus velhos amigos muito surpresos." A forma como dissera aquelas duas palavras fez Rebus pensar que aqueles amigos não tinham mais lugar em sua nova vida. "Então talvez 'roda' signifique também a roda da vida", acrescentou, erguendo a bandeja e conduzindo Rebus ao que ela chamava de sua "saleta".

Era uma sala pequena e de teto baixo, com estampados brilhantes por toda parte. Havia vários exemplos do que ele considerou ser o trabalho de Beverly Dodds: argila esmaltada em azul moldada em forma de pratos e vasos. Fez questão de que ela percebesse que estava observando seus trabalhos.

"Basicamente meus primeiros trabalhos", ela comentou, tentando um tom indiferente. "Eu guardo por razões sentimentais." Pulseiras e braceletes deslizaram até seus punhos quando ela empurrou o cabelo para trás outra vez.

"São muito bonitos", comentou Rebus. Ela serviu o chá em uma xícara e um pires resistentes, na mesma tonalidade de azul. Rebus olhou pela sala, mas não conseguiu ver nenhum sinal de um caixão ou de uma boneca.

"No meu estúdio", ela disse, parecendo ter lido a mente dele mais uma vez. "Posso ir buscar, se quiser."

"Por favor", ele respondeu. Ela se levantou e saiu da sala. Rebus se sentia claustrofóbico. O chá não era absolutamente chá, mas sim uma mistura alternativa de ervas. Cogitou despejá-lo em um dos vasos, mas em vez disso tirou o celular do bolso para verificar as mensagens. A tela estava em branco, sem nenhum sinal. Talvez as grossas paredes de pedra; ou isso ou Falls estava numa região sem cobertura. Sabia que isso acontecia em East Lothian. Havia apenas uma pequena estante de livros na sala: principalmente sobre arte e artesanato, e alguns volumes sobre bruxaria. Rebus pegou um deles e começou a folhear.

"Magia branca", disse a voz atrás dele. "A crença no poder da natureza."

Rebus colocou o livro no lugar e virou-se em sua direção.

"Aqui está", ela disse. Carregava o caixão como se estivesse em uma procissão solene. Rebus deu um passo à frente e ela estendeu os braços com o caixão em sua direção. Ele pegou o caixão com delicadeza, como era de se esperar, ao mesmo tempo que um pensamento passou pela sua cabeça: *ela é pirada... ela inventou tudo isso!* Mas sua atenção foi desviada para o próprio caixão. Era feito de madeira escura, talvez carvalho envelhecido, e montado com pregos negros, como tachinhas de carpete. Os painéis de madeira tinham sido medidos e serrados, as arestas, lixadas, porém o resto era rústico. A coisa toda tinha mais ou menos vinte centímetros de comprimento. Não era o trabalho de um carpinteiro profissional; até mesmo Rebus, que não saberia distinguir uma furadeira de um esquadro, podia ver isso. Em seguida ela abriu a tampa. Seus olhos estavam bem abertos, sem piscar, fixos nos dele, esperando uma resposta.

"A tampa estava pregada", ela explicou. "Fui eu que abri."

Dentro, a pequena boneca de madeira jazia com os braços ao longo do corpo, o rosto redondo porém sem expressão, vestida com trapos de musselina. Tinha sido esculpida, mas com pouco talento artístico, com marcas profundas na superfície onde a talhadeira fizera o trabalho. Rebus tentou retirá-la da caixa, mas seus dedos se atrapalharam, o espaço entre a boneca e as laterais do caixão era estreito demais. Virou o recipiente ao contrário e a boneca deslizou para sua mão. Seu primeiro pensamento foi comparar o pano que envolvia a boneca com os diversos tecidos à mostra na sala, mas nada combinava muito bem.

"O tecido é bem novo e está limpo", ela sussurrou. Rebus concordou. O caixão não estivera muito tempo exposto ao ar livre. Não houve tempo para manchas ou umidade.

"Eu já vi muitas coisas estranhas, Bev...", comentou Rebus, a voz minguando. "Algo mais no local? Alguma coisa fora do comum?"

Ela meneou a cabeça vagarosamente. "Eu vou até lá todas as semanas." Tocou o caixão. "Isso era a única coisa incompatível."

"Pegadas...?", começou Rebus, mas interrompeu a pergunta. Era exigir demais. Mas Bev tinha uma resposta pronta. "Não que eu tenha visto." Ela ergueu os olhos do caixão e fitou-o novamente. "Eu *procurei*, porque sabia que isso não poderia ter surgido do nada."

"Alguém na aldeia que seja habilidoso em carpintaria? Talvez um marceneiro...?"

"O marceneiro mais próximo mora em Haddington. Fora de mão, não conheço ninguém que... quer dizer, quem em sã consciência faria uma coisa *dessas?*"

Rebus sorriu. "Mas aposto que você pensou sobre isso."

Ela devolveu o sorriso. "Pensei muito, inspetor. Quero dizer, normalmente eu ignoraria uma coisa dessas, mas com o que aconteceu com a menina dos Balfour..."

"Ainda não sabemos se aconteceu alguma coisa", Rebus sentiu-se compelido a dizer.

"Mas por certo existe uma ligação, não?"

"Pode ser uma brincadeira de mau gosto." Manteve os olhos nos dela enquanto falava. "Pela minha experiência, todas as aldeias têm seus habitantes excêntricos."

"Está dizendo que..." A frase foi interrompida pelo som de um carro estacionando do lado de fora. "Ah!", exclamou, levantando-se. "Deve ser o repórter."

Rebus a seguiu até a janela. Um jovem saía do banco do motorista de um Ford Focus vermelho. No lugar do passageiro, um fotógrafo encaixava uma lente na câmera. O motorista se espreguiçou e descontraiu os ombros, como se tivesse chegado ao fim de uma longa viagem.

"Eles já estiveram aqui", Bev estava explicando. "Quando a garota dos Balfour desapareceu. Me deixaram um cartão, e quando encontrei esse caixão..." Rebus a seguiu pelo estreito corredor enquanto ela ia até a porta.

"Não foi uma atitude muito inteligente, senhora Dodds." Rebus tentava conter a raiva.

Mão na maçaneta, ela meio que se virou para ele. "Pelo menos *eles* não me acusaram de ser excêntrica, inspetor."

Ele queria dizer: *mas vão acusar*. Porém o estrago já estava feito.

O nome do repórter era Steve Holly, e trabalhava na sucursal de Edimburgo de um tabloide de Glasgow. Era jovem, pouco mais de vinte anos, o que era ótimo: talvez pudesse ser enganado. Se tivessem mandado um veterano, Rebus nem tentaria fazer nada.

Holly era baixo e um pouco pesado demais, o cabelo demarcado com gel num contorno denteado, o que remeteu Rebus à cerca de arame farpado da fazenda. Tinha um bloco de anotações e uma caneta em uma das mãos, e cumprimentou Rebus com a outra.

"Acho que não nos conhecemos", falou, de uma forma que fez Rebus pensar que seu nome não era desconhecido para o repórter. "Este é Tony, meu fascinante assistente." O fotógrafo fungou enquanto pendurava uma sacola de lentes no ombro. "O que a gente pensou, Bev, foi em ir até a queda-d'água e fotografar você pegando o caixão do chão."

"Sim, é claro."

"Elimina os problemas de produzir uma foto dentro de casa", prosseguiu Holly. "Não que Tony se importasse com isso. Mas, se estiver numa sala, ele já vai ficar todo artístico e criativo."

"Ah é?" Ela lançou um olhar apreciativo ao fotógrafo. Rebus reprimiu um sorriso: as palavras "artístico" e "criativo" tinham conotações diferentes para Bev e o repórter. Mas Holly intercedeu rapidamente. "Eu posso enviar a foto depois, se quiser. Podemos fazer um bom retrato seu, talvez no estúdio."

"Não chega a ser um estúdio", rebateu Bev, passando um dedo pelo pescoço, gostando da ideia. "É só um quarto extra com minha roda e alguns desenhos. Pendurei lençóis brancos pelas paredes para ajudar na iluminação."

"Por falar em luz", interrompeu Holly, olhando de forma significativa para o céu, "é melhor irmos andando, não?"

"A luz está perfeita neste momento", explicou o fotógrafo a Bev. "Mas não vai ficar assim por muito tempo."

Bev também olhou para cima, aquiescendo, de um artista para outro. Rebus teve de admitir: Holly era bom.

"O senhor não prefere ficar aqui, guardando o forte?", ele perguntou agora a Rebus. "Não vai levar mais de quinze minutos."

"Eu preciso voltar a Edimburgo. Será que poderia me dar seu telefone, senhor Holly?"

"Devo ter um cartão aqui em algum lugar." O repórter começou a procurar nos bolsos, retirou uma carteira e extraiu um cartão de visitas.

"Obrigado", disse Rebus, pegando o cartão. "E será que poderíamos trocar umas palavrinhas...?"

Enquanto se afastava alguns metros com Holly, notou que Bev estava perto do fotógrafo, perguntando se suas roupas eram adequadas. Teve a impressão de que ela sentia falta de outro artista na aldeia. Rebus virou as costas para eles, inclusive para disfarçar o que estava para dizer.

"O senhor viu a tal boneca?", perguntou Holly. Rebus anuiu. Holly franziu o nariz. "Estamos perdendo nosso tempo?" O tom era de cumplicidade, pedindo a verdade.

"É quase certo", respondeu Rebus, não acreditando no que dizia, e sabendo que Holly também não acreditaria assim que visse a grotesca escultura. "De qualquer forma, é um passeio no campo", continuou, tentando imprimir leveza ao tom de voz.

"Eu não suporto o campo", comentou Holly. "Longe demais do monóxido de carbono para o meu gosto. Estou surpreso por eles terem mandado um inspetor..."

"Temos que tratar todas as pistas com seriedade."

"Claro que sim, eu entendo. Mesmo assim eu teria mandado um sargento ou um detetive, no máximo."

"Como eu disse..." Mas Holly já estava se afastando, pronto para voltar ao trabalho. Rebus segurou seu braço. "Você sabe que, se isso acabar sendo uma *prova*, nós podemos não querer que seja divulgado?"

Holly concordou mecanicamente e tentou imitar um sotaque americano. "Diga para o seu pessoal falar com o meu pessoal." Soltou o braço e virou-se para Bev e o fotógrafo. "Bev, quanto a essa sua roupa... já que está um dia bonito, acho que você poderia usar uma saia mais curta..."

Rebus voltou pela alameda, dessa vez sem parar na escadaria, indo em frente, imaginando o que mais poderia encontrar. Menos de um quilômetro adiante avistou uma larga entrada de automóveis, o cascalho rosado terminando abruptamente num grande portão de ferro batido. Rebus estacionou e saiu do automóvel. Os portões estavam trancados com um cadeado. Além dos portões ele podia ver que o caminho tortuoso desaparecia num bosque, as árvores bloqueando toda a visão da casa. Não havia placas, mas ele sabia que devia ser Junipers. Altos muros de pedra dos dois lados do portão, mas afinal diminuindo até uma altura mais administrável. Rebus afastou-se do carro, andou cem metros pela estrada principal, pulou o muro e chegou às árvores.

Teve a impressão de que, se tentasse algum atalho, poderia acabar vagando pelo bosque durante horas, por isso se dirigiu à entrada de automóveis, esperando não encontrar outras curvas depois de cada curva.

Foi exatamente o que aconteceu. Ficou pensando sobre eventuais entregas em domicílio: o que faria o carteiro? Provavelmente nada que pudesse preocupar um homem como John Balfour. Andou uns bons cinco minutos antes de ver a casa. As paredes tinham envelhecido até adquirir uma cor de ardósia, uma construção gótica alongada de dois andares com torres dos dois lados. Rebus não se preocupou com sua invasão, nem sabia ao certo se havia alguém em casa. Imaginou que houvesse algum tipo de segurança — talvez um policial monitorando o telefone —, mas ele chamaria a atenção. A casa ficava em frente a um grande gramado bem cuidado, canteiros de flores dos dois lados. Havia algo que parecia um estábulo depois do prédio principal. Nenhum carro ou garagem: provavelmente se situavam atrás da casa, fora de visão. Não conseguiu imaginar ninguém se sentindo de fato feliz em cenário tão macambúzio. A própria casa quase parecia de mau humor, uma reprimenda a qualquer forma de alegria. Ficou pensando se a mãe de Philippa não se sentia como peça de exposição em um museu fechado. Depois avistou um rosto numa janela do andar superior, mas, assim que olhou, o rosto desapareceu. Talvez alguma aparição, porém um minuto mais tarde a porta da frente se abriu e uma mulher saiu correndo pelas escadas e chegou à entrada de cascalho. Estava vindo em sua direção, o cabelo esvoaçante cobrindo o rosto. Quando ela tropeçou e caiu, Rebus correu para ajudá-la. Mas, quando ela o viu caminhando em sua direção, levantou-se rapidamente, ignorando os joelhos esfolados e os cascalhos ainda grudados neles. Um telefone sem fio tinha caído de sua mão. Ela o pegou.

"Não se aproxime!", gritou. Quando ela afastou o cabelo do rosto, Rebus viu que era Jacqueline Balfour. Assim que as palavras foram pronunciadas ela pareceu se arrepender, e ergueu duas mãos pacificadoras. "Olha, eu sinto muito. Mas... diga o que o senhor deseja."

Foi então que Rebus percebeu que aquela agitada mulher à sua frente achava que ele era o sequestrador de sua filha.

"Senhora Balfour", falou, erguendo as próprias mãos, as palmas voltadas para ela. "Eu sou da polícia."

Ela afinal havia parado de chorar, os dois sentados

nos degraus da frente, como se ela não quisesse ser dominada pela casa outra vez. Continuava pedindo desculpas, enquanto Rebus continuava dizendo que era ele quem devia se desculpar.

"Eu não pensei", disse. "Quer dizer, achei que não tinha ninguém em casa."

E ela não estava sozinha. Uma policial havia chegado até a porta, mas Jacqueline Balfour ordenara com firmeza que se afastasse. Rebus perguntou se ele também deveria ir embora, mas Jacqueline fez que não com a cabeça.

"O senhor veio me informar de alguma coisa?", perguntou, devolvendo o lenço umedecido de Rebus. Lágrimas: lágrimas causadas por ele. Rebus disse que ficasse com o lenço e ela o dobrou com todo o cuidado, para em seguida desdobrá-lo e recomeçar o processo. Parecia não ter percebido ainda os ferimentos nos joelhos. Sua saia estava enfiada entre eles.

"Nenhuma informação", Rebus respondeu em voz baixa. Depois, vendo toda a esperança abandoná-la: "Mas pode haver uma pista aqui na aldeia".

"Na aldeia?"

"Falls."

"Que pista?"

De repente ele queria não ter começado. "Não posso dizer no momento." Um movimento de retirada, mas não ia dar certo. Bastava que ela dissesse alguma coisa ao marido e ele já estaria ao telefone, exigindo saber sobre os fatos. E mesmo se não fizesse isso, ou escondesse dela a informação sobre o estranho achado, a mídia não teria tanto cuidado...

"Philippa colecionava bonecas?", perguntou Rebus.

"Bonecas?" Ela estava brincando com o telefone sem fio outra vez, girando-o na mão.

"É que alguém encontrou uma boneca perto da queda-d'água."

Ela balançou a cabeça. "Nenhuma boneca", respondeu em voz baixa, como se sentisse que por alguma razão faltavam bonecas na vida de Philippa, e que essa ausência a desacreditava muito como mãe.

"É bem provável que não queira dizer nada", falou Rebus.

"É bem provável", ela concordou, preenchendo o silêncio.

"O senhor Balfour está em casa?"

"Ele volta mais tarde. Está em Edimburgo." Olhou para o telefone. "Ninguém vai ligar, não é? Os parceiros de negócios do John, todos foram instruídos a deixar a linha desocupada. A família também. Manter a linha livre para o caso de *eles* ligarem. Mas eles não vão ligar, vão?"

"A senhora não acredita que ela foi sequestrada, senhora Balfour?"

Ela fez que não com a cabeça.

"Então o que aconteceu?"

Olhou para Rebus, os olhos congestionados de tanto chorar, olheiras por falta de sono. "Ela está morta." A voz saiu num sussurro. "O senhor também acha, não acha?"

"É cedo demais para pensar nisso. Já vi pessoas desaparecidas retornarem semanas, até meses mais tarde."

"Semanas, meses? Não consigo nem imaginar. Eu preferia saber... de um jeito ou de outro."

"Quando foi a última vez que vocês se viram?"

"Faz uns dez dias. Saímos para fazer compras em Edimburgo, nos lugares habituais. Na verdade ninguém queria comprar nada. Fizemos um lanche."

"Ela vinha sempre para casa?"

Jacqueline Balfour balançou a cabeça. "Ela foi envenenada."

"Como?"

"David Costello. Ele envenenou as lembranças dela, convenceu-a de que se lembrava de coisas que nunca aconteceram. Nessa última vez em que nos vimos... Flip ficou me perguntando sobre a infância. Disse que tinha sido muito infeliz, que nós a ignorávamos, não gostávamos dela. Tudo bobagem."

"E foi David Costello quem pôs essas ideias na cabeça dela?"

Ela endireitou as costas, respirou fundo e soltou o ar. "Acredito que sim."

Rebus ficou pensativo. "Por que ele faria uma coisa dessas?"

"Por ser quem ele é." Deixou a afirmação pairando no ar. O toque do telefone foi uma súbita cacofonia. Foi difícil encontrar o botão certo para apertar.

"Alô?"

Sua expressão relaxou um pouco. "Alô, querido, a que horas você vai chegar...?"

Rebus esperou a ligação terminar. Ficou pensando na coletiva de imprensa, na forma como John Balfour havia falado "eu", em vez de "nós", como se a esposa não tivesse sentimentos, não existisse...

"Era o John", ela disse. Rebus aquiesceu.

"Ele fica muito tempo em Londres, não é? Não é muito solitário ficar aqui?"

Ela olhou para Rebus. "Eu tenho amigos, sabe?"

"Eu não estava dizendo o contrário. Provavelmente a senhora vai muito a Edimburgo."

"Uma ou duas vezes por semana, sim."

"E costuma se encontrar com o sócio do seu marido?"

Ela olhou para Rebus mais uma vez. "Ranald? Ele e a esposa são os nossos melhores amigos... Por que a pergunta?"

Rebus fingiu que coçava a cabeça. "Não sei. Só estou puxando assunto, acho."

"Bem, não faça isso."

"Não devo puxar assunto?"

"Não gosto disso. É como se todo mundo estivesse tentando me pegar de surpresa. É como nas reuniões de negócio, John está sempre me alertando para não revelar nada, que nunca se sabe se alguém está querendo alguma informação sobre o banco."

"Nós não somos da concorrência, senhora Balfour."

Ela inclinou um pouco a cabeça. "Claro que não. Desculpe. É que..."

"Não precisa se desculpar", falou Rebus, levantando-se. "Esta é a sua casa, valem as suas regras. Não acha?"

"Bem, se o senhor interpreta dessa maneira..." Ela pareceu se animar um pouco. De todo modo, Rebus entendeu que, quando o marido de Jacqueline Balfour estava em casa, eram as regras *dele* que valiam...

Dentro da casa, Rebus encontrou dois colegas confortavelmente instalados no salão. A policial se apresentou como Nicola Campbell. O outro policial era um detetive baseado no QG de Fettes. Seu nome era Eric Bain, mais conhecido como "Brains". Bain estava em uma mesa sobre a qual se encontravam um telefone fixo, caneta, um caderno de anotações e um gravador, juntamente com um telefone celular conectado a um laptop. Tendo constatado que a chamada era de Balfour, Bain voltara a colocar os fones de ouvido ao redor do pescoço. Tomava um iogurte de morango direto do pote e cumprimentou Rebus com um aceno.

"Lugar bacana", disse Rebus, admirando o ambiente.

"Se você gosta de morrer de tédio", observou Campbell.

"Para que o laptop?"

"Para Brains conversar com os amigos nerds."

Bain apontou um dedo para ela. "É parte da tecnologia RR: rastrear e recuperar." Concentrado nos últimos vestígios de seu lanche, não viu os lábios de Campbell dublando em silêncio a palavra "nerd" para Rebus.

"O que seria ótimo", observou Rebus, "se houvesse algo que valesse o esforço."

Bain concordou. "Para começar, muitas ligações de solidariedade, de amigos e familiares. Quase nenhum maluco. Não ter o nome no catálogo telefônico provavelmente também ajuda."

"Mas não esqueça que a pessoa que estamos procurando pode ser um maluco também", alertou Rebus.

"Por certo não faltam malucos por aqui", disse Campbell, cruzando as pernas. Estava sentada em um dos três sofás da sala, exemplares de publicações como *Caledonia* e *Scottish Field* espalhados à sua frente. Havia outras revistas numa mesa atrás do sofá em que estava. Rebus teve a impressão de que pertenciam à casa, e que Campbell já tinha lido todas ao menos uma vez.

"Como assim?", ele perguntou.

"Já esteve na aldeia? Não viu os albinos tocando banjo nas árvores?"

Rebus sorriu. Bain pareceu confuso. "Eu não vi nenhum", falou.

O olhar de Campbell disse tudo: *isso porque, em algum mundo paralelo, você está em cima das árvores com eles...*

"Me diga uma coisa", começou Rebus, "na entrevista coletiva Balfour deu o número do celular..."

"Ele não devia ter feito aquilo", interrompeu Bain, balançando a cabeça. "Nós pedimos que não fizesse aquilo."

"Não é muito fácil rastrear uma ligação de celular?"

"Eles são mais flexíveis que linhas terrestres."

"Mas ainda assim são rastreáveis?"

"Até certo ponto. Existem muitos celulares ilegais por aí. Poderíamos rastrear uma conta e descobrir que o aparelho foi clonado na semana passada."

Campbell reprimiu um bocejo. "Está vendo como é?", falou para Rebus. "Uma emoção atrás da outra..."

Rebus voltou para a cidade sem pressa, ciente do movimento do tráfego na direção contrária. O horário de pico estava começando, com automóveis de executivos retornando ao campo. Ele conhecia gente que ia e voltava todos os dias de Edimburgo até locais tão distantes como Borders, Fife e Glasgow. Todos alegavam que o problema eram as moradias. Um apartamento de três quartos num bom lugar na cidade de Glasgow podia custar duzentas e cinquenta mil libras ou mais. Com esse dinheiro era possível comprar uma casa grande e isolada em West Lothian, ou metade de uma rua em Cowdenbeath. Por outro lado, Rebus recebia muitas propostas por seu apartamento em Marchmont. Recebia cartas de compradores desesperados endereçadas a "O Morador". Porque esse era um outro fator em Edimburgo: por mais que os preços aumentassem, sempre havia compradores. Em Marchmont, em geral eram locadores procurando um imóvel para acrescentar aos seus portfólios, ou pais em busca de um apartamento próximo à universidade para os filhos. Rebus morava no mesmo local fazia mais de vinte anos, e tinha visto a região mudar. Cada vez menos famílias e menos idosos, mais estudantes e mais jovens casais sem filhos. Os grupos pareciam não se misturar. Pessoas que haviam morado em Marchmont a vida toda viam seus filhos se mudar, por não conseguirem adquirir um imóvel ali perto. Rebus não conhecia ninguém mais no seu prédio, nem nos prédios ao lado. Até onde podia dizer, era o único proprietário que ainda morava no próprio apartamento. Mais preocupante ainda, ele parecia ser a pessoa mais velha ali. E as cartas e ofertas continuavam a chegar, e os preços continuavam a subir.

Era por isso que estava se mudando. Não que já tivesse encontrado um lugar para comprar. Talvez voltasse a morar de aluguel, de forma a ter mais liberdade de escolha: um ano num chalé no campo, um ano à beira-mar, um ano ou dois em cima de um *pub*... Sabia que o apartamento era grande demais para ele. Ninguém nunca se hospedava nos quartos vagos, e muitas noites ele dormia na cadeira da sala de estar. Um apartamento do tipo estúdio seria suficiente; qualquer coisa maior seria excessiva.

Automóveis das marcas Volvo, BMW, Audi esportivo... todos passavam por ele a caminho de casa. Ficou imaginando se gostaria de morar afastado. De Marchmont ele podia ir a pé para o trabalho. Demorava cerca de quinze minutos, o único exercício que praticava. Não gostaria de dirigir todos os dias entre Falls e a cidade. As ruas estavam tranquilas quando esteve lá, mas imaginava que à noite a estreita rua principal estaria cheia de carros.

Quando começou a procurar um lugar para estacionar em Marchmont, lembrou-se de outra razão para se mudar. No fim, deixou o Saab numa faixa amarela e entrou no mercado mais próximo para comprar o jornal da noite, leite, pão e bacon. Já tinha ligado para a delegacia perguntando se precisavam dele: não precisavam. De volta ao apartamento, pegou uma lata de cerveja da geladeira e acomodou-se em sua cadeira perto da janela da sala. A cozinha estava mais bagunçada do que o habitual: algumas coisas da sala estavam ali devido à reforma da fiação. Não sabia quando havia sido a última revisão da rede elétrica. Achava que não tinha sido tocada desde que comprou o imóvel. Depois da fiação, havia contratado um pintor para aplicar um motivo floral, refrescar o lugar. As pessoas recomendavam que não fizesse muitas reformas: quem fosse comprar o local provavelmente reformaria tudo de novo. Fiação e decoração: ele iria parar por ali. A imobiliária alegara ser impossível dizer o quanto poderia conseguir pelo apartamento. Em Edimburgo os imóveis são postos à venda no mercado pela "melhor oferta", mas o preço podia variar entre trinta e quarenta por cento. Uma estimativa conservadora do valor de sua toca em Arden Street girava em torno de cento e vinte e cinco a cento e quarenta mil libras. Sem nenhuma hipoteca pendente. Era dinheiro vivo no banco.

"Você poderia se aposentar com isso", Siobhan dissera certa vez. Bem, talvez. O valor teria de ser dividido com a ex-esposa, ele imaginava, embora tivesse feito um cheque para ela no valor de sua parte no apartamento logo depois da separação. E poderia dar algum dinheiro a Sammy, sua filha. Sammy era outra razão para a venda, ou ao menos era o que dizia a si mesmo. Ela afinal tinha deixado a cadeira de rodas, mas ainda usava um par de muletas depois do acidente. Os dois andares até seu apartamento eram demais... não que ela o visitasse regularmente, mesmo antes do atropelamento seguido de fuga.

Rebus não recebia muitas visitas, não era um bom anfitrião. Depois da mudança de Rhona, sua ex, nunca mais conseguiu preencher as lacunas deixadas por ela. Alguém certa vez descrevera seu apartamento como "uma caverna", e havia alguma verdade nisso. Era uma espécie de refúgio para Rebus, e isso era tudo o que desejava. Os estudantes do apartamento ao lado estavam ouvindo alguma coisa roufenha. Soava como um mau trabalho de Hawkwind de vinte anos antes, o que provavelmente significava que se tratava de alguma nova banda da moda. Examinou sua coleção, escolheu uma fita gravada por Siobhan e pôs para tocar. The Mutton Birds: três canções de um de seus álbuns. Era um grupo da Nova Zelândia ou algo assim, e um dos instrumentos fora gravado aqui em Edimburgo. Era mais ou menos toda a informação que tinha sobre eles. A segunda canção era "The falls".

Rebus sentou-se outra vez. Havia uma garrafa no chão: Talisker, com um gosto puro e cortante. Copo ao lado, ele se serviu, brindou à imagem refletida na janela, recostou-se e fechou os olhos. Aquela sala ele não ia redecorar. Já havia feito isso pessoalmente pouco tempo atrás, com a ajuda de seu velho amigo e aliado Jack Morton. Agora Jack estava morto, mais um entre muitos fantasmas. Rebus imaginou se os deixaria para trás quando se mudasse. Por alguma razão duvidava disso e sabia que, no fundo, sentiria falta deles de alguma maneira.

A música era toda sobre perda e redenção. Lugares mudando e as pessoas mudando com eles, sonhos escoando cada vez para mais longe do alcance. Rebus achou que não iria sentir falta de Arden Street. Estava na hora de mudar.

4

A caminho do trabalho na manhã seguinte, Siobhan só conseguia pensar no Enigmista. Ninguém havia ligado para o seu celular, por isso estava imaginando outra mensagem para enviar. Para ele ou para ela. Sabia que precisava manter a mente aberta, mas não conseguia deixar de pensar no Enigmista como "ele". "Constrição", "Hellbank"... para ela tudo parecia masculino. E toda a ideia de um jogo sendo feito por computador... tudo parecia masculino, como tristes casacões pendurados em quartos. Tudo levava a crer que sua primeira mensagem — *Problema. Precisamos conversar. Flipside* — não tinha funcionado. Hoje ela ia acabar com a farsa. Entraria em contato por e-mail como ela mesma, explicaria o desaparecimento de Flip e pediria para entrar em contato. Manteve o celular ao lado durante toda a noite, acordando de hora em hora para não perder um eventual chamado. Mas ninguém ligou. Finalmente, quando começou a clarear, vestiu-se e saiu para uma caminhada. Seu apartamento era perto da Broughton Street, numa área que se valorizava rapidamente: não tão cara quanto a vizinha Cidade Nova, mas perto do centro da cidade. Metade das ruas parecia tomada por caçambas, e sabia que até o meio da manhã as caminhonetes dos empreiteiros estariam lutando para encontrar vagas para estacionar.

Siobhan interrompeu a caminhada para um café da manhã numa lanchonete que abria cedo: pasta de feijão, torrada e uma caneca de chá tão forte que teve medo de ser envenenada pelo tanino. Parou no topo da Calton Hill para observar a cidade, engatando a marcha para um novo dia. Em Leith, um navio de contêineres flutuava perto da costa. Ao sul, Pentland Hills vestia sua cobertura de nuvens baixas como um confortável edredom. Ainda não havia muito trânsito em Princes Street: só ônibus e táxis, basicamente. Era a hora do dia que ela mais gostava de Edimburgo, antes do início da rotina normal da cidade. O Balmoral Hotel era um dos marcos mais próximos. Pensou na festa que Gill Templer organizara ali... como tinha falado que andava muito ocupada. Ficou pensando se estava se referindo ao caso em si ou à nova promoção. O problema da promoção era que John Rebus vinha junto. Agora era problema de Gill, não mais de Farmer. O que se comentava na delegacia era que John já tinha causado constrangimento: encontrado bêbado dentro do apartamento da menina desaparecida. Tempos atrás, as pessoas já haviam alertado Siobhan de que estava ficando muito parecida com Rebus, imitando tanto seus defeitos quanto suas qualidades. Não achava que isso fosse verdade.

Não, não era verdade...

Sua caminhada a levou até Waterloo Place. Virando à direita, estaria em casa em cinco minutos. Virando à esquerda, poderia estar trabalhando em dez. Virou à esquerda em North Bridge e continuou andando.

St. Leonard's estava tranquila. As dependências do DIC cheiravam a mofo: corpos demais passando muito tempo apinhados ali. Abriu algumas janelas, preparou uma caneca de café fraco e sentou-se à mesa. Quando verificou, não havia mensagens no computador de Flip. Resolveu manter a linha aberta enquanto escrevia seu novo e-mail. Mas depois de algumas linhas uma mensagem avisou da chegada de um e-mail. Era do Enigmista, um simples *bom dia*. Digitou uma resposta perguntando: *Como você sabia que eu estava aqui?* A resposta foi imediata.

Isso é algo que Flipside não precisaria perguntar. Quem é você?

Siobhan digitava tão depressa que nem corrigia os erros. *Sou uma policial de Edimburgo. Estamos investigan-*

do o desaparecimento de Philippa Balfour. Esperou um minuto inteiro pela resposta.

Quem?

Flipside, digitou.

Ela nunca me disse o verdadeiro nome. Essa é uma das regras.

As regras do jogo?, digitou Siobhan.

Sim. Ela mora em Edimburgo?

Ela estudava aqui. Podemos nos falar? Você tem o número do meu celular.

Mais uma vez, a espera pareceu interminável.

Prefiro desse jeito.

Tudo bem, digitou Siobhan, *você pode me falar sobre Hellbank?*

Você teria que jogar o jogo. Preciso de um nome para te identificar.

Meu nome é Siobhan Clarke. Sou detetive da polícia de Lothian and Borders.

Tenho a impressão de que esse é o seu verdadeiro nome, Siobhan. Você já desobedeceu a uma das primeiras regras. Como se pronuncia?

Shi-vawn.

Houve uma pausa mais longa, ela já estava prestes a reenviar a mensagem quando chegou a resposta.

Para responder a sua pergunta, Hellbank é um nível do jogo.

Flipside estava no jogo?

Estava. Constrição era o nível seguinte.

Que tipo de jogo? Ela poderia ter tido problemas?

Depois.

Siobhan ficou olhando a palavra. *Como assim?*

Nos falamos depois.

Preciso da sua cooperação.

Então aprenda a ter paciência. Eu poderia desligar agora e você nunca me encontraria. Você aceita esse fato?

Aceito. Siobhan estava quase esmurrando a tela.

Depois.

Depois, ela digitou.

E foi isso. Nenhuma outra mensagem. Ele tinha desligado, ou ainda estava lá mas não respondia. E ela só podia esperar. Ou não? Conectou-se à internet e tentou todas as ferramentas de busca que conseguiu encontrar, perguntando sobre sites relacionados com Enigmista e PaganOmerta. Encontrou dezenas de Enigmistas, mas teve a impressão de que nenhum deles era o que procurava. PaganOmerta não deu em nada, embora quando as palavras fossem separadas surgissem centenas de sites, quase todos tentando vender alguma religião tipo Nova Era. Quando tentou PaganOmerta.com, não encontrou nada. Era um endereço, não um site. Tomou mais café. O resto da turma estava chegando. Algumas pessoas a cumprimentaram, mas ela não estava ouvindo. Teve outra ideia. Encostou-se na cadeira com o catálogo telefônico e um exemplar das Páginas Amarelas, alcançou seu bloco de anotações e pegou uma caneta.

Primeiro ela tentou vendedores de computadores, até que finalmente alguém indicou uma loja de histórias em quadrinhos na South Bridge. Para Siobhan, quadrinhos remetiam a coisas como *Beano* e *Dandy*, embora tivesse tido certa vez um namorado cuja obsessão por *2000AD* foi ao menos em parte responsável pelo rompimento entre os dois. Mas aquela loja foi uma revelação. Havia milhares de títulos, assim como livros de ficção científica, camisetas e outros artigos. No balcão, um funcionário adolescente conversava sobre a personalidade de John Constantine com dois colegiais. Siobhan não tinha como saber se John Constantine era um personagem de quadrinhos, roteirista ou desenhista. Afinal os garotos a notaram em pé atrás deles. Os dois perderam o entusiasmo, voltando a assumir o papel de adolescentes magricelas e desajeitados. Talvez não estivessem acostumados a falar com mulheres. Imaginou que não estavam acostumados com mulheres de jeito nenhum.

"Eu ouvi vocês conversando", começou a dizer. "Pensei que talvez pudessem me ajudar em uma coisa." Nenhum dos três disse nada. O balconista adolescente coçava uma espinha na bochecha. "Vocês participam de jogos pela internet?"

"Você diz, como Dreamcast?" Ela não entendeu. "É da Sony", esclareceu o balconista.

"Estou me referindo a jogos que têm alguém no comando, que entram em contato por e-mail, propõem desafios."

"RPG." Um dos colegiais afirmou, olhando para os outros em busca de confirmação.

"Você já jogou isso?", perguntou Siobhan.

"Não", ele admitiu. Nenhum deles tinha jogado.

"Tem uma loja de jogos a meio caminho da Leith Walk", informou o balconista. "É de D & D, mas talvez eles possam ajudar."

"D & D?"

"Espada e feitiçaria, Dungeons and Dragons."

"Essa loja tem nome?", perguntou Siobhan.

"Gandalf's", eles responderam em coro.

Gandalf's era um pedaço de fachada estreita e nada promissora espremida entre um estúdio de tatuagem e uma lanchonete. Menos promissora ainda, a vitrine era imunda e coberta por uma grade de metal fechada com cadeados. Mas quando ela tentou, a porta se abriu, disparando uma série de móbiles pendurados dentro da loja. Obviamente a Gandalf's já tinha sido alguma outra coisa — talvez um sebo —, e a mudança de função não fora acompanhada por nenhuma reforma. As prateleiras expunham diversos jogos de tabuleiro e peças de jogo — que pareciam soldados de brinquedo sem pintura. Cartazes nas paredes mostravam o Armagedom em quadrinhos. Havia livros de instruções, as bordas deformadas, e no meio do recinto quatro cadeiras e uma mesa dobrável sobre a qual repousava um tabuleiro. Não havia nenhum vendedor, nem campainha. Uma porta no fundo da loja se abriu rangendo e um homem de pouco mais de cinquenta anos apareceu. Usava barba cinza e rabo de cavalo, e sua barriga proeminente estava envolta por uma camiseta do Grateful Dead.

"Você parece do governo", disse, carrancudo.

"Departamento de Investigações Criminais", anunciou Siobhan, mostrando sua credencial.

"O aluguel só está atrasado oito semanas", ele grunhiu. Quando ele se encaminhou em direção ao tabuleiro, Siobhan viu que calçava sandálias de dedo feitas de couro. Assim como o dono, já tinham percorrido uns bons quilômetros. Ele estudou a localização das peças. "Você mexeu em alguma coisa?", perguntou de repente.

"Não."

"Tem certeza?"

"Claro."

Ele sorriu. "Então o Anthony tá fodido, com perdão da palavra." Olhou para o relógio. "Eles vão chegar em uma hora."

"Quem são eles?"

"Os jogadores. Tive que fechar a loja ontem à noite antes de conseguirem terminar. Anthony deve ter perdido a calma quando tentou acabar com o Will."

Siobhan olhou para o tabuleiro. Não conseguiu ver nenhum grande desígnio na forma como as peças se distribuíam. O esquisitão barbudo apontou as cartas ao lado do tabuleiro.

"Isso é o que interessa", disse com impaciência.

"Ah", exclamou Siobhan. "Sinto muito, mas não sou especialista."

"Não deve ser mesmo."

"O que quer dizer com isso?"

"Nada, nada mesmo."

Mas Siobhan tinha certeza de que sabia o que ele tinha insinuado. Aquilo era um clube particular, só para homens, e tão exclusivo quanto alguns outros redutos."

"Acho que você não vai poder me ajudar", declarou Siobhan, olhando ao redor. Estava resistindo a uma vontade de se coçar. "Estou interessada em algo um pouco mais tecnológico."

Ele ficou um pouco indignado com aquilo. "Como assim?"

"RPG por computador."

"Interativo?" Seus olhos se animaram. Ela aquiesceu e ele olhou para o relógio outra vez, depois passou ao seu lado e trancou a porta. Siobhan ficou na defensiva, mas ele simplesmente passou por ela outra vez e andou até a porta mais distante. "Por aqui", falou. Sentindo-se um pouco como Alice na entrada do túnel, Siobhan por fim o seguiu.

Depois de descer quatro ou cinco degraus, chegou a uma sala úmida e sem janelas, apenas parcialmente iluminada. Havia caixas empilhadas — mais jogos e acessórios, imaginou —, uma pia com uma chaleira e canecas no escorredor. Mas sobre uma mesa num canto se encontrava o que parecia ser um computador de ponta, a tela larga tão fina quanto a de um laptop. Ela perguntou ao guia qual era o seu nome.

"Gandalf", ele respondeu contente.

"Quero dizer, o seu verdadeiro nome."

"Eu sei. Mas aqui esse *é* o meu verdadeiro nome." Sentou-se ao computador e começou a trabalhar, falando enquanto movimentava o mouse. Levou alguns instantes para ela perceber que era um mouse sem fio.

"Existem muitos jogos na internet", ele estava dizendo. "Você junta um grupo de pessoas para lutar contra o programa ou contra outras equipes. Existem comunidades." Apontou para a tela. "Está vendo? Esta é uma comunidade do Doom." Olhou para ela. "Sabe o que é Doom?"

"Um jogo de computador."

Ele concordou. "Mas aqui você trabalha em cooperação com outras pessoas contra um inimigo comum."

Os olhos dela passaram pelos nomes das equipes. "Qual é o grau de anonimato?", perguntou.

"Como assim?"

"Quer dizer, cada jogador sabe quem é seu companheiro de equipe ou quem é da equipe adversária?"

Ele cofiou a barba. "No máximo eles têm um nome de guerra."

Siobhan pensou em Philippa, com seu e-mail com um nome secreto. "E as pessoas podem ter muitos nomes, certo?"

"Ah, sim", ele respondeu. "Você pode acumular dezenas de nomes. Gente que conversou com você centenas de vezes... elas podem voltar com outro nome, e você nem sabe que já as conhece."

"Então elas podem mentir a respeito de si mesmas?"

"Se você preferir chamar assim. Isso é um mundo *virtual*. Nada aqui na verdade é 'real'. Por isso as pessoas são livres para inventar vidas virtuais para si mesmas."

"Tem um jogo em questão no caso em que estou trabalhando."

"Que jogo?"

"Não sei. Mas tem níveis chamados Hellbank e Constrição. No comando parece estar alguém com o nome de Enigmista."

Ele estava cofiando a barba outra vez. Ao sentar-se ao computador, tinha posto uns óculos de armação de metal. A tela se refletia nas lentes, escondendo seus olhos. "Esse eu não conheço", disse afinal.

"Qual seria seu palpite?"

"Parece ser um CSRPG: Cenário Simples de RPG. O Enigmista propõe tarefas ou questões, pode ser com um jogador ou com vários."

"Você quer dizer com equipes?"

Ele deu de ombros. "Difícil saber. Qual é o site?"

"Não sei."

Olhou para Siobhan. "Você não sabe muita coisa, não é?"

"Não", admitiu Siobhan.

Ele suspirou. "É um caso muito sério?"

"Uma garota desaparecida. Ela estava jogando esse jogo."

"E você não sabe se existe alguma relação?"

"Não."

Gandalf descansou as mãos sobre a barriga. "Vou perguntar por aí", falou. "Tentar rastrear o Enigmista para você."

"Se ao menos eu tivesse uma ideia do que o jogo envolve..."

Ele assentiu e Siobhan se lembrou de seu diálogo com o Enigmista. Ela havia perguntado sobre Hellbank. A resposta?

Você teria que jogar o jogo...

Siobhan sabia que a requisição de um laptop demoraria a ser atendida. E ainda assim não estaria conectado à internet. Por isso parou em uma loja de computadores no caminho de volta à delegacia.

"O mais barato que temos custa mais ou menos novecentos paus", informou a vendedora.

Siobhan vacilou. "E quanto tempo demoro para conectar?"

A vendedora deu de ombros. "Depende do seu provedor", respondeu.

Siobhan agradeceu e saiu. Sabia que poderia continuar usando o computador de Philippa Balfour, mas não queria fazer isso, por uma série de razões. Depois teve uma luz e pegou seu celular. "Grant? É Siobhan. Preciso de um favor..."

O detetive Grant tinha comprado seu laptop pela mesma razão que comprara um CD-player, um DVD e uma câmera digital. Eram *coisas*, coisas que a gente compra para impressionar as pessoas. Claro, cada vez que trazia um novo equipamento para St. Leonard's, ele se tornava o centro das atenções por cinco ou dez minutos — ou melhor, a *coisa* se tornava. Mas Siobhan já percebera que Grant tinha boa vontade para emprestar esses equipamentos de ponta para qualquer um que pedisse. Ele mesmo não os usava, ou quando os usava se cansava depois de poucas semanas. Talvez nunca tivesse passado do manual do proprietário: o da câmera era mais volumoso que o próprio aparato.

Por isso Grant ficou muito feliz em ir até sua casa e retornar com o laptop. Siobhan já tinha explicado que iria usá-lo para e-mails.

"Está prontinho", garantiu Grant.

"Vou precisar do seu endereço de e-mail e a senha."

"Mas isso significa que você vai poder acessar os *meus* e-mails", ele percebeu.

"Me diz uma coisa, Grant, quantos e-mails você recebe por semana?"

"Alguns", respondeu, na defensiva.

"Não se preocupe. Vou deixar todos salvos para você... e prometo não bisbilhotar."

"Então resta o problema do meu pagamento", disse Grant.

Siobhan olhou para ele. "Pagamento?"

"A ser discutido." O rosto dele se abriu num sorriso.

Ela cruzou os braços. "E o que vai ser?"

"Não sei", respondeu. "Vou ter que pensar..."

Transação completa, Siobhan voltou para sua mesa. Já tinha um cabo para ligar seu celular ao laptop. Mas antes verificou o computador e a caixa postal de Philippa: nenhuma mensagem, nada do Enigmista. Conectar com a máquina de Grant levou apenas alguns minutos. Uma vez lá, enviou uma mensagem para o Enigmista com o endereço de e-mail de Grant: *Talvez eu queira jogar esse jogo. Você decide. Siobhan.*

Ficou conectada depois de enviar a mensagem. Custaria uma pequena fortuna quando chegasse a próxima conta do celular, mas ela não quis pensar nisso. No momento, o jogo era a única pista que tinha. Mesmo que não tivesse intenção de jogar, ainda assim queria saber mais a respeito. Podia ver Grant do outro lado da sala. Estava conversando com outros policiais. Todos lançavam olhares em sua direção.

Deixa para lá, pensou.

Rebus se encontrava em Gayfield Square, mas não estava acontecendo nada ali. Isso queria dizer que o lugar estava borbulhante de atividade, mas todo aquele som e aquela agitação não conseguiam esconder uma arrepiante sensação de ansiedade. O próprio comissário de Polícia fizera aparição para receber relatos de Gill Templer e Bill Pryde. Tinha deixado claro que eles precisavam era de "uma conclusão rápida". Tanto Templer como Pryde haviam usado aquela mesma frase pouco depois, que foi como Rebus ficou sabendo.

"Inspetor Rebus?" Havia um guarda à sua frente. "A chefe quer dar uma palavra com você."

Quando Rebus entrou, Gill pediu que fechasse a porta. O lugar estava lotado e cheirava a suor de outras pessoas. Como espaço era uma preciosidade, Gill estava dividindo esse local com outros dois detetives, trabalhando em turnos.

"Talvez a gente devesse passar a dispor das celas", ela comentou, recolhendo canecas da mesa sem conseguir encontrar nenhum lugar melhor para guardá-las. "A coisa não podia estar pior."

"Não precisa se preocupar", disse Rebus. "Eu não vou ficar."

"Certo, não vai mesmo." Depositou as canecas no chão, e quase imediatamente chutou uma delas. Ignorou o estrago e sentou-se. Rebus ficou em pé, como era obrigatório, pois não havia mais nenhuma cadeira na sala. "Como foram as coisas em Falls?"

"Cheguei a uma conclusão rápida."

Gill olhou para ele. "E qual foi?"

"Que vai dar uma boa matéria para os tabloides."

Ela concordou. "Vi alguma coisa num jornal vesperti-no ontem à noite."

"A mulher que encontrou a boneca — ou disse que encontrou — andou falando."

"Ou disse que encontrou?"

Rebus deu de ombros.

"Você acha que ela pode estar envolvida nisso?"

Ele enfiou as mãos nos bolsos. "Quem sabe?"

"Tem gente que acha que sim. Uma amiga chamada Jean Burchill. Acho que devia falar com ela."

"Quem é?"

"Curadora do Museu da Escócia."

"E ela sabe alguma coisa sobre essa boneca?"

"Talvez saiba." Gill fez uma pausa. "De acordo com Jean, essa não foi a primeira vez."

Rebus admitiu para sua guia que nunca estivera no museu.

"No velho museu eu ainda cheguei a levar minha filha, quando ela era menina."

Jean Burchill estalou a língua. "Mas este lugar é outra história, inspetor. É sobre o que somos, a nossa história e a nossa cultura."

"Sem totens e animais empalhados?"

Ela sorriu. "Até onde eu sei." Os dois caminhavam pela área de exposição do andar térreo, tendo deixado o enorme saguão de entrada para trás. Pararam em frente a um pequeno elevador e Burchill se virou para encará-lo, os olhos o examinando de cima a baixo. "Gill me falou de você", comentou. As portas do elevador se abriram e ela entrou, Rebus atrás.

"Só coisas boas, espero." Estava tentando se portar com irreverência. Burchill simplesmente olhou para ele outra vez e abriu um pequeno sorriso. Apesar da idade,

113

ela lhe lembrava uma colegial: aquela mistura de timidez e sabedoria, de afetação e curiosidade.

"Quarto andar", ela disse, e quando as portas do elevador se abriram outra vez os dois passaram por um estreito corredor cheio de sombras e imagens da morte. "A seção das crenças", ela explicou, a voz quase inaudível. "Bruxarias, ladrões de túmulos e funerais." Um coche negro esperava para levar sua próxima carga a algum cemitério vitoriano, tendo ao lado um grande caixão de ferro. Rebus não conseguiu deixar de estender o braço para tocá-lo.

"É um cofre para os mortos", ela explicou. Em seguida, percebendo que ele não entendera: "As famílias dos falecidos trancavam o caixão com os mortos dentro de um cofre durante os primeiros seis meses, para se defender dos ressurreicionistas."

"Você quer dizer ladrões de corpos?" Essa era uma parte da história que ele conhecia. "Como Burke e Hare? Desenterrando cadáveres pra vender para a universidade?"

Ela olhou para Rebus como uma professora observaria um aluno teimoso. "Burke e Hare não desenterravam nada. Esta é a grande diferença: eles matavam pessoas, depois vendiam os corpos para os anatomistas."

"Certo", concordou Rebus. Os dois passaram por trajes de luto e fotos de bebês mortos, depois pararam em frente a uma urna de vidro.

"Aqui estamos", disse Burchill. "Os caixões de Arthur's Seat."

Rebus observou. Havia oito caixões ao todo. Tinham de treze a quinze centímetros, bem construídos, as tampas fechadas com pregos. Dentro dos caixões havia pequenos bonecos de madeira, alguns vestidos. Rebus examinou um traje xadrez verde e branco.

"Torcedor do Hibs", comentou.

"Todos originalmente tinham roupas. Mas o tecido não resistiu." Apontou para uma foto na urna. "Em 1836, algumas crianças que brincavam em Arthur's Seat encontraram a entrada oculta de uma caverna. Dentro havia dezessete pequenos caixões, dos quais somente estes oito sobreviveram."

"Elas devem ter ficado com medo." Rebus examinava as fotografias, tentando localizar onde estariam as encostas maciças da montanha.

"Análises dos materiais indicam que foram construídos na década de 1830."

Rebus aquiesceu. A informação estava impressa numa série de cartões afixados na exposição. Os jornais da época sugeriram que os bonecos eram usados por bruxas para lançar feitiços mortais em certos indivíduos. Outra teoria popular era de que tivessem sido postos ali por marinheiros, como amuletos de boa sorte antes das viagens marítimas.

"Marinheiros no Arthur's Seat." Rebus pensou um pouco. "É algo que não se vê todos os dias."

"Será que estou detectando alguma insinuação homofóbica, inspetor?"

Ele negou com a cabeça. "É pelo fato de ser muito longe das docas, só isso."

Burchill olhou para ele, mas sua expressão não revelou nada.

Rebus estava examinando os caixões outra vez. Se fosse um apostador, consideraria poucas as probabilidades de uma ligação entre esses objetos e o caixão encontrado em Falls. Mas, fosse quem fosse que tivesse construído e colocado o caixão perto da queda-d'água, sabia sobre essa exposição do museu, e por alguma razão decidira copiá-la. Rebus olhou ao redor, para a sombria amostragem de mortalidade.

"Foi você que reuniu tudo isso?"

Ela aquiesceu.

"Devem fazer sucesso em festas."

"Você ficaria surpreso", respondeu em voz baixa. "A verdade mesmo é que não há quem não tenha curiosidade a respeito das coisas que nos dão medo."

* * *

No andar térreo do museu, os dois se sentaram em um banco cinzelado de forma a parecer uma caixa torácica de baleia. Havia peixes num reservatório de água próximo, garotos tentando tocá-los, mas que sempre fugiam no último momento, dando risadinhas e retorcendo as mãos: novamente a mistura de curiosidade e medo.

No final do grande saguão havia sido construído um imenso relógio, seu complexo mecanismo consistindo em modelos de esqueletos e gárgulas. A escultura de uma mulher nua parecia embrulhada em arame farpado. Rebus teve a impressão de que deveria haver outras cenas de tortura além da sua visão.

"Nosso Relógio do Milênio", explicou Jean Burchill. Consultou o próprio relógio. "Dez minutos até badalar outra vez."

"Projeto interessante", comentou Rebus. "Um relógio cheio de sofrimento."

Burchill olhou para ele. "Nem todo mundo percebe isso de imediato..."

Rebus deu de ombros. "Lá em cima", falou, "o cartaz menciona algo sobre os antigos bonecos estarem ligados a Burke e Hare?"

Ela anuiu. "Seria um enterro de faz de conta para as vítimas. Achamos que eles devem ter vendido cerca de dezessete cadáveres para dissecação. Foi um crime horrível. Entenda, um corpo dissecado não pode ressuscitar no dia do Juízo Final."

"Não sem esparramar suas vísceras", concordou Rebus.

Ela o ignorou. "Burke e Hare foram presos e julgados. Hare testemunhou contra o amigo, e só William Burke foi para a forca. Adivinhe o que aconteceu com o corpo dele depois?"

Essa era fácil. "Dissecação?", arriscou Rebus.

Ela concordou. "O corpo foi levado para a antiga faculdade, o mesmo caminho que fez a maioria de suas vítimas, se não todas, e usado em uma aula de anatomia. Isso foi em janeiro de 1829."

"E os caixões são do início da década de 1830." Rebus ficou pensando. Tentando lembrar se não tinha ouvido alguém certa vez se vangloriar de possuir um suvenir feito com a pele de Burke. "O que aconteceu com o corpo depois?", perguntou.

Jean Burchill olhou para ele. "Existe um livro no museu, no Surgeons' Hall."

"Feito com a pele de Burke?"

Ela concordou outra vez. "Eu chego a sentir pena de Burke. Parece que foi um homem genial. Um imigrante em busca de melhores condições. Pobreza e oportunidade motivaram a primeira venda. Um hóspede da casa dele morreu devendo dinheiro. Burke sabia que havia uma crise em Edimburgo, uma faculdade de medicina bem-sucedida sem cadáveres suficientes para ir adiante."

"As pessoas viviam muito na época?"

"Longe disso. Mas, como falei, um corpo dissecado não podia entrar no céu. Os únicos cadáveres disponíveis para alunos de medicina eram de criminosos executados. O Anatomy Act de 1832 pôs um ponto final na necessidade de roubar túmulos..."

A voz dela minguou. Pareceu momentaneamente distante do presente ao refletir sobre o passado sangrento de Edimburgo. Rebus tinha essa mesma experiência. Ressurreicionistas e carteiras feitas com pele humana... bruxarias e enforcamentos. Próximo aos caixões no quarto andar ele vira inúmeros adereços de bruxas: configurações de ossos; corações encolhidos de animais com unhas se projetando.

"Que lugar este, hein?"

Estava se referindo a Edimburgo, mas ela pensou no entorno imediato. "Desde criança", falou, "eu me sentia mais em paz aqui do que em qualquer outro lugar da cidade. Talvez considere o meu trabalho mórbido, inspetor, mas poucos se sentiriam à vontade com o trabalho que *você* faz."

"Tem razão", ele concordou.

"Os caixões me interessaram porque são um *mistério*. Em um museu, vive-se pelas regras de identificação e classificação. Datas e procedências podem ser incertas, mas sempre sabemos com que estamos lidando: um baú, uma chave, os restos de uma necrópole romana."

"Mas, quanto aos caixões, você não sabe ao certo do que se trata?"

Ela sorriu. "Exatamente. Isso é uma frustração para um curador."

"Eu conheço a sensação", observou. "É como me sinto diante de um caso. Se não pode ser resolvido, é uma alfinetada na minha cabeça."

"A gente continua remoendo... desencavando novas teorias..."

"Ou novos suspeitos, sim."

Agora os dois se entreolharam. "Talvez tenhamos mais em comum do que eu imaginava", disse Jean Burchill.

"Talvez", admitiu Rebus.

O relógio começou a badalar, embora seu ponteiro de minutos ainda não tivesse chegado ao doze. Os visitantes foram atraídos, as crianças de queixo caído quando os vários mecanismos trouxeram aqueles extravagantes personagens à vida. Soaram sinos e uma funesta música de órgão começou a tocar. O pêndulo era um espelho polido. Olhando para ele, Rebus percebia lampejos de si mesmo, e atrás dele o resto do museu, todos os espectadores captados.

"Vale a pena olhar mais de perto", disse Jean Burchill. Os dois se aproximaram, juntando-se à aglomeração. Rebus pensou ter reconhecido esculturas de madeira de Hitler e Stálin. Estavam usando um serrote.

"E tem outra coisa", começou a dizer Jean Burchill. "Houve outros bonecos, outros lugares."

"O quê?" Rebus desviou o olhar do relógio.

"É melhor enviar a você o que eu tenho a respeito..."

Rebus passou o resto daquela sexta-feira esperando o fim do seu turno. Fotos do estacionamento de David Costello tinham sido afixadas em uma das paredes, juntando-se ao quebra-cabeça aleatório. O MG era azul-escuro com teto de lona. Os gênios da perícia ainda não tinham permissão para remover vestígios do veículo e dos pneus, mas isso não os impedira de dar uma boa olhada. O carro não fora lavado recentemente. Se houvesse sido, eles teriam de perguntar a David Costello por quê. Outras fotos de amigos e conhecidos de Philippa foram reunidas e mostradas ao professor Devlin. Algumas fotos do namorado foram inseridas, o que fez Devlin reclamar de "táticas desprezíveis".

Cinco dias desde a noite de sábado, cinco dias desde o desaparecimento. Quanto mais contemplava o quebra-cabeça na parede, menos Rebus entendia. Pensou de novo no Relógio do Milênio, que era o exato oposto: quanto mais o examinara, mais havia percebido — pequenas figuras subitamente destacadas do todo. Via o relógio agora como um monumento aos perdidos e aos esquecidos. À sua maneira, a mostra na parede — as fotos, os faxes, as listas e desenhos — formava também um monumento. Mas ao fim, a despeito do que acontecesse, esse monumento seria desmantelado e relegado a uma caixa guardada num depósito em algum lugar, sua vida útil limitada pela duração da busca.

Rebus já havia passado por isso: outros tempos, outros casos, nem todos resolvidos de forma satisfatória. A gente tenta não se importar, tenta manter a objetividade, como ensinam os cursos de treinamento, mas é difícil. Farmer ainda se lembrava de um garotinho da sua primeira semana na força, e Rebus também tinha suas recordações. Foi por essas razões que, no final do dia, ele foi para casa, tomou um banho, trocou de roupa e sentou-se em sua cadeira durante uma hora na companhia de um copo de Laphroig e dos Rolling Stones: *Beggars banquet* esta noite, e mais um copo de Laphroig, aliás. Carpetes da sala e dos quartos estavam enrolados ao seu redor. Colchões e guarda-roupas, cômodas com gavetas... o quarto era um pátio de manobras. Mas havia um caminho livre entre a porta e a sua cadeira, e da cadeira ao aparelho de som, e era tudo de que precisava.

Quando o disco dos Stones acabou, ainda havia meio copo de uísque a terminar, por isso ele pôs outro álbum para tocar. *Desire*, de Bob Dylan, e a faixa "Hurricane", uma história de injustiça e falsas acusações. Sabia que isso acontecia: às vezes intencionalmente, às vezes por acidente. Já tinha trabalhado em casos em que as provas pareciam apontar de forma conclusiva para um indivíduo, só para alguém mais aparecer e confessar o crime. E no passado — no passado distante — talvez um ou dois criminosos tenham sido "preparados" para ser presos, ou para satisfazer a necessidade do público por uma condenação. Algumas vezes se tinha certeza de quem era o vilão, mas não havia provas a oferecer ao promotor de justiça. Um ou dois policiais haviam se excedido ao longo dos anos.

Rebus fez um brinde a eles, observando seu reflexo na janela da sala. Depois fez um brinde a si mesmo também, em seguida pegou o telefone e chamou um táxi.

Destino: alguns *pubs*.

No Oxford Bar, começou uma conversa com um dos frequentadores e por acaso mencionou sua viagem a Falls.

"Nunca tinha ouvido falar do lugar", confessou.

"Ah, sim", comentou seu companheiro. "Eu conheço Falls. Wee Billy não é de lá?"

Wee Billy era outro frequentador. Uma pequena inspeção confirmou que ele não estava no bar, mas chegou vinte minutos depois, ainda com seu uniforme de chefe de cozinha de um restaurante perto dali. Enxugou o suor dos olhos quando se espremeu no balcão.

"Já terminou?", alguém perguntou.

"Pausa para um cigarro", respondeu, olhando para o relógio. "Uma cerveja, por favor, Margaret."

Enquanto a balconista servia, Rebus pediu mais uma e disse que as duas bebidas eram por sua conta.

"Saúde, John", disse Billy, desacostumado com tal generosidade. "Como vão as coisas?"

"Estive em Falls ontem. É verdade que você foi criado lá?"

"Sim, é verdade. Mas já faz anos que não vou até lá."

"Então não conheceu os Balfour?"

Billy meneou a cabeça. "Não são do meu tempo. Eu já estava na faculdade quando eles foram para lá. Obrigado, Margaret." Ergueu a caneca. "À sua saúde, John."

Rebus pagou e ergueu a caneca, observando Billy enxugar metade da bebida em três ansiosos goles.

"Meu Deus, agora sim."

"Trabalho duro?", arriscou Rebus.

"Não mais do que o habitual. Então você está trabalhando no caso Balfour?"

"Eu e todos os policiais da cidade."

"E o que achou de Falls?"

"Não muito grande."

Billy sorriu, explorando os bolsos em busca de papel e tabaco. "Espero que tenha mudado um pouco desde que morei lá."

"Você é um garoto de Meadowside?"

"Como adivinhou?" Billy acendeu seu cigarro enrolado à mão.

"Foi só um chute."

"Filho de mineiros, sou eu mesmo. Meu avô trabalhou a vida inteira em escavações. Meu pai começou a fazer a mesma coisa, mas depois ficou desempregado."

"Eu também fui criado numa cidade de mineração", disse Rebus.

"Então você sabe o que acontece quando a mina fecha. Até Meadowside era um lugar agradável." Billy fitava o espaço, lembrando sua juventude.

"O lugar continua lá", informou Rebus.

"Ah, sim, mas não é a mesma coisa.... nem podia ser. Todas aquelas mamães lavando escadas, deixando os degraus mais brancos que o próprio branco. Papais aparando o gramado. Sempre visitando outras casas para uma fofoca, um empréstimo ou qualquer outra coisa." Fez uma pausa, pediu mais duas cervejas. "Da última vez que tive notícias, só havia *yuppies* em Falls. Qualquer coisa fora de Meadowside era caro demais pra ser comprado pelos locais. As crianças crescem e se mudam... como eu fiz. Alguém disse alguma coisa sobre a pedreira?"

Rebus negou com a cabeça, contente em escutar.

"Acho que foi há uns dois, três anos. Estavam falando em abrir uma pedreira perto da aldeia. Muitos empregos, essas coisas. Mas de repente surgiu um abaixo-assinado... não que todo mundo em Meadowside tivesse assinado ou sido convidado a assinar, aliás. Logo depois disso, acabaram-se os planos da pedreira."

"Os *yuppies*?"

"Chame-os como quiser. Gente muito poderosa, sabe? Talvez Balfour tenha interferido também, pelo que sei. Falls..." Ele meneou a cabeça. "Não é mais o que era, John." Terminou o cigarro e o apagou num cinzeiro. Depois pensou em alguma coisa. "Olha, você gosta de música, não?"

"Depende da música."

"Lou Reed. Ele vai se apresentar na Playhouse. Eu tenho dois ingressos sobrando."

"Vou pensar a respeito, Billy. Tem tempo para mais uma?" Apontou para o resto da caneca.

O chefe de cozinha consultou novamente o relógio. "Preciso voltar. Talvez da próxima vez, hein?"

"Da próxima", concordou Rebus.

"E me dá um retorno sobre os ingressos."

Rebus concordou, observou Billy caminhar até a porta e sair para a noite. Lou Reed: lá estava um nome do passado. "Walk on the Wild Side", uma das favoritas de Rebus de todos os tempos. E um acompanhamento de baixo tocado pelo mesmo cara que compôs "Grandad" para o ator do seriado *Dad's Army*. Às vezes era informação demais.

"Mais uma, John?", a balconista perguntou.

Ele fez que não com a cabeça. "A rua já está me chamando", falou, saindo da banqueta e andando em direção à porta.

5

No sábado ele foi ao futebol com Siobhan. O Easter Road Stadium estava banhado pelo sol, os jogadores lançando longas sombras pelo campo. Por algum tempo Rebus se surpreendeu seguindo o jogo de sombras em vez de a própria partida: figuras negras em forma de marionetes, não exatamente humanas, jogando algo que não era futebol. O estádio estava cheio, como só acontecia nos clássicos locais ou quando um time de Glasgow jogava na cidade. Hoje eram os Rangers. Siobhan tinha ingressos para o campeonato. Rebus estava na cadeira ao seu lado, graças a um outro pagante que não pôde comparecer.

"Amigo seu?", perguntou Rebus.

"Nos encontramos uma ou duas vezes no *pub* depois do jogo."

"Cara legal?"

"Cara legal de *família*." Ela deu risada. "Quando é que você vai parar de querer me arranjar um casamento?"

"Só estava perguntando", ele respondeu com um sorriso. Rebus notou que o jogo estava sendo transmitido pela TV. As câmeras se concentravam nos jogadores, os espectadores eram um pano de fundo embaçado, algo para preencher o tempo ocioso. Mas na verdade era pelos fãs que se interessava. Ficava imaginando que histórias tinham para contar, como viviam suas vidas. E não estava sozinho: ao seu redor outros espectadores também pareciam mais interessados no comportamento da multidão do que no que acontecia em campo. Siobhan, porém, as juntas dos dedos esbranquiçadas, agarrando as duas pontas do cachecol com as cores de seu time, se concentrava tanto no jogo quanto no seu trabalho na polícia, gritando conselhos para os jogadores, discutindo todas as decisões do árbitro com os torcedores mais próximos. O homem ao lado de Rebus também era fanático. Estava acima do peso, tinha o rosto vermelho e suarento. Aos olhos de Rebus, parecia à beira de um ataque das coronárias. Resmungava consigo mesmo, a intensidade aumentando até finalmente se transformar em um brado desafiador, depois do qual ele olhava ao redor, sorria encabulado e começava todo o processo outra vez.

"Calma... vai com calma, filho", recomendava agora a um dos jogadores.

"Alguma coisa acontecendo na sua parte do caso?", Rebus perguntou a Siobhan.

"Dia de folga, John." Os olhos dela jamais se afastavam do gramado.

"Eu sei, só estava perguntando..."

"Calma agora... vamos, filho, vamos lá." O homem suarento se agarrava ao encosto da cadeira à sua frente.

"Depois nós podemos tomar um drinque", disse Siobhan.

"Isso aí, filho, assim mesmo!" A voz aumentava como o rugido de uma onda. Rebus pegou outro cigarro. O dia podia até estar ensolarado, mas não fazia calor. O vento soprava do mar do Norte, as gaivotas acima tinham trabalho para se manter no ar.

"Vai em frente!", o homem estava gritando. "*Vamos! Parte para cima desse gordo imbecil!*"

Depois olhou ao redor, o sorriso encabulado nos lábios. Rebus acendeu afinal o cigarro e ofereceu um ao homem, que meneou a cabeça.

"Gritar alivia a tensão, sabe?"

"Talvez a sua, parceiro", respondeu Rebus, mas qualquer palavra dita depois disso foi abafada quando Siobhan se juntou a milhares de outros para gritar um julgamento razoável e objetivo referente a alguma infração que Rebus — assim como o juiz — não tinha percebido.

* * *

O *pub* que Siobhan costumava frequentar estava lotado. Mesmo assim as pessoas continuavam chegando. Rebus deu uma olhada e sugeriu algum outro lugar. "Fica a cinco minutos daqui, e deve estar bem mais tranquilo."

"Tudo bem", ela concordou, mas o tom era de desapontamento. O drinque depois do jogo era um momento para análises, e Siobhan sabia que faltavam conhecimentos a Rebus nesse campo.

"E vê se esconde esse cachecol", ordenou Rebus. "Nunca se sabe onde a gente pode encontrar um torcedor adversário."

"Aqui não vai ter nenhum", ela retorquiu confiante. Provavelmente tinha razão. A presença da polícia fora do estádio era grande e os guardas agiam com conhecimento de causa, conduzindo os torcedores do Hibs pela Easter Road, enquanto os visitantes de Glasgow eram despachados pelos fundos em direção aos ônibus e às estações de trem. Siobhan seguiu Rebus pela Lorne Street e chegou à Leith Walk, onde consumidores exaustos lutavam para chegar em casa. O *pub* que Rebus tinha em mente era um estabelecimento anônimo, com janelas chanfradas e um tapete marrom-avermelhado marcado por queimaduras de cigarros e goma de mascar enegrecida. Aplausos de um show soavam na TV, enquanto dois homens mais velhos travavam uma competição de xingamentos num canto.

"Você sabe mesmo como tratar uma dama", queixou-se Siobhan.

"E essa dama gostaria de um Bacardi Breezer? Ou quem sabe um Moscou Mule?"

"Uma cerveja", respondeu Siobhan em tom provocativo. Rebus pediu uma Eighty e um uísque. Quando se sentaram, Siobhan comentou que ele parecia conhecer todos os piores *pubs* da cidade.

"Obrigado", disse Rebus sem um pingo de ironia. "Então", ergueu o copo, "quais as novidades do computador de Philippa Balfour?"

"Tem um jogo que ela está jogando. Não sei muito a respeito. É coordenado por alguém chamado Enigmista. Já fiz contato com ele."

"E então?"

"E estou esperando que me retorne", ela suspirou. "Até agora já enviei uma dúzia de e-mails, sem resposta."

"Alguma outra maneira de chegar até ele?"

"Não que eu saiba."

"E quanto a esse jogo?"

"Eu não sei nada a respeito", admitiu Siobhan, atacando a cerveja. "Gill está começando a achar que é um beco sem saída. Me botou para entrevistar estudantes."

"Quem mandou fazer faculdade?"

"Eu sei. Se Gill tem um defeito, é o de ser literal demais."

"Ela fala muito bem de você", disse Rebus com malícia, o que lhe valeu um soco no braço.

A expressão de Siobhan mudou quando pegou o copo outra vez. "Ela me ofereceu o cargo de porta-voz."

"Achei que ela poderia fazer isso. Você vai aceitar?" Observou-a meneando a cabeça. "Por causa do que aconteceu com Ellen Wylie?"

"Não exatamente."

"Então por quê?"

Ela deu de ombros. "Acho que não estou pronta para isso."

"Você está pronta", afirmou Rebus.

"Mas não é exatamente um trabalho de polícia, é?"

"Mas é uma promoção, Siobhan."

Ela baixou os olhos para a bebida. "Eu sei."

"Quem está fazendo o trabalho enquanto isso?"

"Acho que é a Gill mesmo." Fez uma pausa. "Nós vamos encontrar o corpo da Flip, não vamos?"

"Talvez."

Ela olhou para Rebus. "Você acha que ela ainda está viva?"

"Não", ele respondeu secamente. "Acho que não."

* * *

Naquela noite Rebus passou por mais alguns bares, primeiro perto de casa, depois pegou um táxi na porta do Swany's e pediu para ir a Young Street. Fez menção de acender um cigarro, mas o motorista pediu que não fumasse, e só então percebeu os avisos de Não Fumar.

Que grande detetive eu sou, disse a si mesmo. Tinha passado a maior parte do tempo fora do apartamento. A reforma da fiação fora interrompida às cinco horas da sexta-feira, com metade do assoalho ainda fora do lugar e pedaços de fio espalhados por toda parte. Os rodapés tinham sido removidos, expondo a parede sem acabamento por trás. Os eletricistas deixaram seus equipamentos — "vão estar em segurança aqui", explicaram, sabendo da profissão de Rebus. Disseram que talvez voltassem no sábado de manhã, mas não apareceram. Então foi assim que ele passou o fim de semana, tropeçando em pedaços de fiação e nas tábuas do assoalho soltas ou fora do lugar. Tinha tomado café da manhã numa cafeteria, almoçado num *pub*, e agora estava alimentando pensamentos lascivos com um jantar de miúdos de carneiro com salsicha defumada. Mas, antes, o Oxford Bar.

Rebus tinha perguntado a Siobhan quais eram os planos dela.

"Um banho quente e um bom livro", foi a resposta. Mas ela estava mentindo. Rebus sabia disso porque Grant Hood tinha contado para meia delegacia que iria sair com ela, sua recompensa pelo empréstimo do laptop. Não que Rebus tenha comentado com ela: se Siobhan preferia que ele não soubesse, tudo bem. Mas já que sabia do fato, não quis tentá-la com um restaurante indiano ou um cinema. Só quando estavam se despedindo na porta do *pub* na Leith Walk lhe ocorreu que poderia ter sido uma indelicadeza de sua parte. Duas pessoas aparentemente sem planos para uma noite de sábado: não seria natural que a convidasse para sair? Será que Siobhan tinha se ofendido?

"A vida é curta demais", disse para si mesmo, pagando o táxi. Ao entrar no *pub*, vendo os rostos conhecidos, aquelas palavras continuaram a ressoar. Pediu o catálogo telefônico a Harry, o *barman*.

"Ali", respondeu Harry, sempre prestativo.

Rebus o folheou, mas não conseguiu encontrar o número desejado. Depois lembrou que ela lhe dera um cartão de visita. Encontrou-o no bolso. O número do telefone residencial fora acrescentado a lápis. Saiu do *pub* e disparou o celular. Ela não usava aliança, disso ele tinha certeza... O telefone tocou. Sábado à noite, ela provavelmente...

"Alô?"

"Senhorita Burchill? É John Rebus. Desculpe ligar num sábado à noite."

"Tudo bem. Aconteceu alguma coisa?"

"Não, não... Só pensei que talvez pudéssemos nos encontrar. Foi tudo muito misterioso, o que disse sobre a existência dos outros bonecos."

Ela riu. "Você quer se encontrar comigo *agora?*"

"Bem, eu estava pensando em amanhã. Sei que é dia de descanso e tal, mas talvez possamos misturar trabalho com prazer." Estremeceu quando aquelas palavras saíram. Deveria ter pensado melhor no que iria dizer, e como o faria.

"E como poderíamos fazer isso?", ela perguntou, parecendo divertida. Rebus podia ouvir música ao fundo: alguma coisa clássica.

"Almoço?", sugeriu.

"Onde?"

É mesmo, onde? Rebus não conseguia se lembrar da última vez que tinha convidado alguém para almoçar. Queria algum lugar que impressionasse, um lugar...

"Eu imagino", ela começou a dizer, "que você goste de um bom prato de carne aos domingos." Era quase como se tivesse sentido seu constrangimento e quisesse ajudar.

"Eu sou assim tão transparente?"

"Muito ao contrário. Você é um macho escocês em carne e osso. Eu, por outro lado, gosto de coisas mais simples, frescas e integrais."

Rebus riu. "A palavra 'incompatível' me vem à cabeça."

"Talvez não. Onde você mora?"

"Marchmont."

"Então vamos ao Fenwick's", sugeriu. "É perfeito."

"Ótimo", falou. "Meio-dia e meia?"

"Está combinado. Boa noite, inspetor."

"Espero que não vá me chamar de inspetor durante todo o almoço."

No silêncio que se seguiu, ele achou que pôde ouvi-la sorrindo.

"A gente se vê amanhã, John."

"Tenha um bom final de..." Mas a ligação foi interrompida. Rebus voltou para dentro do *pub* e pegou o catálogo telefônico outra vez. Fenwick's: Salisbury Place. Menos de vinte minutos a pé de seu apartamento. Já devia ter passado de carro pela frente umas dez vezes. Ficava a uns cinquenta metros do acidente de Sammy, cinquenta metros do local onde um assassino tinha tentado esfaqueá-lo. Teria de se esforçar amanhã para afastar essas lembranças.

"Mais uma, Harry", falou, balançando sobre os pés.

"Vai ter que esperar sua vez como todo mundo", resmungou Harry. Isso não aborreceu Rebus; de jeito nenhum.

Ele estava dez minutos adiantado.

Ela entrou cinco minutos depois, então também estava adiantada. "Belo lugar", falou Rebus.

"Não é mesmo?" Vestia um terninho preto sobre uma blusa de seda cinzenta. Um broche vermelho-sangue cintilava pouco acima do seio esquerdo.

"Você mora aqui perto?"

"Não muito: Portobello."

"Mas é a quilômetros de distância! Você devia ter dito."

"Por quê? Eu gosto deste lugar."

"Você vem sempre aqui?" Estava tentando assimilar o fato de ela ter vindo de tão longe para almoçar em Edimburgo.

"Sempre que posso. Um dos benefícios do meu doutorado é que posso me denominar 'doutora Burchill' ao fazer uma reserva."

Rebus olhou ao redor. Somente uma outra mesa estava ocupada: perto da entrada, uma festa de família, pelo jeito. Duas crianças, seis adultos.

"Eu não precisei fazer reserva hoje. Nunca enche demais na hora do almoço. Bem, o que vamos pedir...?"

Rebus pensou em uma entrada e um prato principal, mas ela parecia saber que ele na verdade queria um prato de carne, e foi o que pediu. Ela escolheu sopa e pato. Resolveram pedir café e vinho ao mesmo tempo.

"Bem no estilo *brunch*", ela comentou. "Bem coisa de domingo."

Rebus só pôde concordar. Jean disse que ele poderia fumar se quisesse, mas Rebus se recusou. Havia três fumantes na outra mesa, mas sua vontade ainda não estava tão forte.

Os dois conversaram sobre Gill Templer para começar, procurando um terreno comum. As perguntas dela eram perspicazes e investigativas.

"Às vezes Gill pode ser um pouco compulsiva, não acha?"

"Ela faz o que tem de fazer."

"Vocês dois tiveram um caso tempos atrás, não foi?"

Os olhos dele se arregalaram. "Ela contou isso a você?"

"Não." Fez uma pausa, estendendo o guardanapo no colo. "Mas percebi pela forma como ela falava sobre você."

"Falava?"

Ela sorriu. "Já faz um bom tempo, não faz?"

"Foi na pré-história", foi forçado a concordar. "Mas e quanto a você?"

"Espero não ser pré-histórica."

Ele sorriu. "Eu quis dizer, me conte alguma coisa sobre você."

"Nasci em Elgin, os dois pais professores. Cursei a Universidade de Glasgow. Comecei em arqueologia. Doutorado na Universidade de Durham, depois pós-doutorado no exterior — Estados Unidos e Canadá —, pesquisando migrantes do século XIX. Arranjei um emprego como curadora em Vancouver, depois voltei para cá quando surgiu uma oportunidade. Quase doze anos no velho museu, e agora no novo." Deu de ombros. "Mais ou menos isso."

"Como conheceu Gill?"

"Estudamos juntas durante alguns anos, melhores amigas. Perdemos contato por um tempo..."

"Nunca foi casada?"

Ela olhou para o prato. "Por um tempo, sim, no Canadá. Ele morreu jovem."

"Sinto muito."

"Bill morreu de tanto beber, ainda que a família dele nunca tenha acreditado. Acho que foi por isso que voltei à Escócia."

"Por ele ter morrido?"

Ela negou com a cabeça. "Se eu ficasse, estaria participando do mito que eles estavam querendo estabelecer."

Rebus achou que tinha entendido.

"Você tem uma filha, não tem?", ela perguntou de repente, ansiosa para mudar de assunto.

"Samantha. Ela... está com pouco mais de vinte anos."

Jean deu risada. "Você não sabe a idade exata dela?"

Rebus tentou sorrir. "Não é isso. Eu ia dizer que ela tem um problema de locomoção. Provavelmente não é algo que queira saber."

"Oh." Ficou em silêncio por um momento, depois olhou para ele. "Mas é importante para você, senão não teria sido a primeira coisa que pensou a respeito dela."

"É verdade. Só que ela já está se recuperando. Usando um desses andadores que os idosos usam."

"Isso é muito bom", comentou.

Rebus concordou. Não queria contar a história toda, mas ela ia perguntar de qualquer forma.

"Como está a sopa?"

"Muito boa."

Os dois ficaram em silêncio por um ou dois minutos, em seguida ela perguntou sobre o trabalho policial. As perguntas dela tinham revertido ao tipo que se faz a novos conhecidos. Rebus costumava ficar constrangido ao falar sobre seu trabalho. Não sabia ao certo se as pessoas estavam mesmo interessadas. Mesmo se estivessem, sabia que não queriam ouvir a versão nua e crua: os suicídios e autópsias, os motivos mesquinhos e os estados de espírito sombrios que levavam as pessoas para a prisão. Brigas domésticas e esfaqueamentos, noites de sábado que deram errado, viciados e valentões profissionais. Quando falava, sempre tinha medo de que sua voz traísse a paixão pelo trabalho. Poderia ter dúvidas sobre os métodos e os possíveis resultados, mas sempre se entusiasmava com o trabalho em si. Considerava que alguém como Jean Burchill poderia enxergar além da superfície e perceber outros aspectos, mais reveladores. Poderia perceber que seu gosto pelo trabalho era essencialmente voyeurístico e covarde. Que ele se concentrava em detalhes da vida dos outros, em problemas dos outros, para não ter que encarar os próprios fracassos e fraquezas.

"Você está pensando em fumar isso?" A voz de Jean soou divertida. Rebus olhou para baixo e viu que um cigarro tinha aparecido em sua mão. Deu risada, tirou o maço do bolso e guardou o cigarro de volta.

"Na verdade não me incomoda", ela garantiu.

"Nem percebi que tinha feito isso", disse Rebus. Depois, para esconder seu constrangimento: "Você ia me falar sobre aqueles outros bonecos".

"Quando acabarmos de comer", Jean declarou com firmeza.

Mas quando terminaram, ela pediu a conta. Os dois dividiram a despesa e saíram, o sol da tarde fazendo o possível para remover o frio do dia. "Vamos andar", ela disse, de braços dados com ele.

"Para onde?"

"The Meadows?", sugeriu. E foi para lá que os dois foram.

O sol atraía pessoas para o parque. *Frisbees* eram lançados, corredores e ciclistas passavam depressa. Alguns adolescentes deitavam na grama sem camiseta, latas de sidra ao lado. Jean descrevia parte da história da área para ele.

"Acho que tinha um lago aqui", falou. "Sem dúvida havia pedreiras em Bruntsfield, e Marchmont era uma fazenda."

"Hoje em dia parece mais um zoológico", ele comentou.

Ela lhe lançou um olhar. "Você faz o maior esforço para manter a ironia, não é?"

"É para não enferrujar."

Em Jawbone Walk ela decidiu que deveriam atravessar a estrada e pegar a Marchmont Road. "Então, onde você mora exatamente?", perguntou.

"Arden Street. Perto da Warrender Park Road."

"Então não é longe."

Ele sorriu, procurando contato visual. "Está sugerindo um convite?"

"Honestamente, sim."

"O lugar está uma bagunça."

"Eu ficaria desapontada se não estivesse. Mas minha bexiga diz que aceita o que estiver disponível..."

Rebus fazia tudo o que podia para arrumar a sala de estar quando ouviu a descarga do banheiro. Olhou ao redor e meneou a cabeça. Era como usar um aspirador de pó para limpar os destroços de um ataque à bomba: inútil. Por isso desistiu, voltou à cozinha e serviu café em duas canecas. O leite na geladeira era de quinta-feira, mas ainda passável. Ela estava na porta, observando-o.

"Graças a Deus eu tenho uma desculpa para toda essa bagunça", ele falou.

"Eu também tive que refazer a minha fiação há alguns anos", ela comentou, solidária. "Na época eu estava pensando em vender." Quando ergueu os olhos, percebeu que tinha acertado em alguma coisa.

"Eu estou pondo o lugar à venda", ele admitiu.

"Alguma razão específica?"

Fantasmas, ele poderia ter respondido, mas simplesmente deu de ombros.

"Um novo começo?", ela arriscou.

"Talvez. Você quer açúcar?" Rebus entregou a caneca. Ela observou a superfície leitosa.

"Eu queria sem leite", falou.

"Puxa, desculpe." Tentou tirar a caneca da sua mão, mas ela resistiu.

"Tudo bem", disse. Depois riu. "Belo detetive. Você acabou de me ver tomar duas xícaras de café no restaurante."

"E eu não percebi nada", reconheceu Rebus, anuindo.

"Tem algum espaço para sentar na sala de estar? Agora que já nos conhecemos um pouco, chegou a hora de mostrar os bonecos."

Rebus limpou uma parte da mesa de jantar. Ela depositou a sacola no chão e tirou uma pasta de dentro.

"Bem, é o seguinte", começou, "eu sei que isso pode parecer meio louco para algumas pessoas, mas espero que mantenha a mente aberta. Acho que foi por isso que quis conhecer você um pouco melhor..."

Ela entregou a pasta e ele retirou uma pilha de recortes de jornais. Enquanto ela falava, Rebus começou a ordená-los à sua frente na mesa.

"Entrei em contato com a primeira delas quando alguém escreveu uma carta para o museu. Isso já faz alguns anos." Mostrou a carta e ela aquiesceu. "Uma tal senhora Anderson, de Perth. Ela tinha ouvido a história dos caixões de Arthur's Seat e queria me informar que algo parecido tinha surgido perto do Huntingtower."

O recorte afixado à carta era do *Courier*. "Misterioso achado próximo a hotel da cidade": uma caixa de madeira em formato de caixão com um pedaço de tecido ao lado. Encontrado embaixo de algumas folhas em um matagal quando um cão fazia seu passeio diário. O proprietário levou a caixa para o hotel, pensando que pudesse ser algum brinquedo. Mas nenhuma explicação foi encontrada. O ano era 1995.

"A mulher, a senhora Anderson", Jean ia dizendo, "tinha interesse na história do local. Foi por isso que guardou o recorte."

"Nenhum boneco?"

Jean fez que não. "Pode ser que algum animal tenha levado."

"Pode ser", concordou Rebus. Olhou para o segundo recorte. Estava datado de 1982 e era de um jornal de Glasgow: "Igreja diz que achado é piada doentia".

"Foi a própria senhora Anderson que me contou sobre esse", explicou Jean. "No pátio de uma igreja, perto de um dos túmulos. Um pequeno caixão de madeira, dessa vez com uma boneca dentro, basicamente um pregador de roupa com uma fita ao redor."

Rebus examinou a foto impressa no jornal. "Parece rústico, madeira de balsa ou coisa parecida."

Jean aquiesceu. "Achei que era uma coincidência e tanto. Desde então, tenho ficado de olho à procura de outros casos."

Rebus separou os dois últimos recortes. "E encontrando, pelo que vejo."

"Eu viajo pelo país fazendo palestras pelo museu. Sempre pergunto se alguém ouviu falar dessas coisas."

"E teve sorte?"

"Duas vezes até agora. Em 1977 em Nairn, e em 1972 em Dunfermline."

Dois outros misteriosos achados. Em Nairn, o caixão

tinha sido encontrado na praia; em Dunfermline, no vale da cidade. Um com uma boneca dentro, o outro não. Mais uma vez, um animal ou uma criança poderiam ter pegado o conteúdo.

"O que você acha disso?", ele perguntou.

"Não seria *eu* quem devia fazer essa pergunta?" Rebus não respondeu, ficou passando os olhos pelos relatos. "Poderia haver uma ligação com o que foi encontrado em Falls?"

"Não sei." Olhou para ela. "Por que não tentamos descobrir isso?"

O trânsito de domingo os atrasou, embora a maior parte dos automóveis estivesse voltando para a cidade, depois de um dia no campo.

"Você acha que podem existir mais?", perguntou Rebus.

"É possível. Os grupos de história local colecionam esquisitices como essa... e têm muitas lembranças também. É uma rede fechada. As pessoas sabem do meu interesse." Descansou a cabeça no vidro da janela. "Acho que eu teria ouvido falar."

Quando passaram a placa de boas-vindas a Falls na estrada, ela sorriu. "Cidade irmã de Angoisse", falou.

"Como?"

"A placa lá atrás, Falls é irmã de um lugar chamado Angoisse. Deve ser na França."

"Como descobriu isso?"

"Tinha uma foto da bandeira da França ao lado do nome."

"Imagino que isso tenha ajudado."

"Mas a palavra é francesa também: *angoisse*. Significa 'angústia'. Imagine só: uma cidade chamada angústia..."

Havia carros estacionados nos dois lados da rua principal, formando um gargalo. Rebus achou que não encontraria uma vaga, por isso entrou na alameda e estacionou ali mesmo. Enquanto andavam até o chalé de Bev Dodds, passaram por dois moradores lavando seus automóveis. Eram homens de meia-idade e vestiam-se de modo informal — calças de algodão e camisetas com gola em V —, mas envergavam as roupas como se fossem um uniforme. Rebus apostaria que durante a semana dificilmente estariam sem terno e gravata. Pensou nas lembranças do personagem Wee Billy: mamães esfregando as escadas da frente. E aqui estava o equivalente contemporâneo. Um dos homens disse "olá", e o outro, "boa tarde". Rebus acenou com a cabeça e bateu na porta de Bev Dodds.

"Acho que ela está fazendo uma caminhada", disse um dos homens.

"Mas não deve demorar", acrescentou o outro.

Nenhum dos dois parou de lavar o carro. Rebus tentou adivinhar se estavam numa espécie de corrida: não que os dois estivessem com pressa, mas parecia haver um elemento competitivo, uma intensa concentração.

"Estão querendo comprar cerâmica?", perguntou o primeiro, quando começou a cuidar da grade frontal de seu BMW.

"Na verdade eu queria dar uma olhada na boneca", respondeu Rebus, enfiando as mãos nos bolsos.

"Acho pouco provável. Ela assinou um acordo de exclusividade com um de seus rivais."

"Eu sou da polícia", afirmou Rebus.

O dono do Rover debochou do equívoco do vizinho. "Isso pode fazer diferença", disse, dando risada.

"Coisa estranha de acontecer", falou Rebus, em tom de quem puxa conversa.

"Coisas estranhas são o que não falta por aqui."

"Como assim?"

O motorista do BMW enxaguou a esponja. "Tivemos uma série de roubos alguns meses atrás, depois alguém pichou a porta da igreja."

"Esses garotos das fazendas", interrompeu o motorista do Rover.

"Pode ser", reconheceu o vizinho. "Mas é engraçado

que nunca tenha acontecido antes. Logo depois a garota Balfour desaparece..."

"Algum de vocês conhece a família?"

"Já os vi por aí", admitiu o motorista do Rover.

"Eles organizaram uma festa uns dois meses atrás. Abriram a casa. Era para uma instituição de caridade, não me lembro qual. Foram muito simpáticos, John e Jacqueline."

O motorista do BMW olhou para o vizinho ao ouvir aqueles nomes. Rebus viu aquilo como outro componente do jogo em que a vida deles tinha se transformado.

"E quanto à filha?", perguntou Rebus.

"Sempre pareceu um pouco distante", respondeu rapidamente o motorista do Rover, para não ser deixado de fora. "Difícil puxar conversa com ela."

"Comigo ela conversava", anunciou seu rival. "Falamos sobre o curso que fazia na universidade."

O motorista do Rover olhou para ele. Rebus anteviu um duelo: flanelas molhadas a vinte passos. "E quanto à senhora Dodds", perguntou. "Boa vizinha?"

"Péssima ceramista", foi o único comentário.

"Mas essa história da boneca deve ter sido boa para os negócios."

"Não duvido", disse o proprietário do BMW. "Se for esperta, ela pode capitalizar em cima disso."

"Promoção é o sangue vital de qualquer novo negócio", emendou o vizinho. Rebus teve a impressão de que sabia do que estavam falando.

"Pequenos negócios podem operar milagres", meditou o homem do BMW. "Chás, pães caseiros..." Os dois interromperam o trabalho, pensativos.

"Achei que era o seu carro lá na alameda", disse Bev Dodds, caminhando em direção ao grupo.

Enquanto o chá era preparado, Jean pediu para ver algumas peças de cerâmica. Uma extensão na parte de trás do chalé abrigava tanto a cozinha como um quarto extra transformado em estúdio. Elogiou os vários pratos e tigelas, mas Rebus não sabia dizer se gostava daquilo. Depois, quando Bev Dodds revirou as várias pulseiras e braceletes nos braços de novo, Jean também elogiou os adornos.

"Sou eu mesma que faço", disse Bev Dodds.

"É mesmo?"

Dodds estendeu o braço para ela examinar mais de perto. "São pedras locais. Eu lavo e faço polimento. Acho que se assemelham um pouco a cristais."

"Energia positiva?", arriscou Jean. Rebus não sabia mais dizer se ela estava genuinamente interessada ou apenas fingindo. "Você me venderia uma delas?"

"É claro", respondeu Dodds com deleite. O cabelo dela estava desmanchado pelo vento, as bochechas vermelhas da caminhada. Tirou um dos braceletes do braço. "Que tal este? É um dos meus favoritos, e custa só dez libras."

Jean hesitou à menção do preço, mas sorriu e entregou uma nota de dez libras, que Dodds guardou no bolso.

"A senhorita Burchill trabalha no museu", disse Rebus.

"É mesmo?"

"Sou curadora." Pôs o bracelete no pulso.

"Que trabalho maravilhoso. Sempre tento arranjar tempo para uma visita quando estou na cidade."

"Já ouviu falar dos caixões de Arthur's Seat?", perguntou Rebus.

"Steve me falou deles", respondeu Bev. Rebus deduziu que se tratava de Steve Holly, o repórter.

"A senhorita Burchill tem interesse por eles", continuou Rebus. "Ela gostaria de ver a boneca que encontrou."

"Claro." Bev Dodds abriu uma gaveta e retirou o caixão. Jean o pegou com cuidado, colocando-o na mesa da cozinha para examiná-lo.

"É muito bem-feito", comentou. "Mais parecido com os caixões de Arthur's Seat do que aqueles outros."

"Outros?", perguntou Bev Dodds.

"É uma cópia de algum deles?", indagou Rebus, ignorando a pergunta.

"Não exatamente uma cópia, não", respondeu Jean. "Pregos diferentes, e montado de forma ligeiramente diferente também."

"Por alguém que tenha visto a exposição no museu?"

"É possível. Qualquer um pode comprar um cartão-postal com os caixões na loja do museu."

Rebus olhou para Jean. "Alguém mostrou interesse pela exposição recentemente?"

"Como eu poderia saber?"

"Talvez um pesquisador ou alguém mais curioso?"

Ela fez que não com a cabeça. "Teve uma aluna de doutorado no ano passado... mas ela voltou a Toronto."

"Será que existe alguma ligação?", perguntou Bev Dodds, olhos arregalados. "Algo entre o museu e o sequestro?"

"Ainda não sabemos se houve um sequestro", alertou Rebus.

"Mesmo assim..."

"Senhora Dodds... Bev..." Rebus fixou os olhos nela. "É importante que esta conversa permaneça confidencial."

Ela acenou que compreendia, mas Rebus teve certeza de que minutos depois que saíssem estaria ao telefone com Steve Holly. Deixou seu chá pela metade.

"É melhor irmos andando." Jean entendeu a dica, depositando sua xícara no escorredor. "Estava ótimo, obrigada."

"De nada. E obrigada por comprar o bracelete. Minha terceira venda de hoje."

Enquanto voltavam para a alameda, dois carros passaram por eles. Turistas, imaginou Rebus, a caminho da queda-d'água. E depois talvez parassem no ateliê de cerâmica pedindo para ver o famoso caixão. Provavelmente comprariam alguma coisa também...

"No que está pensando?", perguntou Jean, entrando

no carro e examinando o bracelete, observando-o contra a luz.

"Nada", mentiu Rebus. Ele resolveu passar por dentro da aldeia. O Rover e o BMW estavam secando ao sol do final da tarde. Um jovem casal com duas crianças estava à procura do chalé de Bev Dodds. O pai tinha uma videocâmera na mão. Rebus deu passagem para quatro ou cinco carros, depois continuou pela estrada para Meadowside. Três garotos — quem sabe os dois de sua visita anterior — jogavam futebol na grama. Rebus parou, baixou o vidro e os chamou. Eles olharam, mas ninguém quis interromper o jogo. Rebus disse a Jean que demoraria apenas um segundo e saiu do carro.

"Olá, vocês", falou aos garotos.

"Quem é você?" Quem perguntava era um magricelo, costelas salientes e braços finos terminando em punhos fechados. O cabelo era raspado até o escalpo, e quando apertou os olhos sob a luz sua figura se transformou em um metro e quarenta de agressividade e desconfiança.

"Eu sou da polícia", falou Rebus.

"Nós não fizemos nada."

"Meus parabéns."

O garoto deu um chute forte na bola, que bateu na coxa de um dos outros jogadores, fazendo o terceiro começar a rir.

"Andei pensando se vocês não saberiam algo sobre essa série de roubos de que ouvi falar."

O garoto olhou para ele. "Larga do meu pé", falou.

"E seguro você por onde, filho? Pelo pescoço ou pelo saco?" O garoto tentou sorrir de forma sarcástica. "Talvez você possa me dizer algo sobre o vandalismo na igreja."

"Não", respondeu.

"Não?" Rebus pareceu surpreso. "Tudo bem, última tentativa... e sobre esse caixãozinho que foi encontrado?"

"O que tem?"

"Você viu esse caixão?"

O garoto fez que não. "Manda esse cara à merda, Chick", aconselhou um dos amigos.

142

"Chick?" Rebus inclinou a cabeça, para o garoto saber que estava anotando a informação.

"Nunca vi esse caixão", afirmou Chick. "E nunca bateria na porta *dela*."

"Por que não?"

"Porque ela é muito esquisita, porra." Chick deu risada.

"Esquisita de que jeito?"

Chick estava perdendo a paciência. De alguma forma tinha sido envolvido em um diálogo que não queria ter. "Esquisita como todos os outros."

"Eles são um bando de bundões", disse o amigo, vindo em seu auxílio. "Vamos, Chick." Os dois saíram correndo, recolhendo o terceiro garoto e a bola no caminho. Rebus ficou observando por um momento, mas Chick não olhou para trás. Quando voltou ao carro, viu que a janela de Jean estava aberta.

"Está certo", falou, "eu não sou o cara mais indicado para fazer perguntas a moleques de rua."

Ela sorriu. "O que ele quis dizer com bundões?"

Rebus girou a chave na ignição e olhou para ela. "Que eles são todos uns metidos." Não acrescentou a última palavra, não era preciso. Jean sabia exatamente o que o garoto tinha falado...

Mais tarde, na noite daquele domingo, Rebus se encontrava na calçada do prédio onde Philippa Balfour morava. Ainda tinha as chaves no bolso, mas não ia entrar, não depois do que acontecera da última vez. Alguém tinha fechado as janelas da sala e do quarto. Nenhuma luz saía do apartamento, tudo às escuras.

Fazia uma semana desde o desaparecimento, e estava sendo preparada uma reconstituição. Uma policial de aceitável semelhança com a estudante desaparecida se vestiria com roupas parecidas com as que Flip poderia estar usando naquela noite. Faltava uma camiseta Versace recém-adquirida no guarda-roupa, por isso a policial usaria uma igual. Sairia do edifício e seria fotografada pelos repórteres ali postados à espera. Depois andaria rapidamente até o fim da rua, onde tomaria um táxi contratado para esse propósito. Saltaria do táxi e começaria a subir a ladeira em direção ao centro da cidade. Haveria fotógrafos ao seu lado o caminho todo, e guardas uniformizados interpelariam pedestres e motoristas, pranchetas na mão, perguntas preparadas. A policial iria até o bar em South Side...

Duas equipes de TV — BBC e Scottish — se preparavam para gravar a reconstituição. Os noticiários mostrariam trechos do evento.

Era um exercício, uma forma de mostrar que a polícia estava fazendo *alguma coisa.*

Só isso.

Observando a expressão de Rebus do outro lado da rua, Gill Templer pareceu reconhecer isso com um gesto vago. Depois retornou à sua conversa com o comissário Colin Carswell, que gostaria de repassar alguns pontos. Rebus não duvidava de que as palavras "uma rápida conclusão" apareceriam ao menos uma vez. Sabia por experiência que, quando estava irritada, Gill Templer tendia a dedilhar um colar de pérolas que às vezes usava. Estava com o colar agora, um dedo enfiado entre ele e o pescoço, percorrendo-o para cima e para baixo. Rebus pensou em todos os braceletes de Bev Dodds, e no que o garoto chamado Chick tinha dito: *ela é muito esquisita, porra...* Livros de bruxaria na sala, que ela chamava de "saleta". Uma canção dos Stones surgiu em sua cabeça: "Spider and the fly", lado B de *Satisfaction.* Imaginou Bev Dodds como uma aranha, sua saleta funcionando como uma teia. Por alguma razão a imagem, embora fantasiosa, ficou em sua mente...

6

Na segunda-feira de manhã, Rebus levou os recortes de jornais de Jean ao trabalho. Havia três mensagens de Steve Holly em sua mesa e um bilhete com a letra de Gill Templer informando-o sobre uma consulta médica às onze horas. Dirigiu-se até a sala dela para discutir a questão, mas uma folha de papel na porta avisava que iria passar o dia em Gayfield Square. Rebus voltou à sua cadeira, pegou o maço de cigarros e o isqueiro e saiu em direção ao estacionamento. Tinha acabado de acender o cigarro quando Siobhan Clarke chegou.

"Alguma novidade?", ele perguntou. Siobhan ergueu o laptop que estava carregando.

"Ontem à noite", respondeu.

"O que aconteceu?"

Ela olhou para o cigarro dele. "Assim que terminar essa coisa nojenta, vá lá para cima que eu mostro."

A porta se fechou atrás dela. Rebus olhou para o cigarro, deu uma última tragada e jogou no chão.

Quando ele chegou ao DIC, Siobhan já tinha preparado o laptop. Um policial disse que estava com um certo Steve Holly na linha. Rebus abanou a cabeça. Sabia muito bem o que Holly queria: Bev Dodds tinha contado sobre sua viagem a Falls. Ergueu um dedo, pedindo que Siobhan esperasse um segundo, depois telefonou para o museu.

"Jean Burchill, por favor", falou. E esperou.

"Alô?" Era a voz dela.

"Jean? John Rebus."

"John, estava pensando em ligar para você."

"Nem precisa dizer: você está sendo importunada?"

"Bem, não exatamente importunada..."

"Um repórter chamado Steve Holly querendo falar sobre as bonecas?"

"Então ele também está em cima de você?"

"Melhor conselho que eu posso dar, Jean: não diga nada. Não atenda as ligações dele, e se ele conseguir furar o bloqueio, diga que não tem nada a dizer. Não importa o quanto ele force..."

"Entendi. Bev Dodds contou tudo?"

"Culpa minha, eu devia saber que ela faria isso."

"Eu sei me cuidar, John, não se preocupe."

Os dois se despediram e ele desligou o telefone. Andou até a mesa de Siobhan e leu a mensagem na tela do laptop.

Este jogo não é um jogo. É uma missão. Você vai precisar de força e resistência, sem mencionar inteligência. Mas a recompensa será grande. Ainda quer jogar?

"Mandei um e-mail dizendo que estava interessada, mas perguntando quanto tempo o jogo levaria." Siobhan dedilhava o teclado. "Ele respondeu que poderia levar alguns dias, ou algumas semanas. Então perguntei se podia começar pelo Hellbank. Ele respondeu instantaneamente e disse que Hellbank era o quarto nível, e que eu teria de jogar o jogo inteiro. Eu concordei. À meia-noite, chegou isto."

Havia outra mensagem na tela. "Ele usou um endereço diferente", disse Siobhan. "Deus sabe quantos ele tem."

"Para dificultar a localização?", adivinhou Rebus. Depois leu:

Como posso saber que você é quem diz ser?

"Está falando do meu endereço de e-mail", explicou Siobhan. "Antes eu estava usando o de Philippa, agora estou usando o de Grant."

"O que você respondeu?"

"Que ele precisava confiar em mim. Ou então que poderíamos nos encontrar pessoalmente."

"E ele se entusiasmou?"

Ela sorriu. "Não muito. Mas me mandou isto." Apertou outra tecla.

Desjejum em Seven Sisters, almoço em Fins, chá em Highbury e descanso em King. E a rainha janta bem em frente ao tronco.

"Só isso?"

Siobhan aquiesceu. "Perguntei se podia me dar uma pista. Ele simplesmente me mandou a mensagem de novo."

"Provavelmente porque a mensagem *é* a pista."

Ela passou a mão pelo cabelo. "Fiquei acordada quase a noite toda. Tenho a impressão de que isso não significa nada para você, não é?"

Rebus fez que não. "Você precisa de alguém que goste de quebra-cabeças. O jovem Grant não é ligado em palavras cruzadas?"

"É mesmo?" Siobhan olhou para o outro lado da sala, onde Grant Hood dava um telefonema.

"Por que você não pergunta?"

Quando Hood desligou o telefone, Siobhan estava esperando. "Como está o laptop?", ele perguntou.

"Tudo bem." Siobhan lhe passou uma folha de papel. "Ouvi dizer que você gosta de quebra-cabeças."

Grant pegou o papel, mas não olhou para ele. "O que achou da noite de sábado?", perguntou.

Siobhan fez um sinal de aprovação. "Foi uma noite agradável."

E tinha sido mesmo: alguns drinques e depois jantar num pequeno e agradável restaurante na Cidade Nova. Conversaram principalmente sobre amenidades, não tendo muito em comum, mas foi bom dar risada, contar algumas histórias. Grant tinha sido um cavalheiro, acompanhando-a depois até sua casa. Siobhan não o convidou para um café. Ele disse que pegaria um táxi na Brouchton Street.

Agora Grant fazia que sim para confirmar e sorria. "Agradável" era suficiente para ele. Depois olhou para a

147

folha de papel. "'Desjejum em Seven Sisters, almoço em Fins, chá em Highbury e descanso em King', leu em voz alta. "O que significa?"

"É o que eu esperava que me dissesse."

Ele examinou a mensagem outra vez. "Pode ser um anagrama. Mas é pouco provável, tem poucas vogais. 'E a rainha janta bem em frente ao tronco'?" Siobhan deu de ombros. "Talvez ajudasse se você me contasse mais a respeito", disse Hood.

Siobhan concordou. "Tomando um café, se preferir", falou.

De volta à sua mesa, Rebus viu os dois saírem da sala, depois pegou o primeiro dos recortes. Ouviu uma conversa por perto, algo sobre outra entrevista coletiva. Era consenso que, se a inspetora-chefe Templer quisesse alguém à frente disso, era sinal de que estaria com as garras à mostra. Os olhos de Rebus se estreitaram. Releu uma frase que não tinha notado na primeira vez. Era no recorte de 1995: no Huntingtower Hotel, perto de Perth, um cão encontrando o caixão e um pedaço de trapo. No meio do texto, um funcionário não identificado do hotel teria dito: "Se não tomarmos cuidado, Huntingtower pode ganhar uma má reputação". Rebus refletiu sobre o que ele quis dizer com aquilo. Pegou o telefone, pensando que talvez Jean Burchill soubesse. Mas não fez a ligação, não queria que ela pensasse que... ora, pensasse o quê, exatamente? Tinha gostado do dia de ontem, e achava que ela também. Deixara-a em sua casa em Portobello, mas tinha recusado o convite para um café.

"Já tomei muito do seu dia hoje", falou. Ela não negou.

"Talvez outro dia então", foi o que disse.

Dirigindo de volta a Marchmont, sentiu que havia faltado alguma coisa entre os dois. Quase ligou para ela de novo naquela noite, mas em vez disso ligou a TV, perdendo-se num programa sobre a natureza de que mal se lembrava quando terminou. Até se recordar da reconstituição e ir até lá para assistir...

A mão dele ainda estava sobre o fone. Ergueu o aparelho e conseguiu um número do Huntingtower Hotel, pediu para falar com o gerente.

"Sinto muito", disse a recepcionista. "No momento ele está em reunião. Quer deixar recado?"

Rebus explicou quem era. "Gostaria de falar com alguém que estava trabalhando no hotel em 1995."

"Qual o nome?"

Ele achou graça no mal-entendido. "Não, qualquer um serve."

"Bom, eu trabalho aqui desde 93."

"Então deve se lembrar do pequeno caixão encontrado."

"Vagamente, sim."

"Só que eu tenho um recorte de jornal da época. Diz que o hotel podia estar ganhando uma má reputação."

"Sim."

"E qual seria a razão?"

"Não sei bem. Talvez por causa daquela turista americana."

"Que turista?"

"A que desapareceu."

Por um momento ele não disse nada, e quando falou foi para pedir que repetisse o que tinha dito.

Rebus foi até a Biblioteca Nacional, perto da Causewayside. Ficava a não mais de cinco minutos a pé de St. Leonard's. Quando mostrou sua identificação e explicou do que precisava, foi levado a uma mesa com um leitor de microfilme. Era uma grande tela iluminada apoiada em duas bobinas. O filme era colocado em uma bobina e enrolado na bobina vazia. Rebus já havia usado esse tipo de máquina antes, no tempo em que jornais eram armazenados no edifício principal na ponte Jorge IV. Comunicou aos funcionários que hoje estava "com pressa". Mesmo assim, esperou quase vinte minutos até que a bibliotecária chegasse com as caixas de filmes. O jornal diário de Dundee era o *Courier*. A família de Rebus costumava ler aquela publicação, e ele recordava que até pouco tempo o jornal ainda mantinha a aparência de um cartaz de outra época, com anúncios da largura das colunas cobrindo a primeira página. Sem fotos, sem notícias. Diz a lenda que, quando o *Titanic* afundou, a manchete do *Courier* foi "Cidadão de Dundee desaparece no mar". Não que o jornal fosse provinciano ou coisa parecida.

Rebus estava de posse do recorte do Huntingtower, e avançou a fita até quatro semanas antes da sua publicação. Ali, numa página interna, encontrou o título: "Desaparecimento de turista é um mistério, diz polícia". O nome da mulher era Betty-Anne Jesperson. Tinha trinta e oito anos e era casada. Era integrante de um grupo de turistas dos Estados Unidos. O roteiro se chamava "As místicas Highlands da Escócia". A fotografia de Betty-Anne era a de seu passaporte. Mostrava uma mulher encorpada, cabelos negros com permanente e óculos de aros grossos. Seu marido, Garry, disse que ela costumava acordar cedo e sair para uma caminhada antes do café da manhã. Ninguém no hotel tinha visto quando ela saiu. A área circundante tinha sido investigada, e a polícia foi ao centro de Perth equipada com cópias da fotografia. Mas, quando Rebus adiantou o filme uma semana, a notícia fora reduzida a meia dúzia de parágrafos. Uma semana depois, restava um único parágrafo. A notícia estava prestes a desaparecer, da mesma forma que Betty-Anne.

De acordo com a recepcionista do hotel, Garry Jesperson havia feito diversas viagens de volta ao local durante o primeiro ano, com mais uma estada de um mês no ano seguinte. Mas a última coisa que tinha ouvido fora que Garry conhecera outra pessoa e se mudara de Nova Jersey para Baltimore.

Rebus copiou os detalhes em seu bloco de notas, depois ficou tamborilando a página que tinha acabado de escrever até que um dos frequentadores desse um pigarro, alertando que ele estava fazendo barulho demais.

150

De volta ao balcão principal, pediu dados de outros jornais: *Dunfermline Press, Glasgow Herald* e *Inverness Courier*. Somente o *Herald* estava microfilmado, por isso ele começou por ali. Em 1982, com a boneca na igreja... Van Morrison tinha lançado *Beautiful visions* no início de 82. De repente Rebus estava cantarolando "Dweller on the threshold", mas parou ao se lembrar de onde estava. Em 1982 ele era sargento-detetive, trabalhando em casos com outro detetive chamado Jack Morton. Os dois estavam lotados em Great London Road, antes de a delegacia pegar fogo. Quando o filme do *Herald* chegou, carregou a bobina e voltou ao trabalho, os dias e semanas passando em velocidade na tela. Todos os policiais acima dele na Great London Road estavam mortos ou aposentados. Rebus não tinha mantido contato com nenhum deles. E agora Farmer se aposentara também. Em breve, quisesse ou não, seria a sua vez. Mas ele não sairia em silêncio. Eles teriam que arrancá-lo de lá, gritando e chutando...

A boneca da igreja tinha sido encontrada em maio. Rebus começou no início de abril. O problema é que Glasgow era uma cidade grande, com mais crimes do que um lugar como Perth. Não sabia ao certo se e quando encontraria alguma coisa. E se uma pessoa tivesse desaparecido, será que teria chegado aos jornais? Milhares de pessoas desaparecem a cada ano. Alguns nem sequer são notados: os sem-teto, os que não têm família ou amigos. Este era um país onde um cadáver podia permanecer numa cadeira perto da lareira até o cheiro chamar a atenção dos vizinhos.

Quando terminou de pesquisar o mês de abril, não tinha encontrado relato de nenhum caso de pessoa desaparecida, mas seis mortes, duas delas de mulheres. Uma tinha sido esfaqueada depois de uma festa. Constava que um homem estava ajudando a polícia nas investigações. Rebus imaginou que fosse o namorado. Tinha quase certeza de que, se continuasse lendo, descobriria que o caso tinha chegado aos tribunais. A segunda morte fora por afogamento. Um braço de rio de que Rebus jamais ouvira falar: White Cart Water, o corpo encontrado nas margens da fronteira sul de Rosshall Park. A vítima era Hazel Gibbs, de vinte e dois anos. O marido havia se afastado, deixando-a com os dois filhos. Amigos disseram que ela andava deprimida. Fora vista bebendo no dia anterior enquanto os filhos brigavam.

Rebus saiu e pegou seu celular, digitando o número de Bobby Hogan na DIC de Leith.

"Bobby, é John. Você conhece um pouco de Glasgow, não é?"

"Um pouco".

"Já ouviu falar de White Cart Water?"

"Acho que não."

"E de Rosshall Park?"

"Sinto muito."

"Tem algum contato na zona oeste?"

"Posso dar uns telefonemas."

"Então faça isso, está bem?" Rebus repetiu os nomes e desligou. Fumou um cigarro, observando um novo *pub* na esquina do outro lado da rua. Sabia que um drinque não o prejudicaria em nada. Depois lembrou que deveria ir a uma consulta médica. Que inferno, isso teria que esperar. Poderia marcar uma outra data. Como, ao final do cigarro, Hogan ainda não tinha ligado, Rebus retornou à sua mesa e começou a pesquisar as edições de maio de 82. Quando seu celular tocou, funcionários e leitores lhe lançaram um olhar de horror coletivo. Rebus praguejou e botou o fone na orelha, levantando-se para sair outra vez.

"Sou eu", disse Hogan.

"Pode falar", sussurrou Rebus, encaminhando-se para a saída.

"Rosshall Park é em Pollok, a sudoeste do centro da cidade. White Cart Water corre ao longo da área."

Rebus estancou. "Tem certeza?" A voz dele não era mais um sussurro.

"Assim me disseram."

Rebus voltou à sua mesa. O recorte do *Herald* estava logo abaixo do recorte do *Courier*. Verificou os dois, para não haver dúvida.

"Obrigado, Bobby", falou, terminando a ligação. As pessoas ao seu redor faziam ruídos exasperados, mas ele não deu importância. "Igreja considera achado piada doentia": o caixão encontrado no pátio da igreja. A igreja ficava em Potterhill Road.

Em Pollok.

"Imagino que tenha uma explicação para isso", disse Gill Templer.

Rebus tinha ido a Gayfield Square e pedido cinco minutos do tempo dela. Estavam outra vez no mesmo escritório abafado.

"É exatamente o que quero dar", retrucou Rebus. Levou a mão à testa. Seu rosto parecia estar queimando.

"Você deveria estar em uma consulta médica."

"Eu descobri uma coisa. Meu Deus, você não vai acreditar."

Gill apontou um dedo para o tabloide aberto em sua mesa. "Tem alguma ideia de como Steve Holly conseguiu isto?"

Rebus virou o jornal para ler. Holly não teve muito tempo, mas tinha costurado uma matéria que conseguia mencionar os caixões de Arthur's Seat, uma "especialista local do Museu da Escócia", o caixão de Falls e os "persistentes rumores de que existiam outros caixões".

"O que ele quer dizer com 'outros caixões'?", perguntou Gill.

"É o que estou tentando explicar." E explicou tudo, expôs a coisa toda. Nas emboloradas encadernações de couro do *Dunfermline Press* e do *Inverness Courier* ele tinha encontrado exatamente o que temia e sabia que iria encontrar. Em julho de 1977, menos de uma semana antes de o caixão da praia de Nairn ser encontrado, o corpo de Paula Gearing fora arrastado quilômetros ao longo da costa antes de voltar à terra firme. A morte não pôde ser explicada, tendo sido classificada como "infortúnio". Em outubro de 1972, três semanas antes do achado do caixão em Dunfermline Glen, uma adolescente foi dada como desaparecida. Caroline Farmer era aluna da quarta série em Dunfermline High. Tinha acabado de levar o fora de um namorado de longa data, e supunha-se que isso a tivesse levado a sair de casa. A família disse que não descansaria enquanto não soubesse da filha. Rebus duvidava que tivesse recebido alguma informação...

Gill Templer ouviu a história sem comentários. Quando terminou, examinou os recortes e as anotações feitas na biblioteca. Finalmente ergueu os olhos.

"É muito vago, John."

Rebus pulou da cadeira. Precisava se movimentar, mas a sala não tinha espaço suficiente. "Gill, é... tem alguma coisa aqui."

"Um assassino que deixa caixões perto do local do crime?" Ela abanou a cabeça devagar. "Não consigo ver isso. Você tem dois cadáveres, nenhum sinal de violência e dois desaparecimentos. Não forma exatamente um padrão."

"Três desaparecimentos, se incluirmos o de Philippa Balfour."

"E tem outra coisa: o caixão de Falls apareceu menos de uma semana depois que ela desapareceu. Outra vez, falta um padrão."

"Você acha que estou imaginando coisas?"

"Pode ser."

"Posso ao menos continuar a investigação?"

"John..."

"Só mais um policial, talvez dois. Dê alguns dias para a gente ver se consegue alguma coisa."

"Nós já estamos trabalhando no limite."

"No limite fazendo o quê? Estamos no escuro esperando que ela volte, telefone para casa ou apareça morta. Me dê duas pessoas."

Gill meneou a cabeça devagar. "Dou uma. E três ou quatro dias no máximo. Entendido?"

Rebus concordou.

"E... John? Se você não for ao médico, eu tiro você da investigação. Entendido?"

"Entendido. Com quem eu vou trabalhar?"

Templer ficou pensativa. "Quem você quer?"

"Ellen Wylie."

Gill olhou para ele. "Alguma razão em particular?"

Rebus deu de ombros. "Ela nunca vai dar certo como apresentadora de TV, mas é uma ótima policial."

Templer continuou olhando para ele. "Certo", disse afinal. "Vá em frente."

"E existe alguma chance de você manter Steve Holly longe de nós?"

"Posso tentar." Ela tamborilou o jornal. "Parto do princípio de que a especialista local é Jean, não é?" Esperou até que Rebus confirmasse com a cabeça, depois deu um suspiro. "Era de imaginar que juntar vocês dois..." Começou a esfregar a testa. Era algo que Farmer costumava fazer também, sempre que tinha o que chamava de "as dores de cabeça de Rebus"...

"O que estamos procurando, exatamente?", perguntou Ellen Wylie. Tinha sido chamada de St. Leonard's e não parecia entusiasmada com a perspectiva de trabalhar como parceira de Rebus.

"A primeira coisa", começou Rebus, "é cobrir nossa retaguarda, e isso significa checar as pessoas desaparecidas que nunca apareceram."

"Conversando com os familiares", ela arriscou, escrevendo uma nota para si mesma na prancheta.

"Certo. Quanto aos dois cadáveres, precisamos verificar os resultados da perícia, ver se os patologistas deixaram de averiguar alguma coisa."

"Em 1977 e 82? Será que os registros já não foram descartados?"

"Espero que não. De qualquer forma, alguns patologistas têm boa memória."

Wylie fez outra anotação. "Vou perguntar outra vez: o que estamos procurando? Você acredita na possibilidade de provar que essas mulheres e os caixões têm alguma relação?"

"Não sei." Mas Rebus sabia o que ela estava dizendo: uma coisa era acreditar em algo, outra bem diferente era conseguir provar o fato, principalmente em um tribunal de justiça.

"Pelo menos pode me deixar em paz comigo mesmo", falou afinal.

"E tudo isso começou com alguns caixões em Arthur's Seat?" Ele aquiesceu, mas seu entusiasmo não causou nenhum impacto no ceticismo dela.

"Olha", falou, "se eu estiver enganado, você tem uma chance de me convencer disso. Mas antes vamos dar uma fuçada nos fatos."

Wylie deu de ombros, fez um gesto teatral ao registrar outra anotação na prancheta. "Você me requisitou ou me ganhou de presente?"

"Requisitei."

"E a inspetora-chefe Templer concordou?"

Rebus fez que sim mais uma vez. "Algum problema?"

"Não sei." Pensou seriamente a questão. "É bem provável que não."

"O.k.", falou Rebus. "Então vamos trabalhar."

Demorou quase duas horas para Rebus digitar tudo o que tinha. O que ele queria era uma "bíblia" para orientar o trabalho dos dois. Havia datas e referências de páginas para cada matéria dos jornais, e ele tinha mandado fazer cópias na biblioteca. Enquanto isso Wylie estava ao telefone, implorando favores das delegacias de polícia de Glasgow, Perth, Dunfermline e Nairn. Queria as anotações que ainda existissem sobre os casos, mais os nomes dos patologistas. Cada vez que ela ria, Rebus sabia o que haviam acabado de dizer do outro lado: "Você não quer quase nada, hein?". Martelando o teclado, ele ouvia as conversas. Wylie sabia quando se mostrar tímida, quando endurecer e quando brincar. Sua voz nunca revelava a expressão de seu rosto, que se mostrava cansado das repetições.

"Obrigada", falou pela enésima vez, colocando o fone na base. Rabiscou uma nota na prancheta, verificou o horário e anotou isso também. Era mesmo minuciosa. "Uma promessa já é alguma coisa", disse mais de uma vez.

"É melhor que nada."

"Se forem cumpridas." Depois pegou o fone novamente, deu outro suspiro profundo e fez a ligação seguinte.

Rebus estava intrigado com as grandes lacunas na cronologia: 1972, 1977, 1982, 1995. Cinco anos, cinco anos, treze anos. E agora, talvez, mais uma lacuna de cinco anos. Os cinco anos formavam um belo padrão, mas era interrompido pelo silêncio entre 82 e 95. Havia várias explicações: o homem, fosse quem fosse, poderia estar em outro lugar, talvez na prisão. Quem poderia garantir que os caixões só foram espalhados pela Escócia? Talvez valesse a pena fazer uma busca mais generalizada, averiguar se outras forças haviam influenciado o fenômeno. Se tivesse cumprido uma pena na prisão, bem, os registros poderiam ser acessados. Treze anos eram uma pena longa: tinha de ser assassinato, muito provavelmente.

Existia outra possibilidade, é claro: que ele não estivesse em parte alguma. Que tivesse prosseguido com suas orgias até hoje, mas por alguma razão houvesse deixado de usar caixões, ou que outros caixões jamais tivessem sido encontrados. Uma caixinha de madeira... um cachorro poderia mastigar até virar polpa; uma criança poderia levar para casa; alguém poderia ter jogado no lixo para se livrar de uma piada macabra. Rebus sabia que um apelo público seria uma forma de descobrir, mas não via Templer concordando com isso. Primeiro ela teria de ser convencida.

"Nada?", perguntou quando Wylie desligou o telefone.

"Não estão atendendo. Talvez já saibam sobre a policial doida de Edimburgo."

Rebus amassou uma folha de papel e lançou-a no cesto de lixo. "Acho que a gente pode estar pirando um pouco", falou. "Vamos fazer um intervalo."

Wylie saiu para ir à padaria comprar um sonho com geleia. Rebus decidiu fazer apenas uma caminhada. As ruas ao redor de St. Leonard's não ofereciam muita opção. Conjuntos habitacionais e prédios públicos, ou Holyrood Road com seu tráfego rápido sob o cenário de Salisbury Crags. Rebus resolveu andar em direção ao emaranhado de estreitas passagens entre a St. Leonard's e a Nicolson Street. Parou numa banca de jornal e comprou uma lata de Irn-Bru, e bebericou enquanto andava. Diziam que aquilo era perfeito para ressacas, mas ele estava usando para afastar a vontade de tomar um drinque de verdade, uma cerveja e um trago, em algum lugar enfumaçado com corridas de cavalo na TV... O Southsider era uma possibilidade, mas ele atravessou a rua para não passar em frente. Havia crianças brincando nas calçadas. A maioria asiática. As aulas do dia haviam terminado, e elas estavam cheias de energia e imaginação. Ficou pensando se sua própria imaginação tinha tirado o dia de folga hoje... Era a possibilidade final: de estar vendo ligações onde não existia nenhuma. Pegou o celular e um pedaço de papel com um número anotado.

"Jean?" Parou de andar. "É John Rebus. Talvez a gente tenha encontrado uma mina de ouro com os seus pequenos caixões." Ouviu por um momento. "Não posso falar agora." Olhou ao redor. "Estou a caminho de uma reunião. Está ocupada hoje à noite?" Ouviu novamente. "Que pena. Quem sabe alguma coisa mais tarde?" Sua expressão se entusiasmou. "Dez horas? Em Portobello ou na cidade?" Outra pausa. "Certo, na cidade faz mais sentido, se você tem uma reunião. Depois eu levo você para casa. Às dez no museu então? Tudo bem, tchau."

Olhou ao redor. Estava em Hill Square, e havia uma placa no gradil perto dele. Agora ele sabia onde estava: atrás do Surgeon's Hall. A porta não identificada à sua frente era a entrada para algo chamado Exposição da História da Cirurgia de sir Jules Thorn. Olhou para o relógio e consultou o horário de funcionamento. Fecharia em mais ou menos dez minutos. Que se dane, pensou, abrindo a porta e entrando.

Encontrou-se numa escadaria normal. Subiu um andar e chegou a um patamar estreito que dava para duas portas. Pareciam levar a apartamentos particulares, por isso subiu mais um lance de escadas. Quando passou pela entrada do museu, um alarme soou, alertando uma das funcionárias sobre a chegada de um visitante.

"O senhor já esteve aqui antes?", ela perguntou. Rebus meneou a cabeça. "Bem, a exposição dos tempos modernos é no andar de cima, e à esquerda fica a mostra dentária..." Rebus agradeceu e ela se afastou. Não havia mais ninguém ao redor, ninguém que Rebus pudesse ver. Ficou meio minuto na sala de odontologia. Não achou que a tecnologia tinha avançado tanto assim nos últimos séculos. A principal exposição do museu ocupava dois andares e era bem organizada. Os objetos estavam por trás de vidraças, quase todos bem iluminados. Ficou em frente a uma antiga farmácia, depois andou até uma estátua em tamanho natural do médico Joseph Lister e examinou a lista de suas realizações, entre as principais a introdução do desinfetante fenol e do categute esterilizado. Um pouco adiante, topou com a urna contendo a carteira feita com a pele de Burke. Sua aparência o remeteu a uma pequena Bíblia com capa de couro que ganhara de presente de aniversário de um tio na infância. Ao lado havia moldes em gesso da cabeça de Burke — as marcas do laço do verdugo ainda visíveis — e de seu cúmplice, John Brogan, que o ajudava a transportar os cadáveres. Enquanto Burke parecia em paz, cabelo penteado e expressão tranquila, o aspecto de Brogan era de quem padecera de aflições, a pele repuxada do queixo para baixo, o crânio róseo e bulboso.

Logo em seguida se encontrava o retrato do anatomista Knox, receptador dos cadáveres ainda quentes.

"Pobre Knox", disse uma voz atrás dele. Rebus olhou em volta. Um homem mais velho, em traje de noite completo — gravata-borboleta, faixa de cetim e sapatos de verniz. Rebus demorou um segundo para reconhecê-lo: professor Devlin, o vizinho de Flip. Devlin se aproximou, observando os itens em exposição. "Muito já foi discutido sobre o quanto ele sabia a respeito."

"Se sabia ou não que Burke e Hare eram assassinos?"

Devlin assentiu. "Pessoalmente, acho que não há dúvida de que ele sabia. Na época, quase todos os cadáveres dissecados pelos anatomistas já estavam frios. Eram trazidos para Edimburgo de todas as partes da Inglaterra — alguns vinham pelo Union Canal. Os ressurreicionistas — ladrões de corpos — conservavam os cadáveres em uísque para o transporte. Era um negócio lucrativo."

"Mas o uísque ainda deixava alguém bêbado depois?"

Devlin deu risada. "Por uma questão de economia, eu diria que sim", respondeu. "O irônico é que tanto Burke como Hare vieram à Escócia como migrantes. O trabalho deles era construir o Union Canal." Rebus lembrou-se de Jean dizendo algo parecido. Devlin fez uma pausa, espetou um dedo em sua faixa de cetim. "Mas o pobre Knox... o homem era meio genial. Nunca ficou provado que era cúmplice nos assassinatos. Mas a Igreja estava contra ele, e esse foi o problema. O corpo humano era um templo, lembre-se. Muitos clérigos eram contra a dissecação... viam isso como uma profanação. Foi o que levantou a opinião pública contra Knox."

"E o que aconteceu com ele?"

"Morreu de apoplexia, de acordo com os livros. Hare, que apresentou provas contra King, teve que sair da Escócia. Mesmo assim não estava seguro. Foi atacado com óxido de cálcio e terminou seus dias cego, mendigando nas ruas de Londres. Creio que existe um *pub* chamado Blind Beggar em algum lugar em Londres, mas não sei se existe alguma ligação..."

"Dezesseis assassinatos", falou Rebus, "numa área confinada como West Port."

"Não dá para imaginar isso acontecendo nos dias de hoje, não é?"

"Mas atualmente temos a ciência pericial, a patologia..."

Devlin desenganchou o dedo da faixa de cetim e o ergueu à altura do rosto. "Exato", concordou. "E não teríamos estudos patológicos não fossem os ressurreicionistas como Burke e Hare!"

"É por isso que está aqui? Para fazer uma homenagem?"

"Talvez", disse Devlin. Em seguida consultou o relógio. "Vai haver um jantar no andar de cima às sete. Quis chegar mais cedo e passar algum tempo na exposição."

Rebus se recordou do convite sobre a cornija de Devlin: *traje a rigor e condecorações...*

"Desculpe, professor Devlin", interrompeu a curadora. "Está na hora de fecharmos."

"Tudo bem, Maggie", respondeu Devlin. Depois, para Rebus: "Gostaria de visitar o resto do lugar?".

Rebus pensou em Ellen Wylie, provavelmente já de volta à sua mesa agora. "Acho que eu devia..."

"Vamos, vamos", insistiu Devlin. "Você não pode visitar o Surgeon's Hall e não ver o Museu Negro..."

A curadora os conduziu por algumas portas trancadas, e mais à frente os dois entraram na sala principal do edifício. Os corredores eram silenciosos e decorados com retratos de médicos. Devlin apontou a biblioteca, depois parou numa pequena sala circular com piso de mármore, apontando para cima. "É aqui que nós vamos jantar. Um bando de médicos e professores vestidos a caráter se banqueteando com frango de borracha."

Rebus olhou para cima. O teto era coberto por uma

cúpula de vidro. Havia um corrimão circular no primeiro andar, com uma porta quase invisível atrás. "Qual é a comemoração?"

"Só Deus sabe. Eu me limito a fazer um cheque cada vez que recebo um convite."

"Será que Gates e Curt vão estar aqui?"

"É provável. Você sabe que Sandy Gates não consegue recusar uma boa refeição."

Rebus observava o interior das grandes portas principais. Já as havia visto antes, mas sempre pelo lado de fora, passando de carro ou andando pela Nicolson Street. Nunca pensou que as veria abertas, e disse isso ao seu guia.

"Vão estar abertas hoje à noite", informou Devlin. "Os convidados entram por aqui e vão direto para as escadas. Vamos, por aqui."

Seguiram por mais corredores e mais alguns degraus. "Provavelmente não vão estar trancadas", falou Devlin ao se aproximarem de outro imponente conjunto de portas. "Os convidados gostam de dar uma volta depois do jantar. A maior parte deles termina aqui." Tentou a maçaneta. Tinha razão: a porta se abriu e eles entraram num grande salão de exposição.

"O Museu Negro", comentou Devlin com um gesto de braços.

"Já ouvi falar dele", falou Rebus. "Mas nunca tive motivo para fazer uma visita."

"O acesso é restrito ao público", explicou Devlin. "Nunca entendi bem por quê. A faculdade podia ganhar algum dinheiro abrindo o espaço como atração turística."

O nome oficial do local era Playfair Hall e não parecia, aos olhos de Rebus, tão sinistro quanto o apelido sugeria. Dava a impressão de ser composto de antigos instrumentos cirúrgicos, que pareciam mais adequados a uma câmara de tortura do que a sala de cirurgia. Havia inúmeros ossos e órgãos humanos e coisas boiando em jarros turvos. Uma estreita escadaria à frente os levou até outro patamar, onde mais jarros os aguardavam.

"Pena que o infeliz cujo trabalho é cuidar do formaldeído completou o nível", disse Devlin, ofegante devido ao esforço.

Rebus examinou o conteúdo dos cilindros de vidro. O rosto de uma criança o encarava, mas parecia distorcido. Então percebeu que havia dois corpos distintos. Irmãos siameses, ligados pela cabeça, partes dos dois rostos formando um todo. Rebus, que já tinha visto muitos horrores, foi tomado por um fascínio mórbido. Mas havia outros objetos a explorar: outros fetos deformados. Pinturas também, a maioria do século XIX: soldados com partes do corpo arrancadas por tiros de mosquete ou balas de canhão.

"Este é o meu favorito", disse Devlin. Cercado por imagens obscenas, ele tinha localizado um ponto fixo, o retrato de um jovem, quase sorrindo para o pintor: Rebus leu a inscrição.

"Doutor Kennet Lovell, fevereiro de 1829..."

"Lovell foi um dos anatomistas encarregados da dissecação de William Burke. É provável até que tenha feito o atestado de óbito depois do enforcamento. Menos de um mês depois, ele posou para este retrato."

"Ele parece bem contente da vida", comentou Rebus.

Os olhos de Devlin brilharam. "Não é mesmo? Kennet também era um artesão. Trabalhava com madeira, assim como o diácono William Brodie, de quem você deve ter ouvido falar."

"Cavalheiro durante o dia, assaltante à noite", relembrou Rebus.

"E talvez o modelo de *O médico e o monstro*, de Stevenson. Quando criança, Stevenson tinha um guarda-roupa feito por Brodie no quarto..."

Rebus continuava analisando o retrato. Lovell tinha olhos negros e fundos, nariz fendido e uma profusão de mechas de cabelos negros. Sem dúvida o pintor quis agradar seu cliente, talvez eliminando alguns anos e alguns quilos do modelo. Mesmo assim, Lovell era um homem atraente.

"Isso tem relação com o caso da garota Balfour", falou Devlin. Sobressaltado, Rebus se virou para ele. Agora com a respiração regularizada, o velho só tinha olhos para a pintura.

"Por quê?", perguntou.

"Os caixões encontrados em Arthur's Seat... a forma como a imprensa trouxe de volta esse assunto." Virou-se para Rebus. "Uma das interpretações é que representam as vítimas de Burke e Hare..."

"Sei."

"E agora outro caixão parece ser o memorial da jovem Philippa."

Rebus voltou a olhar para o retrato. "Lovell trabalhava com madeira?"

"Aquela mesa na minha sala de jantar." Devlin sorriu. "Foi ele quem fez."

"Foi por isso que comprou?"

"Uma pequena lembrança dos primórdios da patologia. A história da cirurgia é a história de Edimburgo, inspetor." Devlin fungou e depois suspirou. "Eu sinto falta do meu trabalho, sabe?"

"Acho que eu não sentiria."

Os dois se afastaram do retrato. "Foi um privilégio, de certa forma. É infinitamente fascinante o que o exterior deste animal pode conter." Devlin bateu no próprio peito para ilustrar sua frase. Rebus considerou que não tinha nada a acrescentar. Para ele um corpo era um corpo e era um corpo. Quando morria, fosse o que fosse que o tornava interessante desaparecia. Quase expressou seu pensamento, mas sabia que não era páreo para a eloquência do patologista.

De volta ao salão principal, Devlin se virou para Rebus. "Escute, você realmente deveria vir para o jantar desta noite. Dá tempo para ir até sua casa e se trocar."

"Acho que não", declinou Rebus. "Vocês só vão falar de coisas especializadas, como já mencionou." Além do mais, poderia ter acrescentado, ele não tinha sequer um smoking, quanto mais o resto.

"Mas você iria gostar", persistiu Devlin. "Inclusive a parte da nossa conversa."

"Por quê?", perguntou Rebus.

"O palestrante é um padre da Igreja Católica Romana. Vai discutir a dicotomia entre o corpo e o espírito."

"Agora estou totalmente perdido", falou Rebus.

Devlin sorriu. "Acho que você finge ser menos competente do que é. Deve ser útil na carreira que escolheu."

Rebus concordou com um dar de ombros. "Esse palestrante", falou, "é o padre Conor Leary, não é?"

Os olhos de Devlin se alargaram. "Você o conhece? Mais uma razão para jantar conosco."

Rebus ficou pensativo. "Talvez apenas um drinque antes do jantar."

Quando Rebus voltou a St. Leonard's, Ellen Wylie não parecia muito contente.

"Sua ideia de 'pausa' de certa forma é diferente da minha", queixou-se.

"Eu encontrei uma pessoa", disse Rebus. Wylie não disse mais nada, mas ele sabia que estava se contendo. A expressão dela continuou tensa, e quando pegou o fone foi com uma irritação planejada. Queria algo mais dele: talvez um pedido formal de desculpas, ou algumas palavras de elogio. Rebus ficou em silêncio por um momento. Logo depois, quando ela atacou o telefone outra vez, ele perguntou:

"Isso é por causa daquela entrevista coletiva?"

"O quê?" Ela bateu o fone na base.

"Ellen, não é uma questão de...", começou a dizer.

"Que merda, você não se *atreva* a tentar me proteger!"

Rebus ergueu as mãos em sinal de rendição. "Certo, não vamos mais nos tratar pelo primeiro nome. Desculpe se pareci protetor, sargento-detetive Wylie."

Ela o olhou fixamente, mas logo sua expressão mudou de repente, ficando mais relaxada. Forçou um sorriso e esfregou as bochechas com as mãos.

165

"Desculpe", falou.

"Eu também peço desculpas." Wylie olhou para ele. "Por ter estado fora tanto tempo. Eu deveria ter ligado para avisar." Deu de ombros. "Mas agora você sabe o meu terrível segredo."

"Qual seja?"

"Para obter um pedido de desculpas de John Rebus, você primeiro precisa violentar um telefone."

Dessa vez ela riu de verdade. Ainda estava longe de uma saudável gargalhada, e retinha um viés de histeria, mas ela pareceu melhor depois disso. Os dois voltaram ao trabalho.

No final da rodada, porém, não tinham conseguido quase nada. Rebus recomendou que não se preocupasse, que o começo era mesmo sempre difícil. Wylie vestiu o casaco e perguntou se ele queria sair para um drinque.

"Já tenho um compromisso", respondeu. "Fica para outra ocasião, tá?"

"Claro", concordou. Mas não parecia ter acreditado na desculpa.

Rebus bebeu sozinho: só um antes de andar até Surgeons' Hall: um Laphroig, com apenas umas gotas de água para suavizar as arestas. Escolheu um *pub* que Ellen Wylie não conhecia, não queria se encontrar com ela depois de ter recusado seu convite. Precisava de algumas doses para dizer que ela estava enganada, que uma entrevista coletiva desastrada não era o fim da sua carreira. Gill Templer estava em cima dela, sem dúvida, mas não era boba de deixar aquilo se transformar numa rixa. Wylie era uma boa policial, uma investigadora inteligente. Ela teria outra chance. Se Gill continuasse pegando no pé da subordinada, ela própria ficaria numa situação difícil.

"Outro?", perguntou o *barman*.

Rebus consultou as horas. "Sim, vamos nessa."

Ele gostava daquele lugar. Pequeno, anônimo e discreto. Não havia nem placa na porta, nada que o identificasse. Situado numa esquina de rua lateral onde só quem o conhecesse saberia encontrar. Alguns velhos frequentadores a um canto, sentados de costas eretas, olhos hipnotizados pela parede oposta. Os diálogos eram esparsos e guturais. A TV estava sem som, mas o *barman* assistia assim mesmo: um filme americano de tribunal, com gente andando de um lado para o outro entre paredes pintadas de cinza. De vez em quando havia um close de uma mulher tentando parecer preocupada. Não confiando apenas nas expressões faciais, ela também torcia as mãos. Rebus pagou e tomou o resto da bebida, sacudindo as últimas gotas. Um dos velhos tossiu, depois pigarreou. Seu companheiro disse algo e ele inclinou a cabeça numa confirmação silenciosa.

"O que está acontecendo?", Rebus não conseguiu deixar de perguntar ao *barman*.

"Hã?"

"No filme, o que está acontecendo?"

"O mesmo de sempre", respondeu o *barman*. Era como se cada dia tivesse uma idêntica rotina, até mesmo no filme sendo mostrado na tela.

"E quanto a você?", perguntou o *barman*. "Como foi o seu dia?" As palavras pareciam enferrujadas em sua boca: papo furado com os clientes não fazia parte da sua rotina. Rebus pensou em respostas possíveis. A possibilidade de um assassino serial à solta, desde o início dos anos 70. Uma garota desaparecida, quase certamente morta. Um rosto distorcido partilhado por gêmeos siameses.

"Ah, você sabe", respondeu afinal. O *barman* concordou com a cabeça, como se fosse exatamente a resposta que esperava.

Rebus saiu do bar logo depois. Depois de uma pequena caminhada até a Nicolson Street, chegou às portas do Surgeons' Hall, agora abertas como o professor Devlin havia previsto. Os convidados começavam a chegar. Rebus não tinha convite para mostrar ao porteiro, mas uma explicação e sua credencial resolveram a questão. Os primeiros a chegar se reuniam no primeiro andar, drinques na mão. Rebus subiu a escada. A sala de banquetes estava preparada para o jantar, garçons se agitando para cuidar dos últimos ajustes. Uma mesa sobre cavaletes perto da porta tinha sido coberta com uma toalha branca e servia de base para copos e garrafas. Os atendentes usavam coletes pretos sobre camisas imaculadamente brancas.

"Pois não, senhor?"

Rebus pensou em tomar outro uísque. O problema era que, depois de três ou quatro no estômago, ele não ia querer parar. E, se parasse, a cabeça começaria a latejar justamente quando teria de se encontrar com Jean.

"Só um suco de laranja, por favor", pediu.

"Minha Nossa, agora eu posso morrer em paz."

Rebus se virou em direção à voz, sorrindo. "E qual seria a razão?", perguntou.

"Porque já vi tudo que pode ser visto neste nosso glorioso planeta. Sirva um uísque ao homem, e não seja sovina", ordenou ao *barman*, que parou de servir o suco de laranja e olhou para Rebus.

"Só o suco mesmo", confirmou Rebus.

"Ora, ora", disse o padre Conor Leary. "Seu hálito está recendendo a uísque, então sei que não está sendo abstêmio. Mas por alguma inexplicável razão você quer ficar sóbrio..." Ficou pensativo. "Será que o sexo frágil tem algo a ver com isso?"

"Você é uma desgraça como padre", disse Rebus.

Padre Leary deu uma gargalhada. "Quer dizer que eu daria um bom detetive? E quem pode dizer que você não está certo?" Depois, para o *barman*: "Você precisa perguntar?". O *barman* não precisava, e foi generoso na dose. Leary anuiu e pegou o copo.

"*Slainte!*", brindou.

"*Slainte.*" Rebus bebericou o suco de laranja. Conor Leary parecia estar bem até demais. Da última vez que Rebus o vira, o velho padre estava convalescendo, remédios disputando espaço com as Guinness na geladeira.

168

"Faz tempo", declarou Leary.

"Você sabe como é."

"Sei que vocês jovens não têm tempo para visitar os fracos e enfermos. Ocupados demais com os pecados da carne."

"Já faz tempo que minha carne se ocupou com algum pecado digno de nota."

"E, por Deus, existem muitos pecados no mundo." O padre deu um tapinha na barriga de Rebus.

"Talvez esse seja o problema", admitiu Rebus. "Você, por outro lado..."

"Ah, estava esperando que eu definhasse e morresse? Não foi isso que escolhi. Boa comida, boa bebida e que se danem as consequências."

Leary usava seu colarinho clerical debaixo de um pulôver com gola em V. As calças eram azul-marinho, os sapatos, pretos e engraxados. Verdade que tinha perdido algum peso, mas a barriga e as mandíbulas estavam flácidas, e os cabelos finos e prateados pareciam leite batido, os olhos fundos embaixo de uma franja romana. Segurava o copo de uísque da mesma forma que um operário seguraria uma garrafa.

"Nenhum de nós dois está vestido para a ocasião", falou, olhando ao redor para o bando de smokings.

"Você ao menos está de uniforme", comentou Rebus.

"Mais ou menos", disse Leary. "Estou aposentado do serviço ativo." Depois deu uma piscada. "Acontece, sabe? Podemos abandonar nossos instrumentos. Mas, cada vez que uso este velho colarinho para uma ocasião como essa, vejo emissários do papa avançando, adagas na mão, para arrancá-lo do meu pescoço."

Rebus sorriu. "É como sair da Legião Estrangeira?"

"Exatamente! Ou cortar o rabicho de um lutador de sumô aposentado."

Os dois estavam rindo quando Donald Devlin se aproximou. "Que bom que conseguiu vir", falou para Rebus antes de apertar a mão do padre. "Acho que você foi o fator decisivo, padre", continuou, explicando o convite para o jantar.

"Aliás, o convite continua de pé", acrescentou. "Imagino que gostaria de ouvir a palestra do padre." Rebus meneou a cabeça.

"A última coisa que um pagão como John precisa é me ouvir dizendo o que é melhor para ele", disse Leary.

"Isso mesmo", concordou Rebus. "E tenho certeza de que já ouvi tudo isso antes." Olhou nos olhos de Leary, e naquele momento os dois se lembraram das longas conversas na cozinha do padre, alimentadas por viagens à geladeira e ao gabinete de bebidas. Conversas sobre Calvino e criminosos, sobre a fé e a falta de fé. Mesmo quando concordava com Leary, Rebus tentava agir como o advogado do diabo, surpreendendo o velho padre com sua teimosia. Longas conversas eles tiveram, e regularmente... até Rebus começar a procurar desculpas para se afastar. Esta noite, se Leary perguntasse por quê, ele sabia que não conseguiria dar uma razão. Talvez porque o padre tivesse começado a oferecer certezas, e Rebus não tinha tempo para elas. Era o jogo deles, com Leary convencido de que poderia converter "o pagão".

"Você tem todas essas perguntas", dizia a Rebus. "Por que não deixa alguém dar as respostas?"

"Talvez por preferir perguntas a respostas", era a resposta de Rebus. E o padre gesticulava em desespero antes de fazer outra incursão à geladeira.

Devlin perguntou a Leary sobre o tema de sua palestra. Rebus percebeu que Devlin tinha tomado um ou dois drinques. Com as mãos no bolso, seu rosto estava rosado, o sorriso era alegre porém distante. Rebus estava sendo servido de outro suco de laranja quando Gates e Curt apareceram, os dois patologistas vestidos de maneira quase idêntica, o que os fazia mais do que nunca parecer mais uma dupla.

"Que inferno", exclamou Gates, "a turma inteira está aqui." Chamou a atenção do *barman*. "Uísque para mim, e um copo de água mineral para essa mocinha aqui."

Curt pigarreou. "Eu não sou o único", e apontou para o copo de Rebus.

"Meu Deus, John, confesse que tem vodca aí dentro", bradou Gates. Depois: "Afinal, que diabo você está fazendo aqui?". Gates suava, o colarinho apertando sua garganta. O rosto estava quase roxo. Curt, como sempre, parecia completamente à vontade. Tinha engordado um pouco, mas ainda parecia magro apesar do rosto cinzento.

"Eu nunca vejo a luz do sol", era a resposta que sempre dava quando indagado sobre sua palidez. Algumas pessoas de St. Leonard's tinham começado a chamá-lo de Drácula.

"Eu queria encontrar vocês dois", declarou Rebus.

"A resposta é não", disse Gates.

"Você não sabe o que eu ia dizer."

"Esse tom de voz é suficiente. Você vai pedir um favor. Vai dizer que não vai demorar. Mas não será verdade."

"São apenas alguns resultados da perícia. Preciso de uma segunda opinião."

"Estamos atolados até o pescoço", disse Curt, como que pedindo desculpas.

"Quais resultados?", perguntou Gates.

"Ainda não estão comigo. São de Glasgow e Nairn. Talvez as coisas andassem mais depressa se vocês fizessem uma requisição."

Gates passou os olhos pelo grupo. "Estão vendo o que eu disse?"

"Muito trabalho na universidade, John", explicou Curt. "Mais estudantes, mais trabalhos escolares, menos gente para ensinar."

"Eu entendo...", começou Rebus.

Gates ergueu a faixa de cetim e apontou para o *pager* escondido. "Mesmo esta noite podemos receber um chamado, outro cadáver para examinar."

"Acho que você não está convencendo esses dois", interveio Leary, rindo.

Rebus olhou fixa e intensamente para Gates. "Estou falando sério", afirmou.

"Eu também. Primeira noite de folga em décadas e você atrás de um de seus famosos 'favores'."

Rebus percebeu que não adiantava insistir, não com Gates naquele estado de espírito. Dia difícil no trabalho, talvez, mas até aí, não era sempre assim?

Devlin limpou a garganta. "Será que eu poderia...?"

Leary deu um tapa nas costas de Devlin. "Olha aí, John. Uma vítima voluntária!"

"Sei que estou aposentado há alguns anos, mas suponho que a teoria e a prática não tenham mudado."

Rebus olhou para ele. "Na verdade", começou, "o caso mais recente é de 1982."

"Donald ainda empunhava um bisturi em 82", disse Gates. Devlin concordou com uma pequena vênia.

Rebus hesitou. Preferia alguém com mais influência, alguém como Gates.

"Assunto encerrado", declarou Curt, resolvendo unilateralmente a questão.

Siobhan Clarke estava em sua sala assistindo à tv. Tinha tentado preparar um jantar de verdade, mas desistira no meio do processo, enquanto fatiava os pimentões vermelhos, guardando tudo na geladeira e tirando um prato congelado do freezer. A embalagem vazia repousava no chão à sua frente. Estava no sofá com as pernas encolhidas, cabeça descansando num braço. O laptop descansava na mesinha, mas ela havia desconectado o telefone celular. Não achava que o Enigmista entraria em contato de novo. Ergueu a prancheta e observou a pista novamente. Tinha usado dezenas de folhas de papel procurando possíveis anagramas e significados. Desjejum em Seven Sisters... e menções à rainha e ao tronco: poderia remeter a um jogo de baralho, mas o compêndio sobre o assunto que pegara na Biblioteca Central não tinha ajudado. Estava justamente pensando se deveria ler tudo mais uma vez quando o telefone tocou.

"Alô?"

"É o Grant."

Siobhan abaixou o som da TV. "E aí?"

"Acho que consegui resolver."

Siobhan girou as pernas e pôs os pés no chão. "Então me diga", falou.

"Prefiro mostrar pessoalmente."

Parecia haver um bocado de ruído de fundo na linha. Ela se levantou. "Você está no celular?", perguntou.

"Estou."

"Onde você está?"

"Estacionado na frente da sua casa."

Siobhan andou até a janela e olhou. Sim, o Alfa estava parado no meio da rua. Ela sorriu. "Então encontre um lugar para estacionar. Minha campainha é a segunda de cima para baixo."

Quando acabou de levar os pratos sujos até a pia, Grant tocou o interfone. Mesmo assim verificou se era ele, depois pressionou o botão para abrir a porta do prédio. Estava em pé na porta quando ele subiu os últimos degraus.

"Desculpe ligar tão tarde", ele disse, "mas eu tinha que contar para alguém."

"Café?", ela ofereceu, fechando a porta.

"Obrigado. Com açúcar."

Eles levaram o café para a sala de estar. "Lugar bacana", disse Grant.

"Eu gosto."

Sentou-se perto dela no sofá e colocou a caneca de café sobre a mesa. Depois enfiou a mão no bolso do paletó e tirou o guia *London A-Z*.

"Londres?", ela perguntou.

"Pesquisei todos os reis de que consegui lembrar da história, depois tudo mais com a palavra rei." Segurou o livro de forma a mostrar a quarta capa. Um mapa do metrô de Londres.

"King's Cross?", perguntou ela.

173

Grant aquiesceu. "Dê uma olhada."

Ela pegou o livro. Grant mal conseguia se manter sentado.

"Descanso em King", falou.

"E você acha que King é King's Cross?"

Ele chegou mais perto, o dedo seguindo a linha azul--clara que passava pela estação do metrô. "Está vendo?", perguntou.

"Não", respondeu Siobhan com impaciência. "Por isso é melhor me explicar."

"Suba uma estação para o norte a partir de King's Cross."

"Highbury Park e Inslington?"

"Vá em frente."

"Finsbury Park... depois Seven Sisters."

"Agora volte para trás", recomendou. Estava praticamente pulando no assento.

"Não vá fazer xixi na calça", advertiu Siobhan. Depois olhou para o mapa outra vez. "Seven Sisters... Finsbury Park... Highbury e Islington... King's Cross." E entendeu. Era exatamente a mesma sequência, só que abreviada. "Seven Sisters... Fins... Highbury... King." Olhou para Grant, que assentia vigorosamente. "Meus parabéns", disse com convicção. Grant inclinou-se para a frente e deu um abraço que ela recusou. Depois saltou do sofá e juntou as mãos com ruído.

"Eu quase não consegui acreditar", falou. "Mas de repente tudo ficou claro. É a Victoria Line."

Ela concordou, mas não conseguiu pensar em nada para dizer. Era realmente um trecho da Victoria Line do metrô de Londres.

"Mas o que significa?", perguntou afinal.

Grant sentou-se outra vez e apoiou os cotovelos sobre os joelhos. "É nisso que precisamos trabalhar agora."

Siobhan se afastou um pouco no sofá, aumentando o espaço entre eles, depois ergueu sua prancheta e leu em voz alta. "'E a rainha janta bem em frente ao tronco'." Olhou para Grant, mas ele simplesmente deu de ombros.

"Será que a resposta está em Londres?", indagou.

"Não sei", respondeu Grant. "Buckingham Palace? Queen's Park Rangers?" Fez um gesto vago. "Pode ser Londres."

"Todas essas estações de metrô... o que significam?"

"São todas na Victoria Line", foi só o que conseguiu responder. Depois os dois se entreolharam.

"Rainha Vitória!", exclamaram em uníssono.

Siobhan tinha um guia de Londres, comprado para um fim de semana de folga. Demorou um tempo para encontrá-lo. Enquanto isso Grant ligou o computador e fez uma pesquisa na internet.

"Pode ser o nome de um *pub*", sugeriu.

"Sim", ela concordou, continuando a leitura. "Ou algo ligado ao Victoria and Albert Museum."

"Sem esquecer a Victoria Station... também na Victoria Line. Também tem uma estação de ônibus ali. A pior cafeteria da Grã-Bretanha."

"Está falando por experiência própria?"

"Viajei para lá de ônibus em alguns fins de semana na minha juventude. Não gostei." Grant estava rolando uns textos na tela.

"Não gostou do ônibus ou não gostou de Londres?"

"De nenhum dos dois, acho. 'Tronco' pode se referir a uma árvore, não?"

"Pode ser. Ou a um tronco telefônico, um tronco ferroviário?"

Grant concordou.

"Mas acho mais provável que seja o busto de uma estátua", continuou Siobhan. "Talvez da rainha Vitória, com um restaurante em frente."

Os dois trabalharam em silêncio por algum tempo depois disso, até os olhos de Siobhan começarem a arder e ela levantar para fazer mais café.

"Duas colheres de açúcar", disse Grant.

"Eu me lembro." Siobhan olhou para ele, inclinado sobre a tela do computador, um joelho esticado. Queria dizer alguma coisa sobre o abraço... afastá-lo de alguma forma... mas sabia que tinha perdido a oportunidade.

"Locais turísticos", disse Grant. Pegou a caneca da mão dela com um sinal de agradecimento.

"Por que Londres?", ela perguntou.

"Como assim?" Os olhos dele continuavam na tela.

"Quer dizer, por que não algum lugar mais perto de casa?"

"Talvez o Enigmista more em Londres. Nós não sabemos, não é?"

"Não."

"E quem pode dizer que Flip Balfour era a única a participar do jogo? Numa coisa dessas, meu palpite é que deve existir um site... ou existia. Qualquer um que quisesse participar poderia acessar. E nem todos precisavam morar na Escócia."

Ela concordou. "Só estou conjeturando... será que a Flip era inteligente o bastante para resolver essa pista?"

"Obviamente, ou não teria subido para o nível seguinte."

"Mas talvez esse seja um novo jogo", contestou Siobhan. Grant se virou para ela. "Talvez seja só para nós."

"Se um dia encontrarmos o safado, eu vou perguntar."

Meia hora depois, Grant consultava uma lista de restaurantes em Londres. "Você nem imagina quantas Victoria Roads e Victoria Streets existem naquele maldito lugar, e metade delas com restaurantes."

Grant reclinou-se, esticando a coluna. Sua energia parecia ter sido drenada.

"E isso antes de começarmos a procurar *pubs*." Siobhan passou os dedos pelos cabelos, puxando-os para trás da testa. "Isso é..."

"O quê?"

"A primeira parte do enigma era capciosa. Mas isso... isso é só uma consulta a listas. Será que ele espera que a gente vá a Londres e visite cada boteco e cafeteria para encontrar uma estátua da rainha Vitória?"

"Ele que espere sentado." O riso de Grant não era bem-humorado.

Siobhan consultou o livro de jogos de cartas. Tinha passado algumas horas pesquisando suas páginas, sempre procurando a coisa errada no lugar errado. Mal havia chegado à biblioteca a tempo. Cinco minutos para o encerramento. Tinha deixado o carro na Victoria Street rezando para não ser multada...

"Victoria Street?", ela falou em voz alta.

"Escolha qualquer uma, tem dezenas delas."

"E algumas são aqui em Edimburgo", replicou.

Grant ergueu os olhos. "Sim, algumas são em Edimburgo."

Ele foi até o carro e trouxe um atlas do leste e do centro da Escócia aberto no índice e correu o dedo pela lista.

"Victoria Gardens... tem um Victoria Hospital em Kirkcaldy... Victoria Street e Victoria Terrace em Edimburgo." Olhou para Siobhan. "O que você acha?"

"Acho que há alguns restaurantes na Victoria Street."

"Alguma estátua?"

"Não do lado de fora."

Grant olhou para o relógio. "Eles não vão estar abertos a essa hora, vão?"

Ela fez que não com cabeça. "Amanhã na primeira hora", falou. "Eu pago o café da manhã."

Rebus e Jean estavam no Palm Court. Ela tomava uma vodca com suco de laranja enquanto ele cuidava de um Macallan de dez anos. O garçom tinha trazido um pequeno jarro com água, mas Rebus não tocou nele. Havia anos não entrava no Balmoral Hotel. À época ainda era o North British. O antigo lugar mudara pouco desde então. Mas Jean não parecia interessada no ambiente, não agora, depois de ouvir a história de Rebus.

"Então todas elas podem ter sido assassinadas?", insinuou, o rosto pálido. As luzes do saguão eram mortiças e um pianista estava tocando. Rebus reconhecia trechos de certas canções, mas duvidava que Jean estivesse prestando atenção em algum.

"É possível", admitiu.

"Mas você está dizendo tudo isso com base nas bonecas?"

Os olhos dela encontraram os dele. "Talvez eu esteja inferindo demais", falou. "Mas é algo que precisa ser investigado."

"E por onde vai começar?"

"Estamos esperando os relatórios originais dos casos." Fez uma pausa. "Qual é o problema?"

Havia lágrimas nos olhos dela. Fungou e procurou um lenço na bolsa. "É a ideia toda da coisa. Todo esse tempo eu fiquei com esses recortes... Talvez se tivesse entregado antes à polícia..."

"Jean." Segurou a mão dela. "Você só tinha reportagens sobre bonecas e caixões."

"Acho que sim", ela concordou.

"Por outro lado, talvez você possa ajudar."

Ela não encontrou um lenço. Pegou o guardanapo do coquetel e enxugou os olhos. "Como?", perguntou.

"Toda essa história começou em 1972. Eu gostaria de saber quem pode ter demonstrado algum interesse especial pela exposição de Arthur's Seat naquela época. Você pode pesquisar isso para mim?"

"É claro."

Rebus apertou novamente a mão dela. "Obrigado."

Ela abriu um sorriso não muito entusiasmado e pegou o drinque. O gelo chocalhou quando terminou de beber.

"Mais um?", ele perguntou.

Jean balançou a cabeça, olhando ao redor. "Tenho a impressão de que este não é bem o seu tipo de lugar."

"Ah, é? E qual seria?"

"Acho que se sente mais à vontade em bares pequenos e esfumaçados cheios de homens desiludidos."

Havia um sorriso no rosto dela. Rebus fez que sim lentamente.

"Você é bem perspicaz", observou.

O sorriso se desvaneceu quando voltou a olhar ao redor. "Eu estive aqui na semana passada, numa ocasião tão feliz... Parece que faz tanto tempo."

"Qual foi a ocasião?"

"A promoção da Gill. Você acha que ela está correspondendo?"

"A Gill é a Gill. Ela vai se dar bem." Fez uma pausa. "Falando nisso, aquele repórter andou incomodando você?"

Ela conseguiu abrir um pequeno sorriso. "Ele é persistente. Quer saber de que 'outros' eu estava falando na cozinha da Bev Dodds. Foi culpa minha, desculpe." Parecia ter recuperado certa compostura. "Eu preciso voltar. Provavelmente posso pegar um táxi, se..."

"Eu disse que levaria você para casa." Fez sinal para a garçonete trazer a conta.

O Saab estava estacionado na North Bridge. Soprava um vento gelado, mas Jean parou para apreciar a vista: o Scott Monument, o Castelo e Ramsay Gardens.

"Que cidade bonita", declarou. Rebus tentou concordar, mas quase não conseguia ver a cidade agora. Para ele, Edimburgo se tornara um estado de espírito, um malabarismo de intenções criminosas e instintos maléficos. Gostava de seu tamanho, de sua forma compacta. Gostava dos bares. Mas havia muito tempo sua paisagem externa não mais o impressionava. Jean enrolou-se no casaco. "Para onde quer que a gente olhe, existe uma história, um pedacinho da história." Olhou para ele e Rebus concordou com um sinal, mas estava se lembrando de todos os suicídios com que tinha lidado, das pessoas que pularam da North Bridge, talvez porque não conseguissem ver a mesma cidade que Jean apreciava.

"Eu nunca me canso desta paisagem", ela disse, começando a andar em direção ao carro. Rebus aquiesceu novamente, sem muita convicção. Para ele, nem era uma paisagem. Era um local do crime esperando para ser ativado.

Quando partiram, ela perguntou se poderiam ouvir uma música. Rebus ligou o toca-fitas e o carro foi invadido por *In search of peace*, de Hawkind.

"Desculpe", disse, ejetando a fita. Jean encontrou um estojo no porta-luva. Hendrix, Cream e Stones. "Não deve fazer seu estilo", comentou Rebus.

Ela acenou com uma fita de Hendrix. "Você não tem *Electric ladyland*, por acaso?"

Rebus olhou para ela e sorriu.

Hendrix foi a trilha sonora durante o trajeto até Portobello.

"Então, por que você resolveu entrar para a polícia?", ela perguntou a certa altura.

"Acha que é uma escolha de carreira incomum?"

"Isso não responde a minha pergunta."

"É verdade." Olhou para ela e sorriu. Jean entendeu a insinuação, aquiescendo. Depois se concentrou na música.

Portobello fazia parte da pequena lista de opções para a mudança de Rebus da Arden Street. Tinha uma praia e uma rua principal com lojinhas locais. Durante algum tempo fora um local com estilo, um lugar para onde a pequena nobreza acorria em busca de ar puro e saudáveis doses de água gelada do mar. Agora não era mais tão estilosa, mas o mercado imobiliário havia decretado seu renascimento. Gente que não tinha dinheiro para comprar boas residências na cidade estava se mudando para "Porty", que ainda dispunha de grandes casas georgianas, mas a preços mais baixos. Jean morava numa casa em uma rua estreita perto do passeio. "A casa inteira é sua?", perguntou Rebus, espiando pela janela.

"Comprei essa casa há muitos anos. Porty não estava tão na moda." Ela hesitou. "Quer entrar para um café dessa vez?"

Os olhos deles se encontraram. O olhar de Rebus era indagador; o dela, uma tentativa. Os dois se abriram em sorrisos.

"Eu adoraria", falou Rebus. No momento em que desligava a chave do carro, seu celular começou a tocar.

* * *

"Achei que você ia querer ser informado", disse Donald Devlin. Sua voz tremia levemente, assim como seu corpo.

Rebus confirmou com um gesto. Os dois estavam do lado de dentro das imponentes portas do Surgeons' Hall. Havia gente no andar de cima, mas todos falavam em voz baixa. Fora, uma das caminhonetes cinzentas do necrotério estava à espera, um carro de polícia ao lado, luzes do teto piscando, azulando a frente do edifício a cada dois segundos.

"O que aconteceu?", perguntou Rebus.

"Ataque do coração, ao que parece. As pessoas estavam tomando um conhaque depois do jantar, encostadas ao balaústre." Devlin apontou para cima. "De repente ele ficou muito pálido, reclinou-se no parapeito. Todos pensaram que ia vomitar. Mas ele simplesmente tombou, e o peso fez que caísse."

Rebus observou o piso de mármore. Viu uma mancha de sangue que precisaria ser limpa. Havia homens em torno dela, alguns do lado de fora, no gramado. Fumavam e conversavam sobre o terrível acontecimento. Quando Rebus voltou a olhar para Devlin, o velho parecia estudá-lo, como se observasse um espécime num jarro.

"Tudo bem com você?", perguntou, e Rebus fez que sim com a cabeça. "Vocês dois eram bem próximos, tenho a impressão."

Rebus não respondeu. Sandy Gates se aproximou, enxugando o rosto com o que parecia ser um guardanapo do salão de jantar.

"Coisa terrível", foi tudo o que disse. "Provavelmente vai ser necessária uma autópsia também."

O corpo estava sendo removido. Um cobertor cobria o saco negro usado para transportar cadáveres. Rebus resistiu à tentação de deter os padioleiros e abrir o zíper. Preferia que sua lembrança de Conor Leary fosse a do homem animado com quem tinha tomado um drinque um pouco antes.

"A palestra dele foi simplesmente fascinante", comentou Devlin. "Uma espécie de história ecumênica do corpo humano. Desde os sacramentos até Jack, o Estripador, como um harúspice."

"Como o quê?"

"Alguém que faz previsões observando entranhas de animais."

Gates arrotou. "Não entendi metade do que ele disse", comentou.

"E durante a outra metade você dormiu, Sandy", disse Devlin com um sorriso. "E Leary fez a palestra toda sem nenhuma anotação por escrito", acrescentou com admiração. Depois olhou novamente para o primeiro andar. "A queda do paraíso, foi esse o ponto de partida dele." Enfiou a mão no bolso em busca de um lenço.

"Toma", disse Gates, passando o guardanapo a ele. Devlin assou o nariz com estrondo.

"A queda do paraíso, e pouco depois ele caiu", observou Devlin. "Talvez Stevenson tivesse razão."

"Sobre o quê?"

"Ele chamava Edimburgo de 'cidade abissal'. Talvez a vertigem esteja na natureza deste lugar..."

Rebus achou que sabia o que Devlin estava dizendo. Cidade abissal... cada um de seus habitantes caindo lentamente, de forma quase imperceptível...

"A comida também estava terrível", comentou Gates, como se preferisse ter perdido Conor Leary depois de um grande banquete. Rebus não duvidava de que Conor teria pensado o mesmo.

Do lado de fora, o dr. Curtis era um dos fumantes. Rebus se juntou a ele.

"Eu tentei te ligar", começou Curtis, "mas você já estava a caminho."

"O professor Devlin já tinha me ligado."

"Ele me disse. Acho que percebeu alguma ligação entre Conor e você." Rebus anuiu lentamente. "Ele esteve bastante doente, sabe?", continuou Curt naquela voz seca que sempre soava como um ditado. "Depois que foi embora esta noite, ele falou de você."

Rebus limpou a garganta. "O que ele disse?"

"Disse que às vezes via você como uma penitência." Curt bateu a cinza do cigarro no ar. Um lampejo azul iluminou seu rosto por um instante. "E estava rindo quando disse isso."

"Conor era meu amigo", falou Rebus. E internamente acrescentou: *e eu o abandonei.* Tinha se afastado de tantas amizades, preferindo sua própria companhia, a cadeira perto da janela na sala às escuras. Às vezes fingia que estava fazendo um favor a todos. As pessoas que ele deixara se aproximar no passado tinham o hábito de se machucar, às vezes até de ser mortas. Mas não era por isso. Não era por isso. Pensou em Jean e para onde aquilo estaria se encaminhando. Será que estava pronto para se entregar a alguém? Pronto para admiti-la aos seus segredos, ao seu lado escuro? Ainda não sabia ao certo. Aquelas conversas com Conor Leary eram como confissões. Provavelmente tinha revelado mais sobre si mesmo ao padre do que a qualquer outro antes dele: esposa, filha, amantes. E agora ele estava morto... no céu, talvez, embora sem dúvida fosse perturbar o ambiente por lá. Estaria discutindo com os anjos, em busca de uma Guinness e de uma boa polêmica.

"Tudo bem com você, John?" Curt estendeu o braço e tocou no seu ombro.

Rebus meneou a cabeça lentamente, os olhos fechados. Curt não ouviu da primeira vez, por isso Rebus teve de repetir o que dissera:

"Eu não acredito no paraíso."

Esse era o horror de tudo. Esta era a única vida que se tinha. Nenhuma redenção posterior, nenhuma chance de zerar tudo e começar de novo.

"Tudo bem", comentou Curt, claramente constrangido no papel de consolar alguém, a mão que tocava o braço de Rebus mais acostumada a retirar órgãos humanos de ferimentos abertos. "Vai ficar tudo bem."

"Será?", duvidou Rebus. "Então não existe justiça no mundo."

"Você deve saber mais sobre isso do que eu."

"Ah, sei mesmo." Rebus respirou fundo, expirou. Sua camisa estava suada, o ar frio da noite era penetrante. "Está tudo bem comigo", falou em voz baixa.

"Claro que está." Curt terminou o cigarro e amassou a ponta na grama com o salto do sapato. "Como disse Conor: apesar dos boatos que dizem o contrário, você está do lado dos anjos." Tirou a mão do braço de Rebus. "Quer você queira, quer não."

Donald Devlin chegou agitado. "Vocês acham que eu devia chamar alguns táxis?"

Curt olhou para ele. "O que o Sandy acha disso?"

Devlin tirou os óculos, limpou-os com certa encenação. "Disse para eu não ser tão 'terrivelmente pragmático'." Colocou novamente os óculos.

"Eu estou de carro", disse Rebus.

"Você está bem para dirigir?", perguntou Devlin.

"Eu não perdi meu pai, porra!", explodiu Rebus. Depois começou a pedir desculpas.

"Um momento emotivo para todos nós", comentou Devlin, dispensando as desculpas. Depois pegou os óculos e começou a limpá-los mais uma vez, como se o mundo jamais pudesse se revelar nitidamente através de suas lentes.

7

Na terça-feira às onze horas da manhã, Siobhan Clarke e Grant Hood começaram a vasculhar a Victoria Street. Subiram de carro a ponte Jorge IV, esquecendo-se de que Victoria Street era uma rua de mão única. Grant praguejou contra o sinal de contramão e voltou ao tráfego lento em direção ao semáforo da esquina com o Lawnmarket.

"Estacione no meio-fio", disse Siobhan. Ele fez que não com a cabeça. "Por que não?"

"O tráfego já está ruim do jeito que está. É melhor não piorar ainda mais."

Ela riu. "Você sempre segue as regras assim, Grant?"

Ele olhou para Siobhan. "O que está querendo dizer com isso?"

"Nada."

Grant não disse nada, simplesmente virou num sinal de retorno quando pararam a três carros do semáforo. Siobhan não conseguiu deixar de sorrir. O carro dele parecia de um garotão que gostava de velocidade, mas era só uma fachada, pois atrás do volante se encontrava um rapaz bem-educado.

"Está saindo com alguém no momento?", ela perguntou quando o sinal abriu.

Grant pensou numa resposta. "No momento, não", respondeu afinal.

"Há algum tempo eu pensei que você e Ellen Wylie..."

"Nós só trabalhamos juntos num caso!", contestou.

"Tudo bem, tudo bem. É que vocês dois pareciam combinar."

"Nós nos demos bem."

"Foi o que eu quis dizer. Então onde estava o problema?"

O rosto dele corou. "O que você quer dizer com isso?"

"Só fico pensando se a diferença de patente poderia ser um fator. Alguns homens não conseguem aceitar."

"Por ela ser sargento e eu detetive?"

"É."

"A resposta é não. Nem cheguei a pensar nisso."

Chegaram à rótula perto de The Hub. A entrada à direita levava ao Castelo, mas eles viraram à esquerda.

"Para onde estamos indo?", perguntou Siobhan.

"Vou pegar à esquerda na West Port. Com sorte, podemos achar uma vaga no Grassmarket."

"Aposto que vai botar moedas no parquímetro."

"A não ser que você queira fazer as honras."

Ela soltou um suspiro. "Eu sou uma rebelde, garoto", falou.

Eles encontraram uma vaga e Grant colocou algumas moedas na máquina, retirando o tíquete e deixando-o exposto no para-brisa pelo lado de dentro.

"Será que meia hora é suficiente?", perguntou.

Siobhan deu de ombros. "Depende do que encontrarmos."

Os dois passaram pelo *pub* Last Drop, que tinha esse nome porque no passado criminosos costumavam ser enforcados no Grassmarket. Victoria Street era uma curva abrupta que voltava à ponte Jorge IV, ladeada por bares e lojas de presentes. No final da rua, *pubs* e clubes pareciam predominar. Um dos estabelecimentos era um bar e restaurante cubano.

"O que você acha?", perguntou Siobhan.

"Não deve ter muitas estátuas, imagino, a não ser talvez de Fidel Castro."

Eles percorreram a rua toda, depois retornaram. Três restaurantes deste lado, além de um vendedor de queijo e uma loja que comercializava nada mais que cordas e vassouras. O Pierre Victoire foi a primeira parada. Espiando pela vitrine, Siobhan pôde ver que era um espaço relativamente vazio, com pouco em termos de decoração. Entraram assim mesmo, sem se dar ao trabalho de se apresentar. Dez segundos depois estavam de volta à calçada.

"Um a menos, dois para explorar", disse Grant. Não parecia promissor.

Em seguida foi um lugar chamado Grain Store, atrás de uma porta e de um lance de escada. O local estava sendo preparado para a hora do almoço. Não havia nenhuma estátua.

Quando voltaram à rua, Siobhan repetiu a pista. "'E a rainha janta bem em frente ao tronco'." Abanou a cabeça lentamente. "Talvez a gente tenha entendido mal."

"Então a única coisa que podemos fazer é enviar outro e-mail pedindo a ajuda do Enigmista."

"Acho que ele não ia querer ajudar."

Grant deu de ombros. "Na próxima parada podemos ao menos tomar um café? Não comi nada hoje de manhã."

Siobhan estalou a língua. "O que sua mamãe pensaria disso?"

"Diria que dormi demais. E eu responderia que foi por ter passado metade da noite tentando resolver esse maldito enigma." Fez uma pausa. "E que alguém me disse que pagaria o café da manhã..."

O restaurante Bley era a parada final. Prometia "cozinha internacional", mas eles sentiram um ambiente tradicional ao passar pela porta: madeira antiga envernizada, a pequena janela que pouco iluminava o atulhado interior. Siobhan olhou ao redor, mas não viu sequer um vaso de flores.

Voltou-se para Grant, que apontou para uma escada em caracol. "Tem mais um andar."

"Pois não?", disse a atendente.

"Um minuto", respondeu Grant, e seguiu Siobhan escada acima. Uma pequena sala levava a outra. Quando entrou nessa segunda sala, Siobhan suspirou. Grant, atrás dela, pensou no pior. Em seguida a ouviu dizer "bingo", e no mesmo instante viu o busto. Era da rainha Vitória, setenta centímetros de altura, em mármore negro.

"Veja você", disse, sorrindo. "Conseguimos!"

Grant parecia prestes a abraçá-la, mas ela se afastou em direção ao busto. Estava sobre um pequeno pedestal, pilares dos dois lados e cercado por mesas. Siobhan examinou todo o local, mas não conseguiu encontrar nada.

"Vou remover", disse Grant, pegando Vitória pela peruca e erguendo-a do pedestal.

"Com licença", disse uma voz atrás deles. "Algum problema?"

Siobhan enfiou a mão por baixo do busto e retirou uma folha de papel dobrada. Abriu um sorriso para Grant, que se virou para a garçonete.

"Dois chás, por favor", pediu.

"Dois cubos de açúcar no dele", acrescentou Siobhan.

Sentaram-se à mesa mais próxima. Siobhan segurou o papel por um canto. "Será que vamos conseguir alguma digital?", perguntou.

"Vale a pena tentar."

Ela se levantou e andou até uma bandeja de talheres no canto, voltou com uma faca e um garfo. A garçonete quase deixou cair a bandeja ao ver o cliente tentando almoçar uma folha de papel. Foi o que ela pensou.

Grant pegou as xícaras com a garçonete e agradeceu. Depois voltou para Siobhan. "O que está escrito?"

Mas Siobhan se dirigiu à garçonete. "Nós encontramos isso lá embaixo", falou, apontando para o busto. A garçonete aquiesceu. "Tem ideia de como pode ter parado ali?" A garçonete fez que não com a cabeça. Parecia um animalzinho assustado. Grant quis deixá-la mais segura.

"Nós somos da polícia", declarou.

"Seria possível falar com o gerente?", emendou Siobhan.

Quando a garçonete se afastou, Grant repetiu sua pergunta anterior.

"Veja você mesmo", ela respondeu, usando o garfo e a faca para girar o papel na direção dele.

Servo da Lei, O20 de Merlin.
"Só isso?", espantou-se.
"Você enxerga tão bem quanto eu."
Grant coçou a cabeça. "Não é muito para seguir uma pista, não é?"
"Nós não tínhamos muito mais que isso quando começamos."
"Acho que tínhamos mais do que isso."
Ela observou enquanto Grant mexia seu chá. "Se o Enigmista pôs essa pista aqui..."
"Quer dizer que ele é da cidade?", arriscou Grant.
"Ou isso ou está sendo ajudado por alguém daqui."
"Ele conhece este restaurante", continuou Grant, olhando em volta. "Nem todo mundo que entra aqui se daria ao trabalho de subir até este andar."
"Acha que ele pode ser um cliente regular?"
Grant deu de ombros. "Veja só o que temos aqui perto, na ponte Jorge IV. A Biblioteca Central e a Biblioteca Nacional. Acadêmicos e aficionados por leituras são bons em quebra-cabeças."
"Bem pensado. E o museu também não é longe daqui."
"E os tribunais de justiça... e o Parlamento..." Ele sorriu. "Por um segundo achei que estávamos reduzindo as possibilidades."
"Talvez estejamos fazendo isso", disse Siobhan erguendo a xícara como se fizesse um brinde. "À nossa saúde, por termos resolvido o primeiro enigma."
"Quantos mais até chegarmos a Hellbank?"
Siobhan ficou pensativa. "Isso é com o Enigmista, acho. Ele disse que Hellbank era o quarto estágio. Vou mandar um e-mail quando voltarmos, pra que ele fique sabendo." Guardou a folha de papel num recipiente para provas.
Grant estava estudando a pista mais uma vez. "Primeiras impressões?", ela perguntou.
"Estava lembrando um cartaz no anfiteatro da escola, uma brincadeira com números." Escreveu no guardanapo de papel.

70
Se conseguir
60

Siobhan leu em voz alta e sorriu. "Cê tenta. Se conseguir, cê senta", repetiu. "Acha que isso pode dar o significado de O20, como 'ouvinte'?"

Grant deu de ombros. "Pode ser parte de um endereço."

"Ou uma coordenada...?"

Ele olhou para Siobhan. "De um mapa?"

"Mas de que mapa?"

"Talvez seja o que o resto da pista está nos dizendo. Como vão seus estudos de direito?"

"Meus exames foram há muito tempo."

"Os meus também. Servo da Lei? Juízes, advogados, policiais...? Alguma figura histórica? Será que tem a ver com direito?"

"Nós estamos perto da biblioteca", ela sugeriu. "Com uma grande livraria logo ao lado."

Grant consultou o relógio. "Vou pôr mais dinheiro no parquímetro", falou.

Rebus estava em sua mesa, cinco folhas de papel espalhadas à frente. Tinha passado todo o resto para o chão: pastas, memorandos, a coisa toda. A delegacia estava tranquila: a maior parte dos que estavam de serviço se encontrava em Gayfield Square para uma reunião. Ninguém iria agradecer pela pista de obstáculos que ele havia construído na sua ausência. O monitor do computador e o teclado estavam no corredor central entre fileiras de mesas, ao lado da bandeja de papéis.

Sobre a mesa, cinco vidas. Cinco vítimas, possivelmente. Caroline Farmer era a mais jovem. Apenas dezesseis anos quando desapareceu. Finalmente tinha conseguido falar com a mãe dela esta manhã. Não foi um telefonema fácil de se dar.

"Ah, meu Deus, não me diga que surgiu alguma novidade." A súbita explosão de alegria foi esfriada por sua resposta. Mas descobriu o que precisava. Caroline nunca mais tinha voltado. Houve alguns avistamentos não confirmados nos primeiros dias, quando a foto dela apareceu nos jornais. Desde então, mais nada.

"Nós nos mudamos no ano passado", informou a mãe. "Isso significou esvaziar o quarto dela..."

Mas durante o quarto de século antes disso, deduziu Rebus, o quarto de Caroline estivera esperando por ela: os mesmos pôsteres nas paredes, algumas roupas de garota do início dos anos 70 cuidadosamente dobradas nas gavetas da cômoda.

"Na época eles chegaram a pensar que *nós* tínhamos feito algo com ela", continuou a mãe. "Imagine, a própria *família*."

Rebus não quis dizer: é muito frequente ser o pai, um tio ou um primo.

"Depois eles começaram a perturbar o Ronnie."

"O namorado de Caroline?", antecipou Rebus.

"Sim. Era só um garoto."

"Eles tinham se separado, não é?"

"O senhor sabe como eles são nessa idade." Era como se ela falasse de eventos ocorridos uma ou duas semanas antes. Rebus não duvidava de que as lembranças permanecessem vivas, sempre prontas para atormentar seus momentos de vigília, talvez até os de sono também.

"Mas ele foi descartado?"

"Eles desistiram dele, sim. Mas Ronnie nunca mais foi o mesmo depois disso, a família se mudou da região. Ele me escreveu durante alguns anos..."

"Senhora Farmer..."

"Agora é senhora Colquhoun. Joe me deixou."

"Sinto muito."

"Eu não senti nada."

"Teve algo a ver...?" Parou de falar. "Desculpe, não é da minha conta."

"Ele nunca falou muito sobre isso", foi tudo o que disse. Rebus se perguntou se o pai de Caroline tinha conseguido superar o episódio, de uma forma que a mãe não conseguira.

"Pode parecer uma pergunta estranha, senhora Colquhoun, mas será que Dunfermline Glen significava alguma coisa para Caroline?"

"Eu... não sei bem o que está dizendo."

"Nem eu. É que alguma coisa nos chamou a atenção, e estamos pensando se não poderia ter ligação com o desaparecimento da sua filha."

"Que coisa?"

Rebus achou que ela não gostaria de saber sobre o caixão de Glen, por isso usou o velho clichê: "Infelizmente não posso revelar essa informação no momento".

Houve um silêncio de alguns segundos na linha. "Ela gostava de caminhar em Glen."

"Sozinha?"

"Quando sentia vontade." Uma hesitação na voz. "É alguma coisa que vocês encontraram?"

"Não é o que está pensando, senhora Colquhoun."

"Vocês a desenterraram, não é?"

"De jeito nenhum."

"Então o quê?", ela choramingou.

"Infelizmente, não posso..."

Mas ela já tinha desligado o telefone. Rebus ficou olhando para o bocal, depois também desligou.

No banheiro masculino ele passou uma água no rosto. As órbitas de seus olhos estavam empapadas e acinzentadas. Na noite anterior tinha saído de Surgeons' Hall e dirigido até Portobello, estacionando na porta da casa de Jean. As luzes estavam apagadas. Chegou a abrir a porta do carro, mas parou. O que estava pensando em dizer a ela? O que ele queria? Fechou a porta o mais silenciosamente possível e ficou ali sentado, motor e luzes desligados, Hendrix tocando baixinho: "The burning of the midnight lamp".

Quanto voltou à sua mesa, um dos funcionários civis da delegacia tinha acabado de chegar com uma grande caixa de papelão cheia de documentos. Rebus ergueu a tampa e examinou o interior. Na verdade a caixa estava cheia até a metade. Pegou a pasta de cima e leu o rótulo digitado: Paula Jennifer Gearing (nascida Mathieson); data de nascimento — 10/04/50; data de falecimento — 06/07/77. O afogamento de Nairn. Rebus puxou a cadeira, sentou-se e começou a ler. Cerca de vinte minutos depois, enquanto fazia outra anotação numa folha A4, Ellen Wylie chegou.

"Desculpe o atraso", falou, tirando o casaco.

"Sua ideia de 'início de expediente' de certa forma é diferente da minha." Wylie corou, lembrando-se do que havia dito no dia anterior, mas quando se voltou para Rebus ele estava sorrindo.

"O que você tem aí?", perguntou.

"Nossos amigos do norte se deram bem."

"Paula Gearing?"

Rebus fez que sim. "Tinha vinte e sete anos. Casada havia quatro anos com um funcionário de uma plataforma de petróleo no mar do Norte. Trabalhava meio período numa agência de notícias... provavelmente mais pela companhia do que por necessidade financeira."

Wylie andou até a mesa dele. "A hipótese de assassinato foi descartada?"

Rebus tamborilou em suas anotações. "Ninguém nunca conseguiu explicar, segundo o que li até agora. Não parecia um tipo suicida. Também não ajuda em nada o fato de não fazerem ideia do lugar na costa onde ela entrou na água."

"Relatório da perícia?"

"Está aqui. Você pode ligar para Donald Devlin, saber se ele dispõe de algum tempo para nós?"

"O professor Devlin?"

"Foi com ele que me encontrei ontem à tarde. Concordou em analisar as autópsias para nós." Não disse nada sobre as verdadeiras circunstâncias do envolvimento de Devlin, como Gates e Curt tinham recusado sua oferta. "O número dele está na ocorrência", continuou Rebus. "É um dos vizinhos de Philippa Balfour."

"Eu sei. Você leu o jornal de hoje?"

"Não."

Ela tirou o jornal da bolsa e abriu numa das páginas internas. Um retrato falado: o homem que Devlin vira na rua nos dias que precederam o desaparecimento de Philippa.

"Pode ser qualquer um", comentou Rebus.

Wylie concordou com a cabeça. Cabelo curto e escuro, nariz reto, olhos amendoados e uma linha fina no lugar da boca. "Estamos ficando desesperados, não é?", ela declarou.

Foi a vez de Rebus concordar. Liberar o retrato falado para a imprensa, especialmente um tão generalizado, era um ato de desespero. "Ligue para o Devlin", recomendou.

"Sim, senhor."

Ela pegou o jornal, sentou-se a uma mesa vaga e sacudiu a cabeça, como se estivesse se livrando de teias de aranha. Em seguida pegou o telefone, preparando-se para a primeira ligação de mais um longo dia.

Rebus voltou à sua leitura, mas não por muito tempo. Um nome saltou aos seus olhos, o nome de um dos policiais envolvidos na investigação de Nairn.

Um inspetor-detetive com o sobrenome Watson.

Farmer.

"Desculpe o incômodo, senhor."

Farmer sorriu, deu um tapa no ombro de Rebus. "Rebus, você não precisa mais me chamar de 'senhor'."

Fez sinal para Rebus ir à sua frente pelo corredor. Era uma fazenda reformada um pouco ao sul do anel viário. As paredes internas eram pintadas de verde-claro e os móveis datavam dos anos 50 e 60. Uma das paredes fora derrubada de forma que a cozinha ficasse separada da sala apenas por um balcão e uma copa. A mesa de jantar brilhava. As superfícies dos móveis da cozinha estavam igualmente limpas e o fogão era imaculado, sem nenhum prato ou panela sujos à vista.

"Toma alguma coisa?", perguntou Farmer.

"Uma xícara de chá cairia bem."

Farmer deu risada. "Meu café sempre assustou você, não é?"

"Você foi melhorando com o passar do tempo."

"Sente-se. Eu não vou demorar."

Rebus fez um giro pela sala de estar. Armários de portas de vidro com louça e enfeites. Fotos de família emolduradas. Reconheceu um casal que até pouco tempo decorava o escritório de Farmer. O tapete havia sido aspirado, o espelho e a TV não mostravam sinais de poeira. Rebus andou até as portas francesas e observou um pequeno jardim que terminava em uma subida gramada.

"A faxineira veio hoje, não foi?", comentou.

Farmer riu outra vez, depositando uma bandeja sobre a bancada. "Eu gosto de um pouco de trabalho doméstico", respondeu. "Desde que Arlene faleceu."

Rebus se virou, olhando novamente para as fotos emolduradas. Farmer e a esposa no casamento de alguém, em uma praia no exterior, e numa reunião com os netos. Farmer sorria, a boca sempre entreaberta. A esposa era um pouco mais reservada, talvez uns trinta centímetros mais baixa que ele e com a metade do peso. Tinha morrido havia alguns anos.

"Talvez seja minha maneira de me lembrar dela", disse Farmer.

Rebus concordou: Farmer ainda não tinha superado o fato. Imaginou se as roupas dela ainda estavam no guarda-roupa, as joias numa caixa ou em alguma gaveta...

"Como Gill está se saindo?"

Rebus andou em direção à cozinha. "Ela anda uma fera", respondeu. "Ordenou que eu fizesse um exame médico e pisou na bola com Ellen Wylie."

"Eu vi a coletiva de imprensa", admitiu Farmer, examinando a bandeja para ver se não havia se esquecido de nada. "Gill não deu tempo para Ellen se virar sozinha."

"Foi de propósito", acrescentou Rebus.

"Talvez."

"É estranho não tê-lo por perto, senhor." Rebus enfatizou a última palavra. Farmer sorriu.

"Muito obrigado, John." Andou até o fogão, onde a chaleira estava começando a ferver. "De qualquer forma, estou imaginando que esta não seja uma visita estritamente sentimental."

"Não. É sobre um caso em que trabalhou em Nairn."

"Nairn?" Farmer arqueou uma sobrancelha. "Isso foi há vinte e tantos anos. Eu fui de West Lothian até lá. Na época eu trabalhava em Inverness."

"Sim, mas foi até Nairn para investigar um afogamento."

Farmer pensou um momento. "Ah, sim", disse afinal. "Qual era o nome dela?"

"Paula Gearing."

"Gearing, isso mesmo." Estalou os dedos, atento para não parecer esquecido. "Mas o caso está morto e enterrado, não é... se me perdoa a expressão?"

"Não estou bem certo, senhor." Rebus observou Farmer despejar água no bule de chá.

"Bem, vamos levar isso para a sala e você me fala a respeito."

Então Rebus contou a história mais uma vez: a boneca em Falls, depois o mistério de Arthurs' Seat e a série de afogamentos e desaparecimentos entre 1972 e 1995. Tinha trazido os recortes com ele, e Farmer os examinou com atenção.

"Eu não sabia da boneca na praia de Nairn", admitiu. "Na época eu estava em Inverness. Até onde soube, a morte de Gearing era um caso encerrado."

"Ninguém fez essa ligação na época. O corpo de Paula foi arrastado pelo rio até uma distância de seis quilômetros da cidade. Se alguém pensou em alguma relação, provavelmente imaginou ser uma espécie de homenagem póstuma para ela." Fez uma pausa. "Gill não está convencida da existência de uma conexão."

Farmer anuiu. "Ela está pensando como isso pareceria num tribunal de justiça. Tudo o que você tem aqui é circunstancial."

"Eu sei."

"Mesmo assim..." Farmer reclinou-se. "É uma boa sequência de circunstâncias."

Os ombros de Rebus relaxaram. Farmer pareceu perceber, e sorriu. "Péssima sincronia, não é, John? Eu me aposento um pouco antes de você me convencer de que topou com alguma coisa."

"Quem sabe uma conversa sua com Gill possa fazer que mude de opinião."

Farmer fez que não com a cabeça. "Acho que ela não me escutaria. Gill está no comando agora... sabe muito bem que minha vida útil acabou."

"Isso é um tanto quanto radical."

Farmer olhou para ele. "Mas você sabe que é assim mesmo. É a ela que você precisa convencer, não um velho de chinelos em casa."

"O senhor não é nem dez anos mais velho que eu."

"Espero que você viva para saber, John, mas os cinquenta são muito diferentes dos sessenta. Talvez esse exame médico não seja uma má ideia, hein?"

"Mesmo se eu já souber o que o médico vai dizer?" Rebus ergueu a xícara e tomou o resto do chá.

Farmer tinha pegado o recorte outra vez. "O que você quer que eu faça?"

"O senhor disse que o caso estava encerrado. Talvez possa pensar a respeito, lembrar se houve alguma incongruência na época... qualquer coisa, não importa se insignificante ou aparentemente secundária." Fez uma pausa. "Eu ia perguntar se sabia o que aconteceu com a boneca."

"Mas agora sabe que a boneca é novidade para mim."

Rebus assentiu.

"Você quer todas as cinco bonecas, não é?", perguntou Farmer.

Rebus admitiu que sim. "Pode ser a única forma de provar que estão relacionadas."

"Quer dizer que quem tiver deixado a primeira boneca, em 1972, também deixou uma para Philippa Balfour?"

Rebus fez que sim mais uma vez.

"Se alguém pode fazer isso é você, John. Sempre tive confiança nas suas convicções e na sua incapacidade de obedecer aos superiores."

Rebus depositou a xícara no pires. "Vou considerar isso como um elogio", falou. Olhando pela sala outra vez, preparando-se para se levantar e fazer suas despedidas, uma coisa o deixou chocado. Aquela casa era agora a única coisa que Farmer controlava. Mantinha o lugar em ordem da mesma forma como controlava St. Leonard's. E se um dia perdesse a força de vontade ou a capacidade de mantê-la em ordem, ele simplesmente morreria.

"Já estou perdendo a esperança", disse Siobhan Clarke.

Os dois tinham passado quase três horas na Biblioteca Central e gastado quase cinquenta libras numa livraria, comprando mapas e guias turísticos da Escócia. Agora estavam na cafeteria Elephant House, onde ocupavam uma mesa para seis pessoas. Era ao lado da janela dos fundos, e Grant Hood observava a vista da Greyfriars Churchyard e do Castelo.

Siobhan olhou para ele. "Você já desligou?"

Ele manteve os olhos na paisagem. "Às vezes é necessário."

"Bem, obrigada pelo apoio." As palavras saíram mais irritadas do que pretendia.

"É a melhor coisa que se pode fazer", ele continuou, ignorando o tom de voz dela. "Tem dias que empaco em alguma palavra cruzada. Não fico remoendo na cabeça. Simplesmente ponho de lado e volto mais tarde. E costumo perceber que as respostas surgem no mesmo instante." Virou-se para ela. "O negócio é que a gente se fixa num certo caminho, até que afinal não se consegue ver todas as opções." Levantou-se, andou até onde a cafeteria mantinha os jornais e retornou com o *Scotsman* do dia. "Peter Bree", falou, dobrando o jornal de forma que as palavras cruzadas da última página ficassem para cima. "Ele é enigmático, mas não recorre a anagramas, como fazem os outros."

Grant mostrou o jornal e ela viu que Peter Bree era o nome do compilador das palavras cruzadas.

"Doze letras", continuou Grant. "Ele me fez procurar o nome de uma antiga arma romana. Mas no fim era um anagrama."

"Muito interessante", comentou Siobhan, jogando o jornal na mesa, onde cobriu meia dúzia de livros e mapas.

"Só estou tentando explicar que às vezes a gente precisa desanuviar a cabeça por um tempo, começar do zero outra vez."

Siobhan olhou para ele. "Está insinuando que perdemos metade do dia?"

Grant deu de ombros.

"Ora, muito obrigada!" Levantou-se da cadeira e caminhou a passos largos para o toalete. Uma vez lá dentro, inclinou-se sobre a pia e ficou olhando para a superfície branca e brilhante. O pior é que sabia que Grant tinha razão. Mas não conseguia encarar isso da mesma forma que ele. Não queria jogar esse jogo, mas agora estava fascinada por ele. Ficou imaginando se Flip Balfour tinha ficado obcecada da mesma forma. Se houvesse empacado, será que teria pedido ajuda? Siobhan lembrou a si mesma que ainda precisava perguntar sobre o jogo aos amigos e à família de Flip. Ninguém tinha mencionado nada nas dezenas de interrogatórios, mas até aí, por que deveriam? Talvez para eles fosse somente um divertimento, um jogo de computador. Nada com que se preocupar...

Gill Templer lhe tinha oferecido o cargo de porta-voz, mas só depois de elaborar o ritual de humilhação de Ellen Wylie. Seria agradável pensar que recusara a proposta em respeito a um sentimento de solidariedade em relação a Wylie, mas uma coisa não tinha nada a ver com a outra. Siobhan temia que aquilo estivesse mais relacionado à influência de John Rebus. Já trabalhava com ele havia alguns anos, e entendia tanto sua força quanto suas fraquezas. E numa avaliação geral, assim como muitos outros policiais, ela preferia uma abordagem independente, e gostaria de continuar agindo assim. Mas a força policial tinha outras ideias. Só poderia haver lugar para um Rebus, e enquanto isso ela teria que aproveitar as oportunidades que surgissem. Tudo bem, então seria por conta de Gill Templer: ela obedeceria às ordens, apoiaria sua chefe, nunca assumiria riscos. E estaria segura, continuaria a subir na hierarquia... Inspetora-detetive, depois talvez inspetora-chefe de detetives aos quarenta anos. Percebia agora que Gill a convidara para os drinques e o jantar naquela noite para mostrar como as coisas eram. Era preciso cultivar e tratar bem os amigos certos. Se fosse paciente, receberia as recompensas. Uma lição para Ellen Wylie, e outra bem diferente para ela.

De volta ao salão da cafeteria, observou Grant Hood completar as palavras cruzadas e afastar o jornal, reclinando-se na cadeira e guardando a caneta no bolso com despreocupação. Fazia força para não olhar para a mesa ao lado, onde uma mulher solitária tomava um café e apreciava o desempenho dele por cima do livro que lia.

Siobhan se aproximou. "Achei que já tinha feito essa", falou, acenando em direção ao *Scotsman*.

"Na segunda vez é mais fácil", ele respondeu numa voz que, um pouco mais baixa, seria inaudível. "Por que esse sorriso?"

A mulher ao lado tinha voltado ao livro. Era alguma coisa de Muriel Spark. "Estava me lembrando de uma antiga canção", respondeu Siobhan.

Grant a encarou, mas ela não estava a fim de esclarecer nada, por isso ele estendeu a mão e apontou as palavras cruzadas. "Você sabe o que é um homófono?"

"Não, mas soa como algo ofensivo."

"É quando uma palavra tem o mesmo som de outra. As palavras cruzadas usam isso o tempo todo. Hoje mesmo encontrei uma delas, e nessa segunda vez isso me fez pensar."

"Pensar no quê?"

"Sobre esta última pista: 'Servo da Lei'. Ficamos pensando em 'servo' com o significado de criado ou servidor, certo?"

Siobhan concordou.

"Mas pode ser um homófono."

"Não estou entendendo." Mas encaixou uma perna embaixo da outra e inclinou-se para a frente, interessada.

"Poderia estar dizendo que a palavra que desejamos não é s-e-r-v-o, mas sim c-e-r-v-o."

Siobhan franziu o cenho. "Então terminamos com 'Cervo da Lei, O20 de Merlin? Será impressão minha ou isso faz ainda menos sentido que antes?"

Grant deu de ombros, voltou a atenção para a janela outra vez. "Se você pensa dessa forma."

Ela deu um tapa na perna dele. "Não seja assim."

"Você acha que é a única que pode mudar de humor?"

"Desculpe."

Grant olhou para ela. Siobhan estava sorrindo outra vez. "Agora... não tem uma história da origem do nome Holyrood? Um dos reis de antigamente disparando flechas num cervo?"

"Não faço ideia."

"Com licença." A voz vinha da mesa ao lado. "Não pude deixar de ouvir." A mulher colocou o livro na mesa. "Foi o rei Davi i, no século xii."

"Foi mesmo?", admirou-se Siobhan.

A mulher ignorou seu tom de voz. "O rei estava caçando quando um cervo o jogou no chão. Ele tentou se gurar o bicho pelos chifres e percebeu que eles tinham desaparecido e que em vez disso estava segurando uma cruz. Holyrood significa santa cruz. Davi viu isso como um presságio e construiu a abadia de Holyrood."

"Muito obrigado", disse Grant Hood. A mulher acenou com a cabeça e voltou para o livro. "É bom saber que há pessoas cultas no mundo", acrescentou, para que Siobhan ouvisse. Ela estreitou os olhos e franziu o nariz. "Então pode ter algo a ver com o Palácio de Holyrood."

"Talvez um dos aposentos fosse chamado de O20", observou Siobhan. "Como uma sala de aula."

Grant percebeu que ela não estava falando sério. "Pode haver uma parte da lei relacionada com Holyrood... seria uma outra ligação com a nobreza, como a rainha Vitória."

Siobhan descruzou os braços. "Pode ser", admitiu.

"Então só precisamos encontrar um advogado amigo."

"Será que alguém da Procuradoria poderia ajudar?", indagou Siobhan. "Se for o caso, acho que eu conheço a pessoa certa."

O Tribunal de Justiça se situava em um prédio novo na Chambers Street, em frente ao complexo do museu. Grant correu de volta até o Grassmarket para colocar moedas no parquímetro, a despeito dos protestos de Siobhan de que ficaria mais barato ser multado. Ela chegou antes e perguntou a diversas pessoas até localizar Harriet Brough. A advogada vestia um terninho de *tweed* com meias cinza e sapato preto de salto baixo. Mas com os quadris em destaque, Siobhan não pôde deixar de notar.

"Minha querida, que maravilha", exclamou Brough, pegando a mão de Siobhan e movendo seu braço como se fosse uma bomba-d'água. "Simplesmente maravilhoso." Siobhan notou que a maquiagem da mulher mais velha só servia para salientar as rugas e as marcas da pele, dando ao seu rosto um ar espalhafatoso.

"Espero não estar incomodando", começou Siobhan. "De modo algum." As duas estavam na entrada principal do tribunal, cheia de advogados e oficiais de justiça, pessoal de segurança e famílias com expressões preocupadas. Em outros locais do edifício, culpa e inocência eram julgadas, sentenças eram proferidas. "Você está aqui por conta de algum julgamento?"

"Não, estou com uma dúvida e pensei que talvez pudesse me ajudar."

"Seria um grande prazer."

"É sobre um bilhete que encontrei. Pode estar relacionado com um caso, mas está numa espécie de código."

Os olhos da advogada se alargaram. "Que emoção", exclamou. "Vamos arrumar um lugar para sentar e você me conta tudo a respeito."

As duas encontraram um banco livre e se sentaram. Brough leu o bilhete através do saco de polietileno. Siobhan observou enquanto ela repetia as palavras em silêncio, franzindo o cenho.

"Sinto muito", disse afinal. "Talvez o contexto pudesse ajudar."

"É uma investigação de pessoa desaparecida", explicou Siobhan. "Achamos que ela pode estar participando de um jogo."

"E você precisa resolver isso para chegar ao próximo estágio? Que interessante."

Grant Hood chegou, respiração ofegante. Siobhan o apresentou a Harriet Brough.

"Alguma coisa?", perguntou. Siobhan meneou a cabeça. Ele olhou para a advogada. "O20 não significa nada no Direito escocês? Algum parágrafo ou subseção?"

"Ora, meu rapaz", riu Brough, "pode haver centenas de exemplos, embora fosse mais provável ser 20-O do que O-20. Nós usamos primeiro os numerais, como regra geral."

Hood aquiesceu. "Então seria 'parágrafo 20, subseção O'?"

"Exatamente."

"A primeira pista", interveio Siobhan, "tinha ligação com a realeza. A resposta era Vitória. Estamos pensando se esta não teria algo a ver com Holyrood." Ela explicou seu raciocínio, e Brough deu outra olhada na anotação.

"Ah, vocês dois são mais espertos que eu", reconheceu. "Talvez minha cabeça de advogada seja literal demais." Fez menção de devolver o bilhete a Siobhan, mas o pegou de volta. "Será que a palavra 'Lei' não está aqui para desviar a atenção?"

"Como assim?", perguntou Siobhan.

"É que, se a pista for intencionalmente obscura, quem a escreveu pode ter pensado de forma tortuosa."

Siobhan olhou para Hood, que apenas deu de ombros. Brough estava apontando para a nota.

"Uma coisa que aprendi no tempo em que fazia caminhadas", ela falou, "foi que Merlin costumava vagar por algumas colinas da Escócia..."

Rebus estava ao telefone com o gerente do Huntingtower Hotel.

"Então pode estar no depósito?"

"Não tenho certeza", respondeu o gerente.

"Pode dar uma olhada? Talvez fazer algumas perguntas, verificar se alguém sabe?"

"Pode ter sido jogado fora em alguma manutenção."

"Esse é o tipo de atitude positiva que eu estimulo, senhor Ballantine."

"Talvez a pessoa que o encontrou..."

"O homem disse que o entregou à gerência." Rebus já tinha ligado para o *Courier* e conversado com o repórter que cobrira o caso. O repórter se mostrara curioso, e Rebus admitiu que outro caixão havia aparecido em Edimburgo, ao mesmo tempo que ressaltava que qualquer ligação era "o maior chute da história". A última coisa que desejava era a mídia farejando o assunto. O repórter revelou o nome do homem cujo cão havia encontrado o caixão. Algumas ligações depois, Rebus tinha localizado o homem, apenas para ser informado de que havia deixado o caixão no Huntingtower e não pensara mais no assunto.

"Bem", o gerente estava dizendo, "não posso prometer nada..."

"Me informe assim que souber", replicou Rebus, repetindo seu nome e número de telefone. "É uma emergência, senhor Ballantine."

"Vou fazer o possível", disse o gerente com um suspiro.

Rebus desligou o telefone e olhou para a outra mesa, onde Ellen Wylie estava com Donald Devlin. Devlin usava outro cardigã antigo, dessa vez com a maior parte dos botões intactos. Os dois tentavam localizar as anotações da autópsia do afogamento de Glasgow. Pela expressão de Wylie, não estavam com muita sorte. Devlin, sentado numa cadeira ao lado da dela, se inclinava na sua direção enquanto ela falava ao telefone. O jeito era de quem tentava ouvir o que era dito, mas Rebus percebeu que Wylie não estava gostando. Procurava disfarçadamente afastar a cadeira, posicionando o corpo de forma a virar as costas e o ombro para o patologista. Até agora ela havia evitado contato visual com Rebus.

Fez uma anotação para si mesmo sobre o Huntingtower, em seguida voltou ao telefone. O caixão de Glasgow apresentava mais dificuldades. A repórter que cobrira a história tinha se mudado. Ninguém na redação conseguia lembrar nada a respeito. Finalmente Rebus conseguiu um número da paróquia da igreja e falou com o reverendo Martine.

"O senhor tem alguma ideia do que aconteceu com o caixão?", perguntou.

"Acho que a jornalista o levou", respondeu o reverendo Martine.

Rebus agradeceu e tornou a ligar para o jornal, onde afinal conseguiu falar com o editor, que queria saber da história de Rebus. Por isso explicou sobre o "caixão de

Edimburgo" e como estava trabalhando para o Departamento de Tiros no Escuro.

"Esse caixão de Edimburgo, onde foi encontrado exatamente?"

"Perto do Castelo", informou Rebus displicentemente. Quase podia ver o editor fazendo uma anotação para si mesmo, talvez pensando numa sequência da matéria.

Depois de mais ou menos um minuto, Rebus foi transferido para o Departamento Pessoal, que lhe passou o novo endereço da jornalista, cujo nome era Jenny Gabriel. Era um endereço de Londres.

"Ela foi trabalhar num jornal grande", afirmou o gerente do departamento. "Jenny sempre quis isso."

Rebus saiu e trouxe café, bolo e quatro jornais: *Times*, *Telegraph*, *Guardian* e *Independent*. Folheou todos, verificando os créditos, mas não encontrou o nome de Jenny Gabriel. Sem se deixar abater, ligou para cada um dos jornais e perguntou pelo nome. Na terceira tentativa a telefonista pediu que aguardasse. Olhou para a frente e viu Devlin derrubando migalhas de bolo na mesa de Wylie.

"Vou transferir a ligação."

As palavras mais doces que Rebus ouvia naquele dia. Alguém atendeu o chamado.

"Redação."

"Jenny Gabriel, por favor", disse Rebus.

"É ela."

Era hora de fazer o discurso outra vez.

"Meu Deus", exclamou afinal a repórter, "isso aconteceu há vinte anos!"

"Mais ou menos", concordou Rebus. "Imagino que você não tenha mais a boneca."

"Não, não tenho." Rebus sentiu o coração afundar um pouco. "Dei para um amigo quando me mudei para cá. Ele sempre foi fascinado por aquilo."

"Alguma possibilidade de me pôr em contato com ele?"

"Um momento, vou pegar o telefone..." Houve uma pausa. Rebus passou o tempo de espera desmontando sua caneta esferográfica. Percebeu que tinha apenas uma vaga noção de como aquelas canetas funcionavam. Mola, corpo, carga... gostaria de desmontar tudo, mas foi esperto e voltou a montá-la.

"Na verdade ele está em Edimburgo", disse Jenny Gabriel. Depois deu o número do telefone. O nome do amigo era Dominic Mann.

"Muito obrigado", finalizou Rebus, desligando. Dominic Mann não estava em casa, mas a secretária eletrônica deu a Rebus um número de celular no qual o encontraria. A ligação foi atendida.

"Alô?"

"Dominic Mann...?" E Rebus contou tudo de novo, dessa vez conseguindo o resultado desejado. Mann ainda tinha o caixão, e poderia deixá-lo em St. Leonard's mais tarde naquele mesmo dia.

"Fico muito agradecido", falou Rebus. "Coisa estranha para se guardar durante todos esses anos..."

"Eu estava planejando usar em uma de minhas instalações."

"Instalações?"

"Eu sou artista. Pelo menos era. Hoje em dia administro uma galeria."

"Mas ainda pinta?"

"Raramente. Ainda bem que acabei não utilizando o caixão. Poderia estar coberto de tinta e ataduras e já vendido a algum colecionador."

Rebus agradeceu ao artista e desligou o telefone. Devlin tinha terminado seu bolo. Wylie havia deixado o seu de lado, e agora o velho o olhava com certa cobiça. O caixão de Nairn foi mais fácil: duas ligações proporcionaram o resultado que Rebus desejava. Um repórter falou que faria algumas averiguações e ligou depois com o número de alguém em Nairn, que por sua vez fez algumas averiguações e encontrou o caixão guardado num barracão nas proximidades.

"Quer que eu mande pelo correio?"

"Por favor", respondeu Rebus. "Encomenda expressa." Tinha pensado em mandar uma viatura, mas achou que o orçamento não comportaria. Havia vários memorandos voando sobre o assunto.

"E quanto à taxa postal?"

"Anexe o recibo e vou providenciar para que seja ressarcido."

A pessoa do outro lado pensou a respeito. "Acho que tudo bem. Vou ter que confiar em você, não é?"

"Se não puder confiar na polícia, em quem vai poder confiar?"

Desligou o telefone e olhou para a mesa de Wylie mais uma vez. "Alguma novidade?", perguntou.

"Chegando lá", ela respondeu, a voz cansada e irritada. Devlin se levantou, migalhas caindo do colo, e perguntou onde era o "mictório". Rebus apontou a direção. Devlin começou a andar, mas fez uma pausa na frente de Rebus.

"Você não imagina o quanto estou gostando de tudo isso."

"Ainda bem que alguém está feliz, professor."

Devlin espetou um dedo na lapela do paletó de Rebus. "Acho que *você* está no seu elemento." Sorriu e saiu da sala. Rebus andou até a mesa de Wylie.

"É melhor comer esse bolo antes que ele comece a babar."

Ela pensou na ideia, depois partiu o bolo em dois e colocou metade na boca.

"Consegui alguma coisa com as bonecas", disse Rebus. "Dois caixões localizados, e a possibilidade de um terceiro."

Ela deu um gole no café, para ajudar a descer a massa doce e esponjosa. "Então está se dando melhor do que nós." Observou o resto do bolo, mas logo depois o jogou na lata de lixo. "Sem querer ofender", desculpou-se.

"O professor Devlin não vai gostar disso."

"Tomara mesmo."

"Ele está aqui para ajudar, lembra?"

Wylie olhou para ele. "Ele cheira mal."

"É mesmo?"

"Você não percebeu?"

"Acho que não."

Examinou-o como se aquele comentário dissesse muito sobre ele. Depois relaxou os ombros. "Por que você pediu minha ajuda? Eu não sirvo para nada. Todos esses repórteres e espectadores viram na TV. Todo mundo sabe. Você tem alguma queda por aleijados ou coisa assim?"

"Minha filha é aleijada", ele falou em voz baixa.

O rosto dela se afogueou. "Meu Deus, eu não quis..."

"Mas, para responder sua pergunta, a única pessoa por aqui que parece ter problemas com Ellen Wylie é a própria Ellen Wylie."

Ela levou a mão ao rosto, como se tentasse forçar a descida do sangue. "Diga isso a Gill Templer", declarou afinal.

"Gill precipitou as coisas. Mas não é o fim do mundo." O telefone dele tocou. Começou a andar de volta à sua mesa. "Certo?", falou. Quando ela concordou, ele se virou e atendeu o telefone. Era do Huntingtower. Tinham encontrado o caixão em um celeiro usado para objetos perdidos. Algumas décadas de acúmulo de guarda-chuvas, óculos, chapéus, casacos e câmeras.

"Impressionantes as coisas que se encontram lá", disse o sr. Ballantine. Mas Rebus só estava interessado no caixão.

"O senhor pode me enviar via expressa? Posso providenciar para que seja ressarcido..."

Quando Devlin voltou, Rebus estava na trilha do caixão de Dunfermline, mas dessa vez se chocou contra uma parede. Ninguém — habitantes locais, imprensa, polícia — parecia saber o que havia acontecido com ele. Rebus conseguiu algumas promessas de perguntas a serem feitas, mas não teve muita esperança. Quase trinta anos tinham se passado; seria pouco provável que aparecesse.

Na outra mesa, Devlin estava batendo palmas em silêncio enquanto Wylie terminava outra ligação. Ela olhou para Rebus.

"O relatório da autópsia de Hazel Gibbs está a caminho", informou. Rebus encarou o olhar dela por alguns instantes, depois anuiu lentamente e sorriu. O telefone soou outra vez. Dessa vez era Siobhan.

"Vou ter uma conversa com David Costello", falou. "Se você não estiver fazendo nada..."

"Você não estava de parceria com Grant?"

"A inspetora-chefe Templer o sequestrou por algumas horas."

"É mesmo? Talvez ela esteja oferecendo o seu cargo de porta-voz."

"Eu me recuso a cair em suas provocações. Você vem ou não vem...?"

Costello estava em seu apartamento. Quando abriu a porta, parecia assustado. Siobhan assegurou que não se tratava de más notícias. Ele pareceu não acreditar nela.

"Podemos entrar, David?", perguntou Rebus. Costello olhou para ele pela primeira vez, depois concordou lentamente. Aos olhos de Rebus, ele usava as mesmas roupas que em sua última visita, e a sala não parecia ter sido arrumada nesse ínterim. Estava com a barba crescida também, mas parecia ser intencional, pois insistia em passar os dedos nos pelos.

"Mas existe alguma notícia?", perguntou, jogando-se no sofá enquanto Rebus e Siobhan continuavam em pé.

"Fragmentos de informação", respondeu Rebus.

"Mas vocês não podem entrar em detalhes?" Costello continuou se agitando, tentando se sentir à vontade.

"Na verdade, David", começou Siobhan, "os detalhes — ao menos alguns deles — são a razão de estarmos aqui." Entregou uma folha de papel.

"O que é isso?", indagou.

"É a primeira pista de um jogo. Um jogo que achamos que Flip estava jogando."

Costello sentou-se na beira do sofá, leu a mensagem mais uma vez. "Que tipo de jogo?"

"Um jogo que encontramos na internet. É coordenado por um tal de Enigmista. Cada pista solucionada leva o jogador para o nível seguinte. Flip estava num nível chamado Hellbank. Talvez ela tenha resolvido esse também, nós não sabemos."

"A Flip?" Costello parecia hesitante.

"Você nunca ouviu falar?"

Ele fez que não com a cabeça. "Ela nunca me falou nada a respeito." Olhou em direção a Rebus, mas Rebus tinha pegado um livro de poesia.

"Sabe se ela se interessava por algum jogo?", perguntou Siobhan.

Costello deu de ombros. "Coisas caseiras. Você sabe, charadas e coisas do gênero. Talvez Trivial Pursuit ou Tabu."

"Mas não jogos de fantasia? RPG?"

Ele negou com a cabeça, lentamente.

"Nada na internet?"

Costello cofiou a barba eriçada outra vez. "Isso é novidade para mim." Passou o olhar de Siobhan para Rebus e voltou a Siobhan. "Você tem *certeza* de que era a Flip?"

"Estamos bem certos disso", afirmou Siobhan.

"E acham que tem alguma relação com o desaparecimento dela?"

Siobhan fez um gesto vago e olhou na direção de Rebus, imaginando se ele tinha algo a acrescentar. Mas Rebus parecia absorto nos próprios pensamentos. Estava se lembrando do que a mãe de Flip Balfour tinha dito sobre Costello, como ele havia atiçado Flip contra a própria família. E quando Rebus perguntou por quê, ela dissera: "Por ser quem ele é".

"Interessante esse poema", comentou Rebus, acenando com o livro. Na verdade parecia mais um folheto, com capa cor-de-rosa e ilustrações desenhadas. Depois recitou alguns versos:

"'Ninguém morre por ser malvado,/ Morre por estar disponível'."

Rebus fechou o livro e o pôs de lado. "Eu nunca tinha pensado, mas é verdade", declarou. Fez uma pausa para acender um cigarro. "Você se lembra da nossa conversa, David?" Deu uma tragada, depois se lembrou de oferecer o maço a Costello, que recusou com um movimento de cabeça. A meia garrafa de uísque estava vazia, assim como meia dúzia de latas de cerveja. Rebus podia vê-las no chão perto da cozinha, juntamente com canecas, pratos e garfos e a embalagem de uma refeição para viagem. Tinha deduzido que Costello não bebia habitualmente; talvez devesse rever essa opinião. "Eu perguntei se Flip poderia ter conhecido alguém, e você respondeu que ela teria contado. Você disse que ela não conseguia guardar as coisas para si mesma."

Costello estava concordando.

"E agora temos esse jogo que estava jogando. E não é um jogo fácil, um bocado de enigmas e jogos de palavras. Ela pode ter precisado de ajuda."

"Não comigo."

"E ela nunca mencionou a internet, ou alguém chamado Enigmista?"

Costello negou com a cabeça. "Quem é esse Enigmista afinal?"

"Nós não sabemos", admitiu Siobhan, em seguida andou até a estante de livros.

"Mas ele vai aparecer, não vai?"

"Gostaríamos que isso acontecesse." Siobhan ergueu o soldadinho de brinquedo da prateleira. "Isso é a peça de um jogo, não é?"

Costello virou a cabeça para olhar. "É?"

"Você não joga?"

"Eu nem sei ao certo de onde isso surgiu."

"Mas ele esteve na guerra", observou Siobhan, examinando o mosquete quebrado.

Rebus olhou para onde estava o computador de Costello — um laptop — ligado e na espera. Havia livros na mesa ao lado do teclado e uma folha impressa embaixo de uma impressora. "Suponho que você também navega na internet, não é, David?"

"E quem não navega?"

Siobhan forçou um sorriso, devolveu o soldadinho para seu lugar. "O inspetor Rebus aqui continua se engalfinhando com máquinas de escrever elétricas."

Rebus percebeu o que ela estava fazendo: tentando amolecer Costello usando Rebus como personagem de piada.

"Para mim", começou Rebus, "navegar é o que fazem os marinheiros."

Isso provocou um sorriso em Costello. *Por ser quem ele é...* Mas quem era na verdade David Costello? Rebus começava a refletir a respeito.

"David, se a Flip não contou isso a você", Siobhan dizia agora, "será que não haveria outras coisas que ela manteve em segredo?"

Costello confirmou mais uma vez. Ainda continuava se mexendo no sofá, como se nunca mais fosse conseguir se sentir à vontade. "Talvez eu não a conhecesse de fato", concedeu. Examinou a pista outra vez. "O que isso significa, vocês sabem?"

"Flip resolveu essa pista", respondeu Rebus. "Mas só conseguiu ser conduzida a uma segunda pista."

Siobhan entregou a ele uma cópia do segundo bilhete. "Faz menos sentido ainda do que a primeira", observou Costello. "Realmente não consigo ver a Flip fazendo isso. Ela não se ligava nessas coisas." Fez menção de devolver o bilhete.

"E quanto aos outros amigos dela?", indagou Siobhan. "Algum deles gosta de jogos, quebra-cabeças?"

Os olhos de Costello se fixaram nela. "Acha que um deles poderia...?"

"Só estou imaginando se Flip poderia ter pedido ajuda a alguém mais."

Costello ficou pensativo. "Ninguém", disse afinal. "Ninguém que eu consiga lembrar." Siobhan pegou o segundo bilhete da mão dele. "E essas pistas aí?", ele perguntou. "Vocês sabem o que significam?"

Ela examinou a pista talvez pela quadragésima vez. "Não", admitiu. "Ainda não."

Algum tempo depois, Siobhan levou Rebus de carro até St. Leonard's. Os dois ficaram em silêncio durante os primeiros minutos. O trânsito estava ruim. O horário de pico do final da tarde parecia começar mais cedo a cada semana.

"O que você acha?", perguntou Siobhan.

"Acho que chegaríamos mais depressa andando."

Era mais ou menos a resposta que ela esperava. "Essas suas bonecas nos caixões, tem alguma coisa de jogo nelas, não tem?"

"Um joguinho esquisito, se quer saber."

"Tão esquisito quanto passar enigmas pela internet."

Rebus concordou, mas não acrescentou mais nada.

"Eu não gostaria de ser a única a ver uma relação entre essas coisas", emendou Siobhan.

"Quer minha opinião?", especulou Rebus. "Acho que há um potencial, não é?"

Foi a vez de Siobhan concordar. "*Se* todas as bonecas estiverem relacionadas."

"Dá um tempo para a gente", disse Rebus. "Enquanto isso, um pouco de informação sobre Costello poderia ajudar."

"Ele me pareceu sincero. A expressão do rosto quando abriu a porta, parecia com muito medo de que tivesse acontecido alguma coisa. Além do mais, essas informações já foram levantadas, não?"

"Isso não quer dizer que tenhamos descoberto tudo. Se me lembro bem, foi Hi-Ho Silvers que recebeu essa tarefa, e aquele pilantra é tão preguiçoso que acha que ócio é um esporte olímpico." Virou o rosto para ela. "E quanto a você?"

"Eu pelo menos *tento* parecer ocupada."

"Eu estava perguntando o que vai fazer agora."

"Acho que vou para casa. Encerrar o expediente."

"É melhor ter cuidado, a inspetora-chefe Templer quer que seus policiais cumpram jornadas de oito horas."

"Nesse caso ela está me devendo... e a você também, aliás. Quando foi a última vez que você trabalhou oito horas num dia?"

"Em setembro de 1986", respondeu Rebus, abrindo um sorriso.

"Como vai o apartamento?"

"A reforma da fiação está quase terminando. Agora estão chegando os pintores."

"Já encontrou algum comprador?"

Ele meneou a cabeça. "Isso te incomoda, não é?"

"Se você quer vender, a decisão é sua."

Rebus olhou feio para ela. "Você sabe o que eu quis dizer."

"O Enigmista?" Ela pensou numa resposta. "Eu poderia até estar gostando..."

"Se...?"

"Se não tivesse a impressão de que ele está gostando também."

"Gostando de manipular você?"

Siobhan confirmou. "E se está fazendo isso comigo, fez com Philippa Balfour também."

"Você continua supondo que seja um 'ele'", comentou Rebus.

"Apenas por conveniência." Um celular tocou. "É o meu", falou Siobhan, enquanto Rebus procurava no próprio bolso. O telefone estava ligado ao carregador ao lado do rádio do carro. Siobhan apertou um botão, e um microfone e um alto-falante internos fizeram o resto.

"Sem as mãos", disse Rebus, impressionado.

"Alô?", atendeu Siobhan.

"Detetive Clarke?"

Ela reconheceu a voz. "Costello? Em que posso ajudar?"

215

"Eu fiquei pensando... sobre o que disse a respeito dos jogos e daquelas coisas."

"Sim?"

"Bem, eu conheço alguém ligado nessas coisas. Aliás, a Flip conhece."

"Qual é o nome?"

Siobhan virou o rosto para Rebus, que já estava com a prancheta e a caneta preparadas.

David Costello disse o nome, mas a ligação falhou no meio da frase. "Desculpe", falou Siobhan. "Pode repetir?"

Dessa vez os dois ouviram o nome em alto e bom som: "Ranald Marr". Siobhan franziu o cenho, repetindo o nome em silêncio. Rebus aquiesceu. Sabia exatamente quem era Ranald Marr: o sócio de John Balfour, o homem que administrava o Balfour's Bank em Edimburgo.

A delegacia estava em silêncio. Os policiais tinham cumprido seus turnos ou se encontravam em reuniões em Gayfield Square. Havia patrulheiros nas ruas também, mas agora em menor número. Não restava quase ninguém para interrogar. Mais um dia sem notícias de Philippa, e nenhuma palavra dela, nem sinal de que ainda estivesse viva. Cartões de crédito e extratos de banco intocados, amigos e familiares sem nenhum contato. Nada. Constava que Bill Pryde tinha surtado, lançado sua prancheta voando pela delegacia, fazendo que todos se abaixassem para não ser atingidos. John Balfour estava fazendo pressão, criticando a falta de progresso em entrevistas na mídia. O chefe da Polícia pedira um relatório de andamento da Central, o que significava que a Central estava pegando no pé de *todo mundo*. Na ausência de novos indícios, eles estavam interrogando pessoas pela segunda ou terceira vez. Todos se sentiam irritados, contrariados. Rebus tentou ligar para Bill Pryde em Gayfield, mas não conseguiu. Depois fez um chamado para a Central de Polícia e pediu para falar com Claverhouse ou Ormiston do Esquadrão Anticrime, Setor Número 2. Claverhouse atendeu.

"É Rebus. Preciso de um favor."

"E o que faz você pensar que vou ser louco o bastante para atender?"

"Suas perguntas são sempre assim tão difíceis?"

"Volte para sua caverna, Rebus."

"Eu adoraria, mas sua mãe invadiu, porque nunca se sentiu amada por você." Era a única maneira de tratar com Claverhouse: sarcasmo a vinte passos.

"Ela tem razão, no fundo eu sou um cara cruel, o que me traz de volta à primeira pergunta."

"À pergunta difícil? Vamos apresentar da seguinte maneira: quanto mais depressa você me ajudar, mais depressa posso chegar ao *pub* e beber até desmaiar."

"Ora, cara, por que não falou antes? Manda bala."

Rebus sorriu ao telefone. "Preciso de uma investigação."

"Com quem?"

"Com a polícia de Dublin."

"Para quê?"

"O namorado de Philippa Balfour. Quero uma investigação do passado dele."

"Eu apostei dez que ele é o culpado."

"Mais uma razão para me ajudar."

Claverhouse pensou um pouco a respeito. "Me dê quinze minutos. Não saia desse número."

"Vou estar aqui."

Rebus desligou o telefone e recostou-se na cadeira. Depois percebeu alguma coisa do outro lado da sala. Era a velha cadeira de Farmer. Gill deve ter posto à disposição de quem quisesse. Rebus a empurrou até sua mesa, acomodou-se. Pensou sobre o que tinha dito a Claverhouse: *mais depressa posso chegar ao* pub *e beber até desmaiar.* Fazia parte da rotina, mas boa parte de si desejava isso mesmo, ansiava pelo oblívio nebuloso que só a bebida poderia proporcionar. Oblívio: lembrava o nome de uma das bandas de Brian Auger, Oblivion Express. Ele tinha o primeiro álbum do grupo em algum lugar, *A better land.* Um tanto quanto jazzístico demais para o seu gosto. Quando o telefone tocou, ele atendeu, mas a campainha continuou soando: era o celular. Revirou os bolsos, levou o fone ao ouvido.

"Alô?"

"John?"

"Oi, Jean. Eu estava querendo te ligar."

"Está muito ocupado?"

"Não. Aquele escriba está perturbando muito você?" O telefone da mesa começou a tocar: provavelmente Claverhouse. Rebus se levantou da cadeira de Farmer, atravessou a sala e saiu pela porta.

"Tudo sob controle", estava dizendo Jean. "Andei fazendo algumas pesquisas, como me pediu. É pena que não tenha encontrado muita coisa."

"Não tem importância."

"Eu passei o dia todo..."

"Eu posso dar uma olhada nisso amanhã, se estiver tudo bem para você."

"Amanhã está ótimo."

"A não ser que esteja livre hoje à noite..."

"Oh." Fez uma pausa. "Prometi visitar uma amiga. Ela acabou de ter um bebê."

"Que bom."

"Sinto muito."

"Nada disso. A gente se encontra amanhã. Tudo bem para você vir à delegacia?"

"Tudo bem."

Combinaram um horário e Rebus voltou para a mesa, concluindo a ligação. Ficou com a impressão de que ela tinha gostado de ser convidada para se encontrar esta noite. Era o que esperava, uma indicação de que ele continuava interessado, que não era apenas uma questão de trabalho.

Ou talvez estivesse enxergando coisas demais.

De volta à mesa, ligou para Claverhouse.

"Estou decepcionado", afirmou Claverhouse.

"Eu disse que não sairia da minha mesa e mantive a palavra."

"Então por que não atendeu o telefone?"

"Eu estava no celular."

"Alguém mais importante que eu? Agora estou realmente magoado."

"Era meu *bookmaker*. Eu devo duzentos mangos para ele."

Claverhouse ficou em silêncio por um momento. "Isso me deixa imensamente contente", observou. "Bem, a pessoa com quem você quer falar é Declan Macmanus."

Rebus franziu o cenho. "Esse não era o verdadeiro nome de Elvis Costello?"

"Bom, obviamente ele passou esse nome para alguém mais necessitado." Claverhouse deu a Rebus um número de telefone de Dublin, incluindo o código de discagem internacional. "Não que eu ache que esses sacanas de St. Leonard's vão deixar você fazer uma ligação internacional."

"Formulários terão de ser preenchidos", concordou Rebus. "Obrigado pela ajuda, Claverhouse."

"Vai sair para tomar aquele drinque agora?"

"É melhor eu fazer isso. Não quero estar consciente quando meu *bookmaker* me encontrar."

"Faz sentido. Um brinde aos cavalos ruins e aos bons uísques."

"E vice-versa", respondeu Rebus, encerrando a ligação. Claverhouse tinha razão: os principais telefones de St. Leonard's estavam bloqueados para ligações internacionais, mas Rebus tinha a impressão de que o aparelho da inspetora-chefe estaria liberado. O problema é que Gill havia trancado a porta. Rebus pensou por um segundo, depois lembrou que Farmer tinha uma chave extra para emergências. Agachou-se na porta da sala de Gill e levantou o canto do tapete perto do batente. Bingo: a chave Yale ainda estava lá. Enfiou-a na fechadura e entrou no escritório, trancando rapidamente a porta.

Examinou a nova cadeira da inspetora-chefe, mas preferiu ficar em pé, apoiado na beira da mesa. Não conseguia deixar de pensar nos Três Ursinhos: quem sentou na minha cadeira? Quem ligou do meu telefone?

Sua chamada foi atendida depois de meia dúzia de toques. "Posso falar com...", de repente percebeu que não sabia a patente de Macmanus, "com Declan Macmanus, por favor?"

"Da parte de quem?" A voz da mulher tinha aquela sedutora cadência irlandesa. Rebus imaginou cabelos negros e um corpo cheio.

"Inspetor-detetive John Rebus, polícia de Lothian and Borders, na Escócia."

"Um momento, por favor."

Enquanto esperava, o corpo cheio se transformou em uma caneca de Guinness bem tirada, a cerveja se moldando ao copo.

"Inspetor Rebus?" O tom de voz era resoluto e direto.

"O detetive Claverhouse, do Esquadrão do Crime da Escócia, me deu seu número."

"Muita generosidade da parte dele."

"Às vezes ele faz isso."

"E o que posso fazer por você?"

"Não sei se ouviu falar desse caso que estamos investigando, uma PeDes chamada Philippa Balfour."

"A filha do banqueiro? Está em todos os jornais daqui."

"Por causa da relação com David Costello?"

"Os Costello são bem conhecidos, inspetor, pode-se dizer que fazem parte do tecido social de Dublin."

"Você sabe disso melhor do que eu, e essa é a razão da minha ligação."

"Ah, é mesmo?"

"Gostaria de saber um pouco mais sobre a família." Rebus começou a rabiscar numa folha de papel. "Tenho certeza de que são todos ilibados, mas eu ficaria mais tranquilo se tivesse alguma prova disso."

"Quanto ao 'ilibado', não sei se posso garantir isso."

"Ah é?"

"Toda família tem sua roupa suja, não é?"

"Imagino que sim."

"Talvez eu possa enviar o rol de roupas sujas dos Costello. O que você acha?"

"Acho ótimo."

"Por acaso você tem um número de fax aí?"

Rebus recitou o número. "Você vai precisar do código internacional", preveniu.

"Acho que posso conseguir isso. Até que ponto essa informação permaneceria confidencial?"

"O mais confidencial possível."

"Então acho que vou ter que aceitar sua palavra. Você gosta de rúgbi, inspetor?"

Rebus achou que deveria responder que sim. "Só como espectador."

"Eu gosto de ir a Edimburgo para o Six Nations. Talvez a gente se encontre para um drinque."

"Seria ótimo. Anote alguns telefones." Dessa vez ele recitou seu número da delegacia e do celular.

"Vou procurar você quando estiver aí."

"Faça isso. Te devo um uísque duplo."

"Eu vou cobrar." Houve uma pausa. "Você não gosta realmente de rúgbi, gosta?"

"Não", admitiu Rebus. Macmanus riu do outro lado da linha.

"Mas é honesto, isso é um bom começo. Até a vista, inspetor."

Rebus desligou. De repente se deu conta de que continuava sem saber a patente de Macmanus, ou qualquer outra coisa sobre ele. Quando olhou para os rabiscos no papel à sua frente, descobriu que tinha desenhado meia dúzia de caixões. Esperou vinte minutos para que Macmanus retornasse, mas o fax continuou dando uma de morto.

Rebus começou pelo Maltings, e seguiu para o Royal Oak antes de chegar ao Swany's. Apenas um drinque em cada *pub*, começando com uma caneca de Guinness. Fazia tempo que não tomava aquela cerveja; era boa, mas empanturrava demais. Sabia que não aguentaria tomar muito, por isso pediu uma IPA e finalmente um Laphroig com um borrifo de água. Depois foi de táxi até o Oxford Bar, onde devorou o último rolinho de carne moída com molho de beterraba do balcão, seguido por uma porção de ovos com linguiça. Depois pediu outra IPA, pois precisava de alguma coisa para fazer descer a comida. Alguns dos frequentadores habituais estavam lá. A sala de trás tinha sido tomada por um grupo de estudantes, e ninguém na frente do bar falava muito, como se as manifestações de alegria do andar de cima fossem de alguma forma blasfemas. Harry se encontrava atrás do balcão, e claramente ansioso pela partida do grupo festivo. Quando alguém era designado para vir buscar uma nova rodada, Harry ficava falando coisas como "vocês vão embora logo... para algum clube... a noite é uma criança...". O jovem, o rosto brilhante como se tivesse sido encerado, só o que fazia era sorrir aparvalhado, sem levar nada daquilo a sério. Harry abanava a cabeça, desgostoso. Quando o cliente saiu, bandeja carregada de canecas transbordantes, um dos frequentadores informou a Harry que ele estava perdendo o jeito. O fluxo de imprecações que se seguiu pareceu, para todos os presentes, provar o contrário.

Rebus viera ao bar numa vã tentativa de expulsar todos aqueles caixões da cabeça. Mas não parava de imaginá-los, vendo-os como o trabalho de um homem, de um assassino... e se perguntando se haveria mais caixões apodrecendo em colinas descampadas, enfurnados em ranhuras ou transformados em macabros ornamentos nas casas ou jardins de quem os encontrasse... Os caixões de Arthur's Seat, de Falls e os quatro de Jean. Via uma continuidade naquilo, e isso o aterrorizava. Eu quero ser cremado, pensou, ou talvez pendurado em uma árvore, como fazem os aborígines. Qualquer coisa menos o confinamento estrito dentro de uma caixa... qualquer coisa menos isso.

Quando a porta se abriu, todos se voltaram para examinar o recém-chegado. Rebus endireitou as costas, tentando não demonstrar surpresa. Era Gill Templer. Avistou-o imediatamente e sorriu, desabotoando o casaco e tirando o cachecol.

"Achei que encontraria você aqui", falou. "Tentei telefonar, mas caiu na secretária eletrônica."

"O que vai tomar?"

"Um gim-tônica."

Harry tinha ouvido o pedido e já estava pegando um copo. "Gelo e limão?", perguntou.

"Por favor."

Rebus notou que os outros clientes tinham se movido um pouco, dando a Rebus e Gill o máximo de privacidade que o congestionado balcão permitia. Ele pagou a bebida e observou Gill dar o primeiro gole.

"Eu estava precisando", declarou.

Rebus levantou seu copo e fez um brinde. "*Slainte.*" Depois também deu um gole. Gill estava sorrindo.

"Desculpe", ela começou. "Indelicado da minha parte, beber assim direto."

"Dia difícil?"

"Já tive melhores."

"E o que traz você aqui?"

"Certas coisas. Como sempre, você não se deu ao trabalho de me manter informada de algum avanço."

"Não há muito a informar."

"Então é um beco sem saída?"

"Eu não disse isso. Só preciso de mais uns dias." Ergueu o copo outra vez.

"Existe também a pequena questão da sua consulta médica."

"É, eu sei. Eu vou fazer isso, prometo." Apontou a caneca com a cabeça. "Esta é a primeira da noite, a propósito."

"Ah, sim, isso mesmo", murmurou Harry, ocupado em enxugar copos.

Gill sorriu, mas seu olhar estava fixo em Rebus. "Como vão as coisas com Jean?"

Rebus fez um gesto vago. "Bem. Ela está se concentrando no lado histórico."

"Você gosta dela?"

Agora Rebus olhou para Gill. "O serviço de casamenteira é de graça?"

"Só estava pensando."

"E você veio até aqui para perguntar isso?"

"Jean já foi magoada por um alcoólatra, o marido dela morreu de tanto beber."

"Ela me contou. Não se preocupe com isso."

Gill baixou os olhos para o copo. "Como está indo com Ellen Wylie?"

"Não tenho queixas."

"Ela disse alguma coisa a meu respeito?"

"Na verdade não." Rebus terminou a bebida, acenou com o copo pedindo mais uma. Harry pôs um guardanapo no balcão e começou a servir. Rebus estava constrangido. Não gostava de Gill estar ali daquele jeito, surgindo assim para pegá-lo desprevenido. Não gostava do fato de os frequentadores estarem ouvindo cada palavra. Ela pareceu sentir seu constrangimento.

"Você preferia que fizéssemos isso no escritório?"

Ele deu de ombros. "E quanto a você?", perguntou. "Gostando do novo trabalho?"

"Acho que posso dar conta."

"Aposto que sim." Apontou para o copo dela, ofereceu mais uma dose. Gill meneou a cabeça. "Eu preciso ir. Só queria um drinque rápido antes de ir para casa."

"Eu também." Rebus fez uma encenação ao consultar o relógio.

"Estou com o carro aí fora..."

Rebus fez que não com a cabeça. "Prefiro caminhar, me mantém em forma."

Atrás do bar, Harry pigarreou. Gill enrolou o cachecol no pescoço.

"Então talvez a gente se veja amanhã", falou.

"Você sabe onde é a minha mesa."

Gill examinou o ambiente ao redor — paredes cor de filtro de cigarro fumado, fotos empoeiradas do poeta Robert Burns — e começou a anuir. "Sim, eu sei." Depois fez um pequeno aceno que parecia incluir o bar inteiro e foi embora.

"Sua chefe?", arriscou Harry. Rebus confirmou. "Azar seu", continuou o *barman*. Os clientes começaram a rir. Outro estudante surgiu da parte de trás do bar, o pedido de drinques escrito no verso de um envelope.

"Três IPA", começou a recitar Harry, "duas *lagers*, um gim, limão e soda, duas Becks e um vinho branco seco."

O estudante consultou as anotações e confirmou, surpreso. Harry piscou para sua plateia.

"Podem ser estudantes, mas não são os únicos que sabem das coisas aqui."

Siobhan estava na sala de seu apartamento, contemplando a mensagem na tela do laptop. Era a resposta a um e-mail que havia mandado para o Enigmista informando que estava trabalhando na segunda pista.

Eu me esqueci de dizer, mas de agora em diante você está correndo contra o relógio. Em vinte e quatro horas a próxima pista perde a validade.

Siobhan se dedicou ao teclado: *Acho que devíamos nos encontrar. Tenho algumas perguntas.* Clicou em "*send*". A resposta dele foi imediata.

O jogo vai responder suas perguntas.

Ela continuou digitando: *Alguém estava ajudando a Flip? Alguém mais está jogando esse jogo?*

Esperou vários minutos. Nada. Estava na cozinha, servindo mais meia taça de um tinto chileno, quando ouviu o laptop informando a chegada de uma nova mensagem. Derramou vinho na mão ao voltar correndo para a sala.

Olá, Siobhan.

Ficou olhando para a tela. O endereço do emissor era uma série de números. Antes que pudesse responder, o computador alertou para outra mensagem.

Você está aí? Sua luz está acesa.

Siobhan ficou imóvel, a tela pareceu tremeluzir. Ele estava *ali*! Em frente à sua casa! Andou depressa até a janela. Lá embaixo um carro estacionado, faróis ainda acesos.

O Alfa de Grant Hood.

Ele acenou. Praguejando, Siobhan correu para a porta da frente, desceu as escadas e saiu do prédio.

"Você acha que isso é uma piada?", bradou.

Ao sair do carro, Hood parecia perplexo com a reação dela.

"Eu estava com o Enigmista on-line", ela explicou. "Pensei que você fosse ele." Fez uma pausa, estreitou os olhos. "Como fez isso, exatamente?"

Hood mostrou seu telefone celular. "É um WAP", explicou encabulado. "Eu comprei hoje. Manda e-mails, tudo."

Siobhan arrancou o aparelho da mão dele e o examinou. "Ora, Grant."

"Desculpe", ele disse. "Eu só queria..."

Ela devolveu o telefone, sabendo muito bem o que ele queria: mostrar seu mais novo brinquedo.

"Afinal, o que está fazendo aqui?", perguntou.

"Acho que resolvi o enigma."

Ela olhou para Grant. "De novo?" Ele deu de ombros. "Por que você sempre espera até tarde da noite?"

"Talvez seja a hora em que eu penso melhor." Deu uma olhada para o prédio onde ela morava. "Então, vai me convidar para entrar ou vamos continuar fazendo um show de graça para os vizinhos?"

Siobhan olhou ao redor. Era verdade, silhuetas de algumas cabeças se recortavam em várias janelas. "Vamos entrar então", falou.

No apartamento, a primeira coisa que fez foi verificar o laptop, mas o Enigmista não tinha respondido.

"Acho que você o assustou", disse Hood, lendo o diálogo na tela.

Ela se jogou no sofá a pegou a taça. "Bem, o que você tem para nós esta noite, Einstein?"

"Ah, a famosa hospitalidade de Edimburgo", disse Hood, olhando para a taça.

"Você está dirigindo."

"Uma taça não vai me fazer mal."

Siobhan se levantou novamente, emitindo um ligeiro grunhido de protesto, e andou até a cozinha. Hood enfiou a mão na sacola que trazia e começou a retirar mapas e guias turísticos.

"O que você trouxe aí?", ela perguntou, entregando uma taça e começando a servir o vinho. Depois sentou, bebeu o resto de sua taça, voltou a enchê-la e colocou o que restava da garrafa no assoalho.

"Tem certeza de que não estou incomodando?" Era uma provocação — ou pelo menos uma tentativa. Mas ela não estava de bom humor.

"Diga logo o que descobriu."

"Bem... se você tem certeza absoluta que eu não estou..." O olhar dela fez que parasse instantaneamente. Ele baixou os olhos para os mapas. "Andei pensando no que aquela advogada falou."

"Harriet?" Siobhan franziu o cenho.

Hood aquiesceu. "Ela disse que, segundo a lenda, o mago Merlin vagava por algumas colinas da Escócia", relembrou. "O que significa que talvez a gente esteja procurando uma colina ou montanha."

"Mas nós pesquisamos todos os mapas", contestou Siobhan.

"Mas não sabíamos o que estávamos procurando. Alguns guias trazem uma lista de colinas e montanhas no final. Nos outros, vamos verificar as coordenadas O20 em cada página."

"Procurando o quê, exatamente?"

"Alguma colina ou montanha que tenham sido cenários para as andanças de Merlin."

Siobhan concordou. "Você está supondo que, se encontrarmos uma dessas colinas nas coordenadas O20, teremos achado o local?"

Hood tomou um gole de vinho. "Estou supondo um monte de coisas. Mas é melhor que nada."

"E não podia esperar até amanhã?"

"Não quando o Enigmista de repente percebe que estamos correndo contra o relógio." Hood pegou o primeiro livro de mapas e folheou até o índice.

Siobhan o observava por cima da taça. Sim, pensou, mas quando você chegou aqui não sabia que havia um elemento de urgência. Estava também ainda chocada pela forma como ele tinha mandado um e-mail pelo telefone. Ficou imaginando qual seria a mobilidade do Enigmista. Ele sabia o nome dela, a cidade onde trabalhava. Nos dias de hoje, qual seria a dificuldade de conseguir seu endereço? Cinco minutos na internet provavelmente resolveriam o problema.

Hood parecia não notar que ela continuava olhando para ele. *Talvez ele esteja mais perto do que você imagina, garota,* Siobhan falou para si mesma.

Meia hora depois, ela pôs uma música, um disco de Mogwai, mais ou menos tão retrógrado quanto a banda sempre fora. Perguntou se Hood queria café. Ele estava sentado no chão, encostado no sofá, pernas esticadas. Tinha espalhado os mapas sobre as coxas e examinava um dos quadrados. Olhou para ela e piscou os olhos, como que surpreso com as luzes da sala.

"Saúde", falou.

Quando voltou com as xícaras, Siobhan falou sobre Ranald Marr. A expressão do rosto dele se contraiu num esgar.

"Guardando segredos, hein?"

"Achei que podia esperar até amanhã." Hood não pareceu satisfeito com a resposta, e resmungou um agradecimento ao pegar o café da mão dela. Siobhan sentiu sua raiva crescendo outra vez. Estava na própria *casa*, no seu *lar*. O que ele estava fazendo ali? Lugar de trabalho era na delegacia, não em sua sala de estar. Por que ele não ligou convidando-a para ir à casa dele? Quanto mais pensava nisso, mais percebia que na verdade não sabia nada de Grant. Já tinha trabalhado com ele antes; foram a festas, saíram para beber e para aquele jantar. Acreditava que ele nunca tivera uma namorada. Em St. Leonard's algumas pessoas o chamavam de Go-Go Gadget, em referência a um desenho da TV. Era ao mesmo tempo um policial eficiente e um motivo de chacota.

Grant era diferente dela. Muito diferente. Mas lá estava ela partilhando seu tempo livre com ele. Lá estava ela permitindo que transformasse aquele tempo livre em mais trabalho.

Siobhan pegou um outro mapa, um guia rodoviário da Escócia. Na primeira página, o quadrado O20 era a ilha de Man. Isso a deixou irritada: ilha de Man nem *ficava* na Escócia! Na página seguinte, O20 era em Yorkshire Dales.

"Que inferno!", falou em voz alta.

"O que foi?"

"Este mapa, é como se o príncipe Carlos Eduardo tivesse ganhado a guerra." Foi para a página seguinte, onde O20 era Mull of Kintyre, mas na página seguinte seus olhos se fixaram nas palavras "Loch Fell". Examinou o quadrado mais detalhadamente: a rodovia M74 e a cidade de Moffat. Siobhan conhecia Moffat: um lugar tipo cartão-postal com pelo menos um bom hotel, onde havia parado para almoçar. No alto do quadrado O20 viu um pequeno triângulo indicando um pico. O pico se chamava Hart Fell. Tinha oitocentos e oito metros de altura. Olhou para Hood.

"Será que Merlin não andou vagando por Hart Fell?"

Hood se levantou e aproximou-se dela. "Isso é fácil de verificar."

Abriu o laptop, digitou "Hart Fell" e "*enter*".

O Google deu a resposta na forma do livro *The quest*

for Merlin, escrito em 1985 por Nikolai Tolstói, em que o autor levanta a hipótese de Hart Fell ser a Montanha Negra da lenda do rei Artur. Segundo a resenha, o folclore local sugeria também que Hart Fell fosse a moradia de Merlin, ou Myrddin, o sábio conselheiro e mentor do rei Artur. Dizia ainda que o mago Merlin teria a capacidade de se transformar em um cervo, animal associado à realeza e à nobreza.

Hood voltou a examinar o mapa, seu ombro tocando o braço de Siobhan. Ela tentou não se afastar, mas era difícil. "Meu Deus", ele começou. "É no meio do nada."

"Talvez seja uma coincidência", ela sugeriu.

Grant concordou, mas ela percebeu que ainda não estava convencido. "Quadrado O20", falou. "Cervo da Lei, O20 de Merlin." Olhou para ela e meneou a cabeça. "Não é uma coincidência."

Siobhan ligou a TV.

"O que está fazendo?", perguntou Hood.

"Quero ver como vai estar o tempo amanhã. Não vou subir o Hart Fell debaixo de chuva de jeito nenhum."

Rebus chegou a St. Leonard's e reuniu as anotações dos quatro casos: Glasgow, Dunfermline, Perth e Nairn.

"Tudo bem, senhor?", perguntou um policial uniformizado.

"Por que não estaria?"

Tinha tomado alguns drinques, e daí? Isso não o tornava incapaz. O táxi estava esperando lá fora. Cinco minutos depois ele subia a escada do seu apartamento. Em mais cinco minutos estava fumando um cigarro, tomando chá e abrindo a primeira pasta. Sentou-se na cadeira perto da janela, seu pequeno oásis em meio ao caos. Ouviu uma sirene à distância: soava como uma ambulância correndo pela Melville Drive. Olhava para as fotos das quatro vítimas, recortadas de jornais. Elas sorriam para ele em preto e branco. O trecho de poesia ocorreu de repente, sabendo que as quatro mulheres tinham uma característica comum.

Elas morreram porque estavam disponíveis.

Começou a pregar as fotos num grande painel de cortiça. Havia um cartão-postal também, comprado na loja do museu: um close de três caixões de Arthur's Seat, cercados pela escuridão. Examinou o verso do cartão: "Figuras esculpidas em madeira, com roupas de tecido, em miniaturas de caixões de pinho, de um conjunto encontrado numa reentrância rochosa nas encostas do nordeste de Arthur's Seat em junho de 1836". Imaginou que a polícia da época provavelmente fora envolvida no caso, o que significava que deveria haver registros em algum lugar. Mas, até aí, como era a organização da força policial naquela época? Duvidava que houvesse algo parecido com um Departamento de Investigações Criminais atual. Provavelmente eles examinavam somente os globos oculares das vítimas em busca de imagens do assassino. Não muito distante da bruxaria que era uma das teorias por trás dos bonecos. Será que os bruxos ofereciam seus serviços em Arthur's Seat? Rebus imaginava que naqueles dias eles deviam ter alguma espécie de iniciativa empresarial.

Levantou-se e pôs uma música. Dr. John, *The night tripper*. Depois voltou à mesa, um cigarro recém-acendido na brasa do anterior. A fumaça irritou seus olhos e ele cerrou as pálpebras. Era como se as fotos das quatro mulheres estivessem atrás de uma camada de musselina. Piscou algumas vezes, abanou a cabeça tentando afugentar o cansaço.

Quando acordou, algumas horas depois, ainda estava sentado à mesa, a cabeça descansando nos braços. As fotos também estavam ali, rostos inquietantes que invadiram seus sonhos.

"Eu gostaria de poder ajudar", disse para elas, levantando para ir à cozinha. Retornou com uma caneca de chá, que levou para a cadeira perto da janela. Lá estava ele, sobrevivendo a mais uma noite. Mas por que não sentia vontade de comemorar?

8

Rebus e Jean Burchill caminhavam por Arthur's Seat. Era uma manhã luminosa, mas soprava uma brisa fria. Alguns diziam que Arthur's Seat tinha a aparência de um leão prestes a dar um bote. Mas para Rebus parecia um elefante ou um mamute, com a cabeça grande e bulbosa, uma depressão no pescoço e um torso enorme.

"No início era um vulcão", explicava Jean, "assim como Castle Rock. Mais tarde surgiram fazendas e pedreiras, além de capelas."

"As pessoas costumavam vir aqui em busca de um santuário, não é?", disse Rebus, ansioso para mostrar seu conhecimento sobre o assunto.

Ela confirmou. "Devedores eram banidos para cá até que regularizassem seus negócios. Muita gente acha que o nome vem do rei Artur."

"Quer dizer que não vem?"

Ela negou com a cabeça. "O mais provável é que seja gaélico: *Ard-na-Said,* 'Pico das Lamentações'."

"Eis aí um nome alegre."

Ela sorriu. "O parque está cheio deles: Pulpit Rock, Powderhouse Corner." Olhou para ele. "E que tal Murder Acre e Hangman's Crag?"

"Onde ficam esses lugares?"

"Perto de Duddingston Lock e da Innocent Raiway."

"E esses nomes se devem ao fato de eles usarem cavalos em vez de trens, certo?"

Jean sorriu outra vez. "Pode ser. Existem outras teorias." Apontou para o lago. "Samson's Ribs", falou. "Os romanos tinham um forte aqui." Lançou um olhar astuto a

Rebus. "Talvez você não soubesse que eles tinham chegado tão ao norte."

Rebus deu de ombros. "História nunca foi o meu forte. Nós sabemos onde os caixões foram encontrados?"

"Os registros da época são vagos. O *Scotsman* mencionou a região noroeste de Arthur's Seat. Uma pequena abertura num afloramento isolado." Fez um gesto vago. "Andei muito por lá mas nunca achei o local. Outra coisa que o *Scotsman* publicou foi que os caixões estavam em duas fileiras, oito em cada uma, com uma terceira recém--começada."

"Como se houvesse outros a acrescentar?"

Jean se enrolou no casaco; Rebus teve a impressão de que não era só o vento que a fazia tremer. Pensou na Innocent Railway. Hoje em dia era um caminho e uma ciclovia. Há cerca de um mês alguém fora assaltado ali. Imaginou que essa história não deixaria sua companheira muito animada. Poderia falar também sobre suicídios e seringas abandonadas ao longo do caminho. Embora percorressem o mesmo trajeto, Rebus sabia que os dois estavam em locais diferentes.

"Infelizmente, história é tudo o que posso oferecer", ela disse de repente. "Andei fazendo umas perguntas, mas parece que ninguém se lembra de ninguém mostrando particular interesse pelos caixões, com exceção de algum turista ou estudante. Eles ficaram guardados numa coleção particular por um tempo, depois foram entregues à Sociedade de Antiquários, que os doou ao museu." Deu de ombros. "Não ajudei muito, não foi?"

"Jean, num caso desses tudo é útil. Se não acrescentar nada, ao menos pode ajudar a eliminar algumas coisas."

"Tenho a impressão de que você já fez esse discurso antes."

Foi a vez de Rebus sorrir. "Talvez, mas não significa que não seja verdade. Vai estar livre mais tarde?"

"Por quê?" Ela brincava com seu novo bracelete, o que tinha comprado de Bev Dodds.

"Estou levando nossos caixões do século xx para um especialista. Um pouco de história pode ser útil." Fez uma pausa, apreciou a vista de Edimburgo. "Meu Deus, é uma linda cidade, não é?"

Jean o observou por um tempo. "Está dizendo isso só porque acha que é o que eu quero ouvir?"

"O quê?"

"Naquela noite, quando paramos na North Bridge, achei que você não ficou impressionado com a paisagem."

"Eu olho, mas nem sempre vejo. Agora estou vendo." Os dois estavam na face oeste, de forma que menos de metade da cidade se espalhava abaixo. Se subissem mais alto, Rebus sabia que teriam uma visão de trezentos e sessenta graus. Porém aquela paisagem já era suficiente: os pináculos e as chaminés, os espigões recobertos de ranúnculos, com as Pentland Hills ao sul e Firth of Forth ao norte, a linha costeira de Fife visível mais além.

"Talvez esteja mesmo", ela concordou. Depois, sorrindo, inclinou-se e ficou na ponta dos pés para beliscar a bochecha dele. "Melhor esquecer essa história", disse em voz baixa. Rebus aquiesceu, não conseguiu pensar em nada mais a dizer, até que ela teve mais um tremor e disse que estava ficando com frio.

"Tem um café atrás da St. Leonard's", disse Rebus. "Eu pago. Não por altruísmo, entende, mas porque vou pedir um enorme favor."

Jean teve um acesso de riso, levou a mão à boca e fez uma expressão de quem pede desculpas.

"O que foi que eu disse?", ele perguntou.

"É que Gill me disse que isso iria acontecer. Falou que, se eu me aproximasse de você, deveria estar preparada para 'o grande favor'."

"É mesmo?"

"E ela estava com a razão, não é?"

"Não totalmente. É um favor *enorme* que eu vou pedir, não apenas um *grande* favor..."

Siobhan estava usando colete, camiseta e um pulôver de pura lã com gola em V. Trazia duas cordas grossas amarradas nos quadris. Depois de uma engraxada, suas velhas botas de caminhada ficaram ótimas. Não usava o impermeável havia anos, mas não conseguiu pensar em oportunidade melhor para fazer isso. Vestia ainda um gorro e levava uma mochila contendo guarda-chuva, celular, uma garrafa de água e um frasco de chá adoçado.

"Tem certeza de que não esqueceu nada?", zombou Hood. Ele estava de jeans e sapatos com solas de borracha. O anoraque amarelo parecia novo em folha. Quando olhou para o sol, os raios refletiram em seus óculos escuros. Tinham estacionado o carro no acostamento. Tiveram de passar por uma cerca, depois havia uma subida suave e descampada que fazia uma curva abrupta. A paisagem era estéril, salvo rochas e arbustos ocasionais.

"O que você acha?", perguntou Hood por cima do ombro. "Uma hora até o topo?"

Siobhan pendurou as alças da mochila nos ombros. "Com um pouco de sorte."

Ovelhas observaram quando eles passaram pela cerca. A cerca era de arame farpado, marcado por tufos de lã cinza. Hood ajudou Siobhan, depois passou por cima apoiando a mão num mourão.

"Até que o dia está bom para isso", comentou quando começaram a subir. "Será que Flip fez isso sozinha?"

"Não sei", respondeu Siobhan.

"Eu não diria que faz o gênero dela. Acho que teria dado uma olhada na subida e voltado para seu Golf GTi."

"Só que ela não tinha carro."

"Bem observado. Então como pode ter chegado até aqui?"

A observação fazia sentido: eles estavam no meio do nada, com cidades raras e afastadas e somente um estranho chalé de fazenda indicando alguma forma de habitação. O local ficava a apenas sessenta quilômetros de Edimburgo, mas a cidade já parecia uma memória distante. Siobhan imaginou que poucos ônibus faziam aquele percurso. Se tivesse vindo até aqui, Flip teria precisado de ajuda.

"Talvez de táxi", falou.

"Não é uma corrida que um taxista esqueceria."

"Não." E apesar dos inúmeros apelos e das muitas fotos de Flip nos jornais, nenhum motorista de táxi havia se apresentado. "Então talvez um amigo, alguém que ainda não localizamos."

"Pode ser." Mas Hood parecia cético. Siobhan percebeu que a respiração dele já estava difícil. Alguns minutos depois ele tirou e dobrou o anoraque, segurando-o debaixo do braço.

"Não sei como você consegue usar essa coisa", comentou. Ela tirou o gorro da cabeça e abriu o zíper do impermeável.

"Assim está melhor?", perguntou.

Hood fez um gesto vago.

Por fim, na escalada mais íngreme, tiveram de usar as mãos enquanto os pés procuravam apoio, o solo rochoso escorregadio esfarelando abaixo. Siobhan parou para descansar, sentada com os joelhos erguidos, apoiada nos saltos. Tomou um gole de água.

"Já cansou?", perguntou Hood, uns três metros acima. Siobhan ofereceu a garrafa, mas ele recusou e começou a subir novamente. Ela podia ver o suor brilhando nos cabelos dele.

"Isso não é uma corrida, Grant", falou. Ele não respondeu. Meio minuto depois ela foi atrás dele. Hood estava se afastando. Isso é que é trabalho em equipe, pensou. Grant era como quase todos os homens que conhecera: motivado, mas incapaz de um discurso racional. Era mais movido pelo instinto, por necessidades básicas, não pela razão.

A escalada aplainou um pouco. Hood ficou em pé, mãos nos quadris, admirando a vista enquanto descansavam. Siobhan viu quando ele abaixou a cabeça e tentou cuspir, mas sua saliva estava viscosa demais. Ficou pendurada da sua boca por um fio, recusando-se a cair. Pegou um lenço do bolso e limpou. Quando ela o alcançou, ofereceu a garrafa de água.

"Toma", falou. Ele fez menção de recusar, mas acabou tomando um gole. "Está ficando nublado lá em cima." Siobhan vigiava mais o céu do que a paisagem. As nuvens estavam engrossando e escurecendo. Engraçado como o clima podia mudar tão bruscamente na Escócia. A temperatura devia ter caído três ou quatro graus, talvez mais. "Pode chover", ela disse. Hood simplesmente assentiu, devolvendo a garrafa.

Siobhan consultou o relógio e viu que já estavam subindo havia vinte minutos. Isso significava que se encontravam a quinze minutos do carro, isso levando em conta que a descida seria mais rápida que a subida. Olhando para cima, calculou que tinham mais uns quinze ou vinte minutos de escalada. Hood exalou ruidosamente.

"Tudo bem com você?", ela perguntou.

"É um bom exercício", respondeu com a voz rouca. Logo depois recomeçou a subir. Havia manchas de suor nas costas de seu moletom escuro. A qualquer minuto iria despi-lo, ficando só de camiseta quando o tempo virasse. Como previsto, pouco depois ele deu uma parada para tirar o moletom.

"Está fazendo frio", ela alertou.

"Mas eu não estou sentindo frio." Amarrou as mangas do moletom ao redor da cintura.

"Ao menos vista o anoraque."

"Eu vou cozinhar."

"Não vai, não."

Ele pareceu prestes a entrar na discussão, mas mudou de ideia. Siobhan já tinha fechado o zíper de seu impermeável de novo. A paisagem ao redor ficava cada vez menos visível, coberta pela neblina e por nuvens baixas. Ou talvez pelo vento da chuva.

Cinco minutos depois começou a chover. Primeiro uma

garoa, em seguida uma saraivada de gotas pesadas. Siobhan vestiu novamente o gorro e viu quando Grant ergueu o capuz. Estava começando a ventar também, as lufadas os açoitando. Grant tropeçou e caiu sobre um joelho, praguejando. Continuou mancando por mais alguns passos, segurando a perna com a mão.

"Quer esperar um pouco?", ela perguntou, sabendo qual seria sua resposta: silêncio.

A chuva aumentou, mas à distância o céu já clareava. Não ia durar muito. Mesmo assim as pernas de Siobhan estavam encharcadas, as calças grudadas na pele. O moletom de Grant estava empapado. Ele tinha ligado o piloto automático, olhos arregalados, nada na cabeça a não ser a intenção de chegar ao pico, custasse o que custasse.

Quando superaram o último aclive íngreme, o terreno nivelou. Tinham chegado ao topo. A chuva estava amainando. Sete metros adiante havia um marco de pedras. Siobhan sabia que às vezes os andarilhos acrescentavam uma pedra ou rocha ao terminarem uma caminhada. Talvez isso explicasse a existência daquele marco.

"O quê, nenhum restaurante?", bradou Grant, agachando-se para recuperar o fôlego. A chuva tinha parado, um raio de sol atravessava nuvens e banhava as colinas com um misterioso brilho amarelado. Grant tremia, o moletom encharcado. Seria inútil vestir o anoraque agora. Seu jeans tinha mudado de cor, passando a um azul mais escuro por causa da umidade.

"Temos chá quente, se quiser", disse Siobhan. Grant aceitou e ela serviu uma xícara. Ele tomou um gole, observando o marco de pedra.

"Será que estamos com medo do que vamos encontrar?", perguntou.

"Talvez a gente não encontre nada."

Ele concordou com um aceno. "Vá dar uma olhada", recomendou. Siobhan fechou a tampa da garrafa térmica e aproximou-se do marco, andando ao redor. Apenas uma pilha de pedras e pedregulhos. "Não tem nada aqui", anunciou. Abaixou-se para olhar mais de perto.

"Tem que haver alguma coisa." Grant se levantou, andou em direção a ela. "Tem que haver."

"Bem, seja o que for, está bem escondido."

Ele tocou no marco com o pé, depois empurrou, derrubando-o. Ajoelhou-se, passando as mãos pelo entulho. O rosto estava contraído, os dentes à mostra. Logo a pilha de pedras estava completamente nivelada. Siobhan havia perdido o interesse, olhava ao redor em busca de outras possibilidades, sem ver nenhuma. Grant enfiou a mão no bolso do anoraque, retirando duas sacolas de prova que trouxera. Siobhan viu quando ele as depositou sob a maior das rochas, depois começou a reconstruir o marco. Não chegou a ficar muito alto antes de começar a desmoronar outra vez.

"Deixa assim mesmo, Grant", aconselhou Siobhan.

"Que porcaria inútil!", ele exclamou. Ela não soube ao certo ao que se referiam aquelas palavras.

"Grant", falou em voz baixa. "O tempo está mudando de novo. Vamos voltar."

Ele parecia relutante em partir. Sentou-se no chão, pernas esticadas, apoiado nos braços atrás.

"Nós entendemos mal", falou, quase chorando. Siobhan olhava para ele, sabendo que precisaria estimulá-lo a descer a colina. Grant estava molhado, com frio e perdendo o controle. Agachou-se à sua frente.

"Você precisa ser forte, Grant", falou, as mãos sobre os joelhos dele. "Se você desmoronar, será o fim. Nós somos uma equipe, lembra?"

"Uma equipe", repetiu. Siobhan confirmou.

"Então vamos agir como uma equipe e se mandar dessa colina."

Grant olhou para ela. Estendeu os braços e segurou as mãos de Siobhan. Ela começou a se levantar, puxando-o para cima. "Vamos, Grant." Agora os dois estavam em pé, e os olhos dele não se afastavam dela.

"Lembra o que você disse?", ele perguntou. "Quando estávamos estacionando perto da Victoria Street?"

"O quê?"

"Você perguntou por que eu sempre tinha que seguir as regras..."

"Grant..." Tentou olhar para ele mais com compreensão do que com pena. "Não vamos estragar as coisas", falou em voz baixa, tentando soltar as mãos dele.

"Estragar o quê?", ele perguntou sem sinceridade.

"Nós somos uma equipe", ela repetiu.

"É isso?"

Grant ficou olhando enquanto ela confirmava com a cabeça. Ela continuou confirmando enquanto Grant lentamente soltava as mãos dela. Siobhan deu meia-volta para se afastar, iniciar a descida. Tinha dado cinco passos quando Grant passou correndo por ela, descendo a encosta como um louco. Tropeçou uma ou duas vezes, mas conseguiu se reequilibrar.

"Diga que isso não é granizo!", gritou a certa altura. Mas era granizo: agulhando o rosto de Siobhan enquanto tentava alcançar o colega. Pouco depois Grant enroscou o anoraque no arame farpado ao passar pela cerca, abrindo uma costura. Praguejava e tinha o rosto afogueado quando ajudou Siobhan. Entraram no carro e permaneceram durante um minuto recuperando a respiração. O para-brisa começou a embaçar, por isso Siobhan abriu a janela. O granizo tinha parado de cair. O sol estava saindo outra vez.

"Maldito clima da Escócia", praguejou Grant. "Não é de espantar que a gente seja tão mal-humorado."

"É mesmo? Eu não tinha notado."

Ele pigarreou, mas também sorriu. Siobhan olhou para ele, esperançosa de que tudo fosse esclarecido entre os dois. A forma como ele estava se comportando, como se nada tivesse acontecido lá em cima. Despiu o impermeável e jogou-o no banco de trás. Grant tirou seu anoraque. Vapores subiam de sua camiseta. Siobhan tirou o laptop de baixo do banco e o conectou ao celular, ligando o sistema. O sinal era fraco, mas funcionaria.

"Diga que ele é um canalha", disse Grant.

"Ele vai adorar ouvir isso." Siobhan começou a digitar uma mensagem, Grant reclinou-se para ler.

Acabei de voltar de Hart Fell. Nenhum sinal da outra pista. Será que entendi mal?

Enviou a mensagem e ficou esperando, servindo-se de uma xícara de chá. Grant tentava afastar o tecido do jeans de sua pele. "Assim que começarmos a andar eu vou ligar o aquecedor." Ela fez que sim, oferecendo um pouco de chá, que ele aceitou. "A que horas é o encontro com o banqueiro?"

Ela olhou para o relógio. "Ainda temos algumas horas. Tempo suficiente para passar em casa e trocar de roupa."

Grant olhou para a tela. "Nenhuma resposta, não é?"

Siobhan deu de ombros, e Grant girou a chave da ignição do Alfa. Viajaram em silêncio, o tempo abrindo na estrada à frente. Logo ficou claro que fora uma chuva localizada. À altura de Innerleithen, a estrada já estava seca.

"Fico pensando se não deveríamos ter pegado a A701", conjeturou Grant. "A subida pelo lado oeste da colina poderia ser mais curta."

"Agora não faz diferença", comentou Siobhan. Percebia que a cabeça dele continuava em Hart Fell. De repente o laptop avisou a chegada de uma nova mensagem. Ela clicou, mas era um convite para visitar um site pornô. "Não é o primeiro desses que recebo", informou. "Fico só imaginando o que você anda fazendo com o seu computador."

"Eles escolhem nomes ao acaso", disse Grant, corando. "Devem ter algum sistema que informe quando a gente está on-line."

"Vou acreditar em você", disse Siobhan.

"É verdade!" A voz dele se elevou.

"Tudo bem, tudo bem. Eu acredito."

"Eu *nunca* faria isso, Siobhan."

Ela aquiesceu, mas se manteve em silêncio. Tinham chegado à periferia de Edimburgo quando o laptop anunciou uma segunda mensagem. Dessa vez era o Enigmista. Grant entrou no acostamento e parou o carro.

"O que ele está dizendo?"

"Dê uma olhada." Siobhan virou o laptop na direção dele. Afinal, eles eram uma equipe...

Eu só precisava de Hart Fell. Você não precisava ter subido.

"Canalha", xingou Grant.

Siobhan digitou sua resposta. *Flip sabia disso?* Nada aconteceu por alguns minutos, depois: *Você está a dois estágios de Hellbank. Segue pista em aproximadamente dez minutos. Você tem vinte e quatro horas para resolver. Quer continuar o jogo?*

Siobhan olhou para Grant. "Diga que sim", recomendou ele.

"Ainda não." Quando ele a encarou, Siobhan sustentou seu olhar. "Acho que talvez ele precise de nós tanto quanto precisamos dele."

"Será que podemos correr esse risco?"

Mas ela já estava digitando: *Preciso saber... alguém estava ajudando a Flip? Quem mais estava no jogo?*

A resposta foi imediata: *Vou perguntar pela última vez. Você quer continuar?*

"Nós não podemos perder o contato", advertiu Grant.

"Ele *sabia* que eu ia escalar aquela colina. Da mesma forma que sabia que Flip não faria isso." Siobhan mastigou o lábio inferior. "Acho que podemos fazer um pouco mais de pressão."

"Nós estamos a dois estágios de Hellbank. Flip só chegou até aqui."

Siobhan anuiu lentamente, depois começou a digitar: *Continuar para o nível seguinte, mas por favor me diga apenas se Flip estava tendo ajuda de alguém.*

Grant recostou-se e respirou fundo. Não houve resposta. Siobhan consultou o relógio. "Ele disse dez minutos."

"Você gosta de jogar, hein?"

"O que é a vida sem um pouco de risco?"

"Uma experiência muito mais agradável, bem menos estressante."

Siobhan olhou para ele. "Isso vindo do grande alpinista."

Grant limpou o vapor condensado no para-brisa. "Se não precisava escalar Hart Fell, será que Flip precisou se deslocar até lá? Quero dizer, ela não poderia ter resolvido o enigma dentro de casa?"

"E daí?"

"E daí que ela não teria ido a parte alguma onde pudesse correr perigo."

Siobhan concordou. "Talvez a próxima pista nos diga algo a respeito."

"Se houver uma próxima pista."

"Você precisa ter fé", cantarolou ela.

"Para mim isso parece música religiosa."

O laptop anunciou outra mensagem. Grant inclinou-se outra vez para ler.

O milho começou onde o sonho do maçom terminou.

Enquanto ainda falavam a respeito, chegou outra mensagem: *Acho que Flip não precisava de ajuda nenhuma. Alguém está ajudando você, Siobhan?*

Ela digitou "Não" e enviou a mensagem.

"Por que você não quer que ele saiba?", perguntou Grant.

"Porque ele pode mudar as regras, ou até se irritar. Ele diz que a Flip estava por conta própria e eu quero que pense o mesmo de mim." Encarou-o. "Algum problema?"

Grant pensou por um momento, depois abanou a cabeça. "E que tal essa última mensagem?"

"Não faço a menor ideia. Você não é maçom, não é?"

Ele abanou a cabeça outra vez. "Nunca consegui me inscrever. Tem alguma ideia de onde podemos encontrar um maçom?"

Siobhan sorriu. "Na polícia de Lothian and Borders? Acho que não vamos ter muito problema..."

Os caixões haviam chegado a St. Leonard's, bem como os relatórios das autópsias. Havia somente um pequeno problema: o caixão de Falls se encontrava agora em mãos de Steve Holly. Bev Dodds o entregara para ser fotografado. Rebus resolveu fazer uma visita ao local de trabalho de Holly. Pegou o paletó e andou até a mesa do outro lado, onde Ellen Wylie parecia entediada enquanto Donald Devlin estudava o conteúdo de uma delgada pasta de cartolina.

"Eu preciso dar uma saída", anunciou.

"Sorte sua. Precisa de companhia?"

"Fique cuidando do professor Devlin. Eu não vou demorar."

Devlin ergueu os olhos. "E para onde vão levar as suas peregrinações?"

"Tem um repórter com quem preciso conversar."

"Ah, nosso tão escarnecido quarto poder."

O jeito de Devlin falar começava a deixar Rebus irritado. E não só a ele, a julgar pela expressão de Wylie. Ela sempre se sentava o mais longe possível do professor, em lados opostos da mesa, se possível.

"Eu volto assim que puder", disse para acalmá-la, mas enquanto andava até a porta sabia que os olhos dela o seguiam por todo o caminho.

Outra coisa a respeito de Devlin: o entusiasmo dele era quase abusivo. Voltar a ser útil o rejuvenescera. Deliciava-se com os relatórios de autópsias, lendo trechos em voz alta, e sempre que Rebus estava ocupado ou tentando se concentrar, era quase certo que Devlin teria alguma pergunta a fazer. Mais de uma vez Rebus amaldiçoara Gates e Curt. Wylie tinha resumido bem a questão com uma pergunta a Rebus: "Diga uma coisa: ele está ajudando a gente ou somos nós que o estamos ajudando? Quer dizer, se eu quisesse cuidar de velhos, teria me inscrito como voluntária em alguma casa de repouso...".

No carro, Rebus tentou não contar o número de *pubs* por que passou a caminho da cidade.

A redação do tabloide de Glasgow era no último andar de uma conversão da Queen Street, poucas casas depois da BBC. Rebus arriscou a sorte e estacionou sobre uma linha amarela no lado de fora. A entrada principal estava aberta, por isso subiu três lances de escada e abriu uma porta de vidro que levava a uma pequena recepção onde uma telefonista sorriu para ele enquanto atendia a uma chamada.

"Infelizmente ele vai ficar fora o resto do dia. O senhor tem o número do celular?" O cabelo dela era curto e loiro e preso atrás das orelhas. Usava um fone de ouvido equipado com microfone. "Muito obrigada", falou, encerrando a ligação, apenas para apertar um botão e receber mais uma. Não olhou para Rebus, mas ergueu um dedo para sinalizar que não o esquecera. Ele olhou ao redor em busca de um lugar para sentar, mas não havia cadeiras, apenas uma costela-de-adão de aparência cansada se alastrando rapidamente em um vaso.

"Infelizmente ele vai ficar fora o resto do dia", ela disse a quem estava ligando. "O senhor tem o número do celular?" Informou o número e desligou.

"Sinto muito", disse a Rebus.

"Tudo bem. Gostaria de falar com Steve Holly, mas tenho a impressão de que já sei o que vai dizer."

"Infelizmente ele vai ficar fora o resto do dia."

Rebus anuiu.

"O senhor tem o número..."

"Sim, tenho."

"O senhor marcou alguma coisa com ele..."

"Não sei. Eu vim pegar a boneca, se ele já fez tudo o que tinha de fazer com ela."

"Ah, aquela coisa." Fingiu um estremecimento. "Ele deixou na minha cadeira hoje de manhã. Steve acha que é uma piada."

"Ele deve ser muito engraçado."

Ela sorriu novamente, gostando daquela pequena conspiração contra o colega. "Acho que está na baia dele."

Rebus fez um sinal vago. "Já tiraram todas as fotos?"

"Já, sim."

"Então talvez eu pudesse...?" Apontou um polegar na direção de onde adivinhava ser a baia.

"Não vejo por que não." O PABX tocou outra vez.

"Então vou deixar você trabalhar", disse Rebus, afastando-se como se soubesse exatamente aonde estava indo.

Foi fácil. Havia somente quatro "baias": mesas separadas por divisórias modulares. Não havia ninguém em nenhuma delas. O pequeno caixão se encontrava perto do teclado de Holly, com algumas fotos polaroides de teste em cima. Rebus congratulou a si mesmo: era o melhor dos mundos. Se Holly estivesse lá, faria perguntas de que teria de escapulir, talvez até algumas reclamações. Aproveitou a oportunidade para dar uma olhada no local de trabalho. Números telefônicos e recortes de jornais afixados nas paredes, um boneco do Scooby Doo de cinco centímetros sobre o monitor. Um calendário dos Simpsons na mesa, coberto por garatujas numa data de três semanas atrás. Um gravador, o compartimento das pilhas aberto e vazio. Havia uma manchete de jornal colada à fita na lateral do monitor: "Super Cally enlouquece, Celtic é uma atrocidade". Rebus abriu um pequeno sorriso: era um clássico moderno, em termos de partida de futebol. Talvez Holly fosse torcedor dos Rangers, talvez simplesmente gostasse de uma boa piada. Quando já estava para sair, avistou o nome e o número do telefone de Jean na parede perto da mesa. Arrancou o papel e enfiou-o no bolso, depois viu outros números abaixo... o seu próprio e o de Gill Templer. Mais abaixo havia outros nomes: Bill Pryde, Siobhan Clarke, Ellen Wylie. O repórter tinha os números dos telefones residenciais de Templer e Clarke. Rebus não podia saber se Holly tinha uma cópia, mas resolveu levar tudo com ele.

Fora do edifício, tentou ligar para o celular de Siobhan, mas recebeu mensagem de que a ligação não podia ser completada. Encontrou uma multa em seu carro, mas nenhum sinal do guarda de trânsito. Eram conhecidos na cidade como "Blue Meanies", por causa da cor dos uniformes. Rebus, provavelmente a única pessoa a assistir ao *Submarino amarelo* sem estar drogado, gostava do nome, mas ainda assim praguejou contra a multa, enfurnando-a no porta-luvas. Fumou um cigarro no vagaroso retorno a St. Leonard's. Eram tantas as ruas de mão única agora que se tornava difícil escolher um trajeto. Impossibilitado de virar à esquerda na Princes Street, e com o trânsito parado na Waverley Bridge por causa do movimento nas estradas, acabou pegando The Mound, saindo pela Market Street. Enquanto isso ouvia Janis Joplin no som do carro, *Buried alive in the blues*. Devia ser melhor do que estar numa morte em vida nas avenidas de Edimburgo.

De volta à delegacia, Ellen Wylie tinha a expressão de uma cantora de blues no fim da linha.

"Quer fazer uma pequena viagem?", perguntou Rebus.

Ela ergueu a cabeça. "Para onde?"

"Professor Devlin, você também está convidado."

"Parece muito intrigante." Hoje ele não estava vestindo cardigã, mas sim um pulôver com gola em V, largo embaixo dos braços porém curto demais atrás. "Seria alguma viagem misteriosa?"

"Não tanto. Vamos visitar uma agência funerária."

Wylie olhou para ele. "Você está brincando."

Mas Rebus fez que não com a cabeça, apontando para os caixões dispostos em sua mesa. "Quando a gente precisa da opinião de um especialista", começou, "é preciso falar com um especialista."

"Evidentemente", concordou Devlin.

A agência funerária ficava a pequena distância a pé de St. Leonard's. Rebus não ia a um local daqueles desde a morte do pai. Na ocasião tinha se aproximado, tocado a testa do velho da mesma forma que o pai lhe ensinara quando da morte da mãe: *se você tocar neles, Johnny, nunca mais vai ter medo da morte.* Em algum lugar da cidade, Conor Leary estava instalado em seu caixão. Morte e impostos: ninguém escapa dessas duas coisas. Mas Rebus sabia de criminosos que nunca tinham pagado um tostão de imposto. Não tinha importância: quando a hora chegasse, haveria um caixão esperando por eles.

Jean Burchill já estava lá. Levantou-se da cadeira da recepção como se estivesse contente por ter companhia. O clima era sombrio, apesar dos borrifos de aromas de flores. Rebus especulou se havia algum desconto para quem providenciasse as próprias grinaldas. As paredes eram forradas de madeira, e pairava no ar um suave aroma de lustra-móveis. As maçanetas de latão brilhavam. O piso era de quadrados de mármore pretos e brancos, como um tabuleiro de xadrez. Rebus fez as apresentações. Ao apertar a mão de Jean, Devlin perguntou: "Em que área exatamente você trabalha?".

"Século xix", ela explicou. "Sistemas de crenças, preocupações sociais..."

"A senhorita Burchill está nos ajudando a formar uma perspectiva histórica", interveio Rebus.

"Não sei se estou entendendo." Devlin olhou para ela em busca de ajuda.

"Fui eu que organizei a exposição dos caixões de Arthur's Seat."

As sobrancelhas de Devlin saltaram. "Oh, que coisa fascinante! E pode haver alguma correlação com esses crimes em série?"

"Não sei se podem ser chamados de 'crimes em série'", argumentou Wylie. "Cinco caixões em um período de trinta anos."

Devlin pareceu chocado. Talvez fosse raro ver seu vocabulário sendo corrigido. Lançou um olhar para Wylie, depois se virou para Rebus. "Mas *existe* alguma relação histórica?"

"Não sabemos. É o que viemos descobrir."

A porta do salão se abriu e um homem apareceu. Tinha cerca de cinquenta anos, vestido em um terno escuro, camisa branca e gravata cinza brilhante. Os cabelos eram curtos e prateados, o rosto, longo e pálido.

"Senhor Hodges?", indagou Rebus. O homem confirmou com um aceno. Rebus apertou sua mão. "Nos falamos pelo telefone. Sou o inspetor Rebus." Os outros foram apresentados.

"Foi um dos pedidos mais estranhos que já recebi", disse o sr. Hodges num quase sussurro. "Mas o senhor Patullo está esperando no meu escritório. Aceitam um chá?"

Rebus aceitou e perguntou se Hodges poderia acompanhá-los até o local.

"Como expliquei pelo telefone, inspetor, atualmente a maioria dos caixões é construída em um processo que pode ser descrito como linha de montagem. O senhor Patullo é um dos raros carpinteiros que ainda fornecem caixões por encomenda. Utilizamos os serviços dele há anos, por certo desde que trabalho na empresa." O corredor por onde caminhavam era forrado de madeira como a sala de recepção, mas sem iluminação externa. Hodges abriu uma porta e os conduziu ao interior. O escritório era espaçoso, mas contendo o estritamente necessário. Rebus não sabia bem o que esperava: exposição de cartões de condolências, talvez catálogos com modelos de caixões. Porém o único sinal de que o escritório pertencia a um agente funerário era a própria ausência de qualquer sinal exterior. Ia além da discrição. Os clientes que entravam ali não queriam ser lembrados do propósito de sua visita, e Rebus imaginava que o trabalho do agente funerário não ficaria mais fácil se as pessoas tivessem crises de choro a cada dois minutos.

"Vou deixar vocês à vontade", disse Hodges, fechando a porta. Foram organizadas cadeiras para todos os presentes, mas Patullo sentava-se ao lado da janela opaca. Segurava um boné de *tweed*, a aba acomodada entre as mãos. Os dedos eram retorcidos, a pele tinha a aparência de couro. Rebus calculou que Patullo tivesse uns setenta e cinco anos. Ainda ostentava uma boa cabeleira de cabelos grossos e prateados e os olhos eram claros, ainda que cautelosos. Mas sua postura era arqueada, e a mão tremia quando Rebus a apertou.

"Senhor Patullo", falou, "agradeço muito ter concordado em nos encontrar aqui."

Patullo fez um gesto vago e Rebus fez mais uma rodada de apresentações antes de pedir que todos se sentassem. Os caixões estavam em uma sacola de compras, Rebus os alinhou na superfície imaculada da mesa do sr. Hodges. Eram quatro ao todo — Perth, Nairn, Glasgow e o mais recente, encontrado em Falls.

"Gostaria que desse uma olhada, por favor", pediu Rebus, "e nos dissesse o que vê."

"Vejo quatro caixõezinhos." A voz de Patullo era roufenha.

"Estou falando em termos de artesanato."

Patullo tirou os óculos do bolso, levantou-se e ficou em pé em frente à exposição.

"Pode segurar, se quiser", permitiu Rebus. Patullo fez isso, examinando as tampas e as bonecas, inspecionando os pregos de perto.

"Tachinhas e pregos pequenos de madeira", comentou. "As dobradiças são um pouco rígidas, mas para trabalhar nessa escala..."

"O quê?"

"Bom, seria difícil um encaixe mais detalhado." Voltou à sua inspeção. "Vocês querem saber se foi feito por um fabricante de caixões?" Rebus confirmou. "Acho que não. Pode-se constatar certa habilidade artesanal, mas não tanto. As proporções estão erradas, a forma é muito parecida com a de um losango." Virou todos os caixões para examinar a parte de baixo. "Está vendo as marcas a lápis aqui onde ele desenhou os contornos?" Rebus fez que sim. "Ele tomou as medidas, depois cortou com um serrote. Não aplainou, só lixou um pouco." Olhou para Rebus por cima dos óculos. "Quer saber se foram feitos pela mesma pessoa?"

Rebus confirmou mais uma vez.

"Este aqui é um pouco mais tosco", explicou Patullo, segurando o caixão de Glasgow. "A madeira também é diferente. Os outros são de pinho, este é de madeira-balsa. Mas as dobradiças são as mesmas, assim como as medidas."

"Então acha que foi a mesma pessoa?"

"Se não tiver que apostar minha vida nisso." Patullo pegou outro caixão. "Mas neste aqui as proporções são diferentes. As dobradiças não são tão bem presas. Ou foi um trabalho feito às pressas ou eu diria que é de outra pessoa."

Rebus examinou o caixão. Era o de Falls.

"Então são duas as pessoas responsáveis?", perguntou Wylie. Quando Patullo concordou, ela soltou um suspiro e revirou os olhos. Dois criminosos representavam o dobro do trabalho, e reduziam pela metade a possibilidade de se chegar a algum resultado.

"Um imitador?", arriscou Rebus.

"Eu não saberia dizer", admitiu Patullo.

"O que nos leva a..." Jean Burchill enfiou a mão na sacola e retirou uma caixa, que abriu. Dentro, embrulhado em papel, estava um dos caixões de Arthur's Seat. Rebus tinha pedido que ela o trouxesse, e agora seus olhares se cruzavam, comunicando o que já havia sido dito na cafeteria: que estava arriscando o emprego com aquela atitude. Se alguém descobrisse que tinha retirado um objeto do museu, ou se alguma coisa acontecesse com este... ela seria demitida imediatamente. Rebus acenou com a cabeça, mostrando que estava entendendo. Ela se levantou e colocou o caixão sobre a mesa.

"É muito delicado", disse a Patullo. Devlin já estava em pé, e Wylie também queria ver aquilo mais de perto.

"Meu Deus", espantou-se Devlin. "Isso é o que estou pensando?"

Jean confirmou com a cabeça. Patullo não pegou o caixão, mas abaixou-se de forma a nivelar os olhos com a altura da mesa.

"O que queremos saber", disse Rebus, "é se o senhor acha que este caixão pode ter servido como modelo para os caixões que acabou de ver."

Patullo coçou a bochecha. "O projeto deste é bem mais básico. Também é benfeito, mas as laterais são muito mais retas. Não tem o formato dos caixões que usamos hoje em dia. A tampa foi decorada com pinos de ferro." Coçou a bochecha outra vez, depois se ergueu, apoiando-se na beira da mesa. "Estes não são imitações deste aqui. É o máximo que posso afirmar."

"Eu nunca vi um desses fora do museu", declarou Devlin, avançando para ocupar o lugar de Patullo. Sorriu para Jean Burchill. "Sabe que eu tenho uma teoria a respeito de quem construiu esses caixões?"

Jean ergueu uma sobrancelha. "E quem teria sido?"

Devlin desviou a atenção para Rebus. "Lembra-se do retrato que mostrei a você? Do doutor Kennet Lovell?" Quando Rebus confirmou, Devlin se virou novamente para Jean. "Ele foi o anatomista que fez a autópsia de Burke. Depois disso acho que ficou com sentimento de culpa por causa de todo esse assunto."

Jean se mostrou interessada. "Ele estava comprando cadáveres de Burke?"

Devlin negou com a cabeça. "Não existe nenhuma indicação histórica de que isso tenha acontecido. Mas, como muitos anatomistas da época, ele provavelmente comprou sua cota de cadáveres sem fazer muitas perguntas a respeito da procedência. A questão é que", Devlin passou a língua nos lábios, "o nosso doutor Lovell também se interessava por carpintaria."

"O professor Devlin tem uma mesa feita por ele", disse Rebus a Jean.

"Lovell era um homem bom", continuou Devlin, "um cristão praticante."

"E deixou os caixões para homenagear os mortos?", perguntou Jean.

Devlin deu de ombros, olhou ao redor. "Claro que não

tenho nenhuma prova..." A voz dele baixou de tom, como se entendesse que seu entusiasmo pudesse parecer ingênuo.

"É uma teoria interessante", admitiu Jean, mas Devlin simplesmente deu de ombros mais uma vez, como se considerasse estar sendo tratado com condescendência.

"Como eu disse, também é muito benfeito", comentou Patullo.

"Existem outras teorias", começou Jean. "Os caixões de Arthur's Seat podem ter sido feitos por bruxas ou marinheiros."

Patullo concordou. "Os marinheiros costumavam trabalhar bem com madeira. Em alguns casos era uma necessidade, em outros ajudava a passar o tempo nas longas viagens."

"Bem", interrompeu Rebus, "mais uma vez obrigado pela sua atenção, senhor Patullo. Quer que arranje alguém para levá-lo em casa?"

"Não, tudo bem."

Eles se despediram e Rebus conduziu seu grupo para a cafeteria Metropole, onde pediram café e se espremeram em um dos reservados.

"Um passo à frente, dois passos atrás", disse Wylie.

"Como assim?", perguntou Rebus.

"Se não existe ligação entre os outros caixões e o de Falls, estamos perseguindo um fantasma."

"Não vejo a coisa desse modo", interrompeu Jean Burchill. "Quero dizer, talvez eu esteja dando um palpite errado, mas me parece que quem deixou esse caixão em Falls teve de tirar essa ideia de algum lugar."

"Concordo", disse Wylie, "mas é muito mais provável que isso tenha acontecido a partir de uma visita ao museu, não?"

Rebus estava olhando para Wylie. "Está dizendo que deveríamos descartar os quatro casos anteriores?"

"Estou dizendo que a única coisa importante aqui é que eles estão relacionados com o caixão de Falls, sempre *supondo* que este tenha algo a ver com o desaparecimento da menina Balfour. E nem *disso* podemos ter certeza." Rebus começou a dizer alguma coisa, mas ela não tinha terminado. "Se apresentarmos esses fatos à inspetora-chefe Templer — como deveríamos — ela vai dizer o mesmo que eu. Estamos nos afastando cada vez mais do caso Balfour." Levou a xícara aos lábios e deu um gole.

Rebus se virou para Devlin, que estava ao seu lado. "O que acha, professor?"

"Sinto-me forçado a concordar, por mais relutante que me sinta ao ser jogado de volta à penumbra da aposentadoria de um velho."

"Não havia nada nos relatórios das autópsias?"

"Até agora, nada. O mais provável é que as duas mulheres estivessem vivas quando entraram na água. Os corpos mostravam alguns ferimentos, mas isso não é tão incomum. O rio é cheio de pedras, de forma que a vítima pode ter batido a cabeça ao cair. Quanto à vítima de Nairn, as marés e a fauna podem fazer estragos terríveis em um corpo, especialmente se permanecer dentro d'água por algum tempo. Sinto muito não ter sido mais útil."

"Tudo isso é útil", disse Jean Burchill. "Se não acrescenta alguma coisa, ao menos pode ajudar a eliminar outras."

Ela olhou para Rebus, na esperança de que sorrisse ao ouvir suas próprias palavras sendo parafraseadas, mas os pensamentos dele divagavam por outros lugares. Estava preocupado com o fato de Wylie estar certa. Quatro caixões deixados pela mesma pessoa, um por outra completamente diferente, nenhuma relação entre as duas. O problema é que continuava sentindo que *havia* uma relação. Mas não era algo que alguém como Wylie entendesse. Havia ocasiões em que o instinto tinha de tomar as rédeas, a despeito do protocolo. Rebus sentia que aquela era uma dessas ocasiões, mas desconfiava que Wylie não teria a mesma opinião.

E não podia culpá-la por isso.

"Talvez seja melhor fazer uma análise final daqueles relatórios", pediu a Devlin.

"Com prazer", concordou o velho, inclinando a cabeça.

"E fale com os patologistas dos casos. Às vezes eles se lembram de algumas coisas..."

"Sem dúvida."

Rebus se voltou para Ellen Wylie. "Talvez fosse bom fazer seu relatório para a inspetora-chefe Templer. Informe o que nós fizemos. Certamente há trabalho para você na investigação principal."

Ela endireitou as costas. "Quer dizer que você não vai desistir?"

Rebus abriu um sorriso cansado. "Estou quase desistindo. Só mais alguns dias."

"Para fazer o quê, exatamente?"

"Me convencer de que é um beco sem saída."

Pela forma como olhou para ele do outro lado da mesa, Rebus sabia que Jean queria oferecer alguma coisa, algum tipo de consolo: um aperto na mão, talvez, ou algumas palavras bem-intencionadas. Ficou contente por haver outra pessoa presente, o que tornava aquele gesto impossível. Caso contrário ele poderia falar algo por impulso, dizer que consolo era a última coisa de que precisava.

A não ser que consolo e esquecimento fossem a mesma coisa.

Beber durante o dia era uma coisa especial. Dentro de um bar o tempo cessava de existir, e com o tempo também o mundo exterior. Quando estamos em um *pub*, nos sentimos sem idade, imortais. E quando voltamos do lusco-fusco para a intensa claridade do dia, os que à nossa volta estão ocupados com as tarefas da tarde ganham um novo brilho. Afinal, as pessoas têm feito a mesma coisa por séculos: tapar os buracos da consciência com álcool.

Mas hoje... hoje Rebus ia tomar apenas dois drinques. Sabia que depois de dois drinques poderia ir embora. Ficar para três ou mais significaria permanecer até a hora do fechamento, ou até emborcar de vez. Porém dois... dois era um número administrável. Sorriu diante daquela palavra: número, com seu possível outro significado — o que o deixava entorpecido. Confortavelmente entorpecido, como diria a banda Pink Floyd.

Vodca com suco de laranja natural: não estava entre suas preferências, mas não deixava hálito. Poderia voltar a St. Leonard's e ninguém perceberia. Mas o mundo pareceria um pouco mais fácil. Quando o celular tocou, ele pensou em ignorar a chamada, mas o toque era um incômodo para os outros clientes, por isso apertou o botão.

"Alô?"

"Deixa eu adivinhar", disse a voz. Era Siobhan.

"Não é o que você está pensando, eu não estou em um *pub*." Foi a dica para o jovem na máquina caça-níqueis acertar em cheio, as moedas sendo despejadas ruidosamente.

"O que estava dizendo?"

"Estou numa reunião."

"Você não vai arrumar desculpas melhores?"

"O que você quer, exatamente?"

"Preciso conhecer a cabeça de um maçom."

Rebus entendeu mal. "Precisa entender o quê?"

"A cabeça de um *maçom*. Você sabe, aquele aperto de mão engraçado, barras da calça arregaçadas."

"Não posso ajudar. Eu não passei na seleção."

"Mas deve conhecer alguns."

Ele pensou um pouco a respeito. "Afinal, de que se trata isso tudo?"

Siobhan contou sobre a última pista.

"Vou pensar um pouco", ele respondeu. "Que tal Farmer?"

"Ele é maçom?"

"Se considerar o aperto de mão."

"Acha que ele vai achar ruim se eu der uma ligada?"

"Muito pelo contrário." Houve uma pausa. "Agora você vai perguntar se eu tenho o telefone da casa dele, e por acaso está com sorte." Tirou o caderno de endereços do bolso, ditou o número.

"Obrigada, John."

"Como vão indo as coisas?"

"Tudo bem."

Rebus detectou certa reticência. "Está tudo bem com o Grant?"

"Sim, tudo."

Rebus ergueu os olhos do balcão. "Ele está aí com você, não é?"

"Isso mesmo."

"Entendi. Nos falamos depois. Ah, espere um pouco."

"O que foi?"

"Você já teve contato com alguém chamado Steve Holly?"

"Quem é?"

"Um jornalista daqui da cidade."

"Ah, esse. Acho que falei com ele uma ou duas vezes."

"Alguma vez ele ligou para a sua casa?"

"Você ficou louco? Eu não dou o meu número para ninguém."

"Engraçado, porque estava afixado na parede da sala dele." Siobhan não disse nada. "Alguma ideia de como ele conseguiu?"

"Acho que sempre se pode dar um jeito. Não estou vazando nada para ele, se é o que está insinuando."

"Siobhan, a única coisa que estou insinuando é que é preciso tomar cuidado com esse cara. Ele é liso como um troço recém-expelido e exala o mesmo cheiro."

"Maravilha. Preciso desligar."

"É, eu também." Rebus desligou e enxugou seu segundo drinque. Certo, então era isso, hora de encerrar. Só que estava começando outra corrida na TV, e ele estava de olho no alazão, Long Day's Journey. Talvez mais um não fizesse mal... Aí o telefone tocou outra vez. Saiu porta afora praguejando, apertando os olhos sob a súbita luz do dia.

"Alô?", vociferou.

"Isso foi um grande desaforo."

"Quem fala?"

"Steve Holly. Nos conhecemos na casa da Bev."

"Engraçado, eu acabei de falar de você."

"Ainda bem que nos encontramos naquele dia, senão não teria identificado você a partir da descrição da Margot." Margot: a recepcionista loira com o fone de ouvido. Não chegava a ser uma grande dificuldade para as inquisições de Rebus...

"Como assim?"

"Ora, Rebus. O caixão."

"Me disseram que você já tinha terminado."

"Então agora é uma prova?"

"Não, eu só queria devolver para a senhorita Dodds."

"Aposto que não foi por isso. Tem alguma coisa rolando."

"Garoto esperto. Essa 'alguma coisa' é uma investigação policial. Na verdade estou atolado nessa investigação no momento, portanto se não se importa..."

"Bev disse algo sobre aqueles outros caixões..."

"É mesmo? Talvez ela tenha entendido mal."

"Acho que não." Holly esperou, mas Rebus não disse nada. "Tudo bem", disse o jornalista em meio ao silêncio. "Nos falamos depois." *Nos falamos depois*, as exatas palavras que Rebus usara com Siobhan. Por uma fração de segundo conjeturou se Holly não estava ouvindo. Mas não era possível. Quando o telefone emudeceu, ocorreram duas coisas a Rebus. Uma era que Holly não mencionara os números de telefone desaparecidos da parede, então provavelmente ainda não tinha percebido o fato. A outra era que havia ligado para o seu celular, o que significava que sabia o número. Normalmente Rebus preferia dar o número do *pager*, não o do celular. Ficou pensando qual deles teria dado a Bev Dodds...

* * *

O Balfour's Bank não parecia muito um banco. Para começar, ficava na Charlotte Square, um dos locais mais elegantes da Cidade Nova. Os consumidores faziam filas ávidos por ônibus inexistentes na rua, mas dentro do prédio o ambiente era bem diferente: grossos carpetes, uma imponente escadaria e um candelabro imenso e as paredes recém-pintadas de branco ofuscante. Não havia caixas nem filas. As transações eram feitas com três funcionários sentados às suas mesas, distantes uns dos outros para garantir o sigilo. Todos eram jovens e bem-vestidos. Os clientes sentavam em poltronas confortáveis, escolhendo jornais e revistas das mesas de centro enquanto esperavam ser chamados em uma das salas particulares. O ambiente era refinado: era um lugar em que o dinheiro era mais venerado do que respeitado. Para Siobhan, parecia um templo.

"O que ele disse?", perguntou Grant Hood.

Ela guardou o celular na bolsa. "Acha que devíamos falar com Farmer."

"E esse é o número do telefone dele?" Grant apontou para o bloco de notas de Siobhan.

"É." Tinha escrito a letra F ao lado do número: F, de Farmer. Dificultaria a identificação dos números caso o bloco caísse em mãos erradas. Siobhan estava irritada com o fato de um jornalista que mal conhecia ter acesso ao telefone da sua casa. Não que ele fosse ligar para lá, mas mesmo assim...

"Será que alguém aqui está com a conta corrente no vermelho?", conjeturou Grant.

"Talvez os funcionários. Não sei bem quanto aos clientes."

Uma mulher de meia-idade tinha saído por uma das portas, fechando-a delicadamente. Não fizera barulho nenhum ao se aproximar deles.

"O senhor Marr vai recebê-los agora."

Os dois esperavam entrar por aquela mesma porta,

mas em vez disso a mulher se encaminhou para a escada. Seu andar rápido a manteve quatro ou cinco passos adiante: sem chance para uma conversa. No final do corredor do primeiro andar ela bateu numa porta dupla e esperou.

"Pode entrar!" Ao ouvir o comando ela abriu as duas portas, fazendo sinal para que os dois detetives entrassem na sala.

Era imensa, com três janelas forradas do piso ao teto por persianas de linho branco. Havia uma mesa de carvalho para reuniões equipada com canetas, pranchetas e jarros para água. A mesa ocupava somente um terço do espaço disponível. Havia uma área de estar — com sofá, poltrona e uma tv ao lado mostrando as flutuações da bolsa de valores. O próprio Ranald Marr estava atrás de sua mesa, uma enorme antiguidade de nogueira. Marr também era bronzeado, seu tom de pele parecendo mais originário do Caribe que de um banho de ultravioleta da Nicolson Street. Era alto, o cabelo mesclado de cinza impecavelmente aparado. O terno era um jaquetão risca de giz, provavelmente feito sob medida. O homem se dignou a levantar para cumprimentá-los.

"Ranald Marr", disse sem necessidade. Depois, para a mulher: "Obrigado, Camille".

Camille saiu e fechou a porta, e Marr apontou em direção ao sofá. Os dois detetives sentaram-se confortavelmente, enquanto Marr preferiu a poltrona de couro que fazia parte do jogo, cruzando as pernas.

"Alguma notícia?", perguntou, com expressão solícita.

"As investigações estão em andamento, senhor", informou Grant Hood. Siobhan tentou não olhar de esguelha para o colega: *As investigações estão em andamento...* Ficou pensando de que filme de tv Grant tinha pinçado aquela frase.

"A razão de estarmos aqui, senhor Marr", disse Siobhan, "é porque parece que Philippa estava participando de um jogo de RPG."

"É mesmo?" Marr pareceu perplexo. "Mas o que isso tem a ver comigo?"

260

"Bem, senhor", começou Grant, "é que ouvimos falar que o senhor também joga esse tipo de jogo."

"Esse tipo de...?" Marr juntou as mãos com um ruído. "Ah, agora entendi. Os meus soldados." Franziu o cenho. "Era disso que Flip estava participando? Ela nunca mostrou interesse..."

"É um jogo em que são fornecidas pistas e o jogador tem de resolver uma após outra para subir de nível."

"Não é a mesma coisa, absolutamente." Marr deu um tapa nos joelhos e levantou-se. "Venham", falou, "eu vou lhes mostrar." Foi até a mesa e pegou uma chave em uma gaveta. "Por aqui", disse bruscamente, abrindo a porta para o corredor. Levou-os de volta ao alto da escada, porém subiu outra escada mais estreita que levava ao segundo andar. "Por aqui." Enquanto caminhavam, Siobhan percebeu que ele mancava um pouco. Disfarçava bem, mas dava para notar. Pelo jeito deveria usar uma bengala, mas duvidava que sua vaidade permitisse. Sentiu lufadas de água-de--colônia. Nenhuma aliança à vista. Quando ele encaixou a chave numa fechadura, Siobhan notou que seu relógio de pulso era um negócio complicado, com uma pulseira de couro que combinava com o bronzeado.

Marr abriu a porta e entrou primeiro. A janela era coberta por um pano preto, e ele acendeu as luzes do teto. A sala tinha a metade do tamanho do escritório, com a maior parte do espaço ocupada por alguma coisa em cima de uma mesa apoiada em um cavalete. Era uma maquete, de cerca de seis metros de comprimento por três de largura: colinas verdes, a faixa azul de um rio. Havia árvores e habitações em ruínas e, cobrindo boa parte do tabuleiro, dois exércitos. Várias centenas de soldados, divididos em regimentos. As peças em si tinham pouco mais de dois centímetros de altura, mas o detalhamento de cada uma era surpreendente.

"Fui eu que pintei quase todas elas. Tentei fazer cada uma um pouco diferente da outra, para conferir certa personalidade."

"O senhor reproduz batalhas?", perguntou Grant pegando um canhão. Marr não pareceu feliz com aquela transgressão. Ele confirmou, tirando delicadamente a peça de Grant com o polegar e o indicador.

"É o que eu faço. Jogos de guerra, como vocês chamariam." Colocou a peça de volta no tabuleiro.

"Uma vez eu joguei *paintball*", disse Grant. "O senhor já tentou isso?"

Marr se permitiu um pequeno sorriso. "Uma vez levamos os funcionários do banco a um desses lugares. Não posso dizer que me saí bem: muita bagunça. Mas John se divertiu. Está sempre me ameaçando com um retorno."

"John é o senhor Balfour", arriscou Siobhan.

Havia uma prateleira lotada de livros: alguns sobre modelismo, outros sobre as próprias batalhas. Outras prateleiras continham caixas de plástico transparentes com exércitos descansando, esperando a vez de serem vitoriosos.

"O senhor às vezes muda o resultado?", perguntou Siobhan.

"Isso faz parte da estratégia", explicou Marr. "A gente estuda em que o lado derrotado errou e tenta mudar a história." Havia uma nova paixão em sua voz. Siobhan andou até onde o boneco de uma costureira confeccionava um uniforme. Viu outros uniformes — alguns mais bem preservados que outros — dispostos atrás de painéis de vidro nas paredes. Nenhum tipo de arma, somente as roupas que os soldados vestiam.

"Guerra da Crimeia", disse Marr, apontando para uma das fardas emolduradas.

Grant Hood interrompeu com uma pergunta. "O senhor joga contra outras pessoas?"

"Às vezes."

"Elas vêm aqui?"

"Aqui não, nunca. Tenho uma maquete bem maior na garagem da minha casa."

"Então por que precisa deste cenário aqui?"

Marr sorriu. "Descobri que isso me relaxa, me ajuda a

pensar. E às vezes eu faço uns *intervalos* no trabalho." Fez uma pausa. "Acham que é um passatempo infantil?"

"De forma nenhuma", respondeu Siobhan, dizendo uma meia-verdade. Aquilo era uma coisa de meninos, e ela podia ver Grant rejuvenescer ao examinar os pequenos exércitos de bonecos. "Já jogou de alguma outra forma?", ela perguntou.

"Como assim?"

Ela deu de ombros, como se a pergunta fosse meramente casual, para manter a conversa. "Não sei", falou. "Quem sabe enviando as movimentações pelo correio. Ouvi falar que jogadores de xadrez fazem isso. Ou talvez pela internet?"

Grant olhou para ela, percebendo logo sua intenção.

"Conheço alguns sites na internet", disse Marr. "É necessário comprar uma daquelas câmeras."

"Uma *webcam*?", propôs Grant.

"Isso mesmo. Depois é possível jogar em vários continentes."

"Mas o senhor nunca fez isso?"

"Eu não sou muito bom em tecnologia."

Siobhan voltou a atenção novamente para a prateleira. "Já ouviu falar de um personagem chamado Gandalf?"

"Qual deles?" Ela olhou para Marr. "Bem, eu conheço ao menos dois. O mago de *O Senhor dos Anéis* e o sujeito esquisito da loja de jogos da Leith Walk."

"Então o senhor conhece aquela loja?"

"Comprei algumas peças dele nos últimos anos. Mas minhas compras são feitas sobretudo pelo correio."

"E pela internet?"

Marr confirmou. "Uma ou duas vezes, sim. Escutem, quem foi exatamente que falou a vocês sobre isso?"

"Sobre o seu gosto por jogos?", perguntou Grant.

"Sim."

"O senhor demorou a perguntar", comentou Siobhan.

O olhar dele mostrou irritação. "Bem, estou perguntando agora."

"Infelizmente não podemos revelar essa informação."

Marr não gostou daquilo, mas evitou fazer um comentário. "Será que estou certo em afirmar que", falou em vez disso, "seja qual for o jogo que Flip estava jogando, era bem diferente desse?"

Siobhan balançou a cabeça. "Totalmente diferente, senhor."

Marr pareceu aliviado. "Está tudo bem, senhor?", perguntou Grant.

"Tudo ótimo. É que... isso está sendo tão terrivelmente desgastante para todos nós."

"Não tenho a menor dúvida", afirmou Siobhan. Depois, com uma última e abrangente olhada ao redor: "Bem, muito obrigada por nos deixar ver seus brinquedos, senhor Marr. Vamos deixar que volte ao trabalho...". Mas quando já estava se virando, parou novamente. "Tenho certeza de que já vi soldados parecidos com esses em algum lugar", observou, como se pensando em voz alta. "Será que foi no apartamento de David Costello?"

"Acho que dei uma peça ao David", disse Marr. "Foi ele que...?", interrompeu a pergunta, sorriu e balançou a cabeça. "Eu esqueci: vocês não podem revelar essa informação."

"É isso mesmo, senhor", falou Hood.

Quando saíram do prédio, Grant começou a rir. "Ele não gostou nada quando você chamou aquilo de 'brinquedos'."

"Eu sei, foi por isso que usei a palavra."

"Nem se dê ao trabalho de abrir uma conta, você seria recusada."

Ela sorriu. "Ele conhece a internet, Grant. E por jogar esse tipo de jogo, provavelmente tem uma mente analítica."

"O Enigmista?"

Ela franziu o nariz. "Não tenho certeza. Quer dizer, por que ele faria uma coisa dessas? O que ganharia com isso?"

Grant deu de ombros. "Talvez nada de mais... só o controle do Balfour's Bank."

"É, sempre existe esse fator", admitiu Siobhan. Estava pensando na peça no apartamento de David Costello. Um presentinho de Ranald Marr... só que Costello dissera que não fazia ideia de onde aquilo tinha vindo, com o mosquete quebrado e o pescoço do soldado torcido. Depois havia telefonado para falar sobre o passatempo de Marr...

"Enquanto isso", Grant estava dizendo, "não estamos nem perto de descobrir a nossa pista."

Ela interrompeu a sequência de pensamentos. Virou-se para ele. "Só me prometa uma coisa, Grant."

"O quê?"

"Prometa que não vai aparecer na porta do meu prédio à meia-noite."

"Não posso fazer essa promessa", respondeu Grant, sorrindo. "Estamos correndo contra o relógio, lembra?"

Siobhan olhou para ele, lembrando a forma como estava em Hart Fell, a maneira como agarrou a mão dela. Nesse momento ele parecia estar se divertindo — com a caçada, com o desafio — um pouco demais.

"Prometa", ela pediu outra vez.

"Tudo bem", ele concordou. "Prometo."

Em seguida se virou e piscou para ela.

De volta à delegacia, Siobhan estudava a própria mão à altura dos olhos no cubículo do toalete. A mão tremia levemente. Era curioso como era possível tremer por dentro sem demonstrar. Mas ela sabia que seu corpo tinha outras maneiras de manifestar sinais exteriores: as erupções que às vezes surgiam; o surgimento de espinhas no queixo e no pescoço; o eczema que por vezes a atacava no polegar e no indicador da mão esquerda.

Agora ela tremia porque estava tendo problemas para se concentrar no que era importante. Era importante fazer bem o trabalho também, não só desmerecer Gill Templer. Não se considerava tão endurecida quanto Rebus. O caso era importante, e talvez o Enigmista também. O fato de não saber ao certo a incomodava. Uma coisa ela sabia: que havia o perigo de aquele jogo se tornar uma obsessão. Tentava se pôr no lugar de Flip Balfour, pensar da mesma forma que ela. Não sabia bem até que ponto estava se saindo bem. Depois havia Grant, que cada vez mais parecia um risco. No entanto, não teria chegado tão longe sem ele, portanto talvez fosse importante manter a proximidade. Nem sabia ao certo se o Enigmista era um homem. Seus instintos diziam isso, mas era arriscado confiar nesses sentimentos: mais de uma vez tinha visto Rebus se dar mal pela força de um instinto ao apontar alguém como culpado ou inocente.

Continuava pensando no cargo de porta-voz, se havia queimado suas chances. Gill só tinha conseguido se dar bem porque passou a ficar parecida com os homens ao seu redor, gente como o subchefe de Polícia Carswell. Provavelmente achava que estava jogando com o sistema, mas Siobhan desconfiava que era o *sistema* que estava jogando com ela, moldando-a, transformando-a, fazendo que se adaptasse às regras. Aquilo significava erguer barreiras, manter-se à distância. Significava ensinar lições a pessoas, pessoas como Ellen Wylie.

Ouviu a porta do toalete abrir com um rangido. Um instante depois, bateram delicadamente à porta do seu cubículo.

"Siobhan? É você?"

Ela reconheceu a voz: Dilys Gemmill, uma das policiais. "E aí, Dilys?", perguntou.

"Sobre aquele drinque hoje à noite, você vai participar?"

Era um acontecimento habitual: quatro ou cinco mulheres policiais, mais Siobhan. Um bar com música alta, um bocado de fofocas acompanhadas de Moscow Mules. Siobhan era membro honorário: a única policial sem uniforme convidada.

"Acho que não vai dar, Dilys."

"Vamos lá, garota..."

"Da próxima vez... sem falta, tá?"

"Azar seu", falou Gemmill, afastando-se.

"Espero que não", murmurou Siobhan consigo mesma, destrancando a porta.

Rebus estava do outro lado da rua, em frente à igreja. Tinha passado em casa para se trocar, mas agora que estava aqui não conseguia se convencer a entrar. Um táxi estacionou e o dr. Curt desembarcou. Quando parou para abotoar o paletó, viu Rebus. Era uma igreja pequena e regional, exatamente como Leary queria. Disse isso a Rebus diversas vezes durante suas conversas.

"Rápido, limpo e simples", tinha enunciado. "Só vou aceitar se for assim."

A igreja podia ser pequena, mas a congregação parecia bem grande. O arcebispo, que estudara no Scots College em Roma com Leary, conduziria os serviços, e a igreja já estava cheia de dezenas de padres e auxiliares. "Limpo" poderia até ser, mas Rebus duvidava que o evento fosse "rápido" ou "simples"...

Curt estava atravessando a rua. Rebus jogou o toco do cigarro no pavimento e enfiou as mãos nos bolsos. Notou um pouco de cinza presa à sua manga, mas não se deu ao trabalho de limpar.

"Um dia bem apropriado", comentou Curt, olhando para um céu onde uma densa nuvem conferia um tom cinza-hematoma. A sensação era de claustrofobia, mesmo ao ar livre. Quando Rebus esfregou a mão na nuca, pôde sentir os folículos recobertos de suor. Em tardes como aquela, Edimburgo parecia uma prisão, uma cidade entre muralhas.

Curt puxou as mangas da camisa, certificando-se de que ficassem dois centímetros para fora do paletó, expondo uma pulseira de prata de lei. Seu terno era azul-escuro, a gravata, toda preta. Os sapatos pretos estavam engraxados. Sempre impecavelmente vestido. Rebus sabia que seu terno, embora o melhor de seu guarda-roupa, o mais formal que possuía, estava surrado em comparação. Fora comprado havia seis, sete anos, e ele teve de encolher a barriga para fechar as calças. Nem se deu ao trabalho de tentar abotoar o paletó. O traje fora comprado na Austin Reed; talvez fosse hora de fazer uma nova visita. Atualmente ele recebia poucos convites para casamentos ou batizados, mas funerais eram outro assunto. Seus colegas e companheiros de bar... estavam caindo do galho. Três semanas antes estivera no crematório, um oficial de polícia de St. Leonard's morto menos de um ano depois de se aposentar. A camisa branca e a gravata preta haviam voltado ao cabide depois disso. Rebus tinha verificado o colarinho da camisa à tarde, antes de voltar a vesti-la.

"Então, vamos entrar?", perguntou Curt.

Rebus fez um gesto vago. "Vá indo você."

"Qual é o problema?"

Rebus meneou a cabeça. "Nada. Só não sei bem se..." Tirou as mãos do bolso, ocupou-se com outro cigarro. Ofereceu um a Curt, que aceitou.

"Não sabe ao certo o quê?", perguntou o patologista enquanto Rebus acendia seu cigarro. Rebus esperou até acender o próprio cigarro. Deu algumas tragadas e exalou a fumaça com um ruído.

"Quero me lembrar dele da forma como me lembro", falou. "Se eu entrar, vou ouvir discursos e lembranças de outras pessoas. Não vai ser o Conor que conheci."

"Vocês foram muito próximos durante um tempo", concordou Curt. "Eu não o conhecia tão bem."

"Gates também vem?", perguntou Rebus.

Curt fez que não com a cabeça. "Outro compromisso."

"Vocês dois fizeram a autópsia?"

"Foi hemorragia cerebral."

Mais pessoas estavam chegando, algumas a pé, outras de carro. Outro táxi estacionou e Donald Devlin saltou. Rebus achou que tinha divisado um cardigã cinza por baixo do casaco. Devlin subiu a escadaria com passos rápidos e desapareceu dentro da igreja.

"Ele chegou a ajudar vocês?", perguntou Curt.

"Quem?"

Curt acenou em direção ao táxi que partia. "O veterano."

"Não muito. Mas fez o possível."

"Então fez tanto quanto Curt e eu teríamos feito."

"Acho que sim." Rebus estava pensando em Devlin, imaginando-o na mesa, porejando em cima dos detalhes, Ellen Wylie mantendo distância. "Ele era casado, não era?", perguntou.

Curt fez que sim com a cabeça. "Viúvo. Por que a pergunta?"

"Nenhuma razão específica."

Curt olhou para o relógio. "Acho melhor entrar." Pisou no cigarro na calçada. "Você vem?"

"Acho que não."

"E ao cemitério?"

"Acho que também não." Rebus olhou para as nuvens. "Acho que vou deixar para a próxima."

Curt aquiesceu. "Então a gente se vê qualquer hora."

"No próximo homicídio", confirmou Rebus. Depois se virou e começou a andar. Sua cabeça estava cheia de imagens de necrotérios e autópsias. Os blocos de madeira onde depositavam as cabeças dos mortos. As canaletas da mesa que drenavam as secreções corpóreas. Os instrumentos e os recipientes... Pensou nos jarros que vira no Museu Negro, na forma como o horror se mesclava ao fascínio. Sabia que um dia, talvez não muito distante, seria sua vez naquela mesa, talvez com Curt e Gates se preparando para a rotina diária. Era o que ele seria: parte de uma rotina, assim como a rotina sendo encenada na igreja atrás dele. Tinha esperança de que parte da cerimônia fosse em latim: Leary era um grande apreciador de missas em latim, costumava recitar passagens inteiras para Rebus, mesmo sabendo que ele não entendia.

"Sem dúvida no seu tempo eles ensinavam latim, não?", perguntou certa vez.

"Talvez em escolas de bacanas", foi a resposta de Rebus. "Onde estudei, era tudo de madeira e metal."

"Para converter trabalhadores da indústria pesada?" E a risada de Leary ressoou fundo em seu peito. Era desses sons que se lembraria: o estalar de sua língua quando Rebus dizia alguma coisa tola ou temerária; o gemido exagerado a cada vez que se levantava para pegar uma Guinness da geladeira.

"Ah, Conor", murmurou Rebus, baixando a cabeça para que nenhum passante visse as lágrimas que se formavam.

Siobhan estava ao telefone com Farmer.

"É bom saber de você, Siobhan."

"Na verdade eu quero pedir um favor, senhor. Desculpe perturbá-lo em sua paz e tranquilidade."

"Às vezes paz e tranquilidade podem cansar, sabe?" Farmer riu, por isso ela supôs que estivesse brincando, porém detectou algo por trás de suas palavras.

"É importante se manter ativo." Ela quase estremeceu: parecia algo saído de uma sessão de autoajuda.

"É exatamente o que dizem." Riu novamente: e dessa vez pareceu ainda mais forçado. "Que novo passatempo você vai me sugerir?"

"Não sei." Siobhan se contorceu na cadeira. Não era bem a conversa que esperava. Grant Hood estava sentado do outro lado da mesa. Ela havia pegado a cadeira de John Rebus, que parecia a do antigo escritório de Farmer. "Talvez golfe?"

Agora Grant franziu o cenho, tentando adivinhar de que diabo ela estava falando.

"Eu sempre achei que um jogo de golfe estraga uma boa caminhada", respondeu Farmer.

"Bem, andar é muito bom."

"É mesmo? Obrigado por me lembrar." Sem a menor dúvida, Farmer parecia emburrado; Siobhan não sabia bem como ou por que tinha tocado em algum ponto sensível.

"Sobre o favor...?", ela começou.

"Sim, é melhor falar rápido, antes que eu calce meus tênis de corrida."

"É uma pista para um enigma."

"Você quer dizer palavras cruzadas?"

"Não, senhor. É de um caso em que estamos trabalhando. Philippa Balfour estava tentando resolver essas pistas, então estamos fazendo o mesmo."

"E em que posso ajudar?" Parecia mais calmo agora, a voz demonstrando interesse.

"Bem, senhor, a pista é assim: 'O milho começou onde o sonho do maçom terminou'."

"E alguém disse que eu sou maçom?"

"Sim."

Farmer ficou em silêncio por uns instantes. "Vou pegar uma caneta", disse afinal. Depois pediu que repetisse a pista enquanto anotava. "M maiúscula em Maçom?"

"Não, senhor. Isso faz diferença?"

"Não tenho certeza. Normalmente seria com maiúscula."

"Então poderia não ser um maçom?"

"Espere um pouco. Não estou dizendo que você está enganada. Só preciso pensar a respeito. Pode me dar uma meia hora?"

"É claro."

"Você está em St. Leonard's?"

"Sim, senhor."

"Siobhan, você não precisa mais me chamar de 'senhor'."

"Entendido... senhor." Ela sorriu. "Desculpe, sai sem querer."

Farmer pareceu se animar um pouco. "Bem, ligo para você depois que pensar um pouco a respeito. Nenhum indício sobre o que pode ter acontecido com ela?"

"Estamos trabalhando direto, senhor."

"Não tenho dúvida. Como vai indo Gill?"

"No elemento dela, senhor."

"Ela ainda pode subir muito, Siobhan, anote minhas palavras. Você tem muito a aprender com Gill Templer."

"Sim, senhor. Nos falamos depois."

"Até mais, Siobhan."

Ela desligou o telefone. "Ele vai pensar a respeito", disse a Grant.

"Maravilha, e enquanto isso o tempo está passando."

"Tudo bem, sabichão, então fale sobre a *sua* grande ideia."

Grant olhou para ela como se avaliasse o desafio, depois ergueu um dedo. "Um, a frase parece saída de um enredo. Talvez de Shakespeare ou algo assim." Um segundo dedo. "Dois, será que está falando do milho ou do lugar de onde veio o milho?"

"Você quer dizer o lugar de onde o milho se originou?"

Ele deu de ombros. "Ou como começou quando semente."

Grant ergueu outro dedo.

"Três, qual seria o sonho do maçom? Poderia ser uma lápide? Afinal é ali que nossos sonhos terminam."

Recolheu os dedos erguidos, a mão formando um punho. "É o que temos até agora."

"Se for uma lápide, precisamos saber em qual cemitério." Siobhan pegou o pedaço de papel onde havia escrito a pista. "Não há nada aqui, nenhuma referência a mapas ou a números de páginas..."

Grant concordou. "É um tipo diferente de pista." Pareceu ter localizado algo mais. "Será que 'o milho começou' na verdade não é um 'sabugo'?"

Siobhan franziu o cenho. "E aonde isso nos levaria?"

"A um milharal... talvez a uma fazenda. Ou a um cemitério com 'milho' ou 'sonho' no nome?"

Ela estufou as bochechas. "E onde seria esse cemitério, ou vamos ter que procurar em todas as cidades e vilarejos da Escócia?"

"Não sei", admitiu Grant, esfregando as têmporas. Siobhan pôs de novo o papel sobre a mesa.

"Será que isso está ficando cada vez mais difícil?", perguntou. "Ou será que meu cérebro está encolhendo?"

"Talvez a gente precise dar um tempo", disse Grant, tentando se sentir à vontade na cadeira. "Talvez devêssemos encerrar o expediente."

Siobhan consultou o relógio. Era verdade: os dois já estavam trabalhando havia dez horas. A manhã inteira se passara na inútil viagem ao sul. Sentia os membros doloridos por causa da escalada. Um longo banho quente com sais aromáticos e uma taça de Chardonnay... Era tentador. Mas sabia que quando acordasse na manhã seguinte o prazo de validade da charada estaria quase vencido, sempre supondo que o Enigmista se mantivesse fiel às suas regras. O problema é que a única forma de saber era deixar de resolver uma pista a tempo. Não era um risco que ela queria correr.

A ida ao Balfour's Bank... perguntou-se também se não teria sido perda de tempo. Ranald Marr e seus soldadinhos... a dica fornecida por David Costello... a peça do jogo quebrada em seu apartamento. Queria saber se Costello estava tentando dizer alguma coisa sobre Marr. Não sabia o que poderia ser. A possibilidade de todo aquele exercício ser uma perda de tempo remoía em sua cabeça, de que na verdade o Enigmista estava brincando com eles, de que o jogo não tinha nada a ver com o desaparecimento de Flip... Talvez aquele drinque com as meninas não fosse má ideia... Quando o telefone tocou, ela atendeu rapidamente.

"Detetive Clarke, Departamento de Investigações Criminais", falou ao bocal.

"Detetive Clarke, é da recepção. Tem alguém aqui querendo falar com você."

"Quem é?"

"Um tal senhor Gandalf." Quem falava baixou a voz. "Um cara esquisito, como se tivesse sofrido uma intoxicação de Paz e Amor e nunca mais tivesse se recuperado..."

Siobhan desceu as escadas. Gandalf segurava um chapéu clássico marrom-escuro, brincando com uma pena multicolorida presa à fita externa. Usava uma jaqueta de couro marrom sobre a mesma camiseta do Grateful Dead que vestia na loja. As calças de veludo cotelê estavam bem desgastadas, assim como os tênis nos pés.

"Olá", disse Siobhan.

Os olhos dele se abriram como se não a estivessem reconhecendo.

"Siobhan Clarke", ela anunciou, estendendo a mão. "Nos conhecemos na sua loja."

"Foi, foi", murmurou. Olhou para a mão dela mas não se sentiu inclinado a apertá-la, por isso Siobhan recolheu o braço.

"O que o traz aqui, Gandalf?"

"Eu disse que descobriria o que pudesse sobre o Enigmista."

"Isso mesmo", ela confirmou. "Quer entrar? Acho que eu poderia improvisar uma xícara de café."

Gandalf olhou para a porta da qual ela acabara de sair e fez que não com a cabeça, lentamente. "Não gosto de delegacias", declarou com gravidade. "Emitem más vibrações."

"Não tenho a menor dúvida", concordou Siobhan. "Prefere conversar lá fora?" Olhou para a rua. Ainda era horário de pico, trânsito congestionado.

"Tem uma loja depois da esquina, de um pessoal que eu conheço..."

"Boas vibrações?", perguntou Siobhan.

"Excelentes", respondeu Gandalf, parecendo animado pela primeira vez.

"Será que não está fechada?"

Ele abanou a cabeça. "Ainda está aberta. Eu verifiquei."

"Então tudo bem, me dê só um minuto." Siobhan andou até a recepção, onde um policial em mangas de camisa observava por trás de um escudo de vidro. "Você pode ligar para o detetive Hood e avisar que eu volto em dez minutos?"

O policial confirmou.

"Então vamos", Siobhan disse a Gandalf. "Como é mesmo o nome da loja?"

"Out of the Nomad's Tent."

Siobhan conhecia o lugar. Era mais um depósito que uma loja, e vendia lindos tapetes e objetos artesanais. Fora ao local em busca de um *kilim*, pois o tapete que realmente desejava estava além de seu poder aquisitivo. Muitos produtos vinham da Índia e do Irã. Quando os dois entraram, Gandalf acenou para o proprietário, que retribuiu o cumprimento e voltou à sua papelada.

"Boas vibrações", disse Gandalf com um sorriso, e Siobhan não pôde deixar de sorrir também.

"Não sei se meu talão de cheques concordaria", falou.

"É só dinheiro", replicou Gandalf, como se ministrasse uma grande sabedoria.

Ela deu de ombros, querendo chegar logo ao que importava. "Então, o que pode me dizer sobre o Enigmista?"

"Não muito, a não ser que ele pode ter outros nomes."

"Quais nomes?"

"Questão, Charada, Mystério, Feiticeiro, Onisciente... Quantos mais você quer?"

"O que quer dizer tudo isso?"

"São nomes usados por pessoas que estabelecem desafios na internet."

"Em jogos que estão acontecendo neste exato momento?"

Gandalf estendeu o braço e tocou num tapete pendurado na parede mais próxima. "Você pode estudar este estampado durante anos", falou, "e ainda assim não entender tudo completamente."

Siobhan repetiu a pergunta e ele pareceu voltar a si.

"Não, são de jogos antigos. Alguns envolvendo quebra-cabeças lógicos, numerologia... outros em que você assume um papel, como cavaleiro ou aprendiz de feiticeiro." Olhou para ela. "Estamos falando do mundo virtual. O Enigmista tem um número *virtualmente* infinito de nomes à disposição."

"E não há meios de rastreá-lo?"

Gandalf deu de ombros. "Talvez se você procurasse a CIA ou o FBI..."

"Vou pensar a respeito."

Ele se equilibrou em uma postura quase distorcida. "Mas eu descobri outra coisa."

"O quê?"

Gandalf tirou uma folha de papel do bolso traseiro da calça e entregou a Siobhan, que o desdobrou. Um recorte de jornal de três anos antes. Referia-se a um estudante que desaparecera de casa na Alemanha. Um corpo havia sido encontrado em uma colina remota no norte da Escócia. Estava lá havia muitas semanas, talvez meses, exposto à vida selvagem do local. A identificação se provara difícil, o cadáver reduzido a pele e osso. Até os pais do estudante alemão ampliarem suas buscas. Os dois se convenceram de que o corpo na colina era do filho, Jürgen. Um revólver foi encontrado a sete metros do cadáver. Uma única bala havia perfurado o crânio do jovem. A polícia classificou o caso como suicídio e explicou a localização da arma alegando que um carneiro ou qualquer outro animal poderia ter arrastado o revólver. Tinha sua lógica, Siobhan teve de admitir. Mas os pais continuaram convencidos de que o filho havia sido assassinado. A arma não era dele, e não pôde ser rastreada. A grande pergunta era: como ele tinha ido parar nas Terras Altas da Escócia? Ninguém parecia saber. Pouco depois Siobhan franziu o cenho, e teve que ler novamente o parágrafo final da matéria:

Jürgen era aficionado por jogos de RPG e passava horas navegando na internet. Os pais acham possível que o filho tenha participado de algum jogo que acabou tendo trágicas consequências.

Siobhan ergueu o recorte. "É só isso que temos?"

Gandalf confirmou. "Só essa matéria."

"Onde você conseguiu?"

"Com um conhecido." Estendeu a mão. "E ele quer de volta."

"Por quê?"

"Porque está escrevendo um livro sobre os perigos do universo on-line. Aliás, ele gostaria de entrevistar você algum dia também."

276

"Talvez depois." Siobhan dobrou o recorte, mas não fez menção de devolvê-lo. "Preciso ficar com isto, Gandalf. Você pode devolver ao seu amigo quando eu terminar."

Gandalf pareceu desapontado, como se ela não tivesse cumprido seu lado de um acordo.

"Prometo devolver assim que tiver terminado."

"A gente não poderia fazer uma cópia?"

Siobhan suspirou. Em uma hora ela queria estar naquela banheira, talvez com um gim-tônica no lugar do vinho. "Tudo bem", falou. "Vamos voltar à delegacia e..."

"Eles tem uma copiadora aqui." Apontou em direção ao local onde estava o proprietário.

"O.k., você venceu."

A expressão de Gandalf se iluminou, como se aquelas três palavras tivessem sido as mais doces que ouvira na vida.

De volta à delegacia, depois de deixar Gandalf na Out of the Nomad's Tent, Siobhan encontrou Grant Hood amassando outra folha de papel e errando o arremesso ao cesto de lixo.

"E aí?", ela perguntou.

"Estava refletindo sobre anagramas."

"E então?"

"Bem, se a cidade de Millhouse não tivesse esse dois 'l', teria 'milho' no nome."

Siobhan soltou uma gargalhada, tapando a boca com a mão ao ver a expressão de Grant.

"Não", ele disse. "Pode continuar rindo."

"Puxa, desculpe, Grant. Acho que estou atingindo um estado de ligeira histeria."

"Será que deveríamos mandar um e-mail para o Enigmista dizendo que estamos empacados?"

"Talvez mais perto do prazo final." Olhando as folhas de papel restantes por cima do ombro de Grant, Siobhan viu que ele estava trabalhando com anagramas de "sonho do maçom".

"Vamos encerrar o expediente?", ele sugeriu.

"Talvez."

Grant percebeu algo no tom de voz dela. "Você conseguiu mais alguma coisa?"

"Gandalf", ela respondeu, mostrando o recorte da matéria. Observou enquanto ele lia, percebendo que seus lábios se moviam levemente. Ficou imaginando se ele sempre fazia isso....

"Interessante", comentou Grant afinal. "Vamos seguir essa pista?"

"Acho que precisamos seguir, não é?"

Ele meneou a cabeça. "Passe isso para a equipe de investigação. Já estamos atolados nesses malditos enigmas."

"Passar para a equipe...?" Siobhan ficou chocada. "Isso é *nosso,* Grant. E se acabar se revelando uma coisa vital?"

"Meu Deus, Siobhan, o que está dizendo? Estamos em uma *investigação*, com muita gente colaborando. Isso não nos pertence. Você não pode ser egoísta com uma coisa dessas."

"Só não quero que alguém roube a nossa descoberta."

"Mesmo que signifique encontrar Flip Balfour viva?"

Ela fez uma pausa, a expressão contorcida. "Não seja bobo."

"Isso tudo vem de John Rebus, não é?"

O rosto dela se afogueou. "O quê?"

"Querer guardar tudo para si mesma, como se a investigação inteira pertencesse a você."

"Bobagem."

"Você sabe que é verdade. Posso ver na expressão do seu rosto."

"Eu não acredito no que estou ouvindo."

Grant se levantou para encará-la. Os dois não estavam a mais de trinta centímetros de distância, a sala vazia. "Você sabe disso", ele repetiu em voz baixa.

"Olha, eu só estava tentando dizer..."

"...que não quer dividir, e se isso não é coisa do Rebus, não sei o que mais pode ser."

"Sabe qual é o seu problema?"

"Tenho a impressão de que estou prestes a descobrir."

"Você é muito medroso, sempre agindo de acordo com as regras."

"E você é uma policial, não uma detetive particular."

"E você é medroso. Tateando o caminho de anteolhos."

"Medrosos não usam anteolhos", replicou.

"Acho que usam, porque você usa!", ela insistiu.

"Está certo", falou Grant, parecendo se acalmar um pouco, a cabeça subindo e descendo. "Está certo: eu sempre sigo as regras, não é?"

"Olha, o que eu quis dizer foi..."

Grant agarrou os braços dela e puxou-a contra o seu corpo, a boca procurando a dela. O corpo de Siobhan se enrijeceu e seu rosto se afastou, contorcido. Não conseguiu escapar do aperto dos braços dele, mas se encolheu contra a mesa, imóvel.

"É bom ver parceiros com tanta intimidade", bradou uma voz à porta. "É assim que eu gosto de ver."

Grant soltou os braços dela quando Rebus entrou na sala.

"Não se importem comigo", continuou. "O fato de não seguir esses métodos moderninhos de investigação não quer dizer que vocês não têm minha aprovação."

"Nós só estávamos..." A voz de Grant sumiu. Siobhan tinha dado a volta na mesa e sentava-se na cadeira, trêmula. Rebus se aproximou.

"Já está livre?" Referia-se à cadeira de Farmer. Grant fez que sim e Rebus empurrou a cadeira de volta à sua mesa. Percebeu que os relatórios de autópsia estavam amarrados com um barbante sobre a mesa de Ellen Wylie: conclusões coletadas, sem mais utilidade. "E Farmer deu algum retorno?", perguntou.

"Ele não retornou a ligação", respondeu Siobhan, tentando controlar a voz. "Eu ia ligar para ele agora."

"Mas confundiu as amígdalas do Grant com o fone, certo?"

"Senhor", ela disse, mantendo o nível da voz, embora o coração estivesse disparado. "Não gostaria que tivesse uma impressão errônea do que aconteceu aqui..."

Rebus ergueu uma das mãos. "Eu não tenho nada a ver com isso, Siobhan. Você tem toda razão. Não vamos mais falar sobre o assunto."

"Acho que algo precisa ser dito." A voz dela tinha aumentado de tom. Olhou para onde Grant estava em pé, o corpo virado quase de costas para ela, a cabeça torcida de forma que seus olhos não se encontrassem.

Mas sabia que ele estava implorando. O Tecnológico! O Nerd Eletrônico com seus brinquedinhos e carro bacana!

Melhor mudar para uma garrafa de gim, um engradado inteiro de gim. E que se dane o banho.

"Sim?", perguntou Rebus, agora com uma curiosidade genuína.

Eu poderia acabar com a sua carreira neste momento, Grant. "Nada não", disse afinal. Rebus a encarou, mas ela manteve os olhos fixos na papelada à sua frente.

"Alguma coisa do seu lado, Grant?", perguntou Rebus, acomodando-se na cadeira.

"O quê?" O rosto dele corou.

"Sobre a última pista: está chegando a alguma solução?"

"Não muito, senhor." Grant estava em pé ao lado de uma das outras mesas, tentando se recuperar.

"E quanto a você?", perguntou Siobhan, agitando-se na cadeira.

"Eu?" Rebus tamborilou os nós dos dedos com uma caneta. "Acho que hoje consegui extrair a raiz quadrada de coisa nenhuma." Largou a caneta. "É por isso que estou convidando."

"Já tomou alguns drinques?", perguntou Siobhan.

Os olhos de Rebus se estreitaram. "Alguns. Um amigo meu foi enterrado. Eu estava planejando um velório particular esta noite. Mas se um dos dois quiser vir comigo, tudo bem."

"Eu preciso ir para casa", disse Siobhan.

"Eu não..."

"Vamos lá, Grant. Vai ser bom para você."

Grant olhou na direção de Siobhan, procurando orientação, ou talvez permissão. "Acho que vou aceitar um", cedeu.

"Bom rapaz", exclamou Rebus. "Então vamos tomar um drinque."

Tendo acariciado sua única caneca enquanto Rebus tomava dois uísques duplos e duas cervejas, Grant se surpreendeu ao ver seu copo ser completado assim que sobrou algum espaço.

"Eu preciso dirigir até em casa", alertou.

"Que inferno, Grant", queixou-se Rebus. "Eu só ouvi você falar isso a noite inteira."

"Desculpe."

"E as desculpas completaram o quadro. Não vejo necessidade de se desculpar por tentar dar um amasso na Siobhan."

"Não sei como aquilo aconteceu."

"Não tente analisar o que aconteceu."

"Acho que o caso ficou..." Parou de falar ao som de um toque eletrônico. "É o seu ou o meu?", perguntou, já revirando o bolso do paletó. Mas era o celular de Rebus, que gesticulou com a cabeça para indicar a Grant que iria atender lá fora.

"Alô?" Crepúsculo frio, táxis procurando passageiros. Uma mulher quase tropeçou numa fenda na calçada. Um jovem, de cabeça raspada e argola no nariz, a ajudou a recolher as laranjas caídas da sacola de compras. Um pequeno gesto de delicadeza... porém Rebus observou até o rapaz se afastar, por precaução.

"John? É Jean. Você está trabalhando?"

"Estou num velório", respondeu Rebus.

"Ah, meu Deus, você quer que eu...?"

"Está tudo bem, Jean. Eu estava brincando. Só estou tomando uns drinques."

"Como foi o enterro?"

"Eu não fui. Quer dizer, eu *fui,* mas não consegui encarar."

"E agora está bebendo?"

"Não comece a dar uma de boa samaritana."

Ela deu risada. "Eu não ia fazer isso. Mas estou aqui sozinha com uma garrafa de vinho e a tv ligada..."

"E então?"

"E seria agradável ter companhia."

Rebus sabia que não estava em condições de dirigir; não estava em condições para nada, aliás. "Não sei, Jean. Você ainda não me viu depois de beber."

"Por quê, você se transforma no Mr. Hyde?" Deu risada outra vez. "Eu vivi isso com meu marido. Duvido que possa me mostrar algo de novo." A voz dela lutava para parecer casual, mas havia algumas arestas. Talvez estivesse nervosa por causa do convite: ninguém gosta de ser rejeitado. Ou talvez houvesse algo mais...

"Talvez eu possa tomar um táxi." Rebus se examinou: ainda com o terno do enterro, a gravata removida e os dois botões superiores da camisa desabotoados. "Talvez eu devesse ir até em casa e me trocar."

"Se achar melhor."

Ele olhou para o outro lado da rua. A mulher com as compras já estava no ponto de ônibus. Observava a sacola, como se conferisse se estava tudo lá dentro. Vida na cidade: a desconfiança é parte da armadura que a gente usa; é difícil acreditar numa boa ação.

"A gente se vê logo mais", disse Rebus.

De volta ao *pub,* Grant estava ao lado da caneca vazia. Quando Rebus se aproximou, ele ergueu as mãos em sinal de rendição.

"Preciso ir embora."

"É, eu também", falou Rebus.

Grant pareceu meio desapontado, como se preferisse

que Rebus continuasse a beber, se embebedando cada vez mais. Rebus olhou para o copo vazio, imaginando se o *barman* tinha sido convencido a esvaziar o conteúdo.

"Você está bem para dirigir?", perguntou.

"Estou ótimo."

"Que bom." Rebus deu um tapinha no ombro de Grant. "Nesse caso você pode me dar uma carona até Portobello..."

Siobhan tinha passado a última hora tentando limpar a cabeça de tudo o que tivesse a ver com o caso. Não estava dando certo. O banho não tinha dado certo; o gim se recusava a bater. A música no estéreo — Mutton Birds, *Envy of angels* — não a aconchegava como costumava fazer. A última pista ricocheteava em sua cabeça. E a cada trinta segundos ou algo assim... lá vinha de novo!... ela assistia a uma reprise de Grant prendendo seus braços, enquanto John Rebus — logo ele! — observava da porta. Ficou imaginando o que teria acontecido se ele não tivesse anunciado sua presença. Ficou imaginando quanto tempo ele estivera ali, e se tinha ouvido a discussão entre os dois.

Saltou do sofá e começou a andar pela sala outra vez, copo na mão. Não, não, não... como se o fato de repetir a palavra pudesse afastar tudo aquilo como se nunca tivesse acontecido. Porque esse era o problema. Não se pode *desfazer* uma coisa que aconteceu.

"Sua imbecil", falou alto numa voz cantarolada, repetindo a frase até que as palavras perderam o sentido.

Suaimbecilsuaimbecilsuaimbecil...

Não não não não não não...

O sonho do maçom...

Flip Balfour... Gandalf... Ranald Marr...

Grant Hood...

Suaimbecilsuaimbecilsuaimbecil...

Estava na janela quando a música terminou. Naquele

silêncio momentâneo, ouviu um carro entrar no final da rua, e seu instinto informou quem era. Correu até o abajur e desligou o interruptor, mergulhando a sala na escuridão. Havia uma luz acesa no corredor, mas não achava que era visível do lado de fora. Sentia medo de se mexer, medo de projetar uma sombra denunciadora. O carro parou. A faixa seguinte começou a tocar. Pegou o controle remoto e desligou o cd-player. Agora podia ouvir o motor do carro. Seu coração estava disparado.

Depois a campainha tocou, anunciando alguém na porta de entrada querendo entrar. Ela esperou, não se moveu. Os dedos estavam tão agarrados ao copo que sentiu câimbras. Trocou o copo de mão. A campainha de novo.

Não não não não...

Vá embora, Grant. Pegue o seu Alfa e vá para casa. Amanhã podemos fingir que nada disso aconteceu.

Bzzzz bzzzz zzzz...

Começou a cantarolar em voz baixa para si mesma, uma melodia que estava inventando. Nem era na verdade uma melodia; apenas sons para competir com a campainha e o sangue pulsando nos ouvidos.

Ouviu uma porta de carro fechar, relaxou um pouco. Quase derrubou o copo quando o telefone tocou.

Podia ver o aparelho à luz do poste de iluminação. Estava no chão perto do sofá. Seis toques e a secretária eletrônica atenderia. Dois... três... quatro...

Talvez seja Farmer!

"Alô?" Ela afundou no sofá, receptor no ouvido.

"Siobhan? É o Grant."

"Onde você está?"

"Eu estava tocando a sua campainha."

"Talvez não esteja funcionando. O que você quer?"

"Entrar aí seria um bom começo."

"Eu estou cansada, Grant. Estava indo para a cama."

"Cinco minutos, Siobhan."

"Acho que não."

"Ah." O silêncio era uma terceira parte, um amigo

grandalhão e sem senso de humor que nenhum dos dois tinha convidado.

"Vai para casa, tá? A gente se vê amanhã de manhã."

"Pode ser tarde demais para o Enigmista."

"Ah, você veio aqui falar de trabalho?" Deslizou a mão livre pelo corpo, encaixando-a embaixo do braço que segurava o telefone.

"Não exatamente", ele admitiu.

"É, foi o que imaginei. Olha, Grant, vamos dizer que foi um momento de loucura, tá? Acho que eu consigo viver com isso."

"Você acha que foi só isso?"

"Você não acha?"

"Do que está com medo, Siobhan?"

"O que você quer dizer com isso?" A voz dela endureceu.

Depois de um breve silêncio ele cedeu, dizendo: "Nada. Não quis dizer nada. Desculpe".

"Então a gente se vê na delegacia."

"Certo."

"Durma bem. Amanhã a gente resolve o enigma."

"Se você pensa assim."

"Penso. Boa noite, Grant."

"Boa noite, Shiv."

Ela desligou, nem mesmo teve tempo de dizer que detestava "Shiv": as garotas na escola usavam esse nome. Um de seus namorados na faculdade também gostava. Disse que era gíria para faca. Siobhan: até mesmo os professores da escola na Inglaterra tinham problema com o nome dela. "Sii-Oban", eles pronunciavam, e ela tinha de corrigi-los.

Boa noite, Shiv...

Suaimbecilsuaimbecil...

Ouviu o carro dele se afastar, observou o jogo de luzes dos faróis no teto e na parede mais distante. Ficou sentada no escuro, terminando a bebida sem sentir o gosto. Quando o telefone tocou outra vez, ela praguejou em voz alta.

"Escuta", rugiu no bocal, "me deixa em paz, tá?"

"Bem... se é o seu desejo." Era a voz de Farmer.

"Ah, senhor, me desculpe."

"Esperando alguma outra ligação?"

"Não, eu... depois eu explico."

"É justo. Andei fazendo umas perguntas por aí. Tem gente que conhece a maçonaria bem melhor do que eu, e pensei que pudessem esclarecer alguma coisa."

Seu tom de voz informou o que ela precisava saber. "Sem resultado?"

"Até agora, não. Mas algumas pessoas ainda vão retornar. Ninguém em casa, por isso deixei recados. *Nil desperandum*: é assim que eles falam, não é?"

O sorriso dela foi amargo. "Alguns falam, é." Os incuráveis otimistas, por exemplo.

"Eu ligo outra vez amanhã. A que horas vence o prazo?"

"No final da manhã."

"Então vou pedir um retorno logo cedo."

"Muito obrigada, senhor."

"É bom se sentir útil de novo." Fez uma pausa. "Tudo isso está deixando você abatida, Siobhan?"

"Eu aguento."

"Aposto que sim. Nos falamos amanhã."

"Boa noite, senhor."

Desligou o telefone. A bebida estava terminada. *Isso tudo vem de John Rebus, não é?* Palavras de Grant no meio da discussão. Agora aqui estava ela com um copo vazio na mão, sentada no escuro, olhando pela janela.

"Eu não sou igual a ele de jeito nenhum", falou em voz alta, depois pegou o telefone mais uma vez e digitou o número de Rebus. A secretária eletrônica atendeu. Ela sabia que podia tentar o seu celular. Talvez ele estivesse fora com os amigos. Poderia encontrar-se com ele, explorar os bares da cidade abertos até a madrugada, todos difusamente iluminados para proteger contra a escuridão.

Mas ela queria falar sobre Grant, sobre o abraço em

que Rebus os surpreendera. Aquilo ficaria entre eles, não importa qual fosse o assunto da conversa.

Pensou sobre aquilo um minuto, depois ligou para Rebus assim mesmo, mas o celular estava desligado. Outro serviço de resposta; mais um recado que não seria deixado. O *pager* era a última chance, mas já estava perdendo o pique. Uma caneca de chá... ela tomaria na cama. Ligou a chaleira, olhou para os saquinhos de chá. A caixa estava vazia. Só havia alguns sachês de chás de ervas: camomila. Pensou se o posto de gasolina da Canonmills estaria aberto... talvez a lojinha na Broughton Street. Sim, isso mesmo... descobriu a resposta para todos os seus problemas! Calçou os sapatos e vestiu o casaco, conferiu se estava com as chaves e o dinheiro. Quando saiu, verificou se a porta estava bem trancada. Desceu a escada e saiu para a noite em busca do único aliado com que poderia contar, em quaisquer circunstâncias.

Chocolate.

9

Eram exatamente sete e meia quando o telefone a despertou. Saiu cambaleando da cama, tateou o caminho até a sala. Estava com uma das mãos na testa; a outra alcançou o aparelho.

"Alô?"

"Bom dia, Siobhan. Eu não acordei você, acordei?"

"Não, eu já estava tomando café." Piscou algumas vezes, depois distendeu o rosto, tentando abrir os olhos. Farmer parecia já estar acordado havia horas.

"Bem, não quero tomar seu tempo, mas é que recebi um telefonema muito interessante."

"Um dos seus contatos?"

"Outro madrugador. Está escrevendo um livro sobre os Cavaleiros Templários, ligando-os aos maçons. Provavelmente foi por isso que percebeu de imediato."

Agora Siobhan estava na cozinha. Verificou se havia água na chaleira e acendeu o fogo. O café instantâneo do pote era suficiente para umas duas ou três xícaras. Precisava ir a um supermercado um dia desses. Restos de chocolate na bancada. Passou os dedos num pedaço e os levou à boca.

"Percebeu o quê?", perguntou.

Farmer começou a rir. "Você ainda não acordou, não é?"

"Estou um pouco zonza, só isso."

"Foi uma longa noite?"

"Acho que comi chocolate demais. Percebeu o quê, senhor?"

"A pista. É uma referência a Rosslyn Chapel. Você sabe onde fica?"

"Estive lá faz pouco tempo." Em outro caso, em que trabalhara com Rebus.

"Então talvez tenha visto: uma das janelas parece ser decorada com entalhes que representam milho."

"Não me lembro." Mas agora estava acordando.

"Só que a capela foi construída antes de o milho ser conhecido na Grã-Bretanha."

"'O milho começou'", ela repetiu.

"Isso mesmo."

"E o sonho do maçom?"

"Algo que você deve ter notado na capela: dois pilares rebuscados. Um é chamado de Pilar do Maçom, o outro, de Pilar do Aprendiz. Diz a história que o mestre maçom decidiu viajar para o exterior para estudar o desenho de um pilar que ia construir. Mas, enquanto estava fora, um de seus aprendizes teve um sonho sobre a forma que teria o pilar acabado. Foi assim que ele criou o Pilar do Aprendiz. Quando o mestre maçom voltou, ficou com tanta inveja que foi atrás do aprendiz e espancou-o até a morte com uma marreta."

"Então o sonho do maçom terminou com o pilar?"

"Isso mesmo."

Siobhan repassou a história na cabeça. "Tudo se encaixa", disse afinal. "Muito obrigada, senhor."

"Missão cumprida?"

"Bem, não exatamente. Mas preciso desligar."

"Ligue para mim depois, Siobhan. Quero saber como a história termina."

"Ligo sim. Mais uma vez, obrigada."

Siobhan passou as duas mãos nos cabelos. *O milho começou onde o sonho do maçom terminou.* Rosslyn Chapel. Ficava na aldeia de Roslin, mais ou menos nove quilômetros ao sul da cidade. Pegou novamente o telefone, pronta para ligar para Grant... Mas desistiu. Pelo laptop, enviou um e-mail para o Enigmista:

O Pilar do Aprendiz, Rosslyn Chapel.

Depois esperou. Tomou uma xícara de café fraco, aproveitando para engolir dois comprimidos de paracetamol. Foi ao banheiro e tomou um banho. Estava secando o cabelo com uma toalha quando atravessou a sala de estar. Ainda não havia nenhuma mensagem do Enigmista. Sentou-se outra vez, mordendo o lábio inferior. Eles não precisavam ter ido até Hart Fell: o nome já teria sido suficiente. Em menos de três horas o tempo estaria esgotado. Será que o Enigmista queria que ela fosse até Roslin? Enviou outro e-mail:

Fico aqui ou vou até lá?

Continuou esperando. A segunda xícara de café estava mais fraca que a primeira. A lata estava vazia. Se quisesse tomar mais alguma coisa, teria de ser chá de camomila. Ficou imaginando se o Enigmista teria ido a algum lugar. Mas achava que levava o laptop e um celular sempre que se ausentava. Talvez até funcionasse vinte e quatro horas por dia, como ela estava fazendo. Ia querer saber quando as mensagens chegassem.

Então o que ele estava fazendo?

"Não posso correr o risco", disse em voz alta. Uma última mensagem: *Estou indo para a capela.* E foi se vestir.

Chegou até o carro, colocou o laptop no banco de passageiro. Pensou novamente em ligar para Grant, mas resolveu não fazer isso. Ela estava bem protegida; poderia resistir a toda a artilharia que ele disparasse...

...você não quer dividir, e se isso não é coisa do Rebus, não sei o que mais pode ser.

Palavras de Grant. E lá estava ela dirigindo para Roslin sozinha. Sem apoio e depois de alertar o Enigmista de sua ida. Virou o carro na direção do apartamento de Grant.

Passava um pouco das oito e vinte quando o telefone acordou Rebus. Era o celular, espetado numa tomada da parede na noite anterior para carregar enquanto dormia. Saiu da cama e enroscou os pés nas roupas jogadas sobre o tapete. De quatro, conseguiu pegar o telefone e levar até o ouvido.

"Rebus", atendeu. "E tomara que seja algo importante."

"Você está atrasado", disse a voz. Gill Templer.

"Atrasado para quê?"

"Para a grande matéria."

Ainda de quatro, Rebus olhou para a cama. Nenhum sinal de Jean. Será que tinha saído para o trabalho?

"Que grande matéria?"

"Sua presença está sendo requisitada em Holyrood Park. Encontraram um corpo em Arthur's Seat."

"É o dela?" Rebus de repente sentiu a pele ficar pegajosa.

"Difícil dizer nesse estágio."

"Oh, Deus." Esticou o pescoço, os olhos no teto. "Como ela morreu?"

"O corpo está lá há um bom tempo."

"Gates e Curt estão no local?"

"Devem estar chegando."

"Estou a caminho."

"Sinto muito ter perturbado você. Por acaso está na casa da Jean?"

"Agora você faz adivinhações?"

"Vamos dizer que é intuição feminina."

"Tchau, Gill."

"Tchau, John."

Enquanto tirava o carregador da tomada, a porta se abriu e Jean Burchill entrou. Vestia um roupão atoalhado e carregava uma bandeja: suco de laranja e torradas, uma cafeteira cheia de café.

"Uau", ela exclamou, "você está uma graça."

Depois percebeu a expressão no rosto dele e seu sorriso desapareceu. "Qual é o problema?", perguntou.

Rebus explicou.

Grant bocejou. Tinha pegado dois copos de café em um quiosque, mas nem assim despertara totalmente. Seu cabelo atrás estava espetado, e ele parecia consciente disso, pois continuava tentando assentá-lo com a mão.

"Não dormi muito bem esta noite", comentou, olhando para Siobhan. Ela mantinha os olhos na estrada.

"Alguma coisa no jornal?"

Ele estava com o tabloide do dia — comprado junto com os cafés — aberto no colo. "Nada demais."

"Alguma coisa sobre o caso?"

"Acho que não. Relegado ao esquecimento." De repente lhe ocorreu um súbito pensamento e ele começou a tatear os bolsos.

"O que foi?" Por uma fração de segundo pensou que Grant pudesse ter esquecido algum medicamento vital.

"Meu celular. Devo ter deixado em cima da mesa."

"Eu estou com o meu."

"Sim, ligado no laptop. O que acontece se alguém tentar nos ligar?"

"Deixam uma mensagem."

"Imagino que sim... Olha, quanto a ontem..."

"Vamos fingir que nunca aconteceu", ela interrompeu bruscamente.

"Mas aconteceu."

"Mas eu prefiro que não tenha acontecido, certo?"

"É você que sempre reclamava que eu..."

"Assunto encerrado, Grant." Virou-se para ele. "É sério. Assunto encerrado, ou eu levo à chefia... você é que sabe."

Ele começou a dizer alguma coisa mas parou, cruzou os braços no peito. A Virgin AM estava sintonizada no rádio. Siobhan gostava; ajudava a despertar. Grant preferia algo mais noticioso, Radio Scotland ou Radio Four.

"Meu carro, meu rádio", foi tudo que ela disse a respeito.

Agora Grant pedia que ela repetisse tudo o que já havia contado sobre o telefonema de Farmer. Siobhan repetiu, contente por deixarem de lado o assunto do agarra--agarra.

Grant bebericava o café enquanto ela falava. Usava óculos escuros, embora não fizesse sol. Eram Ray-Ban, com armação de tartaruga.

292

"Parece convincente", disse quando ela terminou.

"Também acho", ela concordou.

"Quase fácil demais."

Ela pigarreou. "Tão fácil que quase nos deixou para trás."

Grant deu de ombros. "Não exigiu nenhuma habilidade especial, é isso que estou dizendo. É o tipo de coisa que a gente sabe ou não sabe."

"Como você disse, um tipo diferente de pista."

"Quantos maçons você imagina que Philippa Balfour conhece?"

"O quê?"

"Foi a forma como você descobriu. Como *ela* teria descoberto a resposta?"

"Ela é estudante de história da arte, não é?"

"Verdade. Então pode ter topado com Rosslyn Chapel em seus estudos?"

"É possível."

"E o Enigmista sabia disso?"

"Como poderia?"

"Talvez ela tenha falado sobre o curso que fazia."

"Pode ser."

"Se não for isso, seria o tipo de pista que ela não teria conseguido resolver. Está entendendo o que eu quero dizer?"

"Acho que sim. Quer dizer que essa pista requeria conhecimentos especializados que as outras não exigiam?"

"Por aí. Claro que existe outra possibilidade."

"E qual seria?"

"A de que o Enigmista sabia muito bem que ela saberia alguma coisa sobre Rosslyn Chapel, quer ela tenha falado sobre o que estudava ou não."

Siobhan percebeu aonde ele queria chegar. "Alguém que a conhece? Está dizendo que o Enigmista é um dos amigos dela?"

Grant olhou para ela por cima do Ray-Ban. "Não me surpreenderia se Ranald Marr se revelasse um maçom, um homem nessa linha de trabalho..."

"É, nem eu", concordou Siobhan, pensativa. "Talvez a gente tenha que voltar lá e perguntar para ele."

Os dois saíram da estrada principal e entraram no vilarejo de Roslin. Siobhan estacionou perto da loja de presentes da capela. A porta estava trancada.

"O lugar só abre às dez", disse Grant, lendo um cartaz. "Quanto tempo acha que ainda temos?"

"Se tivermos que esperar até as dez, não muito." Siobhan estava no carro, verificando se havia algum novo e-mail.

"Tem de haver alguém." Grant bateu na porta com o punho. Siobhan saiu do carro e examinou a parede que cercava o terreno da capela.

"Você é bom em pular muros?", perguntou a Grant.

"A gente pode tentar", ele respondeu. "Mas e se a capela estiver fechada também?"

"E se alguém lá dentro estiver fazendo uma limpeza rápida nas coisas?"

Grant concordou. Mas pouco depois ouviram o som de uma trava sendo deslocada. A porta se abriu e um homem apareceu atrás dela.

"Ainda não estamos abertos", enunciou formalmente.

Siobhan mostrou sua credencial. "Nós somos da polícia, senhor. Sinto muito, mas não podemos esperar."

Os dois seguiram o homem por um caminho até a entrada lateral da capela. O prédio em si era coberto por um enorme dossel. Por já ter estado no local, Siobhan sabia que havia um problema no telhado. Mas precisava estar seco para ser consertado. A capela era pequena do lado de fora, mas parecia maior por dentro, um truque de sua decoração pomposa. O teto era surpreendente, mesmo se boa parte dele estivesse esverdeada pela umidade e o desgaste. Grant ficou na nave central, tão deslumbrado quanto Siobhan em sua primeira visita.

"É incrível", comentou em voz baixa, as palavras ecoando pelas paredes. Havia entalhes por toda parte. Mas Siobhan sabia o que estava buscando, e andou diretamente para o Pilar do Aprendiz. Era ao lado de alguns degraus que levavam à sacristia. O pilar tinha quase três metros de altura, com adornos entalhados percorrendo-o de cima a baixo.

"É esse?", perguntou Grant.

"Esse mesmo."

"E o que estamos procurando?"

"Vamos saber quando encontrarmos." Siobhan passou as mãos pela superfície fria do pilar, depois se agachou. Dragões entrelaçados coleavam em torno da base. A cauda de um deles, dobrada sobre si mesma, tinha deixado um pequeno nó. Passando o dedo polegar e o médio por cima, encontrou um pequeno quadrado de papel.

"Que loucura", comentou Grant.

Nem se deu ao trabalho de usar luvas ou uma sacola de provas, pois já sabia que o Enigmista não deixava nada de útil para a perícia. Era um pedaço de folha de caderno, dobrado três vezes. Ela desdobrou, Grant se posicionou para que os dois vissem o que estava escrito.

Você é a Desbravadora. Hellbank é o seu próximo destino. Seguem instruções.

"Não entendi", disse Grant. "Toda essa correria só por causa *disso?*" A voz dele se elevou.

Siobhan leu a mensagem inteira outra vez, virou o papel. O verso estava em branco. Grant girou nos calcanhares e soltou um suspiro.

"Safado!", falou, ganhando uma expressão de advertência do guia. "Aposto que está dando boas risadas de nós dois revistando o local!"

"Acho que isso faz parte, sim", concordou Siobhan em voz baixa.

Grant se virou para ela. "Parte do quê?"

"Parte da atração que isso exerce nele. Ele gosta de ver a gente nessa correria."

"Sim, mas ele não está *vendo* a gente, está?"

"Não sei. Às vezes tenho a impressão de que pode estar nos observando."

Grant olhou para ela, depois andou até o guia. "Qual é o seu nome?"

"William Eadie."

Grant estava empunhando seu bloco de anotações. "E qual é o seu endereço, senhor Eadie?" Começou a tomar nota dos detalhes de Eadie.

"Ele não é o Enigmista", afirmou Siobhan.

"Quem?", perguntou Eadie, modulando a voz.

"Deixa pra lá", respondeu Siobhan, arrastando Grant pelo braço. Os dois voltaram ao carro e Siobhan começou a digitar um e-mail:

Pronta para a pista de Hellbank.

Enviou a mensagem, depois se recostou.

"E agora?", perguntou Grant. Siobhan deu de ombros. Mas pouco depois o laptop anunciou a chegada de uma nova mensagem. Ela clicou para ler.

Pronta para seguir o caminho? Cuidado: rush a testar.

Grant soltou a respiração com um sibilo. "Isso é uma pista ou uma provocação?"

"Talvez as duas coisas. Mas o que ele quer dizer com '*rush* a testar', que o trânsito vai estar ruim?"

Apareceu outra mensagem:

Hellbank hoje às seis da tarde.

Siobhan anuiu. "As duas coisas", repetiu.

"Seis? Ele só está dando oito horas para a gente."

"Então não há tempo a perder. O que significa esse 'seguir o caminho'?"

"Não faço ideia."

Siobhan olhou para ele. "Você acha que não é uma pista?"

Grant deu um sorriso forçado. "Não foi o que eu quis dizer. Vamos dar mais uma olhada." Siobhan pôs a mensagem na tela outra vez. "Sabe o que isso parece?"

"O quê?"

"Um jogo de palavras..." Grant apertou os lábios. Uma pequena ruga vertical surgiu entre suas sobrancelhas enquanto se concentrava. "Se é uma pista, então 'seguir o caminho' pode significar 'trilhar', 'rastrear'. Percebe?"

Enfiou a mão no bolso, pegou o bloco de notas e caneta. "Preciso ver como fica por escrito", explicou, copiando a pista. "É uma construção clássica de jogo de palavras: parte diz o que você tem de fazer, parte é o significado que vai ter quando você fizer o que tem de ser feito."

"Vá em frente. Talvez daqui a pouco você decifre."

Grant sorriu outra vez, mas manteve os olhos nas palavras à frente. "Vamos dizer que seja um anagrama. 'Pronta para seguir o caminho... Cuidado: *rush* a testar'. Se você segue um caminho... e encontra *rush* pela frente... Não, deve haver alguma combinação de letras que signifique alguma outra coisa."

"Mas que coisa?" Siobhan sentia uma dor de cabeça se insinuando.

"É o que precisamos descobrir."

"Se for um anagrama."

"Se for um anagrama", admitiu Grant.

"E o que isso tem a ver com Hellbank, seja lá o que for Hellbank?"

"Não sei."

"Se for um anagrama, não seria fácil demais?"

"Só se você souber como funcionam esses jogos de palavras. Senão vai ler literalmente, e não significaria nada."

"Bem, você acabou de explicar, e tudo isso ainda não faz sentido nenhum."

"Que sorte eu estar aqui, não? Vamos lá." Ele arrancou uma folha em branco e entregou a ela. "Veja se consegue decompor '*rush* a testar'."

"Para formar uma palavra que signifique alguma coisa?"

"Palavra ou palavras", corrigiu Grant. "Você tem onze letras pra brincar."

"Não existe algum programa de computador que a gente possa usar?"

"Provavelmente. Mas isso seria trapacear, não é?"

"Nesse momento, trapacear me parece muito justo."

Mas Grant não estava ouvindo. Já tinha começado a trabalhar.

"Eu estive aqui ainda ontem", disse Rebus. Bill Pryde havia deixado sua prancheta em Gayfield Square. Tinha a respiração ofegante enquanto subiam. Vários guardas se posicionavam por perto. Seguravam rolos de fita listrada e esperavam para saber se seria prático ou necessário isolar o local. Uma fileira de carros ocupava o acostamento da estrada abaixo: jornalistas, fotógrafos, pelo menos uma equipe de TV. A notícia tinha se espalhado depressa: o circo chegou à cidade.

"Algo a nos informar, inspetor Rebus?", perguntou Steve Holly quando ele saiu do carro.

"Sim, que você está me aborrecendo."

Agora Pryde explicava como um passante havia encontrado o corpo. "Num arbusto rasteiro. Não houve de fato intenção de esconder."

Rebus ficou em silêncio. Dois corpos jamais encontrados... outros dois encontrados na água. Agora isso: uma colina. Desmanchava o padrão.

"É ela?", perguntou.

"Pela camiseta Versace, eu diria que sim."

Rebus parou, olhou ao redor. Um bosque no meio de Edimburgo. Arthur's Seat era um vulcão extinto cercado por uma reserva de pássaros e três lagos. "Seria um trabalho e tanto arrastar um corpo até aqui", observou.

Pryde concordou. "Ao que parece foi morta no local."

"Atraída até aqui?"

"Ou talvez estivesse simplesmente fazendo um passeio."

Rebus balançou a cabeça. "Não consigo ver a garota Balfour como uma andarilha." Os dois voltaram a caminhar, aproximando-se cada vez mais do local. Um grupo de figuras curvadas na encosta da colina, capuzes e macacões brancos: é muito fácil contaminar o local de um crime.

298

Rebus reconheceu o professor Gates, rosto avermelhado pelo esforço da subida. Gill Templer perto dele, sem falar nada, apenas ouvindo e observando. Os técnicos periciais faziam uma busca rudimentar no terreno — mais tarde, quando o corpo tivesse sido examinado, trariam mais guardas para começar a busca por impressões digitais. Não seria fácil: a grama era alta e densa. Um fotógrafo da polícia ajustava as lentes da câmera.

"Melhor não ir além desse ponto", disse Pryde. Depois pediu para alguém trazer dois conjuntos de macacões. Quando Rebus começou a vestir o dele a partir do pé, o tecido farfalhou e estalou na brisa forte.

"Algum sinal de Siobhan Clarke?", perguntou.

"Tentei entrar em contato com ela e com Grant Hood", respondeu Pryde. "Até agora, nada."

"É mesmo?" Rebus teve de conter um sorriso.

"Alguma coisa que eu devesse saber?", perguntou Pryde.

Rebus negou com a cabeça. "Lugar sinistro para morrer, não?"

"Como qualquer outro, não é?" Pryde fechou o zíper do macacão e começou a andar em direção ao corpo.

"Estrangulamento", Gill Templer informou.

"É a hipótese mais provável até agora", corrigiu Gates. "Bom dia, John."

Rebus devolveu o cumprimento com a cabeça. "Doutor Curt não está com você?"

"Ligou dizendo que estava doente. Ele tem ficado muito doente ultimamente." Gates mantinha a conversa sem interromper seu exame. O corpo estava numa posição chocante, pernas e braços em ângulos pronunciados. A vegetação rala ao redor funcionou como um esconderijo, percebeu Rebus. Combinada com a grama alta, teria sido necessário estar a menos de três metros para distinguir o que era. As roupas ajudaram na camuflagem: calça de combate verde, camiseta cáqui, jaqueta cinza. As roupas que Flip vestia no dia do desaparecimento.

"Os pais foram informados?", perguntou.

Gill fez que sim. "Eles já sabem que um corpo foi encontrado."

Rebus se desviou dela para ter uma visão melhor. O rosto estava virado para o outro lado. Havia folhas nos cabelos e a trilha brilhante de uma lesma. A pele estava arroxeada. Provavelmente Gates tinha movido um pouco o corpo. O que Rebus via era lividez, o peso do sangue depois da morte colorindo partes do corpo perto do chão. Já havia visto dezenas de cadáveres ao longo dos anos; mas eles nunca deixavam de ser tristes, nem o deprimiam menos. O movimento é o que distingue qualquer coisa viva, e aquela ausência era algo difícil de aceitar. Rebus já vira gente chorando e sacudindo os corpos de familiares mortos nas lajes mortuárias, como se isso pudesse trazê--los de volta à vida. Philippa Balfour nunca mais voltaria.

"Os dedos foram mastigados", disse Gates, mais para o gravador do que para a plateia. "Vida selvagem local, provavelmente."

Fuinhas ou raposas, imaginou Rebus. Fatos da natureza que não se veem em documentários da TV.

"Muito inconveniente", continuou Gates. Rebus sabia o que ele estava dizendo: se Philippa tivesse lutado contra seu agressor, seus dedos poderiam dizer muito a respeito — pedaços de pele ou sangue sob as unhas.

"Que desperdício", falou Pryde subitamente. Rebus teve a impressão de que ele não se referia à morte de Philippa, mas ao esforço que haviam feito durante todos os dias desde o seu desaparecimento — as checagens em aeroportos, barcos, trens... sempre trabalhando com a suposição de que talvez — apenas talvez — ela ainda estivesse viva. E todo esse tempo Philippa estava aqui, cada dia lhes roubando possíveis provas, possíveis pistas.

"Ainda bem que ela foi encontrada logo", comentou Gates, talvez para consolar Pryde. Era verdade. O corpo de uma mulher tinha sido encontrado fazia alguns meses em outra parte do parque, bem longe dos caminhos percorridos pelos usuários. Mas o corpo já estava lá havia mais de um mês. Por acaso era um "doméstico", o eufemismo usado quando as vítimas eram mortas por algum parente.

Rebus viu um dos carros mortuários cinzentos chegando lá embaixo. O corpo seria embalado e levado para o Western General, onde Gates conduziria a autópsia.

"Marcas de arrasto nos tornozelos", Gates recitava ao gravador. "Não muito severas. Lividez coerente com a posição do corpo, então ainda estava viva ou tinha acabado de morrer quando foi arrastada até aqui."

Gill Templer olhou ao redor. "Até que distância devemos ampliar a busca?"

"Uns cinquenta ou cem metros talvez", respondeu Gates. Gill olhou na direção de Rebus, que percebeu que ela não tinha esperança. Pouco provável conseguir rastrear exatamente o local de onde fora arrastada, a não ser que tivesse deixado cair alguma coisa.

"Nada nos bolsos?", perguntou Rebus.

Gates fez que não com a cabeça. "Joias nas mãos, e um relógio bem caro."

"Cartier", acrescentou Gill.

"Ao menos podemos eliminar roubo como causa", murmurou Rebus, provocando um sorriso em Gates.

"Não há sinais de que as roupas tenham sido tocadas", comentou o patologista, "então talvez você possa eliminar motivos sexuais também."

"Cada vez melhor." Rebus olhou para Gill. "Não vai ser fácil."

"Por isso esse meu sorriso de orelha a orelha", devolveu Gill solenemente.

Em St. Leonard's, a delegacia estava agitada com as novidades, mas tudo que Siobhan conseguia sentir era um torpor desfocado. Fazer o jogo do Enigmista — provavelmente da mesma forma que Philippa — tinha provocado certa afinidade com a estudante desaparecida. Agora os piores temores tinham se concretizado, ela não era mais uma pessoa desaparecida.

"Nós sempre soubemos disso, não?", disse Grant. "Era só uma questão de *quando* o corpo iria aparecer." Largou o bloco de notas sobre a mesa à sua frente. Três ou quatro páginas estavam cobertas por anagramas. Sentou-se e encarou uma página em branco, caneta na mão. George Silvers e Ellen Wylie também estavam na sala.

"Ainda na semana passada eu passeei com meus filhos em Arthur's Seat", Silvers estava dizendo.

Siobhan perguntou quem tinha encontrado o corpo.

"Alguém andando por lá", respondeu Wylie. "Mulher de meia-idade, acho. Dando sua caminhada diária."

"Vai demorar até ela voltar a fazer aquele caminho", murmurou Silvers.

"Flip estava jogada lá esse tempo todo?" Siobhan olhava para o lugar onde Grant continuava combinando letras. Talvez tivesse razão em continuar trabalhando, mas ela não pôde deixar de sentir certa aversão. Como ele podia não se sentir abalado pela notícia? Até mesmo George Silvers — o mais cético de todos — parecia um pouco chocado.

"Arthur's Seat", ele repetiu. "No fim de semana passado."

Wylie afinal respondeu a pergunta de Siobhan. "A inspetora-chefe acha que sim." Quando falou, olhou para a mesa e esfregou o tampo com a mão como se estivesse tirando o pó.

Ela ainda está magoada, pensou Siobhan... a simples menção do termo "inspetora-chefe" traz a lembrança da aparição na TV e reaviva seu ressentimento.

Quando um dos telefones tocou, Silvers foi atender.

"Não, ele não está", falou ao aparelho. Depois: "Um momento, vou verificar". Tapou o receptor com a mão. "Ellen, alguma ideia de quando Rebus vai estar de volta?"

Wylie meneou lentamente a cabeça. Na mesma hora

Siobhan teve certeza de onde Rebus estava: em Arthur's Seat... mas Wylie, que seria sua parceira, não estava lá com ele. Imaginou Gill Templer dizendo a Rebus que precisava dele no local. Ele teria ido rápido como uma flecha, deixando Wylie para trás. Pareceu a Siobhan um gesto esnobe e calculado de Gill. Ela sabia *exatamente* como Wylie devia estar se sentindo.

"Sinto muito, não faço ideia", disse Silvers ao telefone. Depois: "Só um segundo". Estendeu o aparelho na direção de Siobhan.

"A moça quer falar com você."

Siobhan atravessou a sala, sussurrando a pergunta "quem?", mas Silvers fez um gesto vago e passou o telefone.

"Alô, detetive Clarke falando."

"Siobhan, é Jean Burchill."

"Oi, Jean, em que posso ajudar?"

"Vocês já identificaram a garota?"

"Não cem por cento. Como você soube?"

"John me contou, antes de sair correndo."

Os lábios de Siobhan formaram um "Oh" silencioso. John Rebus e Jean Burchill... ora, ora. "Quer que eu diga que você ligou?"

"Eu tentei falar com ele pelo celular."

"Ele pode ter desligado: nem sempre a gente quer ser interrompido na cena."

"Cena?"

"No local do crime."

"Em Arthur's Seat, não é? Nós estivemos lá ontem de manhã."

Siobhan olhou para Silvers. Parecia que quase todo mundo tinha visitado Arthur's Seat recentemente. Quando seus olhos passaram por Grant, viu que ele olhava fixo para o bloco de notas, como que hipnotizado por alguma coisa.

"Você sabe em que lugar de Arthur's Seat?", perguntou Jean.

"Do outro lado do lago Dunsapie e um pouco ao redor, em direção ao leste."

Siobhan observava Grant. Os olhos dele a encaravam quando se levantou da cadeira com o bloco de notas.

"Onde é isso...?" Era uma pergunta retórica, Jean tentando visualizar a localização. Grant segurava o bloco de notas à sua frente, mas ainda longe demais para Siobhan poder ler alguma coisa: uma mixórdia de palavras, depois algumas palavras em torno de um círculo. Siobhan apertou os olhos.

"Oh", disse Jean de repente. "Eu sei onde é. Hellbank, acho que é o nome."

"Hellbank?" Siobhan fez questão de que Grant a ouvisse, mas os pensamentos dele pareciam estar em outro lugar.

"Uma subida bem íngreme", continuou Jean, "o que pode explicar o nome, mesmo que o folclore prefira se referir a bruxas e demônios."

"Sem dúvida", disse Siobhan, arrastando a palavra. "Olha, Jean, eu preciso desligar." Agora conseguia ler as palavras dentro dos círculos do bloco de Grant. Havia mesmo um anagrama. "*Rush* a testar" tinha se transformado em "Arthur's Seat".

Siobhan desligou o telefone.

"Ele estava nos conduzindo até ela", disse Grant em voz baixa.

"Talvez."

"Como assim, 'talvez'?"

"Você está dizendo que ele sabia que a Flip já tinha morrido. Mas não podemos ter certeza. Ele só estava nos levando aos lugares aonde Flip tinha ido."

"Mas ela apareceu morta nesse lugar. E quem além do Enigmista sabia que ela havia estado lá?"

"Alguém pode tê-la seguido, ou se encontrado casualmente com ela."

"Você não acredita nisso", afirmou Grant, confiante.

"Estou bancando o advogado do diabo, Grant, só isso."

"Ele matou a garota."

"Então por que se dar ao trabalho de fazer a gente jogar o jogo?"

"Para mexer com as nossas cabeças." Fez uma pausa. "Não, para mexer com a *sua* cabeça. E talvez mais do que isso."

"Nesse caso ele já teria me matado."

"Por quê?"

"Porque agora eu não preciso mais jogar o jogo. Já cheguei até onde Flip estava."

Grant abanou a cabeça devagar. "Está dizendo que se ele enviar a próxima pista... qual é o estágio seguinte?"

"Constrição."

Ele confirmou. "Você não vai se sentir tentada se ele mandar essa pista?"

"Não", ela respondeu.

"Você está mentindo."

"Bom, depois dessa eu não vou a parte alguma sem apoio, de jeito nenhum, e ele deve saber disso." Um pensamento passou pela cabeça dela. "Constrição", falou.

"O que tem?"

"Ele mandou um e-mail pra Flip... quando ela já estava *morta*. Por que faria isso se foi ele que a matou?"

"Porque é um psicopata."

"Acho que não."

"Você devia entrar on-line e perguntar para ele."

"Perguntar se ele é um psicopata?"

"Contar o que nós sabemos."

"Aí ele pode simplesmente sumir. Vamos encarar, Grant, a gente poderia cruzar com ele na rua sem saber quem é. Nós só temos um nome... e nem mesmo um nome verdadeiro."

Grant bateu na mesa. "Mas *alguma coisa* nós temos que fazer. A qualquer minuto ele vai ouvir no rádio ou na TV que o corpo foi encontrado. E vai esperar notícias nossas."

"Tem razão", ela concordou. O laptop estava pendurado em seu ombro, ainda conectado ao telefone celular. Ela armou o conjunto, ligando o computador e o telefone numa tomada no piso.

O que deu a Grant tempo suficiente para ter outros pensamentos. "Espere um pouco", falou, "nós precisamos esclarecer isso com a inspetora-chefe Templer."

Siobhan lançou-lhe um olhar. "De volta às regras, hein?"

O rosto de Grant se afogueou, mas ele confirmou. "Algo assim, nós precisamos contar a ela."

Silvers e Wylie, que ouviam atentamente o tempo todo, entenderam o bastante para saber que algo importante estava acontecendo.

"Eu concordo com Siobhan", disse Wylie. "Vamos malhar enquanto o ferro ainda está quente."

Silvers discordava. "Vocês conhecem as regras: a inspetora-chefe vai detonar vocês dois se passarem por cima dela."

"Nós não estamos passando por cima dela", retrucou Siobhan, olhos em Wylie.

"Estamos, sim", discordou Grant. "O caso agora é de homicídio, Siobhan. A fase dos joguinhos acabou." Apoiou as duas mãos na mesa dela. "Se você mandar esse e-mail, vai estar por conta própria."

"Talvez eu prefira assim", replicou Siobhan, lamentando as palavras no momento em que escaparam.

"Gostei da sinceridade", disse Grant.

"Eu também", falou John Rebus da porta. Ellen Wylie se aprumou e cruzou os braços. "Falando nisso", prosseguiu, "desculpe, Ellen, eu deveria ter ligado."

"Esquece." Mas ficou claro para todos na sala que *ela* não esqueceria.

Quando Rebus ouviu a versão de Siobhan dos eventos da manhã — interrompida de vez em quando por Grant com um comentário ou uma perspectiva diferente —, todos olharam para ele à espera de uma decisão. Rebus passou um dedo no alto da tela do laptop.

"Tudo o que vocês acabaram de me contar tem que ser levado ao conhecimento da inspetora-chefe Templer", declarou.

Aos olhos de Siobhan, Grant não pareceu muito vingado ou presunçoso de forma ostensiva. Ellen Wylie, por outro lado, dava a impressão de estar torcendo por uma briga... por qualquer razão. Não se tratava exatamente de uma equipe de homicídios ideal.

"Tudo bem", concordou Siobhan, pronta para uma trégua ao menos parcial. "Vamos falar com a inspetora-chefe." Quando Rebus começou a aquiescer, ela acrescentou: "Mas posso apostar que você não faria isso".

"Eu?", retrucou Rebus. "Eu nem teria conseguido a primeira pista, Siobhan. Sabe por quê?"

"Por quê?"

"Porque, no que me diz respeito, e-mail é uma espécie de magia negra."

Siobhan sorriu, mas uma linha de pensamentos percorreu sua mente: magia negra... caixões usados em feitiços de bruxas... A morte de Flip numa colina chamada Hellbank.

Bruxaria?

Seis deles no congestionado escritório de Gayfield Square: Gill Templer e Bill Pryde; Rebus e Ellen Wylie; Siobhan e Grant. Templer era a única sentada. Siobhan tinha imprimido todos os e-mails, Templer os examinava em silêncio. Finalmente ergueu a cabeça.

"Existe *alguma* forma de identificarmos o Enigmista?"

"Que eu saiba, não", admitiu Siobhan.

"É possível", acrescentou Grant. "Quer dizer, não sei bem como, mas acho que é possível. Não existem uns vírus que os americanos conseguem rastrear até a origem?"

Templer concordou. "É verdade."

"A Metropolitana tem uma unidade de crimes informáticos, não tem?", continuou Grant. "Eles podem ter ligações com o FBI."

307

Templer olhou para ele. "Você consegue encarar, Grant?" Ele negou com a cabeça. "Eu gosto de computadores, mas isso está bem acima do meu nível. Quer dizer, eu ficaria contente em agir em grupo..."

"É justo." Templer se virou para Siobhan. "Esse estudante alemão de que você estava falando..."

"Sim?"

"Eu gostaria de saber mais detalhes."

"Não deve ser muito difícil."

De repente o olhar de Templer se transferiu para Wylie. "Você pode cuidar disso, Ellen?"

Wylie pareceu surpresa. "Acho que sim."

"Nós vamos dividir tarefas?", interrompeu Rebus.

"A não ser que você tenha uma boa razão para não fazer isso."

"Uma boneca deixada em Falls, e agora aparece um corpo. Segue o padrão anterior."

"De acordo com o seu construtor de caixão, não. Artesanato completamente diferente, creio que foi o que disse."

"Você acha que é uma coincidência?"

"Eu não acho nada, e se surgir alguma conexão, pode começar tudo outra vez. Mas agora nós temos um caso de homicídio, e isso muda tudo."

Rebus olhou para Wylie. Ela estava em ebulição — transferida de velhas autópsias empoeiradas para uma checagem de fundo do misterioso falecimento de um estudante... não era uma coisa particularmente animadora. E também não seria muito útil para Rebus — ocupada demais com a própria noção de injustiça.

"Certo", declarou Templer em meio ao silêncio. "Por enquanto, vocês voltem para o centro da investigação — e sim, eu sei que existe um mistério pairando no ar." Organizou as folhas de papel, fez que voltassem às mãos de Siobhan. "Você pode ficar um segundo?"

"Claro", ela concordou. Os outros se espremeram para

fora da sala, contentes com o ar mais fresco e mais frio. Mas Rebus ficou algum tempo perto da porta de Templer. Avistou a disposição de informações na parede mais distante — faxes, fotos e o resto. Alguém estava ocupado com o desmanche da colagem, agora que não se tratava mais de uma pessoa desaparecida. O ritmo da investigação já parecia ter se reduzido, não por uma questão de choque ou respeito aos mortos, mas porque as coisas tinham mudado: não havia mais pressa, não havia mais ninguém cuja vida poderia ser salva...

Dentro do escritório, Templer perguntava se Siobhan não gostaria de reconsiderar a proposta para o cargo de porta-voz.

"Obrigada", respondeu Siobhan. "Mas acho que não."

Templer recostou-se na cadeira. "Pode me dizer a razão?"

Siobhan olhou ao redor, como se procurasse frases escondidas nas paredes nuas. "No momento não consigo pensar", falou com um gesto vago. "Acho que no momento não me sinto inclinada."

"Talvez eu não me sinta inclinada a convidar você outra vez."

"Eu sei. Talvez eu esteja envolvida demais nesse caso. Gostaria de continuar trabalhando nele."

"Tudo bem", falou Templer, prolongando a segunda palavra. "Então acho que estamos conversadas."

"Certo." Siobhan segurou a maçaneta tentando não interpretar demais aquelas palavras.

"Ah, você pode pedir para o Grant entrar?"

Ela parou com a porta ainda entreaberta, depois aquiesceu e saiu da sala. Rebus enfiou a cabeça pela fresta.

"Tem dois segundos, Gill?"

"E olhe lá."

Ele entrou assim mesmo. "Esqueci de dizer uma coisa..."

"Esqueceu?" Ela deu um sorriso seco.

Rebus estava com três folhas de fax na mão. "Isto aqui veio de Dublin."

"Dublin?"

"De um contato chamado Declan Macmanus. Eu andei perguntando sobre os Costello."

Ela ergueu os olhos das folhas. "Alguma razão específica?"

"Só um palpite."

"Nós já tínhamos investigado a família."

Rebus concordou. "É claro: uma rápida chamada telefônica, e fica-se sabendo que não existe nenhuma acusação. Mas você sabe tão bem quanto eu que isso costuma ser só o começo da história."

E no caso dos Costello era uma longa história. Rebus sabia que tinha chamado a atenção de Templer. Quando Grant Hood bateu à porta, ela pediu que voltasse em cinco minutos.

"Melhor esticar para dez", acrescentou Rebus, piscando para o homem mais jovem. Em seguida removeu três caixas de arquivos da cadeira do visitante e se acomodou.

Macmanus tinha feito um belo trabalho. David Costello era um jovem muito rebelde: "Resultado de dinheiro demais e falta de devida atenção", nas palavras de Macmanus. Rebelde significava carros velozes, multas por excesso de velocidade, advertências verbais em casos em que outros delinquentes teriam sido postos atrás das grades. Havia brigas em *pubs*, vidros e cabines telefônicas destruídos, ao menos dois episódios de se aliviar em locais públicos — ponte O'Connel, meio da tarde. Até Rebus ficou impressionado com esta última. Constava que aos dezoito anos David tinha uma espécie de registro de vários *pubs* onde era barrado no mesmo período: Stag's Head, J. Grogan's, Davie Byrnes, O'Donoghue's, Doheny and Nesbitt's, Shelbourne... onze ao todo. No ano anterior, uma ex-namorada prestou queixa à polícia por ele ter batido em seu rosto na porta de uma boate nas margens do Liffey. Templer ergueu os olhos quando chegou àquela parte.

"Ela tinha bebido demais, nem conseguia lembrar o nome da boate", explicou Rebus. "No fim, desistiu de dar queixa."

"Você acha possível que isso tenha envolvido dinheiro?"

Rebus deu de ombros. "Continue a ler."

Macmanus admitia que David Costello tinha se emendado, localizando essa mudança numa festa de aniversário, quando um amigo tentou realizar uma proeza ousada, saltando entre dois telhados e caindo no beco abaixo.

O garoto não morreu. Mas sofreu danos cerebrais e na coluna... não passava de um vegetal agora, precisando de cuidados vinte e quatro horas por dia. Rebus se lembrou do apartamento de David — a meia garrafa de Bell's... Não era um bebedor contumaz, tinha considerado.

"Um grande choque nessa idade", relatava Macmanus. "Fez que David ficasse limpo e sóbrio numa fração de segundo. Não fosse isso, ele talvez deixasse de ser um simples delinquente amador para se tornar um bandido profissional."

Tal pai, tal filho. Thomas Costello deu um jeito de destruir oito carros sem nunca perder a carteira de motorista. A esposa Theresa tinha chamado a polícia duas vezes por causa de acessos de fúria do marido. Nas duas vezes foi encontrada no banheiro, porta trancada e algumas lascas soltas onde Thomas tinha começado a arrombar com uma faca. "Só estava tentando abrir essa maldita porta", explicou aos policiais da primeira vez. "Achei que ela estava se matando lá dentro."

"Não sou eu quem precisa se matar!", foi o protesto estridente de Theresa. (Na margem do fax, Macmanus tinha acrescentado uma nota escrita à mão relatando dois casos de doses excessivas de remédios de Theresa, e que todos na cidade se solidarizavam com ela: uma esposa trabalhadora, um marido abusivo e preguiçoso que só por acaso era imensamente rico sem ter feito nenhum esforço para isso.)

No Curran Hotel, Thomas agrediu verbalmente um turista e foi expulso por funcionários. Ameaçou cortar o pênis de um agenciador de apostas quando o homem perguntou se o sr. Costello não queria afinal acertar as contas de suas enormes perdas, perdas que o agenciador estava bancando havia vários meses.

E assim por diante. Os quartos separados no Caledonian agora faziam sentido...

"Que família adorável", comentou Templer.

"Entre as melhores de Dublin."

"E tudo isso dissimulado pela polícia."

"Ora, vamos", observou Rebus. "Nós não deixaríamos algo assim acontecer aqui, não é?"

"Pelo amor de Deus, não", ela afirmou com um sorriso seco. "E as suas considerações sobre tudo isso são...?"

"Que existe um lado de David Costello que não conhecíamos até agora. E isso vale para a família dele também. Eles ainda estão na cidade?"

"Voltaram para a Irlanda há alguns dias."

"Mas devem retornar a Edimburgo?"

Ela fez que sim. "Agora que Philippa foi encontrada."

"David Costello já soube?"

"Deve ter ouvido falar. Se os pais de Philippa não informaram, a mídia vai divulgar."

"Gostaria de ter estado lá", disse Rebus para si mesmo.

"Você não pode estar em toda parte."

"Acho que não."

"Muito bem, fale com os pais quando eles chegarem aqui."

"E o namorado?"

Ela concordou. "Mas não pegue pesado... não pega bem com alguém que está sofrendo."

Rebus sorriu. "Sempre pensando na mídia, hein, Gill?"

Templer olhou para ele. "Pode mandar Grant entrar, por favor?"

"O jovem policial impressionável vai entrar agora mesmo." Rebus abriu a porta. Grant estava lá em pé, oscilando nos saltos dos sapatos. Rebus não disse nada, apenas deu uma piscada quando ele passou.

Dez minutos depois Siobhan estava tomando café perto da máquina quando Grant a encontrou.

"O que a Templer queria?", ela perguntou, incapaz de se conter.

"Me oferecer o cargo de porta-voz."

Siobhan concentrou-se em mexer seu café. "Achei que poderia ser isso."

"Eu vou aparecer na telinha!"

"Que emoção."

Grant olhou para ela. "Você poderia fingir um pouco melhor."

"Tem razão, poderia." Os olhos dos dois se encontraram. "Obrigada por me ajudar nas pistas. Eu não teria conseguido sem você."

Só agora eles percebiam que a parceria estava dissolvida. "Ah... certo", falou Grant. "Olha, Siobhan..."

"Sim?"

"O que aconteceu no escritório... Eu sinto muito mesmo."

Ela se permitiu um sorriso amargo. "Está com medo que eu denuncie?"

"Não... não é isso..."

Mas era isso, e os dois sabiam. "Melhor cortar o cabelo e comprar um terno novo este fim de semana", ela sugeriu.

Grant examinou o próprio paletó.

"Se você vai estar na telinha, camisa lisa: sem listras ou xadrez. Ah, e Grant..."

"O quê?"

Ela estendeu a mão e enganchou um dedo na gravata dele.

"Gravatas lisas também. Personagens de desenho animado não têm graça."

"Foi o que a inspetora-chefe Templer falou." Ele pareceu surpreso, inclinando a cabeça para examinar as cabeças de Homer Simpson que enfeitavam sua gravata.

A primeira aparição de Grant Hood na tv aconteceu

naquela mesma tarde. Sentou-se ao lado de Gill Templer enquanto ela lia um breve comunicado a respeito do corpo localizado. Ellen Wylie assistia em um dos monitores do escritório. Não haveria fala para Hood. Mas ela viu Grant inclinar-se para cochichar algum comentário ao ouvido de Templer quando a mídia toda começou a fazer perguntas, e a inspetora-chefe aquiesceu em resposta. Bill Pryde estava do outro lado de Templer, administrando a maioria das perguntas. Todos queriam saber se o corpo era de Philippa Balfour; todos queriam saber a causa da morte.

"Ainda não estamos em posição para confirmar a identidade", declarou Pryde, as palavras pontuadas por pequenas tossidas. Parecia nervoso, e Wylie sabia que as tossidas eram tiques vocais. Ela mesma sentira o mesmo, aquela operação limpa-garganta. Gill Templer olhou em direção a Pryde, e Hood pareceu entender aquilo como uma deixa.

"A causa da morte também ainda está sendo determinada", declarou. "A autópsia está marcada para o final da tarde. Como vocês sabem, haverá outra coletiva às sete horas da noite, quando esperamos ter mais detalhes disponíveis."

"Mas a morte está sendo tratada como suspeita?", perguntou um jornalista.

"Nesse primeiro estágio, sim, consideramos a morte suspeita."

Wylie colocou a extremidade da caneta entre os dentes e começou a roer. Hood estava tranquilo, sem dúvida nenhuma. Tinha trocado de roupa: o terno parecia novo em folha. Conseguiu lavar o cabelo também, ela notou.

"Há muito pouco o que acrescentar no momento, como vocês sem dúvida vão entender", Grant estava dizendo à mídia. "Se e quando for feita uma identificação, a família será contatada e a identificação, confirmada."

"Posso saber se a família de Philippa Balfour virá a Edimburgo?"

Hood lançou um olhar azedo ao jornalista. "Não posso responder a essa pergunta." Ao seu lado, Gill Templer concordava com a cabeça, demonstrando seu próprio desagrado.

"Posso perguntar ao inspetor Pryde se a investigação de pessoas desaparecidas continua?"

"A investigação continua", Pryde afirmou com determinação, ganhando alguma confiança com o desempenho de Hood. Wylie queria desligar o monitor, mas havia outros assistindo ao seu lado, então em vez disso levantou e foi ao corredor, até as máquinas de bebidas. Quando retornou, a coletiva estava terminando. Alguém mais desligou o monitor e acabou com seu sofrimento.

"Ele foi muito bem, não foi?"

Wylie olhou para o guarda que fizera a pergunta, mas não viu nenhuma má intenção. "Foi mesmo", confirmou. "Foi muito bem mesmo."

"Melhor do que umas e outras", disse outra voz. Wylie virou a cabeça, mas havia três policiais na sala, todos baseados em Gayfield. Nenhum olhava para ela. Estendeu a mão até o café, mas não pegou a xícara, com medo de que seu tremor fosse notado. Preferiu voltar a atenção para as anotações de Siobhan sobre o estudante alemão. Seria melhor dar logo a partida, ocupar-se com alguns telefonemas.

Assim que tirasse as palavras *melhor do que umas e outras* da cabeça.

Siobhan estava mandando outra mensagem para o Enigmista, depois de demorar vinte minutos para acertar o tom.

Hellbank resolvido. Corpo de Flip encontrado lá. Quer falar a respeito?

Não demorou muito para chegar a resposta.

Como você resolveu?

Anagrama de Arthur's Seat. Hellbank é o nome da colina.

Foi você que encontrou o corpo?

Não. Foi você que a matou?
Não.
Mas está relacionado ao jogo. Acha que alguém a estava ajudando?
Não sei. Você quer continuar?
Continuar?
Constrição a espera.
Siobhan olhou para a tela. Será que a morte de Flip significava tão pouco para ele?
Flip está morta. Alguém a matou em Hellbank. Você precisa se apresentar.
A resposta dele demorou a chegar.
Não posso ajudar.
Acho que pode, Enigmista.
Passe por Constrição. Talvez a gente possa se encontrar lá.
Ela pensou por um momento. *Qual é o objetivo do jogo? Quando termina?*
Não houve resposta. Ela percebeu uma figura sentada ao seu lado: Rebus.
"O que o gostosão está dizendo?"
"Gostosão?"
"Parece que vocês dois estão passando um bom tempo juntos."
"É o trabalho."
"Imagino que seja. Então, o que ele está dizendo?"
"Ele quer que eu continue jogando."
"Manda ele se ferrar. Você não precisa mais disso."
"Será que não?"
O telefone tocou; Siobhan atendeu.
"Sim... tudo bem... claro." Procurou Rebus, que ainda estava ali perto. Quando terminou a ligação, ele ergueu uma sobrancelha interrogativa.
"A inspetora-chefe", ela explicou. "Agora que Grant está como porta-voz, quer que eu fique com a parte do computador."
"E isso significa...?"

"Significa descobrir se existe alguma maneira de rastrear o Enigmista. O que você acha? Esquadrão Anticrime?"

"Duvido que aqueles imbecis saibam soletrar a palavra '*modem*', quanto mais usar um."

"Mas eles têm contatos na Divisão Especial."

Rebus aceitou aquela afirmação com um gesto vago.

"Outra coisa que preciso fazer é passar um pente-fino pelos amigos e pela família da Flip outra vez."

"Por quê?"

"Porque eu não teria chegado até Hellbank sozinha."

Rebus concordou. "Você acha que ela também não?"

"Ela precisaria conhecer as linhas de metrô de Londres, a geografia da Escócia, Rosslyn Chapel, enigmas e jogos de palavras."

"Tarefa difícil?"

"É o meu palpite."

Rebus ficou pensativo. "Seja quem for, o Enigmista também precisava saber todas essas coisas."

"Concordo."

"E saber que Flip tinha ao menos uma chance de resolver os enigmas?"

"Acho que pode haver outros jogadores... não comigo, mas quando Flip estava jogando. O jogo poria todos não apenas contra o relógio, mas um contra o outro."

"E o Enigmista não fala nada?"

"Não."

"Por que será?"

Siobhan deu de ombros. "Ele deve ter suas razões."

Rebus apoiou as juntas das mãos na mesa. "Eu estava enganado. Afinal nós precisamos dele, não é?"

Siobhan olhou para ele. "Nós?"

Rebus ergueu as mãos. "Eu quis dizer que o *caso* precisa dele."

"Que bom. Achei que estava tentando a sua jogada habitual..."

"Que seria...?"

"Reunir todas as dicas e dizer que são suas."

"Nem pensar, Siobhan." Fez uma pausa. "Mas se você vai conversar com os amigos dela..."

"Sim?"

"Isso incluiria David Costello?"

"Nós já falamos com Costello. Já disse que não sabia nada sobre o jogo."

"Mesmo assim, você está pensando em falar com ele outra vez?"

Ela quase sorriu. "Sou assim tão previsível?"

"É que talvez eu vá junto. Tenho mais algumas perguntas que gostaria de fazer."

"Que perguntas?"

"Eu pago um café enquanto explico..."

Naquela noite, acompanhado por um amigo da família, John Balfour fez a identificação formal de Philippa, sua filha. A esposa ficou esperando no banco traseiro de um Jaguar do Balfour's Bank dirigido por Ranald Marr. Em vez de parar no estacionamento, Marr ficou dirigindo pelas ruas ao redor, retornando vinte minutos mais tarde — o período sugerido por Bill Pryde, que acompanhava Balfour em sua difícil incursão à Sala de Identificação.

Um grupo de resolutos repórteres estava presente, mas sem fotógrafos: a imprensa escocesa ainda se guiava por alguns princípios. Ninguém faria perguntas ao pai da vítima; só queriam um clima realista para os últimos relatos. Quando tudo acabou, Pryde ligou para o celular de Rebus e informou-o a respeito.

"Então agora é com a gente", disse Rebus. Ele estava no Oxford Bar com Siobhan, Ellen Wylie e Donald Devlin. Grant Hood tinha recusado o convite para um drinque, alegando que precisava fazer um curso rápido sobre a mídia — nomes e rostos. A coletiva de imprensa tinha sido adiada para nove da noite, com as primeiras conclusões, quando se esperava que a autópsia estivesse completa.

"Oh, céus", disse Devlin. Ele tinha tirado o paletó, e

agora mantinha os punhos fechados nos espaçosos bolsos de seu cardigã. "Que coisa lamentável."

"Desculpe o atraso", anunciou Jean Burchill, descendo o casaco dos ombros ao se aproximar. Rebus ergueu-se da cadeira, pegou o casaco e perguntou o que iria beber.

"Deixem que eu pago essa rodada", foi a resposta dela, mas ele disse não com a cabeça.

"Você é minha convidada. Isso faz com que eu tenha o dever de pagar ao menos a primeira rodada."

O grupo ocupava a mesa principal da sala dos fundos. O lugar não estava movimentado, e a TV ligada do outro lado garantia que dificilmente seriam ouvidos.

"Isso é uma espécie de reunião informal?", perguntou Jean quando Rebus se levantou.

"Ou talvez uma cerimônia de luto?", arriscou Wylie.

"Então é ela mesma?", perguntou Jean. O silêncio de todos foi uma resposta eloquente.

"Você trabalha com bruxaria e coisas do gênero, não é?", Siobhan perguntou a Jean.

"Sistemas de crenças", corrigiu-a Jean. "Mas, sim, bruxaria também se aplica."

"É por causa dessas histórias com os caixões, de o corpo da Flip ter sido encontrado num lugar chamado Hellbank... Você mesma falou que poderia haver uma relação com bruxaria."

Jean aquiesceu. "É verdade que Hellbank pode ter sido assim chamado por essa razão."

"E é verdade que os pequenos caixões de Arthur's Seat podem ter a ver com bruxaria?"

Jean olhou para Donald Devlin, que acompanhava o diálogo com atenção. Ainda estava pensando no que dizer quando Devlin se manifestou.

"Duvido muito que possa haver qualquer elemento de bruxaria relacionado aos caixões de Arthur's Seat. Mas sua proposta é interessante na medida em que, por mais esclarecidos que possamos ser, estamos sempre prontos para admitir essas crendices. Sorriu para Siobhan. "Fico surpreso ao detectar esse tipo de pensamento em uma detetive da polícia."

"Eu não disse isso", reagiu Siobhan.

"Então talvez esteja se apegando a um fio de esperança?"

Quando voltou com a soda com limão de Jean, Rebus não pôde deixar de notar o silêncio que caíra sobre a mesa.

"Bem", disse Wylie com impaciência, "agora que estamos todos aqui..."

"Agora que estamos todos aqui...", repetiu Rebus, erguendo a caneca, "saúde!"

Esperou que todos erguessem os copos para levar o seu aos lábios. Não se pode recusar um brinde na Escócia.

"Muito bem", começou Rebus, descansando a caneca na mesa. "Temos um grande caso de homicídio a ser resolvido, e eu gostaria de saber ao certo em que pé estamos."

"Não é para isso que servem as reuniões matinais?"

Ele olhou para Wylie. "Então vamos dizer que isso é uma reunião informal."

"Com a bebida servindo de suborno?"

"Eu sempre gostei de políticas de incentivo." Rebus conseguiu extrair um sorriso dela. "Bem, vou dizer o que acho que temos até agora. Temos Burke e Hare... considerando as coisas cronologicamente... e logo depois temos um monte de pequenos caixões encontrados em Arthur's Seat." Olhou em direção a Jean, percebendo pela primeira vez que, embora houvesse espaço no banco ao lado de Devlin, ela tinha puxado uma cadeira da mesa ao lado para ficar próxima a Siobhan. "Depois, com ou sem uma relação, temos uma série de caixões semelhantes aparecendo em lugares onde por acaso mulheres desapareceram ou surgiram mortas. Um desses caixões é encontrado em Falls, logo depois do desaparecimento de Philippa Balfour. Algum tempo depois ela aparece morta em Arthur's Seat, o local dos caixões originais."

"Que fica muito distante de Falls", observou Siobhan. "Quer dizer, esses outros caixões foram encontrados perto dos locais, não foram?"

"E o caixão de Falls é diferente dos outros", acrescentou Ellen Wylie.

"Não estou dizendo o contrário", interrompeu Rebus. "Só estou tentando constatar se sou o único a enxergar algumas ligações possíveis."

Todos se entreolharam; ninguém disse nada até Wylie erguer seu Bloody Mary e mencionar o estudante alemão, observando a superfície vermelha da bebida. "Espada e magia, RPG, e aparece morto numa colina da Escócia."

"Exatamente."

"Porém", continuou Wylie, "é difícil relacionar com os desaparecimentos e afogamentos."

Devlin pareceu persuadido pelo tom dela. "Não que os afogamentos tenham sido considerados suspeitos à época", acrescentou, "e meus exames dos detalhes pertinentes não me convenceram do contrário." Tinha retirado as mãos dos bolsos, que agora descansavam sobre os joelhos de suas lustrosas calças largas cinzentas.

"Ótimo", falou Rebus, "então eu sou o único que está remotamente convencido?"

Dessa vez nem mesmo Wylie se manifestou. Rebus tomou outro longo gole de cerveja. "Bem", continuou, "obrigado pelo voto de confiança."

"Escuta uma coisa, por que estamos aqui?" Wylie pôs as mãos sobre a mesa. "Você está tentando convencer a gente a trabalhar em equipe?"

"Estou apenas dizendo que todos esses pequenos detalhes podem fazer parte da mesma história."

"De Burke e Hare até a Caça ao Tesouro do Enigmista?"

"Sim." Mas Rebus agora pareceu acreditar menos em si mesmo. "Meu Deus, eu não sei..." Esfregou a mão na testa.

"Olha, obrigada pela bebida..." O copo de Ellen Wylie estava vazio. Ela tirou a sacola do banco, começou a se levantar.

"Ellen..."

Wylie olhou para ele. "Amanhã vai ser um longo dia, John. O primeiro dia completo do inquérito de um assassinato."

"Enquanto o patologista não se pronunciar, não é oficialmente um inquérito de assassinato", lembrou Devlin. Wylie parecia pronta a dizer alguma coisa, mas preferiu agraciá-lo com o mais frio dos seus sorrisos. Depois se espremeu entre duas cadeiras, disse um adeus geral e foi embora.

"Existe uma ligação entre tudo isso", falou Rebus em voz baixa, quase para si mesmo. "Não consigo dizer o que é, mas tem alguma coisa..."

"A obsessão por um caso pode ser prejudicial", sentenciou Devlin. "Prejudicial tanto para o caso quanto para si mesmo."

Rebus tentou esboçar o mesmo sorriso que Ellen Wylie acabara de dar. "Acho que a próxima rodada é sua", sugeriu.

Devlin olhou o relógio. "Na verdade, acho que não vou poder atender." Pareceu ter dificuldade para se levantar da mesa. "Será que alguma das moças pode me oferecer uma carona?"

"Sua casa fica no meu caminho", admitiu afinal Siobhan.

A sensação de estar sendo abandonado foi suavizada quando Rebus viu Siobhan olhando na direção de Jean: ela estava deixando os dois a sós, só isso.

"Mas vou pagar uma rodada antes de ir", acrescentou Siobhan.

"Talvez numa próxima vez", retornou Rebus com uma piscada. Ficou em silêncio com Jean até eles irem embora, e ia começar a dizer alguma coisa quando Devlin voltou.

"Estou certo em supor", falou, "que minha utilidade agora chegou ao fim?" Rebus anuiu. "Nesse caso, os relatórios vão ser enviados de volta aos locais de origem?"

"Vou pedir à detetive Wylie que faça isso amanhã logo cedo", prometeu Rebus.

"Então, muito obrigado por tudo." O sorriso de Devlin se dirigiu a Jean. "Foi um prazer conhecê-la."

"Igualmente", ela retribuiu.

"Eu vou visitar o seu museu um dia desses. Quem sabe você faz as honras de me mostrar o lugar...?"

"Com o maior prazer."

Devlin fez uma vênia e começou a andar em direção às escadas mais uma vez.

"Espero que ele não apareça", murmurou Jean quando ele se foi.

"Por quê?"

"Ele me provoca arrepios."

Rebus olhou por cima do ombro, como se uma visão final de Devlin o convencesse de que ela estava certa. "Você não é a primeira pessoa a dizer isso." Virou novamente para Jean. "Mas não se preocupe, você está perfeitamente segura comigo."

"Oh, espero que não", ela contestou, os olhos brilhando por cima do copo.

Os dois estavam na cama quando começaram as notícias. Rebus atendeu o telefone, sentou-se nu na beira do colchão, sentindo-se incomodado com a visão que apresentava a Jean: provavelmente dois pneus ao redor da cintura, braços e ombros com mais gordura que músculos. O único consolo era que a imagem seria ainda pior vista de frente...

"Estrangulamento", ele informou, tornando a se cobrir com o lençol.

"Então foi rápido?"

"Sem dúvida. A contusão é no pescoço, bem na artéria carótida. Ela deve ter desmaiado, depois foi estrangulada."

"Por que ele faria isso?"

"É mais fácil matar alguém desfalecido. Não há resistência."

"Você entende do assunto, hein? Já matou alguém, John?"

"Ninguém que você sentisse falta."

"Isso é mentira, não é?"

Rebus olhou para ela e aquiesceu. Jean inclinou-se e beijou o ombro dele.

"Você não quer falar a respeito. Tudo bem."

Rebus passou o braço ao redor dela, beijou seus cabelos. Havia um espelho no quarto, daqueles modelos apoiados no chão que permitia a visão dos pés à cabeça. Da cama não se via a face espelhada. Rebus cogitou se aquilo seria ou não proposital, mas não quis perguntar nada.

"Onde é a artéria carótida?", perguntou Jean.

Rebus colocou um dedo no próprio pescoço. "Se você fizer pressão, a pessoa desmaia em questão de segundos."

Ela apalpou o próprio pescoço até encontrar a carótida. "Interessante", observou. "Todo mundo sabe disso menos eu?"

"Sabe o quê?"

"Onde fica a carótida, o que ela faz."

"Acho que não, não. Aonde está querendo chegar?"

"Que quem fez isso sabia o que estava fazendo."

"Policiais sabem essas coisas", ele admitiu. "Não se usa muito nos dias de hoje, por razões óbvias. Mas houve época em que servia para dominar um prisioneiro rebelde. O aperto mortal vulcano, como chamávamos."

Ela sorriu. "O quê?"

"Você sabe, o Spock de *Jornada nas estrelas*." Deu um aperto no deltoide dela. Jean se libertou e deu um tapa no peito dele, deixando a mão lá. Rebus estava lembrando seu treinamento militar, como tinha aprendido técnicas de ataque, inclusive a pressão na carótida...

"Os médicos sabem disso?", ela perguntou.

"Provavelmente qualquer um com treinamento médico sabe."

Ela pareceu pensativa.

"Por quê?", perguntou afinal Rebus.

"Uma coisa que li no jornal. Um dos amigos da Philippa não era estudante de medicina, um dos que ela ia encontrar naquela noite...?"

10

O nome dele era Albert Winfield — "Albie" para os amigos. Pareceu surpreso pelo fato de a polícia querer falar com ele outra vez, mas compareceu a St. Leonard's na hora marcada na manhã seguinte. Rebus e Siobhan o deixaram esperando quinze minutos enquanto cuidavam de outro trabalho, depois fizeram que dois brutamontes uniformizados o levassem até a sala de interrogatório, onde ficou por mais quinze minutos. Fora da sala, Siobhan e Rebus trocavam olhares e assentiam um para o outro. Rebus abriu a porta de repente.

"Muito obrigado por ter vindo, senhor Winfield", falou de forma cortante. O jovem quase saltou da cadeira. A janela estava lacrada, a sala sufocava. Três cadeiras — duas de um lado de uma mesa estreita, uma do outro. Winfield estava de frente para as duas cadeiras vazias. Gravadores de fita e uma videocâmera estavam afixados na parede em que a mesa encostava. A própria mesa tinha nomes marcados no tampo, provas da época em que era ocupada por tipos com nomes como Shug, Jazz e Bomber. Uma placa de Não Fumar na parede, escrita com caneta esferográfica, e uma videocâmera montada na junção da parede com o teto, apontando para baixo para o caso de alguém decidir que uma gravação seria necessária.

Rebus garantiu que as pernas de sua cadeira fizessem o máximo de barulho quando a arrastou em direção à mesa. Tinha jogado um massudo arquivo em cena: sem nenhum nome. Winfield parecia hipnotizado. Não podia saber que estava cheio de folhas de papel em branco emprestadas de uma das fotocopiadoras.

Rebus repousou a mão na pasta e sorriu para Winfield. "Deve ter sido um choque terrível." A voz soou calma, tranquilizadora, solícita... Siobhan sentou-se ao lado do colega grandalhão. "Eu sou a detetive Clarke, a propósito. Este é o inspetor Rebus."

"O quê?", perguntou o jovem. A transpiração fazia sua testa brilhar. Os cabelos curtos e castanhos terminavam num bico de viúva. Tinha espinhas na pele.

"A notícia da morte da Flip", continuou Siobhan. "Deve ter sido um choque."

"S-sim... totalmente." O sotaque era inglês, mas Rebus sabia que ele não era inglês. A escola particular ao sul da fronteira tinha eliminado todos os traços das raízes escocesas. O pai fora empresário em Hong Kong até três anos antes, divorciado da mãe, que morava em Perthshire.

"Então você era muito amigo dela?"

Winfield mantinha os olhos em Siobhan. "Acho que sim. Quer dizer, na verdade ela era amiga da Camille."

"E Camille é a sua namorada?", perguntou Siobhan.

"Ela é estrangeira, não é?", espezinhou Rebus.

"Não..." O olhar desviou para Rebus, mas apenas por um segundo. "Não, ela é de Staffordshire."

"Como eu disse, estrangeira."

Siobhan deu uma olhada para Rebus, preocupada com os exageros do seu papel. Quando Winfield baixou os olhos para o tampo da mesa, Rebus tranquilizou Siobhan com uma piscada.

"Está calor aqui, não está, Albert?" Siobhan fez uma pausa. "Se importa se eu chamar você de Albert?"

"Não... não, tudo bem." Olhou para ela novamente, mas sempre que fazia isso seus olhos eram atraídos pelo homem ao lado.

"Você quer que eu abra uma janela?"

"Sim, seria excelente."

Siobhan olhou para Rebus, que empurrou a cadeira para trás com o maior barulho possível. As janelas eram pequenas, fixadas no alto da parede que dava para a rua.

Rebus ficou na ponta dos pés para abrir uma delas, afastando-a uns dez centímetros. Uma brisa entrou no ambiente.

"Melhor?", perguntou Siobhan.

"Sim, obrigado."

Rebus continuou em pé, à esquerda de Winfield. Cruzou os braços e encostou-se na parede, bem embaixo da câmera.

"São apenas algumas perguntas complementares, na verdade", ia dizendo Siobhan.

"Certo... ótimo." Winfield concordou com a cabeça com entusiasmo.

"Então é possível afirmar que você não conhecia Flip tão bem assim?"

"Nós saíamos juntos... em grupo, quer dizer. Às vezes para jantar..."

"No apartamento dela?"

"Uma vez ou outra. E no meu."

"Você mora perto do Jardim Botânico?"

"Isso mesmo."

"É um belo lugar para morar."

"É a casa do meu pai."

"Ele mora lá?"

"Não, ele... quer dizer, ele comprou para mim."

Siobhan olhou para Rebus.

"Belo presente", ele resmungou, ainda com os braços cruzados.

"Não tenho culpa de meu pai ter dinheiro", reclamou Winfield.

"Claro que não", concordou Siobhan.

"E quanto ao namorado da Flip?", perguntou Rebus.

Winfield fitava os sapatos de Rebus. "David? O que tem ele?"

Rebus inclinou-se, fez um aceno de mão para Winfield. "Eu estou aqui em cima, filho." Depois endireitou o corpo. Winfield manteve o olhar por uns três segundos.

"Estou só pensando se você acha que ele é seu amigo", continuou Rebus.

"Bem, é um pouco estranho... quer dizer, *era* estranho. Eles viviam se separando e voltando..."

"E você tomava o lado da Flip", arriscou Siobhan.

"Tinha de ser, com a Camille e tudo o mais..."

"Você diz que eles viviam se separando. De quem era a culpa?"

"Acho que eles simplesmente tinham personalidades incompatíveis... sabe quando os opostos se atraem? Bem, às vezes acontece o contrário."

"Eu não tive o privilégio de uma formação universitária, senhor Winfield", comentou Rebus. "Talvez você possa explicar isso para mim."

"Só estou dizendo que eles eram parecidos de várias maneiras, e que isso tornava a relação difícil."

"Eles discutiam?"

"Era como se não conseguissem abandonar uma discussão. Tinha que haver um vencedor e um perdedor, não havia meio-termo."

"Essas desavenças às vezes se tornavam violentas?"

"Não."

"Mas David era genioso", insistiu Rebus.

"Como qualquer pessoa."

Rebus caminhou até a mesa. Foram apenas dois passos. Inclinou-se para a frente de forma que sua sombra encobrisse Winfield. "Mas você chegou a ver David perdendo o controle?"

"Não, nunca."

"Não?"

Siobhan limpou a garganta, um sinal de que achava que Rebus tinha encontrado um obstáculo. "Albert", ela disse, a voz soando como um bálsamo, "você sabia que Flip gostava de jogos de computador?"

"Não", ele respondeu, parecendo surpreso.

"Você joga?"

"Eu costumava jogar Doom no primeiro ano... às vezes *pinball* no grêmio estudantil."

"*Pinball* de computador?"

"Não, *pinball* simples."

"Flip estava participando de um jogo on-line, uma espécie de caça ao tesouro." Siobhan desdobrou uma folha de papel e empurrou-a pelo tampo da mesa. "Essas pistas significam alguma coisa para você?"

Ele leu com o cenho franzido, depois soltou um suspiro. "Absolutamente nada."

"Você estuda medicina, não é?", interrompeu Rebus.

"Isso mesmo. Estou no terceiro ano."

"Aposto que é um curso difícil", comentou Siobhan, recolhendo a folha de papel de volta.

"Você nem imagina", riu Winfield.

"Acho que imaginamos", contestou Rebus. "Nós vemos médicos o tempo todo no nosso trabalho." Embora a gente faça o possível para evitar esses encontros, ele poderia ter acrescentado...

"Então imagino que saiba sobre a artéria carótida, não é?", perguntou Siobhan.

"Sei onde fica", admitiu Winfield, parecendo confuso.

"E o que ela faz?"

"É uma artéria no pescoço. Na verdade, são duas artérias."

"Levando sangue para o cérebro?", perguntou Siobhan.

"Eu tive que procurar no dicionário", disse Rebus a Winfield. "A palavra vem do grego, significa sono. Sabe por quê?"

"Porque a compressão da carótida pode provocar um desmaio."

Rebus concordou. "Isso mesmo, um sono profundo. E se a gente mantiver a pressão..."

"Meu Deus, foi assim que ela morreu?"

Siobhan fez que não com a cabeça. "Achamos que ela foi deixada inconsciente e estrangulada depois."

No silêncio que se seguiu, o olhar assustado de Winfield passava de um detetive para o outro. Depois ele começou a se levantar, os dedos agarrados na beira da mesa.

"Meu Deus, vocês não estão achando...? Pelo amor de Deus, vocês acham que fui *eu*?"

"Sente-se", ordenou Rebus. Na verdade, Winfield nem tinha se levantado muito; parecia que seus joelhos se recusavam a esticar para o encaixe.

"Nós sabemos que não foi você", disse Siobhan com firmeza. O estudante se deixou cair na cadeira, quase tombando com ela.

"Sabemos porque você tem um álibi: estava junto com os outros no bar naquela noite, esperando a Flip."

"Isso mesmo", ele concordou. "Isso mesmo."

"Então não há por que se preocupar", disse Rebus, afastando-se da mesa. "A não ser que você saiba de mais alguma coisa."

"Não, eu... eu..."

"Alguém mais na sua turma gosta de jogos, Albert?", perguntou Siobhan.

"Ninguém. Quer dizer, Trist tem alguns jogos no computador, Tomb Raider, essas coisas. Mas é bem provável que todo mundo tenha."

"É bem provável", reconheceu Siobhan. "Ninguém mais no seu círculo estuda medicina?"

Winfield negou com a cabeça, mas Siobhan percebeu que ele estava pensando. "Tem a Claire", falou. "Claire Benzie. Só me encontrei com ela umas duas vezes em algumas festas, mas era amiga da Flip... do colégio, acho."

"E ela estuda medicina?"

"Estuda."

"Mas você não a conhece bem?"

"Ela está um ano atrás de mim, e numa especialidade diferente. Puxa, é mesmo..." Olhou para Siobhan, depois para Rebus. "Entre tudo que há para escolher, ela prefere ser patologista..."

"Sim, eu conheço a Claire", disse o dr. Curt, conduzindo-os por um dos corredores. Estavam em uma ala da faculdade de medicina da universidade, em um bloco atrás do Salão McEwan. Rebus já estivera ali antes: era onde Curt e Gates tinham seus gabinetes de professores. Mas não conhecia as salas de aula. Curt levava os dois até lá agora. Rebus perguntou se ele estava se sentindo melhor. Problemas gástricos, explicou Curt. "Garota muito simpática", continuou dizendo, "e boa aluna. Espero que fique conosco."

"Como assim?"

"Ela está no segundo ano, ainda pode mudar de ideia."

"Existem muitas patologistas?", perguntou Siobhan.

"Não muitas, não... não neste país."

"É uma decisão estranha a tomar, não é?", perguntou Rebus. "Quando se é tão jovem, quero dizer."

"Não exatamente", refletiu Curt. "Eu sempre gostei de dissecar sapos nas aulas de biologia." Abriu um sorriso. "E prefiro tratar dos mortos que dos vivos: sem expectativas para diagnósticos, sem famílias ansiosas, poucas acusações de negligência..." Parou diante de uma série de portas e espiou pelo vidro da parte superior. "Sim, é aqui."

A sala de aula era pequena e antiquada: painéis envernizados nas paredes, bancos curvos de madeira, de espaldar reto. Curt consultou o relógio. "Só mais um ou dois minutos."

Rebus olhou para dentro. Alguém que ele não conhecia estava lecionando para algumas dezenas de alunos. Havia diagramas recém-desenhados no quadro-negro, e um tablado onde o professor limpava giz das mãos.

"Nenhum cadáver à vista", comentou Rebus.

"Costumamos deixar os cadáveres para as aulas práticas."

"Vocês ainda usam o Western General?"

"Usamos, e o trânsito é um problema."

A sala de autópsia do necrotério estava interditada. Ameaça de hepatite aliada a um sistema de ventilação antiquado. Nem sinal de financiamento para outra unidade, o que significava que um dos hospitais da cidade tinha de satisfazer as necessidades dos patologistas.

"O corpo humano é uma máquina fascinante", dizia Curt. "A gente só percebe isso claramente na autópsia. Um cirurgião normal só se concentra numa área específica do corpo, mas nós podemos nos dar ao luxo do acesso ilimitado."

O olhar de Siobhan dizia que ela preferia que Curt não se mostrasse tão entusiasmado e inclemente com o tema. "É um edifício antigo", comentou.

"Não tão velho, na verdade, em termos de universidade. A escola de medicina ficava no Old College antigamente."

"Foi para lá que levaram o corpo de Burke?", interrompeu Rebus.

"Foi, depois do enforcamento. Um túnel levava até o Old College. Todos os corpos passavam por ali... na calada da noite, em alguns casos." Olhou para Siobhan. "Os ressurreicionistas."

"Bom nome para uma banda."

Curt brindou a frivolidade dela com um esgar. "Ladrões de corpos", falou.

"E a pele foi retirada do corpo de Burke?", continuou Rebus.

"Você conhece bem o assunto."

"Não conhecia até recentemente. O túnel ainda existe?"

"Parte dele."

"Eu gostaria de ver, um dia desses."

"Devlin é o homem certo para isso."

"É mesmo?"

"O historiador não oficial dos primórdios da faculdade de medicina. Escreveu livretos sobre o assunto... publicados por ele mesmo, mas bastante instrutivos."

"Eu não sabia. Sei que ele conhece bastante sobre Burke e Hare. Tem uma teoria de que foi o doutor Kennet Lovell quem colocou os caixões em Arthur's Seat."

"Ah, os que apareceram nos jornais há pouco tempo?" Curt franziu o cenho, pensando. "Lovell? Bem, quem pode dizer que ele não está certo?" Parou de falar e franziu o cenho outra vez. "Engraçado você mencionar Lovell, aliás."

"Por quê?"

"Porque Claire me disse recentemente que é descendente dele." Ouviram-se sons de movimentos dentro da sala. "Ah, o doutor Easton já terminou. Todos vão sair por aqui. É melhor nos afastarmos, se não quisermos ser pisoteados."

"Então eles são parentes?", disse Siobhan.

"Da mesma linhagem, sim."

Poucos alunos se deram ao trabalho de olhar na direção deles. Os que o fizeram pareciam saber quem era Curt, alguns o cumprimentaram com um aceno, sorriso ou palavra. Por fim, com a sala quase vazia, Curt entrou na ponta dos pés.

"Claire? Pode nos dar um minuto?"

Ela era alta e magra, cabelo loiro curto e o nariz longo e reto. Os olhos tinham um formato quase oriental, como amêndoas inclinadas. Levava duas pastas embaixo do braço e um telefone celular na mão. Estava examinando o aparelho enquanto saía da sala de aula: verificando as mensagens, talvez. Aproximou-se com um sorriso.

"Olá, doutor Curt." A voz dela era quase melodiosa.

"Claire, esses policiais gostariam de trocar algumas palavras."

"É sobre a Flip, não é?" A expressão dela desabou, a alegria se desvaneceu e a voz assumiu um tom sombrio.

Siobhan aquiesceu lentamente. "Algumas perguntas complementares."

"Fico imaginando se na verdade não era ela, se não houve algum engano..." Olhou para o patologista. "O senhor...?"

Curt meneou a cabeça, mas era menos negação que recusa a responder a pergunta. Rebus e Siobhan sabiam que Curt tinha sido um dos patologistas na autópsia de Philippa Balfour. O outro era o professor Gates.

Claire Benzie também sabia. Os olhos dela continuaram no dr. Curt. "O senhor já teve que... sabe como é... em alguém que conhecia?"

Curt lançou um olhar em direção a Rebus, e Rebus sabia que ele estava pensando em Conor Leary.

"Não existe essa necessidade", Curt explicou à aluna. "Se acontecer uma coisa dessas, é possível ser dispensado por motivos emocionais."

"Então eles nos permitem ter emoções?"

"Ocasionalmente e na quantidade normal, sim." A resposta devolveu um sorriso ao rosto dela, ainda que passageiro.

"Mas em que posso ajudar?", perguntou a Siobhan.

"Você sabe que estamos tratando a morte da Flip como homicídio?"

"Foi o que disseram as notícias hoje de manhã."

"Bem, só precisamos da sua ajuda para esclarecer alguns pontos."

"Vocês podem usar o meu gabinete", disse Curt.

Enquanto andavam aos pares ao longo do corredor, Rebus observava Claire Benzie pelas costas. Ela carregava suas pastas na frente, discutindo a aula recente com o dr. Curt. Siobhan olhou para ele e franziu o rosto, imaginando o que estava pensando. Rebus abanou a cabeça: nada importante. Mas estava fazendo considerações interessantes a respeito de Claire Benzie. Na manhã em que a morte da amiga é divulgada, ela consegue assistir a uma aula e falar sobre isso depois, mesmo com dois detetives atrás dela...

Uma explicação: distanciamento. Substituir os pensamentos que remetiam a Flip pela rotina. Manter-se ocupada para não romper em lágrimas.

Outra: ela era a imagem do autocontrole, e a morte de Flip era uma intrusão menor em seu universo.

Rebus sabia qual versão preferia, mas não tinha certeza de que fosse a verdadeira...

O dr. Curt e o professor Gates tinham uma secretária comum, e eles passaram pela sala dela: duas portas, uma ao lado da outra, Curt e Gates. Curt girou a maçaneta e os fez entrar.

"Tenho algumas coisas a fazer", falou. "Por favor, fechem a porta quando terminarem."

"Obrigado", disse Rebus.

Porém, depois de tê-los levado até ali, Curt parecia relutante em deixar a aluna sozinha com os dois detetives.

"Tudo bem, doutor Curt", assegurou Claire, como se tivesse entendido a hesitação. Curt aquiesceu e saiu. Era uma sala atulhada e abafada. Uma prateleira com painel de vidro frontal ocupava toda uma parede. Estava cheia até transbordar. Mais livros e documentos recobriam cada pedaço de superfície, e embora tivesse certeza de haver um computador em algum lugar na mesa, Rebus não conseguiu localizá-lo: mais documentos, fichas e pastas, publicações especializadas, envelopes vazios...

"Ele não joga muita coisa fora, não é?", comentou Claire Benzie. "É irônico, quando a gente pensa no que ele faz com um cadáver."

A afirmação, feita de forma tão informal, surpreendeu Siobhan Clarke.

"Puxa, desculpe", disse Claire, levando a mão à boca. "Eles deviam dar diplomas de mau gosto nesse curso."

Rebus relembrava autópsias passadas: de entranhas jogadas em bandejas, órgãos fatiados depositados em balanças...

Siobhan estava apoiada na mesa. Claire ocupou a cadeira do visitante, que parecia remanescente de um conjunto de sala de jantar dos anos 70. A Rebus cabia a decisão de permanecer no meio da sala ou sentar-se na cadeira de Curt. Ele fez a segunda opção.

"Então", começou Claire, depositando as pastas no chão ao lado dos pés, "o que vocês gostariam de saber?"

"Você estudou com a Flip no colégio?"

"Durante alguns anos, sim."

Eles já haviam lido as anotações do primeiro interrogatório de Claire Benzie. Dois profissionais do contingente de Gayfield Square tinham conversado com ela, com poucos resultados.

"Vocês perderam contato?"

"Mais ou menos... algumas cartas e e-mails. Depois ela começou o curso de história da arte e eu acabei sendo aceita em Edimburgo."

"E vocês retomaram contato?"

Claire aquiesceu. Estava sentada sobre uma das pernas e brincava com um bracelete no pulso esquerdo. "Mandei um e-mail para ela e nos encontramos."

"Vocês se viram com frequência depois disso?"

"Não tanto. Cursos diferentes, trabalhos diferentes."

"Amigos diferentes?", perguntou Rebus.

"Sim, também", concordou Claire.

"Você manteve contato com alguém mais dos tempos de colégio?"

"Uma ou duas colegas."

"E com a Flip?"

"Não exatamente."

"Como ela conheceu David Costello, você sabe?" Rebus já conhecia a resposta — tinham se conhecido em um jantar —, mas queria saber se Claire conhecia bem Costello.

"Acho que ela disse que foi em um jantar..."

"Você gostava dele?"

"Do David?" Pensou por um tempo. "Um moleque arrogante, muito cheio de si."

Rebus quase devolveu um: *não muito diferente de você, certo?* Em vez disso, olhou para Siobhan, que levou a mão ao bolso da jaqueta em busca do papel dobrado.

"Claire", falou, "a Flip gostava de jogos?"

"Jogos?"

"RPG... jogos de computador... talvez na internet?"

Ela pensou por um momento. Ótimo, só que Rebus sabia ser possível usar uma pausa para inventar alguma história...

"Nós tínhamos um clube de Dungeons and Dragons no colégio."

"E vocês duas faziam parte dele?"

"Até percebermos que era uma coisa estritamente de garotos." Fez um trejeito com o nariz. "Pensando bem, será que David também não jogava no colégio?"

Siobhan entregou-lhe as páginas com as pistas. "Já viu isto antes?"

"O que significa?"

"Algum jogo que Flip estava jogando. Por que você está sorrindo?"

"Desjejum em Seven Sisters... ela ficou tão contente com isso."

Siobhan arregalou os olhos. "Como?"

"Ela veio me mostrar isso num bar... Puxa, esqueci onde foi. Talvez no Barcelona." Olhou para Siobhan. "É um bar na Buccleuch Street."

Siobhan concordou. "Continue."

"Ela... estava dando risada... e disse esta frase." Claire apontou para o papel. "Desjejum em Seven Sisters, almoço em Fins, chá em Highbury e descanso em King. Depois me perguntou se eu sabia o que significava. Eu respondi que não fazia ideia. "É a 'Victoria Line', ela falou. E parecia tão satisfeita consigo mesma."

"E ela não disse o que significava?"

"Eu acabei de dizer..."

"Quer dizer, sobre isso ser parte da pista de um enigma."

Claire fez que não com a cabeça. "Eu achei... ah, sei lá o que eu achei."

"Tinha mais alguém com vocês?"

"Não no bar, não. Eu estava tomando alguma coisa e ela entrou correndo."

"Você acha que ela contou isso para mais alguém?"

"Não que eu saiba, não."

"E também não falou de nenhuma das outras?" Siobhan fez um gesto em direção à folha de papel. Estava se sentindo extremamente aliviada. Desjejum em Seven Sisters significava que Flip tinha trabalhado nas mesmas pis-

338

tas que ela. Até então Siobhan imaginava que o Enigmista poderia ter feito outras perguntas, perguntas dirigidas a *ela*. Agora se sentia mais próxima de Flip do que nunca...

"Esse jogo tem alguma coisa a ver com a morte dela?", perguntou Claire.

"Ainda não sabemos", respondeu Rebus.

"E vocês não têm nenhum suspeito, nenhuma... pista?"

"Temos um bocado de pistas", assegurou Rebus com convicção. "Diga uma coisa, você disse que achava David Costello arrogante. Alguma vez ele passou disso?"

"Como assim?"

"Ouvimos dizer que havia discussões acaloradas entre ele e a Flip."

"Flip sabia jogar pesado quando queria." Parou abruptamente, olhando para o espaço. Não era a primeira vez na vida que Rebus gostaria de saber ler mentes. "Ela foi estrangulada, não foi?"

"Foi."

"Pelo que vi no curso de criminalística, as vítimas se debatem. Arranham, chutam e mordem."

"Não se estiverem inconscientes", observou Rebus em voz baixa.

Claire fechou os olhos por um momento. Quando os abriu, havia lágrimas brilhando neles.

"Pressão sobre a artéria carótida", continuou Rebus.

"Provocando um hematoma pré-morte?" Claire poderia estar lendo aquilo em algum livro. Siobhan aquiesceu em resposta.

"Parece que foi ontem que ainda éramos colegas de colégio..."

"Isso foi em Edimburgo?", perguntou Rebus, esperando até Claire concordar com a cabeça. O primeiro interrogatório não tinha chegado até sua formação, a não ser nos aspectos relacionados a Flip. "É onde mora sua família?"

"Agora, sim. Mas naquela época morávamos em Causland."

Rebus franziu a testa. "Causland?" Ele conhecia aquele nome de algum lugar.

"É uma aldeia... está mais para um vilarejo, na verdade. Mais ou menos a uns dois quilômetros de Falls."

Rebus se surpreendeu agarrando os braços da cadeira do dr. Curt. "Então você conhece Falls?"

"Eu costumava ir lá."

"E Junipers, a casa dos Balfour?"

Ela concordou. "Durante certo tempo, fui mais parte da família do que visitante."

"E depois sua família se mudou?"

"Foi."

"Por quê?"

"Meu pai..." Interrompeu a frase. "Nós tivemos que mudar por causa do trabalho dele." Rebus e Siobhan trocaram olhares: não era o que ela ia dizer.

"Você e Flip chegaram a visitar a queda-d'água?", perguntou Rebus casualmente.

"Você conheceu?"

Rebus fez que sim. "Estive lá algumas vezes."

Claire abriu um sorriso, os olhos perdendo o foco. "A gente ia brincar lá, fingia que era o nosso reino encantado. Vida que Nunca Termina, como chamávamos. Se a gente soubesse..."

Foi então que ela desabou, e Siobhan correu para consolá-la. Rebus saiu para a sala externa e pediu um copo de água para a secretária. Quando retornou, Claire já se recuperava. Siobhan estava agachada ao lado da cadeira, a mão no ombro dela. Rebus ofereceu a água. Claire limpou o nariz com um lenço de papel.

"Obrigada", falou, e a palavra saiu pela metade.

"Acho que já temos muita coisa para trabalhar", disse Siobhan. Rebus — que pessoalmente discordava — fez que sim. "Você ajudou muito, Claire."

"É mesmo?"

Foi a vez de Siobhan concordar com a cabeça. "Talvez a gente entre em contato mais tarde, se não houver problema."

"Tudo bem, fiquem à vontade."

Siobhan entregou a ela um cartão. "Se eu não estiver no escritório, você sempre pode me encontrar pelo *pager*."

"O.k." Claire guardou o cartão em uma das pastas.

"Tem certeza de que está bem?"

Claire anuiu e se levantou, apertando as pastas contra o peito. "Eu tenho outra aula", falou. "E não gostaria de perder."

"O doutor Curt disse que você é parente de Kennet Lovell."

Ela ergueu o olhar. "Por parte de mãe." Fez uma pausa, como se esperasse outra pergunta, mas Rebus não tinha nenhuma.

"Muito obrigada de novo", disse Siobhan.

Os dois observaram quando ela começou a sair. Rebus segurou a porta aberta. "Só mais uma coisa, Claire."

Ela parou ao seu lado, olhando para cima. "Sim?"

"Você disse que conhece Falls." Rebus esperou até ela confirmar. "Isso significa que esteve lá recentemente?"

"Posso ter passado por lá."

Ele fez um sinal positivo. Claire fez menção de sair outra vez. "Mas você conhece Beverly Dodds", ele acrescentou.

"Quem?"

"Acho que ela fez o bracelete que está usando."

Claire ergueu o pulso. "Este?" Era muito parecido com o que Jean tinha comprado: pedras polidas perfuradas e enfileiradas. "Foi presente da Flip. Ela falou que tinha 'bons fluidos'." Logo depois deu de ombros. "Não que eu acredite nisso, claro..."

Rebus a acompanhou com o olhar enquanto ela saía, depois fechou a porta. "O que você acha?", perguntou, voltando à sala.

"Não sei", admitiu Siobhan.

"Um pouco de teatro no ar?"

"As lágrimas pareceram verdadeiras."

"Não é com isso que o teatro trabalha?"

Siobhan sentou na cadeira de Claire. "Se houver um assassino escondido ali dentro, deve estar muito bem escondido."

"Desjejum em Seven Sisters: digamos que Flip não falou isso para ela num bar. Digamos que Claire já sabia o que queria dizer."

"Por que ela é o Enigmista?" Siobhan abanou a cabeça.

"Ou um outro jogador", observou Rebus.

"Mas então qual a razão de *contar* isso para nós?"

"Porque..." Mas ele não conseguiu encontrar uma resposta para aquela pergunta.

"Vou dizer no que estou pensando."

"No pai dela?", adivinhou Rebus.

Siobhan concordou. "Ela estava escondendo alguma coisa."

"Então por que a família dela se mudou?"

Siobhan pensou a respeito, mas não conseguiu encontrar uma resposta rápida.

"O colégio dela pode nos informar", disse Rebus. Enquanto Siobhan foi pedir um catálogo telefônico à secretária, ele ligou para o número de Bev Dodds. Ela atendeu no sexto toque.

"É o investigador Rebus", anunciou.

"Inspetor, estou um pouco atrapalhada no momento..."

Ele ouviu outras vozes. Turistas, imaginou, provavelmente decidindo o que comprar. "Acho que não cheguei a perguntar", começou Rebus, "se conhecia Philippa Balfour."

"Não perguntou?"

"Posso perguntar agora?"

"É claro." Fez uma pausa. "A resposta é não."

"Nunca esteve com ela?"

"Nunca. Por que a pergunta?"

"Uma amiga dela está usando um bracelete que Philippa lhe teria dado de presente. Parece um dos seus."

"É possível."

"Mas você não o vendeu para Philippa?"

"Se for um dos meus, é possível que tenha comprado em alguma loja. Tem uma loja de artesanato em Haddington que compra meus trabalhos, e outra em Edimburgo."

"Como é o nome da loja de Edimburgo?"

"Wiccan Crafts. É na Jeffrey Street, se estiver interessado. Agora, se não se incomoda..." Mas Rebus já estava desligando. Siobhan voltou com o número do antigo colégio de Flip. Rebus fez a ligação, posicionando o fone de forma que Siobhan também pudesse ouvir. A diretora era uma das professoras na época em que Flip e Claire estudavam lá.

"Coitada, coitada da Philippa, que notícia terrível... e o que a família deve estar passando", lamentou a diretora.

"Mas eles estão tendo todo o apoio possível", contemporizou Rebus, tentando expressar a maior sinceridade na voz.

Houve um longo suspiro do outro lado da linha.

"Mas na verdade meu telefonema está relacionado a Claire."

"Claire?"

"Claire Benzie. Faz parte da investigação, para compor um retrato de Philippa. Parece que ela e Claire foram boas amigas por um tempo."

"Muito amigas, sim."

"Elas moravam perto uma da outra também?"

"Isso mesmo. No caminho para East Lothian."

Rebus ficou em dúvida. "Como elas iam até a escola?"

"Ah, o pai da Claire trazia as duas. Ele ou a mãe da Philippa. Uma senhora tão gentil, sinto tanto por ela..."

"Então ele trabalhava em Edimburgo?"

"Ah, sim. Era um advogado especializado."

"Foi por isso que a família se mudou? Teve a ver com o trabalho dele?"

"Oh, céus, não. Acho que eles foram despejados."

"Despejados?"

"Bom, a gente não deve fazer fofocas, mas já que ele faleceu, acho que não faz mais diferença."

"Vamos manter isso no mais estrito sigilo", disse Rebus, olhando para Siobhan.

"Bem, acontece que o pobre homem fez alguns maus investimentos. Acho que ele sempre foi um pouco jogador, e parece que dessa vez foi longe demais, perdeu muito dinheiro... a casa... tudo."

"E como ele morreu?"

"Acho que o senhor já deduziu. Pouco depois ele alugou um quarto de um hotel à beira-mar e tomou uma dose excessiva de medicamentos. Afinal, foi uma queda e tanto, de advogado para a falência..."

"Sim, de fato", concordou Rebus. "Muito obrigado por tudo."

"Sim, é melhor eu desligar. Tenho umas reuniões curriculares me esperando." O tom de voz disse a Rebus que aquilo era uma ocorrência regular, e não muito agradável. "Que pena, duas famílias dilaceradas pela tragédia."

"Então até logo", concluiu Rebus, desligando o telefone. Olhou para Siobhan.

"Investimentos?", ela repetiu.

"E em quem ele confiaria senão no pai da melhor amiga da filha?"

Siobhan concordou. "John Balfour está se preparando para o enterro da filha", ela lembrou.

"Então vamos falar com outra pessoa do banco."

Siobhan sorriu. "Eu conheço o homem certo..."

Ranald Marr estava em Junipers, por isso eles foram de carro até Falls. Siobhan perguntou se poderiam parar para ver a queda-d'água. Alguns turistas estavam fazendo a mesma coisa. O homem tirava uma foto da esposa. Perguntou se Rebus poderia tirar uma foto dos dois juntos. O sotaque era de Edimburgo.

"O que fez vocês virem a Falls?", perguntou Rebus, fingindo inocência.

"Provavelmente o mesmo que trouxe vocês", respondeu o homem, posicionando-se ao lado da esposa. "Não deixe de focalizar a queda-d'água também."

"Quer dizer que está aqui por causa do caixão?", indagou Rebus, espiando pelo visor.

"Isso mesmo. Bom, agora ela já morreu mesmo, não é?"

"É mesmo", concordou Rebus.

"Tem certeza de que está enquadrando a gente?", perguntou o homem, preocupado.

"Perfeitamente", disse Rebus, apertando o botão. Quando o filme fosse revelado, eles veriam uma imagem de céu e árvores, nada mais.

"Uma dica", disse o homem, pegando a câmera de volta. Fez um sinal em direção às árvores. "Foi ela que encontrou o caixão."

Rebus virou a cabeça. Era uma tabuleta tosca presa a uma árvore anunciando a cerâmica de Bev Dodds. Um mapa desenhado à mão indicava o chalé. "Cerâmicas à venda, chá e café." Ela estava diversificando.

"Ela mostrou o caixão?", perguntou Rebus, sabendo muito bem qual seria a resposta. O caixão de Falls estava trancado com os outros em St. Leonard's. Já tinha recebido vários recados da ceramista mas, sabendo do que se tratava, não respondeu a nenhum deles.

O turista balançou a cabeça, desapontado. "A polícia está com o caixão."

Rebus assentiu. "Então, qual é a próxima parada de vocês?"

"Estamos pensando em dar uma olhada em Junipers", respondeu a esposa. "Se conseguirmos chegar lá. Nós demoramos meia hora para encontrar este lugar." Olhou para Siobhan. "Eles são contra sinalização por aqui, não é?"

"Eu sei onde fica Junipers", anunciou Rebus com autoridade. "Vocês voltam pela alameda e viram à esquerda em direção à cidade. Tem um conjunto de casas à direita chamado Meadowside. Vão encontrar Junipers logo depois."

O homem sorriu. "Maravilha, muito obrigado."

"Sem problema", replicou Rebus. Os turistas se despediram acenando, ansiosos para prosseguir a viagem.

Siobhan aproximou-se de Rebus. "Completamente errado?"

"Os dois vão ter sorte se conseguirem sair de Meadowside com os pneus no carro." Sorriu para ela. "Minha boa ação do dia."

De volta ao automóvel, Rebus se virou para Siobhan. "Como você quer fazer isso?"

"A primeira coisa que quero é saber se Marr é maçom."

Rebus entendeu. "Eu cuido disso."

"Depois acho que devemos ir direto ao assunto Hugo Benzie."

Rebus aquiesceu. "Qual de nós vai fazer as perguntas?"

Siobhan recostou-se. "Vamos agir de acordo com as circunstâncias, ver qual de nós dois Marr vai preferir." Rebus olhou para ela. "Você não concorda?", ela perguntou.

Ele abanou a cabeça. "Não, não é isso."

"Então o que é?"

"Você disse quase exatamente o que eu teria falado, só isso."

Siobhan se voltou e encarou o olhar dele. "E isso é bom ou ruim?"

A expressão de Rebus se abriu num sorriso. "Ainda estou tentando decidir", respondeu, girando a chave na ignição.

Os portões de Junipers estavam protegidos por dois guardas uniformizados, inclusive Nicola Campbell, a policial que Rebus conhecera em sua primeira visita. Um repórter solitário observava de um carro estacionado no acostamento do outro lado da estrada. Bebendo alguma coisa de um frasco, viu quando Rebus e Siobhan se aproximaram dos portões, para em seguida voltar às suas palavras cruzadas. Rebus baixou o vidro da janela.

"Acabaram-se as escutas telefônicas?", perguntou.

"Agora não se trata mais de um sequestro", respondeu Campbell.

"E quanto ao Brains?"

"Voltou para a Central de Polícia: aconteceu alguma coisa por lá."

"Vejo que ainda sobrou um abutre." Rebus se referia ao repórter. "Mais alguma manifestação de morbidez?"

"Poucas."

"Bem, podem acontecer outras mais. Quem está aí dentro?" Rebus apontou para os portões.

"A inspetora-chefe Templer e o detetive Hood."

"Planejando a próxima coletiva de imprensa", adivinhou Siobhan.

"Quem mais?", Rebus perguntou a Campbell.

"Os pais", ela respondeu, "empregados da casa... um homem da agência funerária. E um amigo da família."

Rebus anuiu. Virou-se para Siobhan. "Será que a gente devia falar com os empregados? Às vezes eles veem e ouvem coisas..." Campbell estava abrindo os portões.

"O detetive Dickie conversou com todos eles", informou Siobhan.

"Dickie?" Rebus engatou a marcha e atravessou os portões. "Aquele imbecil batedor de ponto?"

Siobhan olhou para ele. "Você quer fazer isso pessoalmente, não é?"

"Porque sempre acho que ninguém faz isso direito."

"Muito obrigada."

Ele desviou o olhar do para-brisa. "Existem exceções", falou.

Quatro automóveis estavam estacionados na entrada, o mesmo local onde Jacqueline Balfour havia caído, pensando que Rebus fosse o sequestrador de sua filha.

"O Alfa do Grant", comentou Siobhan.

"Conduzindo o chefe." Rebus imaginou que o Volvo preto S40 pertencia à casa funerária, restando uma Maserati bronze e um Aston Martin verde DB7. Não conseguia saber qual era o carro de Ranald Marr e qual era o dos Balfour, e disse isso.

347

"O Aston é de John Balfour", falou Siobhan. Ele a encarou.

"É um palpite?"

Ela fez que não com a cabeça. "Está nas anotações."

"Daqui a pouco você vai me dizer que número ele calça."

Uma empregada atendeu à porta. Os dois mostraram suas credenciais e foram conduzidos ao vestíbulo. A empregada retirou-se sem dizer nada. Rebus percebeu que na verdade nunca antes tinha visto alguém andando na ponta dos pés. Não se ouviam vozes em parte alguma.

"Este lugar parece saído direto de um jogo de detetive de tabuleiro", murmurou Siobhan, examinando os painéis de madeira, as pinturas do passado dos Balfour. Havia até uma armadura ao pé da escada. Uma pilha de envelopes fechados descansava em uma mesinha ao lado da armadura. A mesma porta pela qual a empregada tinha desaparecido agora se abriu. Uma mulher alta, de meia-idade e pose de competente andou na direção deles. O rosto era compenetrado e ela não sorriu.

"Eu sou a secretária particular do senhor Balfour", disse num tom de voz não muito acima de um sussurro.

"É com o senhor Marr que gostaríamos de conversar."

Ela inclinou a cabeça em sinal de compreensão. "Mas os senhores devem reconhecer que é um momento extremamente difícil..."

"Ele não vai falar conosco?"

"Não estou dizendo que ele 'não vai' falar." Começou a ficar irritada.

Rebus anuiu devagar. "Então vamos fazer uma coisa, eu vou informar à inspetora-chefe Templer que o senhor Marr está obstruindo nossa investigação do assassinato da senhorita Balfour. Agora, se puder nos indicar o caminho..."

O olhar dela lançou punhais, mas Rebus nem chegou a piscar, muito menos hesitar.

"Se o senhor esperar aqui", ela disse afinal. Quando falou aquilo, Rebus viu os dentes dela pela primeira vez.

E conseguiu enunciar um delicado "obrigado" enquanto ela se afastava em direção à porta.

"Impressionante", comentou Siobhan.

"Ela ou eu?"

"A batalha, de forma geral."

Ele concordou. "Mais dois minutos e eu ia estar usando aquela armadura."

Siobhan andou até a mesa e examinou a correspondência. Rebus se juntou a ela.

"Achei que estávamos abrindo as cartas", falou, "em busca de exigências de resgate."

"Provavelmente estávamos fazendo isso", observou Siobhan, examinando os selos. "Mas isso foi ontem, e hoje é hoje."

"O carteiro tem trabalho com esta casa." Muitos envelopes eram do tamanho de cartões-postais e tinham tarjas pretas. "Espero que a perícia ainda abra estas cartas."

Siobhan fez que sim. Mais manifestações de morbidez de gente para quem a morte de uma celebridade é um convite à obsessão. Era impossível saber quantas pessoas tinham enviado tantos cartões de pêsames. "Nós é que deveríamos estar verificando isso."

"Bem pensado." Afinal de contas, o assassino pode ser um desses.

A porta voltou a se abrir. Dessa vez, Ranald Marr, de terno e gravata pretos, camisa branca, andou até eles, parecendo contrariado com a interrupção.

"O que é dessa vez?", perguntou a Siobhan.

"Senhor Marr?" Rebus estendeu a mão. "Inspetor Rebus. Só queria dizer o quanto sentimos por essa interrupção."

Aceitando as desculpas, Marr aceitou também a mão do inspetor. Rebus nunca ingressara na maçonaria, mas seu pai tinha ensinado o aperto de mão numa noite de bebedeira, quando Rebus ainda era adolescente.

"Desde que não demore muito", disse Marr, buscando um ponto de vantagem.

"Há algum local onde possamos conversar?"

"Por aqui." Marr conduziu os dois até um dos corredores. Rebus percebeu o olhar de Siobhan e assentiu, em resposta à pergunta dela. Marr era maçom. Ela contraiu os lábios, pareceu pensativa.

Marr abriu outra porta, que dava para um grande salão mobiliado com uma estante do piso ao teto e uma mesa de bilhar tamanho oficial. Quando acendeu as luzes — o salão, como o resto da casa, estava com as cortinas fechadas em sinal de luto —, a tapeçaria verde se iluminou. Perto da parede, duas cadeiras, com uma mesinha no meio. Sobre a mesa havia uma bandeja de prata com um cântaro de uísque e alguns copos de cristal. Marr sentou-se e se serviu de um drinque. Fez um gesto na direção de Rebus, que recusou com um sinal, assim como Siobhan. Marr ergueu o copo.

"Philippa, que Deus guarde sua alma." Logo em seguida bebeu com vontade. Rebus já tinha sentido cheiro de uísque em seu hálito, sabia que não era o primeiro trago do dia. Pelo jeito, também não era a primeira vez que fazia aquele brinde. Se estivessem sozinhos, Marr poderia querer trocar informações sobre a loja maçônica de cada um — e Rebus estaria em apuros. Mas com Siobhan ali ele estava seguro. Rolou uma bola vermelha pela mesa de bilhar, que rebateu numa tabela.

"Então", começou Marr, "qual é o problema dessa vez?"

"Hugo Benzie", disparou Rebus.

O nome pegou Marr de surpresa. As sobrancelhas se ergueram, ele tomou outro gole.

"O senhor o conhecia?", avançou Rebus.

"Não muito bem. A filha dele estudava na escola de Philippa."

"Ele usava os serviços do seu banco?"

"O senhor sabe que não posso discutir os negócios do banco. Não seria ético."

"O senhor não é médico", observou Rebus. "Simplesmente guarda o dinheiro das pessoas."

Os olhos de Marr se apertaram. "Nós fazemos bem mais do que isso."

"O quê? Está dizendo que vocês também perdem o dinheiro dos outros?"

Marr se levantou abruptamente. "Que diabos isso tem a ver com o assassinato de Philippa?"

"Limite-se a responder a pergunta: o dinheiro de Hugo Benzie estava investido com vocês?"

"Não conosco, *através* de nós."

"E o banco dava uma assessoria?"

Marr encheu de novo o copo. Rebus olhou para Siobhan, que se mantinha em seu devido lugar na situação, em silêncio, oculta nas sombras da tapeçaria.

"E o banco dava uma assessoria?"

"Nossa assessoria dizia para ele não se arriscar."

"Mas ele não obedecia?"

"O que é a vida sem um pouco de risco? Essa era a filosofia do Hugo. Ele jogava... e perdia."

"Por acaso alguma vez ele culpou o Balfour's?"

Marr negou com a cabeça. "Creio que não. O pobre diabo simplesmente se suicidou."

"E a esposa e a filha?"

"O que tem elas?"

"Ficaram ressentidas?"

Ele negou com a cabeça outra vez. "Elas sabiam que tipo de homem ele era." Depositou o copo na borda da mesa de bilhar. "Mas o que isso tem a ver...?" Então ele pareceu perceber. "Ah, vocês ainda estão buscando motivos... e acham que um morto levantou da sepultura para se vingar do Balfour's Bank?"

Rebus rolou outra bola pela mesa. "Coisas estranhas acontecem."

Siobhan se aproximou, entregando uma folha de papel a Marr. "Lembra-se quando perguntei sobre jogos?"

"Lembro."

"Esta pista aqui." Ela apontou a pista de Rosslyn Chapel. "O que o senhor acha dela?"

Ele estreitou os olhos para se concentrar. "Absolutamente nada", respondeu, devolvendo o papel.

"Posso perguntar se pertence a alguma loja maçônica, senhor Marr?"

Marr olhou para ela. Em seguida, seu olhar fulminou Rebus. "Não vou me dignar a responder essa pergunta."

"Preste atenção, Philippa teve que resolver essa pista, e eu também. Quando vi as palavras 'sonho do maçom', precisei procurar o membro de uma loja maçônica para perguntar o que significava."

"E o que significava?"

"Isso não é importante. O que *pode* ser importante é se Philippa procurou ajuda da mesma forma."

"Eu já lhe disse que não sei nada sobre isso."

"Será que ela não deixou algo escapar numa conversa...?"

"Não, ela não fez isso."

"Ela conhecia outros maçons, senhor Marr?", perguntou Rebus.

"Eu não saberia dizer. Olha, acho que vocês realmente já tomaram muito o meu tempo... logo hoje."

"Está certo, senhor", falou Rebus. "Muito obrigado por ter nos recebido." Estendeu a mão novamente, mas dessa vez Marr não aceitou. Caminhou até a porta em silêncio, abriu-a e saiu. Rebus e Siobhan o seguiram pelo corredor. Templer e Hood estavam na saleta de entrada. Marr passou por eles sem uma palavra e desapareceu por uma porta.

"Que diabos vocês estão fazendo aqui?", perguntou Templer em voz baixa.

"Tentando prender um criminoso", respondeu Rebus. "E vocês?"

"Você ficou bem na telinha", Siobhan disse a Hood.

"Obrigado."

"É mesmo, Grant se saiu muito bem", disse Templer, a atenção desviada de Rebus para Siobhan. "Eu não poderia ter ficado mais satisfeita."

"Nem eu", retorquiu Siobhan com um sorriso.

Os dois saíram da casa e entraram nos respectivos au-

352

tomóveis. Na saída, Templer falou em voz alta: "Vou querer um relatório explicando a presença de vocês aqui. E... John? O médico continua esperando...".

"Médico?", perguntou Siobhan, afivelando o cinto de segurança.

"Não é nada", disse Rebus, virando a chave na ignição.

"Ela também está na sua cola, tanto quanto na minha?"

Rebus se virou para ela. "Gill queria você ao lado dela, Siobhan. Você recusou a oferta."

"Eu não estava preparada." Fez uma pausa. "Sabe, isso vai parecer meio louco, mas acho que ela está com ciúme."

"De você?"

Siobhan balançou a cabeça. "De *você*."

"De mim?" Rebus deu risada. "Por que ela teria ciúme de mim?"

"Porque você não joga de acordo com as regras, coisa que ela não pode fazer. Porque apesar de tudo você sempre arranja gente para trabalhar ao seu lado, mesmo quando não concordam com o que pede para eles fazerem."

"Eu devo ser melhor do que imagino."

Siobhan lançou um olhar malicioso. "Ah, acho que você sabe o quanto é bom. Ao menos acha que sabe."

Rebus retornou o olhar. "Existe um insulto escondido em algum lugar dessa afirmação, mas não consigo ver muito bem onde."

Siobhan se recostou no banco. "Bom, e agora?"

"Voltamos a Edimburgo."

"E..."

Rebus ficou pensativo enquanto saía do acesso à casa. "Não sei bem", falou. "Na casa, quase dava para pensar que Marr tinha perdido a própria filha..."

"Você não está dizendo...?"

"Que os dois se parecem? Eu não sei distinguir essas coisas."

Siobhan pensou a respeito, mordendo os lábios. "Para

mim os ricos são todos iguais. Acha que Marr e a senhora Balfour podem ter tido um caso?"

Rebus deu de ombros. "Difícil provar sem um exame de sangue." Olhou para Siobhan. "É melhor garantir que Gates e Curt guardem uma amostra."

"E Claire Benzie?"

Rebus acenou uma despedida para a policial Campbell. "Claire nos interessa, mas não vamos mexer com ela agora."

"Por que não?"

"Porque em um ou dois anos ela pode ser a nossa amiga patologista. Eu posso não estar aqui para ver isso, mas você vai estar, e a última coisa que deseja é..."

"Rixa de sangue?", Siobhan adivinhou com um sorriso.

"Rixa de sangue", concordou Rebus com um rápido aceno de cabeça.

Siobhan ficou pensativa. "Mas, de qualquer forma que se examine a situação, ela tinha todo o direito de não gostar dos Balfour."

"Então por que continuou sendo tão amiga da Flip?"

"Talvez fizesse parte do jogo dela." Quando retornaram à alameda, Siobhan tentou localizar o casal de turistas, mas não viu nenhum deles. "Será que a gente deve dar uma passada em Meadowside, ver se eles estão bem?"

Rebus fez que não. Os dois ficaram em silêncio até deixarem Falls para trás.

"Então Marr é maçom", disse Siobhan afinal. "E gosta de jogos."

"Então agora *ele* é o Enigmista, e não mais Claire Benzie?"

"Acho que é mais provável do que ser o pai da Flip."

"Desculpe ter falado." Rebus estava pensando em Hugo Benzie. Antes de pegarem a estrada para Falls, tinha ligado para um amigo advogado e perguntado sobre suas atividades. Benzie era especialista em fundos e testamentos, um profissional discreto e eficiente, muito respeitado em sua área. A atração pelo jogo não era de conhecimento comum, e nunca interferiu em seu trabalho. O que os boatos diziam é que ele tinha enterrado dinheiro em países emergentes do Extremo Oriente, orientado por dicas das páginas financeiras de seu jornal diário favorito. Se fosse verdade, Rebus não podia considerar Balfour culpado. Provavelmente o banco só tinha canalizado os recursos sob suas instruções, que depois acabou desaparecendo no rio Amarelo. Benzie não tinha perdido apenas todo seu dinheiro — como advogado ele sempre poderia ganhar mais. Na visão de Rebus, Benzie havia perdido uma coisa muito mais substancial: a confiança em si mesmo. Quando deixou de acreditar em si mesmo, provavelmente foi fácil começar a pensar em suicídio como opção, e, algum tempo depois, como necessidade. Rebus já tinha passado por ali uma ou duas vezes, com uma garrafa e a penumbra como companhia. Sabia que não seria capaz de saltar de um lugar alto: tinha medo de altura desde que fora largado de um helicóptero quando servia o exército. Um banho quente e uma lâmina nos pulsos... o problema era a bagunça, pensar em alguém, amigo ou estranho, se deparando com uma cena daquela. Bebida e pílulas... no fim tudo afunilava para as drogas essenciais. Não dentro de casa, em algum quarto de hotel anônimo, para ser encontrado pelos funcionários. No que lhes dizia respeito, seria apenas o cadáver de outro solitário.

Pensamentos à toa. Mas no caso de Benzie... esposa e filha... Rebus não se achava capaz de deixar para trás uma família devastada. E agora Claire queria ser patologista, uma carreira cheia de cadáveres e salas sem janelas. Será que ela veria a imagem do pai em cada corpo que dissecasse...?

"Um *penny* pelos seus pensamentos", disse Siobhan.

"Não estão à venda", respondeu Rebus, os olhos fixos na estrada à frente.

"Anime-se", disse Hi-Ho Silvers, "é tarde de sexta-feira."

"E daí?"

Ele estava falando com Ellen Wylie. "Vai me dizer que você não tem um encontro?"

"Um encontro?"

"Você sabe: um jantar, dançar um pouco antes de voltar para casa." Ilustrou o que dizia girando o quadril.

Wylie fechou a cara. "Se você continuar com isso eu vou devolver meu almoço."

Os restos do sanduíche estavam sobre sua mesa: maionese de atum com milho. Ela tinha notado uma leve efervescência no atum, e agora seu estômago emitia alguns sinais. Mas Silvers não sabia nada daquilo.

"Mas você deve ter um namorado, hein, Ellen?"

"Eu te dou uma ligada quando estiver totalmente desesperada."

"Desde que não seja na sexta ou no sábado, que são as noites que tiro para beber."

"Vou anotar isso, George."

"E domingo à tarde, claro."

"Claro." Wylie não pôde deixar de pensar se aquele arranjo seria apropriado também para a sra. Silvers.

"A não ser que a gente tenha de fazer umas horas extras", falou Silvers, mudando a atitude. "Você acha que existe essa possibilidade?"

"Depende, não é?" E sabia do que aquilo dependia: pressões da mídia forçando os figurões a buscar um resultado rápido. Ou talvez John Balfour pedindo outro favor, mexendo alguns pauzinhos. Houve época em que o DIC trabalhava sete dias por semana, vinte e quatro horas por dia só em um caso, sendo pago à altura. Mas agora o orçamento era mais acanhado, assim como o nível dos funcionários. Ela nunca viu tantos policiais felizes como no dia em que a cidade hospedou o CHOGM — Encontro dos Chefes de Governo da Comunidade Britânica, que deu lugar a um festival de horas extras. Aquilo tinha acontecido fazia alguns anos. Mas até hoje se ouviam policiais, Silvers entre eles, murmurando a palavra "CHOGM" em voz baixa, como se fosse um mantra. Quando Silvers fez um gesto vago e se afastou, provavelmente ainda pensando nas horas extras, Wylie voltou a atenção para a história do estudante alemão, Jürgen Becker. Pensou em Boris Becker, seu jogador de tênis favorito de todos os tempos, e ficou imaginando se poderia haver alguma relação. Mas duvidava que houvesse: alguém tão famoso teria provocado mais comoção, a exemplo de Philippa Balfour.

Mesmo assim, até onde chegaram as conclusões? Pareciam não ter ido muito além dos primeiros indícios do dia em que o inquérito fora aberto. Rebus tinha todas aquelas ideias, mas nenhuma se encaixava. Era como se tivesse colhido possibilidades de alguma árvore ou arbusto, esperando que as pessoas as aceitassem. Em outra ocasião em que tinha trabalhado com ele — um corpo encontrado na Queensberry House, justamente quando estavam se preparando para demolir a maior parte do edifício para construir o parlamento —, também não houve nenhum resultado. Depois disso ele mudou de assunto, recusando-se a falar sobre o caso. Nada tinha chegado aos tribunais.

Mesmo assim... era melhor fazer parte da equipe de Rebus que de equipe nenhuma. Lamentava ter queimado seu acesso a Gill Templer, a despeito do que Rebus dissera, e sabia que era tudo culpa dela. Tinha sido insistente demais, quase chegando a importunar Templer. Era uma forma de preguiça: forçar a barra para ser notada, com a esperança de um avanço correspondente. E sabia que Templer a tinha rejeitado precisamente porque a vira como ela de fato era. Não foi fácil para Gill Templer chegar ao topo da carreira — ela tinha trabalhado duro para isso, lutando contra o preconceito contra mulheres na polícia, que nunca era discutido, nunca era admitido.

Mas que ainda existia.

Wylie sabia que deveria ter mantido a cabeça baixa e a boca fechada. Era assim que Siobhan Clarke trabalhava: nunca tentava sobressair, embora fosse ambiciosa em todos os aspectos... e uma rival. Wylie não podia deixar de vê-la dessa forma. Era a favorita de Templer desde o início, o que foi precisamente a razão para ela — Ellen Wylie — fazer campanha abertamente e, da forma como aconteceu, acabar forçando demais a barra. O que a deixou isolada, presa àquela porcaria de história de Jürgen Becker. Numa tarde de sexta-feira, quando não haveria ninguém para atender seus telefonemas ou responder suas perguntas. Era tempo perdido, só isso.

Tempo perdido.

Grant Hood estava organizando outra coletiva de imprensa. Já sabia os nomes que correspondiam aos rostos, tinha conseguido pequenos encontros para conhecer alguns "figurões", ou seja, os jornalistas de mais destaque, repórteres criminais com longas carreiras.

"O negócio é o seguinte, Grant", tinha ensinado a inspetora-chefe Templer, "alguns jornalistas podem ser considerados amigos, pois são maleáveis. Eles fazem o jogo, publicam uma matéria para nós se e quando desejarmos, e seguram as informações que não queremos ver divulgadas. É uma base confiável, porém a faca corta dos dois lados. Nós precisamos dar boas matérias para eles, e eles esperam ter essa informação uma ou duas horas antes da conco."

"Conco?"

"Concorrência. Veja bem, eles parecem uma massa informe quando a gente vê todo mundo na sala de imprensa, mas não é verdade. Às vezes eles cooperam entre si — como quando um deles não consegue nada ao seguir uma dica e comunica esse fato aos outros. Eles se revezam."

Grant assentia, mostrando que estava entendendo.

"Mas, sob outros aspectos, é lobo comendo lobo. Os que não pertencem à nossa turma são os mais incisivos de todos, e provavelmente pouco escrupulosos. Vão tentar subornar quando for conveniente, vão tentar ganhar

358

você. Talvez não com dinheiro, mas com uns drinques, um jantar. Vão fazer você se sentir um deles, e você vai começar a pensar: afinal eles não são tão maus assim. É aí que começam os problemas, porque o tempo todo eles vão estar sugando você sem que você saiba. De repente você deixa escapar uma dica ou uma informação, só para mostrar que sabe das coisas. E seja qual for essa informação, pode apostar que eles vão publicar com tudo. Você vai se transformar numa 'fonte da polícia', ou numa 'fonte anônima envolvida na investigação' — isso se estiverem a fim de ser bonzinhos. E se ficarem sabendo algo sobre você, vão apertar os parafusos. Vão querer saber tudo o que você souber, sob pena de deixarem você falando sozinho." Deu um tapinha no ombro dele e concluiu dizendo: "Para bom entendedor, meia palavra basta".

"Sim, senhora. Muito obrigado."

"Tudo bem estar em bons termos com eles, e a gente precisa se dar bem com os mais importantes, mas nunca se esqueça de que lado está... ou de que esses dois lados *existem*. Certo?"

Ele tinha concordado. Logo depois ela apresentou uma lista de "figurões".

Grant só tomava café e suco de laranja nos encontros, e ficou aliviado ao ver que a maioria dos jornalistas fazia o mesmo.

"Você vai perceber que alguns 'veteranos' funcionam à base de uísque e gim", informou um jovem repórter, "mas não é o nosso caso."

A reunião a seguir foi com um dos mais respeitados "veteranos", que só aceitou um copo de água. "Os mais jovens bebem muito, mas eu descobri que não posso mais fazer isso. E qual é a sua bebida preferida, detetive Hood?"

"Nós não estamos numa ocasião formal, senhor Gillies. Por favor, me chame de Grant."

"Então você vai ter que me chamar de Allan..."

Grant não conseguia tirar as palavras de alerta de Tem-

359

pler da cabeça. Como resultado, sentia-se cada vez mais rígido e desajeitado em cada novo encontro. O único bônus real era o fato de Templer ter providenciado uma sala particular no QG de Fettes, pelo menos durante o inquérito. Ela considerava aquilo uma medida de "segurança", explicando que ele teria de conversar com jornalistas todos os dias e que seria melhor mantê-los à distância da investigação principal. Se por acaso aparecessem em Gayfield ou St. Leonard's para um comunicado ou até mesmo um bate-papo, não haveria como saber o que poderiam bisbilhotar ou descobrir por acaso.

"Bem pensado", ele reconhecera, de acordo.

"O mesmo vale para os telefonemas", continuou Templer. "Quando quiser ligar para um jornalista, faça isso do seu escritório, de portas fechadas. Assim eles não vão ouvir nada que não deveriam ao fundo. Se alguma ligação pegar você no DIC ou em outro lugar qualquer, diga que liga mais tarde."

Grant tinha concordado mais uma vez.

Era bem provável, ele pensou depois, que ela o visse como um daqueles cães que só concordam com a cabeça, dos que se veem nas janelas traseiras de alguns automóveis. Tentou afastar aquela imagem, concentrar-se na tela do computador. Estava rascunhando um comunicado à imprensa, com cópias para Bill Pryde, Gill Templer e o subchefe Carswell, para observações e aprovação.

Carswell, subchefe da Central de Polícia, ficava em outro andar no mesmo prédio. Já tinha aparecido na porta de Grant para desejar boa sorte. Quando Grant se apresentou como detetive Hood, Carswell aquiesceu lentamente, com olhos de examinador atento.

"Bem", ele dissera na ocasião, "se ninguém pisar na bola e isso der certo, vamos ter de arrumar alguma coisa melhor para você, hein?"

O que significava uma promoção a sargento-detetive. Hood sabia que Carswell faria mesmo aquilo. Já tinha recolhido um jovem policial do DIC sob suas asas — o detetive Derek Linford. O problema era que nem Linford nem Carswell gostavam muito de John Rebus, o que significava que Hood teria de ser cauteloso. Já tinha recusado um drinque com Rebus e o resto da equipe uma vez, mas se lembrava de ter passado um tempo sozinho com Rebus num bar recentemente. Era o tipo de coisa que, se vazada para Carswell, poderia atrapalhar todo o processo. Pensou de novo nas palavras de Templer: *se souberem algo sobre você, vão apertar os parafusos...* Outra imagem lampejou à sua frente, o amasso com Siobhan. Teria que tomar cuidado daqui para a frente: cuidado com quem falasse e com o que dissesse, cuidado com quem passasse o tempo, cuidado com o que fizesse.

Cuidado para não fazer inimigos.

Outra batida na porta. Era uma das funcionárias civis. "Encomenda para o senhor", disse, entregando uma sacola de compras. Depois sorriu e se retirou. Grant abriu a sacola. Uma garrafa: José Cuervo Gold. Junto com a garrafa, um pequeno cartão:

> *Isto é para desejar boa sorte no novo trabalho. Pense em nós como crianças sonolentas, que precisam ouvir histórias para dormir.*
> *Seus novos amigos do Quarto Poder.*

Grant sorriu. Achou que a mão de Allan Gillies estava por trás daquilo. Depois percebeu, chocado, que não respondera a pergunta de Gillies sobre sua bebida favorita... mas de alguma forma ele tinha adivinhado. Mas não era uma adivinhação: alguém havia revelado. O sorriso abandonou o rosto de Grant. A tequila não era apenas um presente, era uma demonstração de poder. Nesse momento seu celular tocou. Grant o tirou do bolso.

"Alô?"

"Detetive Hood?"

"Eu mesmo."

"Achei melhor me apresentar, já que perdi um dos seus convites."

"Quem está falando?"

"Meu nome é Steve Holly. Você já deve ter visto meu nome no jornal."

"Já vi, sim". Sem dúvida Holly não constava entre os "figurões" na lista de Templer. A descrição dela do sujeito se resumia a "um merda".

"Bem, a gente vai se ver nessas coletivas de imprensa e outras ocasiões do gênero, mas pensei em dar um alô antes. Você recebeu a garrafa?"

Como Grant não respondeu, Holly simplesmente deu risada.

"O velho Allan sempre faz isso. Ele se acha esperto, mas eu e você sabemos que é só um jogo de cena."

"É mesmo?"

"Não sou dado a esse tipo de enrolação, como você por certo já terá notado."

"Enrolação?" Grant franziu a testa.

"Pense nisso, detetive Hood." A ligação foi cortada com essa frase.

Grant ficou olhando para o telefone, depois teve um estalo. Aqueles jornalistas só sabiam o telefone do seu escritório, do fax e o *pager*. Pensou bem, e teve certeza de que não dera seu celular para nenhum deles. Outro conselho de Templer:

"Quando você ficar conhecendo todos, vai haver um ou dois que farão você se sentir mais à vontade — eles mudam de acordo com o porta-voz. Você pode querer dar o número do seu celular para esses fora de série. É um voto de confiança. Para os outros, esqueça, senão você perde a privacidade... e com essa turma entupindo sua linha, como seus colegas vão entrar em contato com você? Somos nós e eles, Grant, nós e eles..."

E agora um "deles" tinha o número do seu celular. Só havia uma coisa a fazer: mudar o número do telefone.

Quanto à tequila, iria junto com ele para a coletiva de imprensa. Seria devolvida para Allan Gillies, com a alegação de que ele não estava bebendo naqueles dias.

E Grant começou a achar que aquilo não estava tão longe da verdade. Havia uma série de mudanças que teria de fazer, se quisesse se manter no rumo certo.

Mas sentia que estava pronto para isso.

A sala de investigações do DIC em St. Leonard's estava se esvaziando. Os policiais não ocupados com o caso de homicídio já faziam contagem regressiva para o fim de semana. Alguns trabalhariam no sábado, se fossem escalados. Outros ficariam de prontidão, caso algum fato novo exigisse investigação. Mas para a maioria o fim de semana já estava começando. Cantarolavam versos de antigas canções pop como se tivessem molas nos pés. A cidade andava tranquila. Algumas brigas domésticas, uma ou duas batidas em busca de drogas. O Esquadrão Antidrogas tinha entrado em recesso depois de atender uma denúncia: um prédio municipal em Gracemount com lençol prateado numa janela que permanecia fechada dia e noite. Eles invadiram, prontos para demolir a mais recente fonte de maconha de Edimburgo, mas em vez disso encontraram o quarto de um adolescente recentemente decorado. A mamãe tinha instalado um cobertor de nenê em vez de cortinas, achando que estava mais na moda...

"Malditas revistas de decoração", murmurou um dos membros do Esquadrão Antidrogas.

Houve outros incidentes, porém isolados, que não configuravam uma onda de crimes. Siobhan consultou o relógio. Havia ligado para o Esquadrão Anticrimes mais cedo, perguntando sobre computadores. Mal tinha chegado à metade da explicação quando Claverhouse falou: "Já temos alguém trabalhando nisso. Vamos mandá-lo aí". Então agora ela estava em compasso de espera. Tentou Claverhouse outra vez: sem resposta. Provavelmente já estava a caminho de casa ou do *pub*. Talvez só mandasse alguém na segunda-feira. Iria esperar mais dez minutos. Depois disso, tocaria a própria vida, certo? Futebol amanhã, talvez, embora a partida fosse num local distante. No domingo poderia fazer um passeio de carro: visitar um dos muitos lugares que não conhecia — Linlithgow Palace, Falkland Palace, Traquair. Uma amiga que fazia meses não encontrava a convidara para uma festa de aniversário na noite de sábado. Ela achava que não iria, mas a opção estava em aberto...

"Detetive Clarke?"

Ele carregava uma maleta, que colocou no chão. Por um segundo ela se lembrou daqueles vendedores de porta em porta, frios e objetivos. Prestando mais atenção, percebeu que ele estava acima do peso, sobretudo ao redor da cintura. Cabelo curto, um penacho espetado na nuca. Apresentou-se como Eric Bain.

"Já ouvi falar de você", admitiu Siobhan. "Eles não te chamam de 'Brains'?"

"Às vezes, mas honestamente eu prefiro Eric."

"Então será Eric. Fique à vontade."

Bain puxou uma cadeira. Ao se sentar, o tecido de sua camisa azul-clara abriu brechas entre os botões na parte da frente, expondo áreas de pele rosada.

"Então", começou ele, "o que temos?"

Siobhan explicou, Bain prestando a maior atenção, os olhos fixos nos dela. Percebeu que a respiração dele fazia pequenos chiados, e ficou imaginando se não haveria um inalador em um dos seus bolsos.

Tentou encarar aquele olhar, tentou relaxar, mas o tamanho e a proximidade dele a deixavam constrangida. Os dedos eram grossos, sem anéis. O relógio tinha muitos botões. Havia resquícios de barba que o barbeador não tinha encontrado de manhã abaixo do queixo.

Bain não fez uma única pergunta durante a exposição. No final, pediu para ver os e-mails.

"Na tela ou impressos?"

"Tanto faz."

Siobhan pegou as folhas de sua sacola. Bain se aproximou ainda mais com sua cadeira, para espalhá-las sobre

364

a mesa. Estabeleceu uma linha cronológica a partir das datas no alto de cada uma.

"Essas são só as pistas", falou.

"Sim."

"Eu preciso de todos os e-mails."

Siobhan ligou o laptop, conectando-o ao celular. "Devo verificar se há novas mensagens?"

"Por que não?", foi a resposta.

Havia duas do Enigmista.

Tempo do jogo está se esgotando. Deseja continuar, Desbravadora?

Uma hora depois, a mensagem fora seguida por outra: *Comunicação ou cessação?*

"Você conhece o vocabulário dela, não?", afirmou Bain. Siobhan se surpreendeu. "Você se refere ao Enigmista como 'ele'", explicou Bain. "Mas acho que ajudaria a manter a mente aberta se..."

"Tudo bem", ela concordou. "Que seja."

"Você quer responder?"

Siobhan começou a mexer a cabeça, depois fez um gesto vago. "Não sei bem o que dizer."

"Vai ser mais fácil rastrear as mensagens se ela não cortar o contato."

Ela olhou para Bain, depois digitou uma resposta — *Pensando a respeito* — e teclou "*send*". "Será que vai funcionar?", perguntou.

"Bem, ao menos se encaixa em 'comunicação'." Bain sorriu. "Agora me deixe ver as outras mensagens."

Siobhan ligou o micro numa impressora, só para perceber que faltava papel. "Droga", sussurrou baixinho. O armário estava trancado e ela não fazia ideia de onde estava a chave. Depois se lembrou do arquivo que Rebus tinha levado para o interrogatório de Albie, o estudante de medicina. Para ficar mais intimidante, tinha enchido as pastas com folhas da fotocopiadora. Andou até a mesa de Rebus e começou a abrir gavetas. Bingo: a pasta estava lá, com as folhas dentro. Dois minutos depois tinha todo o histórico da correspondência com o Enigmista. Bain enfileirou as páginas de forma a caberem todas na mesa, cobrindo quase completamente o tampo.

"Está vendo estas coisas?", perguntou, apontando para a parte inferior de algumas páginas. "Provavelmente você nunca percebeu isso, não foi?"

Siobhan teve de admitir que não. Abaixo da palavra "Cabeçalho" havia umas dez linhas de material extra: Return-Path, Message-ID, X-Mailer... Não fazia muito sentido para ela.

"Isso", falou Bain, chupando os lábios para umedecê--los, "é a parte interessante da coisa."

"Dá para identificar o Enigmista a partir disso?"

"Não diretamente, mas é um começo."

"Pelo fato de algumas mensagens não terem cabeçalhos?", perguntou Siobhan.

"Essa é a má notícia", respondeu Bain. "Quando a mensagem não tem cabeçalho, significa que quem a enviou está usando o mesmo provedor que você."

"Mas..."

Bain estava assentindo. "O Enigmista tem mais de uma conta."

"E fica mudando de provedor?"

"Não é uma coisa incomum. Tenho um amigo que não gosta de pagar para acessar a internet. Então ele assina um provedor gratuito diferente por mês. Foi a maneira que encontrou para utilizar todas as propostas de "trinta dias grátis". Quando o prazo se esgota, ele já cancelou e saiu procurando outro provedor. Faz um ano que ele não paga um centavo. O que o Enigmista está fazendo é uma extensão disso." Bain passou o dedo pela sequência de cabeçalhos, parando a cada quatro linhas. "Isso nos revela o provedor dele. Está vendo, três provedores diferentes."

"E a localização fica mais difícil?"

"Sim, fica mais difícil. Mas ele deve ter estabelecido uma..." Parou ao notar a expressão de Siobhan. "O que foi?", perguntou.

366

"Você falou 'ele'."

"Falei?"

"Não seria mais simples manter essa associação? Sem desmerecer sua proposta de manter a mente aberta."

Bain pensou um pouco a respeito. "Tudo bem", concordou. "Então, como eu estava dizendo, ele — ou *ela* — deve ter aberto uma conta em cada um desses provedores. Ao menos é o que imagino. Mesmo numa conta gratuita por um mês, normalmente eles pedem alguns dados, inclusive cartão de crédito ou conta bancária."

"Para poder começar a cobrança quando o prazo vencer?"

Bain confirmou. "Todo mundo deixa rastros", disse em voz baixa, examinando as folhas. "Eles só acham que não estão deixando."

"É como em criminalística, certo? Um cabelo, um pedaço de pele..."

"Exatamente." Bain sorriu outra vez.

"Então vamos precisar falar com os provedores, fazer que forneçam os detalhes?"

"Se eles quiserem falar conosco."

"Nós estamos investigando um assassinato", ressaltou Siobhan. "Eles vão ter que fazer isso."

Bain olhou para ela. "Existem outros canais, Siobhan."

"Canais?"

"Existe uma Divisão Especial que só lida com crimes de alta tecnologia. O pessoal se concentra basicamente em equipamentos, rastreando consumidores de pornografia infantil, esse tipo de coisa. Você nem imagina o que eles encontram: discos rígidos escondidos dentro de outros discos rígidos, protetores de tela escondendo imagens pornográficas..."

"E nós precisamos da permissão deles?"

Bain negou com a cabeça. "Nós precisamos da *ajuda* deles." Consultou o relógio. "E é tarde demais para fazer qualquer coisa a respeito."

"Por quê?"

"Porque é noite de sexta-feira em Londres também."
Ele a sondou com um olhar. "Vamos tomar um drinque?"

Siobhan não ia aceitar: tinha várias desculpas prontas para serem usadas. Mas por alguma razão não conseguiu recusar, e de repente os dois estavam em The Maltings, do outro lado da rua. Mais uma vez ele pousou a maleta no chão ao seu lado quando os dois se apoiaram no balcão.

"O que você guarda aí?", ela perguntou.

"O que você acha?"

Ela deu de ombros. "Laptop, telefone celular... geringonças e disquetes... sei lá."

"Isso é o que eu quero que pensem." Colocou a maleta no balcão e estava prestes a abri-la quando parou e meneou a cabeça. "Ainda não", falou. "Talvez quando a gente se conhecer um pouco melhor." Voltou a colocar a maleta ao lado dos pés.

"Guardando segredos de mim?", perguntou Siobhan. "Ótima forma de começar uma relação de trabalho."

Os dois sorriram quando as bebidas chegaram: uma *lager* de garrafa para ela e uma caneca para ele. As mesas estavam todas ocupadas.

"Então, que tal é St. Leonard's?", perguntou Bain.

"Muito parecida com qualquer outra delegacia, suponho."

"Nem toda delegacia tem um John Rebus."

Siobhan olhou para ele. "Como assim?"

Bain fez um gesto vago. "Alguma coisa que Claverhouse falou, sobre você ser a aprendiz de Rebus."

"Aprendiz!" Mesmo com o som à toda, a reação dela fez que cabeças se voltassem em sua direção. "Que desaforo!"

"Calma, calma", tranquilizou Bain. "Foi só uma coisa que o Claverhouse falou."

"Então fala para o Claverhouse que ele tem merda na cabeça."

Bain deu risada.

"Eu não estou brincando", continuou Siobhan. Mas começou a rir também.

Depois de mais duas bebidas, Bain disse que estava com um pouco de fome e que tal ver se conseguiam uma mesa no Howie's. Siobhan não queria aceitar — nem se sentia exatamente com fome depois das cervejas —, mas por alguma razão não conseguiu recusar.

Jean Burchill ficou trabalhando até tarde no museu. As referências do professor Devlin a respeito de Kennet Lovell a tinham deixado intrigada. Resolveu fazer algumas investigações por conta própria, averiguar se a teoria do patologista tinha alguma substância. Sabia que uma conversa direta com Devlin seria um atalho, mas algo a deteve. Achou que ainda sentiu cheiro de formaldeído e um toque frio de carne morta quando apertou a mão dele. Havia muito tempo a história só a punha em contato com os mortos, e geralmente como meras referências em livros ou objetos descobertos em escavações. Quando o marido dela morreu, o relatório patológico foi um texto sombrio, redigido com capricho, discorrendo sobre todas as anormalidades, as condições de inchaço e sobrecarga. Aliás, "sobrecarga" fora exatamente a palavra usada pelo relator. Era mais fácil, ela considerou, diagnosticar o alcoolismo depois da morte.

Pensou no fato de John Rebus beber. Não parecia ser o mesmo caso de Bill. Bill mal tocava no desjejum antes de sair para a garagem, onde tinha sempre uma garrafa escondida. Duas doses antes de entrar no carro. Ela sempre encontrava provas: garrafas de burbom vazias no porão, no fundo da prateleira mais alta do armário dele. Nunca disse nada. Bill continuou sendo "um tipo animado", "estável e confiável", "um cara divertido", até que a doença o impediu de trabalhar, mandando-o para um leito de hospital.

Jean não acreditava que Rebus bebesse escondido daquela forma. Ele simplesmente gostava de beber. Se fazia isso sozinho, era por não ter muitos amigos. Uma vez tinha perguntado a Bill por que ele bebia, mas ele não conseguiu responder. Jean achava que John Rebus devia ter uma resposta, embora se sentisse relutante em expressá-la. Talvez fosse certa vontade de esquecer o mundo, livrar a mente das dúvidas e das questões que a mantinham ocupada.

Nada disso faria dele um bêbado mais atraente que Bill, mas ela nunca tinha visto Rebus bêbado. Seu palpite é que ele seria do tipo que dorme: tomava umas doses a mais e caía inconsciente onde estivesse.

Quando o telefone tocou, ela demorou a atender.

"Jean?" Era a voz de Rebus.

"Oi, John."

"Achei que já tinha ido embora."

"Estou trabalhando até mais tarde."

"Estava pensando se você..."

"Hoje não, John. Tenho muita coisa a fazer." Beliscou a ponta do nariz.

"Sem problema." Rebus não conseguiu esconder um desapontamento na voz.

"E quanto ao fim de semana, algum plano?"

"Bom, era uma das coisas que eu queria falar a respeito..."

"O quê?"

"Lou Reed na Playhouse amanhã à noite. Eu tenho dois ingressos."

"Lou Reed?"

"Pode ser genial, pode ser uma chatice. Só tem um jeito de saber."

"Eu não vejo um show dele há anos."

"Imagino que não tenha aprendido a cantar nesse período."

"Não, provavelmente não. Tudo bem, vamos nessa."

"Onde a gente se encontra?"

"Tenho que fazer umas compras de manhã... que tal na hora do almoço?"

"Ótimo."

"Se você não tiver nada mais a fazer, podemos esticar pelo fim de semana."

"Eu adoraria."

"Eu também. Eu vou fazer umas compras na cidade... será que a gente consegue uma mesa no Café St. Honoré?"

"Aquele perto do Oxford Bar?"

"Isso", ela confirmou, sorrindo. Ela pensava em Edimburgo em termos de restaurantes; Rebus, em termos de *pubs*.

"Vou ligar e fazer reserva."

"Marque para uma da tarde. Se não tiver mesa, me ligue de volta."

"Eles me arranjam uma mesa. O *chef* é frequentador regular do Ox."

Ela perguntou como andava o caso. Rebus foi reticente, até se lembrar de uma coisa.

"Sabe o anatomista do professor Devlin?"

"Quem? Kennet Lovell?"

"Esse mesmo. Fiz o interrogatório de uma estudante de medicina, amiga da Philippa. Por acaso é descendente dele."

"Mesmo?" Jean tentou não parecer muito intrigada. "Mesmo nome?"

"Não. Claire Benzie. O parentesco é pelo lado materno."

Os dois conversaram por mais alguns minutos. Quando desligou o telefone, Jean olhou ao redor. O "escritório" em que trabalhava era um pequeno cubículo com uma mesa e uma cadeira, um arquivo e uma estante de livros. Tinha afixado alguns cartões-postais na porta, inclusive um da loja do museu: os caixões de Arthur's Seat. O secretariado e os funcionários de apoio dividiam um escritório maior logo na sala ao lado, mas todos já tinham ido embora. Faxineiros limpavam outras partes do prédio e um guarda de segurança fazia a ronda. Jean costumava vagar pelo museu à noite, sem nunca se sentir amedrontada com nada. Até mesmo o velho museu, com seus animais empalhados, a acalmava. Noite de sexta-feira, ela sabia que o restaurante no andar superior estaria cheio. Havia um elevador particular, com alguém na porta para conduzir os frequentadores diretamente para o andar sem perambular pelo museu.

Lembrou-se de seu primeiro encontro com Siobhan, a história da "má experiência". Talvez não tivesse nada a ver com a comida, embora a conta pudesse às vezes ser um tanto chocante. Perguntou-se se devia comer mais tarde. O preço do jantar diminuía depois das dez da noite; talvez eles conseguissem um encaixe. Tocou a barriga. Almoço amanhã... seria melhor não jantar hoje à noite. Além do mais, não sabia ao certo se ainda estaria lá até as dez horas. A investigação da vida de Kennet Lovell não tinha resultado em tanta informação assim.

Kennet: primeiro ela pensou que o nome estava grafado errado, mas a forma se manteve. Kennet, não Kenneth. Nascido em 1807 em Coylton, Ayrshire, o que o deixava com vinte e um anos de idade na época da execução de Burke. Os pais eram agricultores, o pai tendo empregado o pai de Burke durante certo tempo. Kennet tinha estudado em escolas da região, ajudado pelo ministro da igreja local, o reverendo Kirkpatrick...

Havia uma chaleira no escritório maior. Jean levantou-se, atravessou a sala. Deixou a porta aberta, sua sombra se estendendo pelo assoalho. Não se deu ao trabalho de acender a luz. Ligou a chaleira e lavou uma caneca na pia. Saquinho de chá, leite em pó. Parou na semiescuridão, inclinada sobre a bancada, braços cruzados. Pela porta podia ver sua mesa e as páginas fotocopiadas, tudo o que tinha encontrado até agora sobre o dr. Kennet Lovell, assistente da autópsia de um caso de assassinato, que ajudou a tirar a pele de William Burke dos ossos. A autópsia inicial fora realizada pelo dr. Monro, na presença de uma seleta plateia que incluía um frenologista e um escultor, além do filósofo Sir William Hamilton e o cirurgião Robert Liston. Depois foi a dissecação pública no anfiteatro de anatomia da universidade, lotado de estudantes de medicina barulhentos reunidos como abutres famintos por conhecimento, enquanto os que não tinham ingresso esmurravam as portas da entrada e enfrentavam a polícia.

Jean trabalhava a partir de livros de história: alguns sobre o caso Burke e Hare, outros sobre a história da medicina na Escócia. A Sala Edimburgo da Biblioteca Central tinha se mostrado útil como sempre, assim como um contato com a Biblioteca Nacional. As duas instituições haviam feito fotocópias para ela. Fizera também uma incursão ao Surgeon's Hall, usando a biblioteca e seu banco de dados. Não tinha contado nada disso a Rebus, e sabia por quê: por estar preocupada. Sentia que o caso de Arthur's Seat era um beco sem saída no qual John, devido à sua necessidade de respostas, poderia entrar em disparada. O professor Devlin estava certo sobre isto: obsessão era sempre uma armadilha em que se podia cair. Isso era história — história antiga, comparada ao caso Balfour. Parecia irrelevante se o assassino tinha ou não conhecimento dos caixões de Arthur's Seat. Não havia como saber. Conduzia a pesquisa para sua própria satisfação: não queria que John lesse nada mais sobre aquilo. Ele já tinha muito no que pensar a respeito.

Ouviu um ruído no corredor. Mas quando a chaleira apitou, não pensou mais no assunto. Despejou água na caneca, deixou o saquinho de chá de molho por alguns minutos, jogou-o no lixo. Levou a caneca para sua sala, deixando a porta aberta.

Kennet Lovell tinha chegado a Edimburgo em dezembro de 1822, com apenas quinze anos de idade. Não conseguiu descobrir se viera de carruagem ou a pé. Não era incomum caminhar tais distâncias naquela época, especialmente quando havia problemas de dinheiro. Em livro sobre Burke e Hare, um historiador especulou que o reverendo Kirkpatrick havia financiado a viagem de Lovell, além de tê-lo apresentado a um amigo, o dr. Knox, recém-chegado do exterior, depois de trabalhar como cirurgião do exército em Waterloo e estudar na África e em Paris. Knox teria hospedado o jovem Lovell durante o primeiro ano de sua vida em Edimburgo. Mas quando Lovell começou a cursar a universidade os dois parecem ter se separado, e Lovell foi morar em pensões de West Port...

Jean bebericou o chá enquanto folheava as páginas fotocopiadas: sem anotações de pé de página ou índices, nada indicava a proveniência daqueles "fatos". Lidando habitualmente com crenças e superstições, sabia o quanto era difícil filtrar as verdades objetivas dos resíduos da história. Rumores e boatos podiam ser impressos. Equívocos, por vezes perniciosos, também podiam se imiscuir. Afligia-a o fato de não haver como verificar as informações, ter de confiar em meros comentários. O caso de Burke e Hare havia criado inúmeros "peritos" contemporâneos, que acreditavam que seus testemunhos eram o único relato válido e verdadeiro.

Mas isso não significava que teria de acreditar neles.

Ainda mais frustrante era o fato de Kennet Lovell ser um coadjuvante na história de Burke e Hare, existindo apenas naquela cena macabra, e seu papel na história da medicina de Edimburgo era ainda mais insignificante. Havia grandes lacunas em sua biografia. Ao terminar a leitura, sabia somente que ele havia concluído seus estudos e passado a lecionar, além de exercer medicina. Estivera presente na autópsia de Burke. Porém, três anos depois estava na África, empregando suas muito necessárias habilidades médicas no trabalho de missionários cristãos. Não conseguiu descobrir quanto tempo esteve lá. Seu ressurgimento na Escócia aconteceu no final da década de 1840. Montou um consultório na Cidade Nova, e seus clientes provavelmente refletiam a riqueza daquele enclave. Segundo suposição de um historiador, herdara a maior parte das propriedades do reverendo Kirkpatrick, tendo se mantido "nas boas graças daquele cavalheiro por meio de uma correspondência regular ao longo dos anos". Jean gostaria de ler essas cartas, mas ninguém as citava em nenhum dos livros. Anotou um lembrete para rastreá-las. O pároco de Ayrshire poderia ter algum registro, ou talvez alguém no Surgeons' Hall soubesse a respeito. O mais provável é que não pudessem ser recuperadas, por terem sido destruídas — descartadas com objetos pessoais de Lovell por ocasião de sua morte — ou levadas para o exterior. Era assustadora a quantidade de documentação histórica que tinha ido parar em coleções de outros países — sobretudo no Canadá e nos Estados Unidos... e muitas dessas coleções eram particulares, o que significava que poucos detalhes de seu conteúdo se encontravam disponíveis.

Jean vira muitas trilhas darem em nada, frustrada por sua incapacidade de averiguar quais cartas ou documentos ainda existiam. Lembrou-se do professor Devlin, com sua mesa de jantar feita por Lovell, que, de acordo com Devlin, era um artesão amador... Examinou novamente os papéis, certa de que nada ali mencionava esse passatempo. Ou Devlin tinha algum livro, alguma prova que ela não encontrara, ou era um produtor de mitos. Isso ela também via o tempo todo: pessoas que "simplesmente sabiam" que sua antiguidade já tinha pertencido ao príncipe Carlos Eduardo ou a sir Walter Scott. Se a única indicação de que Lovell trabalhava com madeira fosse a palavra de Devlin, todas as indicações de que teria deixado os caixões em Arthur's Seat começariam a desmoronar. Recostou-se, aborrecida consigo mesma. Todo esse tempo havia trabalhado sobre uma suposição que podia se revelar falsa. Lovell partiu de Edimburgo em 1832; os garotos encontraram a caverna com os caixões em junho de 1836. Será que ficaram sem ser localizados durante tanto tempo?

Ergueu algo do tampo da mesa. Era uma foto polaroide que tinha tirado no Surgeons' Hall — o retrato de Lovell. Não parecia um homem que tivesse vivido no agressivo meio ambiente da África. A pele era pálida e lisa, o rosto jovial. O nome do pintor estava anotado no verso. Levantou-se e voltou a sair da sala, abriu a porta do escritório de seu supervisor e acendeu a luz. Ele tinha uma prateleira

375

de volumosos livros de referência, Jean encontrou o que precisava e procurou o nome do pintor, J. Scott Jauncey. "Atuante em Edimburgo 1825-35", dizia, "principalmente em paisagens, mas também como retratista." Depois disso o artista tinha passado muitos anos na Europa antes de se estabelecer em Hove. Então Lovell havia posado para o retrato durante os primeiros anos em Edimburgo, antes de suas próprias viagens. Ficou imaginando se aquelas coisas eram tão caras que só podiam ser adquiridas por pessoas mais ricas. Depois pensou no reverendo Kirkpatrick... talvez o retrato tivesse sido encomendado por ele, algo para ser enviado para oeste, para a paróquia de Ayrshire, uma lembrança de seu protegido.

Como sempre, Surgeons' Hall poderia dispor de alguma pista enterrada, algum registro da história do retrato antes de sua chegada ao local.

"Segunda-feira", ela disse em voz alta. Aquilo podia esperar até segunda-feira. Havia um fim de semana pela frente... e um concerto de Lou Reed a ser superado.

Ao apagar as luzes de seu supervisor, ouviu outro ruído, bem mais próximo. A porta do escritório se abriu e todas as luzes se acenderam. Jean deu meio passo atrás, mas viu que era apenas a faxineira.

"Você me assustou", falou, levando a mão ao peito.

A faxineira simplesmente sorriu e descarregou uma sacola de lixo, voltando ao corredor para buscar seu aspirador de pó.

"Se importa se eu começar?", perguntou.

"Sem problema", respondeu Jean. "Eu já estava mesmo de saída."

Enquanto arrumava sua mesa, percebeu que seu coração ainda estava acelerado, as mãos ligeiramente trêmulas. Em todas as suas noites de andanças pelo museu, era a primeira vez que se assustava. O retrato de Kennet Lovell olhava para ela da polaroide. Por alguma razão pensou que Jauncey não tinha conseguido favorecer seu modelo.

Lovell parecia jovem, sim, mas havia certa frieza no olhar, e a boca era rígida, o rosto, cheio de maquinações.

"Está indo direto para casa?", perguntou a faxineira, saindo para esvaziar o saco de lixo.

"Talvez faça uma parada numa loja de bebidas."

"O que não mata engorda, né?", comentou a faxineira.

"Algo assim", replicou Jean, com a indesejada imagem do marido surgindo em sua cabeça. Depois se lembrou de alguma coisa e voltou à sua mesa. Pegou a caneta e acrescentou um nome às notas que tinha escrito até agora.

Claire Benzie.

11

"Meu Deus, como o som estava alto", comentou Rebus. Os dois estavam na calçada em frente a Playhouse, e o céu, ainda claro quando entraram, agora estava escuro.

"Então você não faz essas coisas com frequência?", perguntou Jean. Os ouvidos dela estavam zunindo. Sabia que estava falando alto demais, para compensar.

"Já faz algum tempo", admitiu Rebus. A plateia era uma mistura de adolescentes, velhos *punks* e até pessoas com a idade dele... talvez até um ou dois anos mais velhas. Reed tinha apresentado muito material novo, coisa que Rebus não conhecia, mas com alguns clássicos a reboque. Playhouse: a última vez em que ele estivera lá fora provavelmente para ouvir o UB40, mais ou menos no segundo álbum da banda. Preferia não pensar quantos anos já tinham se passado.

"Vamos tomar um drinque?", sugeriu Jean. Os dois tinham bebido espaçadamente durante a tarde e a noite: vinho no almoço, depois uma passada rápida no Ox. Uma longa caminhada até Dean Village e ao longo do Water of Leith. Todo o trajeto até Leith, com paradas no caminho para sentar em bancos e conversar. Mais dois drinques num *pub* em The Shore. Chegaram a pensar em um jantar mais cedo, mas ainda estavam satisfeitos com a comida do Café St. Honoré. Caminharam de volta pela Leith Walk até a Playhouse. Cedo ainda, então foram ao Conan Doyle para mais um, depois outro no bar da própria Playhouse.

A certa altura Rebus se viu falando: "Eu não diria que você é tão chegada a uma bebida", e na mesma hora lamentou a observação. Mas Jean apenas deu de ombros.

"Você diz isso por causa do Bill? Não é assim que funciona. Quer dizer, talvez seja assim com algumas pessoas, mas ou elas se tornam bêbadas ou fazem um pacto para nunca mais beber. Mas a culpa não é da bebida, e sim da pessoa que bebe. Bill sempre teve esse problema, mas isso nunca me impediu de beber. Nunca fiz sermão para ele. E o fato não me fez parar de beber... porque sei que isso não tem tanta importância para mim." Fez uma pausa. "E quanto a você?"

"Eu?" Foi a vez de Rebus dar de ombros. "Eu só bebo para ser sociável."

"E quando começa a funcionar?"

Os dois riram da observação e deixaram o assunto em suspenso. Naquele momento, às onze horas de uma noite de sábado, as ruas estavam ruidosas de álcool.

"Onde você sugere?", perguntou Jean. Rebus deu uma olhada ostensiva no relógio de pulso. Podia pensar em muitos bares, mas não eram lugares aonde gostaria de levar Jean.

"Você consegue aguentar um pouco mais de música?"

Jean fez um gesto vago. "Que tipo?"

"Acústica. E só num salão."

Ela pensou um pouco. "Fica no caminho do seu apartamento?"

Rebus fez que sim. "Você sabe que o lugar está uma bagunça..."

"Eu já estive lá." O olhar dela travou no dele. "Então... vai me convidar?"

"Quer passar a noite lá?"

"Eu quero que você me convide."

"É só um colchão no chão."

Jean riu, apertou a mão dele. "Está fazendo isso de propósito?"

"O quê?"

"Tentando me afastar?"

"Não, é que..." Deu de ombros. "Só não quero que você..."

Ela o interrompeu com um beijo. "Tudo bem", falou. Rebus colocou a mão no ombro dela. "Ainda quer tomar um drinque antes?"

"Acho que sim. A que distância fica?"

"Perto das pontes. O *pub* se chama Royal Oak."

"Então me mostre o caminho."

Os dois caminharam de mãos dadas, Rebus fazendo o possível para não se sentir desajeitado. Mas continuava examinando os rostos dos que passavam, procurando algum conhecido: colegas ou ex-detentos, não saberia dizer qual gostaria menos de encontrar.

"Você nunca relaxa?", perguntou Jean em dado momento.

"Achei que estava fingindo bem."

"Senti isso no concerto, partes de você estavam distantes."

"Faz parte do trabalho."

"Acho que não. Gill consegue desligar. Acho que a maioria dos outros do DIC também."

"Talvez não tanto quanto você imagina." Pensou em Siobhan, imaginou-a em casa, olhando para o laptop... e em Ellen Wylie, exasperada em algum outro lugar... e em Grant Hood, a cama cheia de papelada, memorizando nomes e rostos. E em Farmer, o que ele estaria fazendo? Passando um pano sobre uma superfície já limpa? Havia alguns — Hi-Ho Silvers, Joe Dickie — que mal se alteravam quando iam trabalhar, muito menos ao final do expediente. Outros, como Bill Pryde e Bobby Hogan, trabalhavam duro, mas deixavam o trabalho no escritório, conseguiam a proeza de separar suas vidas pessoais da carreira.

Depois havia o próprio Rebus, que durante tanto tempo tinha posto o trabalho em primeiro lugar... porque isso evitava que encarasse algumas verdades domésticas.

Jean interrompeu seu devaneio com uma pergunta. "Existe alguma loja vinte e quatro horas em algum lugar no caminho?"

"Mais de uma. Por quê?"

"Café da manhã. Algo me diz que sua geladeira não será exatamente uma caverna de Aladim."

Segunda-feira de manhã, e Ellen Wylie estava de volta à sua mesa no local a que todo mundo na corporação se referia como "West End", quer dizer, a delegacia de polícia na Torphinchen Street. Seu raciocínio é que seria mais fácil trabalhar ali, onde o espaço não era tão disputado. Algumas agressões à faca no fim de semana, um espancamento, três brigas domésticas e um incêndio premeditado... tudo isso estava mantendo seus colegas ocupados. Quando passaram por ela, perguntaram sobre o caso Balfour. Achava que Reynolds e Shug Davidson — os dois formavam uma dupla temível — diriam algo sobre a aparição dela na TV, mas eles não disseram nada. Talvez tenham sentido pena dos aflitos; mais provável é que estivessem sendo solidários. Mesmo numa cidade pequena como Edimburgo, existiam rivalidades entre diferentes delegacias. Se a investigação do caso Balfour dera uma rasteira na detetive Ellen Wylie, a coisa estava respingando também em West End.

"Transferida?", arriscou Shug Davidson.

Ela negou com a cabeça. "Estou seguindo uma pista. Tanto faz fazer isso aqui como lá."

"Ah, mas você está longe da zona glamorosa do caso."

"Do quê?"

Ele sorriu. "Da imagem mais abrangente, do caudaloso inquérito, do *centro* de tudo."

"Eu estou no centro de West End", ela replicou. "Para mim é o suficiente." Ganhou uma piscada de Davidson e uma rodada de aplausos de Reynolds. Wylie sorriu: estava em casa outra vez.

Aquilo a havia incomodado durante todo o fim de semana: a forma como fora posta de lado — tirada do cargo de porta-voz e jogada na zona de penumbra em que o inspetor John Rebus trabalhava. E agora isso — o suicídio de um turista anos antes — parecia outra esnobada.

Por isso tinha tomado uma decisão: se eles não a queriam, ela também não precisava deles. Bem-vinda de volta a West End. Tinha recolhido todas as suas anotações ao chegar. Estavam sobre a mesa, uma mesa que não precisava dividir com meia dúzia de outras pessoas. O telefone não tocava tantas vezes, e Bill Pryde não ficava zanzando com sua prancheta e sua goma de mascar de nicotina. Sentia-se confiante de que ali poderia chegar com segurança à conclusão de que estava mais uma vez perseguindo fantasmas.

Agora só precisava provar isso para Gill Templer.

E estava obtendo resultados. Havia pouco tinha ligado para a delegacia de polícia de Fort William e conversado com um prestativo sargento chamado Donald Maclay, que se lembrava bem do caso.

"A encosta superior de Ben Dorchory", lembrou. "O corpo ficou lá durante alguns meses. É um lugar remoto. Por acaso um guarda passou pela cena, de outro modo poderia ter continuado lá durante anos. Seguimos os procedimentos. Nada para identificar o corpo. Nada nos bolsos."

"Nem mesmo algum dinheiro?"

"Não encontramos nada. Etiquetas no casaco, camisa e outras peças não nos disseram nada. Falamos com hotéis, verificamos os registros de pessoas desaparecidas."

"E quanto à arma?"

"O que tem?"

"Conseguiram alguma digital?"

"Depois de todo aquele tempo? Não, nada."

"Mas vocês verificaram?"

"Ah, sim."

Wylie anotava tudo, abreviando a maior parte das palavras. "Vestígios de pólvora?"

"Como?"

"Na pele. Não foi um tiro na cabeça?"

"Isso mesmo. O patologista não encontrou nenhuma queimadura nem resíduos no escalpo."

"Isso não é incomum?"

"Não com a metade da cabeça estourada e os animais do local se alimentando à vontade."

Wylie parou de escrever. "Entendi", falou.

"Quer dizer, não era mais um corpo, parecia mais um espantalho. A pele era como um pergaminho. Sopra um vento infernal naquela montanha."

"Vocês não acharam o caso suspeito?"

"A gente se guia pelos resultados da autópsia."

"É possível me mandar os arquivos?"

"Se você fizer um pedido por escrito, claro."

"Obrigada." Voltou a tamborilar com a caneta. "A que distância estava a arma?"

"Talvez uns seis metros."

"Vocês acham que foi movida por algum animal?"

"Sim. Ou isso ou uma coisa de reflexo. Se você põe uma arma na cabeça e puxa o gatilho, vai haver um tranco, não é?"

"Eu diria que sim." Fez uma pausa. "E o que aconteceu depois?"

"Bom, nós acabamos tentando reconstrução facial, depois divulgamos uma foto composta."

"E...?"

"E nada demais. O negócio é que achávamos que ele era bem mais velho... uns quarenta anos, talvez, e o retrato refletia isso. Só Deus sabe como os alemães ficaram sabendo."

"A mãe e o pai?"

"Isso mesmo. O filho estava desaparecido havia quase um ano... talvez até um pouco mais. Aí recebemos uma ligação de Munique, não fazia muito sentido. Pouco depois os dois apareceram na delegacia com um tradutor. Mostramos as roupas e eles reconheceram algumas coisas... o casaco, o relógio."

"Você não parece convencido."

"Para dizer a verdade, não mesmo. Eles estavam procurando o filho fazia um ano, quase enlouquecendo. O casaco era só uma coisa verde, sem nada especial. O mesmo se aplica ao relógio."

383

"Acha que eles conseguiram se convencer simplesmente porque *queriam* acreditar?"

"Os pais queriam que fosse ele, sim. Mas o filho deles mal tinha feito vinte anos... os peritos disseram que os restos mortais eram de alguém com o dobro da idade. Aí os malditos jornais publicaram a história daquele jeito mesmo."

"E como essa história de espada e magia entrou no caso?"

"Espere um minuto, tá?" Ouviu Maclay descansar o receptor ao lado do aparelho. Estava dando instruções a alguém. "Depois da cerca... tem um chalé que o Aly usa quando aluga o barco..." Ficou imaginando Fort William: tranquilo e à beira-mar, com ilhas ao oeste. Pescadores e turistas; as gaivotas voando e o cheiro penetrante das algas marinhas.

"Desculpe a interrupção", disse Maclay.

"Está muito ocupado?"

"Está sempre agitado por aqui", ele respondeu dando risada. Wylie gostaria de estar lá. Depois da conversa ela poderia andar pelo píer, passar por aquelas grades... "Onde estávamos?", ele perguntou.

"Espada e magia."

"Só ficamos sabendo disso quando saiu nos jornais. Foram os pais que passaram essa informação para um repórter."

Wylie estava com a fotocópia na mão. A manchete: "Morte por RPG no misterioso caso nas Terras Altas?". O nome do repórter era Steve Holly.

Jürgen Becker era um estudante de vinte anos que morava com os pais em um subúrbio de Hamburgo. Estudava psicologia na universidade local. Adorava RPG e fazia parte de uma equipe que jogava numa liga internacional pela internet. Os colegas declararam que ele andava se sentindo "ansioso e perturbado" na semana anterior ao desaparecimento. Quando saiu de casa pela última vez, levou uma mochila. Nela, até onde seus pais sabiam, estavam seu passaporte, algumas mudas de roupa, a câmera e um CD-player portátil com cerca de uma dúzia de discos.

Os pais tinham emprego fixo — o pai era arquiteto, a mãe, professora —, mas abandonaram o trabalho para se concentrar na localização do filho. O texto da matéria mudava para negrito no parágrafo final: "Agora, dois saudosos pais sabem que encontraram o filho. Mas para eles o mistério apenas se aprofundou. Como Jürgen veio a morrer no alto de uma montanha deserta na Escócia? Quem mais estava com ele? De quem era a arma... e quem a usou para dar fim à vida do estudante?".

"A mochila e esses objetos nunca foram encontrados?", perguntou Wylie.

"Nunca. Mas, se não fosse realmente ele, essas coisas não poderiam mesmo ter sido encontradas."

Ela sorriu. "Você me ajudou bastante, sargento Maclay."

"É só fazer aquela requisição por escrito que eu mando tudo o que tenho aqui."

"Obrigada, vou fazer isso." Fez uma pausa. "Nós temos um Maclay no DIC de Edimburgo, trabalha perto de Craigmillar..."

"Sim, é um primo meu. Encontrei com ele em alguns casamentos e enterros. É em Craigmillar que moram os ricaços?"

"Ele disse isso a você?"

"Será que fui enganado?"

"Venha ver pessoalmente qualquer dia desses."

Wylie estava rindo quando desligou o telefone, e precisava contar a Shug Davidson por quê. Ele se aproximou da mesa. A sala do DIC não era grande: quatro mesas, portas levando a arquivos móveis onde antigos casos eram guardados. Davidson pegou a fotocópia da notícia de jornal e começou a ler.

"Parece algo que Holly inventou sozinho", comentou.

"Você conhece esse repórter?"

"Nos encontramos algumas vezes. A especialidade do Holly é aumentar as histórias."

Wylie pegou o artigo da mão dele. Sem dúvida todo aquele papo de jogos de fantasia e RPG era bem ambíguo, o texto salpicado de condicionais: "pode ter", "poderia ser", "se, como foi pensado"...

"Preciso falar com ele", disse Wylie, pegando o telefone outra vez. "Você sabe o número?"

"Não, mas ele trabalha na redação do jornal em Edimburgo." Davidson começou a voltar para a própria mesa. "Você encontra nas Páginas Amarelas em 'Colônias de Leprosos'..."

Steve Holly ainda estava a caminho do trabalho quando seu celular tocou. Ele morava na Cidade Nova, a apenas três ruas de distância do que havia chamado no jornal de "o trágico apartamento da morte". Não que seu apartamento estivesse no mesmo nível do de Flip Balfour. Holly morava no último andar de um condomínio antigo — um dos poucos que ainda restavam na Cidade Nova. E a rua onde morava não tinha a classe da rua de Flip. Mesmo assim o valor de seu apartamento tinha subido bastante. Quatro anos antes ele decidira morar naquela parte da cidade. Mas mesmo àquela época os preços estavam além de suas posses, até ele começar a ler as notas de falecimento nos diários locais e em jornais vespertinos. Quando viu um endereço da Cidade Nova, correu para lá com um envelope escrito "Urgente" endereçado ao "Proprietário". A carta era curta. Holly se apresentava como alguém nascido e criado em tal rua, mas cuja família se mudara e desde então passara por maus bocados. Com os pais mortos, gostaria agora de voltar à rua de que conservava tantas boas lembranças, e se o proprietário estivesse pensando em vender...

E não é que tinha dado certo! A falecida era uma senhora — acamada havia uma década —, e a sobrinha, sua parente mais próxima, leu a carta de Holly e telefonou na mesma tarde. Ele foi ver o lugar — três quartos, um tanto quanto mofado e escuro, mas soube logo que eram coisas que podiam ser consertadas. Quase enfiou os pés pelas mãos quando a sobrinha perguntou em que número ele tinha morado, mas Holly conseguiu enrolar a garota. Aí foi a hora da falação: esses corretores imobiliários e advogados que cobram comissões... não seria melhor combinar um preço justo entre eles e eliminar os intermediários?

A sobrinha morava em Borders, parecia não estar a par dos preços dos apartamentos em Edimburgo. Deixou inclusive boa parte do mobiliário da senhora, pelo qual ele agradeceu copiosamente para depois dispensar tudo no primeiro fim de semana na residência.

Se vendesse o imóvel agora, ele ficaria com cem mil no bolso, um belo pé-de-meia. Aliás, naquela mesma manhã tinha pensado em fazer algo semelhante com os Balfour... só que logo percebeu que eles saberiam exatamente o quanto valia o apartamento de Flip. Holly parou no meio da ladeira de Dundas Street para atender o celular.

"Steve Holly."

"Senhor Holly, aqui é a sargento-detetive Wylie, do DIC de Lothian and Borders."

Wylie? Tentou se lembrar. Claro! Aquela maravilhosa coletiva de imprensa! "Sim, detetive Wylie, em que posso ajudar?"

"É sobre uma reportagem que fez há mais ou menos três anos... sobre um estudante alemão."

"Seria aquele estudante com um braço de seis metros de comprimento?", perguntou com uma careta. Estava em frente a uma galeria de arte, espiando pela vitrine, curioso primeiro com os preços, depois com as pinturas.

"Esse mesmo, sim."

"Não me diga que vocês prenderam o assassino."

"Não."

"O quê, então?"

Wylie hesitou, franzindo o cenho em concentração. "Talvez tenham surgido novas provas..."

"Que novas provas?"

"No momento não posso divulgar..."

"Certo, certo. Então me conte alguma coisa nova. Vocês sempre estão querendo coisas sem dar nada em troca."

"E vocês também não fazem isso?"

Holly afastou os olhos da vitrine bem a tempo de avistar um Aston verde arrancando no semáforo: não havia muitos iguais por ali, tinha de ser o do pai enlutado... "O que isso tem a ver com Philippa Balfour?", perguntou.

Silêncio do outro lado da linha. "Como?"

"Não é uma boa resposta, detetive Wylie. Da última vez que a vi, você estava ligada ao caso Balfour. Está me dizendo que de repente foi transferida para outro caso que nem ao menos é da alçada de Lothian and Borders?"

"Eu..."

"Você não está autorizada a comentar, certo? Por outro lado, eu posso dizer o que bem quiser."

"Da mesma forma como inventou aquela história de espada e magia?"

"Aquilo não foi inventado. Foram os pais que me disseram."

"Que ele gostava de RPG, sim, mas a ideia de ter sido atraído até a Escócia por causa de um jogo...?"

"Especulação baseada nas provas disponíveis."

"Mas *não havia* provas desse tal jogo, havia?"

"As montanhas das Terras Altas, toda essa bobagem de mitologia celta... é bem o lugar onde alguém como Jürgen iria parar. Mandaram o garoto em alguma busca, só que ele encontrou uma arma à espera quando chegou lá."

"É, eu li a sua matéria."

"E isso de alguma forma está relacionado com Flip Balfour, mas você não vai me dizer de que forma?" Holly lambeu os lábios. Estava gostando daquilo.

"Isso mesmo", respondeu Wylie.

"Deve ter sido triste." A voz dele era quase solícita.

"O quê?"

"Perder o cargo de porta-voz. Mas não foi culpa sua. Nós nos comportamos como selvagens naquela ocasião.

Eles deviam ter te preparado melhor. Meu Deus, Gill Templer foi porta-voz por mais de um século... ela *devia* saber."

Mais silêncio na linha. Holly suavizou a voz. "Depois eles dão o cargo para o detetive Grant Hood. Que belo exemplo. É um dos sujeitos mais convencidos que já vi. Como disse, essas coisas são tristes. E o que aconteceu com você, detetive Wylie? Está envolvida com uma montanha no outro lado da Escócia e fuçando a vida de um repórter — um dos inimigos — para acertar as coisas."

Pensou que ela tivesse desligado, mas ouviu algo que era quase um sussurro.

Ah, você é bom, Stevie, meu garoto, pensou consigo mesmo. Um dia ainda vai morar no endereço certo, com obras de arte na parede que vão deixar as pessoas de boca aberta...

"Sargento-detetive Wylie?", falou.

"O quê?"

"Desculpe se toquei na ferida. Mas olha, talvez a gente possa se encontrar. Acho que eu teria como ajudar, mesmo que só um pouquinho."

"Como?"

"Pessoalmente?"

"Não." A voz endureceu. "Explique como."

"Bom..." Holly virou a cabeça em direção ao sol. "Essa coisa em que você está trabalhando... é confidencial, certo?" Respirou fundo. "Não precisa responder. Nós dois já sabemos disso. Mas vamos dizer que alguém... um jornalista, na falta de exemplo melhor... ficasse sabendo dessa história. As pessoas iam querer saber como ele conseguiu essa informação, e sabe quem elas iam procurar em primeiro lugar?"

"Quem?"

"O porta-voz oficial, o detetive Grant Hood. É ele que tem o contato com a mídia. E se por acaso certo jornalista — o tal que tem a informação secreta — desse sinais de que sua fonte não estava tão longe do porta-voz... desculpe, isso deve parecer mesquinho. Provavelmente você não quer ver o detetive Hood com manchas de lama na camisa recém-engomada, nem os respingos que sobrariam para a inspetora-chefe Templer. É que às vezes, quando eu começo uma coisa, preciso fazer tudo de uma vez. Sabe o que estou dizendo?"

"Sei."

"Ainda podemos nos encontrar pessoalmente. Estou livre a manhã toda. Já disse tudo o que você precisava saber sobre o garoto na montanha, mas mesmo assim podemos conversar..."

Rebus ficou em frente à mesa meio minuto antes que Ellen Wylie percebesse que estava lá. Ela olhava fixamente para a papelada à sua frente, mas Rebus achou que não estava vendo nada. Shug Davidson passou por ali, deu um tapinha nas costas de Rebus e disse: "Bom dia, John". Só então Wylie ergueu os olhos.

"O fim de semana foi tão ruim assim?", perguntou Rebus.

"O que está fazendo aqui?"

"Procurando você, embora esteja começando a me perguntar por que me dei o trabalho."

Ela pareceu se recompor, passou a mão na cabeça e murmurou algo parecido com uma desculpa.

"Então estou certo, foi um fim de semana ruim?"

Davidson passou perto de novo, papéis na mão. "Ela estava bem até dez minutos atrás." Parou. "Isso é por causa do Holly, aquele canalha?"

"Não", respondeu Wylie.

"Aposto que é", insistiu Davidson, afastando-se novamente.

"Steve Holly", adivinhou Rebus.

Wylie tamborilou os dedos na matéria do jornal. "Eu precisei falar com ele."

Rebus aquiesceu. "Tome cuidado com esse sujeito, Ellen."

"Eu sei lidar com ele, não se preocupe."

Rebus continuou aquiescendo. "É assim que se faz. Agora, você me faria um favor?"

"Depende do favor."

"Tenho a impressão de que essa história do estudante alemão está deixando você doida... Foi por isso que voltou para West End?"

"Só achei que poderia trabalhar melhor aqui." Jogou a caneta em cima da mesa. "Mas parece que estava enganada."

"Bem, eu vim oferecer uma pausa. Tenho uns interrogatórios a fazer e preciso de uma parceira."

"Quem você vai interrogar?"

"David Costello e o pai."

"Por que eu?"

"Achei que já tinha explicado."

"Agora sou objeto de caridade, é?"

Rebus deu um longo suspiro. "Puxa vida, Ellen, às vezes você sabe ser muito difícil."

Ela olhou o relógio. "Tenho um encontro às onze e meia."

"Eu também: uma consulta médica. Mas o interrogatório não vai demorar." Fez uma pausa. "Olha, se você não quiser..."

"Tudo bem", ela concordou. Seus ombros estavam caídos. "Talvez você tenha razão."

Era tarde demais, mas Rebus estava repensando o assunto. Era como se Wylie tivesse perdido o espírito de luta. Achou que sabia a razão, mas percebia também que havia pouco a fazer a respeito.

"Ótimo", comentou.

Reynolds e Davidson observavam a cena de uma das mesas. "Olha só, Shug", falou Reynolds, "é a Dupla Dinâmica!"

Ellen Wylie teve de se esforçar muito para levantar da cadeira.

Rebus passou as informações durante o trajeto. Ela não fez muitas perguntas, parecia mais interessada no cortejo de pedestres pelas calçadas. Rebus deixou o Saab no estacionamento do hotel e entrou no Caledonian, com Wylie alguns passos atrás.

O "Caley" era uma instituição em Edimburgo, um monólito de pedra vermelha no lado oeste da Princes Street. Rebus não fazia ideia de quanto custaria um quarto ali. Tinha jantado no restaurante uma vez, com a mulher e um casal de amigos dela em lua de mel na cidade. Os amigos insistiram em pagar o jantar, por isso Rebus nunca ficou sabendo o valor da conta. Sentira-se constrangido a noite toda, bem no meio de um caso e querendo voltar ao trabalho. Rhona sabia disso, e o excluiu da conversa, concentrando-se em reminiscências partilhadas com os amigos. O casal se dava as mãos entre os pratos, e às vezes até enquanto comiam. Rebus e Rhona quase estranhos um com o outro, o casamento vacilando...

"É assim que vive a outra metade", disse a Wylie enquanto esperavam a recepcionista ligar para o quarto dos Costello. Rebus tinha telefonado para o apartamento de David Costello, sem resposta, mas ficou sabendo na delegacia que os pais tinham chegado de avião na tarde de sábado e que o filho iria passar o dia com eles.

"Acho que eu nunca tinha entrado aqui", replicou Wylie. "Afinal de contas, é só um hotel."

"Eles adorariam ouvir você dizer isso."

"Bem, mas é verdade, não é?"

Rebus teve a sensação de que Wylie não estava pensando no que falava. A cabeça dela parecia estar em outro lugar, as palavras só preenchiam os espaços vazios.

A recepcionista sorriu para os dois. "O senhor Costello está esperando os senhores." Deu o número do quarto e os conduziu até os elevadores. Um carregador de libré pairava por perto, mas um olhar para Rebus o informou de que não havia trabalho ali para ele. Enquanto o elevador subia, Rebus tentava tirar a canção "Bell-Boy" da cabeça, com Keith Moon uivando e gemendo.

392

"O que você está assobiando?", perguntou Wylie.

"Mozart", mentiu Rebus. Ela anuiu como se tivesse identificado a melodia...

Não era um quarto, afinal de contas, mas uma suíte, com uma porta de ligação dando para outra suíte ao lado. Rebus conseguiu dar uma passada de olhos em Theresa Costello antes de o marido fechar a porta. A sala de estar era compacta: sofá, cadeira, mesa, tv... Havia também um quarto e um banheiro no corredor. Rebus sentiu cheiro de sabonete e xampu, e por trás daquilo o aroma estagnado que às vezes se sente nos quartos de hotéis. Havia um cesto de frutas sobre a mesa, e David Costello, sentado, acabara de pegar uma maçã. Tinha feito a barba, mas o cabelo não fora lavado, estava escorrido e engordurado. A camiseta cinza parecia nova, assim como a calça preta. Os cadarços do tênis estavam desamarrados, por acaso ou de propósito.

Thomas Costello era mais baixo do que Rebus imaginara, a cabeça bateu em seu ombro quando entrou no aposento. A camisa cor de malva estava aberta no colarinho e a calça era presa por suspensórios cor-de-rosa claro.

"Entrem, entrem", falou, "sentem-se." Gesticulou em direção ao sofá. Mas Rebus preferiu a poltrona, enquanto Wylie continuou em pé. O pai não teve escolha senão afundar no sofá, onde estendeu os braços para os dois lados. Uma fração de segundo depois juntou as mãos, batendo palmas, e declarou que precisavam tomar alguma coisa.

"Não para nós, senhor Costello", declinou Rebus.

"Tem certeza?" Costello olhou para Ellen Wylie, que conseguiu fazer um leve sinal de cabeça.

"Muito bem." O pai dispôs os braços novamente ao lado do corpo. "Então, o que podemos fazer por vocês?"

"Sinto muito a intrusão numa hora dessas, senhor Costello." Rebus deu uma olhada em direção a David, que mostrava tanto interesse quanto Wylie por aqueles procedimentos.

"Nós entendemos, inspetor. O senhor tem um trabalho a fazer, e tudo o que queremos é ajudar a prender o psicopata que fez isso com Philippa." Costello cerrou os punhos, mostrando que estava pronto dar uma lição ao agressor. O rosto dele era quase maior na largura que no comprimento, o cabelo era curto e escovado direto para trás a partir da testa. Os olhos eram ligeiramente apertados, e Rebus deduziu que o homem usava lentes de contato e estava sempre com medo de que caíssem.

"Bem, senhor Costello, são só algumas perguntas complementares..."

"E se importa se eu ficar enquanto o senhor faz essas perguntas?"

"De modo algum. Talvez o senhor possa até ajudar."

"Então vá em frente." Virou a cabeça para o lado. "Davey! Você está prestando atenção?"

David Costello aquiesceu, dando outra mordida na maçã.

"O palco é todo seu, inspetor", disse o pai.

"Bem, talvez eu possa começar fazendo algumas perguntas ao David." Rebus exagerou no gesto de tirar o caderno do bolso, embora já soubesse as perguntas e achasse que não precisaria anotar nada. Mas às vezes a presença de um caderno podia fazer mágica. Os interrogados acreditavam na palavra escrita: se a gente tivesse algo anotado no caderno, provavelmente aquilo havia sido verificado. Além disso, quando achavam que suas respostas estavam sendo registradas, eles prestavam mais atenção a cada declaração, ou então se entusiasmavam e expunham logo a verdade.

"Tem certeza de que não quer sentar?", o pai perguntou a Wylie, batendo no sofá ao seu lado.

"Estou bem em pé", ela respondeu friamente.

Aquele intercâmbio quebrou o encanto; David Costello não pareceu nem um pouco incomodado pelo bloco de notas.

"Fale logo", disse a Rebus.

Rebus apontou e disparou. "David, nós já pergunta-

394

mos sobre esse jogo pela internet que achamos que Flip estava jogando..."

"Sim."

"E você disse que não sabia nada a respeito, que não era muito ligado em jogos de computador e coisa e tal."

"Sim."

"Mas agora ficamos sabendo que no colégio você era uma espécie de perito em Dungeons and Dragons."

"Eu me lembro disso", interrompeu Thomas Costello. "Você e seus amigos lá em cima no quarto, dia e noite." Olhou para Rebus. "A noite *toda*, inspetor, se consegue acreditar nisso."

"Sei de homens adultos que fazem a mesma coisa", observou Rebus. "Em rodadas de pôquer com um bom cacife..."

Costello concedeu um sorriso: de um jogador para outro.

"Quem disse que eu era um 'perito'?", perguntou David.

"A palavra me ocorreu." Rebus deu de ombros.

"Bom, não é verdade. Aquela loucura do D & D durou só um mês."

"Flip também jogava quando estava no colégio, você sabia disso?"

"Não."

"Mas ela deve ter contado... Quer dizer, vocês dois gostavam da mesma coisa."

"Não quando nos conhecemos. Acho que nunca falamos do assunto."

Rebus olhou nos olhos de David Costello. Estavam injetados de sangue, as pálpebras vermelhas.

"Então como Claire, a amiga de Flip, ficou sabendo a respeito?"

O jovem pigarreou. "Foi *ela* que disse isso? A Claire Crocodilo?"

Thomas Costello desaprovou a observação com um muxoxo.

395

"Mas é verdade", retornou o filho. "Ela estava sempre tentando separar a gente, fingindo ser 'amiga'."

"Ela não gostava de você?"

David pensou na pergunta. "Acho que o mais certo é dizer que ela não aguentava ver a Flip feliz. Quando eu disse isso para a Flip, ela riu na minha cara. Ela não percebia. Tem uma história entre a família dela e a da Claire, e acho que a Flip se sentia culpada. Claire era realmente uma cabeça oca..."

"E por que não nos contou isso antes?"

David olhou para Rebus e deu risada. "Porque Claire não matou a Flip."

"Não?"

"Meu Deus, você não está dizendo..." Meneou a cabeça. "Olha, quando eu digo que Claire era nociva, era só uma questão de jogos mentais... só palavras." Fez uma pausa. "Mas até aí talvez o jogo fosse esse mesmo... é isso que está pensando?"

"Estamos mantendo a mente aberta", respondeu Rebus.

"Davey, pelo amor de Deus", começou o pai. "Se você tem algo a dizer a esses policiais, tire isso do peito!"

"Meu nome é *David*", bradou o jovem. O pai pareceu furioso, mas não disse nada. "Continuo achando que não foi a Claire", acrescentou David, para concluir.

"E quanto à mãe da Flip?", perguntou Rebus casualmente. "Como vocês dois se relacionavam?"

"Bem."

Rebus permitiu que o silêncio pairasse no ar, depois repetiu a frase, dessa vez como uma pergunta intencional.

"Você sabe como são as coisas entre mães e filhas", começou David. "Superprotetoras, essas coisas."

"E com razão, não é?" Thomas Costello deu uma piscada para Rebus, que olhou para Ellen Wylie, imaginando se isso chamaria sua atenção. Mas ela olhava pela janela.

"O problema, David", disse Rebus em voz baixa, "é que temos razões para acreditar que havia certo atrito nessa relação."

"Como assim?", perguntou Thomas Costello.

"Talvez David possa nos responder", insistiu Rebus.

"E aí, David?", perguntou Costello ao filho.

"Não faço ideia do que ele está dizendo."

"Estou dizendo", continuou Rebus, fingindo consultar suas anotações, "que a senhora Balfour acreditava que de alguma forma você envenenou os sentimentos da Flip."

"O senhor deve ter entendido mal o que ela disse", interveio Thomas Costello. Estava novamente com os punhos fechados.

"Acho que não, senhor."

"Veja só a tensão que ela viveu... não devia saber o que estava dizendo."

"Acho que sabia." Rebus continuava olhando para David.

"É verdade", ele confirmou afinal. David tinha perdido todo o interesse pela maçã. A fruta jazia imóvel em sua mão, a polpa branca exposta já começando a escurecer. O pai lançou um olhar inquisidor. "Jacqueline achava que eu botava umas ideias na cabeça da Flip."

"Que espécie de ideias?"

"Que Flip não teve uma infância feliz. Que suas lembranças eram distorcidas."

"E você acha que era verdade?", perguntou Rebus.

"Era ela, não eu", afirmou David. "A Flip tinha um sonho, que voltava a Londres, que estava na casa de Londres, correndo pelas escadas para fugir de alguma coisa. O mesmo sonho quase todas as noites durante duas semanas."

"E o que você fez?"

"Consultei alguns livros, disse que aquilo poderia estar ligado a memórias reprimidas."

"Agora eu me perdi", admitiu Thomas Costello. O filho virou a cabeça em sua direção.

"Alguma coisa ruim que a gente consegue não ficar remoendo. Claro que eu senti muita inveja." Os dois se entreolharam. Rebus achou que sabia do que David estava falando: ser criado por Thomas Costello não deve ter sido fácil. Talvez explicasse a juventude turbulenta do filho...

"Ela não explicou qual seria a razão disso?", perguntou Rebus.

David negou com a cabeça. "Provavelmente não era nada. Sonhos podem ter muitos significados."

"Mas Flip acreditava nisso?"

"Sim, durante algum tempo."

"E contou para a mãe?"

David aquiesceu. "Que jogou toda a culpa em cima de mim."

"Que mulher", sussurrou Thomas Costello. Esfregou a testa. "Mas ela esteve sob muita tensão, muita tensão..."

"Isso foi antes do desaparecimento da Flip", lembrou Rebus.

"Não é isso que estou dizendo: estou falando do Balfour's", grunhiu Costello. A agressão do filho ainda estava presente.

Rebus franziu a testa. "Como assim?"

"Tem muita gente com dinheiro em Dublin. A gente ouve boatos."

"Sobre o Balfour's?"

"Eu mesmo não consigo entender: perfil da dívida... taxas de liquidez... para mim são apenas palavras."

"Está dizendo que o Balfour's Bank está com problemas?"

Costello abanou a cabeça. "Rumores sobre o que pode acontecer se eles não reverterem a situação. O problema com bancos é que tudo é uma questão de confiança, não é? Alguns boatos podem causar muito prejuízo..."

Rebus sentiu que Costello não pretendia dizer nada, mas as acusações de Jacqueline Balfour a seu filho tinham desequilibrado a balança. Fez sua primeira anotação da entrevista: "verificar Balfour's".

Ele tinha planejado levantar a questão dos tempos turbulentos do pai e do filho em Dublin. Mas David parecia mais calmo agora, seus dias de adolescente eram coisa do passado. E quanto ao pai, bem, Rebus já tinha notado indicações de seu pavio curto. Não precisava confirmar aquilo com uma nova lição.

A sala ficou em silêncio outra vez.

"Será que já está satisfeito, inspetor?", perguntou Costello, exagerando no gesto de tirar um relógio de bolso das calças, abrindo a tampa e fechando-a com um estalido.

"Quase", respondeu Rebus. "Vocês sabem quando será o enterro?"

"Quarta-feira", disse Costello.

Às vezes acontecia, em inquéritos de assassinatos, de o enterro da vítima ser adiado o máximo possível, para o caso de surgir alguma nova prova. Rebus deduziu que alguém tinha mexido uns pauzinhos: John Balfour mais uma vez, abrindo seu próprio caminho.

"Ela vai ser enterrada?"

Costello confirmou. Enterro era melhor. Se fosse cremação, o corpo não poderia ser exumado se houvesse necessidade...

"Bem, se não houver mais nada a acrescentar...", observou Rebus.

Não havia. Rebus se levantou. "Tudo bem, detetive Wylie?", perguntou. Foi como se ela tivesse despertado de um sono.

Costello insistiu em acompanhar os dois até a porta e apertar a mão de ambos. David não se levantou da cadeira. Estava levando a maçã à boca quando Rebus se despediu.

A porta se fechou. Rebus ficou parado um instante, mas não conseguiu ouvir vozes lá dentro. Viu a porta ao lado se abrir alguns centímetros, Theresa Costello espiando para fora.

"Está tudo bem?", ela perguntou a Wylie.

"Tudo bem, senhora", respondeu Wylie.

Antes que Rebus conseguisse entrar, a porta se fechou

novamente. Ficou pensando por que Theresa Costello se sentia tão prisioneira...

No elevador, disse a Wylie que poderia lhe dar uma carona.

"Não precisa", foi a resposta. "Eu vou a pé."

"Tem certeza?" Ela confirmou, consultando o relógio.

"O encontro das onze e meia?", arriscou Rebus.

"Isso mesmo." A voz dela sumiu.

"Bem, obrigado por toda sua ajuda."

Wylie piscou, como se estivesse com dificuldade para absorver as palavras. Rebus ficou no saguão principal observando enquanto ela caminhava em direção à porta giratória. Momentos depois, seguiu-a pela rua. Ela estava atravessando a Princes Street, segurando a sacola na frente, quase correndo. Passou pela loja Fraser's, em direção a Charlotte Square, onde o Balfour's tinha seu quartel-general. Perguntou-se para onde estaria indo: George Street, ou talvez Queen Street? Será que iria até a Cidade Nova? A única maneira de saber era segui-la, mas não sabia se ele iria gostar dessa curiosidade.

"Ah, que se dane", murmurou consigo mesmo, atravessando a rua. Teve que esperar o trânsito parar, e só conseguiu avistá-la quando chegou a Charlotte Street: ela estava do outro lado, andando depressa. Quando chegou a George Street, ele a perdeu de vista. Sorriu para si mesmo: que belo detetive. Andou até a Castle Street e voltou. Wylie poderia estar numa daquelas lojas ou cafés. Deixa para lá. Entrou no Saab e saiu do estacionamento do hotel.

Algumas pessoas abrigavam demônios particulares. Rebus achava que Ellen Wylie era uma delas. Considerava-se um bom analista de personalidades. A experiência sempre mostrara isso.

De volta a St. Leonard's, ligou para um contato num jornal dominical especializado em economia.

"Como está a situação do Balfour's?", perguntou sem preâmbulos.

"Você se refere ao banco?"

"Sim."

"O que você ouviu falar?"

"Correm boatos em Dublin."

O jornalista soltou uma risada. "Ah, boatos, o que seria do mundo sem eles?"

"Então não existe problema nenhum?"

"Eu não disse isso. No papel, o Balfour's continua como sempre foi. Mas sempre há margens que podem esconder os números."

"E então?"

"E a previsão deles para os próximos seis meses foi revista para baixo. Nada que faça os investidores perderem o sono, mas o Balfour's é uma incorporação frágil de pequenos investidores. Existe certa tendência à hipocondria."

"Em resumo, Terry?"

"O Balfour's vai sobreviver, sem chance de uma encampação hostil. Mas, se o balanço continuar nebuloso até o final do ano, pode haver uma ou outra decapitação ritual."

Rebus ficou pensativo. "E quem seria o decapitado?"

"Ranald Marr, imagino, ao menos para mostrar que John Balfour tem a crueldade exigida nessa nossa época atual."

"Sem espaço para velhas amizades?"

"Verdade seja dita, isso nunca existiu."

"Obrigado, Terry. Tem uma garrafa à sua disposição no balcão do Ox."

"Isso pode demorar?"

"Você parou de beber?"

"Ordens médicas. Estamos sendo abatidos em série, John."

Rebus solidarizou-se por alguns minutos, pensando em sua própria consulta médica, a que estava faltando no momento em que fazia aquela ligação. Quando desligou o aparelho, anotou o nome Marr em seu bloco e fez um círculo ao redor. Ranald Marr, com sua Maserati e seus soldadinhos de brinquedo. *Quase dava para pensar que Marr tinha perdido a própria filha...* Rebus começava a rever essa opinião. Ficou imaginando se Marr sabia da precariedade de seu emprego, se sabia que o medo dos pequenos investidores de que suas economias se resfriassem poderia exigir um sacrifício...

Desviou para a imagem de Thomas Costello, que nunca precisou trabalhar na vida. Como seria isso? Rebus nem conseguia imaginar a resposta. Seus pais foram pobres a vida inteira: nunca foram donos da casa onde moravam. Quando o pai morreu, deixou quatrocentas libras para Rebus dividir com o irmão. Uma apólice de seguro cuidou do enterro. Mesmo naquela época, ao embolsar sua parte do dinheiro na agência bancária, ele pensou... a metade das economias da vida de seus pais correspondia a uma semana de seu salário.

Agora ele tinha dinheiro no banco: gastava pouco dos seus rendimentos mensais. O apartamento estava pago; nem Rhona nem Samantha queriam nada dele. Comida e bebida e as contas de estacionamento do Saab. Nunca viajava nos fins de semana, só comprava alguns LPS ou CDS. Há alguns meses teve vontade de comprar um aparelho de som Linn, mas a loja o fez desistir dizendo que não tinha nenhum em estoque e que telefonaria quando conseguisse. Ninguém telefonou. Os ingressos para o show de Lou Reed não custaram caro: Jean tinha insistido em pagar o dela... e ainda por cima preparou o café da manhã no dia seguinte.

"Ora se não é o Policial Sorridente", bradou Siobhan do outro lado do escritório. Ela estava à sua mesa ao lado de Brains de Fettes. Rebus percebeu que tinha um grande sorriso estampado no rosto. Levantou-se e atravessou a sala.

"Retiro o que disse", foi logo falando Siobhan, erguendo os braços em sinal de rendição.

"Olá, Brains", falou Rebus.

"O nome dele é Bain", corrigiu Siobhan. "Mas ele prefere ser chamado de Eric."

Rebus ignorou a observação. "Isso está parecendo o

convés da espaçonave *Enterprise*." Examinou o conjunto de computadores e conexões: dois laptops, dois pcs. Sabia que um dos pcs era de Siobhan, o outro de Flip Balfour. "Diga uma coisa", dirigindo-se a Siobhan, "o que sabemos sobre a vida de Philippa em Londres?"

Ela franziu o nariz, pensando. "Não muito. Por quê?"

"Porque o namorado disse que ela estava tendo uns pesadelos, que via a si mesma correndo pela casa de Londres como se perseguida por alguém."

"Tem certeza de que era na casa de Londres?"

"Como assim?"

Siobhan deu de ombros. "A casa que me deu calafrios foi Junipers: armaduras e velhos salões de bilhar... imagine ser criada naquele lugar."

"David Costello disse que os sonhos eram na casa de Londres."

"Transferência?", sugeriu Bain. Os dois olharam para ele. "Foi só uma ideia", disse.

"Então na verdade era de Junipers que ela tinha medo?", perguntou Rebus.

"Vamos fazer o jogo do copo e perguntar a ela." Siobhan se deu conta do que tinha dito e contraiu o rosto. "Foi de péssimo gosto, desculpem."

"Já ouvi coisas piores", observou Rebus. E tinha ouvido mesmo. No local do crime, ouviu um dos guardas que ajudavam a isolar o local dizer a um colega: "Aposto que ela não tinha *bancado* isso. Entendeu?"

"Isso me lembra um filme do Hitchcock", comentou Bain. "Vocês assistiram *Marnie: confissões de uma ladrã*?"

Rebus lembrou-se do livro de poemas no apartamento de David Costello: *I dream of Alfred Hitchcock*.

Ninguém morre por ser malvado,
Morre por estar disponível...

"Provavelmente você tem razão", falou.

Siobhan interpretou seu tom de voz. "De qualquer forma, você ainda quer a descrição dos anos da Flip em Londres?"

Rebus começou a anuir, depois negou com a cabeça. "Não", respondeu. "Você tem razão... é muito delirante."

Quando ele se afastou, Siobhan se voltou para Bain. "Normalmente esse é o forte dele", murmurou. "Quanto mais delirante, mais ele gosta."

Bain sorriu. Estava de novo com a maleta, ainda fechada. Depois do jantar da noite de sexta-feira eles se despediram. Siobhan pegou seu automóvel no sábado de manhã e rumou para o norte para assistir ao futebol. Não se deu ao trabalho de oferecer carona a ninguém: ela havia preparado uma maleta para passar a noite. Encontrou uma pousada. Uma bela vitória no jogo à tarde, depois um passeio e um lugar para jantar. Tinha levado o walkman, algumas fitas e livros, deixando o laptop no apartamento. Um fim de semana sem o Enigmista: era uma recomendação médica. Só que ela não conseguiu deixar de pensar nele, imaginar se haveria alguma mensagem à sua espera. Fez questão de voltar tarde no domingo à noite e se manter ocupada com a roupa suja.

Agora o laptop estava sobre a mesa. Quase sentia medo de tocá-lo, com medo de ceder à curiosidade...

"Foi um bom fim de semana?", perguntou Bain.

"Nada mau. E o seu?"

"Tranquilo. O jantar na sexta foi mais ou menos o ponto alto."

Siobhan sorriu, aceitando o cumprimento. "Então o que fazemos agora? Alertamos a Divisão Especial?"

"Vamos falar com o Esquadrão Anticrime. Eles repassam a nossa requisição."

"Não podemos eliminar o intermediário?"

"O intermediário não gostaria disso."

Siobhan pensou em Claverhouse: provavelmente Bain estava certo. "Então vá em frente", falou.

Bain pegou o telefone e teve uma longa conversa com o inspetor Claverhouse na Central. Siobhan passava os dedos sobre o teclado do laptop, já conectado ao celular. Uma mensagem telefônica estava à sua espera em casa na sexta à noite: da sua operadora de celular, alertando-a de que sua utilização do serviço tinha subitamente aumentado. Sim, ela sabia. Com Bain ainda ocupado explicando coisas para Claverhouse, resolveu entrar na internet, só para ter alguma coisa a fazer...

Havia três mensagens do Enigmista. A primeira da noite de sexta-feira, mais ou menos na hora em que chegara em casa:

Desbravadora — minha paciência se esgota. A missão está quase encerrada para você. Exige-se uma resposta imediata.

A segunda era da tarde de sábado:

Desbravadora? Que decepção. Até o momento sua sincronia foi excelente. Agora o jogo acabou.

Com o jogo acabado ou não, ele voltou a entrar em contato no domingo à meia-noite:

Você está ocupada tentando me rastrear, é isso? Ainda quer me encontrar?

Bain terminou a conversa e desligou o telefone. Olhou para a tela.

"Você deixou o cara intrigado", comentou.

"Novo provedor?", perguntou Siobhan. Bain verificou os cabeçalhos e confirmou.

"Novo nome, tudo novo. Mesmo assim ele já percebeu que pode ser rastreado."

"Então por que não interrompe as comunicações?"

"Não sei."

"Você acha mesmo que o jogo está encerrado?"

"Só tem um jeito de descobrir..."

Siobhan assumiu o teclado:

Estive fora durante o fim de semana, só isso. A busca continua. Enquanto isso, sim, gostaria de encontrá-lo.

Enviou a mensagem. Depois os dois levantaram para buscar um café, mas quando retornaram não havia resposta.

"Será que ele ficou amuado?", perguntou Siobhan.

"Ou está longe da máquina."

Ela olhou para Bain. "O seu quarto é cheio de coisas de computador?"

"Está querendo ser convidada pra visitar o meu quarto?"

Ela sorriu. "Não, só estava pensando. Esse pessoal pode passar dias e noites em frente a um monitor, não é?"

"Exatamente. Mas não é o meu caso. Eu só frequento três salas de bate-papo, e posso passar uma ou duas horas navegando quando estou entediado."

"Que tipo de salas de bate-papo?"

"Assuntos técnicos." Aproximou a cadeira da mesa. "Bom, enquanto esperamos, talvez a gente possa dar uma olhada nos arquivos deletados da garota Balfour." Bain percebeu a expressão no rosto dela. "Você sabe que é possível recuperar arquivos deletados?"

"Claro. Nós examinamos a correspondência dela."

"Mas já procuraram nos e-mails?"

Siobhan teve de admitir que não. Ou melhor, que Grant não sabia que isso era possível.

Bain suspirou e começou a trabalhar no PC de Flip. Não demorou muito. Logo estavam vendo uma lista de mensagens deletadas, tanto dela quanto para ela.

"Desde quando são as mensagens?", perguntou Siobhan.

"Pouco mais de dois anos. Quando ela comprou o computador?"

"Foi presente de aniversário de dezoito anos."

"Belo presente."

Siobhan concordou. "Ela ganhou um apartamento também."

Bain olhou para ela, abanando lentamente a cabeça, como se não acreditasse. "Eu ganhei um relógio e uma câmera", falou.

"Esse relógio?" Siobhan apontou para o pulso dele.

Mas a cabeça de Bain já estava em outro lugar. "Então os e-mails recuam até a data em que ela começou." Clicou no mais antigo deles, mas o computador informou que não podia abri-lo.

"Vai ser preciso fazer uma conversão", disse. "Provavelmente o arquivo está condensado."

Siobhan tentava entender o que ele estava fazendo, mas Bain era muito rápido. Em pouco tempo estavam lendo o primeiro e-mail que Flip tinha enviado daquela máquina. Era para o pai, no escritório:

É só um teste. Espero que receba esta mensagem. O PC é demais! A gente se vê à noite. Flip.

"Será que a gente vai precisar ler todos?", arriscou Bain.

"Acho que sim", concordou Siobhan. "O que significa converter um de cada vez?"

"Não necessariamente. Se você me trouxer um chá — com leite, sem açúcar —, eu posso ver o que dá para fazer."

Quando retornou com as xícaras, Bain estava imprimindo várias páginas de mensagens. "Assim você pode ir lendo enquanto eu preparo a próxima remessa", explicou.

Siobhan começou pela ordem cronológica, e não demorou muito para encontrar coisas mais interessantes do que fofocas entre Flip e os amigos.

"Olha só isso", disse a Bain.

Ele leu o e-mail. "É do Balfour's Bank", falou. "De alguém chamado RAM."

"Aposto que é Ranald Marr." Siobhan pegou a folha de volta.

Flip, ótimas notícias. Enfim você faz parte do meu mundo virtual! Espero que se divirta muito. Vai perceber também que a internet é um grande instrumento de pesquisa, e espero que ajude nos seus estudos... Sim, você pode apagar mensagens — isso libera espaço na memória e faz com que seu computador trabalhe com mais velocidade. Mas lembre-se de que as mensagens apagadas são recuperáveis, a não ser que você siga alguns procedimentos. Veja como deletar alguma coisa completamente.

Quem escrevia passou a explicar o processo. No final assinou R. Bain e passou um dedo na borda da tela.

"Isso explica essas grandes lacunas", falou. "Quando

aprendeu como deletar totalmente as mensagens, ela começou a fazer isso com regularidade."

"Também explica por que não há mensagens do Enigmista." Siobhan folheava os impressos. "Nem mesmo a mensagem original dela para RAM."

"E nenhuma depois dessa."

Siobhan esfregou as têmporas. "Por que ela iria querer apagar tudo?"

"Não sei. Não é uma coisa que a maioria dos usuários costuma fazer."

"Vamos trocar de lugar", disse Siobhan, empurrando a cadeira. Começou a escrever um novo e-mail, agora para RAM no Balfour's Bank.

Aqui é a detetive Clarke. Favor entrar em contato com urgência.

Acrescentou o número do telefone de St. Leonard's e mandou a mensagem. Em seguida pegou o telefone e ligou para o banco.

"Escritório do senhor Marr, por favor." Foi remetida à secretária de Marr. "O senhor Marr, por favor?", perguntou, os olhos em Bain bebericando o chá. "Talvez a senhora possa ajudar. Aqui é a detetive Clarke, do Departamento de Investigações Criminais de St. Leonard's. Acabei de enviar um e-mail ao senhor Marr e gostaria de saber se ele recebeu. Parece que estamos tendo algum problema no equipamento..." Fez uma pausa enquanto a secretária verificava.

"Ah, ele não está? Pode me informar onde ele está?" Fez uma nova pausa, ouvindo a secretária. "É realmente muito importante." Agora as sobrancelhas dela se ergueram. "Prestonfield House? Não é longe daqui. Será possível enviar um recado pedindo que passe por St. Leonard's depois da reunião? Não vai levar mais de cinco minutos. O mais conveniente talvez seja irmos visitá-lo no escritório..." Ficou ouvindo novamente. "Obrigada. E o e-mail chegou? Ótimo, muito obrigada."

Quando desligou o aparelho, Bain, xícara vazia e jogada ao lixo, aplaudiu em silêncio.

Marr chegou à delegacia quarenta minutos depois. Siobhan fez que um guarda o escoltasse até ao DIC, no andar de cima. Rebus não estava mais por ali, mas a sala estava agitada. O guarda trouxe Marr até a mesa de Siobhan. Ela agradeceu e pediu que o banqueiro se sentasse. Marr olhou ao redor: não havia cadeiras sobrando. Olhos o observavam, outros policiais se perguntando quem seria ele. Vestido em um elegante terno risca de giz, camisa branca e gravata amarelo-esverdeada, parecia mais um advogado de luxo que um dos frequentadores habituais da delegacia.

Bain se levantou e empurrou a cadeira até o outro lado da mesa para Marr se sentar.

"Meu motorista está parado em local proibido", disse Marr, olhando ostensivamente para o relógio.

"Não vai demorar, senhor", garantiu Siobhan. "Reconhece esta máquina?" Ela apontou o computador.

"O quê?"

"Era da Philippa."

"É mesmo? Eu não saberia dizer."

"Imagino que não. Mas vocês trocavam e-mails."

"O quê?"

"RAM. É *você*, não é?"

"E se for?"

Bain deu um passo à frente e entregou uma folha de papel a Marr. "Então o senhor enviou isso a ela", falou. "E parece que Philippa seguiu seus conselhos."

Marr olhou para a mensagem, o olhar mais em Siobhan do que em Bain. Ela havia reagido às palavras de Bain, e Marr percebeu.

Grande engano, Eric!, sentiu vontade de gritar. Porque agora Marr sabia que aquele era o único e-mail detectado entre ele e Flip. De outra forma, Siobhan poderia ter dado corda, passar a impressão de que havia outros e-mails e observar se isso o incomodaria ou não.

"E daí?", foi tudo o que disse Marr depois de ler a mensagem.

"É curioso", começou Siobhan, "que seu primeiro e--mail para ela fosse sobre como deletar e-mails."

"Philippa era muito reservada", explicou Marr. "Ela preservava a própria privacidade. A primeira coisa que me perguntou foi como deletar material. Essa foi a minha resposta. Ela não gostava da ideia de alguém poder ler o que tinha escrito."

"Por quê?"

Marr fez um elegante gesto casual. "Cada um tem sua própria personalidade, não é? O 'eu' que escreve a um parente mais velho não é o 'eu' que escreve a um amigo íntimo. Sinto isso quando estou enviando um e-mail a um parceiro de jogo de guerra e não quero que minha secretária leia, por exemplo. Ela veria um 'eu' muito diferente da pessoa com quem trabalha."

Siobhan concordava. "Acho que estou entendendo."

"Acontece também que na minha profissão o aspecto confidencial — ou sigiloso, se preferir — é absolutamente vital. O sigilo comercial nunca foi questionado. Nós destruímos documentos indesejados, apagamos e-mails e coisas do gênero para nos proteger e proteger nossos clientes. Então, quando Flip perguntou sobre os comandos para apagar mensagens, esse procedimento me pareceu muito importante." Fez uma pausa, transferiu o olhar de Siobhan para Bain e de volta a Siobhan. "Era só o que queriam saber?"

"Sobre o que mais vocês falavam em seus e-mails?"

"Não nos escrevemos por muito tempo. Flip estava se iniciando em algo novo para ela. Tinha meu endereço de e-mail e sabia que eu era mais experiente. No início tinha muitas perguntas a fazer, mas ela aprendia rápido."

"Nós ainda estamos procurando mensagens deletadas na máquina", observou Siobhan com displicência. "Tem ideia de quando teria recebido a última mensagem dela?"

"Talvez há um ano." Marr começou a se levantar. "Agora, se já terminamos, eu realmente preciso..."

410

"Se o senhor não a tivesse ensinado como eliminar as mensagens, a essa altura nós o teríamos pegado."

"Quem?"

"O Enigmista."

"A pessoa com quem ela estava jogando esse jogo? Ainda acha que isso tem algo a ver com a morte dela?"

"É o que eu gostaria de saber."

Agora Marr estava em pé, alisando o paletó. "Será que isso é possível sem a ajuda desse... Enigmista?"

Siobhan olhou para Bain, que sabia entender uma dica quando esta se apresentava.

"Ah, sim", afirmou confiante. "Vai demorar um pouco, mas nós vamos rastreá-lo. Ele deixou muitos vestígios pelo caminho."

Marr olhou de um detetive para o outro. "Ótimo", exclamou com um sorriso. "Bem, se eu puder ajudar em mais alguma coisa..."

"Já nos ajudou muito, senhor Marr", disse Siobhan, os olhos fixos nele. "Vou pedir a um policial que o acompanhe até a porta..."

Quando ele saiu, Bain puxou a cadeira para ficar novamente ao lado de Siobhan e sentou-se.

"Você acha que é ele, não?", perguntou em voz baixa.

Ela confirmou, os olhos ainda fechados.

"Palpite?", ele arriscou.

Siobhan abriu os olhos. "Já aprendi a não confiar em palpites."

"Folgo em ouvir." Sorriu para ela. "Seria bom ter alguma prova, não?"

Quando o telefone tocou, Siobhan parecia estar em um sonho, por isso Bain atendeu. Era um policial da Divisão Especial chamado Black. Queria saber se estava falando com a pessoa certa. Quando Bain confirmou quem era, Black perguntou o quanto ele sabia sobre computadores.

"Um pouco."

"Ótimo. O pc está na sua frente?" Quando Bain confirmou, Black disse o que desejava. Ao desligar o telefone, cinco minutos depois, Bain inflou as bochechas e exalou com ruído.

"Não sei o que acontece com a Divisão Especial", falou, "mas eles sempre fazem que eu me sinta com cinco anos de idade no primeiro dia na escola."

"Você pareceu firme", assegurou Siobhan. "O que eles querem?"

"Cópias de todos os e-mails entre você e o Enigmista, mais detalhes da conta do provedor de Philippa Balfour e nomes de usuários, e o mesmo de você."

"Só que a máquina é do Grant Hood", explicou Siobhan, tocando o laptop.

"Bom, então os detalhes da conta dele." Fez uma pausa. "Black perguntou se temos algum suspeito."

"Você disse alguma coisa?"

Bain negou com a cabeça. "Mas a gente pode mandar o nome do Marr para ele. Podemos fornecer também o endereço de e-mail."

"Isso ajudaria?"

"Pode ser. Sabe que os americanos conseguem ler e-mails usando satélites? Qualquer e-mail no mundo..." Siobhan olhou para ele, que deu risada. "Não estou dizendo que a Divisão Especial tem essa tecnologia, mas a gente nunca sabe, não é?"

Ela estava pensando. "Então vamos dar tudo o que temos para eles. Vamos entregar Ranald Marr."

O laptop informou a chegada de uma mensagem. Siobhan clicou e abriu. O Enigmista.

Desbravadora — Nos encontraremos quando Constrição for concluída. Aceitável?

"Ooh", disse Bain, "ele está *perguntando*."

Então o jogo não acabou?, digitou Siobhan.

Tratamento especial.

Ela digitou outra mensagem: *Algumas perguntas precisam ser respondidas agora mesmo.*

Resposta imediata: *Pergunte, Desbravadora.*

Então ela perguntou: *Alguém mais estava no jogo além da Flip?*

Esperaram um minuto pela resposta.

Sim.

Olhou para Bain. "Ele tinha dito que não havia mais ninguém."

"Então estava mentindo na ocasião, ou está mentindo agora. O fato de você ter feito a pergunta de novo me faz pensar que não acreditou nele na primeira vez."

Quantas pessoas?, digitou Siobhan.

Três.

Umas contra as outras? Elas sabiam?

Sabiam.

Sabiam contra quem estavam jogando?

Pausa de trinta segundos. *De jeito nenhum.*

"Verdade ou mentira?", Siobhan perguntou a Bain.

"Estou pensando se Marr teve tempo suficiente para chegar ao escritório."

"Não me surpreenderia que alguém na profissão dele tivesse um laptop e um celular no carro, só para estar dando as cartas do jogo." Sorriu ao constatar o trocadilho não intencional.

"Eu poderia ligar para o escritório dele..." Bain já estava pegando o telefone. Siobhan ditou o número do banco.

"Senhor Marr, por favor", disse Bain no receptor. Depois: "É a secretária do senhor Marr? Aqui é o detetive Bain, Polícia de Lothian. Posso falar com o senhor Marr?". Olhou para Siobhan. "Deve voltar a qualquer momento? Muito obrigado." Depois pensou melhor. "Ah, seria possível entrar em contato com ele no carro? Ele acessa e-mails no automóvel, não acessa?" Pausa. "Não, tudo bem, obrigado. Eu ligo mais tarde." Desligou o telefone. "Não acessa e-mails no automóvel."

"Ou é o que a secretária pensa", comentou Siobhan em voz baixa.

Bain concordou.

"Atualmente a gente só precisa de um telefone", continuou Siobhan. Um telefone WAP, pensou, como o de Grant. Por alguma razão lembrou-se daquela manhã na Elephant House... Grant ocupado com as palavras cruzadas que já tinha concluído, tentando impressionar a mulher na mesa ao lado... Começou a digitar outra mensagem:

Você pode me dizer quem eram? Você sabe quem eram? A resposta foi imediata.

Não.

Não pode me dizer ou não sabe?

Não para as duas coisas. Constrição está à espera.

Uma última coisa, Enigmista. Por que você escolheu a Flip?

Ela veio até mim, como você.

Mas como ela te encontrou?

Pista para Constrição segue em breve.

"Acho que ele cansou", disse Bain. "Ao que parece não está acostumado a ser interpelado por seus escravos."

Siobhan pensou numa forma de continuar o diálogo, mas acabou desistindo.

"Acho que não tenho exatamente o perfil de Grant Hood", acrescentou Bain. Ela franziu a testa, sem compreender. "Em termos de resolução de enigmas", ele esclareceu.

"Vamos esperar para ver."

"Enquanto isso, posso ir fazendo a conversão desses e-mails."

"O.k.", respondeu Siobhan com um sorriso. Estava pensando em Grant outra vez, que não teria chegado tão longe sem ele. Mas desde sua transferência ele não mostrara o menor interesse, não tinha sequer ligado para saber se havia alguma nova pista a ser solucionada... Ficou pensando sobre sua capacidade de mudar de foco tão rapidamente. O Grant que ela viu na TV era quase irreconhecível: não era mais o que andava pelo apartamento dela à meia-noite, ou o que tinha perdido a cabeça em Hart Fell. Sabia qual deles preferia; achava que não era apenas uma questão de ciúme profissional. Sabia que agora tinha aprendido alguma coisa sobre Gill Templer. Gill estava impingindo medo e terror aos recém-promovidos, fazendo que isso extravasasse para os subordinados. Estava mirando nos destacados e confiantes, talvez porque lhe faltasse essa confiança. Siobhan esperava que fosse apenas uma fase. Rezava para que fosse uma fase.

Esperava que, quando recebesse Constrição, o atarefado Grant pudesse ceder um minuto para sua antiga parceira, fosse ou não do agrado da nova chefe.

Grant Hood passou a manhã lidando com a imprensa, revisando os comunicados diários que distribuiria mais tarde — dessa vez esperava que satisfizesse tanto a inspetora-chefe Templer quanto o subchefe Carswell — e monitorando ligações para o pai da vítima, contrariado porque as transmissões não se concentravam mais em pedidos de informação.

"E o *Crimewatch*?", perguntou diversas vezes. Secretamente, Grant achava que o programa *Crimewatch* era uma ótima ideia, por isso tinha ligado para a BBC de Edimburgo e obtido um número em Glasgow. Glasgow tinha então fornecido um telefone de Londres, e a telefonista de lá o transferira para um pesquisador que o informou que *Crimewatch* havia encerrado a temporada e só voltaria em alguns meses — num tom de voz que insinuava que qualquer porta-voz que valesse alguma coisa já deveria saber desse fato.

"Ah, sim, obrigado", disse Grant, desligando o telefone.

Não houve tempo para almoçar, e o café da manhã tinha sido um pãozinho na cantina, fazia quase seis horas. Estava começando a entender toda a política ao seu redor — a política do QG da Polícia. Carswell e Templer podiam concordar em algumas coisas, mas nunca em todas, e ele se encontrava em algum lugar entre os dois, tentando não cair vítima de nenhum dos lados. Carswell era quem mandava, mas Templer era a chefe de Grant, dispunha dos meios de mandá-lo de volta à rua. O trabalho dele era não fornecer nem o motivo nem a oportunidade para isso.

Sabia que estava indo bem até agora, mas às custas de não comer, não dormir e não ter tempo livre. No lado positivo, o caso estava ganhando maior interesse, não somente da mídia de Londres, mas também em Nova York, Sydney, Cingapura e Toronto. As agências internacionais queriam esclarecimentos sobre os detalhes de que dispunham. Falava-se em enviar correspondentes a Edimburgo, e estaria o detetive Hood disponível para uma pequena entrevista para a TV?

Em todos os casos Grant foi capaz de responder de modo positivo. Fez questão de anotar as especificidades de cada jornalista, os números para contato e até uma observação sobre diferenças de fuso horário.

"Não adianta me mandar seu fax no meio da noite", declarou ao editor de um jornal da Nova Zelândia.

"Eu prefiro e-mail, meu chapa."

Grant anotava esses detalhes também. Logo percebeu que precisava recuperar o laptop que estava com Siobhan. Ou isso ou investir em algo mais atualizado. O caso deveria ter um site específico. Enviaria um memorando para Carswell, com cópia para Templer, explicando essa necessidade.

Se ele conseguisse um tempo...

Siobhan e o laptop. Não pensava em Siobhan havia alguns dias. Sua "queda" por ela não tinha durado muito. Na verdade, ainda bem que não haviam levado a coisa adiante: seu novo trabalho teria erguido uma barreira entre os dois. Sabia que podiam ignorar aquele beijo, até parecer jamais ter existido. Rebus era a única testemunha, mas se os dois negassem e o chamassem de mentiroso, ele também começaria a esquecer.

Grant só tinha certeza de duas coisas agora: que queria permanecer no cargo de porta-voz, e que era bom naquilo.

Comemorou com a sexta xícara de café do dia, acenando para estranhos nos corredores e na escadaria. Todos pareciam saber quem ele era, ao mesmo tempo querendo conhecê-lo e ser conhecido por ele. O telefone estava tocando de novo quando ele abriu a porta — o escritório era pequeno, não maior que os arquivos de algumas delegacias, e não tinha luz natural. Mesmo assim, era o seu feudo. Recostou-se na cadeira, apanhando o receptor.

"Detetive Hood."

"Que felicidade na voz."

"Quem fala, por favor?"

"Steve Holly. Lembra de mim?"

"Claro, Steve, em que posso ajudar?" Mas o tom se tornou imediatamente mais profissional.

"Bem... Grant." Holly conseguiu imprimir um certo sarcasmo à fala. "Eu só preciso de uma declaração para uma reportagem que estou escrevendo."

"Sim?" Grant inclinou-se um pouco para a frente na cadeira, agora não tão à vontade.

"Mulheres desaparecendo por toda a Escócia... bonecas encontradas nos locais... jogos na internet... estudantes mortos em montanhas. Tudo isso lembra alguma coisa?"

Grant achou que ia esmagar o receptor. A mesa, as paredes... tudo ficou esfumaçado. Fechou os olhos, tentando clarear os pensamentos.

"Num caso como esse, Steve", começou a dizer, tentando certa leveza, "um repórter deve ouvir muita besteira."

"Creio que você mesmo resolveu algumas pistas da internet, Grant. O que você acha? Que devem estar ligadas ao assassinato?"

"Não tenho nenhuma declaração a fazer sobre isso, senhor Holly. Olha, seja o que for que você pensa que sabe, precisa entender que essas histórias — falsas ou verdadeiras — podem causar danos irreparáveis a uma investigação, principalmente se estiver em um estágio crucial."

"O inquérito de Balfour está em um estágio crucial? Eu não sabia..."

"Só estou querendo dizer que..."

"Escute, Grant, vamos admitir: você está fodido nessa, desculpe a linguagem. O melhor que pode fazer é me fornecer alguns detalhes."

"Eu não concordo."

"Tem certeza? Seu novo cargo é muito legal... não gostaria de ver você ser abatido em chamas."

"Algo me diz que você quer exatamente isso, Holly."

O receptor do telefone riu na cara de Grant. "De Steve a senhor Holly, depois a Holly... daqui a pouco você vai estar me xingando, Grant."

"Quem te contou isso?"

"Não dá para manter uma coisa dessas dimensões em segredo."

"Mas quem foi que fez o buraco no casco?"

"Um murmúrio aqui, outro ali... você sabe como é." Holly fez uma pausa. "Ah, não, é verdade... você *não* sabe como é. Eu sempre esqueço que você só está no cargo há cinco minutos, e já acha que pode enganar tipos como eu."

"Eu não sei o que..."

"Esses pequenos comunicados individuais, só entre você e os seus cachorrinhos favoritos. Esqueça tudo isso, Grant. É com tipos como eu que você devia se preocupar. E pode entender isso como quiser."

"Obrigado, vou fazer isso. Quando a sua matéria vai para publicação?"

"Vai tentar nos censurar com um tampão?" Como Grant não respondeu nada, Holly riu outra vez. "Você nem conhece o jargão!", exultou. Mas Grant aprendia depressa.

"É uma interdição", arriscou, sabendo que estava certo. Uma ordem da Justiça impedindo a publicação. "Escute", disse, beliscando o nariz, "oficialmente, nós não sabemos se o que você mencionou é pertinente para o caso atual."

"Mesmo assim é notícia."

"E por acaso prejudicial."

"Pode me processar."

"Eu nunca esqueço gente que joga sujo comigo."

"Pois pode entrar na fila, porra."

Ia desligar o telefone, mas Holly foi mais rápido. Grant se levantou e chutou a mesa, depois chutou outra vez, em seguida foi a vez do cesto de lixo, da sua maleta (comprada no fim de semana) e do canto onde as paredes se encontravam. Descansou a cabeça na parede.

Preciso levar esse problema a Carswell. Preciso contar para Gill Templer!!

Primeiro Templer... cadeia de comando. Depois ela daria a notícia à chefia, que por sua vez teria de perturbar a rotina diária do chefe da Polícia. Meio da tarde... Grant se perguntou até quando poderia esperar. Talvez Holly telefonasse para Templer ou para o próprio Carswell. Se Grant esperasse até o fim do dia, o problema ficaria maior. Talvez até ainda houvesse tempo para aquele tampão.

Pegou o telefone, fechou os olhos mais uma vez e, dessa vez, fez uma prece curta e silenciosa.

Deu o telefonema.

Era final da tarde, e Rebus observava o caixão havia uns bons cinco minutos. De vez em quando pegava um deles, examinava a confecção, comparava aos outros. Seu mais recente pensamento: requisitar um antropólogo pericial. Os instrumentos usados para fazer os caixões teriam deixado pequenos sulcos e incisões, marcas que um perito poderia identificar e estudar. Se o mesmo formão tivesse sido usado em todos, talvez isso pudesse ser provado. Talvez houvesse fibras, impressões digitais... Fiapos de tecido: será que podiam ser rastreados? Ordenou a lista de vítimas de forma a ficar à sua frente na mesa: 1972... 1977... 1982 e 1995. A primeira vítima, Caroline Farmer, era de longe a mais jovem: as outras estavam na faixa entre vinte e trinta anos, mulheres na flor da idade. Afogamentos e desaparecimentos. Quando não existia um cadáver, era quase impossível provar que um crime havia sido cometido.

E mortes por afogamento... os patologistas podiam dizer se alguém estava vivo ou morto ao entrar na água, mas fora isso... Digamos que se deixe uma pessoa inconsciente antes de jogá-la na água: mesmo se o caso chegasse aos tribunais, haveria brechas para questionamentos, com o assassinato reduzido a homicídio culposo. Rebus se lembrou de um bombeiro que certa vez comentou sobre qual seria uma maneira perfeita de cometer um assassinato: embebedar a vítima na cozinha e acender o fogão debaixo de uma frigideira.

Simples e inteligente.

Rebus ainda não sabia até onde seu adversário tinha chegado. Fife, Nairn, Glasgow e Perth — sem dúvida tinha se espalhado bastante. Alguém que viajava. Pensou no Enigmista e nas excursões que Siobhan fizera até agora. Seria possível ligar o Enigmista a quem tinha deixado os caixões? Tendo anotado as palavras "patologista pericial" em seu caderno, Rebus acrescentou outras duas: "perfil do transgressor". Havia psicólogos especializados nisso nas universidades, que deduziam aspectos da personalidade do suspeito a partir de seu *modus operandi*. Rebus nunca acreditou muito naquilo, mas sentia que estava diante de uma porta trancada que jamais se abriria sem alguma ajuda.

Quando Gill Templer atravessou o corredor e passou pela porta do DIC, Rebus achou que ela não o tinha visto. Mas agora ela se dirigia direto para ele, a expressão furiosa.

"Achei que tinham te contado", falou.

"Contado o quê?", ele perguntou com inocência.

Ela apontou os caixões. "Que isso tudo é uma perda de tempo." A voz dela vibrava de raiva. Todo seu corpo estava tenso.

"Meu Deus, Gill, o que aconteceu?"

Ela não disse nada, simplesmente passou o braço por cima da mesa, fazendo os caixões saírem voando. Rebus se levantou da cadeira e começou a recolhê-los, verificando possíveis danos. Quando olhou ao redor, Gill estava a caminho da porta outra vez, mas parou, parcialmente voltada para ele.

"Você vai saber amanhã", disse antes de sair.

Rebus olhou ao redor. Hi-Ho Silvers e outro funcionário civil tinham interrompido a conversa que estavam tendo.

"Ela está perdendo o controle", comentou Silvers.

"O que ela quis dizer com amanhã?", perguntou Rebus, mas Silvers apenas deu de ombros.

"Perdendo o controle", disse outra vez.

Talvez ele tivesse razão.

Rebus voltou a sentar à mesa e pensou sobre a expressão: havia muitas maneiras de "perder o controle". E sabia que estava correndo o perigo de perder também... fosse o que fosse.

Jean Burchill passou a maior parte do dia tentando rastrear a correspondência entre Kennet Lovell e o reverendo Kirkpatrick. Conversou com pessoas em Alloway e Ayr — o ministro da paróquia, um historiador local, um descendente de Kirkpatrick. Passou mais de uma hora ao telefone com a Biblioteca Mitchell, em Glasgow. Fez uma pequena caminhada até o Museu da Biblioteca Nacional, e de lá até a Faculdade de Direito. Finalmente tinha retornado a Chambers Street e se dirigido ao Surgeons' Hall, onde ficou um bom tempo fitando o retrato de Kennet Lovell feito por J. Scott Jauncey. Lovell era um jovem atraente. Em geral o pintor deixa pequenas pistas sobre o personagem retratado nos quadros: profissão, família, passatempos... Mas aquele era de concepção simples: cabeça e tronco. O fundo era liso e preto, contrastando com os amarelos e cor-de-rosa brilhantes do rosto de Lovell. Os outros retratos do Surgeons' Hall costumavam mostrar personagens com livros na mão, ou papel e caneta. Talvez em pé em suas bibliotecas ou posando com algum acessório sugestivo — um crânio ou um fêmur, um desenho anatômico.

Mas o despojamento do retrato de Lovell a intrigava. Ou o pintor não estava muito interessado no trabalho, ou o modelo tinha insistido em revelar pouco de si mesmo. Pensou no reverendo Kirkpatrick, imaginou-o pagando os honorários do artista e recebendo aquela decoração insípida. Conjeturou se deveria refletir algum ideal do modelo, ou se era o equivalente de um cartão-postal, uma simples propaganda de Lovell. Aquele jovem, mal chegado aos vinte anos, tinha ajudado na autópsia de Burke. Segundo registro da época, "a quantidade de sangue esguichado fora enorme, e ao fim da palestra o local da sala de aula parecia o matadouro de um açougueiro, com sangue escorrido e pisoteado". A descrição a deixara aflita quando a lera pela primeira vez. Como teria sido preferível morrer como uma vítima de Burke, insensibilizada pela bebida e depois sufocada. Jean fitou os olhos de Kennet Lovell mais uma vez. As pupilas negras pareciam luminosas, apesar dos horrores que havia testemunhado.

Ou, ela não pôde deixar de pensar, *por causa* desses horrores.

O curador não esclareceu suas dúvidas, por isso ela perguntou se poderia falar com o tesoureiro. Mas o major Bruce Cawdor, embora afável e prestativo, não conseguiu acrescentar muito ao que Jean já sabia.

"Acho que não temos nenhum registro", informou quando se acomodaram em seu escritório, "de como o retrato de Lovell veio a ser parte dos bens da faculdade. Imagino que possa ter sido um presente, talvez para postergar despesas funerárias." Cawdor era um homem distinto, bem-vestido e com um rosto que irradiava saúde. Ofereceu chá, que ela aceitou. Era Darjeeling, cada xícara servida com seu próprio coador de prata.

"Também estou interessada na correspondência de Lovell."

"Sim, bem, nós também estaríamos interessados."

"Vocês não têm *nada*?" Ela estava surpresa.

O tesoureiro balançou a cabeça. "Ou o doutor Lovell

não gostava muito de escrever, ou as cartas acabaram em alguma coleção obscura." Ele suspirou. "Muito lamentável. Sabemos tão pouco da época que passou na África..."

"Ou mesmo em Edimburgo, aliás."

"Ele está enterrado aqui. Tem algum interesse no túmulo dele?"

"E onde está esse túmulo?"

"No Cemitério Calton. Não muito longe do túmulo de David Hume."

"Talvez eu dê uma olhada."

"Sinto muito não poder ajudar mais." Ficou pensativo por um instante, em seguida sua expressão se iluminou. "Parece que Donald Devlin tem uma mesa feita por Lovell."

"Sim, eu sei, embora não haja nada escrito sobre o interesse dele por carpintaria."

"Tenho certeza de que isso é mencionado em algum lugar. Lembro-me de ter lido alguma coisa..." Mas, por mais que tentasse, o major Cawdor não conseguiu se recordar do que era ou de onde se encontrava.

Naquela noite, Jean estava com John Rebus em sua casa em Portobello. Jantaram comida chinesa para viagem, acompanhada por um Chardonnay para ela, uma garrafa de cerveja para ele. Música no aparelho de som: Nick Drake, Janis Ian, *Meddle*, de Pink Floyd. Rebus parecia absorvido pelos próprios pensamentos, mas ela não podia se queixar. Depois da refeição, foram até o passeio. Garotos em pranchas de skate, com aparência de americanos mas com jeito de falar de legítimos escoceses, imprecando como soldados. Uma barraca de peixe frito aberta, aquele aroma de infância, de gordura usada e vinagre. Os dois não conversavam muito, o que não os tornava muito diferentes dos outros casais que passavam. Reticências eram uma tradição em Edimburgo. As pessoas se mantinham reservadas em relação aos próprios negócios e sentimentos. Alguns diziam que era influência da Igreja e de figuras como John Knox — ela ouvira falar que a cidade já tinha sido chamada de "Fort Knox" pelos que vinham de fora. Mas para Jean, tinha mais a ver com a geografia de Edimburgo, suas escarpas rochosas e aquele céu escuro, o vento chicoteando do mar do Norte, uivando por ruas que pareciam cânions. A cada curva as pessoas se sentiam oprimidas e esmagadas pelos arredores. Só de percorrer o trajeto entre Portobello e a cidade, ela já sentia a natureza fustigante e fustigada do lugar.

John Rebus também pensava em Edimburgo. Quando se mudasse do apartamento, onde seria sua próxima casa? Será que havia algum bairro de que gostasse mais que de outro? Portobello em si era ótimo, bastante tranquilo. Mas ele poderia igualmente se mudar para o sul ou para o oeste, para o campo. Alguns de seus colegas moravam em Falkirk e Linlithgow. Não sabia se estava preparado para fazer esse trajeto todos os dias. Portobello estaria de bom tamanho. O único problema era que, enquanto os dois andavam pelo passeio, ele continuava olhando para a praia como se esperasse ver um pequeno caixão de madeira como o encontrado em Nairn. Não importava para onde fosse, sua cabeça iria junto, colorindo as cercanias. O caixão de Falls ocupava seus pensamentos no momento. Ele só tinha a palavra do carpinteiro de que tinha sido feito por outra pessoa, alguém que não havia construído os outros quatro. Mas, se o assassino estivesse sendo *de fato* esperto, não teria previsto justamente isso, alterando seus instrumentos e estilo de trabalho, tentando enganar...

Oh, Deus, lá estava ele de novo... a mesma dança vagando pela cabeça. Sentou-se na amurada em frente ao mar, e Jean perguntou se havia algum problema.

"Um pouco de dor de cabeça", respondeu.

"Isso não deveria ser uma prerrogativa feminina?" Ela sorria, mas Rebus percebeu que não estava feliz.

"Eu deveria ir para casa", comentou. "Não estou uma boa companhia hoje."

"Quer conversar sobre isso?" Ele ergueu os olhos para encará-la, e Jean deu risada. "Desculpe, pergunta boba. Você é um macho escocês, claro que não quer conversar a respeito."

"Não é isso, Jean. É que..." Deu de ombros. "Talvez terapia não seja uma ideia tão má."

Ele estava tentando fazer uma piada, por isso ela não continuou pressionando.

"Vamos voltar", disse Jean. "Está muito frio aqui."

Tomou o braço dele enquanto caminhavam.

12

Quando chegou à delegacia de Gayfield Square naquela enfarruscada manhã de terça-feira, o subchefe Colin Carswell estava sedento de sangue.

John Balfour tinha gritado com ele; o advogado do Balfour's Bank fora mais sutil em sua agressão, sem jamais alterar a voz em seu tom profissional e bem-educado. Mesmo assim Carswell se sentia ofendido, e precisava se vingar de alguma forma. O chefe da Polícia continuava imperturbável — sua posição inatacável tinha de ser mantida a qualquer preço. A confusão era toda de Carswell, que havia passado a noite anterior avaliando o problema. Era o mesmo que vasculhar um cenário de estilhaços e vidros quebrados armado apenas com uma pá de lixo e uma pinça.

As melhores cabeças do escritório da Procuradoria tinham pensado muito sobre a situação e concluído, de forma irritante, neutra e objetiva (deixando bem claro para Carswell que não era a pele *deles* que estava em jogo), que as chances de impedir a publicação da reportagem eram mínimas. Afinal de contas, ninguém podia provar que as bonecas ou o estudante alemão tinham algo a ver com o caso Balfour — a maior parte dos funcionários de alto escalão parecia concordar que a ligação era, na melhor das hipóteses, pouco provável — e por isso seria difícil convencer um juiz de que a informação de Holly poderia ser prejudicial ao inquérito se fosse publicada.

O que Balfour e seu advogado queriam saber era por que a polícia não havia informado sobre a história das bonecas, nem falado nada sobre o estudante alemão e o jogo na internet.

O que o chefe da Polícia queria saber era o que Carswell pretendia fazer a respeito.

E Carswell queria sangue.

Seu automóvel oficial, dirigido por seu acólito, o inspetor-detetive Derek Linford, estacionou em frente a uma delegacia já cheia de policiais. Todos os que tinham trabalhado ou que ainda trabalhavam no caso Balfour — os guardas, o DIC, até a equipe da perícia de Howdenhall — haviam sido "convocados" para aquela reunião matinal. Em consequência, a sala de reuniões estava congestionada e sufocante. Fora, a manhã ainda se recuperava do granizo da noite, o pavimento úmido e gélido sob as solas de couro de Carswell pisando firme na calçada.

"Lá vem ele", disse alguém, observando quando Linford, depois de abrir a porta para Carswell, voltou ao lugar do motorista, mancando ligeiramente. Ouviu-se o som de jornais dobrados quando os tabloides recém-publicados — todos os exemplares com o mesmo título, abertos nas mesmas páginas — eram fechados e guardados para não serem vistos. A inspetora-chefe Templer, vestida como se fosse para um enterro, sombras escuras sob os olhos, foi a primeira a entrar na sala. Sussurrou alguma coisa ao ouvido do inspetor Bill Pryde, que anuiu e rasgou o canto de um caderno para cuspir a goma de mascar que ruminava durante a última meia hora. Quando Carswell entrou, houve uma onda de movimentação quando os policiais corrigiram suas posturas ou verificaram seus trajes em busca de alguma mácula.

"Está faltando alguém?", perguntou Carswell. Sem "bom dia", sem "obrigado por terem vindo", todo o protocolo usual descartado. Templer apresentou alguns nomes — algumas ausências por motivos de saúde. Carswell aquiesceu, não pareceu interessado no que estava ouvindo e não esperou que ela terminasse a exposição.

"Existe um rato entre nós", bradou, alto o suficiente para ser ouvido no corredor. Assentiu vagarosamente, os olhos tentando abranger todos os rostos à sua frente. Quando percebeu que havia gente atrás, fora do alcance de seu escrutínio, caminhou pelo corredor entre as mesas. Policiais tiveram de se mover para que passasse, abrindo espaço para eliminar a possibilidade de um esbarrão.

"Um rato é sempre uma coisa feia. Não enxerga bem. Às vezes tem patas grandes e gananciosas. Não gosta de exposição." Havia nódoas de saliva nos cantos de sua boca. "Quando encontro um rato no meu jardim, eu uso veneno. Alguns de vocês podem dizer que os ratos são assim mesmo. Não sabem que estão no jardim de alguém, em um lugar de ordem e tranquilidade. Não sabem que estão fazendo uma coisa *feia*. Mas o fato é que estão, saibam ou não. E é por isso que precisam ser erradicados." Fez uma pausa, o silêncio pesando enquanto voltava pelo corredor. Derek Linford tinha entrado na sala sem ser visto e estava perto da porta, os olhos procurando John Rebus, seu mais recente inimigo...

A presença de Linford pareceu estimular ainda mais Carswell, que girou nos calcanhares, encarando novamente a plateia.

"Talvez tenha sido um engano. Todos nós cometemos deslizes, não se pode evitar. Mas, por Deus, um monte de informações foi trazida para a luz do dia!" Mais uma pausa. "Pode ter sido chantagem." E agora ele deu de ombros. "Alguém como Steve Holly está mais baixo que os ratos na escala evolutiva. Está na sopa primordial. É a espuma que às vezes a gente vê boiando." Gesticulou com a mão lentamente, como se estivesse remexendo na água. "Ele acha que nos sujou, mas não sujou. O jogo está longe de terminar, todos sabemos disso. Nós somos uma *equipe*. É assim que *trabalhamos*! Qualquer um que não gostar disso pode pedir transferência e voltar para suas tarefas normais. É simples assim, senhoras e senhores. Mas pensem nisso, está bem?" Abaixou a voz. "Pensem na vítima, pensem na família da vítima. Pensem no quanto isso vai atormentá-los. É por *eles* que estamos dando duro aqui, não pelos leitores de jornais ou os escribas que fornecem suas doses diárias de lixo.

"Vocês podem ter algum ressentimento contra mim, ou contra qualquer outro da equipe, mas por que envolver os outros — a família e os amigos que se preparam para o enterro de amanhã? Por que *alguém* iria querer fazer algo assim com essa gente?" Deixou a pergunta no ar, viu rostos olharem para o chão, numa vergonha coletiva diante de seu exame. Inalou profundamente mais uma vez, a voz se erguendo outra vez.

"Mas eu vou encontrar quem fez isso. Não duvide. Não pense que pode confiar na proteção do senhor Steven Holly. Ele não liga a mínima para você. Se quiser continuar entocado, vai ter que alimentá-lo com outras histórias, e outras e outras! Ele não vai deixar você voltar ao mundo que conhecia antes. Você agora é diferente. Você é um rato. O rato *dele*. E ele nunca mais vai dar descanso a você, nem deixar que se esqueça disso."

Um olhar na direção de Gill Templer. Ela estava perto da parede, braços cruzados, varrendo a sala com o olhar.

"Sei que tudo isso talvez pareça a bronca de um diretor de escola. Algum aluno quebrou uma vidraça ou fez uma pichação na parede." Abanou a cabeça. "Estou falando com todos vocês dessa forma porque é importante que fique claro o que está em jogo. Falar pode não custar vidas, mas isso não quer dizer que se possa falar o que quiser. Cuidado com o que dizem, e para quem o fazem. Se a pessoa responsável quiser se apresentar, ótimo. Pode fazer isso agora ou mais tarde. Vou estar aqui mais uma hora, e posso ser encontrado no meu escritório. Pense no que estará em jogo se não se apresentar. Essa pessoa não será mais parte de uma equipe, não estará mais do lado do bem, mas sim no bolso de um jornalista. Pelo tempo que ele quiser." Essa última pausa pareceu durar uma eternidade, ninguém tossiu ou pigarreou. Carswell enfiou as mãos nos bolsos, cabeça inclinada como que examinando os sapatos. "Inspetora-chefe Templer?", chamou.

Agora Gill Templer deu um passo à frente, e a sala relaxou um pouco.

"Não pensem que chegou a hora do recreio!", vociferou. "Houve um vazamento para a imprensa, e o que precisamos agora é limitar os danos causados. Ninguém fala com ninguém antes de falar comigo primeiro, entenderam?" Houve murmúrios de consentimento.

Templer continuou, mas Rebus não estava mais ouvindo. Tampouco queria ter ouvido Carswell, mas não conseguiu ignorar o homem. Sem dúvida um discurso impressionante. Tinha até imaginado a figura de um rato de jardim de forma a não parecer risível.

Mas a atenção de Rebus se concentrou sobretudo nas pessoas ao redor. Gill e Pryde eram figuras distantes, cujo constrangimento ele quase podia ignorar. A grande chance de Bill brilhar; o primeiro grande inquérito de Gill no DIC. Certamente não era o que os dois desejavam...

E as pessoas mais próximas: Siobhan, atenta ao discurso do subchefe, talvez aprendendo alguma coisa com ele. Sempre alerta para uma nova lição. Grant Hood, outro que tinha muito a perder, o desânimo estampado no rosto e nos ombros, a forma como manteve os braços cruzados no peito e na barriga, como se protegendo dos golpes. Rebus sabia que Grant estava encrencado. Qualquer vazamento para a imprensa, o porta-voz era sempre o suspeito. Eram os que tinham os contatos: podiam soltar uma palavra impensada ou um gracejo embriagado no final de uma boa refeição. Mesmo se não fosse culpado, poderia ser necessário um bom porta-voz para o desejo de Gill de "limitar os danos". Se tivesse experiência, saberia dobrar um jornalista a fazer sua própria vontade, mesmo que implicasse algum tipo de suborno: fosse dinheiro ou alguma outra matéria...

Rebus pensou na extensão dos danos. O Enigmista agora saberia o que provavelmente sempre suspeitara: que não era apenas ele e Siobhan, que ela estava mantendo seus colegas informados. O rosto dela não revelava nada, mas Rebus sabia que já estava pensando em como lidar com aquilo, como escrever seu próximo comunicado ao

Enigmista, se é que ele continuaria jogando... A ligação com os caixões de Arthur's Seat só o aborrecia porque o nome de Jean fora mencionado na reportagem, citada como uma "especialista do museu" no caso. Lembrou que Holly tinha sido persistente, deixando recados para Jean, querendo falar com ela. Será que ela poderia ter revelado algo sem intenção? Ele achava que não.

Não, o suspeito estava dentro de seu campo de visão. Ellen Wylie parecia ter passado por uma prensa. Chumaços de cabelo estavam embaraçados onde ela não passara a escova. Os olhos tinham uma expressão resignada. Ficara olhando para o chão durante o discurso de Carswell, e não tinha mudado de posição quando terminara. Olhava para o chão até agora, tentando encontrar vontade para fazer qualquer coisa. Rebus sabia que ela havia falado com Holly ao telefone na manhã de ontem. Era algo relacionado com o estudante alemão, mas depois disso ela pareceu bastante abatida. Rebus chegou a imaginar que era por estar trabalhando em outro beco sem saída. Agora sabia que não era essa a razão. Quando saiu do Caledonian Hotel, ela estava indo para o escritório de Holly ou para algum bar ou café ali perto.

Holly tinha chegado até ela.

Talvez Shug Davidson também tivesse percebido; talvez seus colegas em West End se lembrassem de como ela ficou diferente depois do telefonema. Mas Rebus sabia que eles não iriam entregá-la. Era algo que não se fazia. Não com uma colega, uma parceira.

Wylie andava abatida havia dias. Rebus a requisitara para o caso dos caixões achando que poderia ajudar. Mas talvez ela tivesse razão — talvez ele a estivesse tratando como uma "aleijada", alguém a quem podia impor sua própria vontade, fazer o trabalho difícil em algo que sempre seria o caso *dele*.

Talvez ele tivesse outros motivos.

Wylie provavelmente vira aquilo como forma de dar o troco para todos eles: Gill Templer, causa de sua humilhação pública; Siobhan, em quem Templer ainda depositava grandes esperanças; Grant Hood, o novo garoto de ouro, se saindo bem onde Wylie não conseguira... E Rebus também, o manipulador, o aproveitador, roendo-a até os ossos.

Percebia que ela havia ficado com duas opções: abandonar tudo ou explodir de raiva e frustração. Se tivesse aceitado seu convite para um drinque naquela noite... talvez ela tivesse aberto o coração e ele teria escutado. Talvez fosse só do que ela precisava. Mas ele não estava lá. Tinha se esgueirado sozinho para um *pub*.

Muito bem, John. Muito bem engendrado. Por alguma razão uma imagem veio à sua mente: um velho músico de blues tocando um "Ellen Wylie's blues". Talvez John Lee Hooker ou B. B. King... Controlou-se e saiu daquela viagem. Estava quase se isolando numa música, quase elaborando uma letra para se distrair.

Mas agora Carswell estava lendo de uma lista de nomes, e Rebus ouviu quando ele mencionou o seu. Detetive Hood... detetive Clarke... detetive Wylie... Os caixões, o estudante alemão — todos tinham trabalhado naqueles casos, e agora o subchefe queria falar com eles. Rostos se viraram, curiosos. Carswell estava anunciando que queria falar com eles no "escritório do chefe", o que significava a Central de Polícia, convocada para a ocasião.

Rebus tentou olhar nos olhos de Bill Pryde enquanto saíam da sala, mas no momento em que Carswell se retirou Bill já revirava os bolsos em busca de outra goma de mascar, os olhos procurando sua prancheta. Rebus era a cauda daquela serpente letárgica, Hood à sua frente, seguido por Wylie e Siobhan. Templer e Carswell na vanguarda. Derek Linford, do lado de fora do escritório de comando, abriu a porta para eles e afastou-se. Tentou medir Rebus de alto a baixo, mas Rebus não se dispôs a isso. Ainda estavam envolvidos naquilo quando Gill Templer fechou a porta, quebrando o encanto.

Carswell empurrou sua cadeira em direção à mesa.

"Vocês já ouviram o meu falatório", começou a dizer, "por isso não vou aborrecer ninguém outra vez. Se o vazamento veio de algum lugar, foi de um de vocês. Aquele merdinha do Holly sabia demais." Quando parou de falar, seu olhar se voltou para os outros pela primeira vez.

"Senhor", disse Grant Hood, dando meio passo à frente e cruzando as mãos às costas, "como porta-voz, era meu dever encobrir essa história. Gostaria de pedir desculpas publicamente pela..."

"Sim, sim, filho. Você já me falou tudo isso ontem à noite. O que eu quero agora é uma simples confissão."

"Com todo o respeito, senhor", falou Siobhan Clarke, "ninguém aqui é criminoso. Todos tivemos de fazer perguntas, estender sensores. Steve Holly pode ter simplesmente somado dois mais dois..."

Carswell olhou para ela, depois disse: "Inspetora-chefe Templer?".

"Não é assim que Steve Holly trabalha", começou Templer. "Ele não é a estrela mais brilhante do firmamento, mas é insidioso como ninguém, além de impiedoso." A maneira como ela falava revelava alguma coisa a Clarke, indicando que tudo aquilo já fora discutido. "Algum outro jornalista, sim, acho que poderia ter colhido algum fato de domínio público e transformado em alguma notícia, mas não Holly."

"Mas foi ele que cobriu o caso do estudante alemão", insistiu Clarke.

"Mas não poderia saber sobre a ligação com o jogo", replicou Templer, quase automaticamente: outro argumento que os superiores já haviam discutido entre eles.

"Foi uma longa noite, acreditem em mim", comentou Carswell. "Nós repassamos os fatos diversas vezes. E tudo parece afunilar para vocês quatro."

"Mas nós tivemos ajuda externa", argumentou Grant Hood. "Uma curadora do museu, um patologista aposentado..."

Rebus pôs a mão no braço de Hood, pedindo silêncio. "Fui eu", declarou. As cabeças se voltaram em sua direção. "Acho que pode ter sido eu."

Esforçou-se para não olhar na direção de Ellen Wylie, mas sabia que os olhos dela estavam fixos nele.

"Quando estive em Falls, conversei com uma mulher chamada Bev Dodds. Foi ela quem encontrou o caixão perto da queda-d'água. Steve Holly já tinha estado lá farejando e foi ela que passou a história para ele..."

"E então?"

"E eu deixei escapar que havia outros caixões... deixei escapar para ela, quero dizer." Estava se lembrando do lapso — um lapso que na verdade fora cometido por Jean. "Se ela contou isso a Holly, ele pode ter tirado suas conclusões. Eu estava com Jean Burchill... a curadora. Isso pode ter fornecido a ligação com Arthur's Seat..."

Carswell o fitava com frieza. "E o jogo da internet?"

Rebus balançou a cabeça. "Isso eu não posso explicar, mas não chega a ser um segredo tão bem guardado. Nós mostramos as pistas para todos os amigos da vítima, perguntando se Flip tinha pedido ajuda... qualquer um pode ter contado a Holly."

Carswell continuava a fitá-lo. "Você está assumindo a culpa por esse vazamento?"

"Estou dizendo que pode ter sido culpa minha. Apenas aquele deslize..." Virou-se para os outros. "Nem sei como dizer a vocês o quanto lamento. Deixei todos numa situação péssima." O olhar dele evitou o rosto de Wylie, concentrando-se em seus cabelos.

"Senhor", disse Siobhan Clarke, "o que o inspetor Rebus acaba de admitir pode se aplicar a qualquer um de nós. Tenho certeza de que posso ter dito mais do que devia em alguma ocasião..."

Carswell ergueu a mão, silenciando-a.

"Inspetor Rebus", falou, "você está suspenso de suas atividades até novas investigações."

"O senhor não pode fazer isso!", exclamou Ellen Wylie.

"Fique quieta, Wylie!", comandou Gill Templer.

"O inspetor Rebus sabe das consequências", declarou Carswell.

Rebus confirmou. "Alguém precisa ser punido." Fez uma pausa. "Para o bem da equipe."

"Isso mesmo", concordou Carswell, anuindo. "Senão a desconfiança vai começar a exercer sua influência corrosiva. Acho que nenhum de nós deseja isso, não é?"

"Não, senhor." A voz de Grant Hood foi a única a ser ouvida.

"Vá para casa, inspetor Rebus", disse Carswell. "Escreva a sua versão, sem deixar nada de fora. Nos falamos mais tarde."

"Sim, senhor", respondeu Rebus, virando-se e abrindo a porta. Linford estava do lado de fora, sorrindo com um lado do rosto. Rebus não duvidava de que estivesse ouvindo. Ocorreu de repente que Carswell e Linford poderiam muito bem conspirar para tornar esse caso contra ele o mais negro possível.

Tinha acabado de dar a perfeita desculpa para que se livrassem dele para sempre.

O apartamento estava pronto para ser posto à venda, e Rebus ligou para a corretora para informar.

"Podemos marcar as noites de quinta e as tardes de domingo para visitação?", ela perguntou.

"Acho que sim." Estava sentado na cadeira, olhando pela janela. "Existe alguma maneira... de eu não estar aqui?"

"Quer que alguém mostre o apartamento para o senhor?"

"Sim."

"Temos pessoas que fazem isso por um pequeno pagamento."

"Ótimo." Ele não queria estar por perto para ver estranhos abrindo portas, tocando nas coisas... Achava que não saberia vender o lugar.

"Nós já temos uma fotografia", a corretora estava dizendo. "Então o anúncio pode sair no guia de imóveis já na próxima quinta-feira."

"Não depois de amanhã?"

"Creio que não..."

Quando terminou a ligação, ele passou pelo corredor. Novos interruptores, novas tomadas. O lugar estava bem mais iluminado, com a ajuda da nova pintura. Sem muita bagunça — tinha feito três viagens até o depósito de lixo da Old Dalkeith Road: um porta-chapéu que herdara de alguém, caixas de revistas e jornais velhos, um aquecedor elétrico com o fio queimado, o gaveteiro do antigo quarto de Samantha, ainda decorado com adesivos de estrelas pop dos anos 80... Os tapetes tinham voltado para o lugar. Um conhecido do Swany's Bar tinha ajudado, perguntando se deveria pregar os tapetes nas bordas. Rebus não viu razão para aquilo.

"Os novos proprietários vão mudar tudo mesmo."

"Você devia ter lixado o assoalho, John. Seria um atrativo a mais..."

Rebus havia reduzido seus pertences de modo a caber em um apartamento de dois cômodos, deixando para trás o de três em que morava atualmente. Mas ainda não tinha para onde ir. Sabia como era o mercado em Edimburgo. Se o imóvel de Arden Street entrasse no mercado na próxima quinta-feira, o negócio poderia ser fechado na semana seguinte. Em duas semanas, não teria mais onde morar.

E, aliás, também não teria mais emprego.

Já previa alguns telefonemas, e um deles acabou acontecendo. Era Gill Templer.

As primeiras palavras: "Seu imbecil".

"Olá, Gill."

"Você não podia ter ficado de boca fechada?"

"Suponho que sim."

"Sempre o mártir voluntário, não é, John?" Ela estava furiosa, cansada e sob pressão. Rebus via razão para as três coisas.

"Eu só disse a verdade", falou.

"Seria a *primeira* vez... não que eu tenha acreditado nem por um minuto."

"Não?"

"Sem essa, John. Ellen Wylie estava com a palavra 'culpada' escrita na testa."

"Você acha que eu a protegi?"

"Não vejo você exatamente como um sir Galahad. Mas deve ter suas razões. Talvez só para encher o saco de Carswell; você sabe que ele te odeia."

Rebus não queria admitir que ela poderia ter razão. "Como vão indo as coisas?", perguntou.

A raiva dela amainou. "O porta-voz está sob fogo pesado. Eu estou dando uma força."

Rebus sabia que ela estava ocupada: todos os outros jornais e o resto da mídia deviam estar tentando chegar até Steve Holly.

"E você?", ela perguntou.

"Como assim?"

"O que você vai fazer?"

"Ainda não pensei bem sobre isso."

"Bem..."

"É melhor deixar você trabalhar, Gill. Obrigado por ter ligado."

"Tchau, John."

Assim que desligou, o telefone tocou outra vez. Dessa vez era Grant Hood.

"Só queria agradecer por ter livrado a nossa cara daquele jeito."

"Você não estava encrencado, Grant."

"Estava *sim*, pode crer."

"Soube que você anda muito ocupado."

"Como...?" Grant fez uma pausa. "Ah, a inspetora-chefe Templer falou com você."

"Ela está ajudando ou assumindo o poder?"

"Difícil dizer no momento."

"Ela não está aí com você, está?"

"Não, está na sala dela. Quando saímos daquela reunião com o Carswell... ela parecia a mais aliviada."

"Talvez porque seja quem mais tem a perder, Grant. Provavelmente você não consegue ver isso nesse momento, mas é verdade."

"Você tem razão, sem dúvida." Mas não parecia convencido de que sua sobrevivência não era a coisa mais importante em vista da situação.

"Vai trabalhar, Grant, e obrigado por arranjar um tempo para me ligar."

"A gente se vê qualquer hora."

"Nunca se sabe..."

Rebus desligou o telefone e esperou, olhando para o aparelho. Porém ninguém mais ligou. Foi até a cozinha preparar uma caneca de chá e descobriu que estava sem chá e sem leite. Sem se dar o trabalho de vestir um paletó, desceu até o mercado local, onde comprou também pão, presunto e mostarda. Na entrada do prédio, alguém estava tocando uma das campainhas.

"Vamos, eu sei que você está aí..."

"Olá, Siobhan."

Ela se virou para Rebus. "Meu Deus, você me deu um..." Levou a mão até a garganta. Ele estendeu o braço e destrancou a porta.

"Porque cheguei sem alarde ou por achar que eu estava lá em cima com os pulsos cortados?" Segurou a porta para ela.

"O quê? Não, eu não estava pensando em nada disso." Mas a cor voltava ao seu rosto.

"Bom, só para acabar com a sua preocupação, se um dia eu for me matar, vai ser com muita bebida e algumas pílulas. E quando digo 'muita', estou dizendo o equivalente a dois ou três dias, então você vai saber antes."

Subiu a escada na frente dela e abriu a porta do apartamento.

"É o seu dia de sorte", falou. "Não somente não estou morto como posso oferecer chá e pão com presunto e mostarda."

"Só chá, obrigada", ela disse, finalmente recuperando a compostura. "Ei, as paredes ficaram ótimas!"

"Dê uma olhada geral. É melhor eu não me acostumar com isso tudo."

"Quer dizer que já está à venda?"

"A partir da semana que vem."

Ela abriu a porta do quarto, pôs a cabeça para dentro. "Luzes com *dimmer*", comentou, experimentando o interruptor.

Rebus foi até a cozinha, ligou a chaleira e pegou duas canecas limpas no armário. Uma delas dizia "O Melhor Pai do Mundo". Não era dele; devia ter sido esquecida por um dos eletricistas. Decidiu que Siobhan poderia tomar o chá nela e ele ficaria com a mais alta, com flores e a borda lascada.

"Você não pintou a sala de estar", ela comentou, entrando na cozinha.

"Foi pintada há pouco tempo."

Siobhan aquiesceu. Havia algo que ele não estava dizendo, mas Rebus não queria forçar nada.

"Você e o Grant ainda estão juntos?", perguntou.

"Nunca estivemos. E isso é assunto encerrado."

Rebus tirou o leite da geladeira. "Se não se cuidar, vai arranjar outro traste."

"Como assim?"

"Parceiros inviáveis. Um deles me fulminou com o olhar a manhã toda."

"Oh, Deus, Derek Linford." Ficou pensativa. "Ele estava com uma cara péssima, não?"

"Ele sempre está." Rebus colocou um saquinho de chá em cada caneca. "Então, você veio aqui me agradecer por ter me sacrificado?"

"Eu não vim agradecer *nada*. Você podia ter ficado quieto, e sabe disso. Só se entregou porque *quis*." Parou de falar.

"E então?"

"E você tem um plano rolando."

"Na verdade, não... não exatamente."

"Então por que fez aquilo?"

"Foi a maneira mais rápida, mais fácil. Se eu tivesse pensado um pouco... talvez tivesse mantido a boca fechada." Despejou água e leite nas canecas, entregou uma a Siobhan, observando o saquinho de chá flutuando. "Jogue fora quando estiver bom", recomendou.

"Hummm."

"Tem certeza de que não quer um pão com presunto?" Ela negou com a cabeça. "Mas pode ficar à vontade."

"Talvez mais tarde", respondeu, caminhando pela sala de estar. "Tudo em paz no acampamento de base?"

"Diga-se o que disser de Carswell, mas ele é bom em motivação. Todo mundo acha que foi o discurso dele que fez você se sentir culpado."

"E agora estão trabalhando mais do que nunca?" Esperou a confirmação. "Uma equipe de jardineiros felizes sem nenhum rato nojento enchendo o saco deles?"

Siobhan sorriu. "Foi bem brega, não foi?" Olhou ao redor. "Para onde você vai quando vender este apartamento?"

"Será que você teria um quarto extra?"

"Depende por quanto tempo."

"É brincadeira, Siobhan. Está tudo bem." Deu um gole de chá. "Mas por que *exatamente* você veio aqui?"

"Além de ver como você estava?"

"Imagino que não tenha sido só isso."

Ela depositou a caneca no chão. "Eu recebi outra mensagem."

"O Enigmista?" Ela confirmou. "Falando o quê, exatamente?"

Siobhan tirou umas folhas do bolso, desdobrou-as e passou para ele. Os dedos dos dois se tocaram no contato. A primeira era um e-mail de Siobhan:

Ainda esperando Constrição.

"Eu mandei isto logo de manhã cedo", explicou. "Achei que talvez ele ainda não soubesse."

Rebus examinou a segunda folha. Era do Enigmista.

Estou decepcionado com você, Siobhan. Vou levar minha bola embora.

Depois Siobhan:

Não acredite em tudo o que você lê. Eu ainda quero jogar.

Enigmista:

E contar tudo aos seus chefes?

Siobhan:

Só eu e você dessa vez, prometo.

Enigmista:

Como posso confiar em você?

Siobhan:

Eu tenho confiado em você, não? E você sempre sabe onde me encontrar. E eu não faço a mínima ideia de quem você é.

"Tive que esperar um bocado depois disso. A última mensagem chegou...", ela olhou o relógio, "há quarenta minutos."

"E você veio direto para cá?"

Ela fez um sinal vago. "Mais ou menos."

"Não mostrou isso ao Brains?"

"Ele está fora, fazendo um trabalho para o Esquadrão Anticrime."

"Alguém mais?" Ela meneou a cabeça. "Por que eu?"

"Agora que estou aqui", ela respondeu, "não sei bem."

"Grant é o cara que entende de quebra-cabeças."

"No momento ele está muito ocupado tentando manter o emprego."

Rebus aquiesceu devagar e releu a última folha:

Camus e ME Smith somam esforços para encaixotar a encomenda final, e perto dali Frank Finlay descansa num lugar onde o sol não brilha.

"Bom, você me mostrou..." Rebus devolveu as folhas a ela. "Mas não quer dizer nada para mim."

"Não?"

Rebus balançou a cabeça. "Frank Finlay era um ator... talvez ainda seja, até onde sei. Acho que interpretou Casanova na TV e participou de uma série chamada *Barbed wire and bouquets...* algo assim."

"*Bouquet of barbed wire?*"

"Pode ser." Examinou a pista uma última vez. "Camus foi um escritor francês. Eu nem sabia pronunciar o nome dele até ouvir no rádio."

"Onde o sol não brilha", disse Siobhan. "Isso não é coisa de inglês, sempre falando do tempo e reclamando da falta de sol?"

"Pode significar um lugar ruim", acrescentou Rebus. "De repente você acha que o Enigmista é inglês?"

Ela sorriu, mas sem nenhum humor.

"Aceite meu conselho, Siobhan. Passe isso para o Esquadrão Anticrime ou para a Divisão Especial, ou para quem quer que esteja rastreando esse babaca. Ou mande um e-mail mandando ele se ferrar." Fez uma pausa. "Você disse que ele sabe onde te encontrar?"

Siobhan confirmou. "Ele sabe meu nome, sabe que sou da polícia de Edimburgo."

"Mas não onde você mora? Não tem o seu número de telefone?" Ela negou com a cabeça e Rebus assentiu, satisfeito. Estava pensando em todos os números afixados na parede do escritório de Steve Holly.

"Então deixe esse cara em paz", falou em voz baixa.

"É o que você faria?"

"É o que eu aconselho você a fazer."

"Então você não quer me ajudar?"

Rebus olhou para ela. "Ajudar como?"

"Copiando essa pista, fazendo uma investigação."

Ele deu risada. "Você quer me encrencar mais ainda com Carswell?"

Siobhan desceu os olhos para as folhas de papel. "Tem razão", concordou. "Eu não tinha pensado nisso. Obrigada pelo chá."

"Fique até terminar." Rebus percebeu que ela estava se levantando.

"Eu preciso voltar. Muita coisa para fazer."

"Começando por divulgar essas folhas?"

Siobhan olhou para ele. "Você sabe que seus conselhos são sempre importantes pra mim."

"Isso é um sim ou um não?"

"Considere um talvez definitivo."

Ele também se levantou. "Obrigado por ter vindo, Siobhan."

Ela se virou em direção à porta. "Linford está a fim de te pegar, não está? Os dois, ele e Carswell?"

"Não se preocupe com isso."

"Mas Linford está ficando mais forte. Qualquer dia desses vai ser inspetor-chefe."

"Você não sabe, mas talvez eu também esteja ficando mais forte."

Siobhan virou a cabeça para examiná-lo, mas não disse nada, não era preciso. Rebus a acompanhou pelo corredor e abriu a porta para ela.

Já estava na escada quando falou outra vez. "Sabe o que Ellen Wylie disse depois da reunião com o Carswell?"

"O quê?"

"Absolutamente nada." Ela olhou para Rebus mais uma vez, uma das mãos no corrimão. "Estranho isso. Eu estava esperando um longo discurso sobre o seu complexo de mártir..."

Rebus ficou parado na porta, ouvindo o som dos passos de Siobhan se afastando. Depois andou até a janela da sala e ficou na ponta dos pés, esticando o pescoço para vê-la saindo do edifício, a porta se fechando com um baque atrás dela. Siobhan tinha vindo pedir alguma coisa, mas ele se recusara. Como poderia dizer que não queria que ela se machucasse da mesma forma que tantos outros haviam se machucado por sua causa no passado? Como dizer que deveria aprender suas próprias lições, não as dele, que só assim ela seria uma policial cada vez melhor — e uma pessoa melhor também?

Voltou para a sala de estar. Os fantasmas eram fugidios, porém visíveis. Gente que ele tinha prejudicado e por quem havia sido também prejudicado, pessoas que tiveram mortes dolorosas e desnecessárias. Não por muito tempo mais. Mais algumas semanas e talvez conseguisse se livrar deles. Sabia que o telefone não iria tocar, que Ellen Wylie não viria fazer uma visita. Eles se entendiam o suficiente para tornar esse contato desnecessário. Talvez no futuro se sentassem para conversar a respeito. Mas também havia a possibilidade de ela nunca mais falar com ele. Rebus havia roubado seu momento de redenção, e ela o deixara fazer isso. A derrota tinha sido mais uma vez arrancada das mandíbulas da vitória. Conjeturou se ela continuaria sob o domínio de Steve Holly... e perguntou-se o quanto aquele domínio poderia ser intenso e sombrio.

Andou até a cozinha, despejou o resto do chá de Siobhan e o seu na pia. Dois dedos de uísque num copo limpo e uma garrafa de IPA do armário. De volta à sala, sentou-se em sua cadeira, pegou uma caneta e um caderno do bolso e rabiscou a última pista até onde conseguiu se lembrar...

A manhã de Jean Burchill foi marcada por uma série de reuniões, incluindo um acalorado debate sobre níveis de financiamento que quase ficou violento, com um curador se retirando da sala batendo a porta e outro quase rompendo em lágrimas.

Na hora do almoço ela se sentia exausta, o ar abafado de seu escritório contribuindo para o latejar da cabeça. Steve Holly tinha deixado mais dois recados, e ela sabia que, se sentasse à sua mesa com um sanduíche, o telefone tocaria outra vez. Por isso preferiu sair, juntando-se à multidão de trabalhadores libertados do cativeiro para entrar em filas de lanchonetes e comer um sanduíche ou uma torta. Os escoceses eram recordistas em ataques cardíacos e problemas dentários, resultado da dieta nacional: gorduras saturadas, sal e açúcar. Já tinha refletido sobre o que fazia o povo escocês gostar de comidas congeladas, chocolate, batatas fritas e bebidas espumantes: seria o clima? Ou a resposta estaria em algum lugar mais profundo, na natureza do país? Jean resolveu fugir dessa tendência e comprou algumas frutas e uma garrafa de suco de laranja. Estava se dirigindo para as pontes. A região era tomada por lojas de roupas baratas e comidas para viagem, com filas de ônibus e caminhões querendo passar pelos semáforos da Igreja de Tron. Alguns mendigos sentavam às portas, observando os pés passando como numa parada. Jean parou no farol e olhou para a direita e a esquerda na High Street, imaginando como seria o local antigamente, antes da Princes Street: vendedores expondo suas mercadorias, espeluncas mal iluminadas onde se faziam os negócios, o pedágio e os portões que se fechavam ao cair da noite, encerrando a cidade em si mesma... Ficou pensando se alguém da década de 1770 que fosse transportado para o presente acharia essa parte da cidade muito diferente. As luzes, os carros poderiam chocá-las, mas não a *atmosfera* do lugar.

Fez outra parada na North Bridge, olhando para o leste em direção ao local do novo parlamento, que não mostrava sinais de progresso. O *Scotsman* tinha transferido seus escritórios para um novo e cintilante edifício na Holyrood Road, em frente ao parlamento. Estivera lá recentemente para assistir a uma sessão de debates, na grande galeria na parte de trás, contemplando a imensidão de Salisbury Crags. Agora, atrás dela, o velho prédio do *Scotsman* estava sendo demolido: mais um novo hotel em construção. Mais adiante na North Bridge, onde ela se ligava à Princes Street, o antigo QG do correio se encontrava vazio e empoeirado, com seu futuro ainda não decidido — mais um hotel, diziam os boatos. Virou à direita na Waterloo Place, mastigando sua segunda maçã e tentando não pensar em bolachas e salgadinhos. Sabia para onde estava indo: para o cemitério Calton. Quando passou pelos portões de ferro batido, foi confrontada pelo obelisco conhecido como Memorial dos Mártires, dedicado à memória de cinco homens, os "Amigos do Povo", que tinham ousado propor uma reforma do parlamento na década de 1790. Isso numa época em que menos de quarenta pessoas na cidade tinham poder de voto nas eleições. Os cinco foram condenados ao exílio: uma passagem só de ida para a Austrália. Jean olhou para a maçã que comia. Tinha acabado de remover uma pequena etiqueta que anunciava seu país de origem como a Nova Zelândia. Pensou nos cinco condenados, as vidas que poderiam ter vivido. Mas não haveria uma contraparte da Revolução Francesa na Escócia, não nos anos 1790.

Lembrou-se de um líder e pensador comunista — seria o próprio Marx? — que havia previsto que a revolução na Europa Ocidental teria início na Escócia. Mais um sonho...

Jean não sabia muito sobre David Hume, mas ficou diante de seu monumento enquanto atacava o suco de laranja. Filósofo e ensaísta... um amigo certa vez dissera que o grande feito de Hume tinha sido tornar compreensível a filosofia de John Locke, mas ela também não sabia nada a respeito de Locke.

Havia outros túmulos: Blackwood e Constable, editores, e um dos líderes da "Ruptura", que levou à fundação da Igreja Livre da Escócia. Ao leste, sobre o muro do cemitério, havia uma pequena torre fortificada. Isso ela sabia que era o único remanescente da velha Prisão de Calton. Tinha visto desenhos dela, feitos pela visão da Calton Hill em frente: amigos e familiares dos prisioneiros se reuniam ali para gritar mensagens e saudações. Fechando os olhos, quase podia substituir o ruído do tráfego por brados e latidos, pelo diálogo entre dois amantes ecoando ao longo da Waterloo Place...

Quando abriu novamente os olhos, viu o que estava procurando: o túmulo do dr. Kennet Lovell. A lápide fora instalada no muro leste do cemitério, e agora estava trincada e enegrecida, as bordas descascadas revelando o arenito abaixo. Era uma coisa pequena, perto do solo.

"Dr. Kennet Anderson Lovell", leu Jean, "Eminente Médico desta Cidade." Tinha morrido em 1863, aos cinquenta e seis anos de idade. O mato crescia da terra, ocultando boa parte da inscrição. Jean se agachou e começou a arrancar o capim, encontrando uma camisinha usada que afastou com uma folha seca. Sabia que algumas pessoas usavam a Calton Hill durante a noite, e as imaginava copulando encostadas nesse muro, deitadas sobre os ossos do dr. Lovell. O que Lovell acharia disso? Em seguida formou a imagem de outro casal: ela e John Rebus. Não era bem o estilo dela. No passado chegou a sair com pesquisadores, palestrantes universitários. Um breve caso com um escultor da cidade — um homem casado. Ele a levava a cemitérios, seus locais favoritos. Provavelmente John Rebus também gostava de cemitérios. Quando se encontraram pela primeira vez, ela o encarou como um desafio e ficou curiosa. Até agora tinha de se esforçar para não pensar nele como um item de exposição. Havia tantos segredos ali, tantos aspectos que ele se recusava a revelar ao mundo. Sabia que ainda havia escavações a serem feitas...

Quando afastou o mato, descobriu que Lovell fora casado não menos que três vezes, e que todas as esposas haviam falecido antes dele. Nenhuma indicação de filhos... ficou imaginando se os rebentos estariam enterrados em outro lugar. Talvez não houvesse filhos. Mas John não tinha dito algo sobre uma descendente...? Ao examinar as datas, viu que as esposas tinham morrido jovens, e outro pensamento passou por sua cabeça: será que morreram de parto?

Primeira esposa: Beatrice, nascida Alexander. Vinte e nove anos de idade.

Segunda esposa: Alice, nascida Baxter. Trinta e três anos de idade.

Terceira esposa: Patricia, nascida Addison. Vinte e seis anos de idade.

Uma inscrição dizia: *Falecidas, para se encontrarem docemente outra vez nos domínios do Senhor.*

Jean não pôde deixar de pensar que seria um encontro e tanto, Lovell e as três esposas. Tinha uma caneta no bolso, mas nenhum papel ou caderno. Olhou ao redor pelo cemitério, descobriu um velho envelope, rasgou na metade. Limpou o pó e a terra e anotou os detalhes.

Siobhan estava de volta à sua mesa, tentando formar anagramas com as letras de "Camus" e "ME Smith", quando Eric Bain entrou na sala.

"Tudo bem?", perguntou.

"Sobrevivendo."

"Tão bem assim, é?" Descansou a maleta no chão, endireitou o corpo e olhou ao redor. "A Divisão Especial deu algum retorno?"

"Não que eu saiba." Ela estava separando letras com uma caneta. Não havia espaço entre o M e o E. Será que o Enigmista queria que aquilo fosse lido como "me"? Será que estava dizendo que o nome dele era Smith? ME também se referia a uma doença, mas não conseguiu recordar o que a sigla significava... lembrava-se de ter sido chamada de "gripe dos yuppies" pelos jornais. Bain foi até a máquina de xerox, pegou algumas páginas e as examinava.

"Você não se lembrou de checar isso?", perguntou, separando duas folhas e devolvendo o resto para a máquina.

Siobhan ergueu os olhos. "O que é isso?"

Ele estava lendo quando se aproximou. "Uma maravilha", falou deslumbrado. "Não me pergunte como eles conseguiram, mas conseguiram."

"O quê?"

"Eles conseguiram rastrear uma das contas."

A cadeira de Siobhan tombou para trás quando ela se levantou, mãos estendidas para pegar o fax. Quando Bain entregou os papéis, fez uma pergunta simples.

"Quem é Claire Benzie?"

"Você não está sob custódia, Claire", disse Siobhan, "e se quiser um advogado, a decisão é sua. Mas gostaria da sua permissão para gravar uma fita."

"Parece coisa séria", comentou Claire Benzie. Eles a pegaram em seu apartamento em Bruntsfield e a trouxeram de carro para St. Leonard's. Ela concordou, sem perguntas. Usava calça jeans e uma blusa de gola rulê rosa clara. O rosto parecia lavado, sem maquiagem. Estava na sala de interrogatório com os braços cruzados enquanto Bain colocava fitas nos dois gravadores.

"Vamos fazer uma cópia para você e outra para nós", explicou Siobhan. "Tudo bem?"

Benzie simplesmente deu de ombros.

Bain ligou os dois aparelhos e em seguida se acomodou na cadeira ao lado de Siobhan, que se identificou e identificou Bain para a gravação, acrescentando a hora e o local da entrevista.

"Se puder dizer seu nome completo, Claire", pediu.

Claire Benzie atendeu, acrescentando seu endereço em Bruntsfield. Siobhan recostou-se por um momento, se recompondo, depois se inclinou para a frente de forma que seus cotovelos se apoiassem na beira da mesa estreita.

"Claire, você se lembra de quando nos falamos da outra vez? Eu estava com um colega, no escritório do doutor Curt?"

"Sim, lembro."

"Eu perguntei se você sabia alguma coisa sobre o jogo que Philippa Balfour estava jogando?"

"O enterro dela é amanhã."

Siobhan confirmou. "Você se lembra disso?"

"Desjejum em Seven Sisters", disse Benzie. "Eu falei do que se tratava."

"Certo. Você disse que Philippa tinha conversado com você num bar..."

"Sim."

"... e explicado o que era."

"Sim."

"Mas você não sabia nada do jogo em si?"

"Não fazia ideia até você me dizer."

Siobhan recostou-se outra vez e cruzou os braços, parecendo quase um reflexo de Benzie. "Então como é que a sua conta na internet foi usada para enviar essas mensagens a Flip?"

Benzie olhou para ela. Siobhan devolveu o olhar. Eric Bain coçou o nariz com o polegar.

"Eu quero um advogado", declarou Benzie.

Siobhan aquiesceu lentamente. "Término da entrevista, três e doze da tarde." Bain desligou os gravadores e Siobhan perguntou se Claire tinha algum nome em mente.

"O advogado da família, com certeza", respondeu a estudante.

"E quem seria?"

"Meu pai." Quando viu o olhar intrigado no rosto de Siobhan, os cantos da boca de Benzie se ergueram. "Quero dizer meu padrasto, detetive Clarke. Não se preocupe, não vou convocar fantasmas para lutar ao meu lado..."

A notícia tinha corrido, e havia muita confusão no corredor quando Siobhan saiu da sala de interrogatório no momento em que a policial feminina chegava. Perguntas eram sussurradas.

"Então...?"

"Ela é a culpada?"

"O que ela disse?"

"Foi ela?"

Siobhan ignorou todos e foi direto a Gill Templer. "Ela quer um advogado, e por acaso a família tem um."

"Muito conveniente."

Siobhan concordou e forçou caminho até a sala do DIC, desplugando o primeiro telefone desocupado que encontrou.

"Ela também quer um refrigerante, Diet Pepsi, de preferência."

Templer olhou ao redor, olhos fixos em George Silvers. "Ouviu isso, George?"

"Sim, senhora." Silvers pareceu relutante em sair, até que Gill o enxotou para fora com as mãos.

"Então?" Agora Gill bloqueava o caminho de Siobhan.

"Então ela nos deve uma explicação", respondeu Siobhan. "Não significa que seja a assassina."

"Mas seria bom se fosse", alguém comentou.

Siobhan estava relembrando o que Rebus dissera sobre Claire Benzie quando encontrou o olhar de Gill Templer. "Daqui a uns dois ou três anos", começou, "se continuar na patologia, nós vamos acabar trabalhando lado a lado com ela. Acho que não devemos pesar demais a mão." Não sabia ao certo se estava citando Rebus literalmente, mas percebia que estava bem perto disso. Templer a olhou como se avaliasse a afirmação, confirmando lentamente com a cabeça.

"A detetive Clarke tem razão nesse ponto", disse aos que as cercavam. Depois se afastou para deixar Siobhan passar, murmurando algo como "Muito bem, Siobhan" quando ficaram lado a lado.

De volta à sala de interrogatório, Siobhan plugou o telefone na parede e disse a Claire que discasse 9 para ligação externa.

"Eu não matei a Flip", disse a estudante com voz baixa e confiante.

"Então não vai haver problema nenhum. Só precisamos descobrir o que aconteceu."

Claire concordou, pegou o telefone. Siobhan fez um gesto para Bain e os dois saíram da sala, com a policial assumindo a vigilância.

No corredor a confusão havia se dissipado, mas o rebuliço dentro da sala do DIC era alto e entusiasmado.

"Digamos que não tenha sido ela", disse Siobhan em voz baixa, só para Bain ouvir.

"Tudo bem", ele concordou.

"Então como o Enigmista pode ter entrado na conta dela?"

Ele balançou a cabeça. "Não sei. Quer dizer, suponho que seja possível, mas é também altamente improvável."

451

Siobhan olhou para ele. "Então você acha que foi ela?"

Bain deu de ombros. "Eu gostaria de saber a quem pertencem os outros acessos de contas."

"A Divisão Especial disse quanto tempo isso levaria?"

"Talvez ainda hoje, talvez amanhã."

Alguém passou perto, deu um tapinha no ombro de cada um e ergueu os polegares antes de continuar pelo corredor.

"Eles acham que nós resolvemos o caso", disse Bain.

"Eles não sabem de nada."

"Claire tinha um motivo, você mesma disse isso."

Siobhan anuiu. Estava pensando na pista Constrição, tentando imaginar que tivesse sido elaborada por uma mulher. Sim, era possível; claro que era possível. No mundo virtual era possível fingir ser quem se quisesse, de qualquer sexo, de qualquer idade. Os jornais estavam cheios de histórias sobre pedófilos de meia-idade infiltrados em salas de bate-papo de crianças disfarçados de adolescentes e pré-adolescentes. Era exatamente esse anonimato da internet que atraía tanta gente. Pensou em Claire Benzie, do longo e cuidadoso planejamento que deve ter sido necessário, da raiva fermentando desde o suicídio do pai. Talvez tivesse planejado reencontrar Flip, talvez para perdoá-la, mas em vez disso continuou a odiá-la, a odiar o mundo fácil em que Flip vivia, seus amigos com carros velozes, os bares e clubes noturnos e jantares festivos, todo o estilo de vida desfrutado pelas pessoas que nunca tinham sentido dor, nunca tinham perdido nada na vida que não pudesse ser de novo comprado.

"Não sei", disse afinal, passando as mãos nos cabelos, puxando-os com tanta força que o escalpo chegou a doer. "Realmente não sei."

"Isso é bom", observou Bain. "É sempre bom conduzir um interrogatório com a mente aberta: isso está nos livros."

Siobhan deu um sorriso cansado, apertando a mão dele. "Obrigada, Eric."

"Você vai se sair bem", ele reforçou. Ela torcia para que tivesse razão.

Talvez a Biblioteca Central fosse o lugar certo para Rebus. Nos dias de hoje, muitos usuários pareciam despossuídos, fatigados, desempregados. Alguns dormiam nas cadeiras mais confortáveis, com algum livro no colo só para disfarçar. Um velho, a boca desdentada aberta, estava em uma mesa perto dos catálogos telefônicos, os dedos percorrendo as colunas com determinação. Certa vez Rebus tinha perguntado aos funcionários sobre ele.

"Ele vem aqui há anos, nunca lê nada além daquilo", foi informado.

"Será que não poderia arranjar um emprego nas Listas Telefônicas?"

"Talvez ele tenha sido demitido de lá."

Rebus admitiu que era um bom palpite, e voltou à sua pesquisa. Até agora tinha confirmado que Albert Camus era um escritor e pensador francês, autor de romances como *A queda* e *A peste*. Vencedor do Prêmio Nobel e morto com pouco mais de quarenta anos. O bibliotecário fizera uma pesquisa para ele, e esse era o único Camus importante que tinha encontrado.

"A não ser que você esteja falando de nomes de ruas."

"O quê?"

"Nomes de ruas de Edimburgo."

Pelo que se constatou, a cidade tinha uma Camus Road, uma Camus Avenue, um Camus Park e uma Camus Place. Ninguém sabia ao certo se os nomes eram inspirados no escritor francês, mas Rebus achava que a probabilidade era grande. Procurou Camus no catálogo telefônico — por sorte o velho não estava com ele naquele momento — e encontrou apenas um nome. Fazendo uma pausa, pensou em voltar para casa e pegar o carro, talvez dando um passeio até Camus Road, mas avistou um táxi e preferiu fazer sinal. Camus Road, Avenue, Park e Place acabaram se re-

453

velando tranquilas ruas residenciais perto da Cominston Road, em Fairmilehead. O taxista pareceu confuso quando Rebus mandou que voltasse para a ponte Jorge IV. Quando pararam em um engarrafamento em Greyfriars, Rebus pagou a corrida e saiu. Andou direto para o *pub* Sandy Bell's, onde os clientes da tarde ainda não tinham se juntado a trabalhadores a caminho de casa. Uma caneca e uma dose. O *barman* o conhecia, contou algumas histórias. Disse que, quando o hospital se mudara para Petty France, eles tinham perdido metade dos clientes. Não médicos e enfermeiras, mas os pacientes.

"Pijamas e chinelos, sem brincadeira: eles vinham direto do hospital para cá. Um dos caras tinha até tubos pendurados nos braços."

Rebus sorriu, terminou as bebidas. Greyfriars Kirkyard era logo na esquina, por isso foi até lá. Considerou que todos os fantasmas de Covenanting estariam se sentindo muito infelizes sabendo que um cachorrinho tinha tornado aquele lugar mais famoso que eles. Havia excursões noturnas ao local, histórias de mãos geladas vindas do nada que roçavam ombros. Lembrou-se de que Rhona, sua ex, queria casar naquela igreja. Viu tumbas cobertas com grades de ferro — sepulcros protegendo os mortos dos ressurreicionistas. A impressão que se tinha era de que Edimburgo sempre fora assolada pela crueldade, seus séculos de barbarismo mascarados por um exterior que se alterava entre o sereno e o inabalável...

Constrição... pensou no que a palavra teria a ver com a pista. Pensou no significado de amarrado, algo nesse contexto, mas não tinha certeza. Saiu do pátio da igreja e dirigiu-se à ponte Jorge IV, entrando na biblioteca. A mesma bibliotecária continuava no trabalho.

"Dicionários?", ele pediu. Foi conduzido até a estante.

"Fiz a pesquisa que me pediu", ela acrescentou. "Encontrei alguns livros de um certo Mark Smith, mas ninguém chamado M. E. Smith."

"Muito obrigado." Começou a se afastar.

454

"Imprimi também uma lista com tudo o que temos de Camus."

Ele pegou a folha. "Que ótimo. Muito obrigado."

Ela sorriu, como se desacostumada com cumprimentos, mas hesitou ao sentir o cheiro de álcool no hálito dele. A caminho das estantes, Rebus notou que a mesa perto dos catálogos telefônicos estava vazia. Ficou imaginando se o velho tinha terminado por aquele dia; talvez ele cumprisse um horário de nove às cinco. Retirou o primeiro dicionário que encontrou e abriu em "constrição": significava restrição, limitação, estreitamento. "Restrição" fez que pensasse em múmias, ou alguém de mãos amarradas sendo mantido prisioneiro...

Alguém pigarreou atrás dele. Era a bibliotecária.

"Hora de ir embora?", arriscou Rebus.

"Ainda não." Apontou para a própria mesa, de onde outro funcionário os observava. "Meu colega... Kenny... ele acha que talvez saiba quem é o senhor Smith."

"Quem?" Rebus estava olhando para Kenny: pouco mais de vinte anos, óculos redondos de aros de metal e camiseta preta.

"M. E. Smith", disse a bibliotecária. Rebus começou a andar, fazendo um aceno de cabeça a Kenny.

"É um cantor", informou Kenny sem preâmbulos. "Ao menos se for quem estou pensando: Mark E. Smith. E nem todo mundo concordaria com a classificação de 'cantor'."

A bibliotecária tinha voltado para trás do balcão. "Devo confessar que nunca ouvi falar", comentou.

"Está na hora de ampliar seus horizontes, Bridget", disse Kenny. Depois olhou para Rebus, surpreso com os olhos arregalados do detetive.

"Cantor da The Fall?", disse Rebus em voz baixa, quase consigo mesmo.

"Você conhece?" Kenny pareceu surpreso por alguém da idade de Rebus ter tal conhecimento.

"Vi um show da banda há uns vinte anos. Num clube em Abbeyhill."

"Uma banda bem barulhenta, hein?", observou Kenny.

Rebus aquiesceu, distraído. Em seguida Bridget, a outra bibliotecária, deu voz aos seus pensamentos.

"Que engraçado", falou. Apontou para o papel na mão de Rebus. "A tradução para o inglês do título do romance *A queda*, de Camus, é *The fall*. Temos um exemplar na seção de ficção, se estiver interessado..."

O padrasto de Claire Benzie era Jack McCoist, um dos advogados de defesa mais competentes da cidade. Pediu dez minutos a sós com a enteada antes de qualquer declaração. Pouco depois Siobhan voltou a entrar na sala acompanhada por Gill Templer, que tinha afastado Eric Bain, que se mostrara visivelmente aborrecido.

A lata de refrigerante de Claire estava vazia. McCoist tinha meia xícara de chá morno à sua frente.

"Acho que não precisamos gravar nada", afirmou McCoist. "Vamos simplesmente discorrer sobre isso, ver até onde nos leva. De acordo?"

Olhou para Gill Templer, que acabou concordando.

"Quando estiver pronta, detetive Clarke", disse Templer.

Siobhan tentou olhar nos olhos de Claire, mas ela estava muito ocupada com a lata de Pepsi, rolando-a entre as palmas das mãos.

"Claire", começou, "essas pistas que Flip estava recebendo, uma delas veio de um endereço de e-mail que rastreamos até você."

McCoist empunhava uma prancheta em formato A4, na qual já havia escrito diversas páginas de notas numa caligrafia tão ruim que parecia um código pessoal. Agora iniciava uma folha em branco.

"Posso perguntar como conseguiu esses e-mails?"

"Eles... não foi bem assim. Alguém chamado Enigmista enviou uma mensagem a Flip Balfour, mas essa mensagem chegou até mim."

"Como assim?" McCoist ainda não tinha erguido o olhar da prancheta. Tudo que ela podia ver dele eram os ombros recobertos por um tecido azul risca de giz e o alto da cabeça, com cabelos pretos e finos mostrando uma boa porção do escalpo.

"Bem, eu estava examinando o computador da garota Balfour em busca de algo que pudesse explicar seu desaparecimento."

"Então isso aconteceu *depois* do desaparecimento?" Agora ele tinha erguido a cabeça: óculos de aros grossos e pretos e uma boca que, quando não estava aberta, era um linha fina e cheia de dúvidas.

"Sim", admitiu Siobhan.

"E esta é a mensagem que você diz ter rastreado até o computador da minha cliente?"

"Até o ISP da conta dela, sim." Siobhan percebeu que Claire tinha levantado a cabeça pela primeira vez: por conta do uso de "minha cliente". Olhava para o padrasto, examinando-o. Provavelmente nunca vira seu lado profissional antes.

"Sendo que o ISP é o provedor de internet?"

Siobhan confirmou com a cabeça. McCoist mostrava que estava por dentro dos termos.

"E houve outras mensagens subsequentes?"

"Sim."

"E tiveram origem no mesmo endereço?"

"Ainda não sabemos." Siobhan achava que ele não precisava saber que havia mais de um provedor em questão.

"Muito bem." McCoist marcou um ponto final na última folha com a caneta e recostou-se, pensativo.

"Posso fazer uma pergunta a Claire agora?", perguntou Siobhan.

McCoist a espiou por cima dos óculos. "Minha cliente prefere fazer uma pequena declaração antes."

Claire pegou do bolso da calça jeans uma folha de papel que certamente tinha saído da prancheta sobre a mesa. A letra era diferente dos rabiscos de McCoist, mas Siobhan pôde ver rasuras onde o advogado tinha sugerido mudanças.

Claire pigarreou. "Cerca de duas semanas antes do desaparecimento, eu emprestei meu computador laptop a Flip. Ela estava redigindo um trabalho, e pensei que isso poderia ajudar. Sabia que ela não tinha um laptop. Nunca tive a oportunidade de pedir que me devolvesse. Estava esperando passar o enterro para perguntar à família se eu poderia pegar computador no apartamento dela."

"Esse laptop é o seu único computador?", interrompeu Siobhan.

Claire negou com a cabeça. "Não, mas está registrado em um ISP, na mesma conta do meu PC."

Siobhan a encarou: Claire ainda se recusava a olhá-la diretamente. "Não havia nenhum laptop no apartamento de Philippa Balfour", declarou.

Por fim um olhar direto nos olhos. "Então onde ele está?", perguntou.

"Imagino que você ainda tenha a nota fiscal de compra, ou algo assim?"

McCoist se manifestou. "Está chamando minha filha de mentirosa?" Ela já não era mais uma cliente...

"Estou dizendo que isso era uma coisa que Claire deveria ter nos contado um pouco antes."

"Eu não sabia que era...", Claire começou a dizer.

"Detetive Templer", começou McCoist em tom insolente, "acho que não é papel da polícia de Lothian and Borders acusar testemunhas potenciais de duplicidade."

"Neste momento", retrucou Templer, "sua enteada está mais para suspeita que para testemunha."

"Suspeita de quê, exatamente? De enviar um quebra-cabeça? Desde quando isso é crime?"

Gill não tinha resposta para aquilo. Olhou na direção de Siobhan, e Siobhan pensou ser capaz de ler ao menos alguns dos pensamentos da chefe. *Ele tem razão... nós ainda não sabemos ao certo se o Enigmista tem alguma coisa a ver com isso tudo... é apenas um palpite seu que estou seguindo, lembre-se...*

McCoist percebeu que o olhar trocado entre as duas detetives significava alguma coisa. Resolveu forçar seu ponto de vista.

"Não consigo imaginar vocês apresentando esse caso à Procuradoria. Eles iriam rir de vocês... inspetora-chefe Templer." Com ênfase no cargo. McCoist sabia que ela havia sido promovida recentemente; sabia que ainda precisava mostrar quem era...

Gill já tinha recuperado a compostura. "O que precisamos da Claire é algumas respostas diretas, doutor McCoist, caso contrário a história dela perderá a coerência e teremos de fazer novas investigações."

McCoist pareceu refletir sobre aquelas palavras. Enquanto isso, Siobhan se ocupava fazendo uma lista mental. Claire Benzie tinha o motivo, certo — a participação do Balfour's Bank no suicídio do pai. Com o jogo de RPG, dispunha dos meios, e atrair Flip para Arthur's Seat forneceria a oportunidade. Agora tinha inventado um laptop emprestado, convenientemente desaparecido... Siobhan começou outra lista, dessa vez para Ranald Marr, que bem cedo havia ensinado Flip a deletar e-mails. Ranald Marr com seus soldados de brinquedo, segundo em comando no banco. Mas ainda não entendia o que Marr poderia ganhar com a morte de Flip...

"Claire", começou a dizer em voz baixa, "naquelas vezes em que foi a Junipers, você chegou a conhecer Ranald Marr?"

"Não sei o que isso tem a ver..."

Claire interrompeu o padrasto. "Ranald Marr, sim. Nunca entendi o que ela via nele."

"Quem?"

"A Flip. Ela tinha uma queda pelo Ranald. Coisa de colegial, imagino..."

"Era uma coisa recíproca? Foi além de uma simples queda?"

"Acho que de alguma forma estamos nos afastando do...", começou a dizer McCoist.

Mas Claire estava sorrindo para Siobhan. "Só mais tarde", dizia.

"Quanto tempo mais tarde?"

"Tenho a impressão de que eles estavam se vendo com frequência antes do desaparecimento..."

"Por que toda essa agitação?", perguntou Rebus.

Bain ergueu os olhos da mesa em que estava trabalhando. "Claire Benzie foi trazida para averiguações."

"Por quê?" Rebus inclinou-se para a frente, abrindo uma das gavetas de sua mesa.

"Desculpe", disse Bain. "Esta mesa é...?"

Fez menção de se levantar, mas Rebus o deteve. "Eu estou suspenso, lembra? Cuide da mesa para mim." Fechou a gaveta, sem ter encontrado nada. "Mas o que Benzie está fazendo aqui?"

"Um dos e-mails que pedi para a Divisão Especial rastrear."

Rebus soltou um assobio. "Foi enviado por Claire Benzie?"

"Bem, foi enviado da conta dela."

Rebus avaliou o fato. "Não é a mesma coisa?"

"Siobhan tem dúvidas."

"Ela está com a Claire?" Rebus esperou a confirmação de Bain. "Mas você está aqui fora?"

"Inspetora-chefe Templer."

"Ah", exclamou Rebus, sem precisar de mais explicações.

Gill Templer irrompeu na sala do DIC. "Quero que Ranald Marr seja trazido para interrogatório. Quem quer ir buscar?"

Conseguiu dois voluntários instantaneamente — Hi-Ho Silvers e Tommy Fleming. Outros continuaram tentando identificar o nome, imaginando que relação poderia ter com Claire Benzie e o Enigmista. Quando Gill se virou, Siobhan estava logo atrás dela.

"Você fez um bom trabalho lá dentro."

"Será?", duvidou Siobhan. "Não tenho muita certeza."

"Como assim?"

"Quando eu falo com ela, é como se estivesse fazendo as perguntas que ela *quer* ouvir. É como se *ela* estivesse no controle."

"Eu não achei isso." Gill pôs a mão no ombro de Siobhan. "Faça uma pausa. Vamos deixar Ranald Marr com outro pessoal." Olhou pela sala. "O resto de vocês, de volta ao trabalho." Os olhos dela encontraram os de John Rebus. "Que diabo está fazendo aqui?"

Rebus abriu outra gaveta, dessa vez tirando um maço de cigarros e sacudindo-o.

"Só vim pegar alguns objetos pessoais, senhora."

Gill franziu os lábios, saiu bruscamente da sala. McCoist estava no corredor com Claire. Os três começaram uma pequena discussão. Siobhan se aproximou de Rebus.

"Que diabo está fazendo aqui?"

"Você parece abalada."

"Vejo que continua linguarudo como sempre."

"A chefe falou para você fazer uma pausa, e já que você está com sorte, eu pago. Enquanto você assustava garotinhas, eu estive fazendo coisas importantes..."

Siobhan só quis suco de laranja, e não parava de mexer com o celular: Bain tinha ordens diretas para ligar se e quando houvesse alguma novidade.

"Eu preciso voltar", disse, não pela primeira vez. Depois consultou a tela do celular mais uma vez, verificando se a bateria precisava ser recarregada ou se estava sem sinal.

"Você comeu?", perguntou Rebus. Quando Siobhan negou com a cabeça, ele pegou dois pacotes de fritas no balcão, que ela devorava quando o ouviu dizer:

"Foi então que me dei conta."

"Quando você se deu conta?"

"Meu Deus, Siobhan, acorda."

"John, eu sinto que minha cabeça vai explodir. E acho que vai explodir mesmo."

"Você não acha que Claire Benzie é culpada, até aí eu entendo. E agora ela diz que Flip Balfour estava tendo um caso com Ranald Marr."

"Você acredita nela?"

Rebus acendeu outro cigarro, afastando a fumaça de Siobhan. "Eu não tenho direito a opinião: estou suspenso dos meus deveres até nota em contrário."

Siobhan lançou um olhar maldoso, ergueu o copo.

"Vai ser uma conversa e tanto, não é?", perguntou Rebus.

"O quê?"

"Quando Balfour perguntar ao seu confiável compadre o que os policiais queriam com ele."

"Acha que Marr vai contar a verdade?"

"Mesmo se não contar, Balfour sem dúvida vai descobrir. O enterro de amanhã vai ser divertido." Soprou mais fumaça em direção ao teto. "Você vai estar lá?"

"Estou pensando a respeito. Templer e Carswell e mais alguns outros... eles vão."

"Pode ser necessário, se começar uma briga."

Ela olhou para o relógio. "Eu devia voltar, ver o que Marr está dizendo."

"Disseram para você fazer um intervalo."

"Eu já fiz isso."

"Dê uma ligada, se achar realmente necessário."

"Talvez eu faça isso." Percebeu que seu celular ainda estava ligado ao conector que lhe daria acesso à internet, se o laptop não tivesse sido levado para St. Leonard's. Olhou para o conector, depois para Rebus. "O que você estava dizendo?"

"Sobre o quê?"

"Sobre Constrição."

O sorriso de Rebus se ampliou. "É bom ter você de volta com a gente. Estava dizendo que passei a tarde toda na biblioteca, e que resolvi a primeira parte do enigma."

"Já?"

"É uma questão de qualidade, Siobhan. Então, quer saber?"

"Claro." Percebeu que seu copo estava quase vazio. "Será que eu podia...?"

"Primeiro escute." Empurrou-a de volta ao banco. O *pub* estava cheio pela metade, e a maior parte dos clientes parecia ser de estudantes. Rebus notou que era o sujeito mais velho no lugar. Se estivesse perto do balcão, poderia ser confundido com o proprietário. Numa mesa de canto com Siobhan, provavelmente parecia um chefe velhusco tentando embebedar a secretária.

"Estou ouvindo", falou Siobhan.

"Albert Camus", começou Rebus lentamente, "escreveu um livro chamado *A queda, The fall*, em inglês." Tirou um exemplar do livro do bolso do casaco e colocou sobre a mesa, apontando-o com um dedo. Não era da biblioteca: ele o havia comprado na Thin's Bookshop a caminho de St. Leonard's. "Mark E. Smith é o cantor de uma banda chamada The Fall."

Siobhan franziu o cenho. "Acho que já tive um disco deles."

"Então", continuou Rebus, "nós temos *The fall* e The Fall. Se somarmos um ao outro teremos..."

"Falls?", adivinhou Siobhan. Rebus confirmou. Ela pegou o livro, examinou a capa, depois leu o resumo na contracapa. "Acha que talvez seja o lugar onde o Enigmista quer me encontrar?"

"Acho que tem a ver com a pista."

"Mas e o resto, a encomenda final encaixotada e Frank Finlay?"

Rebus deu de ombros. "Eu não prometi nenhum milagre."

"Não..." Ela fez uma pausa, depois olhou para ele. "Pensando melhor, nem achei que você estivesse tão interessado assim."

"Eu mudei de ideia."

"Por quê?"

"Já ficou em casa observando a pintura da parede secar?"

"Já tive encontros piores que isso."

"Então talvez entenda o que estou dizendo."

Siobhan confirmou, folheando o livro. Depois fechou o cenho, parou de anuir e olhou para ele outra vez. "Na verdade", falou, "não faço a mínima ideia do que você está dizendo."

"Ótimo, isso quer dizer que está aprendendo."

"Aprendendo o quê?"

"A marca de existencialismo patenteada por John Rebus." Apontou um dedo para ela. "Essa é uma palavra que eu não conhecia até hoje, e tenho que te agradecer por isso."

"E o que significa?"

"Eu não disse que sabia o que significa, mas acho que tem muito a ver com a escolha de *não* ficar olhando a pintura secar..."

Os dois voltaram a St. Leonard's, mas não havia novidades. Os policiais estavam quase subindo pelas paredes. Precisavam de uma descoberta. Precisavam de um intervalo. Havia irrompido uma briga no toalete: dois guardas que não souberam explicar como tudo tinha começado. Rebus observou Siobhan por alguns minutos. Ela andava de uma aglomeração para outra, louca para saber das coisas. Percebeu que estava tendo problemas para se controlar: a cabeça cheia de teorias e fantasias. Siobhan também precisava de uma descoberta, de um intervalo. Andou até ela. Seus olhos brilhavam. Rebus a tomou pelo braço, conduziu-a até lá fora. No início ela resistiu.

"Quando você comeu pela última vez?", perguntou.

"Quando você me comprou aquelas fritas."

"Estou falando de uma refeição quente."

"Você está falando como a minha mãe..."

Uma pequena caminhada levou os dois até um restaurante indiano na Nicolson Street. O lugar era escuro, ficava no primeiro andar e estava quase vazio. A terça-

-feira tinha se tornado uma outra segunda-feira: uma noite morta na cidade. O fim de semana começava na quinta--feira, com o planejamento de como gastar o pagamento semanal, e terminava com uma cerveja rápida depois do trabalho na segunda para recordar o fim de semana que terminara. Na terça, a opção sensata era ficar em casa, economizar o dinheiro que ainda restava.

"Você conhece Falls melhor do que eu", ela estava dizendo. "Quais são os pontos de referência lá?"

"Bem, a própria queda-d'água — você esteve lá — e talvez Junipers —, você também esteve lá." Fez um gesto vago. "Acho que é mais ou menos isso."

"Existem habitações populares também, certo?"

Rebus confirmou. "Meadowside. E tem o posto de gasolina um pouco fora da cidade. Mais o chalé de Bev Dodds e o pessoal que trabalha fora. Não tem nem igreja nem posto de correio."

"Então a encomenda encaixotada não se aplica."

Rebus fez que não com a cabeça. "Nem *bouquets*, *barbed wire* ou Frank Finlay."

Siobhan pareceu perder o interesse pela comida. Rebus não se preocupou: ela já tinha liquidado uma entrada de *tandoori* e a maior parte de seu *biryani*. Ficou olhando quando ela pegou o celular e tentou novamente a delegacia. Já tinha ligado uma vez, mas ninguém atendera. Dessa vez alguém atendeu.

"Eric? É Siobhan. O que está acontecendo por aí? Já pegamos o Marr? O que ele está dizendo?" Ficou ouvindo a resposta, seus olhos encontraram os de Rebus. "É mesmo?" A voz tinha se erguido num tom agudo. "Então foi um pouco de tolice, não?"

Por um segundo Rebus pensou: suicídio. Passou um dedo na garganta, mas Siobhan negou com a cabeça.

"Tudo bem, Eric. Obrigada. A gente se vê depois." Encerrou a chamada e demorou a guardar o telefone de volta na bolsa.

"Diga logo", falou Rebus.

Ela levou mais uma garfada à boca. "Você está suspenso, lembra? Fora do caso."

"Eu vou é suspender você no teto se não desembuchar logo."

Ela sorriu, descansou o garfo, a comida intocada. O garçom deu um passo à frente, pronto para tirar a mesa, mas Rebus o afastou com um gesto.

"Bem", começou Siobhan, "eles foram buscar Marr na casa de campo dele em The Grange, só que ele não estava."

"E então?"

"E a razão de não estar é porque foi avisado que iriam buscá-lo. Gill Templer ligou para a Central, disse que iam buscar Marr para interrogatório. O subchefe 'sugeriu' que telefonassem antes para Marr, como 'cortesia'."

Siobhan pegou o jarro de água, despejou o resto num copo. O mesmo garçom voltou a se aproximar, pronto para substituir o jarro, mas Rebus o afastou novamente.

"Então Marr fugiu?"

Ela confirmou. "Parece que sim. A esposa disse que ele atendeu o telefonema e dois minutos depois, quando foi procurar, ele não estava mais lá, nem a Maserati."

"É melhor levar um guardanapo no bolso", sugeriu Rebus. "Acho que você vai ter que limpar umas manchas de ovo da cara de Carswell."

"Acho que ele não vai gostar de explicar isso ao chefe de Polícia", concordou Siobhan. Depois percebeu uma expressão irônica no rosto de Rebus. "Era o que você queria?", adivinhou.

"Pode ajudar a aliviar um pouco a barra."

"Porque Carswell vai estar ocupado demais salvando a própria pele para pegar no seu pé?"

"Muito bem formulado."

"É o meu curso universitário."

"E o que está acontecendo em relação a Marr?" Rebus fez um sinal ao garçom, que deu um passo hesitante à frente, sem saber se seria expulso mais uma vez. "Dois cafés", pediu Rebus. O homem fez uma pequena vênia e se afastou.

"Não sei bem", admitiu Siobhan.

"Um dia antes do enterro pode parecer estranho."

"Perseguição em alta velocidade... detenção e apreensão..." Siobhan estava imaginando o cenário. "Pais enlutados se perguntando por que seu melhor amigo foi preso de repente..."

"Se Carswell estiver pensando direito, não vai fazer nada antes do enterro. Marr pode aparecer lá assim mesmo."

"Uma solene despedida ao seu amor secreto?"

"Se Claire Benzie estiver dizendo a verdade."

"Por que outra razão ele fugiria?"

Rebus olhou para ela. "Acho que você sabe a resposta a essa pergunta."

"Está dizendo que foi Marr que a matou?"

"Achei que ele estava na sua mira."

Ela pensou um pouco. "Isso foi antes desse acontecimento. Nunca achei que o Enigmista fugiria."

"Talvez o Enigmista não tenha matado Flip Balfour."

Siobhan anuiu. "É o que eu acho. Eu estava imaginando que Marr era o Enigmista."

"O que significa que ela foi morta por outra pessoa?"

Os cafés chegaram, e com eles os indefectíveis chocolates com menta. Siobhan jogou o dela no líquido quente, logo erguendo a xícara até a boca. Sem que tivessem pedido, o garçom trouxe a conta junto com os cafés.

"Vamos dividir?", sugeriu Siobhan. Rebus concordou, tirou três notas de cinco do bolso.

Na rua, perguntou como Siobhan iria para casa.

"Meu carro está em St. Leonard's. Quer uma carona?"

"Está uma noite agradável para caminhar", ele respondeu, olhando para as nuvens. "Mas prometa que você *vai* pra casa descansar um pouco..."

"Prometo, mamãe."

"E agora que se convenceu de que o Enigmista não matou a Flip..."

467

"Sim?"

"Bem, você não precisa mais se preocupar com o jogo, não é?"

Siobhan piscou, disse que talvez ele tivesse razão. Mas Rebus percebeu que ela não acreditava naquilo. O jogo era a parte *dela* no caso. Não era possível desistir... E ele sabia que sentiria o mesmo em seu lugar.

Os dois se despediram na calçada e Rebus começou a andar em direção ao apartamento. Quando chegou, ligou para Jean, mas ela não estava em casa. Talvez estivesse mais uma vez trabalhando até tarde no museu, mas também não conseguiu encontrá-la no escritório. Ficou em frente à sua mesa de jantar, observando as anotações sobre o caso. Tinha fixado algumas folhas na parede, detalhes das quatro mulheres — Jesperson, Gibbs, Gearing e Farmer. Estava tentando responder uma pergunta: por que o assassino deixava os caixões? Tudo bem, eram a sua "assinatura", mas uma assinatura que não tinha sido reconhecida. Foram necessários quase trinta anos para alguém perceber que *existia* uma assinatura. Se o assassino queria ser identificado por seus crimes, não teria repetido o exercício, ou talvez tivesse tentado algum outro método: um bilhete para a mídia ou para a polícia. E se não fosse uma assinatura? E se o motivo fosse... qual? Rebus via os caixões como pequenos memoriais, que faziam sentido apenas para a pessoa que os havia deixado. E o mesmo não poderia ser dito a respeito dos caixões de Arthur's Seat? Por que o responsável não tinha se apresentado de alguma forma? Resposta: porque, depois de encontrados, os caixões haviam perdido o significado para o seu criador. Eram memoriais, e não objetos a serem encontrados ou associados com as matanças de Burke e Hare...

Sim, havia uma relação entre aqueles caixões e os caixões identificados por Jean. Rebus hesitava em acrescentar o caixão de Falls à lista, mas sentia que também ali havia uma relação — uma relação tênue, é verdade, mas ainda assim poderosa.

Verificou a secretária eletrônica, mas só havia uma mensagem: do seu corretor, a respeito de um casal aposentado que mostraria o apartamento a compradores em potencial, aliviando-o daquela tarefa. Sabia que teria de esconder sua pequena colagem antes disso, esconder tudo, fazer uma arrumação...

Tentou ligar para Jean mais uma vez, sem resposta. Pôs um álbum de Steve Earle para tocar: *The hard way*.

Rebus só conhecia caminhos difíceis...

"Você tem sorte de eu não ter mudado meu nome", disse Jan Benzie. Jean acabara de explicar que tinha telefonado para todos os Benzie do catálogo telefônico. "Eu estou casada com Jack McCoist agora."

As duas estavam na sala de visitas de uma casa de três andares na zona oeste da cidade, perto da Palmerston Place. Jan Benzie era alta e magra, usava vestido preto até os joelhos com um broche cintilante pouco acima do seio direito. A sala refletia sua elegância: antiguidades e superfícies brilhantes, paredes grossas e assoalhos que abafavam qualquer som.

"Muito obrigada por me receber em tão pouco tempo."

"Não há muito que eu possa acrescentar ao que falamos pelo telefone." Jan Benzie parecia distraída, como se parte dela estivesse em outro lugar. Talvez por isso tivesse concordado com o encontro... "Foi um dia muito estranho, senhorita Burchill", dizia agora.

"É mesmo?"

Mas Jan Benzie fez apenas um gesto vago e perguntou outra vez se Jean gostaria de tomar algo.

"Não quero incomodar. Você disse que Patricia Lovell era sua parente?"

"Tataravó... algo assim."

"Ela morreu muito jovem, não foi?"

"Você deve saber mais do que eu. Eu nem sabia que ela estava enterrada em Calton Hill."

"Quantos filhos ela teve?"

"Só uma menina."

"Sabe se ela morreu de parto?"

"Não faço ideia." Jan Benzie riu do absurdo da pergunta.

"Sinto muito", disse Jean. "Eu sei que isso pode parecer um tanto mórbido..."

"Um pouco. Você disse que está fazendo uma pesquisa sobre Kennet Lovell?"

Jean aquiesceu. "Sua família teria alguma anotação dele?"

Jan Benzie negou com a cabeça. "Nada."

"Não tem nenhum parente que possa ter...?"

"Realmente acho que não, não." Estendeu o braço até uma mesinha próxima à cadeira, pegou o maço de cigarros e tirou um. "Aceita...?"

Jean recusou e observou Jan Benzie acender o cigarro com um isqueiro de ouro comprido e fino. A mulher parecia fazer tudo em câmera lenta. Era como assistir a um filme com a velocidade alterada.

"É que estou procurando alguma correspondência entre o doutor Lovell e seu benfeitor."

"Eu nem sabia que ele tinha um benfeitor."

"Um ministro da igreja em Ayrshire."

"É mesmo?", exclamou Jan Benzie, mas Jean percebeu que ela não estava interessada. No momento, o cigarro entre seus dedos era mais importante que qualquer outra coisa.

Jean decidiu ir em frente. "Tem um retrato do doutor Lovell no Surgeons's Hall. Acho que pode ter sido encomendado pelo ministro."

"É mesmo?"

"Já viu esse retrato?"

"Devo admitir que não."

"O doutor Lovell teve várias esposas, sabia disso?"

"Foram três, não é? Nem tantas na verdade, afinal de contas." Benzie pareceu ficar pensativa. "Eu já estou no meu segundo casamento... e quem sabe se vai parar por aqui?" Examinou a cinza na ponta do cigarro. "Meu primeiro marido se suicidou, sabe?"

"Não sabia."

"Nem haveria razão para saber." Fez uma pausa. "Imagino que não posso esperar o mesmo de Jack."

Jean não entendeu bem o que ela queria dizer, mas Jan Benzie a observava, parecendo esperar alguma resposta. "Imagino", disse Jean, "que poderia parecer um pouco suspeito perder dois maridos..."

"Mas Kennet Lovell pôde perder três esposas...?"

Jean estava pensando exatamente...

Jan Benzie levantou-se e andou até a janela. Jean deu outra olhada ao redor da sala. Todos aqueles objetos, as pinturas e fotografias emolduradas, castiçais e bandejas de cristais... teve a impressão de que nada daquilo pertencia a Benzie. Era fruto de seu casamento com Jack McCoist, parte da bagagem que ele trouxera.

"Bem, é melhor eu ir embora", disse Jean. "Mais uma vez me desculpe por ter..."

"Nenhum problema", interrompeu Benzie. "Espero que encontre o que está procurando."

Subitamente se ouviram vozes no corredor, e o som da porta da frente se fechando. As vozes começaram a subir a escada, se aproximando.

"Claire e meu marido", disse Jan, sentando-se de novo, arrumando-se como uma modelo posando para um artista. A porta se abriu de supetão e Claire entrou correndo na sala. Na opinião de Jean, ela não se parecia em nada com a mãe, mas talvez isso se devesse à forma como entrara, a forma como pulsava de energia.

"Eu não ligo a mínima", estava dizendo. "Eles podem me trancar e jogar a droga da chave fora, se quiserem!" Estava andando pela sala quando Jack McCoist entrou. Tinha os mesmos movimentos lentos da esposa, mas pareciam apenas resultantes do cansaço.

"Claire, só estou dizendo que..." Inclinou-se para beijar o rosto da esposa. "Nós passamos por maus bocados", informou. "Policiais acossando Claire como carrapatos. Será que existe *alguma* forma de controlar sua filha, querida?" As palavras esmaeceram quando ele se endireitou e viu que tinham uma visita. Jean estava se levantando.

"Eu já estava indo embora", anunciou.

"Quem é essa mulher?", interrompeu Claire.

"A senhorita Burchill é do museu", explicou Jan. "Estávamos falando sobre Kennet Lovell."

"Meu Deus, ela também!" Claire jogou a cabeça para trás, depois se atirou em um dos dois sofás da sala.

"Estou fazendo uma pesquisa sobre a vida dele", disse Jean para explicar o fato a McCoist. Ele estava se servindo de um uísque no bar.

"A esta hora da noite?", foi só o que disse.

"O retrato dele está pendurado em um salão em algum lugar", disse Jan Benzie à filha. "Você sabia disso?"

"Claro que sabia! No museu, no Surgeons' Hall." Ela olhou para Jean. "Você é de lá?"

"Não, na verdade..."

"Bem, seja de onde for, por que não vai embora daqui e volta para o seu lugar? Eu acabei de sair da delegacia e..."

"Você *não* pode falar dessa forma com uma convidada nesta casa!", bradou Jan Benzie, saltando da cadeira. "Jack, diga para ela."

"Escutem, eu preciso mesmo..." As palavras de Jean se perderam na discussão que começou entre as três partes. Ela recuou em direção à porta.

"Você não tem o direito...!"

"Até parece que foi você a interrogada!"

"Isso não é desculpa para..."

"Só queria tomar um drinque em paz, será que é pedir muito..."

Eles não pareceram notar quando Jean abriu a porta e fechou depois de sair. Desceu os degraus carpetados da escada na ponta dos pés, abriu a porta da frente tão silenciosamente quanto podia e escapou para a rua, onde conseguiu respirar fundo. Enquanto se afastava, olhou para trás, para a janela da sala, mas não conseguiu ver nada. As casas ali tinham paredes tão grossas que pareciam celas estofadas, que era de onde ela parecia ter saído.

O temperamento de Claire Benzie era algo a ser considerado.

13

No domingo de manhã ainda não havia sinal de Ranald Marr. Sua esposa, Dorothy, tinha telefonado para Junipers e falado com a secretária particular de John Balfour. Foi lembrada em termos explícitos que a família precisava comparecer a um enterro e que o sr. e a sra. Balfour não poderiam ser incomodados antes da cerimônia.

"Eles perderam uma filha, sabe?", disse a secretária de forma arrogante.

"E eu perdi meu marido, sua vaca!", retrucou Dorothy Marr, se arrependendo pouco depois ao perceber que provavelmente era a primeira vez que usava uma palavra ofensiva em sua vida adulta. Mas era tarde demais para se desculpar: a secretária já estava desligando o telefone e instruindo um funcionário menos graduado da equipe de Balfour para não aceitar nenhuma outra ligação da sra. Marr.

Junipers estava cheia de gente: familiares e amigos reunidos. Alguns, vindos de longe, haviam dormido lá na noite anterior e vagavam agora por diversos corredores em busca de algo que se assemelhasse a um café da manhã. A cozinheira, a sra. Dolan, decidiu que comida quente não seria apropriada para aquele dia, por isso sua costumeira bandeja fumegante de linguiça, ovos e bacon ou arroz com ovos e peixe não poderia ser servida. Na sala de jantar estava disposta uma série de pacotes de cereais e comidas em conserva, estas últimas feitas em casa, mas não incluíam a geleia de amora com maçã, favorita de Flip desde a infância. A sra. Dolan deixou esse pote específico na despensa. A última vez que alguém tinha comido uma porção fora a própria Flip em uma de suas raras visitas.

A cozinheira estava relatando esses fatos a Catriona, sua filha, enquanto Catriona a consolava e lhe entregava mais um lenço de papel. Um dos hóspedes, enviado para saber se haveria café ou leite frio disponíveis, pôs a cabeça na porta da cozinha, mas retirou-se constrangido ao presenciar a indomável sra. Dolan naquela posição vulnerável.

Na biblioteca, John Balfour dizia à esposa que não queria "nenhum maldito policial imbecil" no cemitério.

"Mas, John, eles trabalharam tanto", respondeu a esposa, "e pediram para estar lá. Com certeza têm tanto direito quanto..." A voz dela esmaeceu.

"Quanto quem?" A voz dele era menos irada, mas também se tornara repentinamente mais fria.

"Bem", começou a esposa, "quanto todas essas pessoas que nós nem conhecemos..."

"Está falando das pessoas que *eu* conheço? Você conheceu todas em festas e eventos. Pelo amor de Deus, Jackie, elas querem prestar suas homenagens."

A esposa aquiesceu e ficou calada. Depois do enterro haveria um bufê em Junipers, não apenas para os parentes próximos mas para todos os associados e conhecidos do marido, quase setenta pessoas. Jacqueline queria algo menor, que pudesse ser acomodado na sala de jantar. Do jeito que foi organizado, tiveram de encomendar uma marquise, instalada na parte de trás do gramado. Uma empresa de Edimburgo — sem dúvida de propriedade de algum outro cliente do marido — cuidou do serviço. A proprietária estava ocupada no momento, supervisionando o desembarque de mesas, toalhas, louças e talheres do que parecia ser uma infindável série de pequenas caminhonetes. A pequena vitória de Jacqueline até o momento fora a inclusão dos amigos de Flip entre os convidados daquele círculo, embora isso não tivesse acontecido sem alguns momentos difíceis. David Costello, por exemplo, teria de ser convidado, bem como os pais, embora ela não gostasse de David e sentisse que ele não se orgulhava muito da família. Torcia para que não conseguissem comparecer, ou que não ficassem por muito tempo.

"Temos que fazer uma boa recepção", resmungava John, quase ignorando a presença dela na sala. "Esse tipo de coisa mantém os relacionamentos do Balfour's, impedindo que os clientes mudem para outro banco..."

Jacqueline estremeceu dos pés à cabeça.

"John, nós estamos enterrando a nossa filha! Esqueça os seus malditos *negócios*! Você não pode envolver a Flip em suas... transações comerciais!"

Balfour olhou para a porta, certificando-se de que estava fechada. "Fale baixo, mulher. Foi só uma... eu não quis dizer isso..." Subitamente afundou no sofá, o rosto entre as mãos. "Você tem razão, eu não pensei que... Que Deus me ajude."

A esposa sentou ao lado dele, tomou suas mãos e descobriu seu rosto. "Que Deus ajude a nós dois, John", falou.

Steve Holly conseguiu convencer seu chefe no QG do jornal em Glasgow de que precisava estar no local o mais cedo possível. Além disso, sabendo da ignorância geográfica comum na Escócia, conseguiu persuadi-lo de que Falls era bem mais distante de Edimburgo do que na verdade era, e que o Greywalls Hotel seria o local ideal para passar a noite. Não se deu ao trabalho de explicar que o Greywalls era em Gullane, a não mais de meia hora de carro de Edimburgo, ou que Gullane não se situava exatamente numa linha reta entre Falls e Edimburgo. Mas que diferença fazia? Ele tinha passado a noite lá, acompanhado pela namorada Gina, que não era de fato sua namorada mas sim alguém com quem saíra algumas vezes nos últimos três meses. Gina tinha concordado, mas estava preocupada com a chegada ao trabalho na manhã seguinte, por isso Steve chamou um táxi. Sabia até como iria cobrar por aquilo: diria que seu carro tinha quebrado e que tivera de pegar um táxi para voltar à cidade...

Depois de um fabuloso jantar e de um passeio pelo jardim — parece que projetado por alguém chamado Jekyll —, Steve e Gina fizeram amplo uso da grande cama antes de dormir como duas pedras, de forma que a primeira coisa que souberam na manhã seguinte foi que o táxi de Gina estava esperando e que Steve teria de se empanturrar sozinho no café da manhã, o que era mesmo o que preferia. Mas depois veio a primeira decepção: os jornais... os grandes diários. Holly fez uma parada em Gullane e comprou todos os concorrentes a caminho de Falls, deixando-os no banco do passageiro e folheando-os enquanto dirigia, os carros piscando faróis e buzinando quando ele ocupava mais do que sua parte na estrada.

"Imbecis!", gritava pela janela, fazendo gestos obscenos para aqueles caipiras e matutos enquanto ligava pelo celular, querendo saber ao certo se o fotógrafo Tony estava escalado para as imagens no cemitério. Sabia que Tony tinha ido algumas vezes a Falls para falar com Bev, ou a "ceramista pirada", como Steve veio a chamá-la. Imaginava que Tony sabia que ele estaria lá. Seu conselho foi simples: "Ela é maluquinha, meu chapa. Você pode até dar uma bimbada, mas aposto que pode acordar com o pau cortado ao seu lado na cama". Ao que Tony tinha dado risada e respondido que só queria convencer Bev a fazer umas "poses artísticas" para o seu "portfólio". Por isso, quando Steve ligou para Tony naquela manhã, suas primeiras palavras foram, como sempre:

"E aí, meu chapa, já conseguiu comer a ceramista maluca?"

Depois, também como de hábito, começou a rir da própria piada, que era o que estava fazendo quando por acaso olhou pelo espelho retrovisor e avistou um carro de polícia na sua cola, as luzes piscando. Há quanto tempo estaria lá?

"Depois eu ligo, Tony", falou, saindo do carro.

"Bom dia, senhor Holly", disse um dos guardas.

O que fez Steve Holly se lembrar de que não estava exatamente nas boas graças da Polícia de Lothian and Borders.

Dez minutos mais tarde ele estava de volta à estrada, seguido pelos policiais, para evitar, como eles mesmos disseram, "outras infrações". Quando seu celular tocou, ele pensou em não atender, mas era de Glasgow, por isso parou no acostamento e atendeu a chamada, observando os policiais estacionarem dez metros atrás.

"Alô?"

"Você se acha muito esperto, não é, Stevie?"

Seu chefe.

"Exatamente neste momento, não", respondeu Steve Holly.

"Um amigo meu joga golfe em Gullane. Fica quase *dentro* de Edimburgo, seu merda. E o mesmo vale para Falls. Por isso, se você tinha esperança de que essas despesas fossem pagas pelo jornal, pode enfiar no rabo."

"Sem problema."

"Afinal, onde você está?"

Holly olhou ao redor, para o campo aberto e os diques secos. Ouviu o ruído distante de um trator.

"Estou perto do cemitério, esperando Tony chegar. Vou estar em Junipers em alguns minutos para seguir o pessoal até a igreja."

"Ah, é? E você pode confirmar isso?"

"Confirmar o quê?"

"Essa puta mentira que acabou de sair da sua boca!"

Holly lambeu os lábios. "Não estou entendendo." Como assim, será que o carro tinha algum dispositivo de localização?

"Tony ligou para o editor de fotografia há menos de cinco minutos. O editor de fotografia que por acaso está aqui ao lado da minha mesa. Adivinha de onde o seu fotógrafo estava ligando?"

Holly não disse nada.

"Vamos lá, dê um chute, pois é o que vou fazer com você na próxima vez em que a gente se encontrar."

"Do cemitério?", disse Holly.

"Essa é a sua resposta final? Talvez você queira ligar para algum amigo para mais informações."

Holly sentiu sua raiva transbordar: e o ataque é a melhor defesa, certo? "Escuta aqui", sussurrou, "eu acabei de dar ao seu jornal o furo do ano, passando para trás toda a concorrência. E é assim que você me trata? Bom, pode enfiar o seu jornal naquele lugar e vá se danar. Arranje alguém mais para cobrir o enterro, alguém que conheça essa história tão bem quanto eu. Enquanto isso acho que vou fazer algumas ligações para a concorrência — no meu tempo livre, da minha conta telefônica. Se você não tiver nada contra, seu safado. E se quiser saber por que não estou no cemitério, é por ter sido parado por dois heroicos policiais de Lothian. Eles não estão me liberando porque eu caguei na cabeça deles no jornal. Quer o número da placa do carro? Se me der um segundo, talvez eles mesmos falem com você!"

Holly ficou em silêncio, mas fez questão de que sua respiração pesada continuasse soando ao telefone.

"Ao menos uma vez", disse afinal a voz de Glasgow, "e talvez isso devesse ser esculpido na minha lápide, acho que posso estar ouvindo Steve Holly dizer a verdade." Houve outra pausa, seguida por uma risadinha. "Então nós deixamos o pessoal da polícia preocupado, foi?"

Nós... Steve Holly sabia que tinha se safado daquela.

"A impressão é de que estou sendo acompanhado por uma escolta permanente para impedir que eu tire a mão do volante para limpar o nariz."

"Então você não está dirigindo durante essa conversa?"

"No acostamento, luzes de alerta ligadas. E com todo o respeito, chefe, acabei de perder mais cinco minutos falando com você... Não que eu não goste dos nossos pequenos *tête-à-têtes.*"

Mais uma risadinha. "Ah, que se foda, é bom desabafar um pouco de vez em quando, não é? Vou dizer uma coisa, pode botar o hotel na nossa conta, tá?"

"Certo, chefe."

"E volta logo para a estrada."

"Certo, chefe. Agora esta flamejante espada da verdade vai desligar." Holly desligou, respirou fundo e fez o que o tinham mandado: voltou logo para a estrada...

O vilarejo de Falls não tinha nem igreja nem cemitério, mas havia uma igrejinha pouco usada — mais do tamanho de uma capela, na verdade — perto da estrada que ligava Falls a Causland. A família tinha escolhido aquele local e organizado tudo, mas os amigos de Flip que compareceram achavam que a tranquilidade e o isolamento daquele lugar não combinavam com a personalidade de Flip. Não conseguiam deixar de pensar que ela preferiria algo mais animado, algum lugar na cidade, onde as pessoas passeavam com seus cães e saíam para andar aos domingos e onde, no escuro, poderiam acontecer animadas festas de motoqueiros e acasalamentos furtivos.

O cemitério era compacto e bem arrumado, os túmulos antigos, muito bem preservados. Flip teria escolhido trepadeiras e musgos selvagens, arbustos espinhosos e grama alta e úmida. Mas depois, quando pensaram melhor, perceberam que não faria diferença de uma forma ou de outra, pois ela estava morta e isso era o fim. Naquele momento, talvez pela primeira vez, conseguiram separar a sensação de perda do torpor do choque e sentir as dores de uma vida ceifada ainda incompleta.

Havia gente demais na igreja. As portas foram deixadas abertas para que a curta cerimônia pudesse ser ouvida do lado de fora. Era um dia frio, o chão estava coberto de orvalho. Pássaros cantavam nas árvores, agitados por aquela invasão incomum. Automóveis se alinhavam na estrada principal, o carro fúnebre partindo discretamente em direção a Edimburgo. Motoristas uniformizados se postavam ao lado de diversos automóveis, cigarros na mão. Rolls Royce, Mercedes, Jaguar...

Normalmente a família frequentava uma igreja na cidade, mas seu ministro fora persuadido a conduzir aquela cerimônia, embora costumasse ver os Balfour apenas no Natal, e nem mesmo nessa ocasião nos últimos dois ou três anos. Era um homem metódico, que havia passado seu roteiro com a mãe e o pai, fazendo perguntas cujas respostas poderiam ajudá-lo na biografia de Flip, mas também estava surpreso com a presença da mídia. Acostumado a estar diante de câmeras apenas em casamentos e batizados, deu um grande sorriso para a objetiva apontada em sua direção pela primeira vez, e só depois percebeu a impropriedade de sua atitude. Eles não eram parentes com cravos na lapela, mas sim jornalistas, mantendo distância das solenidades e apontando suas lentes de longe. Embora o cemitério pudesse ser visto claramente da estrada, não haveria fotos do caixão sendo descido ou dos pais perto do túmulo. Apenas uma foto fora permitida: do caixão sendo levado da igreja.

É claro que, se um dos convidados se afastasse dos limites da igreja, seria considerado objeto de caça.

"Parasitas", disse um dos presentes, um cliente do Balfour's de longa data. De qualquer forma, ele sabia que compraria mais de um jornal na manhã seguinte, só para ver se estava em uma das páginas.

Com os bancos e corredores laterais lotados, os policiais presentes permaneciam à distância, atrás da multidão e próximos às portas da igreja. O chefe assistente Colin Carswell mantinha as mãos juntas à frente, a cabeça ligeiramente inclinada. A inspetora-chefe Gill Templer estava ao lado do inspetor-detetive Bill Pryde, logo atrás de Carswell. Outros policiais se encontravam ainda mais longe, patrulhando o terreno. O assassino de Flip ainda estava à solta, e poderia ser Ranald Marr. Dentro da igreja, John Balfour não parava de virar a cabeça, examinando cada rosto, como se procurasse alguém. Somente os que conheciam as atividades do Balfour's Bank sabiam a quem pertencia o rosto que faltava...

John Rebus estava perto da parede mais distante, vestindo seu melhor terno e uma capa de chuva comprida, a gola levantada. Não parava de pensar no quanto os arredores eram desolados: típicas colinas nuas pontilhadas de carneiros; monótonos arbustos de tojos amarelos. Tinha lido o quadro de avisos pouco adiante do portão do cemitério. Informava que a construção datava do século XVII, e que os fazendeiros locais haviam coletado as contribuições necessárias para a construção. Ao menos uma sepultura templária fora encontrada dentro dos muros de pedra, levando historiadores a acreditar que uma capela ou cemitério anteriores deviam ter existido naquele local.

"A lápide dessa sepultura templária pode ser vista atualmente no Museu da Escócia", leu Rebus.

Pensou em Jean, que se entrasse num desses locais perceberia coisas que ele não percebia, sinais reveladores do passado. Mas nesse momento Gill andou em sua direção, rosto fechado, mãos enterradas nos bolsos, para perguntar o que ele estava fazendo ali.

"Prestando minhas homenagens."

Notou que a cabeça de Carswell se moveu ligeiramente ao notar a presença de Rebus.

"A não ser que haja alguma lei contra isso", acrescentou, enquanto se afastava.

Siobhan estava a cerca de cinquenta metros dele, mas até agora só tinha respondido à sua presença com o aceno de uma mão enluvada. O olhar dela se fixava na encosta da colina, como se pensasse que o assassino poderia aparecer de repente. Rebus tinha suas dúvidas. Quando a cerimônia terminou, o caixão começou a ser transportado e as câmeras deram início ao seu breve trabalho. Os jornalistas presentes estudavam a cena com atenção, redigindo parágrafos mentalmente ou falando em voz baixa aos celulares. Rebus ficou imaginando qual operadora estariam usando: o celular dele não conseguia captar nenhum sinal lá.

Depois de registrarem a saída do caixão da igreja, as

câmeras de tv foram desligadas e descansaram nos braços dos operadores. O lado de fora da igreja estava em silêncio, quebrado apenas pelo lento arrastar de pés sobre o cascalho ou o soluço ocasional de um convidado.

John Balfour enlaçava a esposa com um braço. Alguns dos estudantes amigos de Flip se abraçavam, rostos enterrados em ombros ou peitos. Rebus reconheceu alguns deles: Tristram e Tina, Albert e Camille... Nenhum sinal de Claire Benzie. Avistou também alguns vizinhos de Flip, inclusive o professor Devlin, que o abordara bruscamente mais cedo perguntando sobre os caixões, se tinha havido algum progresso. Quando Rebus fez que não com a cabeça, Devlin perguntou como ele se sentia.

"Eu me sinto meio frustrado".

"Às vezes as coisas são assim."

Devlin observou Rebus com atenção. "Eu não o definiria como um pragmático, inspetor."

"Eu sempre encontrei consolo no pessimismo", comentou Rebus, afastando-se.

Agora ele observava o resto do cortejo fúnebre. Alguns políticos estavam presentes, inclusive a parlamentar Seona Grieve. David Costello saiu da igreja antes dos pais, piscando sob a luz repentina, tirando os óculos escuros do bolso e colocando no rosto.

Os olhos da vítima retinham a imagem do assassino...

Quem olhasse para David Costello agora veria apenas sua própria imagem refletida. Seria isso precisamente o que Costello queria que vissem? Atrás dele, a mãe e o pai caminhavam separados e com passos bem diferenciados, parecendo mais conhecidos que cônjuges. Quando o cortejo perdeu sua forma, David estava perto do professor Devlin. O professor estendeu a mão para cumprimentar David, mas o jovem ficou só olhando, até que Devlin recolhesse a mão e desse um tapinha em seu braço.

Mas agora estava acontecendo alguma coisa... Um carro chegando, uma porta se abrindo e um homem de roupas informais — pulôver de lã com gola em V e calça cinza —

correndo pela estrada e entrando pelos portões da igreja. Rebus reconheceu um abatido e não barbeado Ranald Marr, imaginou logo que tinha dormido em sua Maserati, viu o rosto de Steve Holly se contrair ao tentar entender o que acontecia. O cortejo tinha acabado de chegar ao cemitério quando Marr o alcançou. Andou direto para a linha de frente e ficou diante de John e Jacqueline Balfour. O banqueiro soltou a esposa para abraçar Marr, que retribuiu o gesto. Templer e Pryde olharam para Colin Carswell, que fez um gesto com as mãos, as palmas para baixo. Calma, estava dizendo. Vamos com calma.

Rebus achou que os repórteres não prestaram atenção em Carswell: ocupados demais em extrair algum sentido daquela curiosa interrupção. Logo depois percebeu que Siobhan olhava para a sepultura, o olhar indo e voltando do caixão, como se estivesse vendo alguma coisa ali. De repente ela deixou de lado o protocolo e saiu andando por entre as lajes, como se à procura de algo que tivesse deixado cair.

"Pois eu sou a Ressurreição e a Vida", dizia o ministro. Marr se posicionou ao lado de John Balfour, olhos fixos no caixão e em nada mais. Perto dali, Siobhan continuava a andar entre os túmulos. Rebus imaginou que nenhum dos repórteres poderia vê-la: os convidados formavam uma barreira que tapava a visão. Ela se agachou em frente a um túmulo coberto de vegetação e procurou ler a inscrição. Logo depois se levantou e saiu andando, agora devagar, sem a mesma urgência. Quando se virou, percebeu que Rebus a observava. Abriu um breve sorriso, que por alguma razão ele não considerou tranquilizador. Depois continuou andando, contornando a retaguarda do cortejo, fora da visão.

Carswell murmurou algo para Gill Templer: instruções sobre como lidar com Marr. Rebus sabia que provavelmente o deixariam sair da igreja, mas insistiriam em acompanhá-lo logo em seguida. Talvez fossem todos para Junipers para fazer o interrogatório ali mesmo; o mais provável porém é que Marr não chegasse até o bufê, sendo interrogado numa sala em Gayfield apenas com uma xícara de chá.

"Ao pó voltarás..."

Rebus não conseguiu deixar de lembrar os primeiros compassos de uma canção de David Bowie.

Alguns repórteres na verdade já se preparavam para partir, de volta à cidade ou em direção a Junipers, onde ainda poderiam conferir a lista de convidados. Rebus enfiou as mãos nos bolsos da capa de chuva e começou a caminhar lentamente em volta da igreja. Chovia terra sobre o caixão de Philippa Balfour, a última chuva que a madeira envernizada sentiria. A mãe ergueu um grito aos céus, que foi levado pela brisa em direção às colinas ao redor.

Rebus se viu parado em frente a uma pequena lápide. Seu proprietário vivera de 1876 a 1937. Não tinha nem sessenta anos quando morreu, tendo escapado das piores ações de Hitler, e talvez fosse velho demais para ter lutado na Primeira Guerra. Era um carpinteiro, que provavelmente trabalhava para as fazendas da região. Por um segundo Rebus se lembrou do fabricante de caixões. Depois voltou ao nome da lápide — Francis Campell Finlay — e teve de conter um sorriso. Siobhan tinha olhado para o caixão em que descansavam os restos mortais de Flip Balfour e pensou: a encomenda final encaixotada. Depois viu a cova e percebeu que era um lugar onde o sol não brilhava. A pista do Enigmista tinha levado até lá, mas só quando chegou conseguiu entender. Saiu procurando por Frank Finlay, e o encontrou. Rebus ficou imaginando o que mais ela teria visto quando se agachou em frente à lápide. Olhou para o local por onde os convidados saíam da igreja, os motoristas apagando os cigarros e se preparando para abrir as portas dos automóveis. Não conseguiu ver Siobhan, mas o próprio Carswell tinha afastado Ranald Marr de lado para uma conversa. Quem falava era Carswell, com Marr respondendo com resignados acenos de cabeça. Quando Carswell estendeu a mão, Marr entregou as chaves do carro.

Rebus foi o último a sair. Alguns carros faziam o retorno. Um trator esperava para passar. Rebus não reconheceu o motorista. Siobhan estava mais afastada, apoiando os braços na capota do seu automóvel, sem pressa nenhuma. Rebus atravessou a estrada e cumprimentou-a com um aceno.

"Achei que a gente se encontraria aqui", foi só o que ela disse. Rebus apoiou um braço na capota. "Tomou uma bronca, não foi?"

"Como eu disse a Gill, não estou desobedecendo a nenhuma lei."

"Você viu quando Marr chegou?"

Rebus confirmou. "O que está acontecendo?"

"Carswell vai levá-lo de carro até a residência. Marr quer alguns minutos com Balfour para explicar as coisas."

"Que coisas?"

"É o que vamos saber."

"Não me parece que ele vai confessar o crime."

"Não", ela concordou.

"Eu estava pensando..." Rebus não concluiu a frase.

Siobhan desviou o olhar para apreciar o espetáculo de Carswell tentando manobrar uma Maserati. "O quê?"

"A última pista: Constrição. Alguma ideia nova?" Constrição, ele concluiu, no sentido de confinamento, como em um caixão...

Siobhan piscou algumas vezes, depois fez que não com a cabeça. "E você?"

"Fiquei pensando se 'encaixotada' não significaria um caixão em sua viagem final."

"Hum." Ela pareceu pensativa. "Pode ser."

"Quer que eu continue tentando?"

"Mal não vai fazer." A Maserati saiu rugindo pela estrada. Carswell estava pisando com muita força no acelerador.

"Acho que não." Rebus se virou para ela. "Você está indo para Junipers?"

Ela negou com a cabeça. "Vou voltar a St. Leonard's."

"Coisas a fazer, hein?"

Siobhan retirou os braços da capota do carro, enfiou a mão direita no bolso do casaco preto. "Coisas a fazer", confirmou.

Rebus notou que ela segurava as chaves do carro na mão esquerda. Perguntou-se o que haveria no bolso direito.

"Trabalho é trabalho, não é?"

"A gente se vê na delegacia."

"Eu continuo na lista negra, lembra?"

Ela tirou a mão do bolso, abriu a porta do carro. "Certo", falou, entrando. Rebus se abaixou para olhar pela janela. Siobhan abriu um breve sorriso, nada mais. Rebus deu um passo atrás quando o carro partiu, as rodas derrapando antes de chegar ao asfalto.

Siobhan tinha feito exatamente o que ele faria: mantido em segredo a informação que conseguira. Rebus deu uma corrida até onde seu carro estava estacionado e preparou-se para ir atrás dela.

No caminho para Falls, reduziu um pouco a velocidade em frente ao chalé de Bev Dodds. Tinha mais ou menos esperado que ela comparecesse ao enterro. O sepultamento atraíra a atenção de diversos passantes, embora os carros da polícia nos dois lados da estrada tivessem dissuadido eventuais intrusos. Lugares para estacionamento também eram raros na cidade naquele dia, embora Rebus soubesse que sempre havia vagas naquele local. O anúncio improvisado da ceramista fora substituído por outro mais chamativo, elaborado de forma profissional. Rebus pisou um pouco mais no acelerador, mantendo o carro de Siobhan à vista. Os pequenos caixões ainda estavam na gaveta de sua mesa. Sabia que Dodds queria de volta o caixão encontrado em Falls. Talvez ele fizesse uma caridade e o pegasse esta tarde para trazê-lo na quinta ou sexta-feira. Mais uma desculpa para visitar a delegacia, onde teria outra oportunidade com Siobhan — sempre supondo que era para lá que ela estava indo.

Lembrou-se da meia garrafa de uísque debaixo do banco. Na verdade não estava com vontade de beber — mas era o que se fazia depois de enterros. O álcool aplacava a inevitabilidade da morte. "Que tentação", disse para si mesmo, pondo uma fita cassete no aparelho de som. Um dos primeiros trabalhos de Alex Harvey: *The faith healer*. O problema é que os primeiros trabalhos de Alex Harvey não eram muito diferentes dos últimos. Ficou pensando até que ponto o álcool tinha influenciado a morte do cantor. Se a gente começa a fazer uma lista das mortes causadas pela bebida, é impossível chegar ao fim...

"Vocês acham que eu a matei, não é?"

Três na sala de interrogatório. Um burburinho incomum no lado de fora: sussurros, passos furtivos e celulares sendo atendidos quase antes que tocassem. Gill Templer, Bill Pryde e Ranald Marr.

"Não vamos tirar conclusões precipitadas, senhor Marr", disse Gill.

"Mas não é isso o que estão fazendo?"

"Só algumas perguntas complementares, senhor", disse Bill Pryde.

Marr pigarreou, sem querer acrescentar mais nada àquelas observações.

"Há quanto tempo conhecia Philippa Balfour, senhor Marr?"

Ele olhou para Gill Templer. "Desde que nasceu: eu era padrinho dela."

Gill anotou aquilo. "E quando começaram a se sentir fisicamente atraídos?"

"Quem disse que isso aconteceu?"

"Por que saiu de casa daquela maneira, senhor Marr?"

"Foi um período de muita tensão." Marr se ajeitou na cadeira. "Escutem, eu deveria ter um advogado presente, não?"

"Como já foi informado, essa escolha é toda sua."

Marr pensou a respeito, mas logo deu de ombros. "Podem continuar", falou.

"O senhor tinha um relacionamento com Philippa Balfour?"

"Que espécie de relacionamento?"

A voz de Bill Pryde soou como o rugido de um urso. "A espécie que faria o pai dela cortar o seu saco."

"Acho que entendi o que quis dizer." Marr pensava antes de responder. "Vou dizer o seguinte: já falei com John Balfour e ele tomou uma atitude responsável a respeito da nossa conversa. E o que nós conversamos — não importa o que eu disse a ele — não tem nenhuma relação com esse caso. E é mais ou menos isso o que tenho a dizer." Encostou-se novamente na cadeira.

"Trepando com a afilhada", disse Bill Pryde de forma rude.

"Detetive Pryde!", repreendeu Gill Templer. Depois para Marr: "Peço desculpas pela observação do meu colega".

"Aceito as desculpas."

"O problema é que ele tem mais dificuldade que eu para esconder sua repulsa."

Marr quase sorriu.

"E cabe a nós decidir se algo tem ou não 'relação' com um caso, não é mesmo, senhor?"

O rosto de Marr corou, mas ele não ia morder a isca. Simplesmente deu de ombros e cruzou os braços numa demonstração de que, no que lhe dizia respeito, a discussão estava encerrada.

"Podemos conversar um minuto, detetive Pryde?", perguntou Gill, apontando com a cabeça em direção à porta. Quando saíram da sala, dois guardas avançaram para ficar de vigília. Havia muitos policiais interessados na conversa, por isso Gill empurrou Pryde pela porta onde se lia "Senhoras" e encostou-se na porta para impedir a entrada de curiosos.

"Então?", perguntou.

"Que belo lugar", comentou Pryde, olhando ao redor. Andou até o vaso sanitário e ergueu o cesto de lixo, cuspindo sua venerável coleção de goma de mascar e tirando dois novos tabletes da caixinha.

"Os dois combinaram alguma coisa", disse afinal, olhando suas feições no espelho.

"É verdade", concordou Gill. "Nós deveríamos tê-lo trazido direto para cá."

"Carswell pisou na bola", disse Pryde. "De novo."

Gill concordou. "Você acha que ele confessou para Balfour?"

"Deve ter dito alguma coisa. Teve a noite toda para arranjar um jeito de dizer: 'John, simplesmente aconteceu... foi muito tempo atrás e só uma vez... Sinto muito'. Os maridos dizem isso o tempo todo."

Gill quase sorriu. Pryde falava por experiência própria.

"E Balfour não cortou o saco dele?"

Pryde abanou a cabeça devagar. "Quanto mais conheço John Balfour, menos gosto dele. O banco fazendo água, a casa cheia de correntistas... o melhor amigo chega e diz, com todas as letras, que andou transando com a filha dele, e o que faz Balfour? Faz um acordo?"

"Que os dois façam silêncio, sem revelar nada?"

Foi a vez de Pryde concordar. "Porque a alternativa é o escândalo, a demissão, a hostilidade do público e o colapso de tudo que eles amam, ou seja, a grana."

"Então vai ser difícil fazer pressão para extrair alguma informação."

Pryde olhou para ela. "A não ser que a gente faça uma grande pressão."

"Não sei se Carswell iria gostar disso."

"Com todo o respeito, inspetora-chefe Templer, Carswell seria incapaz de encontrar a própria bunda se ela não tivesse um rótulo dizendo 'Enfie a língua aqui'."

"Eu não vou tolerar esse tipo de linguagem", disse Gill com o que parecia um esgar. A pressão do lado de fora do toalete foi reforçada e ela gritou mandando quem quer que estivesse lá parar.

"Eu estou apertada!", retrucou uma voz de mulher.

"Eu também", disse Bill Pryde com uma piscadela, "mas talvez seja melhor procurar uma praia mais apropriada para 'Cavalheiros'." Quando Gill concordou e começou a abrir a porta, Pryde deu uma última olhada ao redor. "Mas de agora em diante isso tudo vai ficar na minha memória, pode crer. Um homem pode se acostumar com esse luxo..."

Na sala de interrogatório, Ranald Marr parecia saber que logo estaria de volta ao volante de sua Maserati. Incapaz de suportar tamanha arrogância, Gill decidiu jogar sua última cartada.

"O seu caso com Philippa durou bastante tempo, não foi?"

"Meu Deus, vamos voltar a esse assunto de novo?", disse Marr, revirando os olhos.

"Era de conhecimento comum. Philippa contou tudo para Claire Benzie."

"Foi o que Claire Benzie falou? Isso já aconteceu antes. Aquela menininha diria qualquer coisa para prejudicar o Balfour's."

Gill estava abanando a cabeça. "Acho que não, pois sabendo o que ela sabia, poderia ter usado essa informação a qualquer momento: um telefonema para John Balfour e todo esse segredo teria sido escancarado. Ela não fez isso, senhor Marr. Só posso supor que tenha sido por ter alguns princípios."

"Ou estava esperando o momento certo."

"Talvez."

"E a coisa vai se resumir a isto: a minha palavra contra a dela?"

"Existe também o fato de ter se esmerado para ensinar Philippa a apagar e-mails."

"Coisa que eu também já expliquei aos seus policiais."

"Sim, mas agora sabemos qual foi a verdadeira razão de ter feito isso."

Marr tentou intimidá-la com o olhar, mas aquilo não

ia funcionar. Ele não podia saber que Gill já tinha interrogado mais de uma dezena de assassinos ao longo de sua carreira no DIC. Já fora observada por olhos cheios de fogo, por olhos insanos. Marr baixou o olhar e seus ombros caíram.

"Olhe", começou a dizer, "tem uma coisa..."

"Estamos esperando, senhor Marr", disse Bill Pryde, sentando-se na cadeira, ereto como uma torre de igreja.

"Eu... não contei toda a verdade sobre o jogo de que Flip estava participando."

"O senhor não disse toda a verdade sobre coisa nenhuma", interrompeu Pryde, mas Gill o acalmou com um olhar. Não que fizesse alguma diferença: Marr não estava ouvindo.

"Eu não sabia que era um *jogo*", continuou, "não naquela ocasião. Era só uma pergunta... talvez uma proposta de palavras cruzadas, foi o que imaginei."

"Então ela mostrou uma das pistas ao senhor?"

Marr aquiesceu. "O sonho do maçom. Ela achou que eu saberia do que se tratava."

"E por que ela acharia isso?"

Marr conseguiu esboçar a sombra de um sorriso. "Ela sempre me superestimava. Ela... não sei se vocês entenderam bem o tipo de pessoa que a Flip era. Sei o que viram na superfície: uma garota rica e mimada, passando seus dias de estudante conhecendo algumas pinturas, depois se formando para casar com alguém com mais dinheiro ainda." Meneou a cabeça. "Mas a Flip não era nada disso. Talvez isso representasse um lado dela, mas ela era mais complexa, sempre capaz de surpreender. Como com esse quebra-cabeça. Por um lado, fiquei surpreso quando soube daquilo, mas por outro... de alguma forma tem tudo a ver com a Flip. Ela costumava ter um interesse repentino por alguma coisa, desenvolver paixões. Durante anos foi ao zoológico uma vez por semana sozinha, quase *toda semana*, e eu só descobri isso por acaso há alguns meses. Eu estava saindo de uma reunião no Posthouse Hotel e a

vi saindo do zoológico, praticamente na porta ao lado."
Marr olhou para eles. "Estão entendendo?"

Gill não sabia se entendia, mas de qualquer forma assentiu. "Continue", falou. Mas foi como se suas palavras tivessem quebrado o encanto. Marr fez uma pausa para respirar, depois pareceu perder parte do entusiasmo.

"Ela era..." Sua boca abriu e fechou, mas não emitiu nenhum som. Abanou novamente a cabeça. "Estou cansado e quero ir para casa. Preciso conversar com Dorothy sobre algumas coisas."

"O senhor está bem para dirigir?", perguntou Gill.

"Perfeitamente." Respirou fundo. Mas, quando olhou para ela outra vez, havia lágrimas em seus olhos. "Oh, Deus", exclamou. "Foi uma tremenda tolice, não foi? Mas eu faria tudo de novo para viver aqueles mesmos momentos com ela."

"Está ensaiando o que vai dizer à patroa?", comentou Pryde com frieza. Só então Gill percebeu que tinha ficado impressionada pela história de Marr. Para reforçar sua opinião, Pryde soprou algo que se assemelhava a uma bola, que estourou com ruído.

"Meu Deus", disse Marr, quase num tom de admiração, "espero nunca ter uma casca tão grossa quanto a sua."

"Foi você que comeu a filha do seu parceiro todos esses anos. Comparado a mim o senhor é um verdadeiro tatu, senhor Marr."

Dessa vez Gill teve de arrastar seu colega da sala de interrogatório, puxando-o pelo braço.

Rebus passou por St. Leonard's como um espectro. A impressão que se tinha, considerando-se Marr e Claire Benzie, é que os dois sabiam de alguma coisa. É claro que eles *sabiam* de alguma coisa.

"Não que tenham deixado isso transparecer", murmurou Rebus para si mesmo, pois não havia ninguém ouvindo. Encontrou os caixões em sua gaveta, junto com uma papelada e um copo de café usado que alguém tinha deixado lá por preguiça de procurar um cesto de lixo. Acomodando-se na cadeira de Farmer, retirou os caixões e depositou-os sobre a mesa, empurrando a papelada para abrir espaço. Sentia que um assassino estava escapando por entre seus dedos. O problema é que, para haver uma segunda chance, teria de haver outra vítima, e ele não sabia ao certo se queria isso. Todas aquelas provas que tinha levado para casa, as anotações afixadas em sua parede — não dava para se iludir, nada daquilo constituía provas de verdade. Era uma mistura de coincidências e especulações, uma teia tênue criada quase a partir do nada, que uma simples brisa poderia desmanchar. Até onde sabia, Betty-Anne Jesperson tinha fugido com o namorado, enquanto Hazel Gibbs estava cambaleando bêbada na margem do White Cart Water quando escorregou. Talvez Paula Gearing tivesse escondido bem sua depressão e entrado no mar por sua própria vontade. E a estudante Caroline Farmer poderia ter começado uma nova vida em alguma cidade inglesa, longe das adolescentes das cidadezinhas da Escócia.

E daí se alguém deixou caixões ali perto? Nem ao menos sabia ao certo se fora a mesma pessoa todas as vezes; só tinha a palavra do carpinteiro em que se basear. E os relatórios das autópsias não provavam que um crime havia sido cometido... não até o surgimento do caixão de Falls. Mais um padrão desfeito: Flip Balfour fora a primeira vítima a ter de fato morrido nas mãos de um agressor.

Apoiou a cabeça nas mãos, sentindo que se as retirasse ela poderia explodir. Fantasmas demais, "ses" e "mas" demais. Dor e sofrimento demais, perda e culpa. Era o tipo de coisa que ele teria levado a Conor Leary em alguma noite. Agora percebia que não tinha mais ninguém com quem confidenciar...

Mas foi uma voz masculina que atendeu no ramal de Jean. "Sinto muito", disse o homem, "ela não tem aparecido muito por aqui ultimamente."

"Então vocês andam muito ocupados?"

"Não muito. Jean está fora em uma de suas pequenas excursões misteriosas."

"Hã?"

O homem deu risada. "Não estou falando de uma excursão de ônibus ou coisa do gênero. Às vezes ela se envolve nesses projetos. Nessas horas alguém pode detonar uma bomba no prédio e Jean será a última a saber."

Rebus sorriu: o homem poderia estar falando *dele*. Mas Jean não tinha mencionado que estava ocupada com alguma coisa fora do trabalho normal. Não que isso fosse da conta dele...

"E o que é dessa vez?", perguntou.

"Hum, deixa eu pensar... Burke e Hare, doutor Knox e todo aquele período."

"Os ressurreicionistas?"

"Um termo curioso esse, não acha? Quer dizer, eles não ressuscitavam ninguém, não é? Não como um bom cristão entenderia."

"É verdade." O homem estava irritando Rebus; alguma coisa em seus modos, no seu tom de voz. Até mesmo o fato de estar fornecendo informações com tanta facilidade o irritava. Nem sequer perguntara quem era Rebus. Se Steve Holly conseguisse entrar em contato com esse sujeito, saberia tudo o que quisesse sobre Jean, provavelmente até mesmo seu endereço e o número de telefone.

"Mas ela parece estar mais concentrada nesse médico que trabalhou na autópsia de Burke. Qual é mesmo o nome dele?"

Rebus se lembrou do retrato no Surgeon's Hall. "Kennet Lovell?", sugeriu.

"Isso mesmo." O homem pareceu ligeiramente surpreso com o conhecimento de Rebus. "O senhor está ajudando Jean? Quer deixar algum recado?"

"O senhor não sabe por acaso onde ela está?"

"Nem sempre ela confia em mim."

Ainda bem, Rebus teve vontade de dizer. Em vez disso, falou para o homem que não iria deixar nenhum recado e desligou o telefone. Devlin havia falado com Jean sobre Kennet Lovell, expondo sua teoria de que Lovell teria deixado os caixões em Arthur's Seat. Era óbvio que estava seguindo aquela indicação. Mesmo assim, ficou pensando por que ela não tinha dito nada...

Olhou para a mesa em frente, a que Wylie tinha usado. Estava cheia de documentos. Estreitando os olhos, levantou-se da cadeira, foi até lá e começou a erguer as pilhas de papel de cima.

Debaixo de tudo estavam as anotações da autópsia de Hazel Gibbs e Paula Gearing. Precisava devolver aquilo. No salão do Ox, o professor Devlin tinha especificado que aquele material deveria ser devolvido. E com razão. Aqui elas não estavam ajudando ninguém, e poderiam se perder para sempre, ou ser arquivadas em algum lugar errado se misturadas à papelada gerada pelo assassinato de Flip Balfour.

Rebus as colocou em sua mesa, depois removeu todos os papéis não relacionados com o caso. Os caixões voltaram para sua gaveta, todos exceto o de Falls, que ele guardou numa sacola de compras da Haddow's. Tirou uma folha A4 da bandeja da fotocopiadora — era o único lugar nas dependências do DIC onde se conseguia encontrar papel avulso. Na folha escreveu: ALGUÉM PODE ENVIAR ISTO COMO ESPECIFICADO, PREFERIVELMENTE ATÉ SEXTA-FEIRA? GRATO. J. R.

Olhando ao redor, reparou que, embora tivesse seguido o carro dela até o estacionamento, não havia sinal de Siobhan no momento.

"Ela disse que ia até Gayfield Square", explicou um colega.

"Quando?"

"Há cinco minutos."

Enquanto ele estava ao telefone, ouvindo fofocas.

"Obrigado", falou, disparando para o carro.

Não existia um trajeto rápido para Gayfield Square, por isso Rebus tomou algumas liberdades com os cruzamentos e os semáforos. Ao estacionar, avistou o carro de Siobhan. Mas quando entrou correndo pela porta, ela estava bem em frente, falando com Grant Hood, que vestia o que parecia outro terno novo e ostentava um bronzeado suspeito.

"Andou tomando sol, Grant?", perguntou Rebus. "Achei que o seu escritório da Central não tinha nem janela!"

Pego de surpresa, Grant levou a mão ao rosto. "Talvez eu tenha sido atingido por alguns raios." Em seguida exagerou o gesto de ter visto alguém no outro lado da sala. "Desculpem, eu preciso..." E retirou-se.

"Nosso Grant está começando a me preocupar", comentou Rebus.

"O que você acha: creme bronzeador ou um daqueles salões com aplicação de ultravioleta?"

Rebus meneou a cabeça lentamente, incapaz de decidir. Olhando para trás, e ao perceber que estava sendo observado, Grant entabulou uma conversa, como se fossem aquelas as pessoas com quem precisava falar. Rebus acomodou-se numa mesa.

"Alguma novidade?", perguntou.

"Ranald Marr já foi solto. Tudo o que conseguimos foi que Flip na verdade falou com ele sobre a pista maçônica."

"E a desculpa dele para mentir para nós?"

Ela deu de ombros. "Eu não estava presente, por isso não sei dizer." Siobhan parecia inquieta.

"Por que não senta?" Ela fez que não com a cabeça. "Muita coisa a fazer?", insinuou.

"Isso mesmo."

"Tipo...?"

"O quê?"

Rebus repetiu a pergunta. Ela fixou os olhos nele. "Me desculpe", ela começou, "mas para um policial suspenso você não está passando tempo demais na delegacia?"

"Eu esqueci uma coisa, tive que voltar para pegar." Ao dizer aquelas palavras, percebeu que *de fato* tinha esquecido uma coisa: o caixão de Falls, ainda na sacola de compras em St. Leonard's. "Será que você também não está esquecendo alguma coisa, Siobhan?"

"Tipo...?"

"Tipo partilhar seu achado com o resto da equipe."

"Acho que não."

"Então você achou alguma coisa? No túmulo de Francis Finlay?"

"John..." Os olhos dela evitaram os dele. "Você está fora do caso."

"Talvez. Mas você, por outro lado, está no caso, mas fora dos trilhos."

"Você não tem o direito de dizer isso." Ela continuava evitando o olhar dele.

"Acho que tenho."

"Então prove."

"Inspetor Rebus!" A voz da autoridade: Colin Carswell, a vinte metros de distância, na soleira da porta. "Se fizer a gentileza de me ceder um momento..."

Rebus olhou para Siobhan. "Continua na próxima edição", falou. Em seguida se levantou e saiu da sala. Carswell estava esperando por ele no atulhado escritório de Gill Templer. Gill também estava lá, com os braços cruzados. Carswell já se acomodara confortavelmente atrás da mesa, o olhar mostrando certo espanto com a quantidade de coisas acumuladas desde sua última visita.

"Então, inspetor Rebus, em que podemos ajudar?", perguntou.

"Eu só vim buscar uma coisa."

"Nada contagioso, acredito." Carswell abriu um sorriso apertado.

"Essa foi boa, senhor", observou Rebus com frieza.

"John", interrompeu Gill, "você deveria estar em casa."

Ele concordou. "É muito difícil, com todos esses acontecimentos surpreendentes." Os olhos dele ficaram em Carswell. "Como avisar Marr que ele estava sendo detido, e agora soubemos que teve permissão para ficar dez minutos com John Balfour antes de ser interrogado. Boas escolhas, senhor."

"Não me provoque, Rebus", ameaçou Carswell.

"Pode escolher a hora e o lugar."

"John..." Gill Templer novamente. "Acho que isso não vai nos levar a lugar nenhum, sabe?"

"Eu quero voltar para esse caso."

Carswell resmungou alguma coisa. Rebus se dirigiu a Gill.

"Siobhan está fazendo um jogo perigoso. Acho que voltou a entrar em contato com o Enigmista, talvez tenha até marcado um encontro."

"Como você sabe?"

"Vamos dizer que é um bom palpite." Olhou em direção a Carswell. "E antes que você faça algum comentário de que inteligência não é o meu forte, eu concordo com você. Mas nesse assunto acho que estou certo."

"Ele mandou alguma outra pista?" Gill estava interessada.

"Na igreja hoje de manhã."

Ela estreitou os olhos. "Um dos presentes?"

"Pode ter sido deixada a qualquer momento. A questão é que Siobhan está querendo um encontro."

"E então?"

"E neste momento ela está na sala de inquérito, fazendo hora."

Gill anuiu lentamente. "Se era uma nova pista, ela estaria ocupada tentando resolver..."

"Espere aí, espere aí", interrompeu Carswell. "Como sabemos se tudo isso é verdade? Você viu quando ela achou essa nova pista?"

"A última pista estava nos remetendo a um túmulo específico. Ela se agachou em frente à lápide..."

"E então?"

"E foi aí que acho que encontrou a pista."

"Você não viu quando ela fez isso?"

"Ela se agachou..."

"Mas você não a viu fazer nada?"

Sentindo que outro confronto estava sendo fermentado, Gill intercedeu. "Por que não a chamamos aqui e falamos com ela?"

Rebus concordou. "Vou chamá-la." Fez uma pausa. "Com sua permissão, senhor?"

Carswell suspirou. "Vá logo."

Mas Siobhan não estava na sala de inquérito. Rebus andou pelos corredores, perguntando por ela. Na máquina de bebidas, alguém disse que ela havia acabado de passar. Rebus apertou o passo e abriu as portas para o mundo exterior. Nenhum sinal dela na calçada; nenhum sinal do carro. Imaginou se não teria estacionado mais longe, olhou para a esquerda e para a direita. A movimentada Leith Walk de um lado, as ruas estreitas do lado leste da Cidade Nova do outro. Se tomasse a direção da Cidade Nova, o apartamento de Siobhan ficava a cinco minutos de distância, mas em vez disso ele voltou ao prédio.

"Ela foi embora", disse a Gill. Recuperando o fôlego, percebeu que Carswell não estava mais lá. "Onde está o subchefe?"

"Foi convocado pela Central. Acho que o chefe da Polícia queria falar com ele."

"Gill, nós precisamos encontrar Siobhan. Pegue algum pessoal de lá." Gesticulou em direção à sala de inquérito. "Afinal, eles não estão apagando nenhum incêndio aqui."

"Tudo bem, John, vamos ver onde Siobhan está, não se preocupe. Talvez Brains saiba dela." Pegou o telefone. "Vamos começar por ele..."

Porém Eric Bain parecia ser tão difícil de achar quanto Siobhan. Sabia-se que estava em algum lugar na Central de Polícia, mas ninguém sabia exatamente onde. Enquanto isso, Rebus tentou ligar para a casa e para o celular de Siobhan. Foi atendido pela secretária eletrônica no primeiro e por uma mensagem gravada no segundo, informando que o telefone estava ocupado. Quando tentou outra vez, cinco minutos mais tarde, continuava ocupado. Àquela altura ele já estava usando seu próprio celular, subindo a ladeira até a casa de Siobhan. Tentou a campainha, sem resposta. Atravessou a rua e olhou para a janela do apartamento por tanto tempo que os passantes começaram a olhar também, querendo saber o que ele estava vendo que eles não conseguiam enxergar. O carro não estava estacionado na rua, nem em nenhuma das ruas adjacentes.

Gill já tinha deixado uma mensagem no *pager* de Siobhan, pedindo que retornasse com urgência, mas Rebus queria mais, e ela acabou concordando: enviaria patrulhas à procura do carro dela.

Mas agora, fora do prédio, Rebus percebia que ela poderia estar em *qualquer* lugar, não somente nos limites da cidade. O Enigmista já a tinha levado até Hart Fell e a Rosslyn Chapel. Não dava para saber onde teria escolhido o novo ponto de encontro. Quanto mais isolado, maior o perigo para Siobhan. Sentia vontade de esmurrar o próprio rosto: devia tê-la arrastado à reunião com ele, não devia ter dado a chance para que fugisse... Tentou o celular mais uma vez: continuava ocupado. Ninguém passava tanto tempo assim no celular, era caro demais. Então, subitamente, sabia a razão: o celular estava ligado ao laptop de Grant Hood. Naquele exato momento ela poderia estar dizendo ao Enigmista que estava a caminho...

Siobhan estacionou o automóvel. Duas horas antes do horário sugerido pelo Enigmista. Considerou que poderia ficar esperando discretamente até a hora certa. A mensagem de Gill Templer no *pager* lhe informara duas coisas: uma era que Rebus havia contado tudo a Gill; a outra era que, se ignorasse a ordem de Gill, teria de apresentar uma boa explicação.

Explicação? Ela não conseguia explicar aquilo nem para si mesma. Só sabia que o jogo — e sabia que não era *apenas* um jogo, mas algo muito mais perigoso — a atraía de uma forma inexorável. O Enigmista, fosse quem fosse, tinha mexido com ela, a ponto de não conseguir pensar em quase mais nada. Sentia falta das pistas diárias e dos quebra-cabeças, queria outros enigmas. Porém, mais do que isso, queria *saber*, saber tudo o que pudesse saber sobre o Enigmista e o jogo. Constrição a deixara impressionada, porque o Enigmista deveria ter desconfiado de que ela estaria no enterro, e que a pista só começaria a fazer sentido no cemitério onde Flip seria enterrada. Constrição, realmente... mas ela tinha a impressão de que a palavra se aplicava a ela também, porque se sentia ligada ao jogo, envolvida com o jogo e com a identidade de seu criador. E ao mesmo tempo se sentia quase sufocada por ele. Será que o Enigmista estava no enterro? Será que ele — ou *ela* (lembrando o conselho de Bain de manter a mente aberta) — tinha visto Siobhan pegando a mensagem? Talvez... O pensamento fez que estremecesse. Mas, no entanto, o enterro fora anunciado na mídia. Talvez o Enigmista tivesse descoberto dessa forma. Era o cemitério mais perto da casa de Flip; havia uma boa chance de ela ser enterrada lá...

Mas nada daquilo explicava por que ela estava fazendo o que estava fazendo, aventurando-se sozinha daquela forma. Era o tipo da coisa estúpida que ela sempre criticava em Rebus. Talvez Grant tivesse tomado aquela decisão por ela, o Grant que se mostrara um bom "companheiro de jogo", agora com seus ternos novos e seu bronzeado, aparecendo bem na TV — um bom porta-voz da força policial.

Fazendo um jogo que ela sabia que não queria jogar.

Siobhan já tinha passado dos limites inúmeras vezes, mas sempre voltava atrás. Já havia desrespeitado uma ou duas regras, mas nada importante, nada que prejudicasse sua carreira ou manchasse uma ficha corrida imaculada. Não era uma rebelde nata como John Rebus, mas tinha aprendido a gostar do seu jeito de ver o mundo, preferia isso a se tornar um Grant ou um Derek Linford... gente que só cuidava da própria vida, que fazia qualquer coisa para ganhar prestígio com pessoas importantes, homens como Colin Carswell.

Durante algum tempo achou que poderia aprender com Gill Templer, mas Gill tinha se tornado exatamente igual aos outros. Tinha seus próprios interesses a defender, não importava o que precisasse ser feito. Para subir na carreira, precisava assumir as piores características de gente como Carswell, enquanto guardava seus próprios sentimentos em uma espécie de caixa-forte dentro de si mesma.

Se subir na carreira significasse abrir mão de uma parte de si mesma, Siobhan não queria aquilo. Já sabia disso no jantar no Hadrian's, quando Gill insinuou o que viria a seguir.

Talvez fosse isto que estava fazendo agora, sozinha e desprotegida — provando algo para si mesma. Talvez não tanto pelo jogo do Enigmista, mas por *ela*.

Acomodou-se no assento para ficar em frente ao laptop. A linha estava aberta desde que entrara no carro. Não havia mensagem, por isso ela redigiu uma nova.

Encontro confirmado. Vejo você lá. Siobhan.

E clicou *"send"*.

Depois disso fechou o computador, desligou o telefone e pôs o aparelho para carregar — a bateria precisa mesmo de uma recarga. Colocou os dois aparelhos sobre o banco de passageiros, tomando cuidado para que não ficassem visíveis aos pedestres: não queria ser furtada por ninguém. Quando saiu do carro, verificou se todas as portas estavam trancadas e se a luz do alarme piscava.

Menos de duas horas até o encontro; ela tinha que matar um pouco de tempo...

Jean Burchill tentou ligar para o professor Devlin, mas ninguém atendeu. Por isso, acabou escrevendo um bilhete pedindo que entrasse em contato, e resolveu entregá-lo pessoalmente. No banco traseiro do táxi, perguntou-se qual seria o motivo da urgência, e percebeu que era por querer se livrar de Kennet Lovell. Ele estava tomando muito do seu tempo de vigília, e na noite passada chegara mesmo a contagiar seus sonhos, fatiando a carne de cadáveres só para mostrar madeira aplainada embaixo, enquanto seus colegas de trabalho observavam e aplaudiam, com sua performance transformada em um estranho espetáculo.

Para que sua pesquisa sobre Lovell progredisse, ela precisava de alguma prova de seu interesse em carpintaria. Sem isso, estaria num beco sem saída. Pagou o taxista, saiu do carro e parou em frente ao edifício do professor, bilhete na mão. Mas não viu uma caixa de correio. Cada apartamento deveria ter sua própria caixa, e o carteiro entraria tocando campainhas até que alguém atendesse. Imaginou que poderia enfiar o bilhete por baixo da porta, mas achou que talvez fosse ignorada, junto com o resto da correspondência que ninguém lê. Então preferiu examinar a série de campainhas. A do professor Devlin dizia simplesmente "D. Devlin". Imaginou que talvez já tivesse voltado de sua saída e apertou o botão. Quando não houve resposta, olhou para os outros botões, pensando qual deles tocar. Nesse momento o interfone estalou.

"Alô?"

"Doutor Devlin? É Jean Burchill, do museu. Será que poderíamos conversar um pouco?"

"Senhorita Burchill? Mas que surpresa."

"Eu tentei telefonar..."

Mas a porta já estava destrancada.

Devlin a esperava na escada. Vestia camisa branca, mangas arregaçadas, com grossos suspensórios segurando as calças.

"Ora, ora", falou, apertando a mão dela.

"Desculpe importuná-lo dessa maneira."

"De jeito nenhum, mocinha. Vamos entrar. Imagino que vá achar minhas acomodações um tanto precárias..." Conduziu-a até a sala de estar, atulhada de livros e caixas.

"Separando o joio do trigo", informou.

Jean abriu uma das caixas. Continha antigos instrumentos cirúrgicos. "O senhor está jogando isso fora? Talvez o museu se interesse..."

Devlin aquiesceu. "Estou em contato com o tesoureiro do Surgeons' Hall. Ele acha que talvez a exposição de lá tenha lugar para mais um ou dois itens."

"O major Cawdor?"

Devlin ergueu as sobrancelhas. "Você conhece?"

"Estive falando com ele sobre o retrato de Kennet Lovell."

"Então está levando minha teoria a sério?"

"Achei que valia uma investigação."

"Excelente." Devlin juntou as mãos. "E o que descobriu?"

"Não muito. Mas não é exatamente por isso que estou aqui. Não consegui encontrar nenhuma referência literária sobre o interesse de Lovell por carpintaria."

"Ah, é uma questão de encontrar o texto certo, tenho certeza, embora eu tenha feito essa pesquisa há anos."

"Fez essa pesquisa onde?"

"Alguma monografia ou dissertação... na verdade não me lembro. Será que foi alguma tese universitária?"

Jean assentiu lentamente. Se fosse uma tese, só a própria universidade teria uma cópia; não haveria registro em nenhuma outra biblioteca. "Eu devia ter pensado nisso", reconheceu.

"Mas você não concorda que ele era uma personalidade notável?", perguntou Devlin.

"Ele realmente teve uma vida intensa... ao contrário das esposas."

"Você visitou o túmulo dele?" Sorriu com a idiotice de sua pergunta. "É claro que visitou. E tomou nota de seus casamentos. O que achou?"

"Num primeiro momento, nada... mas depois, quando pensei a respeito..."

"Começou a especular se elas tinham ou não sido ajudadas em sua viagem final?" Sorriu outra vez. "Na verdade é óbvio, não?"

Jean sentiu um cheiro na sala: suor estagnado. A transpiração brilhava na testa de Devlin, as lentes de seus óculos estavam embaçadas. Era surpreendente que conseguisse enxergar através delas.

"Quem melhor que um anatomista para se sair bem em um homicídio?", disse Devlin.

"Está dizendo que ele matou as mulheres?"

Ele meneou a cabeça. "Impossível dizer, depois de todo esse tempo. Estou simplesmente especulando."

"Mas por que ele faria isso?"

Devlin deu de ombros, esticou os suspensórios. "Porque ele podia? O que você acha?"

"Estive pensando... ele era muito jovem quando ajudou na autópsia de Burke; jovem e talvez impressionável. Isso pode explicar por que resolveu ir para a África..."

"E só Deus sabe os horrores que viu por lá", acrescentou Devlin.

"Ajudaria se eu lesse a correspondência dele."

"Ah, as cartas entre ele e o reverendo Kirkpatrick?"

"O senhor não sabe por acaso onde estariam?"

"Condenadas ao esquecimento, aposto. Jogadas na pira de algum descendente do bom pastor..."

"E cá está o senhor fazendo a mesma coisa."

Devlin olhou ao redor, para sua bagunça. "É verdade", concordou. "Selecionando os fatores pelos quais a história vai julgar minhas realizações."

Jean pegou uma fotografia. Era de uma mulher de meia--idade, vestida para algum acontecimento formal.

"Sua esposa?", adivinhou.

"Minha querida Anne. Faleceu no verão de 1972. Causas naturais, posso garantir."

Jean olhou para ele. "E por que teria de me garantir isso?"

O sorriso de Devlin minguou. "Ela era tudo para mim... *mais* do que tudo..." Juntou novamente as mãos. "Mas o que estou fazendo que não lhe ofereço algo para beber? Um chá, talvez?"

"Um chá seria maravilhoso."

"Não posso prometer nada maravilhoso de saquinhos de chá comprados na esquina." O sorriso dele era fixo.

"E depois quem sabe eu possa ver a mesa de Kennet Lovell."

"Mas é claro. Está na sala de jantar. Comprada de um renomado comerciante, embora sua procedência não seja categórica — *caveat emptor*, como se diz, mas eles foram bem convincentes, e eu estava querendo acreditar." Devlin tinha retirado os óculos para limpar as lentes com um lenço. Quando os colocou de novo, seus olhos pareciam ter aumentado de tamanho. "Chá", repetiu, saindo pelo corredor. Jean foi atrás dele.

"Faz tempo que mora aqui?", perguntou.

"Desde que Anne morreu. A casa tinha lembranças demais."

"Então faz trinta anos?"

"Quase." Agora ele estava na cozinha. "Vai estar pronto em menos de um minuto", falou.

"Ótimo." Jean começou a retornar para a sala de estar. A esposa dele tinha morrido no verão de 72... Passou por uma porta: a sala de jantar. A mesa ocupava quase todo o espaço. Um quebra-cabeça completo estava sobre o tampo... não, não totalmente completo: faltava uma peça. Edimburgo, uma vista aérea. A mesa em si tinha um projeto bem simples. Andou pela sala, observando a superfície de madeira envernizada do tampo. As pernas eram sólidas, sem nenhum floreio ornamental. Utilitária, pensou. O quebra-cabeça incompleto devia ter consumido horas... dias. Ela se agachou, procurando a peça que faltava. Lá estava: quase completamente escondida embaixo de uma das pernas. Quando foi apanhá-la, viu que a mesa tinha um dispositivo secreto. Onde as duas folhas se encontravam no meio, havia um elemento central, e nele fora inserido um pequeno estojo. Ela conhecia esse tipo de dispositivo, mas nenhum que datasse do século XIX. Ficou imaginando se o professor Devlin tinha sido convencido a comprar algo muito posterior à época de Lovell... Espremeu-se no pequeno espaço para poder abrir o estojo. Estava difícil, ela quase desistiu, mas afinal ele se abriu com um estalo, revelando seu conteúdo.

Uma plaina, um esquadro e talhadeiras.

Um pequeno serrote e alguns pregos.

Ferramentas de carpintaria.

Quando ergueu os olhos, o professor Devlin ocupava a passagem da porta.

"Ah, a peça que faltava", foi tudo o que disse...

Ellen Wylie tinha ouvido os relatos acerca do enterro, como Ranald Marr surgira subitamente e fora abraçado por John Balfour. O que se falava em West End era que Marr tinha sido trazido para o interrogatório e depois libertado.

"Tudo arranjado", comentou Shug Davidson. "Alguém está mexendo os pauzinhos em algum lugar."

Ele não estava olhando para Wylie quando disse isso, mas nem precisava. Ele sabia... e ela sabia. *Mexendo os pauzinhos*: não era isso que ela queria fazer quando foi se encontrar com Steve Holly? Mas de alguma forma *ele* se tornara titereiro, transformando-a em sua marionete. O discurso de Carswell para as tropas tinha cortado como uma faca, não apenas arranhando a pele mas irradiando dor pelo corpo todo. Quando todos foram chamados ao escritório, ela quase teve a esperança de que seu silêncio a denunciasse. Mas então Rebus deu um passo à frente e assumiu toda a culpa, deixando-a com uma sensação pior ainda.

Shug Davidson sabia... e embora fosse um colega e parceiro, também era amigo de Rebus. Os dois se conheciam havia muito tempo. Agora, cada vez que Shug dizia alguma coisa, Wylie fazia uma análise em busca do que estava nas entrelinhas. Não conseguia se concentrar, e mesmo seu local de trabalho original, que até recentemente ela via como um refúgio, tinha se tornado estranho e inóspito.

E essa fora a razão de ter ido até St. Leonard's, só para encontrar o gabinete do DIC quase deserto. Um casaco pendurado em um porta-chapéu informava que ao me-

508

nos um policial havia ido ao enterro e voltado até ali para trocar de roupa. Imaginava que fosse Rebus, mas não podia ter certeza. Havia uma sacola plástica embaixo da sua mesa, com os caixões dentro. Tanto trabalho para um caso sem solução. Os registros das autópsias estavam sobre a mesa, esperando que alguém seguisse as instruções anotadas. Pegou o bilhete e sentou-se na cadeira de Rebus. Sem realmente saber por quê, de repente começou a desatar as fitas que prendiam as anotações. Depois abriu o primeiro relatório e começou a ler.

Wylie já tinha feito aquilo antes, claro; ou melhor, o professor Devlin, com ela ao lado anotando suas descobertas. Trabalho vagaroso, mas agora percebia que gostava daquilo — a perspectiva de que pudesse existir algum caso escondido no meio daquelas páginas datilografadas; a sensação de trabalhar no limite das coisas, numa quase investigação; e o próprio Rebus, mais motivado que todos os outros juntos, mordendo a caneta enquanto se concentrava, ou franzindo a testa, ou espreguiçando-se subitamente para destravar o pescoço. Sua reputação era de um solitário, mas ele não tinha hesitado em delegar tarefas, em dividir o trabalho com ela. Chegou a acusá-lo de estar com pena dela, mas não acreditava de fato naquilo. Rebus tinha um complexo de mártir, mas aquilo parecia funcionar para ele... e para todo mundo.

Ao folhear as páginas naquele momento, entendeu afinal por que tinha vindo até ali: queria se desculpar de uma forma que ele entendesse... E quando olhou para cima, Rebus estava em pé a menos de quatro metros de distância, observando-a.

"Há quanto tempo você está aí?", ela perguntou, deixando cair algumas páginas.

"O que está fazendo?"

"Nada." Pegou as folhas do chão. "Eu só estava... não sei, talvez dando uma última olhada antes de isso tudo voltar ao arquivo. Como foi o enterro?"

"Um enterro é um enterro, não importa quem estão enterrando."

"Eu soube do Marr."

Rebus aquiesceu, entrou na sala.

"Qual é o problema?", ela perguntou.

"Achei que Siobhan pudesse estar aqui." Andou até a mesa dela, na esperança de encontrar alguma pista... alguma coisa, *qualquer coisa.*

"Eu queria falar com você", disse Ellen Wylie.

"Ah, é?" Afastou-se da mesa de Siobhan. "E por que razão?"

"Talvez para agradecer."

Seus olhares se encontraram numa comunicação sem palavras.

"Não se preocupe, Ellen", disse Rebus afinal. "Mesmo."

"Mas você está encrencado por minha causa."

"Não, não é por sua causa. Se eu tivesse ficado quieto, acho que você iria se manifestar."

"Talvez", ela admitiu. "Mas eu poderia ter falado de qualquer forma."

"Eu não facilitei essa atitude, e por isso peço desculpas."

Wylie teve que reprimir um sorriso. "Lá vai você outra vez, invertendo os papéis. Sou *eu* que tenho de pedir desculpas."

"Tem razão, eu não consigo me controlar." Não havia nada na mesa de Siobhan.

"E o que eu faço agora", ela perguntou. "Falo com a inspetora-chefe Templer?"

Rebus concordou. "Se esse for o seu desejo. Mas certamente você também pode não falar nada sobre o caso."

"E deixar você levar a culpa?"

"Quem disse que eu não estou gostando disso?" O telefone tocou e ele atendeu. "Alô?" Repentinamente sua expressão relaxou. "Não, ele não está no momento. Quer deixar um...?" Desligou o aparelho. "Alguém querendo falar com Silvers; sem recado."

"Está esperando algum telefonema?"

Ele esfregou a mão na aspereza da barba do dia. "Siobhan tomou rumo desconhecido."

"Em que sentido?"

Rebus contou a história. Quando estava terminando, um telefone começou a tocar em outra mesa. Levantou-se para atender. Outro recado. Pegou uma caneta e um pedaço de papel e começou a escrever.

"Sim... sim", disse. "Vou pôr na mesa dele. Mas não sei quando ele vai voltar." Enquanto Rebus estava ao telefone, Ellen Wylie ficou examinando os registros de autópsia. Quando desligou o aparelho, viu Ellen aproximar o rosto de uma das páginas, como se tentasse ler alguma coisa.

"O bom e velho Hi-Ho está popular hoje", comentou Rebus, depositando o recado na mesa de Silvers. "Qual é o problema?"

Ela apontou para o pé da página. "Você consegue ler essa assinatura?"

"Qual delas?" Havia duas no final de um relatório de autópsia. A data ao lado das assinaturas: segunda-feira, 26 de abril de 1982 — Hazel Gibs, a "vítima" de Glasgow. Ela tinha morrido numa noite de sexta-feira...

Datilografadas abaixo da assinatura estavam as palavras "Patologista interino". A outra assinatura — assinalada como "Patologista-chefe, Cidade de Glasgow — não estava muito clara.

"Não consigo decifrar", disse Rebus examinando os rabiscos. "Os nomes devem estar datilografados na folha de rosto."

"Esse é o problema", observou Wylie. "Não tem folha de rosto." Voltou algumas páginas para confirmar. Rebus deu a volta na mesa de forma a ficar ao lado dela, depois se inclinou para ficar mais próximo.

"Talvez as páginas estejam fora de ordem", sugeriu.

"Pode ser." Ela começou a procurar. "Mas acho que não."

"Já estava faltando quando os registros chegaram?"

"Não sei. O professor Devlin não falou nada."

"Acho que o patologista-chefe em Glasgow naquela época era Ewan Stewart."

Wylie voltou para a página das assinaturas. "Certo", falou. "Até aí eu concordo. Mas é a outra que me interessa."

"Por quê?"

"Bem, talvez seja impressão minha, mas se você forçar um pouco os olhos e ler de novo, será possível que o nome seja Donald Devlin?"

"O quê?" Rebus examinou a assinatura, piscou, olhou outra vez. "Devlin estava em Edimburgo naquela época." Mas sua voz esmaeceu. A palavra *interino* flutuou à sua frente. "Você já tinha lido este relatório?"

"Esse era o trabalho de Devlin. Eu funcionava como secretária, lembra?"

Rebus levou uma mão à nuca, massageando um nó de músculos. "Não estou entendendo", falou. "Por que Devlin não diria...?" Agarrou o telefone, teclou 9 e discou um número local. "Professor Gates, por favor. É uma emergência. Aqui é o inspetor Rebus." Houve uma pausa enquanto a secretária transferia a ligação. "Sandy? Sim, eu sei que *sempre* digo que é uma emergência, mas dessa vez talvez eu não esteja faltando com a verdade. Acho que Donald Devlin foi assistente de uma autópsia em abril de 1982 em Glasgow. Será possível?" Ficou ouvindo. "Não, Sandy, em 82. Sim, abril." Confirmou com a cabeça, olhando nos olhos de Wylie, e começou a relatar o que ouvia. "Crise em Glasgow... falta de pessoal... sua primeira chance de ser o encarregado lá. Hum-hum. Sandy... essa é sua forma de me dizer que Devlin estava em Glasgow em abril de 1982? Obrigado, depois nos falamos." Bateu o telefone. "Donald Devlin estava lá."

"Não estou entendendo", comentou Wylie. "Por que ele não disse nada?"

Rebus estava folheando o outro relatório, o de Nairn. Nenhum dos patologistas era Donald Devlin na ocasião. Mesmo assim...

"Ele não queria que a gente soubesse", falou afinal, respondendo a pergunta de Wylie. "Talvez por isso tenha removido a folha de rosto."

"Mas *por quê*?"

Rebus estava pensando... a forma como Devlin tinha

voltado ao salão dos fundos do Ox, ansioso para ver as autópsias, também confirmava aquela história... O caixão de Glasgow, construído em madeira-balsa, mais tosco que os outros, o tipo de coisa que alguém poderia fazer se não tivesse acesso ao fornecedor habitual, ou se tivesse sem suas ferramentas de costume... O interesse de Devlin pelo dr. Kennet Lovell e pelos caixões de Arthur's Seat...

Jean!

"Estou com um mau pressentimento", declarou Ellen Wylie.

"Eu sempre confiei na intuição feminina..." Mas dessa vez ele *não* tinha feito isso: todas as ocasiões em que as mulheres tinham reagido mal a Devlin... "No seu carro ou no meu?", perguntou.

Jean estava se levantando. Donald Devlin continuava ocupando o umbral da porta, os olhos azuis gelados como o mar do Norte, as pupilas reduzidas a dois pontos negros.

"Estas ferramentas são suas, professor Devlin", ela adivinhou.

"Bem, de Kennet Lovell é que não são, não é, minha senhora?"

Jean engoliu em seco. "Acho melhor eu ir embora."

"Acho que não posso permitir que faça isso."

"Por que não?"

"Acho que sabe por quê."

"Sei o quê?" Jean olhou ao redor, mas não encontrou nada que pudesse ser útil...

"Sabe que fui *eu* que deixei aqueles caixões", afirmou o velho. "Posso ver nos seus olhos. Não adianta fingir."

"O primeiro foi logo depois da morte da sua esposa, não foi? O senhor matou aquela pobre garota em Dunfermline."

Devlin ergueu um dedo. "Não é verdade: eu simplesmente li sobre o desaparecimento dela e fui até lá deixar um marcador, um *memento mori*. Houve outras depois disso... Deus sabe o que aconteceu com elas." Jean viu quando ele deu um passo para dentro da sala. "Levou algum tempo, sabe, até minha sensação de perda se transformar em outra coisa." O sorriso tremia em seus lábios, que brilhavam com saliva. "A vida de Anne foi simplesmente... *roubada*... depois de meses de agonia. Pareceu tão injusto: nenhum motivo, ninguém para culpar... Todos aqueles corpos em que trabalhei... todos os outros depois da morte de Anne... eu acabei querendo que eles também sofressem um pouco." Bateu na beira da mesa com as mãos. "Eu não deveria ter dito nada sobre Kennet Lovell... uma boa historiadora não conseguiria resistir a um exame mais profundo da minha afirmação e notar paralelos inquietantes entre o passado e o presente, não é, senhorita Burchill? E foi você... a única a estabelecer uma relação... todos aqueles caixões, durante tanto tempo..."

Jean se esforçava para controlar a respiração. Agora se sentia forte o bastante para não precisar se apoiar na mesa, e ficou com as mãos livres. "Mas eu não entendo", falou. "O senhor estava ajudando na investigação..."

"Atrasando a investigação, na verdade. E quem conseguiria resistir a uma oportunidade como essa? Afinal, eu estava investigando a *mim mesmo*, observando outras pessoas fazerem o mesmo..."

"O senhor matou Philippa Balfour?"

O rosto de Devlin fez uma expressão de desgosto. "De jeito nenhum."

"Mas o senhor deixou o caixão...?"

"Claro que não!", retrucou.

"Então já faz cinco anos desde que..." Ela procurou as palavras certas. "Desde que fez alguma coisa."

Devlin deu outro passo na direção dela. Jean achou que estava ouvindo uma música, e subitamente percebeu que era *ele*. Devlin estava murmurando uma canção.

"Está reconhecendo?", perguntou. Os cantos de sua boca espumavam um pouco. "'Swing low, sweet chariot'. O organista tocou essa música no enterro de Anne." Inclinou um pouco a cabeça e sorriu. "Diga uma coisa, senhorita Burchill: o que fazer quando o andar da carruagem não é tão suave assim?"

Jean abaixou-se, tentando pegar uma talhadeira no estojo. De repente ele a agarrou pelo cabelo, puxando-a em sua direção. Ela gritou, as mãos ainda procurando uma arma. Sentiu um cabo frio de madeira. Sua cabeça parecia estar em chamas. Ao perder o equilíbrio e começar a cair, golpeou o tornozelo dele com a talhadeira. Devlin nem reagiu. Jean golpeou mais uma vez, mas agora estava sendo arrastada em direção à porta. Conseguiu se erguer parcialmente, acrescentando seu peso ao dele, os dois se chocando contra o batente e girando para fora da sala. A talhadeira tinha caído de sua mão. Estava de quatro quando sentiu o primeiro golpe, que acendeu luzes brilhantes em seu campo de visão. Os desenhos do carpete formaram um estampado de pontos de interrogação.

Que ridículo aquilo estar acontecendo com ela, pensou... Sabia que precisava se levantar outra vez, voltar a reagir. Devlin era um velho... Outro golpe fez que hesitasse. Conseguiu ver a talhadeira... a uns quatro centímetros da porta da frente... Devlin agora a segurava pelas pernas, arrastando-a em direção à sala de estar... O aperto nos tornozelos parecia de um torno. Meu Deus, pensou. Meu Deus, meu Deus... Suas mãos tatearam em busca de apoio, ou de qualquer instrumento que pudesse usar... Gritou outra vez. O sangue latejava em seus ouvidos; ela nem sabia se estava ou não emitindo algum ruído. Um dos suspensórios de Devlin tinha se soltado, a camisa estava fora da calça.

Assim não... assim não...

John jamais a perdoaria...

A área ao redor de Canonmills e Inverleith era uma ronda fácil: nenhuma habitação clandestina, muita gente bem de vida. A viatura sempre estacionava nos portões do Jardim Botânico, bem em frente ao Inverleith Park. A Arboreum Place era uma avenida larga, com pouco tráfego: perfeita para policiais fazerem uma pausa. O policial Anthony Thompson sempre providenciava a garrafa de chá, enquanto seu parceiro, Kenny Milland, trazia biscoitos de chocolate — Jacob's Orange Club ou, como hoje, Tunnock's Caramel Wafers.

"Maravilha", disse Thompson, embora seus dentes recomendassem outra coisa: um de seus molares sempre doía ao entrar em contato com coisas doces. Mantendo distância de um dentista desde a Copa do Mundo de 1994, Thompson não tinha nenhuma vontade de fazer nova consulta.

Milland tomava seu chá com açúcar; Thompson não. Era por isso que Milland sempre trazia alguns sachês e uma colher. Os sachês vinham da rede de lanchonetes em que o filho mais velho de Milland trabalhava. Não era um grande emprego, mas tinha suas vantagens, e falava-se de uma boa promoção para Jason.

Thompson adorava filmes policiais americanos, qualquer coisa desde *Perseguidor implacável* a *Seven*, e quando os dois paravam para fazer uma pausa ele às vezes imaginava que estavam estacionados ao lado de um carrinho de cachorro-quente, sob um calor sufocante e o sol brilhante, com o radiocomunicador prestes a ganhar vida. Aí eles teriam de interromper o lanche e pisar no acelerador, à caça de ladrões de bancos ou assassinos pertencentes a gangues...

Sem muita chance de isso acontecer em Edimburgo. Alguns tiroteios em *pubs*, uns ladrões de carro pré-adolescentes (um deles o filho de um amigo) e um corpo caindo eram os grandes destaques das duas décadas de Thompson na polícia. Por isso, quando o rádio ganhou vida, dando detalhes de um carro e de um motorista, Anthony Thompson reagiu prontamente.

"Ali, Kenny, não corresponde à descrição?"

Milland se virou para olhar pela janela, na direção

do carro estacionado ao lado. "Não sei, Tony", admitiu. "Eu não estava prestando atenção." Pegou outro biscoito. Mas Thompson estava alerta, e pediu que repetissem o número da placa. Em seguida abriu a porta e contornou a viatura, examinando a frente do automóvel parado.

"Estamos simplesmente estacionados ao lado dele", falou ao parceiro. Depois pegou o rádio outra vez.

A mensagem foi retransmitida para Gill Templer, que mandou meia dúzia de policiais da equipe do caso Balfour para a área, depois falou com o guarda Thompson.

"O que você acha, Thompson: ela está no Jardim Botânico ou no Inverleith Park?"

"Seria para um encontro?"

"Acreditamos que sim."

"Bem, o parque é só um espaço plano aberto, fácil de localizar qualquer pessoa. O Jardim Botânico é cheio de árvores e recantos, com lugares para se sentar para uma conversa."

"Está dizendo que ela está no Jardim Botânico?"

"Mas já está para fechar... então talvez não."

Gill Templer soltou um suspiro. "Você está ajudando muito."

"O Jardim Botânico é um lugar muito grande, senhora. Por que não manda seu pessoal aqui para ajudar? Enquanto isso eu e meu parceiro podemos procurar no parque."

Gill pensou na proposta. Não queria espantar o Enigmista... nem Siobhan Clarke, aliás. Queria os dois em Gayfield Square. Os policiais que estavam a caminho passariam por civis à distância; guardas uniformizados, não.

"Não", respondeu. "Tudo bem, vamos começar pelo Jardim Botânico. Fiquem a postos, caso ela volte para o carro..."

De volta à viatura, Milland deu de ombros, resignado.

"Você não pode dizer que não tentei, Tony." Terminou de comer o biscoito e fechou a tampa.

Thompson não falou nada. Seu momento havia passado.

"Isso significa que vamos ter que ficar aqui?", perguntou o parceiro. Depois estendeu o copo. "Tem mais chá nessa garrafa?"

Eles não usavam o termo chá na cafeteria Du Thé. Era "infusão de ervas": sarça-amoreira com ginseng, para ser exato. Siobhan achou o gosto bom, embora se sentisse tentada a adicionar um pouco de leite para cortar a aspereza. Chá de ervas e um pedaço de bolo de cenoura. Tinha comprado a edição da tarde de um jornal numa banca próxima. Havia uma foto do caixão de Flip sendo transportado para fora da igreja na página 3. Mais algumas fotos menores dos pais e de algumas celebridades cuja presença Siobhan nem chegara a notar na ocasião.

Tudo isso depois de seu passeio pelo Jardim Botânico. Não pretendia caminhar tanto, mas de alguma forma acabara indo parar no portão leste, perto de Inverleith Row. Lojas e cafés ao lado direito, perto de Canonmills. Ainda tinha tempo para matar... Pensou em buscar o carro, mas decidiu deixar onde estava. Não sabia se seria fácil estacionar no local onde se encontrava. Depois lembrou que seu telefone estava embaixo do banco do passageiro. Mas já era tarde demais: se caminhasse de volta até o Jardim Botânico, para voltar a pé ou dirigindo, iria perder a hora do encontro. E não sabia se o Enigmista teria paciência.

Decisão tomada, deixou o jornal em cima da mesa da cafeteria e dirigiu-se novamente para o Jardim Botânico, passando pela entrada e parando em Inverleith Row. Pouco antes do campo de rúgbi em Goldnacre, ela virou à direita, o caminho se tornando uma pista acidentada. A tarde caía quando dobrou uma esquina e se aproximou dos portões do Cemitério Warriston.

* * *

Ninguém atendia a campainha de Donald Devlin, por isso Rebus tocou todas as outras ao acaso até que alguém respondesse. Identificou-se e entrou no edifício, Ellen Wylie logo atrás. Na verdade ela o ultrapassou na escada e foi a primeira a chegar à porta de Devlin e começou a esmurrar, chutar, apertar a campainha e arranhar a caixa de correio.

"Não estou gostando", falou.

Recuperando o fôlego, Rebus se agachou em frente à caixa de correio e a abriu. "Professor Devlin?", chamou. "É John Rebus. Preciso falar com você." Uma das portas se abriu no andar de baixo e um rosto espiou para fora.

"Tudo bem", disse Wylie, tranquilizando o nervoso vizinho. "Nós somos da polícia."

"Estou ouvindo alguma coisa..." Soava como o miado baixo de um gato. "Devlin não tem bicho nenhum, tem?"

"Não que eu saiba."

Rebus espiou pela caixa de correio novamente. O corredor estava vazio. A porta da sala de estar era do outro lado, aberta alguns centímetros. As cortinas pareciam fechadas, de forma que ele não conseguia ver a sala. Depois seus olhos se arregalaram.

"Meu Deus!", exclamou, levantando-se. Recuou um pouco e deu um pontapé na porta, depois outro. A madeira se queixou, mas não cedeu. Arremeteu contra a porta com os ombros. Sem efeito.

"O que foi?", perguntou Wylie.

"Tem alguém aí dentro."

Estava prestes a arremeter outra vez contra a porta quando Wylie o deteve. "Vamos juntos", falou. E foi o que fizeram. Contaram até três e acertaram a porta ao mesmo tempo. O batente estalou como se tivesse rachado. O segundo arremesso fez que a porta se abrisse para dentro. Wylie caiu de quatro. Quando olhou para cima, avistou o que Rebus tinha visto. Quase ao nível do chão, uma mão tentava abrir a porta da sala de estar.

Rebus correu e abriu a porta que dava para a sala. Era Jean, machucada e com hematomas, o rosto uma pasta de sangue e muco, o cabelo emplastrado de suor e mais sangue. Um olho estava inchado, completamente fechado. Gotículas de saliva rósea voavam de sua boca quando ela respirava.

"Deus do céu", disse Rebus, ajoelhando-se à sua frente, os olhos procurando algum ferimento visível. Não queria tocar nela, na eventualidade de haver algum osso quebrado. Não queria que se ferisse ainda mais.

Wylie tinha entrado na sala e observava a cena. Parecia que metade do apartamento estava espalhada pelo chão, uma trilha de sangue mostrando o caminho que Jean Burchill havia percorrido ao se arrastar para chegar até a porta.

"Chame uma ambulância", comandou Rebus, a voz trêmula. Em seguida: "Jean, o que ele fez com você?". E viu seu olho bom se encher de lágrimas.

Wylie fez a ligação. Enquanto falava, pensou ter ouvido um ruído no corredor: talvez o vizinho nervoso tivesse ficado curioso. Botou a cabeça no lado de fora, mas não conseguiu ver nada. Deu o endereço, ressaltou novamente a urgência da situação e desligou. O ouvido de Rebus estava perto do rosto de Jean. Wylie percebeu que ela tentava dizer alguma coisa. Seus lábios estavam inchados, os dentes pareciam ter sido deslocados.

Rebus olhou para Wylie, olhos arregalados. "Ela está perguntando se o pegamos."

Wylie entendeu de imediato, correu até a janela e abriu as cortinas. Donald Devlin estava atravessando a rua correndo, arrastando uma perna e segurando a mão esquerda ensanguentada à frente.

"Canalha!", gritou Wylie, correndo para a porta.

"Não!" A voz de Rebus era um rugido. "Ele é meu."

Enquanto descia a escada de dois em dois degraus, percebeu que Devlin devia ter se escondido em outro cômodo. Esperando até que estivessem ocupados na sala para escapar. Os dois haviam interrompido suas ações. Tentou não pensar em qual teria sido o destino de Jean se eles não...

Quando chegou à rua, Devlin tinha desaparecido de vista, mas as marcas de sangue brilhante eram o rastro mais visível que Rebus poderia desejar. Avistou-o atravessando a Howe Street em direção à St. Stephen Street. Rebus estava ganhando distância, até ser pego por uma irregularidade da calçada e torcer o tornozelo. Devlin podia estar com mais de setenta anos, mas isso não queria dizer muita coisa: tinha a força e a determinação de um possesso. Rebus já tinha visto isso em outras perseguições. O desespero e a adrenalina formavam uma mistura terrível...

Mas as gotas de sangue continuavam apontando o caminho. Rebus tinha reduzido a velocidade, tentando não usar muito o tornozelo torcido, imagens do rosto de Jean assolando sua mente. Digitou alguns números no celular, errou a sequência da primeira vez e teve de começar de novo. Pediu ajuda quando a chamada foi atendida.

"Vou manter a linha aberta", falou. Dessa forma ele poderia informar se Devlin de repente pegasse um táxi ou entrasse em um ônibus.

Avistou Devlin outra vez, mas ele virou a esquina da Kerr Street. Quando Rebus chegou à esquina, Devlin já tinha desaparecido outra vez. Deanhaugh Street e Raeburn Place estavam bem à frente, cheias de tráfego e pedestres: a multidão voltando para casa. Com tanta gente ao redor, era difícil seguir o rastro. Rebus atravessou a rua no semáforo e parou na ponte que atravessava o Water of Leith... Devlin poderia ter tomado diversas rotas, e o rastro parecia não estar mais visível. Será que havia atravessado em direção à Saunders Street, ou voltado no sentido da Hamilton Place? Ao apoiar um braço no parapeito para aliviar o peso do tornozelo contundido, por acaso Rebus olhou para baixo, para o rio que fluía preguiçosamente.

E viu Devlin na passarela, andando rio abaixo em direção a Leith.

Rebus pegou o telefone e reportou sua posição. Enquanto fazia isso, Devlin olhou para cima e o avistou. O passo do velho apertou, mas de repente diminuiu de velocidade até parar. As pessoas na passarela se desviavam dele. Uma pareceu solícita, mas Devlin recusou a ajuda. Virou-se e encarou Rebus, que estava descendo da ponte pela escadaria. Devlin não se moveu. Rebus informou sua posição mais uma vez, depois guardou o telefone no bolso para ficar com as duas mãos livres.

Enquanto caminhava em direção a Devlin, viu os arranhões em seu rosto, percebendo que Jean havia resistido com todas as suas forças. Devlin examinava a mão ensanguentada quando Rebus parou a dois metros de distância.

"Sabe que uma mordida humana pode ser muito venenosa?", observou Devlin. "Mas pelo menos com a senhorita Burchill eu com certeza não preciso me preocupar com hepatite ou HIV." Olhou para o alto. "De repente, ao ver você naquela ponte eu pensei: eles não têm nada contra mim."

"Como assim?"

"Nenhuma prova."

"Bem, a gente pode começar com tentativa de assassinato." Rebus enfiou a mão no bolso e tirou o telefone.

"Para quem você está ligando?", perguntou Devlin.

"Você não quer uma ambulância?" Rebus segurou o telefone no alto, deu um passo à frente.

"Só preciso de alguns pontos", comentou Devlin, examinando o ferimento mais uma vez. O suor escorria de seu cabelo e pelos lados de seu rosto. A respiração era pesada e chiada.

"Sua carreira de assassino serial já tinha sido interrompida, não é, professor?"

"Já fazia algum tempo", ele concordou.

"Betty-Anne Jesperson foi a última?"

"Não tive nada a ver com Philippa, se é o que está perguntando."

"Alguém roubou sua ideia?"

"Bem, para começar a ideia não foi exatamente minha."

"Existem outras?"

"Outras?"

"Outras vítimas que desconhecemos."

O sorriso de Devlin abriu alguns cortes no seu rosto. "Quatro não são o suficiente?"

"Você é quem sabe."

"Pareceu... satisfatório. Nenhum padrão, sabe? Dois corpos nem mesmo foram encontrados."

"Apenas os caixões."

"Que poderiam nunca ter sido relacionados..."

Rebus fez que sim devagar, não disse nada.

"Foi a autópsia?", perguntou afinal Devlin. Rebus confirmou outra vez. "Eu sabia que era um risco."

"Se tivesse contado que tinha conduzido a autópsia de Glasgow, nós não teríamos desconfiado de nada."

"Mas naquela ocasião eu não sabia o que mais vocês iriam encontrar. Outras ligações, quero dizer. E quando afinal vi que você não tinha descoberto mais nada, era tarde demais. Eu não podia dizer: 'Ah, a propósito, eu fui um dos patologistas'. Não depois de já termos examinado as anotações..."

Devlin passou o dedo no rosto, percebendo que os cortes sangravam. Rebus aproximou um pouco mais o telefone.

"Aquela ambulância...?", ofereceu.

Devlin abanou a cabeça. "Em boa hora." Uma mulher de meia-idade passou por eles, os olhos arregalados de horror ao avistar Devlin. "Eu escorreguei na escada", tranquilizou o professor. "O socorro já está a caminho."

Ela apertou o passo para se afastar da cena.

"Acho que já disse mais que o suficiente, não, inspetor Rebus?"

"Não sou eu que devo responder isso."

"Espero que a detetive Wylie não se encrenque."

"Por quê?"

"Por não ter prestado mais atenção em mim quando estávamos analisando os relatórios das autópsias."

"Acho que não é ela que está encrencada."

"Prova não corroborada, é com isso que estamos lidando, inspetor? A palavra de uma mulher contra a minha? Tenho certeza de que posso encontrar um motivo plausível para minha luta com a senhorita Burchill." Olhou para a própria mão. "Eu poderia até ser a vítima. E vamos ser honestos, o que mais você tem? Dois afogamentos, duas pessoas desaparecidas, nenhuma prova."

"Bem", corrigiu-o Rebus, "nenhuma prova além desta." Segurou o telefone um pouco mais alto. "Já estava ligado quando eu tirei do bolso, em contato com nosso centro de comunicação em Leith." Levou o telefone ao ouvido. Olhando por sobre o ombro, viu que alguns policiais estavam descendo a escada da ponte. "Vocês gravaram tudo isso?", perguntou ao bocal. Depois olhou para Devlin e sorriu.

"Nós gravamos todas as chamadas, sabe?"

A expressão de Devlin desmoronou, seus ombros caíram. Pouco depois ele girou nos calcanhares, preparando-se para correr. Mas Rebus estendeu o braço e segurou-o firme pelo ombro. Devlin tentou se libertar, mas escorregou e começou a cair, seu peso levando Rebus junto com ele. Os dois homens caíram com um baque no Water of Leith. Não eram águas profundas, e Rebus sentiu o ombro bater numa pedra. Quando tentou se levantar, seus pés afundaram na lama até o tornozelo. Ainda estava agarrado em Devlin, e quando sua cabeça calva apareceu na superfície procurando os óculos, Rebus viu novamente o monstro que havia espancado Jean. Agarrou o pescoço do professor com o braço livre e afundou-o na água. Mãos se agitaram, espirrando água em busca de ar. Dedos se cravaram no braço de Rebus, puxaram a gola do seu paletó.

Rebus se sentia tão calmo como sempre fora. A água se agitava ao seu redor, gelada porém de alguma forma restauradora também. As pessoas na ponte olhavam para baixo, policiais vadeavam a água rasa ali perto e um sol pálido e cor de limão aparecia acima de uma nuvem rasgada. A água parecia purificá-lo. Não sentia mais o tornozelo torcido, não sentia quase nada mais. Jean se recuperaria, e ele também. Iria se mudar de Arden Street, encontrar outro lugar, algum lugar que ninguém conhecesse... talvez perto do mar.

Seu braço foi torcido para trás: era um dos guardas.

"Pode soltá-lo!"

O grito quebrou o encanto. Rebus relaxou o aperto, e Donald Devlin subiu à tona cuspindo e tossindo à luz do dia, um vômito aquoso escorrendo pelo queixo...

Eles estavam acomodando Jean Burchill na ambulância quando o telefone de Rebus começou a tocar. Um dos paramédicos vestidos de verde explicava por que não podiam descartar uma lesão na coluna ou no pescoço, que era a razão de ela estar amarrada na maca com um colarinho ortopédico ao redor do pescoço e da cabeça.

Rebus olhava para Jean, tentando entender o que ela estava dizendo.

"O senhor não devia atender?", perguntou um paramédico.

"O quê?"

"O seu telefone."

Rebus levou o celular ao ouvido. O aparelho tinha caído na passarela durante a luta com Devlin. Estava rachado e arranhado, mas ao menos ainda funcionava. "Alô?"

"Inspetor Rebus?"

"Sim."

"Aqui é Eric Bain."

"Sim."

"Está acontecendo alguma coisa?"

"Muita coisa, sim." Quando a maca deslizou para dentro da ambulância, Rebus olhou para suas roupas encharcadas. "Alguma notícia da Siobhan?"

"É por isso que estou ligando."

"O que aconteceu?"

525

"Não aconteceu nada. Só que não consigo falar com ela. Eles acham que está no Jardim Botânico. Tem meia dúzia de homens procurando por ela no local."

"E daí?"

"Daí que tenho novidades sobre o Enigmista."

"E está louco para contar a alguém?"

"Acho que sim."

"Não sei bem se está falando com a pessoa certa, Bain, estou um pouco ocupado no momento."

"Ah."

Rebus estava agora dentro da ambulância, sentado ao lado da maca. Jean estava com os olhos fechados, mas quando ele apertou a mão dela a pressão foi respondida.

"Desculpe", disse Rebus, sem ter ouvido o que Bain tinha acabado de dizer.

"Então a quem eu devo informar?", repetiu Bain.

"Não sei." Rebus deu um suspiro. "Está certo, pode falar comigo."

"É da Divisão Especial", começou Bain, atropelando as palavras. "Um dos endereços de e-mail que o Enigmista usava é da conta de Philippa Balfour."

Rebus não entendeu: será que Bain estava tentando dizer que Flip Balfour era o Enigmista?

"Acho que faz sentido", continuou Bain. "Se compararmos com o relato de Claire Benzie."

"Não estou entendendo." As pálpebras de Jean estremeceram. Um súbito espasmo de dor, imaginou Rebus, diminuindo a pressão na mão dela.

"Se Benzie emprestou o laptop dela a Philippa Balfour, nós temos dois computadores no mesmo lugar, ambos usados pelo Enigmista."

"E então?"

"E se eliminarmos a garota Balfour como suspeita..."

"Ficamos com alguém que tinha acesso às duas contas?"

Silêncio por um momento, em seguida Bain sugeriu: "Acho que o namorado está na berlinda de novo, não?".

"Não sei." Rebus estava com problemas para se concentrar. Passou as costas da mão na testa e sentiu que transpirava.

"A gente sempre pode perguntar para ele..."

"Siobhan foi se encontrar com o Enigmista?", perguntou Rebus. Depois fez uma pausa. "Ela está no Jardim Botânico, você disse?"

"Está."

"Como sabemos disso?"

"O carro dela está estacionado do lado de fora."

Rebus pensou um segundo. Siobhan saberia que estavam procurando por ela. Deixar um carro para quem quisesse ver era muita bandeira...

"E se ela não estiver lá?", questionou. "E se tiver ido encontrar com ele em outro lugar?"

"Como podemos saber?"

"Talvez no apartamento do David..." Olhou para Jean. "Olha, Bain, eu realmente não posso cuidar disso... não neste momento."

Os olhos de Jean se abriram. Ela murmurou alguma coisa.

"Um momento, Bain", disse Rebus. Depois abaixou a cabeça até Jean.

"Bem...", ele a ouviu sussurrar.

Ela dizia que estava tudo bem; que agora ele precisava ajudar Siobhan. Rebus virou a cabeça, seu olhar encontrou o de Ellen Wylie, em pé na calçada, esperando as portas fecharem. Ela acenou de leve, informando que ficaria com Jean.

"Bain?", falou ao bocal. "A gente se encontra na porta do apartamento do David."

Quando Rebus chegou, Bain já tinha subido a escada em espiral e estava na porta de Costello.

"Acho que ele não está em casa", disse Bain, agachado para espiar pela caixa de correio. Um arrepio percorreu a espinha de Rebus quando se lembrou do que tinha visto quando olhou para dentro do apartamento de Devlin. Bain se levantou de novo. "Nenhum sinal de... Meu Deus, cara, o que aconteceu com você?"

"Aula de natação. Não tive tempo de me trocar." Rebus olhou para a porta, depois para Bain. "Juntos?", convidou.

Bain devolveu o olhar. "Isso não é ilegal?"

"Pela Siobhan", respondeu simplesmente Rebus.

Os dois arremeteram contra a porta depois de contarem até três.

Dentro, Bain sabia o que estava procurando: um computador. Encontrou dois no quarto de dormir, os dois laptops.

"Um da Claire Benzie", arriscou Bain, "e o outro dele mesmo ou de outra pessoa qualquer."

O protetor de tela estava ativado em um dos computadores. Bain acessou a conta de Costello e abriu a caixa de mensagens.

"Não há tempo para tentar uma senha", falou, mais para si mesmo do que para Rebus. "Então só podemos ler as mensagens antigas." Mas não havia mensagens, nem de Siobhan nem para ela. "Parece que ele apaga à medida que vai lendo e enviando", explicou Bain.

"Ou então estamos batendo na porta errada." Rebus olhava ao redor: cama desfeita, livros espalhados pelo chão. Anotações para um ensaio na mesa perto do PC. Meias, cuecas e camisetas transbordando das gavetas da cômoda, mas não da gaveta do alto. Rebus manquitolou até lá, abriu a gaveta com cuidado. Dentro: mapas e guias, inclusive um de Arthur's Seat. Um cartão-postal de Rosslyn Chapel e outro guia.

"É a porta certa", declarou com certeza. Bain se levantou, veio olhar.

"Tudo de que o bem-vestido Enigmista poderia precisar." Bain estendeu a mão até a gaveta, mas Rebus o impediu com um tapa. "Não toque em nada." Tentou abrir mais a gaveta. Alguma coisa estava entalada. Pegou uma caneta do bolso e removeu o impedimento: um Edimburgo de A a Z.

"Abra no Jardim Botânico", disse Bain, parecendo aliviado. Se David Costello estivesse lá, a essa altura já estaria encurralado.

Mas Rebus não tinha tanta certeza. Examinou o resto da página. Depois olhou para a cama de Costello. Cartões-postais de túmulos antigos... uma pequena foto emoldurada de Costello com Flip Balfour, com outra pessoa no fundo. Os dois tinham se conhecido num jantar... café da manhã no dia seguinte e depois um passeio no Cemitério Warriston. Foi o que Costello dissera. O Cemitério Warriston era do outro lado da rua do Jardim Botânico. Na mesma página do A a Z.

"Eu sei onde ele está", afirmou Rebus em voz baixa. "Sei onde ela vai se encontrar com ele. Vamos." Saiu correndo do quarto, a mão já no celular. Os detetives que estavam procurando no Jardim Botânico poderiam chegar ao Warriston em dois minutos...

"Olá, David."

Ele ainda usava as mesmas roupas do enterro, inclusive os óculos escuros. Sorriu quando ela se aproximou. Estava sentado, as pernas balançando no muro. Deslizou para descer e de repente ficou de frente para ela.

"Você já sabia", falou.

"Mais ou menos."

Olhou para o relógio. "Você chegou adiantada."

"Você chegou mais adiantado ainda."

"Tive que fazer um reconhecimento, ver se não estava mentindo."

"Eu disse que viria sozinha."

"E aí está você." Olhou ao redor mais uma vez.

"O lugar tem muitas rotas de fuga", disse Siobhan, surpresa com a própria calma. "Foi por isso que escolheu este local?"

"Foi aqui que percebi pela primeira vez que amava a Flip."

"Amava tanto que a matou?"

A expressão dele desmoronou. "Eu não sabia o que iria acontecer."

"Não?"

Ele meneou a cabeça. "Até o momento em que estava com as mãos ao redor da garganta dela... mesmo então acho que ainda não sabia."

Siobhan deu um suspiro profundo. "Mas matou assim mesmo."

Costello concordou. "Acho que matei, sim." Olhou para ela. "Era isso que você queria ouvir, não?"

"Eu queria conhecer o Enigmista."

Ele abriu os braços. "Ao seu dispor."

"E também quero saber por quê."

"Por quê?" Os lábios dele tomaram a forma de um O. "De quantas razões você precisa? Os trouxas dos amigos dela? A arrogância dela? A forma como me provocava e procurava brigas para a gente romper e ela ver eu me arrastando de volta?"

"Você poderia ter se afastado."

"Mas eu a *amava*." Quando ele riu, foi como se reconhecesse a própria tolice. "Eu vivia dizendo isso para ela, e sabe o que ela me respondia?"

"O quê?"

"Que eu não era o único."

"Ranald Marr?"

"O bode velho, é. Começou antes de ela ter saído da escola. E a coisa continuou, mesmo quando já estávamos *juntos!*" Fez uma pausa, engoliu em seco. "São razões suficientes para você, Siobhan?"

"Você desabafou sua raiva do Marr desfigurando aquele soldado de brinquedo, e ainda assim ela... mas você precisava *matar* a Flip?" Ela estava calma, quase anestesiada. "Isso não me parece muito justo."

"Você não entenderia."

Siobhan olhou para ele. "Mas acho que entendo, David. Você é um covarde, nada mais nada menos. Diz que não sabia que ia matar a Flip naquela noite — mas é mentira. Você planejou isso durante muito tempo... depois se transformou no senhor Cara Legal, conversando com os amigos dela durante mais de uma hora depois de tê-la matado. Você sabia *exatamente* o que estava fazendo, David. Você era o Enigmista." Fez uma pausa. Costello mantinha o olhar à distância, absorvendo cada palavra. "Mas tem uma coisa que eu não entendo... você mandou uma mensagem pra Flip *depois* que ela já tinha morrido?"

Ele sorriu. "Aquele dia no apartamento, enquanto Rebus me observava e você revirava o computador dela... ele me disse uma coisa, disse que eu era o único suspeito."

"E você tentou nos tirar da pista?"

"Era para ser só aquela mensagem... mas quando você respondeu, não consegui resistir. Eu estava tão envolvido quanto você, Siobhan. Nós dois ficamos fascinados pelo jogo." Os olhos deles faiscavam. "Não é incrível?"

Ele parecia esperar uma resposta, por isso ela assentiu, lentamente. "Está pensando em me matar, David?"

David negou bruscamente com a cabeça, irritado pela suposição. "Você sabe a resposta a essa pergunta", retrucou. "Nem teria vindo aqui se não soubesse." Caminhou até uma lápide e se apoiou nela. "Talvez nada disso tivesse acontecido", começou a dizer, "se não fosse o professor."

Siobhan achou que tinha ouvido mal. "Que professor?"

"Donald Devlin. Na primeira vez em que me viu depois do ocorrido, ele sabia que eu tinha feito aquilo. Foi por isso que inventou aquela história de alguém rondando lá fora. Estava tentando me proteger."

"Por que ele faria isso, David?" Era estranho usar seu verdadeiro nome. Ela preferia chamá-lo de Enigmista.

"Por causa de tudo o que conversamos a respeito... cometer um homicídio, não ser apanhado."

"O professor Devlin?"

David olhou para ela. "Ah, sim, ele também matou, sabe? O velho era tão bom quanto alegava, e me desafiou a ser como ele... talvez ele fosse bom demais como professor, não é?" Passou a mão pela lápide. "Nós tínhamos longas conversas na escada. Ele queria saber tudo sobre mim, sobre a minha infância, os meus tempos de rebeldia. Uma vez fui ao apartamento dele e ele me mostrou uns recortes... de gente desaparecida ou afogada. Tinha até um sobre um estudante alemão..."

"Foi daí que você tirou a ideia?"

"Talvez." Deu de ombros. "Quem sabe de onde vêm as ideias?" Fez uma pausa. "Eu ajudei a Flip nos enigmas, sabe? Ela ficou muito impressionada com aquelas pistas... arrancando os cabelos até eu aparecer..." Deu risada. "Flip nunca foi boa com computadores. Eu dei a ela o nome de Flipside, aí enviei a primeira pista."

"Depois apareceu no apartamento e disse que tinha resolvido Hellbank..."

Costello confirmou, relembrando. "Ela não ia sair comigo enquanto eu não prometesse desistir dela depois... Aí me deu o fora outra vez — dessa vez era para sempre, chegou até a empilhar minhas roupas numa cadeira — e depois de Hellbank ela ia tomar uns drinques com aqueles malditos amigos..." Fechou os olhos por um momento, depois abriu e piscou, virando a cabeça para encarar Siobhan. "Quando você chega até esse ponto, é difícil recuar..." Fez um gesto vago.

"Então Constrição nunca existiu?"

Ele meneou a cabeça. "Aquela pista era só para você, Siobhan..."

"Não sei por que você continuou voltando para ela, David, ou o que achava que o jogo iria provar, mas de uma coisa eu tenho certeza: você nunca a amou. Você só queria dominá-la." Ela concordou com aquela afirmação.

"Algumas pessoas gostam de ser dominadas, Siobhan." Os olhos dele estavam fixos nos dela. "Você não gosta?"

Ela pensou por um momento... ou tentou pensar. Abriu

a boca para falar, mas foi interrompida por um ruído. David olhou ao redor: dois homens se aproximando. E outros dois cinquenta metros atrás. Virou-se lentamente para Siobhan.

"Você me decepcionou."

Siobhan negou com a cabeça. "Não fui eu que fiz isso."

Ele saltou da lápide, correu em direção ao muro, as mãos alcançando a parte superior, os pés procurando apoio. Os detetives agora estavam correndo, um deles gritava: "Peguem esse cara!". Siobhan apenas observava, enraizada no local. O Enigmista... ela tinha dado a palavra... Um dos pés dele havia encontrado um apoio de um centímetro, ele estava subindo...

Siobhan atirou-se contra o muro, agarrou a outra perna com as duas mãos e puxou. David tentou dar chutes, mas ela segurou firme, a mão procurando o paletó dele, tentando puxar para baixo. Logo depois os dois caíram para trás e ele gritou. Os óculos escuros passaram por ela como em câmera lenta. Olhou para ele quando chegou ao chão. David caiu pesado em cima dela, fazendo-a ficar sem ar. Sentiu dor ao bater a cabeça na grama. Costello se levantou e saiu correndo, mas os dois policiais o pegaram, dominando-o no chão. Conseguiu livrar a cabeça de forma a olhar para Siobhan, os dois a poucos metros de distância. Sua expressão era de ódio, ele cuspiu na direção dela. A saliva atingiu seu queixo e ficou ali pendurada. Ela nem teve forças para se limpar...

Jean estava dormindo, mas o médico assegurou a Rebus que ela estava bem: cortes e hematomas, "nada que o tempo não possa curar".

"Duvido muito", foi sua resposta ao médico.

Ellen Wylie estava ao lado da cama. Rebus foi até ela. "Eu queria agradecer", falou.

"Pelo quê?"

"Por ajudar a derrubar a porta do Devlin, por exemplo. Eu nunca teria conseguido sozinho."

Ela respondeu com um gesto vago. "Como está o tornozelo?", perguntou.

"Inchando que é uma beleza, obrigado."

"Uma semana ou duas de molho", ela observou.

"Talvez mais, se engoli água do Water of Leith."

"Soube que Devlin deu uns bons goles", comentou olhando para ele. "Já preparou uma boa história?"

Rebus sorriu. "Está se oferecendo para contar algumas mentiras em meu benefício?"

"É só você pedir."

Ele aquiesceu lentamente. "O problema é que dezenas de testemunhas dariam outra versão."

"Mas será que farão isso?"

"Vamos ter que esperar para ver", disse Rebus.

Andou mancando até a enfermaria, onde Siobhan tomava alguns pontos no ferimento da cabeça. Eric Bain estava lá. A conversa parou quando Rebus se aproximou.

"O Eric aqui", começou Siobhan, "estava explicando como você descobriu onde eu estava." Rebus assentiu. "E como conseguiu entrar no apartamento de David Costello."

Rebus formou um O com os lábios.

"O senhor Fortão", ela continuou, "derrubando a porta de um suspeito sem autoridade e sem mandado."

"Tecnicamente eu estava suspenso", observou Rebus. "Isso significa que não estava a serviço."

"O que piora ainda mais as coisas." Virou-se para Bain. "Eric, você vai ter que inventar uma história."

"A porta estava aberta quando chegamos", recitou Bain. "Provavelmente com a fechadura quebrada..."

Siobhan concordou e sorriu. Depois deu um aperto na mão de Bain...

Donald Devlin estava sob vigilância policial em um dos quartos particulares do Western General. Quase tinha se afogado no rio e estava agora no que os médicos chamam de coma.

"Vamos torcer para que continue assim", dissera o subchefe Colin Carswell. "Vai nos economizar as despesas com o processo."

Carswell não tinha dito uma palavra para Rebus. Gill disse que não se preocupasse: "Ele está ignorando você porque odeia pedir desculpas".

Rebus concordou. "Eu acabei de chegar do médico", declarou.

Gill olhou para ele. "E daí?"

"Isso conta como um checkup?"

David Costello estava sob custódia em Gayfield Square. Rebus não chegou perto. Sabia que estariam abrindo garrafas de uísque e latas de cerveja, sons de comemoração penetravam na sala onde Costello era interrogado. Relembrou o momento em que perguntou a Donald Devlin se seu jovem vizinho era capaz de matar: *não é cerebral o suficiente para David*. Bem, de alguma forma Costello tinha encontrado seu método, e Devlin o protegera... o velho abrigando o jovem.

Quando chegou em casa, Rebus deu uma volta pelo apartamento. Percebeu que aquele lugar representava o único ponto fixo de sua vida. Todos os casos em que tinha trabalhado, os monstros que havia encontrado... tudo tinha passado por ali, com ele sentado naquela cadeira, olhando pela janela. Já havia encontrado um lugar para eles no bestiário de sua mente, e lá eles permaneceriam.

Se desistisse daquilo, o que restaria? Nenhum centro fixo para o seu mundo, nenhuma jaula para os seus demônios...

Amanhã ele telefonaria para a corretora dizendo que não ia mais se mudar.

Amanhã.

Esta noite ele tinha outras jaulas para ocupar...

14

Era uma tarde de domingo de luz baixa e penetrante, e as sombras alongadas desenhavam formas geométricas flexíveis. Árvores curvadas pelo vento, nuvens se movimentando como máquinas bem azeitadas. Falls, irmã de Angoisse... Rebus passou pela placa indicativa e olhou para Jean, em silêncio no banco de passageiros. Estivera em silêncio a semana inteira; demorava a atender o telefone ou abrir a porta. As palavras do médico: *nada que o tempo não possa curar...*

Rebus tinha dado a opção, mas ela preferiu vir com ele. Estacionaram perto de um cintilante BMW. Viram sinais de água e sabão nos ralos da rua. Rebus puxou o freio de mão e se virou para Jean.

"Só vou demorar um minuto. Quer esperar aqui?"

Ela pensou sobre o assunto e concordou com a cabeça. Rebus pegou o caixão no banco de trás. Estava embrulhado em jornal, uma manchete de Steven Holly na primeira página. Saiu do carro deixando a porta aberta. Bateu à porta do Chalé da Roda.

Bev Dodds atendeu. Tinha um sorriso fixo no rosto e um avental com babados no peito.

"Sinto muito, não é um turista", disse Rebus. O sorriso dela se desfez. "Está fazendo bons negócios com o chá e os biscoitos?"

"Em que posso ajudar?"

Ele apresentou o embrulho. "Achei que gostaria de ter isso de volta. Afinal é seu, não é?"

Ela não olhou para Rebus. "Achado não é roubado, suponho..."

Mas ele estava meneando a cabeça. "Quero dizer que foi a senhora quem fez, senhorita Dodds. Essa sua nova placa..." Ele apontou. "Pode me dizer quem fez? Sou capaz de apostar que foi a senhora mesmo. Bela tabuleta... imagino que disponha de algumas talhadeiras e outras coisas do gênero."

"O que o senhor deseja?" A voz dela tinha ficado esganiçada.

"Quando eu trouxe Jean Burchill aqui — ela está no carro, e muito bem, a propósito, obrigado por perguntar. Bem, quando eu a trouxe aqui, a senhora disse que ia com frequência ao museu."

"Sim?" Ela olhava por cima do ombro dele, mas desviou o olhar quando seus olhos encontraram os de Jean.

"Mas que nunca tinha visto os caixões de Arthur's Seat." Rebus fingiu que franzia a testa. "Aquilo devia ter chamado a minha atenção instantaneamente." Olhou para ela, mas Bev não disse nada. Viu que seu pescoço enrubescia, observou a forma como virava o caixão nas mãos. "Mesmo assim eles melhoraram seus negócios, hein?", continuou Rebus. "Mas eu vou dizer uma coisa..."

Os olhos dela estavam brilhantes; ela ergueu o olhar para ele. "O quê?", perguntou, a voz trepidante.

Rebus apontou um dedo. "Você tem sorte de eu não ter percebido antes. Eu poderia ter dito algo a respeito para Donald Devlin. E você estaria como Jean ali, senão ainda pior."

Virou-se e tomou a direção do carro. No caminho, arrancou a placa "Ceramista" e a jogou no bueiro. Ela continuava olhando da porta quando ele ligou a ignição. Um casal de turistas se aproximava pela calçada. Rebus sabia exatamente para onde estavam indo e por quê. Fez questão de arrancar bruscamente, passando por cima da placa com os pneus dianteiros e traseiros.

No trajeto de volta a Edimburgo, Jean perguntou se eles iriam para Portobello. Rebus disse que sim e perguntou se ela estava de acordo.

"Está ótimo", respondeu. "Preciso mesmo de alguém para me ajudar a tirar aquele espelho do quarto." Rebus olhou para ela. "Só até os hematomas desaparecerem", continuou em voz baixa.

Rebus aquiesceu, compreensivo. "Sabe do que estou precisando, Jean?"

Ela se virou para Rebus. "Do quê?"

Ele meneou lentamente a cabeça. "Eu estava esperando que você me dissesse..."

Repressão sexual e histeria têm tudo a ver com Edimburgo.

Philip Kerr, "The unnatural history museum"

NOTA DO AUTOR

Em primeiro lugar, um grande muito obrigado a Mogwai, cujo LP *Stanley Kubrick* ficou tocando ao fundo durante a versão final deste livro.

A coleção de poesia no apartamento de David Costello é *I dream of Alfred Hitchcock*, de James Robertson, e o poema citado por Rebus é intitulado "Shower scene".

Depois que a primeira versão deste livro foi escrita, descobri que em 1999 o Museu da Escócia contratou dois pesquisadores americanos da Universidade de Virginia, Allen Simpson e Sam Menefee, para examinar os caixões de Arthur's Seat e formular uma solução. Eles chegaram à conclusão de que a explicação mais provável é que os caixões tenham sido construídos por um sapateiro amigo dos assassinos Burke e Hare, usando uma faca de sapateiro e presilhas de cobre adaptadas de fivelas de calçados, e a ideia era dar às vítimas algum sinal de um enterro cristão, uma vez que um *corpus* dissecado não poderia ressuscitar.

O enigmista, claro, é uma obra de ficção, um voo da fantasia. O dr. Kennet Lovell só existe em suas páginas.

Em junho de 1996, o corpo de um homem foi encontrado no cume de Ben Alder. Mas ele não morreu a tiros. Seu nome era Emmanuel Caillet, filho de um dono de banco de investimentos francês. O que ele estava fazendo na Escócia nunca foi esclarecido. O relatório, produzido a partir da autópsia e de provas no local do crime, concluiu que o jovem tinha se suicidado. Mas houve muitas discrepâncias e questões não respondidas, e os pais nunca se convenceram de que aquela era a verdadeira solução...

SÉRIE POLICIAL

Réquiem caribenho
Brigitte Aubert

Bellini e a esfinge
Bellini e o demônio
Bellini e os espíritos
Tony Bellotto

Os pecados dos pais
O ladrão que estudava Espinosa
Punhalada no escuro
O ladrão que pintava como Mondrian
Uma longa fila de homens mortos
Bilhete para o cemitério
O ladrão que achava que era Bogart
Quando nosso boteco fecha as portas
O ladrão no armário
Lawrence Block

O destino bate à sua porta
Indenização em dobro
Serenata
James M. Cain

Post-mortem
Corpo de delito
Restos mortais
Desumano e degradante
Lavoura de corpos
Cemitério de indigentes
Causa mortis
Contágio criminoso
Foco inicial
Alerta negro
A última delegacia
Mosca-varejeira
Vestígio
Predador
Patricia Cornwell

Edições perigosas
Impressões e provas
A promessa do livreiro
Assinaturas e assassinatos
O último caso da colecionadora de livros
John Dunning

Máscaras
Passado perfeito
Ventos de Quaresma
Leonardo Padura Fuentes

Tão pura, tão boa
Correntezas
Frances Fyfield

O silêncio da chuva
Achados e perdidos
Vento sudoeste
Uma janela em Copacabana
Perseguido
Berenice procura
Espinosa sem saída
Na multidão
Céu de origamis
Luiz Alfredo Garcia-Roza

Neutralidade suspeita
A noite do professor
Transferência mortal
Um lugar entre os vivos
O manipulador
Jean-Pierre Gattégno

Continental Op
Maldição em família
Dashiell Hammett

O talentoso Ripley
Ripley subterrâneo
O jogo de Ripley
Ripley debaixo d'água
O garoto que seguiu Ripley
A chave de vidro
Patricia Highsmith

Sala dos Homicídios
Morte no seminário
Uma certa justiça
Pecado original
A torre negra
Morte de um perito
O enigma de Sally
O farol
Mente assassina
Paciente particular
P. D. James

Música fúnebre
Morag Joss

*Sexta-feira o rabino acordou
tarde
Sábado o rabino passou fome
Domingo o rabino ficou em
casa
Segunda-feira o rabino viajou
O dia em que o rabino foi
embora*
Harry Kemelman

*Um drink antes da guerra
Apelo às trevas
Sagrado
Gone, baby, gone
Sobre meninos e lobos
Paciente 67
Dança da chuva
Coronado*
Dennis Lehane

*Morte em terra estrangeira
Morte no Teatro La Fenice
Vestido para morrer
Morte e julgamento
Acqua alta*
Donna Leon

A tragédia Blackwell
Ross Macdonald

É sempre noite
Léo Malet

*Assassinos sem rosto
Os cães de Riga
A leoa branca
O homem que sorria*
Henning Mankell

*Os mares do Sul
O labirinto grego
O quinteto de Buenos Aires
O homem da minha vida
A Rosa de Alexandria
Milênio
O balneário*
Manuel Vázquez Montalbán

O diabo vestia azul
Walter Mosley

*Informações sobre a vítima
Vida pregressa*
Joaquim Nogueira

*Revolução difícil
Preto no branco
No inferno*
George Pelecanos

Morte nos búzios
Reginaldo Prandi

*Questão de sangue
Os ressuscitados
O enigmista*
Ian Rankin

*A morte também frequenta o
Paraíso
Colóquio mortal*
Lev Raphael

*O clube filosófico dominical
Amigos, amantes, chocolate*
Alexander McCall Smith

*Serpente
A confraria do medo
A caixa vermelha
Cozinheiros demais
Milionários demais
Mulheres demais
Ser canalha
Aranhas de ouro
Clientes demais
A voz do morto*
Rex Stout

*Fuja logo e demore para voltar
O homem do avesso
O homem dos círculos azuis
Relíquias sagradas*
Fred Vargas

*A noiva estava de preto
Casei-me com um morto
A dama fantasma
Janela indiscreta*
Cornell Woolrich

1ª EDIÇÃO [2010] 1 reimpressão

ESTA OBRA FOI COMPOSTA PELO GRUPO DE CRIAÇÃO EM GARAMOND E
IMPRESSA PELA GEOGRÁFICA EM OFSETE SOBRE PAPEL PAPERFECT
DA SUZANO PAPEL E CELULOSE PARA A EDITORA SCHWARCZ
EM MARÇO DE 2010